기나긴 이별

기나긴 이별
The Long Goodbye

레이먼드 챈들러 장편소설 김진준 옮김

THE LONG GOODBYE
by RAYMOND CHANDLER (1953)

이 책은 실로 꿰매어 제본하는 정통적인 사철 방식으로 만들어졌습니다.
사철 방식으로 제본된 책은 오랫동안 보관해도 손상되지 않습니다.

기나긴 이별
7

1

내가 테리 레녹스를 처음 보았을 때 그는 술에 취한 채 〈댄서스〉의 테라스 앞에 세워 둔 롤스로이스 실버레이스 안에 앉아 있었다. 주차장에서 차를 꺼내 온 주차원은 차 문을 붙잡은 채 닫지 못했다. 테리 레녹스가 마치 왼쪽 다리가 있다는 사실을 잊어버린 듯이 바깥으로 내놓고 있었기 때문이다. 얼굴은 젊어 보이는데 머리카락이 백골처럼 새하앴다. 눈빛만 보아도 곤드레만드레 취한 것이 분명했지만, 그것 말고는 야회복을 입고 오로지 소비가 목적인 곳에서 너무 많은 돈을 펑펑 써버리는 여느 젊은이들과 다를 바 없었다.

테리 곁에는 어떤 여자가 앉아 있었다. 짙붉은 머리가 꽤나 매력적이고 입술에는 싸늘한 미소를 머금었는데, 어깨에 두른 파란색 밍크 목도리가 너무 화려해서 자칫하면 롤스로이스조차 평범한 자동차로 착각할 지경이다. 물론 진담은 아니다. 롤스로이스를 두고 착각할 리가 있나.

주차원은 제법 사나운 체하는 흔해 빠진 유형으로, 앞가슴에 식당 상호를 붉은색으로 수놓은 흰색 상의를 입고 있었다.

그는 슬슬 넌더리가 난다는 표정이었다.

「여보세요, 손님.」 주차원이 날선 목소리로 말했다. 「웬만하면 차 안으로 다리 좀 넣어 주세요. 그래야 문을 닫아 드리죠. 아니면 손님이 떨어지든 말든 활짝 열어 드릴까?」

그러자 여자가 주차원을 째려보았다. 눈초리가 등을 꿰뚫고도 한 뼘은 족히 튀어나올 만큼 날카로웠다. 그러나 주차원은 조금도 흔들리지 않았다. 댄서스를 찾는 손님들을 겪을 만큼 겪어 봤기 때문이다. 골프 칠 돈이 남아돌면 인격도 좋아진다는 환상을 산산이 부숴 주는 사람들이니까.

그때 차체가 낮고 지붕이 없는 외제 승용차 한 대가 주차장으로 스르르 들어오더니, 한 남자가 차에서 내려 시가잭 라이터로 길쭉한 담배에 불을 붙였다. 체크무늬 풀오버 셔츠와 노란색 바지를 입고 승마 부츠를 신고 있었다. 남자는 롤스로이스 쪽은 거들떠보지도 않고 담배 연기를 길게 흘리며 어슬렁어슬렁 가버렸다. 이 무슨 유치한 촌극이냐고 생각했을 것이다. 그는 테라스로 올라가는 계단 밑에서 걸음을 멈추고 외알 안경을 끼었다.

여자가 별안간 눈부신 매력을 발산하며 말했다. 「자기야, 좋은 생각이 났어. 우리 그냥 택시 타고 당신 집에 가서 당신 컨버터블을 가지고 다시 나올까? 이렇게 근사한 밤에는 해안도로를 타고 몬테시토까지 달려가면 딱이겠다. 오늘 수영장에서 댄스파티를 여는 사람들을 내가 알거든.」

그러자 백발 남자가 점잖게 말했다. 「정말 미안한데 그 차는 이제 없어. 어쩔 수 없이 팔아 버렸지.」 목소리와 발음만 보면 오렌지 주스보다 독한 술은 안 마셨다고 생각될 정도였다.

「팔다니? 자기야, 그게 무슨 소리야?」여자는 그에게서 조금 떨어져 앉았지만 목소리는 훨씬 더 멀어져 버린 듯했다.

「어쩔 수 없이 팔았다니까. 밥값이 필요해서.」

「아, 그러셨군요.」이제는 여자의 몸에 아이스크림을 올려놓아도 절대 녹아내리지 않을 듯했다.

주차원은 백발 남자를 만만한 상대로 파악했다. 별 볼일 없는 저소득층. 「이봐요, 형씨. 난 가서 차를 옮겨야 돼요. 나중에 또 봅시다. 인연 있으면.」

그가 손을 놓아 버리자 문이 벌컥 열렸다. 만취한 남자는 곧바로 미끄러져 포장도로에 털썩 엉덩방아를 찧었다. 나는 얼른 다가가서 도움의 손길을 내밀었다. 주정뱅이 일에 나서는 것은 언제나 실수라고 믿는다. 상대가 나를 알고 나를 좋아하더라도 언제 돌변하여 면상을 후려갈길지 알 수 없는 일이니까. 그런데도 나는 그의 겨드랑이를 붙잡고 일으켜 세웠다.

「대단히 감사합니다.」그가 정중하게 말했다.

여자가 운전석으로 자리를 옮겼다. 「저 사람은 술만 마시면 저렇게 영국인처럼 굴어요.」그녀가 스테인리스스틸 같은 목소리로 말했다. 「일으켜 줘서 고마워요.」

「뒷좌석에 태워 드리죠.」

「정말 죄송해요. 약속이 있는데 늦었어요.」그녀가 클러치를 넣자 롤스로이스가 움직이기 시작했다. 「버림받은 개 같은 사람이에요.」 그녀가 싸늘한 미소를 지으며 덧붙였다. 「적당한 집 하나 찾아 주시든지. 대소변은 가리거든요. 그럭저럭.」

롤스로이스는 곧장 진입로를 지나 선셋 대로[1]로 나갔다가 우회전하여 사라져 버렸다. 그녀가 떠나간 방향을 바라보고 있는데 주차원이 돌아왔다. 나는 여전히 남자를 부축하고 있었지만 이 사람은 이미 깊이 잠들어 버렸다.

내가 흰색 상의에게 말했다. 「거참, 저렇게 차버리는 방법도 있구먼.」

「그럼요.」 주차원이 냉소적으로 대꾸했다. 「주정뱅이한테 주긴 아깝잖아요? 몸매도 끝내주는데.」

「이 사람 알아요?」

「아까 그 여자분이 테리라고 부르던데요. 이름 말고는 쥐뿔도 모르죠. 저도 여기서 일한 지 2주밖에 안 됐거든요.」

「내 차 좀 꺼내 줄래요?」 나는 그러면서 주차권을 건넸다.

주차원이 내 올즈모빌을 꺼내 왔을 때 나는 마치 납덩이 한 자루를 들고 있는 느낌이 들었다. 흰색 상의의 도움을 받아 남자를 앞 좌석에 태웠다. 내 승객이 한쪽 눈을 뜨더니 우리에게 고맙다는 인사를 하고 다시 잠들었다.

내가 흰색 상의에게 말했다. 「이렇게 예절 바른 주정뱅이는 난생처음 보네요.」

「주정뱅이도 각양각색이고 예의범절도 천차만별이죠. 그래 봤자 한결같이 무용지물이에요. 이 사람은 언젠가 성형수술을 받은 모양이네요.」

1 로스앤젤레스 카운티의 중부와 서부를 관통하는 주요 도로.

「그렇군요.」 내가 1달러를 건네자 그가 고맙다고 말했다. 성형수술에 대한 말은 틀리지 않았다. 내가 만난 새 친구의 얼굴은 오른쪽이 희끄무레하게 변색된 채 굳어진 상태인 데다 여기저기 가늘고 세심하게 꿰맨 흉터가 있었다. 흉터 주변의 피부가 반질반질했다. 꽤나 과감한 성형 수술의 흔적이다.

「이 사람을 어떻게 하시려고요?」

「집에 데려갔다가 정신 차리면 어디 사는지 물어봐야죠.」

흰색 상의가 씩 웃었다. 「이제 보니 무골호인이셨네. 저라면 시궁창에 처박아 놓고 가던 길 갈 텐데 말이죠. 이런 술고래는 재미도 없는 골칫거리예요. 이래 봬도 인생철학 하나는 확실하거든요. 요즘처럼 경쟁이 심한 시대에는 힘을 아껴야 유사시에 앞가림이라도 하죠.」

「그래서 이렇게 출세하셨군.」

그가 얼떨떨한 표정을 짓다가 이내 분통을 터뜨렸지만, 나는 차를 몰고 출발해 버렸다.

물론 주차원의 말도 일리가 있었다. 테리 레녹스는 나에게 크나큰 골칫거리가 되었다. 그러나 내 직업은 원래 그런 일이다.

*

그해에 나는 로럴 캐니언 지역의 유카 애비뉴에 있는 단독주택에 살았다. 산비탈 막다른 골목에 있는 작은 집이었는데 대문 앞까지 기나긴 삼나무 계단이 이어지고 건너편에는 아담한 유칼립투스 숲이 있었다. 가구가 딸린 이 집의 주인 여자는 당분간 남편을 잃은 딸과 함께 살겠다며 아이다호로 떠나 버렸다. 집세는 저렴한 편이었는데, 집주인이 요구하면 즉시 집을 비워 줘야 한다는 조건 때문이기도 하고 계단 때문이기도 했다. 주인 여자는 이제 나이가 많아서 집에 돌아올 때마다 계단을 오르기가 너무 힘들었으니까.

나는 주정뱅이를 끌고 간신히 계단을 올라갔다. 그 역시 나름 협조하려고 노력했지만 다리가 풀려 자꾸 비틀거렸고, 미안하다고 말하는 도중에도 곯아떨어지기 일쑤였다. 나는 우선 대문을 열어 놓고 그를 집 안으로 끌고 들어가 긴 소파에 눕힌 후 담요를 덮어 주고 다시 재웠다. 그는 한 시간 동안 범고래처럼 코를 골았다. 그러다가 갑자기 잠이 깨서 화장실부터 찾았다. 화장실에서 나오더니 게슴츠레한 눈으로 나를 훑어보면서 도대체 여기가 어디냐고 물었다. 내가 대답해 주었다. 그는 자기 이름이 테리 레녹스라고 하면서, 웨스트우드에 있는 아파트에 살지만 집에서 기다리는 사람은 아무도 없다고 말했다. 의외로 목소리가 맑고 발음이 또렷했다.

그는 블랙커피 한 잔만 달라고 부탁했다. 커피를 끓여 줬더니 잔 받침을 컵 가까이 대고 조심스럽게 마셨다.

「제가 왜 여기 있죠?」 그가 주위를 두리번거리며 물었다.

「댄서스 앞에서 롤스로이스를 타고 곯아떨어졌죠. 여자 친구가 그냥 버리고 가던데요.」

「그랬군요. 버릴 만하니까 버렸겠죠.」

「영국인입니까?」

「영국에서 살긴 했죠. 거기서 태어나진 않았지만. 택시 좀 부르게 해주시면 이만 가보겠습니다.」

「택시라면 벌써 대기 중이죠.」

그는 제 발로 계단을 내려갔다. 웨스트우드까지 가는 동안은 말이 별로 없었고, 다만 친절에 감사한다면서 성가시게 해서 죄송하다고 했다. 살면서 너무 많은 사람들에게 너무 자주 되풀이해서 죄송하다는 말이 자동으로 술술 나오는 듯했다.

아파트는 좁고 답답하고 삭막했다. 불과 몇 시간 전에 이사한 집 같다. 너무 딱딱한 녹색 대형 소파가 있고, 앞에 놓인 탁자에는 반쯤 비운 스카치 한 병, 얼음이 다 녹아 버린 그릇, 빈 소다수 병 세 개, 술잔 두 개, 그리고 유리 재떨이가 있는데, 담배꽁초 중에는 립스틱이 묻은 것도 있고 안 묻은 것도 있다. 사진이나 개인 소지품 따위는 집 안에 하나도 없다. 마치 회의나 송별회, 간단한 술자리나 대화, 혹은 성교를 위해 잠시 빌린 호텔방 같다. 한마디로 살림집 같지 않다.

그가 나에게 술을 권했다. 나는 사양했다. 자리에 앉지도 않았다. 내가 떠날 때 그는 또다시 고맙다고 말했다. 그러나 내가 엄청난 도움을 베풀었다는 듯이 호들갑을 떨지는 않았고, 대수롭지 않은 일처럼 말하지도 않았다. 조금은 비틀거리고 또 조금은 쑥스러워했지만 대단히 정중한 태도를 보였다. 자동 승강기가 올라오고 내가 올라탈 때까지 그는 문간에 서서 기다려 주었다. 가진 것은 별로 없지만 예절 하나는 확실한 사람이었다.

그는 끝까지 여자에 대한 이야기를 다시 꺼내지 않았다. 직업도 없고 전망도 없는 데다 마지막 남은 돈마저 댄서스에서 다 써버렸다는 말도 하지 않았다. 그렇게 잠시 상류층 흉내로 기분을 내봤자 만족감이 오래가지도 않을뿐더러, 결국 순찰차에 실려 가서 유치장 신세를 지거나 난폭한 택시 운전사에게 걸려 탈탈 털리고 공터에 버려지기 십상이련만.

승강기를 타고 내려가는 동안 나는 도로 올라가서 스카치 술병을 빼앗아 버리고 싶은 충동을 느꼈다. 그러나 내가 상관할 일도 아니고 그래 봤자 별 소용도 없다. 술꾼들은 필요하면 어떻게든 술을 구하게 마련이니까.

나는 입술을 잘근잘근 씹으며 집으로 향했다. 나도 꽤 냉정한 편인데 그 친구는 왠지 마음에 걸렸다. 이유는 나도 모르겠다. 백발이나 흉터 때문일까, 맑은 목소리와 예의범절 때문일까. 이 정도면 충분하다. 어차피 다시 만날 일도 없을 테니까. 여자가 말했듯이 버림받은 개나 다름없는 신세가 아닌가.

2

내가 그를 다시 만났을 때는 추수 감사절 다음 주였다. 할리우드 대로 일대의 상점들은 벌써 터무니없이 값비싼 크리스마스 상품들을 들여놓기 시작했고, 일간 신문들은 일찌감치 크리스마스 쇼핑을 끝내지 못하면 난리가 나기라도 할 것처럼 일제히 떠들어 대기 시작했다. 어쨌거나 난리가 나긴 할 것이다. 해마다 그랬으니까.

내 사무실 건물에서 세 블록쯤 떨어진 곳에서 이중 주차를 한 순찰차를 보았다. 경찰관 두 명이 타고 있었는데 어느 가게 진열창 앞의 보도에 있는 무엇인가를 지켜보는 중이었다. 그 무엇이 바로 테리 레녹스였는데, 차라리 그의 잔해라고 해야 할까, 아무튼 그리 매력적인 상태는 아니었다.

그는 가게 앞면에 비스듬히 기대고 있었다. 무엇에든 의지해야 했기 때문이다. 지저분한 셔츠를 입고 목깃을 열어 놓았는데 옷자락 일부는 재킷 속에서 비어져 나오고 일부는 남아 있었다. 나흘이나 닷새 정도는 면도를 안 한 듯했다. 얼굴은 초췌했다. 안색이 너무 창백해서 길고 가느다란 흉터가 잘 보이지 않을 정도였다. 두 눈은 마치 눈더미에 뚫린 구멍처럼 퀭했다. 틀림없이 순찰차를 탄 경찰들에게 연행 당할 판이라 나는 재빨리 다가가서 그의 팔을 붙잡았다.

「똑바로 좀 걸어 봐!」 나는 일부러 사납게 쏘아붙이면서 몰래 윙크를 던졌다. 「걸을 수 있어? 한잔했나?」

그는 게슴츠레한 눈으로 나를 쳐다보다가 이내 반쪽짜리 미소를 머금었다. 「평소엔 그랬지.」 그가 힘없이 속삭였다. 「그런데 오늘은 좀…… 곯어서 그래.」

「알았으니까 좀 걸어 봐. 지금 유치장에 끌려가기 직전이니까.」

그는 내 부축을 받으며 안간힘을 썼다. 나는 보도에 진을 친 부랑자들을 뚫고 그를 도로변으로 데려가 거기 서 있는 택시의 문을 벌컥 열었다.

「저 차가 먼저예요.」 택시 운전사가 앞에 있는 택시를 엄지로 가리키며 말했다. 그러더니 고개를 돌리고 테리를 쳐다보며 덧붙였다. 「태워 줄지는 모르겠지만.」

「사정이 좀 급해요. 이 친구가 좀 아프거든요.」

「그렇겠죠.」 운전사가 말했다. 「딴 데 가서 토하라고 하시죠.」

「5달러 드리죠. 거 인상 좀 쓰지 마시고 환하게 웃어 주시죠.」

「에이, 그럽시다.」 그러더니 표지에 화성인이 그려진 잡지를 백미러 뒤에 꽂았다. 나는 손을 차 안으로 넣어 문을 붙잡았다. 테리 레녹스를 차에 태웠을 때, 순찰차의 그림자가 건너편 차창에 드리워졌다. 머리가 하얗게 센 경찰관이 차에서 내려 다가왔다. 나는 택시 옆으로 돌아가서 경찰관을 막아섰다.

「잠깐 좀 기다리쇼. 이건 또 무슨 일이지? 저 거지꼴을 한 분이랑 정말 친하십니까?」

「지금 친구가 필요하다는 걸 알아차릴 정도는 되죠. 저 친구, 취한 거 아니에요.」

「돈이 없어서 못 마셨겠지.」 경찰관이 말했다. 그가 손을 내밀었고 나는 면허증을 건네주었다. 그는 면허증을 살펴보고 곧 돌려주었다. 「아하. 사설탐정이 손님을 낚는 참이었군.」 그의 말투가 사나워졌다. 「말로 씨에 대해서는 확인했소. 그런데 저쪽 신원은?」

「테리 레녹스라고 합니다. 영화계 일을 하죠.」

「대단한 분이었네.」 그는 택시 안으로 고개를 들이밀고 구석에 앉은 테리를 훑어보았다. 「그런데 내가 보기엔 요즘 일을 안 하신 듯한데. 집에서 주무시지도 못하고. 아무래도 부랑자 같은데 우리가 데려가는 편이 나으려나.」

「설마 검거 실적이 부족해서 이러시는 건 아니겠죠.」 내가 말했다. 「할리우드에선 그럴 리가 없는데.」

경찰관은 여전히 테리를 들여다보고 있었다. 「여보쇼, 이 친구분 성함은 알고 계시오?」

「필립 말로.」 테리가 천천히 대답했다. 「로럴 캐니언 구역, 유카 애비뉴에 살죠.」

그러자 경찰관이 차창 속으로 들이밀었던 머리를 꺼냈다.

그러더니 돌아서서 손짓을 하며 말했다. 「방금 선생이 귀띔해 줬는지도 모르지.」

「그럴 수도 있지만 안 그랬어요.」

그는 나를 물끄러미 바라보다가 이렇게 말했다. 「이번엔 믿어 드리지. 어쨌든 길거리에서 돌아다니지 않게 하시오.」 그는 순찰차로 돌아갔고 차는 곧 떠나 버렸다.

나도 택시에 올라탔고, 우리는 세 블록쯤 가다가 주차장에서 내려 내 차로 갈아탔다. 나는 택시 운전사에게 5달러를 내밀었다. 그는 굳은 표정으로 나를 쳐다보며 고개를 가로저었다.

「미터기에 찍힌 대로 주세요. 더 주고 싶으면 1달러만 채워 주셔도 좋고. 저도 밑바닥까지 떨어진 적이 있거든요. 프리스코에서. 그때는 아무도 나를 택시에 태워 주지 않았죠. 인정머리 없는 동네예요.」

「샌프란시스코.」 나도 모르게 말했다.

「저는 그냥 프리스코라고 불러요. 지긋지긋한 이민자들이 우글거리죠. 감사합니다.」 그는 1달러만 받고 가버렸다.

우리는 드라이브인 식당에 들러 햄버거를 사 먹었다. 개도 안 먹을 만큼 형편없는 수준은 아니었다. 테리 레녹스에게 햄버거 두 개와 맥주 한 병을 먹인 후 집으로 데려갔다. 그에게 계단은 여전히 난관이었지만 그는 씩 웃더니 헐떡거리면서도 끝까지 올라갔다. 한 시간 뒤에는 면도와 목욕을 마치고 비로소 사람 꼴을 되찾았다. 우리는 아주 순한 술 두 잔을 앞에 놓고 마주 앉았다.

내가 먼저 입을 열었다. 「내 이름을 기억해서 그나마 다행이었어.」

「일부러 외웠거든.」 그가 대답했다. 「어떤 사람인지 찾아보기도 했고. 그 정도는 해야 도리잖아?」

「그럼 왜 연락하지 않나? 나는 줄곧 여기 살았는데. 사무실도 있고.」

「괜히 귀찮게 할 필요는 없잖아?」

「누군가는 귀찮게 해야 하는 상황이잖아. 친구도 많지 않은 모양인데.」

「아, 친구야 더러 있지. 별로 친하진 않지만.」 그는 탁자에 놓인 술잔을 빙빙 돌렸다. 「도움을 청하기가 쉽지 않아서…… 모두 내 잘못일 때는 더욱더 그렇고.」 그가 고개를 들고 지친 표정으로 미소를 지었다. 「조만간 술을 끊을 수 있겠지. 이건 누구나 하는 소리지?」

「3년쯤 걸려.」

「3년이나?」 놀란 표정이었다.

「대개는 그쯤 걸리지. 세상이 확 달라지거든. 색깔이 더 흐릿해지고 소리가 더 잦아들어 조용해진 세상에 적응해야 돼. 재발할 가능성도 감안해야지. 지금까지 친했던 사람들이 좀 낯설어지기도 해. 대부분은 싫어질 수도 있고, 그쪽에서도 자네를 싫어하겠지.」

「크게 바뀌진 않겠군.」 그러더니 그는 고개를 돌리고 벽시계를 쳐다보았다. 「할리우드 버스터미널에 2백 달러짜리 여행 가방을 맡겨 놨어. 사정이 좀 풀리면 싸구려 가방이나 하나 사고, 터미널에 맡긴 가방을 전당포에 넘기면 라스베이거스행 버스비 정도는 충분히 나오겠지. 거기 가면 일자리가 있거든.」

나는 아무 말도 하지 않았다. 앉아서 고개만 끄덕이며 술잔을 어루만졌다.

「진작에 그랬어야지, 이렇게 생각하는군.」 그가 조용히 말했다.

「아니, 자네한테 무슨 사정이 있는 듯한데 내가 참견할 일은 아니라고 생각했지. 있다는 일자리는 확실한가, 아니면 희망 사항인가?」

「확실해. 군대에서 친했던 녀석이 거기서 큰 클럽을 하거든. 테라핀 클럽. 범죄자 같은 놈이지만 그쪽 계통은 다 마찬가지고. 그것만 빼면 좋은 놈이야.」

「버스비 말고도 얼마쯤은 내가 보태 줄 수 있어. 그 돈까지 목구멍에 털어 넣지 말고 잘 써. 우선 친구한테 전화부터 해 보고.」

「고맙지만 필요 없어. 랜디 스타는 나를 외면하지 않을 테니까. 지금까지 한 번도 모른 척한 적이 없거든. 그리고 여행가방을 잡히면 50달러는 거뜬히 받아. 전에도 해봐서 알지.」

「이봐, 필요한 돈은 내가 주겠다니까. 나도 그렇게 물러 터진 놈은 아니야. 그러니까 주면 그냥 받으라고. 자네가 자꾸 마음에 걸리는데 홀홀 털어 버리고 싶어서 주는 거니까.」

「정말인가?」 그는 골똘히 생각에 잠겨 술잔 속을 들여다보았다. 술은 조금씩 맛만 볼 뿐이었다. 「겨우 두 번 만났는데,

만날 때마다 너무 잘해 주는군. 내가 마음에 걸리는 이유는?」

「다음에 만날 때는 내가 도와줄 수 없을 정도로 심각한 상황일 것 같다는 예감 때문이지. 왜 그런 생각이 들었는지 모르겠지만 아무튼 그래서.」

그러자 그는 두 손가락을 들어 얼굴 오른쪽을 가볍게 쓰다듬었다. 「이것 때문이겠지. 내 얼굴이 좀 불길해 보여서. 하지만 이건 명예로운 상처야. 어쨌든 원인은 명예로웠지.」

「상처 때문이 아니야. 상처 따위는 아랑곳하지도 않으니까. 나는 사설탐정이야. 자네는 골칫거리지만, 굳이 내가 나서서 문제를 해결할 필요는 없지. 어쨌든 골칫거리는 분명해. 직감이라고 해도 좋아. 더 듣기 좋게 사람 보는 눈이라고 불러도 좋고. 어쩌면 댄서스에서 본 여자도 단지 자네가 주정뱅이라서 버리고 가버린 건 아닐지도 몰라. 아마 무언가를 예감했겠지.」

그는 희미하게 미소를 지었다. 「그 여자랑 결혼한 적이 있어. 이름은 실비아 레녹스. 나는 돈 때문에 결혼했지.」

나는 얼굴을 찌푸리며 일어섰다. 「스크램블드에그 좀 해주겠네. 뭐라도 좀 먹어야지.」

「잠깐 기다려 봐, 말로. 나는 밑바닥에 떨어졌고 실비아는 돈이 많은데, 어째서 몇 달러만 빌려 달라고 부탁하지 않았는지 궁금한 모양이군. 혹시 자존심이란 말 들어 봤나?」

「배꼽 빠지겠어, 레녹스.」

「그래? 내 자존심은 종류가 좀 달라. 자존심 말고는 아무것도 안 남았으니까. 불쾌했다면 미안하네.」

나는 부엌으로 가서 캐나다식 베이컨, 스크램블드에그, 커피, 토스트를 준비했다. 우리는 간이 식탁에 앉아 음식을 먹었다. 이 집은 간이 식탁을 꼭 구비하던 시대에 지은 집이니까.

나는 곧 사무실에 나가 봐야 하는데 돌아오는 길에 여행 가방을 찾아다 주겠다고 말했다. 그가 보관증을 꺼내 주었다. 이제야 얼굴에 조금이나마 화색이 돌았고 두 눈도 텅 빈 우물처럼 움푹 꺼진 상태는 아니었다.

집을 나서기 전에 소파 앞의 탁자에 위스키 병을 올려놓았다. 「자존심도 좀 생각하면서 마셔.」 내가 말했다.

「그리고 나한테 선심 쓰는 셈 치고 라스베이거스에 연락해 봐.」

그는 미소를 지으며 으쓱 어깻짓을 했다. 계단을 내려가는데 여전히 마음이 언짢았다. 이유는 나도 모르겠다. 사람이 굶주린 채 길거리를 배회하면서도 옷가지는 저당 잡히지 않은 이유도 나로서는 헤아릴 길이 없다. 도대체 그의 원칙이 무엇인지는 모르겠지만, 원칙 하나는 확실한 사람이다.

*

여행 가방은 정말 대단한 물건이었다. 표백한 돼지가죽으로 만들었는데, 신품일 때는 연한 크림색이었을 듯싶다. 부속품은 금색이다. 영국산인데 국내에서도 구할 수만 있다면 2백 달러가 아니라 8백 달러는 줘야겠다.

나는 테리 앞에 가방을 털썩 내려놓았다. 그리고 탁자에 놓아둔 술병을 살펴보았다. 건드리지도 않은 듯했다. 나처럼 이 친구도 맨 정신이었다. 담배를 피우고 있었지만 맛있게 즐기는 기색은 아니었다.

「랜디한테 전화했어.」 그가 말했다. 「왜 진작 전화하지 않았느냐고 화를 내더군.」

「차라리 낯선 사람한테 신세를 지는 쪽이 속 편해서 그랬겠지.」 나는 가방을 가리키면서 물었다. 「실비아가 준 선물인가?」

그는 창밖을 내다보았다. 「아니야. 실비아를 만나기 훨씬 전에, 영국에 있을 때 선물받았지. 정말 오래된 일이야. 자네한테 맡겨 둘 테니까 낡은 가방 하나만 빌려줘.」

나는 지갑에서 20달러짜리 지폐 다섯 장을 꺼내 테리 앞에 내려놓았다. 「담보물은 필요 없어.」

「담보물로 맡긴다는 뜻이 아니었어. 여긴 전당포가 아니잖아. 저 가방을 라스베이거스까지 가져가기 싫어서 그래. 돈이 이렇게 많이 필요하지도 않고.」

「알았어. 돈은 다 가져가. 가방은 내가 보관할 테니까. 도둑이 들기 쉬운 집이라는 것만 명심하고.」

「상관없어.」 그가 관심 없다는 듯이 말했다. 「어떻게 되든 전혀 상관없다고.」

그는 옷을 갈아입었고, 우리는 5시 반쯤 〈무소Musso〉에서 저녁을 먹었다. 술은 안 마셨다. 그는 카후엥가에서 버스를 탔고, 나는 이런저런 생각을 하면서 차를 몰고 집으로 돌아왔다. 테리가 남긴 빈 가방이 침대에 놓여 있었다. 그는 그

가방에 들었던 물건들을 내 싸구려 가방에 옮겨 담아 가져갔다. 그의 가방 자물쇠 하나에 금색 열쇠가 꽂혀 있었다. 나는 가방을 잠그고 손잡이에 열쇠를 묶은 후 벽장 꼭대기 선반에 올려놓았다. 아예 텅 빈 가방은 아닌 듯했지만 무엇이 들었건 내가 상관할 일은 아니다.

조용한 밤이었고 집 안이 평소보다 더 휑하니 빈 듯한 느낌이 들었다. 나는 체스 말을 배열하고 스타이니츠[2]를 상대로 프랑스식 수비법을 연습했다. 44수 만에 패배했지만, 두 번쯤은 상대 역시 진땀깨나 흘렸으리라.

9시 반에 전화벨이 울리더니 전에 들어 본 목소리가 들려왔다.

「필립 말로 씨 맞나요?」

「맞습니다. 제가 말로예요.」

「실비아 레녹스예요, 말로 씨. 지난달 댄서스 앞에서 잠깐 봤죠. 나중에 들었는데, 말로 씨가 친절하게 테리를 집까지 데려다주셨다고 하더군요.」

「그랬죠.」

「우리가 이제 부부가 아니라는 사실은 아시겠지만, 그 사람이 좀 걱정돼서 그래요. 웨스트우드 아파트도 비워 주고 나갔는데 어디로 갔는지 아무도 모르나 봐요.」

「그날 밤에 보니까 그 친구 걱정을 참 많이 하시더군요.」

「여보세요, 말로 씨, 저는 그 사람이랑 결혼까지 했던 사람이에요. 그래도 주정뱅이는 동정하기 힘들어요. 제가 좀 매

2 Wilhelm Steinitz(1836~1900). 오스트리아 태생의 미국 체스 명인.

정했는지도 모르지만 그럴 만한 이유가 있을 수도 있잖아요. 사설탐정이시니까 원하신다면 업무라고 생각하셔도 되겠네요.」

「업무라고 할 것도 없습니다, 레녹스 부인. 테리는 라스베이거스행 버스를 탔어요. 거기 사는 친구가 일자리를 준다고 했다면서.」

그러자 갑자기 목소리가 밝아졌다. 「아하, 라스베이거스? 정말 감상적인 사람이네요. 우리가 거기서 결혼했거든요.」

「벌써 잊어버렸을걸요. 안 잊었으면 다른 데로 갔겠죠.」

그녀는 전화를 끊어 버리지 않고 오히려 웃었다. 웃음소리가 귀여웠다. 「의뢰인들한테 늘 이렇게 무례하세요?」

「레녹스 부인은 의뢰인이 아니잖아요.」

「언젠가는 의뢰인이 될 수도 있잖아요. 누가 알아요? 아무튼 여자 친구들한테도 이러시냐고 고쳐 묻죠.」

「그래도 대답은 똑같아요. 그 친구는 밑바닥에 떨어져 굶주리고 지저분한 데다 빈털터리였어요. 시간이 아깝다고 생각하지만 않았다면 얼마든지 테리를 찾아내셨겠지. 그날도 그 친구는 당신한테 아무것도 기대하지 않았고, 지금도 마찬가지일 겁니다.」

「그건 말로 씨가 판단할 일이 아니죠. 안녕히 계세요.」 그녀가 냉랭하게 말하고 전화를 끊어 버렸다.

물론 그녀의 말이 전적으로 옳고 내 말은 전적으로 틀렸다. 그러나 왠지 내가 틀렸다는 생각은 들지 않았다. 언짢을 뿐이었다. 만약 그 여자가 30분만 일찍 연락했다면, 언짢은 기분을 무기 삼아 스타이니츠를 완전히 박살 낼 수도 있었을 텐데……. 그는 이미 반세기 전에 세상을 떠났고, 체스 게임은 책을 보면서 복기해 봤을 뿐이지만.

3

크리스마스 사흘 전에 나는 라스베이거스의 어느 은행이 발행한 1백 달러짜리 자기앞수표를 받았다. 호텔 편지지에 쓴 짤막한 편지도 함께 들어 있었다. 그는 나에게 고맙다고 하면서 부디 즐거운 크리스마스를 보내기를, 온갖 행운이 잇따르기를, 그리고 곧 다시 만나게 되기를 바란다고 말했다. 반전은 추신 내용이었다. 〈실비아와 함께 제2의 신혼여행을 시작했다네. 아내가 다시 노력해 볼 테니 너무 미워하지 말라고 전해 달라는군.〉

나머지 이야기는 신문 사회면에 실린 속물적인 사교 칼럼에서 읽었다. 평소 그런 칼럼을 자주 읽진 않지만, 달리 혐오할 만한 일이 생각나지 않을 때는 예외로 친다.

테리와 실비아 레녹스가 라스베이거스에서 재결합했다는 소식에 필자도 몹시 설렜다. 잘 아시다시피 실비아는 샌프란시스코와 페블 비치 일대의 백만장자 할런 포터의 둘째딸이다. 그녀는 마르셀과 잔 듀오를 불러들여 엔시노

27

자택의 지하부터 지붕까지 온통 최신 유행으로 **어마어마하게** 재단장하는 작업을 맡겼다. 독자 여러분도 기억하시겠지만, 방 열여덟 개가 딸린 이 아담한 저택은 테리와 결혼하기 직전의 남편 커트 웨스터하임이 실비아에게 결혼 선물로 주었던 집이다. 그런데 커트는 지금 어떻게 되었을까? 정말 궁금하신가? 해답은 생트로페[3]가 쥐고 있는데, 그곳에 아주 눌러앉았다는 소문이다. **대단히** 고귀한 혈통을 물려받고 더할 나위 없이 귀여운 두 자녀를 거느린 프랑스 여공작이 관련되었다는 말도 들린다. 그런데 할런 포터는 이번 재결합을 어떻게 생각할까? 여러분의 상상에 맡길 수밖에. 포터 씨는 언론 인터뷰를 **절대로** 안 하기 때문이다. 어째서 그토록 배타적일까?

나는 신문을 방구석에 내던지고 텔레비전을 켰다. 사회면에 실린 개소리를 읽고 나니 레슬러들조차 꽃미남으로 보일 정도였다. 그러나 보도 내용은 정확할 터였다. 사회면이라면 마땅히 그래야 하니까.

나는 방 열여덟 개가 딸린 아담한 저택을 마음속에 그려 보았다. 포터 일가의 재산 중 몇 백만 달러를 차지할 여자에게는 과연 어떤 집이 어울릴까? 물론 남근 숭배적 상징주의를 표방하는 듀오 부부의 최신식 실내 장식도 감안해야겠지. 그러나 테리가 반바지 차림으로 수영장 주변을 어슬렁거리며 무선 전화기로 집사에게 연락하여 샴페인을 냉장하고 멧닭

3 프랑스 남부의 해안 휴양지.

을 구워 놓으라고 지시하는 모습 따위는 전혀 떠오르지 않았다. 굳이 그런 상상을 할 필요도 없다. 그런 녀석이 누군가의 장난감 노릇을 하건 말건 내가 알 바 아니다. 어쨌든 두 번 다시 보고 싶지 않았다. 그러나 다시 만나게 될 줄 알았는데……도금 장식을 붙인 빌어먹을 돼지가죽 여행 가방이 내게 있으니까.

비가 내리는 3월 어느 날 저녁 5시, 내 초라한 골칫거리 상담실에 그가 나타났다. 완전히 달라진 모습이었다. 한층 노숙해지고 정신도 말짱한 데다 근엄하고 더할 나위 없이 침착했다. 인생에 유연하게 대처하는 법을 터득한 사람 같았다. 회백색 레인코트를 걸치고 장갑을 끼고 모자는 안 썼는데 백발이 새가슴처럼 반질반질했다.

「어디 조용한 술집에 가서 한잔할까. 바쁘지 않으면.」마치 10분 전에 들어온 사람 같은 말투였다.

우리는 악수를 나누지 않았다. 전에도 악수는 안 했으니까. 영국인들은 미국인들처럼 걸핏하면 악수를 하려 들지는 않는다. 그는 영국인도 아니면서 종종 영국식으로 행동했다.

「우선 우리 집에 들러 비싼 가방부터 챙기자고. 왠지 신경이 쓰여서 말이야.」

그러나 그는 고개를 가로저었다. 「자네가 계속 보관해 주면 좋겠는데.」

「왜?」

「그냥 그랬으면 해서. 싫은가? 그 가방은 내가 쓸모없는 놈팡이였던 시절을 떠올리게 해서 그래.」

「웃기는 소리. 어쨌든 내가 참견할 일은 아니지.」

「혹시 도둑맞을까 봐 걱정이라면 —」

「그것도 내가 참견할 일은 아니고. 술이나 마시러 가지.」

우리는 빅터 주점으로 향했다. 그는 적갈색 조잇[4] 주피터에 나를 태웠다. 얄팍한 캔버스 방수 지붕 아래는 공간이 좁아서 우리 둘이 간신히 앉을 수 있었다. 실내는 밝은 빛깔의 가죽으로 단장했고 부속은 모두 은제품인 듯했다. 자동차에 대해서는 까다롭지 않은 편인데도 이렇게 근사한 차를 보니 저절로 군침이 돌았다. 그는 2단으로 시속 65마일까지 달릴 수 있다고 설명했다. 변속기가 무릎에 닿을락 말락 할 만큼 작고 땅딸막했다.

「4단 기어야. 이런 괴물을 감당하는 자동 변속기는 아직 안 나왔어. 사실 필요도 없고. 오르막길에서도 3단으로 출발할 수 있는 데다, 어차피 복잡한 시내에서는 기어를 더 올릴 수도 없으니까.」

「결혼 선물?」

「그냥 지나가다가 우연히 봤다면서 사주더라고. 내가 이렇게 사랑받으며 산다니까.」

「근사하네. 가격표만 안 붙어 있다면야.」

그러자 그가 재빨리 나를 돌아보더니 비에 젖은 도로를 다시 주시했다. 작은 앞 유리창에서 와이퍼 한 쌍이 조용히 움직였다. 「가격표? 이 친구야, 가격표가 안 붙은 물건은 없어. 자네는 내가 행복하지 않다고 생각하나?」

4 영국 자동차 회사.

「미안, 내가 괜한 말을 했군.」

「난 이제 부자야. 행복 따위가 왜 필요해?」 처음 들어 보는 신랄한 말투였다.

「술은 얼마나 마시나?」

「품위는 철저히 지킨다네. 이유는 모르겠지만 이제 술을 절제하게 됐나 봐. 그래도 사람 일은 모르는 거지?」

「진짜 주정뱅이는 아니었던 모양이지.」

우리는 빅터 주점 구석 자리에 앉아 김렛[5]을 마셨다. 「이 동네는 제대로 만들 줄 모른다니까.」 그가 말했다. 「김렛이랍시고 라임 주스나 레몬 주스에 진을 타고 설탕이랑 비터스[6]를 잔뜩 뿌려 내놓는단 말이야. 진짜 김렛은 진에 로즈사 라임 주스를 반반씩 타고 아무것도 섞지 말아야지. 그렇게 만들면 마티니 따위는 상대도 안 되거든.」

「나야 뭐 술맛을 까다롭게 따지지 않으니까. 랜디 스타를 만난 다음엔 어떻게 지냈나? 우리 동네에서는 다들 사나운 친구라던데.」

테리는 등을 뒤로 기대며 생각에 잠기는 표정이었다. 「그렇다고 봐야겠지. 아마 그쪽 세계는 다 그럴걸. 그래도 그 친구는 티를 안 내는 편이야. 할리우드에서 같은 장사를 하는 놈들을 몇 명 아는데, 한결같이 사납기 이를 데 없지. 랜디는 굳이 그렇게 허세를 부리지 않아. 라스베이거스에서는 합법적인 사업가일 뿐이지. 다음번에 거기 가면 한번 만나 봐. 친

5 영국에서 탄생한 칵테일.
6 쓴맛이 나는 술.

구가 될 테니까.」

「그럴 일 없어. 난 깡패들을 싫어하거든.」

「큰소리치지 말라고, 말로. 지금은 그런 세상이야. 세계대전을 두 번이나 겪으면서 세상이 이렇게 돼버렸다고. 앞으로도 그럴 거야. 랜디와 나, 그리고 또 다른 친구, 셋이서 죽을 고비를 넘겼어. 그 일로 연대감 같은 게 생겼지.」

「그럼 왜 필요할 때 도와 달라고 하지 않았나?」

그는 남은 술을 마셔 버리고 웨이터에게 손짓했다.「그 친구는 거절할 수 없을 테니까.」

웨이터가 술잔 두 개를 가져왔을 때 내가 말했다.「말 같잖은 소리. 누가 어쩌다 자네한테 신세를 졌다면, 그쪽 입장도 좀 생각해 줘야지. 빚 갚을 기회가 왔다고 좋아할 텐데.」

그는 천천히 고개를 가로저었다.「자네 말에도 일리가 있어. 그래서 일자리를 달라고 했지. 하지만 일하는 동안 내 몫은 충분히 했어. 동정이나 동냥은 사양한다고.」

「그러면서 낯선 사람한테는 잘도 받더군.」

그는 내 눈을 똑바로 마주 보았다.「낯선 사람은 못 들은 체하고 지나갈 수도 있잖아.」

우리는 김렛 세 잔씩을 마셨다. 비록 더블은 아니었지만 테리는 끄떡도 하지 않았다. 술꾼이 그만큼 마셨으면 제대로 발동이 걸릴 만한데. 정말 술버릇을 고친 모양이다.

이윽고 그는 사무실까지 나를 태워다 주었다.

그가 말했다.「우리 집은 8시 15분에 저녁을 먹거든. 백만장자들만 누리는 호사야. 요즘은 백만장자쯤은 돼야 하인들이 그런 대우를 참아 주니까. 멋쟁이 손님들이 잔뜩 모여들지.」

*

그때부터 테리는 습관처럼 5시쯤에 불쑥불쑥 나타났다. 매번 한 술집만 찾지는 않았지만 우리가 제일 자주 가는 곳은 빅터 주점이었다. 내가 모르는 무슨 사연이 있는 곳일까. 어쨌든 그는 한 번도 과음하지 않았고, 자신도 놀라워했다.

그가 말했다. 「이틀거리[7]와 비슷한가 봐. 일단 발작을 일으키면 미쳐 버리지. 그러다가 증상이 사라지면 병이 깨끗이 나은 것 같고.」

「그런데 자네처럼 고귀하신 분이 왜 사설탐정 나부랭이를 만나서 술을 마시는지 알다가도 모르겠네.」

「겸손한 체하는 거야?」

「천만에. 그냥 알쏭달쏭해서. 나도 그럭저럭 붙임성 있는 편이지만, 우리 둘은 사는 세계가 좀 다르잖아. 난 자네가 엔시노에 산다는 것만 알지 어디서 노는지도 모른다고. 가정생활은 꽤 원만해 보이지만.」

「나한테 가정생활 따위는 없어.」

우리는 그날도 김렛을 마시는 중이었다. 술집에는 손님이 별로 없었다. 술꾼 몇 명만 여느 때처럼 바 앞의 걸상에 드문드문 흩어져 앉아 시간을 죽일 뿐이었다. 첫잔을 들 때부터 혹시 뭔가 쓰러뜨리기라도 할까 봐 조심스레 손을 내미는 부

7 말라리아의 일종으로 이틀에 한 번씩 발작하며 좀처럼 낫지 않는 병.

33

류였다.

「무슨 소린지 모르겠군. 다 아는 얘긴데 나만 못 알아들었나?」

「영화판에서 쓰는 표현을 빌리자면, 제작비는 어마어마한데 스토리가 빈약하다고나 할까. 그래도 실비아는 충분히 행복해 보이지만, 내 덕분이라고 말하긴 어렵지. 우리 주변에서 가정생활은 별로 중요하지 않거든. 일자리며 돈 걱정을 안 해도 되는 팔자라면 소일거리야 얼마든지 있으니까. 참다운 즐거움은 아니지만, 부자들은 그 사실을 몰라. 경험한 적이 없으니까. 남의 마누라 말고는 뭔가를 간절히 원해 본 적이 없거든. 부자들의 욕망이 간절해 봤자, 거실에 새 커튼을 달고 싶어 하는 배관공 마누라의 욕망보다도 시시하게 마련이지.」

나는 아무 말도 하지 않았다. 테리 혼자 떠들게 내버려 두었다.

「요즘은 주로 시간을 죽이는 게 일이야. 그놈의 시간, 쉽게 죽지도 않더라고. 테니스 조금 치고, 골프도 조금 치고, 수영 좀 하다가 말도 좀 타고, 그러다가 실비아 친구들을 구경하는 낙으로 살지. 다들 점심을 기다리느라 안달하다가, 점심 때만 지나면 숙취를 달래느라 또 쩔쩔매거든.」

「자네가 라스베이거스로 가던 날 밤, 실비아가 주정뱅이는 싫어한다고 말하던데.」

그러자 테리가 일그러진 얼굴로 미소를 지었다. 그때쯤에는 그의 얼굴 흉터에 익숙해졌으므로, 그렇게 표정이 달라질 때만 굳어진 얼굴 반쪽이 눈에 띄었다.

「빈털터리 주정뱅이를 싫어한다는 뜻이야. 돈만 있으면야 주량이 센 술꾼일 뿐이지. 베란다에 왕창 토해도 집사가 알아서 치워 주니까.」

「그렇게 살 필요는 없었잖아.」

그는 단숨에 술잔을 비우고 일어섰다. 「이제 가야겠어, 말로. 자네를 따분하게 만들다 못해 나까지 따분해지네.」

「따분하진 않았어. 남의 말을 들어 주는 데는 이골이 났으니까. 아무튼 자네가 애완견 푸들 같은 삶을 좋아하는 이유를 조만간 알게 되겠지.」

그는 손끝으로 흉터를 슬쩍 쓰다듬었다. 그러더니 어렴풋이 미소를 머금었다. 「실비아가 나를 곁에 두는 이유를 곰곰 생각해 봐. 내가 거기 붙어 있는 이유에만, 공단 방석에 다소곳이 앉아 머리를 쓰다듬어 주길 기다리는 이유에만 골몰하지 말고.」

「공단 방석을 좋아하는 모양이지.」 테리와 함께 나가려고 일어나면서 내가 말했다. 「비단 이불도 좋아하고, 초인종만 누르면 집사가 웃는 얼굴로 공손하게 나타나는 것도 좋아하고.」

「그럴지도 몰라. 나는 솔트레이크시티에 있는 고아원에서 자랐거든.」

술집을 나와 피로에 젖은 저녁 풍경 속으로 나갔을 때, 그는 좀 걷고 싶다고 말했다. 내 차로 이동한 날이었고, 모처럼 내가 더 빨리 계산서를 낚아챈 날이기도 했다. 나는 그의 모습이 보이지 않을 때까지 지켜보았다. 그의 백발이 상점 진열창의 불빛을 받아 잠시 빛나는 듯싶더니 어느새 엷은 안개 속으로 사라져 버렸다.

나는 그가 주정뱅이였을 때, 밑바닥까지 떨어졌을 때, 굶주리고 지쳤으면서도 자존심만은 잃지 않았을 때가 더 좋았다. 아니, 정말 그럴까? 어쩌면 내가 좀 더 나은 처지에 있었기 때문인지도 모른다. 아무튼 그의 사고방식을 이해하기는 쉽지 않았다. 이런 일을 하다 보면 질문을 던져야 할 때가 있는 반면, 상대방이 부글부글 끓다가 저절로 넘칠 때까지 내버려 둬야 할 때도 있다. 유능한 경찰이라면 누구나 아는 요령이다. 체스나 권투와 닮은 점이 많다. 어떤 이들은 마구 몰아붙여 균형을 잃게 만들어야 하지만, 또 다른 이들은 맞상대만 해줘도 제풀에 무너지고 만다.

내가 물어보기만 했다면 그는 자신의 인생 이야기를 모두 털어놓았을 것이다. 그런데도 나는 그의 얼굴이 망가져 버린 사연조차 묻지 않았다. 만약 그때 내가 물어보고 그가 대답했다면, 어쩌면 두 사람의 목숨을 건졌을지도 모른다. 하지만 이 역시 가능성일 뿐, 그 이상도 이하도 아니다.

4

우리가 마지막으로 술집에 가서 술을 마신 날은 5월이었고, 시간도 평소보다 일러 오후 4시가 조금 지났을 때였다. 그는 피곤해 보이고 살이 좀 빠진 듯했지만, 기분이 좋은지 잔잔한 미소를 머금고 주위를 둘러보았다.

「나는 이렇게 초저녁에 장사를 막 시작한 술집이 좋아. 실내 공기는 아직 선선하고 깨끗하지, 모든 게 반질반질하지, 바텐더는 마지막으로 거울을 보면서 넥타이는 똑바로 맸는지, 머리는 단정한지 확인해 보고. 바 너머에 가지런히 늘어놓은 술병도 좋고, 사랑스럽게 반짝거리는 술잔도 좋고, 그때마다 느껴지는 기대감도 좋아. 바텐더가 그날의 첫 잔을 준비해 보송보송한 받침에 내려놓고 그 옆에 조그맣게 접은 냅킨을 놓아 주는 것도 좋아. 그 술을 천천히 음미하는 것도 좋아. 조용한 술집에서 그날의 첫 잔을 조용히 마시는 순간…… 정말 근사하다니까.」

나도 그 말에 동의했다.

테리가 말했다. 「술도 사랑과 비슷해. 첫 키스는 황홀하고 두 번째는 따뜻하지만 세 번째는 벌써 심심하거든. 그러고 나면 옷 벗기는 일만 남은 셈이지.」

내가 물었다. 「그게 어때서?」

「고상한 열정이긴 한데 불순한 감정이니까. 미학적 의미에서 불순하다는 거야. 성행위를 경멸하진 않아. 성은 필요하기도 하고 꼭 꼴사나운 일이라고 할 수도 없으니까. 그렇지만 끊임없이 정성을 기울여야 하지. 성적 매력을 유지하는 일은 10억 달러짜리 산업이고, 그 돈을 한 푼도 빠짐없이 털어 넣어야 하는 일이라고.」

그러더니 주위를 둘러보며 하품을 했다. 「요즘 내가 잠을 잘 못 자서 그래. 여기도 괜찮은 술집이야. 그런데 조금만 있으면 술꾼들이 몰려들어 와자지껄 웃고 떠들겠지. 빌어먹을 여자들은 손을 흔들고 오만상을 찡그리고 빌어먹을 팔찌를 짤랑거리면서 다 그렇고 그런 매력을 뽐내다가, 밤이 깊어갈 때쯤엔 희미하지만 틀림없는 땀 냄새나 풀풀 풍기겠지.」

「진정하셔.」 내가 말했다. 「여자들도 인간이니까 땀도 흘리고 더러워지고 화장실도 가야지. 그럼 뭘 기대했나? 장밋빛 안개 속에 두둥실 떠 있는 황금빛 나비 같은 여자?」

그는 술잔을 비운 후 거꾸로 들고, 술잔 가장자리에 서서히 맺힌 술 한 방울이 파르르 떨다 떨어지는 모습을 지켜보았다.

「그 여자가 불쌍해.」 그가 느릿느릿 말했다. 「정말 썩어 빠진 년이거든. 어쩌면 나도 그 여자를 조금은 좋아하는지도 몰라. 언젠가는 그 여자한테 내가 절실히 필요하겠지. 재산을 노리지 않는 놈은 나뿐일 테니까. 그러기 전에 내가 먼저

나가떨어지겠지만.」

나는 그를 물끄러미 바라보았다. 잠시 후 이렇게 말했다. 「자화자찬 하나는 수준급이군.」

「그래, 알아. 나는 나약한 놈이야. 배짱도 없고 야망도 없지. 황동반지를 골라놓고 금반지가 아니라서 놀라는 놈이야. 나 같은 놈은 살면서 딱 한 번 절호의 기회를 만나는데, 높이 매달린 그네를 타고 완벽하게 묘기를 선보이는 순간이랄까. 그러고 나면 길가에서 시궁창으로 떨어지지 않으려고 안간힘을 쓰면서 여생을 보내지.」

「도대체 무슨 말을 하고 싶은 거야?」 나는 파이프를 꺼내 연초를 재기 시작했다.

「그 여자는 겁에 질렸어. 죽도록 무서워한다고.」

「왜?」

「나도 몰라. 요즘은 대화도 잘 안 하거든. 아버지 때문인지도 모르지. 할런 포터는 인정머리 없는 인간이니까. 겉모습이야 빅토리아 시대 사람처럼 점잖기 짝이 없지. 그런데 속마음은 게슈타포 살인마처럼 무자비하단 말이야. 실비아는 헤픈 여자야. 장인 영감도 그걸 알고 싫어하지만 어쩔 수 없는 일이지. 하지만 참고 지켜보다가 실비아가 한바탕 스캔들을 일으키면 당장 두 토막을 내서 천리만리 따로따로 묻어 버릴 거라고.」

「자네는 남편이잖아.」

그러자 그는 빈 술잔을 들어 탁자 가장자리를 세차게 내려쳤다. 날카로운 소리와 함께 술잔이 쩽 깨져 버렸다. 바텐더가 돌아보았지만 아무 말도 하지 않았다.

「바로 그거야, 이 사람아, 바로 그거라니까. 그래, 내가 남편이지. 서류상으로야 그렇지만 현실은 전혀 달라. 내가 하얀 계단 세 개를 올라가서 커다란 녹색 대문에 달린 황동 문고리를 잡고 길게 한 번, 짧게 두 번 두드리면 하녀가 문을 열어 주는데, 거기가 바로 1백 달러짜리 갈봇집이라고.」

나는 일어나서 테이블에 약간의 돈을 내려놓았다. 「오늘따라 말이 너무 많은 데다 자신에 대한 애기만 너무 길게 늘어놓는군. 나중에 보세.」

나는 술집의 밝지 않은 조명 속에서도 눈에 띄게 놀라 창백해진 그를 내버려 두고 나와 버렸다. 등 뒤에서 그가 뭐라고 말했지만 걸음을 멈추지 않았다.

그리고 10분 뒤 후회했다. 하지만 소용없는 일이었다. 이미 다른 곳에 가 있었기 때문이다. 그때부터 그는 내 사무실로 찾아오지 않았다. 전혀, 단 한 번도. 내가 아픈 곳을 건드렸기 때문이다.

나는 한 달 동안 그를 만나지 못했다. 그러다가 다시 만났을 때는 새벽 5시, 동이 틀 무렵이었다. 끈질기게 울려 대는 초인종 소리에 침대에서 억지로 몸을 일으켰다. 비틀비틀 힘겹게 복도를 지나고 거실을 지나 문을 열었다. 그는 일주일 동안 한숨도 못 잔 듯한 모습이었다. 가벼운 외투를 입고 목깃을 세웠는데 떨고 있는 듯했다. 거무스름한 펠트 모자를 눌러써서 눈이 보이지 않았다.

손에는 권총을 들고 있었다.

5

나를 겨냥하지는 않고 그냥 들고 있었다. 중구경 자동 권총인데 아마도 외제인 듯했고, 어쨌든 콜트나 새비지[8]는 분명히 아니었다. 창백하고 지친 얼굴, 흉터, 곧추세운 목깃, 눌러쓴 모자, 게다가 권총까지, 그야말로 폭력이 난무하는 구닥다리 갱 영화 속에서 빠져나온 듯한 모습이었다.

「티후아나[9]까지 좀 태워다 줘야겠어.」그가 말했다. 「10시 15분 비행기를 타야 돼. 여권도 있고 비자도 있고 준비는 다 끝났는데, 거기까지 가는 교통편이 문제야. 사정이 있어서 로스앤젤레스에서 출발하는 기차나 버스나 비행기는 못 타거든. 택시 요금으로 5백 달러 정도면 적당하겠나?」

나는 길을 열어 주지 않고 문간에 그대로 서 있었다. 「5백 달러에 그 총은 덤인가?」내가 물었다.

그는 멍하니 권총을 내려다보았다. 그러더니 곧 주머니에 넣었다.

8 둘 다 미국 총기 제조사.
9 멕시코 북서부 바하칼리포르니아주의 국경 도시.

「호신용이야. 자네를 지켜 주려고. 나 말고.」

「그럼 들어와.」 내가 비켜 주자 그는 쓰러질 듯이 걸음을 옮겨 의자에 털썩 주저앉았다.

거실 안은 아직도 캄캄했다. 집주인이 내버려 둔 탓에 무성하게 자란 떨기나무가 창문을 가렸기 때문이다. 나는 전등을 켜고 담배 한 개비를 꺼냈다. 불을 붙였다. 그를 내려다보았다. 이미 헝클어진 내 머리를 더욱더 헝클어뜨렸다. 그러고 나서 피곤한 표정으로 미소를 지었다.

「이렇게 아름다운 아침에 쿨쿨 잠이나 자다니, 도대체 나는 왜 이럴까? 10시 15분 비행기랬지? 시간은 넉넉하네. 부엌으로 가지. 커피 좀 끓여야겠어.」

「내가 엄청난 곤경에 빠져 버렸어, 탐정 나리.」 그가 나를 탐정이라고 부르기는 처음이었다. 하지만 그런 차림새로 권총까지 들고 불쑥 들이닥쳤다는 사실을 감안하면 그리 신기하지도 않았다.

「오늘은 날씨가 근사하겠어. 산들바람이 부는군. 길 건너 튼튼한 유칼립투스나무들이 속닥거리는 소리가 들려. 아마 오스트레일리아에서 살았던 옛날 얘기를 하고 있겠지. 나뭇가지 밑에는 왈라비[10]들이 깡충깡충 뛰놀고 새끼 업은 코알라가 엉금엉금 기어오르던 시절 말이야. 그래, 자네가 곤경에 빠졌다는 건 대충 알아차렸어. 우선 커피부터 두어 잔 마시고 나서 얘기해 보세. 잠을 막 깨면 언제나 머리가 좀 둔해서 그래. 우선 허긴스 씨와 영 씨[11]부터 만나 봐야겠어.」

10 오스트레일리아에 서식하는 캥거루과 동물.

「이봐, 말로, 지금 그럴 때가 ―」

「이 친구야, 걱정하지 말라고. 허긴스 씨와 영 씨는 최고 중의 최고니까. 둘이서 허긴스 영 커피를 만들지. 두 사람한 테는 커피야말로 긍지와 기쁨을 주는 필생의 과업이야. 언젠 가는 두 사람이 정당한 평가를 받게 해줘야겠어. 지금까지는 둘이서 돈만 벌었거든. 그것만으로 만족할 사람들이 아냐.」

나는 그렇게 가벼운 수다를 떨다가 그를 혼자 두고 안쪽에 있는 부엌으로 들어갔다. 뜨거운 물을 틀어 놓고 선반에서 커피메이커를 꺼냈다. 유리 대롱을 물에 적신 후 커피를 재서 상부 유리병에 담았다. 그 사이에 물에서는 김이 모락모락 피어올랐다. 커피메이커의 하부 유리병에 물을 받아 불 위에 올려놓았다. 상부 유리병을 맨 위에 얹고 한 바퀴 돌려 고정 시켰다.

그때쯤에는 그 역시 내가 있는 부엌으로 들어왔다. 그는 잠시 문설주에 기대고 있다가 느릿느릿 간이 식탁으로 걸어 가서 의자에 앉았다. 여전히 떨고 있었다. 나는 선반에서 올 드 그랜드대드[12] 병을 꺼내고 큰 술잔에 술을 따랐다. 그에게 는 큰 술잔이 필요할 테니까. 그렇게 배려했는데도 그는 두 손으로 간신히 술잔을 들고 입으로 가져갔다. 술을 꿀꺽꿀꺽 삼킨 후 술잔을 쿵 내려놓더니 등받이에 털썩 기댔다.

「기절할 뻔했어.」 그가 중얼거렸다. 「벌써 일주일째 잠을 설쳤거든. 간밤엔 한숨도 못 잤고.」

11 캘리포니아 커피 회사 〈허긴스 영 커피〉를 가리킨다.
12 미국 짐 빔 양조 회사의 버번위스키.

커피메이커의 물이 막 끓는 참이었다. 나는 불을 줄이고 물이 올라가는 모습을 지켜보았다. 유리 대롱 하단에 물이 조금 남아 있었다. 나는 불을 조금 키웠다가 남은 물이 마저 올라가자 재빨리 도로 줄였다. 커피를 저어 주고 뚜껑을 덮었다. 타이머를 3분에 맞췄다. 말로는 대단히 꼼꼼한 놈이니까. 커피 끓이는 솜씨를 발휘할 때만은 아무것도 방해할 수 없으니까. 절망에 빠진 사내가 지니고 있는 권총조차도.

나는 술을 한 잔 더 따라 주었다. 「그대로 앉아 있어. 한마디도 하지 말고. 그냥 앉아 있으라고.」

그는 둘째 잔은 한 손으로 들고 마셨다. 나는 화장실에 가서 재빨리 세수를 했다. 부엌으로 돌아오기가 무섭게 타이머 벨이 울렸다. 불을 끄고 커피메이커를 식탁 위의 밀짚 받침에 옮겨 놓았다. 이렇게 자질구레한 일까지 시시콜콜 늘어놓는 이유가 뭐냐고? 분위기가 너무 긴장돼서 사소한 일 하나하나가 연극의 한 장면처럼 두드러졌기 때문이다. 모든 움직임이 선명하고 대단히 중요하게 느껴졌다. 그렇게 극도로 예민해진 상태에서는 무의식적인 행동조차도 — 얼마나 오랫동안 얼마나 습관적으로 되풀이했건 상관없이 — 하나하나 의식적으로 치르게 마련이다. 마치 소아마비를 앓고 나서 걷기 연습을 하는 사람과 같다. 아무것도, 정말 아무것도 당연시할 수 없다.

커피가 다 내려오자 여느 때처럼 소란스럽게 공기가 쉭쉭 밀려들고 커피가 부글거리다가 이내 잠잠해졌다. 나는 커피메이커의 상부 유리병을 떼어 내고 뚜껑 구멍에 꽂아 건조대에 놓았다.

커피 두 잔을 따르고 그의 잔에는 술을 섞었다. 「테리 자네는 블랙으로 마셔.」 내 잔에는 각설탕 두 개를 넣고 크림도 넣었다. 이제야 긴장이 좀 풀리는 듯했다. 언제 냉장고를 열고 크림을 꺼냈는지 의식하지도 못했으니까.

나는 그의 맞은편 의자에 앉았다. 그는 전혀 움직이지 않았다. 간이 식탁 구석에 축 늘어진 채로 굳어 버린 듯했다. 그러다가 느닷없이 식탁에 엎드려 울음을 터뜨렸다.

내가 팔을 뻗어 주머니 속의 권총을 꺼내는데도 아랑곳하지 않았다. 마우저 7.65밀리, 정말 근사한 총이다. 냄새를 맡아 보았다. 탄창을 빼냈다. 실탄이 가득하다. 약실은 텅 비었다.

그가 고개를 들고 커피를 보더니 내 쪽은 쳐다보지 않고 천천히 마셨다. 「아무도 안 쐈어.」 그가 말했다.

「글쎄…… 어쨌든 최근에는 쏘지 않았군. 쐈는데 깨끗이 닦아 놨거나. 하지만 자네가 이 총으로 사람을 쐈다고 생각하진 않아.」

「사정이 있어.」

「잠깐 기다려.」 나는 뜨거운 커피를 서둘러 마셨다. 이어 내 잔을 다시 채웠다. 그러고 나서 말했다. 「자네가 명심해야 할 게 있어. 아주 신중하게 말해야 돼. 정말 내가 티후아나까지 데려다주길 바란다면, 나한테 절대로 말하지 말아야 할 일이 두 가지 있거든. 첫째…… 듣고 있나?」

그의 머리가 살짝 움직였다. 그는 내 머리 너머로 벽면을 멍하니 쳐다보고 있었다. 오늘 아침에는 흉터가 유난히 푸르뎅뎅하다. 얼굴에는 핏기가 전혀 없는데 흉터만 변함없이 반질거린다.

나는 다시 천천히 말을 이었다. 「첫째, 자네가 혹시 범죄를 저질렀다면, 적어도 법적으로 범죄에 해당하는 짓을 저질렀다면 ― 물론 중대한 범죄 말인데 ― 그 얘기는 나한테 하면 안 돼. 둘째, 그런 범죄에 대한 중요 정보를 알고 있다면 그 얘기도 하지 마. 티후아나까지 데려다주길 바란다면 말하지 말라고. 알겠나?」

그가 내 눈을 마주 보았다. 눈빛은 또렷한데 생기가 없었다. 그 역시 커피를 마셨다. 여전히 안색이 창백하지만 이제 안정을 찾은 상태였다. 나는 커피를 더 따라 주고 아까처럼 술을 섞었다.

그가 말했다. 「문제가 생겼다고 했잖아.」

「들었어. 어떤 문제인지는 알고 싶지 않아. 나도 먹고살려면 면허증은 지켜야지.」

「내가 총으로 위협했다고 하면 되잖아.」 그가 말했다.

나는 빙그레 웃으며 권총을 식탁 너머로 밀어 주었다. 그는 권총을 내려다보았지만 손을 대지는 않았다.

「티후아나까지 가면서 줄곧 총을 겨누고 있을 순 없어, 테리. 국경도 넘어야 하고 비행기도 타야 하잖아. 총이라면 심심찮게 상대해 봐서 내가 좀 알아. 그러니까 총은 잊어버리자고. 경찰한테 총이 무서워서 시키는 대로 했다고 해명하면 내 꼴이 뭐가 되겠나. 나야 모르는 일이지만, 혹시 경찰한테 해명해야 할 사건이 있었다면 말이야.」

「내 말 좀 들어 봐. 적어도 한낮은 지나야 누군가 그 여자 방문을 두드릴 거야. 그 여자가 늦잠을 잘 때는 아무도 방해하지 않으니까. 그래도 한낮이 지나면 하녀가 노크를 하고 들어가겠지. 그 여자는 자기 방에 없을 테고.」

나는 아무 말도 하지 않고 커피만 마셨다.

그가 말을 이었다. 「하녀는 사람이 잔 흔적이 없는 침대를 보겠지. 그럼 다른 곳에 가서 찾아볼 거야. 본채에서 꽤 멀리 떨어진 곳에 큰 사랑채가 있거든. 거긴 진입로도 따로 있고 차고니 뭐니 다 따로 있지. 실비아는 거기서 잤어. 하녀는 결국 사랑채에서 실비아를 보게 될 거야.」

나는 얼굴을 찌푸렸다. 「뭘 물어봐야 할지 심사숙고해야겠군. 테리, 혹시 실비아가 집 말고 다른 데 가서 잤을 가능성은 없나?」

「실비아 방에 옷이 여기저기 널브러져 있었어. 도무지 옷을 걸어 둘 줄 모르는 여자거든. 하녀가 방 안 꼴을 보면 실비아가 잠옷 바람에 가운만 걸치고 나갔다는 걸 알아차리겠지. 그렇다면 갈 곳은 사랑채뿐이거든.」

「단언할 순 없지.」

「사랑채뿐이야. 젠장, 사랑채에서 무슨 일이 벌어지는지 하녀라고 까맣게 모르겠나? 하인들은 모르는 게 없어.」

「넘어가지.」 내가 말했다.

그는 멀쩡한 쪽의 뺨을 손가락으로 세게 긁어 붉은 줄을 남겼다. 그러더니 느릿느릿 말을 이었다. 「그리고 하녀가 사랑채에 들어가면 —」

「곤드레만드레, 심신상실, 인사불성, 곯아떨어진 실비아를 보겠지.」내가 냉랭하게 말했다.

「아하.」그는 내 말을 곰곰이 생각했다. 정말 골똘히 생각했다. 이윽고 덧붙였다. 「그래, 그렇겠네. 실비아가 술고래는 아니지. 그래도 한번 발동이 걸리면 꽤 많이 마시거든.」

「그게 전부야. 어쨌든 뼈대는 그거지. 나머지는 내가 궁리해 보겠네. 지난번에 같이 술 마실 때 내가 좀 심했어. 혼자 나와 버리기까지 했고. 그날은 몹시 화가 났거든. 그런데 나중에 다시 생각해 보고 깨달았지. 자네는 그렇게 자신을 비웃으면서 불행한 기분을 털어 버리고 싶었을 뿐이야. 여권도 있고 비자도 있다고 했나. 멕시코 입국 비자를 받으려면 시간이 좀 걸리지. 아무나 받아 주지도 않고. 그러니까 꽤 오래 전부터 떠날 준비를 했다는 뜻이지. 나도 자네가 언제까지 버틸지 궁금했어.」

「내가 곁에 있어 줘야 한다는 막연한 의무감 같은 게 있었나 봐. 자기 아버지가 지나치게 간섭하지 못하게 하려고 나를 허울뿐인 남편으로 내세웠지만, 언젠가는 내가 정말로 필요할지도 모른다고 말이야. 그건 그렇고, 아까 한밤중에 자네한테 전화했는데.」

「난 한번 잠들면 업어 가도 몰라.」

「그래서 사우나를 하러 갔지. 두 시간쯤 있었는데, 사우나도 하고 목욕도 하고 샤워도 하고 마사지도 받다가 전화도 두어 번 걸었어. 차는 라브레아 애비뉴와 파운틴 애비뉴가 만나는 교차로 근처에 세워 놨어. 거기서 걸어왔지. 이 동네로 들어올 때 나를 본 사람은 아무도 없어.」

「그 전화도 나한테 걸었나?」

「한 통은 할런 포터한테 걸었어. 이 영감은 무슨 업무 때문에 어제 비행기로 패서디나에 내려갔대. 집에 안 왔다더군. 통화하느라 고생깨나 했다니까. 어쨌든 결국 연결이 됐어. 죄송하지만 떠나겠다고 했지.」 그런 이야기를 하면서 그는 개수대 위의 창문 쪽을 슬쩍 곁눈질했다. 황종화(黃鐘花) 덤불이 방충망을 괴롭히고 있었다.

「그랬더니 뭐래?」

「아쉽다더군. 그러면서도 행운을 빌어 주던데. 돈이 필요하냐고 묻기도 했고.」 테리는 큰 소리로 웃었다. 「돈이라니. 영감은 돈밖에 모른다니까. 돈이라면 나도 많다고 했지. 그러고 나서 실비아 언니한테도 전화를 걸었어. 통화 내용은 대충 비슷했고. 그게 다야.」

「묻고 싶은 게 있네. 실비아가 사랑채에서 남자랑 같이 있을 때 혹시 본 적 있나?」

그는 고개를 가로저었다. 「볼 생각도 안 했어. 보려고 했다면 봤겠지. 별로 어려운 일도 아니니까.」

「커피 다 식겠네.」

「그만 마실래.」

「남자가 많았던 모양이지? 그런데도 자네는 실비아에게 돌아가 재결합했어. 내가 봐도 매력적인 여자이긴 하지만, 그래도 그렇지……」

「나는 쓸모없는 놈이라고 말했잖아. 젠장, 처음에 결혼했을 때 왜 떠났을까? 그래 놓고 그 여자를 만날 때마다 왜 곤드레만드레 취해 버렸을까? 어째서 그 여자한테 돈 좀 달라고 하지 않고 부랑자처럼 살았을까? 실비아는 나 말고도 다섯 명하고 결혼했어. 그 여자가 손가락만 까딱하면 전남편 누구라도 쪼르르 달려올 거야. 꼭 1백만 달러가 탐나서는 아니야.」

「매력적인 여자니까.」 나는 손목시계를 들여다보았다. 「그런데 왜 하필 티후아나에서 10시 15분 비행기를 타야 하지?」

「언제나 빈자리가 있으니까. 엘에이에서 코니[13]를 타면 멕시코시티까지 일곱 시간 만에 가는데, 굳이 DC-3[14]를 타고 산맥을 넘어가는 사람은 아무도 없거든. 코니는 내가 가려는 곳에 착륙하지도 않고.」

나는 일어나서 개수대에 몸을 기댔다. 「이제 정리 좀 해볼 테니 말 끊지 말게. 자네는 오늘 아침에 잔뜩 화난 상태로 나를 찾아왔고, 아침 비행기를 타야 하니까 티후아나까지만 태워다 달라고 했어. 주머니 속에 권총이 있었지만 나는 못 본 걸로 하지. 자네는 그동안 참을 만큼 참았지만 간밤에 드디어 뚜껑이 열렸다고 했어. 마누라가 취해서 곯아떨어진 데다 옆에 외간남자까지 누워 있는 꼬락서니를 봤으니까. 그래서 홧김에 집을 나와 사우나에 가서 아침까지 시간을 보내다가 처갓집 식구들한테 연락해서 결심을 밝혔지. 목적지가 어딘

13 록히드사의 여객기 〈콘스털레이션〉의 애칭.
14 더글러스사의 여객기.

50

지는 내가 상관할 일이 아니니까 나도 몰라. 자네는 멕시코로 건너가는 데 필요한 서류를 다 준비해 놨어. 뭘 타고 가는지도 내가 상관할 일은 아니지. 친구니까 별생각 없이 자네 부탁을 들어줬을 뿐이야. 거절할 이유도 없잖아? 돈은 전혀 안 받았어. 자네한테는 차도 있었지만 너무 화가 나서 운전할 상태가 아니었던 거야. 역시 자네만 아는 일이지. 워낙 감수성이 예민한 성격인 데다 전쟁에 나가서 큰 부상까지 당했으니까. 그나저나 내가 자네 차를 당분간 어디 주차장에 처박아 놔야겠는데.」

그는 옷 속에서 가죽 열쇠고리를 꺼내 식탁 맞은편으로 밀어 주었다.

「그럴싸하게 들릴까?」 그가 물었다.

「듣는 사람에 따라 다르겠지. 내 말 아직 안 끝났어. 자네는 입고 있던 옷이랑 장인한테서 받은 돈 말고는 빈손으로 나온 거야. 실비아가 준 것들은 모조리 그대로 놔뒀지. 라브레아와 파운틴이 만나는 교차로 근처에 기막히게 근사한 차까지 세워 두고 말이야. 자네는 그렇게 훌훌 다 털고 후련하게 떠나 버리고 싶었던 거야. 됐어. 이 정도면 나도 속겠는데. 난 이제 가서 면도 좀 하고 옷도 갈아입어야겠어.」

「말로, 이렇게 도와주는 이유가 뭐지?」

「내가 면도하는 동안 술이나 드셔.」

나는 구석에 웅크리고 있는 그를 두고 간이 식탁을 나섰다. 그는 여전히 모자를 쓰고 가벼운 외투를 입은 모습이었다. 그러나 아까보다 훨씬 더 생기가 돌았다.

나는 화장실에 가서 면도를 했다. 침실에서 넥타이를 매고 있을 때 그가 나타나 문간에 섰다. 「혹시 모르니까 컵을 씻어 놨어.」 그가 말했다. 「생각을 좀 해봤는데 말이야. 자네가 경찰에 연락하는 게 나을지도 몰라.」

「하고 싶으면 자네가 해. 그럼 내가 경찰에게 말할 필요도 없을 테니까.」

「내가 그랬으면 좋겠나?」

나는 획 돌아서서 그를 노려보았다. 「염병할!」 고함을 지르다시피 말했다. 「제발 그냥 좀 넘어가면 안 돼?」

「미안해.」

「당연히 미안하겠지. 자네 같은 친구는 언제나 미안해하니까. 언제나 뒤늦게.」

그는 돌아서서 복도를 지나 거실로 돌아갔다.

나는 옷을 다 입고 뒷문을 걸어 잠갔다. 거실로 가보니 그는 의자에 앉아 고개를 옆으로 기울인 채 자고 있었다. 얼굴에 핏기가 하나도 없고 기진맥진하여 온몸이 축 늘어진 모습이었다. 처량해 보였다. 어깨를 건드렸더니 마치 먼 곳에서 돌아오는 사람처럼 서서히 깨어났다.

이윽고 그가 정신을 차렸을 때 내가 말했다. 「가방은 어떻게 할까? 그 하얀 돼지가죽 가방이 아직도 내 벽장 선반에 있는데.」

「가방엔 아무것도 없어.」 그가 관심 없다는 듯이 말했다. 「게다가 너무 눈에 띄는 가방이야.」

「짐이 없으면 오히려 더 눈에 띌 텐데.」

나는 침실로 돌아가 벽장 안의 발판에 올라서서 꼭대기 선반에 놓아둔 흰색 돼지가죽 가방을 끄집어냈다. 바로 위에 천장 통풍구가 있었다. 통풍구를 열고 팔을 최대한 멀리 뻗어 들보인지 뭔지 모를 먼지투성이 나무토막 너머에 승용차 열쇠고리를 떨어뜨렸다.

발판에서 내려와 여행 가방에 묻은 먼지를 털어 내고 이런저런 물건들을 집어넣었다. 한 번도 안 입은 잠옷 한 벌, 치약, 여분의 칫솔, 싸구려 목욕 수건과 세수 수건 몇 장, 순면 손수건 한 상자, 15센트짜리 면도 크림 튜브, 면도날 몇 개가 함께 들어 있는 면도기 등등. 모두 새것이고 아무 표시도 없는 평범한 제품이었다. 물론 품질은 그가 쓰던 것들이 더 좋겠지만. 나는 포장지도 뜯지 않은 1파인트들이 버번위스키 한 병도 함께 넣었다. 가방을 잠그고 열쇠를 꽂아 둔 채 현관으로 옮겨 놓았다. 그는 다시 자고 있었다. 나는 그를 깨우지 않고 문을 연 후에 가방을 들고 차고로 내려가 컨버터블 앞좌석 바로 뒤에 실었다. 차를 꺼내고 차고 문을 닫은 다음 계단을 올라가 그를 깨웠다. 문단속을 하고 나서 곧 출발했다.

나는 빠르게 달렸지만 과속으로 걸릴 정도는 아니었다. 가는 동안 우리는 별로 대화를 나누지 않았다. 중간에 식사를 하지도 않았다. 시간이 그리 많지 않았기 때문이다.

국경은 무사히 통과했다. 티후아나 공항은 메사 지대에 있어서 바람이 많이 불었다. 나는 사무실 가까운 곳에 차를 세웠고 테리가 표를 사는 동안 차 안에 그대로 앉아 있었다. DC-3는 벌써 예열을 위해 천천히 프로펠러를 돌리고 있었다. 키가 훤칠하고 잘생긴 조종사가 회색 제복 차림으로 네 사람을 마주 보며 잡담을 나눴다. 그중 한 명은 키가 190센티미터 정도였는데 엽총 케이스를 가지고 있었다. 그 옆에는 슬랙스 차림의 여자, 몸집이 좀 작은 중년 남자, 그리고 이 남자가 난쟁이처럼 보일 정도로 키가 후리후리한 백발 여자가 있었다. 근처에는 멕시코인이 분명해 보이는 사람도 서너 명쯤 있었다. 승객은 이들이 전부인 듯했다. 비행기 출입구 앞에 연결 계단을 붙여 놓았지만 빨리 타려고 안달하는 사람은 아무도 없었다. 이윽고 멕시코 항공사 승무원이 계단을 내려와 대기했다. 방송 시설이 없는 듯했다. 멕시코인들이 비행기를 탔지만 조종사는 여전히 미국인들과 잡담을 하고 있었다.

내 옆에 대형 패커드 한 대가 있었다. 나는 차에서 내려 운전대에 걸린 면허증을 훔쳐보았다. 언제쯤 남의 일에 참견하는 버릇을 고칠 수 있으려나. 고개를 들어 보니 키 큰 여자가 내 쪽을 주시하고 있었다.

그때 테리가 먼지투성이 자갈길을 밟으며 다가왔다.

「다 됐어.」그가 말했다.「이제 작별 인사를 해야겠네.」

그가 손을 내밀었다. 우리는 악수를 나눴다. 그는 이제 많이 좋아진 듯했다. 죽도록 피곤해 보일 뿐이었다.

나는 올즈모빌에서 돼지가죽 가방을 꺼내 자갈길에 내려놓았다. 그가 성난 눈빛으로 가방을 노려보았다.

「안 가져간다고 했잖아.」퉁명스러운 말투였다.

「근사한 위스키도 한 병 들었어, 테리. 잠옷 같은 것도 넣었고. 모두 평범한 물건들이야. 마음에 안 들면 전당포에 넘겨. 아니면 그냥 버리든지.」

「그럴 만한 이유가 있어서 그래.」 그가 딱딱하게 말했다.

「나도 마찬가지야.」

그러자 그가 갑자기 미소를 지었다. 가방을 들더니 빈손으로 내 팔을 움켜쥐었다. 「알았어, 친구. 시키는 대로 하지. 그리고 명심하게. 상황이 너무 힘들어지면 자네 하고 싶은 대로 하라고. 나한테 빚진 것도 없잖아. 우리는 어쩌다 한잔하면서 친해졌고, 내가 내 얘기를 너무 많이 했을 뿐이야. 커피 깡통에 1백달러짜리 다섯 장 넣어 뒀어. 화내지 말고.」

「괜한 짓을 했군.」

「어차피 내 돈 절반도 쓰기 힘들어.」

「잘 가, 테리.」

미국인 두 명이 계단을 올라가 비행기 안으로 들어갔다. 사무실 건물에서 몸이 땅딸막하고 얼굴은 넙데데하고 가무잡잡한 남자가 나오더니 손을 흔들고 손짓을 했다.

「어서 타.」 내가 말했다. 「자네가 죽이지 않았다는 거 알아. 그래서 내가 여기까지 온 거야.」

그러자 그의 몸이 굳어졌다. 몸 전체가 뻣뻣하게 굳어 버렸다. 그가 천천히 돌아서다가 다시 고개를 돌렸다.

「미안하네.」 그가 조용히 말했다. 「자네가 잘못 생각했어. 난 이제 아주 천천히 비행기 쪽으로 걸어가겠네. 나를 붙잡을 시간은 충분할 거야.」

그가 걸음을 옮겼다. 나는 그의 뒷모습을 지켜보았다. 사무실 문간에 선 남자가 테리를 기다리고 있었지만 조바심을 내는 기색은 별로 없었다. 멕시코 사람들은 으레 그렇다. 남자가 팔을 뻗어 돼지가죽 가방을 만져 보더니 테리를 쳐다보며 빙그레 웃었다. 그러더니 옆으로 비켜 주었고 테리는 안으로 들어갔다. 잠시 후 테리가 건너편 문으로 빠져나갔다. 입국할 때 세관원들이 대기하는 곳이다. 그는 자갈길을 밟으며 여전히 천천히 연결 계단 쪽으로 걸어갔다. 계단 앞에서 걸음을 멈추고 내 쪽을 돌아보았다. 그는 손짓을 하지도 손을 흔들지도 않았다. 나도 마찬가지였다. 이윽고 그가 비행기에 오르자 공항 직원이 연결 계단을 치웠다.

　나는 올즈모빌의 시동을 걸고 후진하다가 차를 돌려 주차장 중간쯤으로 갔다. 키 큰 여자와 키 작은 남자는 아직도 승강장에 서 있었다. 여자가 손수건을 흔들었다. 비행기가 활주로 끝으로 이동하면서 엄청난 흙먼지를 일으켰다. 활주로 끝에서 방향을 돌리더니 엔진이 빠르게 회전하면서 우레 같은 굉음을 터뜨렸다. 비행기가 움직이기 시작하여 서서히 속력을 높여 갔다.

　구름 같은 흙먼지가 비행기를 따라갔다. 마침내 비행기가 이륙했다. 바람이 거세게 부는 상공으로 서서히 떠오른 비행기는 구름 한 점 없는 동남쪽 푸른 하늘로 까마득히 멀어져 갔다.

　이윽고 나도 그곳을 떠났다. 출입국 관문에서 내 얼굴을 시곗바늘만큼이라도 눈여겨보는 사람은 아무도 없었다.

6

티후아나에서 집으로 돌아가는 기나긴 여정은 캘리포니아에서 제일 따분한 길이다. 티후아나는 별 볼일 없다. 사람들이 원하는 것은 돈뿐이다. 꼬마 녀석들이 슬그머니 차로 다가와 크고 간절한 눈으로 속닥거린다. 「10센트만 주세요, 아저씨!」 그러고 나서 곧바로 자기 누나를 팔아넘기려 한다. 티후아나는 멕시코가 아니다. 부두는 부두일 수밖에 없듯이 국경 도시도 국경 도시일 수밖에 없다. 샌디에이고? 세계에서 가장 아름다운 항구로 손꼽히지만 해군과 고깃배 몇 척 말고는 아무것도 없다. 밤에는 마법의 나라가 된다. 파도마저 찬송가를 부르는 할머니처럼 얌전하다. 그러나 말로는 빨리 집에 가서 숟가락이 다 있는지 세어 봐야 한다.

북쪽으로 올라가는 길은 뱃노래처럼 단조롭다. 도시를 지나고, 비탈길을 지나고, 긴 해변을 지나고, 다시 도시를 지나고, 비탈길을 지나고, 긴 해변을 지나고.

마침내 집에 도착했을 때는 오후 2시였고, 검은색 세단 한 대가 나를 기다리고 있었다. 경찰이라는 표시도 없고 경광등도 없고 쌍극 안테나를 달았을 뿐이다. 하지만 이런 안테나는 경찰차에만 다는 것도 아니다. 내가 계단을 반쯤 올라갔을 때 그들이 차에서 내려 나를 불렀다. 늘 그렇듯이 두 명이었고 늘 그렇듯이 양복을 입었는데, 늘 그렇듯이 잔인할 정도로 느긋하게 움직였다. 마치 온 세상이 숨죽인 채 자기네 지시를 기다려야 한다는 듯이.

「말로 씨 맞습니까? 얘기 좀 합시다.」

그는 나에게 배지를 얼핏 보여 주었다. 그렇게 잠깐 보여 주면 경찰인지 방역 회사 직원인지 알 게 뭐냐. 그는 잿빛을 띤 금발이었고 꽤나 깐깐해 보였다. 그의 파트너는 키가 크고 잘생기고 단정했는데, 꼼꼼하면서도 그악스러워 마치 공부를 많이 한 깡패 같았다. 둘 다 경계심 많고 무언가를 기다리는 눈빛, 참을성 있고 신중한 눈빛, 냉정하고 경멸 어린 눈빛, 한마디로 경찰의 눈빛을 하고 있었다. 그들은 경찰 학교 졸업 행진을 할 때부터 그런 눈빛을 뿜낸다.

「중부 경찰서 강력계 그린 경사입니다. 이쪽은 데이턴 형사고요.」

나는 계단을 마저 올라가서 문을 열었다. 대도시 경찰과는 악수를 안 하는 편이 낫다. 그렇게 가까워지면 위험하니까.

그들이 거실에 앉았다. 내가 창문을 열자 산들바람이 속닥거렸다. 대화는 그린이 주도했다.

「테리 레녹스라는 남자. 아십니까?」

「가끔 만나서 술을 마셨어요. 엔시노에 살고, 돈 많은 여자와 결혼했고, 그 집에 가본 적은 없어요.」

「가끔이라.」 그린이 말했다. 「얼마나 자주 만나셨다는 뜻입니까?」

「막연한 표현이잖아요. 그런 뜻으로 한 말입니다. 일주일에 한 번일 때도 있고 두 달에 한 번일 때도 있고.」

「부인도 만나 보셨습니까?」

「딱 한 번, 둘이 재혼하기 전에 잠깐 봤습니다.」

「언제 어디서 레녹스 씨를 마지막으로 보셨습니까?」

나는 협탁에서 파이프를 꺼내 연초를 쟀다. 그린이 내 쪽으로 몸을 기울였다. 키 큰 녀석은 멀찌감치 물러앉아 테두리가 붉은 메모지에 볼펜을 대고 있었다.

「이 대목에서 내가 〈무슨 일인데 그러세요?〉 하고 물으면 〈질문은 우리가 합니다〉 하고 대꾸하시겠군요.」

「그럼 대답이나 하시죠?」

나는 파이프에 불을 붙였다. 연초는 습도가 높은 편이었다. 제대로 불을 붙이기까지 시간이 좀 걸렸고 성냥도 세 개비나 써버렸다.

그린이 말했다. 「시간이 꽤 넉넉했는데 기다리느라 다 허비했어요. 그러니까 빨리빨리 대답하세요. 누구신지 다 알고 왔습니다. 우리가 괜히 운동 삼아 여기까지 온 게 아니라는 것쯤은 선생도 아실 테고.」

「생각 좀 하느라 그랬어요. 우리는 빅터 주점에 자주 갔고, 그렇게 자주는 아니었지만 그린랜턴에도 가고 불앤드베어에도…… 그 집은 선셋 스트립[15] 끄트머리에 있는데, 영국식 선

---

15 선셋 대로의 일부 구간으로 할리우드와 베벌리힐스 사이의 번화가.

술집처럼 꾸며 놓고 ─」

「시간 끌지 마세요.」

「누가 죽기라도 했습니까?」 내가 물었다.

그때 데이턴 형사가 입을 열었다. 냉혹하고 노련한 목소리, 까불면 재미없다고 위협하는 듯한 목소리였다. 「묻는 말에 대답이나 하쇼, 말로. 우린 지금 탐문 수사를 하는 중이오. 당신은 그 정도만 알면 돼.」

내가 좀 피곤해서 짜증이 났는지도 모른다. 조금은 꺼림칙해서 그랬을 수도 있다. 어쨌든 상대가 어떤 놈인지 알기도 전에 증오부터 하게 될 듯싶었다. 식당 먼발치에서 보기만 해도 당장 달려가 면상을 걷어차고 싶으리라.

「개수작하지 마셔.」 내가 말했다. 「그런 공갈 협박은 새파란 애송이들한테나 써먹으라고. 그래 봤자 웃음거리만 되겠지만.」

그러자 그린이 낄낄 웃었다. 데이턴의 얼굴에는 딱히 눈에 띄는 변화가 없는데도 왠지 10년은 더 늙고 20년은 더 악독해진 듯했다. 그의 코에서 씨근거리는 숨소리가 새어 나왔다.

「변호사 시험에 합격한 친구죠.」 그린이 말했다. 「데이턴 한테는 말장난이 안 통해요.」

나는 천천히 일어나 책장 쪽으로 걸어갔다. 캘리포니아 주 형법 장정본을 꺼냈다. 데이턴에게 책을 내밀었다.

「내가 질문에 답변해야 한다는 법률 조항이 어디쯤 있는지 가르쳐 주시겠나?」

데이턴은 꼼짝도 하지 않았다. 그는 나를 한 대 치고 싶어

했고, 우리 둘 다 그 사실을 알고 있었다. 하지만 그는 적당한 기회를 노리기로 마음먹은 듯했다. 그렇다면 자기가 뭔가 일을 저질렀을 때 그린이 편들어 준다는 확신이 없다는 뜻이다.

데이턴이 말했다. 「모든 시민은 경찰한테 협조해야 하는 거요. 모든 방법으로, 물리적 도움을 포함해서, 특히 범죄 사실을 인정하는 경우만 아니면 경찰관이 필요하다고 생각해서 던지는 모든 질문에 마땅히 답변하셔야지.」 냉혹하면서도 또박또박 거침없는 말투였다.

「관행이 그렇긴 하지.」 내가 말했다. 「주로 직간접 협박을 통해서. 법으로 정해진 의무는 아니야. 어느 누구도, 언제든, 어디서든, 무엇이든 경찰한테 다 말해 줄 필요는 없다고.」

「아, 그만!」 그린이 분통을 터뜨렸다. 「자꾸 발뺌만 하지 마시오. 어서 앉아요. 레녹스 부인이 살해됐소. 엔시노 자택 사랑채에서. 레녹스는 도주했고, 어쨌든 어디 있는지 모르겠으니까. 지금 살인 사건 용의자를 찾는 중이란 말이오. 이제 됐소?」

나는 형법 책을 의자에 던져 놓고 다시 소파에 앉아 탁자 너머로 그린을 마주 보았다. 「그런데 왜 나를 찾아오셨소?」 내가 물었다. 「그 집 근처에도 안 갔는데. 아까도 말했잖소.」

그린이 허벅지를 두드렸다. 양손이 오르락내리락, 오르락내리락. 나를 바라보며 빙긋 웃었다. 데이턴은 의자에 앉은 채 꼼짝도 하지 않았다. 나를 잡아먹을 듯이 노려보면서.

「지난 24시간 사이에 레녹스의 방에서 발견된 메모지에 선생 전화번호가 적혀 있었기 때문이오.」 그린이 말했다. 「날

짜별 메모지였는데, 어제 것은 뜯어냈지만 오늘 날짜 메모지에 눌린 자국이 남았거든. 레녹스가 선생한테 언제 연락했는지는 우리도 알 수 없소. 언제 어디로 왜 갔는지도 알 수 없고. 그래도 물어보긴 해야겠지, 당연히.」

「왜 하필 사랑채였소?」

대답은 기대하지도 않았지만 그린은 선선히 대답해 주었다. 그가 살짝 얼굴을 붉히며 말했다. 「그 여자가 사랑채를 꽤 자주 드나들었던 모양이오. 야심한 밤에. 손님이 있을 때. 하인들이 나무 사이로 불빛이 보인다고 하더군. 차들이 들락거렸는데, 가끔은 늦은 시간에, 가끔은 한밤중에도. 빤한 일 아니겠소? 엉뚱한 생각은 하지 마시오. 레녹스가 범인이오. 그가 새벽 1시쯤에 사랑채 쪽으로 갔소. 집사가 우연히 봤지. 그리고 20분쯤 지나서 혼자 돌아왔소. 그다음엔 아무 일도 없었지. 불도 그대로 켜져 있었고. 그런데 오늘 아침에 레녹스가 사라졌소. 집사가 사랑채로 가봤소. 여자는 인어처럼 알몸으로 침대에 누워 있었는데, 얼굴을 알아볼 수도 없었다고 하더군. 얼굴이 아예 없었으니까. 청동 원숭이상으로 마구 두들겨 뭉개 버렸거든.」

「테리 레녹스는 그런 짓을 할 친구가 아니오.」 내가 말했다. 「그 여자가 바람을 피우긴 했지. 오래된 일이오. 그 여자는 늘 그렇게 살았으니까. 그래서 이혼했다가 다시 결혼한 거요. 마누라가 바람피우는데 기분 좋을 리야 없겠지만, 이제 와서 새삼스럽게 미쳐 날뛸 이유는 없지 않겠소?」

「그거야 모를 일이지.」 그린이 참을성 있게 말했다. 「흔해 빠진 일이니까. 남자든 여자든. 사람이 참고 또 참고 또 참을 수도 있지. 그러다가 문득 더는 못 참는 순간이 오거든. 도대체 왜 그랬는지, 왜 하필 그 순간에 미쳐 버렸는지는 아마 본인도 모르겠지. 어쨌든 레녹스는 미쳐 버렸고, 사람이 죽었소. 그래서 우리한테 이런 일이 떨어졌지. 그래서 간단한 질문 하나 던졌을 뿐이고. 그러니까 자꾸 우물쭈물 말 돌리면 연행할 수밖에 없소.」

「대답 안 할 겁니다, 경사님.」 데이턴이 쌀쌀맞게 말했다. 「법전을 읽었잖아요. 법전 읽는 놈들이 으레 그렇듯이 이 친구도 법이 책 속에 있다고 생각하거든요.」

「너는 받아쓰기나 해.」 그린이 말했다. 「쓸데없이 대가리 굴리지 말고. 말 잘 들으면 본서 흡연실에서 〈마더 매크리〉[16]를 불러도 안 말릴 테니까.」

「상급자한테 죄송한 말씀이지만, 엿이나 드시죠, 경사님.」

「두 분이 한판 붙으시오.」 내가 그린에게 말했다. 「저 친구가 기절하면 내가 붙잡아 줄 테니까.」

그러자 데이턴이 메모장과 볼펜을 아주 조심스럽게 내려놓았다. 일어서는 그의 눈빛이 이글거렸다. 그가 내 앞으로 다가와 우뚝 섰다.

「당장 일어나, 건방진 자식아. 내가 대학물 좀 먹었다고 너 같은 얼간이한테 헛소리를 듣고도 참을 줄 알면 오산이야.」

나는 몸을 일으켰다. 그러나 미처 균형을 잡기도 전에 그가 나를 후려갈겼다. 능숙하게 레프트훅을 먹이더니 곧바로

16 아일랜드계 민요로 1910년 미국에서 발표되어 인기를 끌었다.

크로스 펀치를 날렸다. 땡땡땡, 종소리가 들린다. 식사 시간을 알리는 종은 아니다. 나는 털썩 주저앉아 머리를 흔들었다. 데이턴은 그대로 서 있었다. 이제 미소까지 머금었다.

「다시 해보자고.」 그가 말했다. 「방금은 준비가 덜 됐잖아. 그러니까 무효로 치고.」

나는 그린 쪽을 쳐다보았다. 그는 엄지를 들여다보며 손거스러미를 살펴보는 척했다. 나는 움직이거나 말하지 않고 그린이 고개를 들기만 기다렸다. 내가 다시 일어나면 데이턴이 또 때릴 것이 분명하다. 안 일어나도 어떻게든 때리려고 하겠지. 그러나 내가 일어났을 때 놈이 또 나를 때리면 아예 박살을 내버릴 작정이다. 맞아 봐서 알겠는데, 철저히 권투 방식만 고수하는 놈이다. 때려야 할 곳을 정확히 때리기는 하지만, 그런 솜방망이 주먹으로 나를 쓰러뜨리려면 한 세월 걸리겠다.

그린이 지나가는 말처럼 한소리 했다. 「참 잘하는 짓이다, 빌리. 정확히 이 친구가 원하는 대로 해주는구나. 이제 말하기가 더 싫어졌겠네.」

그러더니 고개를 들고 상냥하게 말했다. 「혹시나 싶어서 한 번 더 묻겠소, 말로. 테리 레녹스를 마지막으로 봤을 때 어디서 무슨 얘기를 했는지, 그리고 지금은 어디서 오는 길인지, 대답하겠소, 못 하겠소?」

데이턴은 느긋하게 서 있었다. 균형 잡힌 자세였다. 눈이 은은하게 빛나는 것이 즐거워 보였다.

「다른 남자는 어떻게 됐소?」 나는 데이턴을 무시하면서 그렇게 물었다.

「다른 남자라니?」

「사랑채 침대에 있던 남자. 발가벗은 남자. 설마 그 여자가 사랑채에 가서 혼자 놀지는 않았을 텐데.」

「그건 나중에 얘기합시다. 우선 남편부터 잡고.」

「그러시든지. 그런데 범인으로 점찍은 사람을 잡아들인 다음에 굳이 그런 수고까지 하실까.」

「말하기 싫으면 같이 가주셔야겠소, 말로.」

「참고인으로?」

「참고인 좋아하시네. 당신은 용의자요. 살인 사건의 사후 종범[17] 혐의. 용의자의 도주를 방조한 죄 말이오. 내 짐작이지만 당신은 용의자를 어디론가 빼돌렸소. 지금 당장은 그런 짐작만으로도 충분하지. 요즘 우리 반장님이 좀 독이 올랐거든. 규정을 뻔히 아는데도 물불을 못 가린단 말씀이야. 당신은 완전 재수 옴 붙었어. 이렇게든 저렇게든 우린 결국 당신 진술을 받아 낼 거요. 그게 힘들면 힘들수록 기필코 알아내야 한다는 뜻이겠지.」

「저놈한테는 씨알도 안 먹히는 소리예요.」데이턴이 말했다.「법을 아는 놈이라니까.」

「상대가 누구든 원래 씨알도 안 먹히는 소리야.」그린이 차분하게 말했다.「그래도 효과만 좋으면 됐지. 자, 말로. 이게 마지막 경고요.」

17 정범의 범죄 행위가 이미 끝난 후 그를 도와주는 행위로, 범인 은닉죄, 증거 인멸죄, 장물죄 등을 가리킨다.

「좋소.」내가 말했다.「마음대로 해보시오. 테리 레녹스는 내 친구요. 나는 그 친구한테 그럭저럭 호감이 있는 편이지. 경찰이 뭐라고 떠들건 쉽게 흔들릴 만한 호감이 아니란 말이오. 당신들은 테리를 체포할 근거가 충분하다고 생각하겠지. 어쩌면 나한테 말해 준 것보다 훨씬 더 많은 증거를 확보했을 수도 있고. 범행 동기가 있었고, 기회도 있었고, 게다가 도망치기까지 했으니까. 하지만 범행 동기는 벌써 한물갔소. 오래전에 흐지부지돼서 이젠 쌍방이 합의한 계약 조건에 가깝다고 봐야지. 나도 그따위 계약에 찬성하진 않지만, 그 친구는 원래 그런 성격이거든. 마음이 좀 약하고 굉장히 순하지. 그것 말고는 아무 의미도 없소. 다만 아내가 죽었다는 사실을 알게 됐다면 경찰이 자기를 범인으로 지목할 게 분명하다는 사실도 알아차렸겠지. 나중에 사건 심리를 할 때 나를 증인으로 소환한다면 그때는 나도 묻는 말에 순순히 대답할 수밖에 없소. 하지만 당신들한테 대답할 의무는 없지. 당신은 좋은 사람인 것 같소, 그린. 당신 파트너는 경찰 배지나 자랑하면서 공권력을 휘두르는 흔해 빠진 개자식이 분명하고. 나를 정말 함정에 빠뜨리고 싶으면 저 새끼한테 나를 한 대만 더 때리라고 하시오. 모가지를 똑 꺾어 버릴 테니까.」

그러자 그린이 일어나더니 안쓰럽다는 듯이 나를 바라보았다. 데이턴은 움직이지 않았다. 일회용 깡패 같은 놈이다. 한번 힘을 쓰고 나면 맥이 풀려 쉬어야 한다.

「전화 좀 씁시다.」그린이 말했다.「그렇지만 대답은 들어보나마나요. 당신도 참 딱한 사람이오. 정말 딱하네. 저리 비켜!」 마지막 말은 데이턴에게 하는 소리였다. 데이턴이 제자리로 돌아가 메모장을 집었다.

그린은 전화기 쪽으로 가서 천천히 수화기를 들었다. 순박한 얼굴에 주름살이 가득했다. 지루하고 보람도 없는 일에 오랫동안 시달린 얼굴이었다. 경찰은 이래서 문제다. 경찰이라면 모조리 증오해도 시원찮을 판국에 하필 이렇게 인간적인 경찰을 만나게 되다니.

그의 상관은 나를 연행하라고 지시했다. 거칠게 다뤄도 좋다고 했다.

그들은 나에게 수갑을 채웠다. 집 안을 수색하지는 않았다. 서투른 실수다. 어쩌면 나처럼 경험 많은 탐정이 불리한 증거물을 집 안에 놓아둘 리가 없다고 믿었는지도 모른다. 잘못된 판단이었다. 그들이 집 안을 뒤졌다면 테리 레녹스의 승용차 열쇠를 찾아냈을지도 모르니까. 그리고 조만간 그의 차가 발견되면 열쇠를 꽂아 보고 그가 나와 함께 있었다는 사실을 알게 되었을 테니까.

나중에 알고 보니 어느 쪽이든 상관없는 일이었다. 경찰은 레녹스의 차를 끝끝내 발견하지 못했다. 그날 밤 누군가 훔쳐 갔기 때문이다. 보나마나 엘패소로 몰고 가서 새 열쇠와 위조 서류를 만든 후 멕시코시티에서 팔아넘겼으리라. 보통 그렇게들 한다. 돈은 대부분 헤로인으로 바뀌어 국내로 돌아온다. 범죄자들에게 선린 외교[18] 정책은 그런 것이니까.

---

18 루스벨트 대통령의 중남미 외교 정책을 가리킨다.

7

그해 강력계 살인 전담반장은 그레고리어스 경감으로, 경찰에서도 차츰 희귀해지고 있지만 결코 멸종되지 않은 부류, 즉 범죄를 해결한답시고 눈부신 불빛이나 고무 곤봉을 사용하고, 남의 옆구리에 발길질을 하고, 사타구니를 무릎으로 찍어 버리고, 명치에 주먹질을 하고, 척추 하단을 경찰봉으로 후려갈기는 부류였다. 그는 6개월 후 대배심에서 위증죄로 기소되었지만 재판 대신 직위 해제를 선택했고, 나중에 와이오밍주에 있는 자기 목장에서 거대한 종마에게 짓밟혀 죽었다.

그러나 그날은 내가 경감의 장난감이었다. 그는 외투를 벗고 소매를 어깨 근처까지 말아 올린 채 책상 뒤에 앉아 있었다. 머리통은 벽돌처럼 반질반질했다. 근육질 남자들이 다 그렇듯이 중년에 접어들면서 허리가 굵어졌다. 눈동자는 생선 눈깔 같은 잿빛이었다. 커다란 코에는 모세혈관이 터진 흔적이 얼기설기 얽혔다. 커피를 마시는 중이었는데 조용히 마시지도 않았다. 솥뚜껑처럼 크고 튼튼한 손등에 털이 무성했다. 귓구멍에도 희끗희끗한 털이 수북했다. 그는 책상에 놓인 무엇인가를 만지작거리다가 그린을 쳐다보았다.

그린이 말했다. 「이 친구한테서 알아낸 거라고는 아무 말도 안 한다는 사실뿐입니다, 형님. 전화번호를 보고 찾아갔죠. 차를 몰고 나갔던데, 도대체 어딜 다녀왔는지 통 말을 안 하네요. 레녹스를 잘 알지만 언제 마지막으로 봤는지도 얘기를 안 해줍니다.」

「제 딴엔 통뼈라고 믿는 모양이지.」 그레고리어스가 무심히 대꾸했다. 「우리가 뜯어고치면 돼.」 아무래도 좋다는 말투였다. 어쩌면 정말 관심이 없었는지도 모른다. 어차피 그를 감당할 만한 통뼈는 없을 테니까. 「중요한 것은 지검장이 낌새를 맡았다는 사실이야. 언론이 덜컥 물 거란 얘기지. 여자 아버지가 누군지 생각해 보면 그 영감을 탓할 수도 없고. 영감을 위해서라도 우리가 저놈을 좀 닦달해 봐야겠어.」

그는 마치 담배꽁초나 빈 의자를 보듯이 나를 바라보았다. 어쩌다가 시야에 들어온 물건일 뿐, 특별한 관심은 없다는 듯이.

데이턴이 공손히 말했다. 「이 새끼 수작을 보면 진술을 거부할 핑계를 찾으려는 속셈이 분명합니다. 우리한테 법을 들먹이질 않나, 절 자극해서 폭행을 유도하질 않나. 그 바람에 제가 괜한 짓을 했습니다, 경감님.」

그레고리어스는 근엄한 눈으로 데이턴을 노려보았다. 「저런 놈한테 놀아나다니, 어리숙하긴. 수갑은 누가 풀어 줬어?」

그린이 자기가 풀어 줬다고 대답했다. 「도로 채워.」 그레고리어스가 말했다. 「단단히. 그래야 정신이 번쩍 들지.」

그린이 수갑을 다시 채웠다. 아니, 채우려고 했다. 「등 뒤로!」 그레고리어스가 버럭 소리를 질렀다. 그린이 내 손을 등 뒤로 돌려 수갑을 채웠다. 나는 딱딱한 의자에 앉아 있었다.

「더 꽉 조여.」 그레고리어스가 말했다. 「손목이 아플 정도로.」

그린이 수갑을 더 세게 조였다. 이제 두 손의 감각이 둔해졌다.

그레고리어스가 마침내 나를 보았다. 「이제 말해 봐. 냉큼 불라고.」

나는 대답하지 않았다. 그레고리어스가 등을 기대며 씩 웃었다. 천천히 손을 내밀어 찻잔을 감싸 쥐었다. 그러더니 상체를 조금 숙였다. 찻잔이 휙 날아왔지만 나는 의자 옆으로 몸을 날려 피해 버렸다. 바닥에 어깨를 호되게 부딪힌 후 몸을 뒤집어 천천히 일어났다. 이제 두 손이 완전히 마비되었다. 감각이 전혀 없다. 수갑 위쪽으로 팔 전체가 욱신거린다.

그린이 나를 부축하여 다시 의자에 앉혔다. 의자 등받이와 좌석 일부가 젖어 축축했지만 커피는 대부분 방바닥에 쏟아진 터였다.

「커피를 싫어하는 모양이군.」 그레고리어스가 말했다. 「꽤 민첩하네. 동작이 빨라. 반사 신경도 좋고.」

아무도 대답하지 않았다. 그레고리어스는 생선 눈깔로 나를 훑어보았다.

「이봐, 여기서 탐정 면허증 따위는 명함보다 나을 게 없어.

이제 진술을 해봐. 일단 구두로 하지. 나중에 적으면 되니까. 빠짐없이 털어놔. 우선, 거 뭐냐, 어젯밤 10시 이후 행적을 자세히 털어놔 봐. 아주 자세히. 우리 강력계는 지금 살인 사건을 수사하는 중인데, 유력한 용의자가 실종됐어. 너도 그놈이랑 한통속이지. 그놈은 마누라가 놀아나는 현장에 들이닥쳐 머리통을 마구 두들겨 생살과 뼈, 핏물에 젖은 머리카락만 남겨 놓은 놈이라고. 우리 정다운 친구, 청동 조각상을 가지고 말이야. 독창성은 없지만 그럭저럭 쓸 만한 방법이지. 이런 판국에 사설탐정 나부랭이가 내 앞에서 법을 들먹이다니, 너도 이제 고생길이 훤히 열렸어. 이 나라 경찰 업무는 법전 들고 할 수 있는 일이 아니야. 나는 네 정보를 원해. 모른다고 했어도 믿어 줄까 말까였지. 그런데 너는 모른다고 잡아떼지도 않았어. 내 앞에서 아가리 처닫고 버틸 생각이라면 포기해, 이 친구야. 어림 반 푼어치도 없으니까. 어서 시작해.」

「수갑 좀 풀어 주시겠소, 경감 나리? 내가 진술을 하겠다면?」 내가 물었다.

「어쩌면. 간단히 말해 봐.」

「그러니까 내가 지난 24시간 동안 레녹스를 본 적도 없고, 함께 얘기한 적도 없고, 레녹스가 어디 있는지도 모른다고 하면…… 만족하시겠소, 경감님?」

「어쩌면…… 그 말을 믿을 수만 있다면.」

「내가 레녹스를 만났고 언제 어디서 만났는지도 다 밝힌다면, 그런데 레녹스가 사람을 죽였는지, 무슨 범죄를 저질렀는지는 전혀 모르고, 지금 이 순간 어디 있는지도 모른다고 하면, 조금도 만족할 수 없겠지?」

「더 자세히 얘기하면 들어줄 수는 있겠지. 시간, 장소, 그 놈이 어떤 꼴이었는지, 무슨 얘기를 했는지, 어디로 갔는지, 그런 거 말이야. 그 정도만 얘기해 주면 선처해 줄 수도 있지.」

「하는 짓거리를 보니 선처랍시고 나를 종범으로 몰아갈 듯 싶은데.」

그러자 그의 턱 근육이 불끈거렸다. 눈빛이 더러운 얼음처럼 차가워졌다.「그래서?」

「글쎄올시다. 법률 조언이 필요하겠소. 나도 협조하고 싶소. 그러니까 지검장실 직원이라도 한 명 데려다주시면 어떻겠소?」

그는 떠들썩하게 폭소를 터뜨렸다. 웃음소리는 금방 멎었다. 그가 천천히 일어나 책상을 돌아 나왔다. 커다란 손으로 책상을 짚더니 나에게 얼굴을 바싹 들이밀고 미소를 지었다. 그러더니 표정도 바꾸지 않은 채 쇳덩어리 같은 주먹으로 내 목 옆을 내리쳤다.

타격 거리는 20에서 25센티미터, 그 이상은 아니었다. 그런데도 머리통이 날아갈 뻔했다. 쓴물이 입으로 넘어왔다. 피맛도 섞여 있었다. 머리가 윙윙거릴 뿐, 아무 소리도 들리지 않았다. 경감은 여전히 왼손을 책상에 얹고 여전히 미소를 지으며 나를 내려다보았다. 그의 목소리가 아득히 멀리서 들려오는 듯했다.

「소싯적엔 꽤 모질었는데 이젠 나도 늙었나 봐. 맷집 하나는 좋으시군. 내 주먹맛은 여기까지야. 시립 교도소에 가보면, 차라리 도축장 일이 더 어울릴 놈들이 수두룩하지. 차라리 그놈들을 잡아넣지 말 걸 그랬나 봐. 여기 데이턴처럼 보기만 좋은 솜방망이 주먹을 휘두르는 놈들이 아니거든. 그린처럼 애들을 넷이나 키우면서 장미꽃이나 가꾸는 짓도 하지 않고. 그런 놈들은 취미 생활도 남다르니까. 세상에는 그렇게 별의별 놈들이 다 있는데, 여기서는 쓸 만한 놈 하나 찾기가 하늘의 별 따기란 말씀이야. 아직도 우스갯소리가 남았냐? 어디 또 지껄여 볼래?」

「수갑을 차고는 못하겠소, 경감 나리.」 이 말 하기도 힘들었다.

그레고리어스는 얼굴을 더 가까이 들이밀었고, 땀 냄새와 부정부패의 악취가 물씬 풍겼다. 이윽고 그가 허리를 펴고 다시 책상 뒤로 가서 빵빵한 엉덩짝을 의자에 파묻었다. 그리고 삼각자를 집어 들더니 마치 칼날을 살펴보듯이 엄지로 한쪽 모서리를 쓰다듬었다. 그러다가 그린을 쳐다보았다.

「왜 그러고 있어, 경사?」

「지시를 해주셔야죠.」 그린은 자기 목소리를 싫어하는 사람처럼 씹어뱉듯이 말했다.

「그걸 꼭 말로 해줘야 알아들어? 자네도 경험 많잖아. 경력도 화려하고. 저 새끼한테서 지난 24시간 동안의 행적을 자세히 알아내. 더 길어도 좋겠지만 일단 거기까지만 해. 지금까지 어디서 뭘 했는지 샅샅이 알아야겠어. 진술서에 서명받고 목격자 찾아서 확인해 봐. 두 시간 안에 가져와. 그때 저 새끼도 데려오고. 깨끗하고 단정하고 상처 하나도 없어야 돼.

그리고 경사, 하나만 더.」

그레고리어스가 말을 멈추더니 갓 구운 감자도 꽁꽁 얼려 버릴 만큼 차디찬 눈으로 그린을 노려보았다.

「다음번에 내가 용의자한테 점잖게 몇 마디 물어볼 때는 그따위 표정으로 쳐다보지 마. 내가 저 새끼 귀때기를 찢어 버리기라도 했어?」

「알겠습니다.」 그린은 나를 돌아보며 무뚝뚝하게 말했다. 「갑시다.」

그레고리어스가 나를 노려보며 이빨을 드러냈다. 미백 치료가 필요한 상태였다. 정말 심각했다. 「마지막으로 할 말 있으면 읊어 봐.」

「그러죠, 경감 나리.」 내가 정중히 말했다. 「그럴 뜻은 없었겠지만 당신이 나를 도와준 셈이오. 데이턴 형사도 한몫 거들었지. 둘이서 내 고민을 해결해 줬거든. 친구를 배신하길 좋아하는 놈은 아무도 없겠지만, 당신들한테는 원수조차도 넘겨주지 않을 작정이오. 당신은 폭력배일 뿐만 아니라 무능력자요. 간단한 신문조차 제대로 할 줄 몰라. 나야 칼날 위에 아슬아슬하게 서 있는 형국이었으니 어느 쪽으로 잡아당기든 떨어뜨릴 수 있었지. 그런데 당신들은 나를 폭행하고 내 얼굴에 커피를 뿌리고 주먹질을 했소. 그것도 내가 꼼짝도 못하고 당할 수밖에 없는 상황에서. 그래서 지금부터는 저 벽시계를 보고 시간을 말해 달라고 해도 대답하지 않겠소.」

신기하게도 그레고리어스는 내가 그렇게 말하는 동안 가만히 앉아 듣기만 했다. 이윽고 그가 씩 웃으며 말했다. 「너는 경찰을 싫어할 뿐이야. 그래, 이 탐정 새끼, 네놈은 그저 경찰이 싫어서 이러는 거야.」

「경찰을 싫어하지 않는 동네도 있소, 경감 나리. 다만 그런 동네에서 당신 같은 인간은 경찰이 될 수도 없었겠지.」

그렇게 말해도 경감은 잠자코 듣기만 했다. 그 정도는 받아 줄 만한 여유가 있었으리라. 이미 그보다 더 심한 말도 많이 들어 봤을 테니까. 그때 책상 위에서 전화벨이 울렸다. 그가 전화기를 내려다보며 손짓을 했다. 데이턴이 재빨리 책상 뒤로 돌아가 수화기를 들었다.

「그레고리어스 반장실입니다. 저는 데이턴 형사입니다.」

그는 상대방의 말에 귀를 기울였다. 그러다가 잘생긴 눈썹을 조금 찌푸렸다. 이윽고 싹싹하게 말했다. 「잠시만 기다리십시오.」

그가 수화기를 그레고리어스에게 내밀었다. 「올브라이트 국장님인데요.」

그레고리어스가 오만상을 찡그렸다. 「그래? 그 시건방진 새끼가 무슨 일이지?」 그는 수화기를 받아 들고 잠시 시간을 들여 얼굴 표정부터 바로잡았다. 「그레고리어스입니다, 국장님.」

그가 귀를 기울였다. 「예. 지금 제 방에 있습니다, 국장님. 그냥 몇 가지 물어봤죠. 통 협조를 안 하네요. 협조를 전혀 안 해서…… 방금 뭐라고 하셨습니까?」 그러더니 그가 별안간 인상을 확 찌푸리자 얼굴 곳곳이 울퉁불퉁해져 험상궂기 짝이 없었다. 이마로 피가 몰려 거무스름했다. 그러나 말투는 조금도 달라지지 않았다. 「그게 직접 명령이라면 형사과장을 통해서 내려왔을 텐데요, 국장님…… 물론이죠, 확인될 때까지는 그렇게 해야겠죠. 그야 물론…… 천만에요. 아무도 털끝하나 건드리지 않고…… 예, 국장님. 지금 당장 하겠습니다.」

그가 수화기를 내려놓았다. 그의 손이 조금 떨리는 것을 본 듯싶다. 그가 고개를 들고 내 얼굴을 보다가 그린을 돌아보았다. 「수갑 풀어.」 감정이 실리지 않은 목소리였다.

그린이 수갑을 풀어 주었다. 나는 피가 다시 돌아 찌릿찌릿할 때까지 양손을 주물렀다.

「구치소에 수감해.」 그레고리어스가 천천히 말했다. 「살인 혐의로. 지검장이 이 사건을 우리 손에서 낚아채 갔어. 이 동네도 참 잘 돌아간다.」

아무도 움직이지 않았다. 그린은 내 곁에서 숨만 몰아쉬었다. 그레고리어스가 고개를 들고 데이턴을 쳐다보았다.

「비실이 너는 또 뭘 기다리냐? 아이스크림이라도 줄까?」

데이턴이 간신히 대답했다. 「아직 지시를 못 받았는데요, 형님.」

「반장님이라고 불러, 새꺄! 경사 이상만 나를 형님이라고 부르는 거야. 졸때기 너는 아니잖아. 해당 사항 없다고. 꺼져.」

「알겠습니다, 반장님.」 데이턴은 허둥지둥 문 쪽으로 걸어가서 나가 버렸다. 그레고리어스가 무겁게 일어나더니 창가로 가서 방 안을 등지고 섰다.

「자, 나갑시다.」 그린이 내 귓가에 중얼거렸다.

「그 새끼 면상 밟아 버리기 전에 끌고 나가.」 그레고리어스가 창밖을 바라보며 말했다.

그린이 걸어가서 문을 열었다. 나도 따라가려 했다. 그때 그레고리어스가 버럭 소리쳤다. 「잠깐! 문 닫아!」

그린이 문을 닫고 문짝에 등을 기댔다.

「이리 와봐, 너!」 그레고리어스가 나에게 호통을 쳤다.

나는 움직이지 않았다. 그대로 서서 그를 물끄러미 바라보았다. 그린도 움직이지 않았다. 으스스한 적막이 흘렀다. 이 윽고 그레고리어스가 느릿느릿 걸어오더니 발끝이 맞닿을 정도로 바싹 다가섰다. 크고 단단한 두 손을 주머니에 넣었다. 그러더니 몸을 뒤로 젖혔다.

「털끝 하나도 안 건드릴 거야.」 그는 마치 혼잣말을 하듯이 작은 소리로 중얼거렸다. 두 눈이 몽롱하고 무표정했다. 그의 입이 경련하듯 움찔움찔 움직였다.

그러더니 내 얼굴에 침을 퉤 뱉었다.

그가 뒤로 물러났다. 「됐어, 가봐.」

그는 돌아서서 창가로 돌아갔다. 그린이 다시 문을 열었다.

나는 문을 나서면서 손수건을 꺼냈다.

8

중범 구치소 3호실은 열차 침대칸처럼 2층 침대를 갖춰 놓았지만, 이 구치소는 그리 붐비지 않아서 감방 안에는 나밖에 없었다. 중범 구치소는 수감자들을 꽤 우대하는 편이다. 더럽지도 깨끗하지도 않은 담요 두 장, 철판 받침대에 놓인 5센티미터 두께의 울퉁불퉁한 매트리스, 수세식 변기, 세면대, 종이 수건, 까칠까칠한 회색 비누. 감방 내부도 깨끗하고 소독약 냄새도 안 난다. 모범수들이 관리하는 덕분이다. 모범수는 언제나 남아도니까.

수감자를 관리하는 교도관들은 눈썰미가 좋은 사람들이다. 주정뱅이나 미치광이만 아니라면, 적어도 그렇게 행동하지만 않는다면 담배와 성냥도 허용된다. 예심이 열리기 전까지는 평상복을 입어도 된다. 하지만 그 후에는 넥타이도 허리띠도 신발 끈도 빼앗기고 죄수복을 입어야 한다. 이 감방에서는 침대에 걸터앉아 하염없이 기다리기나 할 뿐이다. 달리 할 일이 아무것도 없다.

주정뱅이 구치소는 그리 편안하지 않다. 침대도 없고 의자도 없고 담요도 없고, 아무것도 없다. 콘크리트 바닥에서 자야 한다. 변기에 앉아 자기 무릎에 토하기도 한다. 비참하기 짝이 없다. 내 눈으로 목격한 일이다.

아직 대낮인데도 천장 전등을 켜놓았다. 감방 철문에는 쪽창이 나 있고, 안쪽에 쇠창살 바구니를 붙여 막아 놓았다. 전등은 밖에서 켜고 끈다. 밤 9시에 전등이 꺼진다. 아무도 들어오지 않고 아무도 말을 걸지 않는다. 신문이나 잡지를 보다가 어떤 문장을 반쯤 읽었다고 치자. 찰각 소리도 없이, 아무런 예고도 없이…… 암흑. 그러고 나면 여름날의 새벽이 올 때까지 아무것도 할 수 없다. 잘 수 있으면 자고, 담배가 남았으면 피우고, 생각할 일이 있으면 생각할 뿐이다. 기분만 더 더러워지는 생각이라면 차라리 안 하는 편이 낫겠지만.

감옥에 들어가면 인격이 사라져 버린다. 사람은 시시한 골칫거리로 전락한다. 보고서에 기록하는 몇몇 항목일 뿐이다. 누가 그를 사랑하건 미워하건, 생김새가 어떻건, 한평생 어떻게 살았건 아무도 아랑곳하지 않는다. 말썽을 부리지만 않으면 아무도 반응을 보이지 않는다. 아무도 괴롭히지 않는다. 해야 할 일은 얌전히 감방에 들어가 조용히 지내는 것뿐이다. 싸울 일도 화낼 일도 없다. 교도관들은 적개심도 없고 가학성도 없는 과묵한 사람들이다. 책에 나오는 이야기처럼 죄수들이 고함이나 비명을 지르고 철창을 두드리거나 숟가락으로 긁어 대고 교도관들이 곤봉을 휘두르며 달려오고…… 그런 일은 연방 교도소에서만 벌어진다. 일반 감옥은 세상에서 가장 조용한 곳이다. 보통 감방에서는 밤중에 이리저리 돌아다닐 수도 있고, 철창 너머로 불룩한 갈색 담요나 머리통이나 초점 없는 눈동자를 내다볼 수도 있다. 코 고는 소리가 들릴 때도 있다. 간혹 악몽에 시달리는 소리를 듣기도 한다. 감옥 안의 삶은 목적도 의미도 없이 정체된 시간이다. 다른 감방에서 잠을 이루지 못하거나 잠을 청하려 하지도 않는 사람을 보게 될 수도 있다. 그는 침대 모서리에 걸터앉아 아무것도 하지 않는다. 내 쪽을 볼 수도 있고 안 볼 수도 있다. 나는 그 사람을 바라본다. 그는 아무 말도 하지 않고 나 역시 아무 말도 하지 않는다. 피차 할 말이 없으니까.

감방 한 구석에 피의자 확인실로 통하는 또 다른 철문이 있는 경우도 있다. 확인실 한쪽 벽에는 검은색으로 칠한 철망이 있다. 반대쪽 벽면에는 키를 재는 눈금을 그려 놓았다. 천장에는 투광 조명등이 있다. 그런 방에는 주로 아침에, 즉 야간 당직이 퇴근하기 직전에 들어가게 마련이다. 키 재기 눈금을 등지고 서면 눈부신 불빛이 쏟아진다. 철망 너머에는 전등을 켜지 않는다. 거기에는 여러 사람이 있다. 경찰관, 형사, 그리고 강도, 폭행, 사기 사건의 피해자, 권총 강도에게 차를 빼앗긴 사람, 사기꾼에게 속아 전 재산을 날린 사람 등등. 방 안에서는 그들을 볼 수 없고 목소리도 들을 수 없다. 야간 당직의 목소리만 들린다. 크고 또렷하게 들린다. 그는 마치 개를 훈련시키듯이 이리저리 걸어 보라고 명령한다. 너무 피곤해서 냉소적이지만 유능한 사람이다. 그는 역사상 최장기 흥행을 자랑하는 연극의 무대 감독이지만 이 역할에 흥미를 잃은 지 오래다.

「좋아, 너. 똑바로 서. 배 집어넣어. 턱 내리고. 어깨 펴고. 머리 움직이지 마. 정면을 보라고. 좌로 돌아. 우로 돌아. 다시 앞을 보고 두 손 내밀어. 손바닥을 위로. 손바닥 아래로. 옷소매 걷어 봐. 눈에 띄는 흉터는 없군. 머리는 암갈색, 새치 좀 있고. 눈동자 갈색. 신장 187. 체중 대략 82. 성명 필립 말로. 직업 사설탐정. 그래, 그래, 반갑네, 말로. 됐어. 다음.」

수고하셨소, 당직 나리. 시간 내줘서 고맙소. 그런데 입 벌려 보라는 말을 깜박 잊으셨네. 깔끔하게 때운 이빨도 몇 개 있고 한 개는 값비싼 사기를 씌웠는데. 이게 자그마치 87달러짜리란 말씀이야. 그리고 당직 나리, 콧구멍 속도 안 보셨잖아. 콧속에도 흉터가 얼마나 많은데. 비중격(鼻中隔) 수술을 받았는데 인간 백정이 따로 없더라니까! 그 시절엔 두 시간이나 걸렸어. 요즘은 20분 안에 끝난다던데. 미식축구 하다가 다쳤거든. 날아오는 공을 막으려다 계산이 살짝 빗나가는 바람에. 공 대신 그 자식 발을 얼굴로 막아 버렸는데…… 놈은 벌써 공을 걷어찬 다음이었지. 그쪽은 15야드를 물러나는 페널티를 받았고, 수술 다음 날 내 콧구멍 속에서 뻣뻣해진 피투성이 붕대를 야금야금 끄집어내는데 길이가 무려 15야드는 되겠더라. 당직 나리, 이거 허풍 아니라니까. 사실 그대로야. 사소한 차이도 중요하니까.

사흘째 되던 날 오전에 교도관 한 명이 감방 문을 열었다.

「변호사 왔어. 담배 꺼. 바닥에 버리지 말고.」

나는 담배꽁초를 변기에 던지고 물을 내렸다. 그는 나를 면회실로 데려갔다. 키 크고 창백하고 머리는 검은 남자가 창밖을 바라보며 서 있었다. 탁자에 두툼한 갈색 서류 가방이 있었다. 그가 돌아섰다. 문이 닫힐 때까지 기다렸다. 이윽고 서류 가방 가까이 자리를 잡고 앉았다. 상처투성이 참나무 탁자였다. 노아의 방주에서 쓰던 물건일까. 아마 노아도 중고로 샀겠지. 변호사가 은판을 두드려 만든 담뱃갑을 열어 자기 앞에 내려놓고 나를 훑어보았다.

「앉으시오, 말로. 담배 피우시겠소? 내 이름은 엔디컷이오. 시웰 엔디컷. 비용도 경비도 받지 말고 선생을 변호해 주라는 요청을 받았소. 여기서 나가고 싶을 텐데, 안 그렇소?」

나는 자리에 앉아 담배 한 개비를 집었다. 그가 라이터를 켜주었다.

「다시 뵙게 돼서 반갑습니다, 엔디컷 씨. 예전에 만난 적이 있는데…… 그때는 지검장님이셨죠.」

그가 고개를 끄덕였다. 「기억은 안 나지만 그럴 수도 있겠군.」 그러면서 어렴풋이 미소를 지었다. 「그 자리는 내 적성에 맞지 않았소. 아무래도 모질지 못해서 그런 것 같소.」

「누가 보내서 오셨습니까?」

「그건 내가 밝힐 수 없는 문제요. 선생이 나를 변호인으로 선임하면 그쪽에서 모든 비용을 대겠다고 했소.」

「그 친구가 붙잡힌 모양이군요.」

그는 말없이 나를 쳐다보았다. 나는 뻐끔뻐끔 담배를 피웠다. 필터가 달린 담배였다. 솜으로 걸러 낸 안개 같은 맛이 났다.

이윽고 그가 말했다. 「레녹스에 대한 얘기라면, 물론 그렇겠지만, 아니오. 아직 안 잡혔소.」

「무엇 때문에 감추십니까, 엔디컷 씨? 누가 보냈는지 말입니다.」

「의뢰인이 익명을 원하기 때문이오. 그건 의뢰인의 권리요. 나를 변호인으로 선임하시겠소?」

「글쎄요. 테리가 잡히지 않았다면 왜 저를 붙잡아 두는 겁니까? 저한테 뭘 물어보는 사람도 없고 접근하는 사람도 없던데요.」

그는 얼굴을 찡그리며 길고 희고 섬세한 손가락을 내려다보았다. 「스프링어 지검장이 직접 이 사건을 맡기로 했소. 지금 너무 바빠서 선생을 신문할 시간도 없는 모양이오. 어쨌든 선생은 영장 실질 심사나 예심을 신청할 권리가 있소. 내가 인신 보호 영장[19]을 신청해서 보석으로 빼내는 방법도 있고. 아마 선생도 법을 좀 알 듯싶은데.」

「저는 살인 혐의로 들어왔습니다.」

그는 답답하다는 듯이 어깻짓을 했다. 「그건 두루뭉술한 표현이오. 귀에 걸면 귀걸이, 코에 걸면 코걸이지. 여남은 가지 죄목을 싸잡아서 그렇게 불러요. 검찰에서는 사후 종범이라는 뜻으로 썼겠지. 선생이 레녹스를 어디론가 데려다주지 않았소?」

나는 대답하지 않았다. 맛도 없는 담배를 바닥에 던지고 밟아 버렸다. 엔디컷이 다시 어깻짓을 하고 얼굴을 찡그렸다. 「설명하기 편하게 일단 그랬다고 칩시다. 검찰이 선생을

---

19 불법 구금을 방지하기 위해 구금된 자의 법정 출두를 명령하는 영장.

종범으로 기소하려면 먼저 고의성을 입증해야 하지. 이 사건에서는 범죄 행위가 발생했다는 사실과 레녹스가 도주 중이었다는 사실을 선생이 알고 있었다는 걸 증명해야 한다는 뜻이오. 어떻게 되건 보석은 받을 수 있소. 물론 선생의 실질적인 신분은 참고인이지. 그런데 우리 주에서는 법원의 명령 없이 참고인을 수감할 수 없소. 판사가 지정하기 전에는 참고인도 아니고. 그래 봤자 검경 쪽 사람들은 수단과 방법을 가리지 않고 어떻게든 자기네 뜻대로 밀어붙이지만.」

「그렇더군요.」 내가 말했다. 「데이턴이라는 형사가 저를 때렸습니다. 살인 전담반장 그레고리어스는 저한테 커피 잔을 던지고 핏줄이 터질 정도로 목을 냅다 후려쳤죠. 아직도 이렇게 부어 있잖아요. 그리고 올브라이트 경찰국장이 지시해서 저를 고문 기술자들한테 넘기지 못하게 되니까, 제 얼굴에 침까지 뱉더라고요. 엔디컷 씨 말씀이 맞아요. 검경 쪽 친구들은 뭐든지 자기들 멋대로 하죠.」

그는 여봐란듯이 손목시계를 들여다보았다. 「그래서 보석으로 나가겠소, 말겠소?」

「고맙습니다. 저는 나가기 싫습니다. 보석금 내고 나가면 남들은 벌써 반쯤은 유죄라고 생각하겠죠. 나중에 무죄 판결을 받아도 변호사 잘 만나 풀려났다고 할 테고.」

「무식한 소리요.」 그가 못마땅하다는 듯이 말했다.

「맞습니다, 무식한 소리죠. 제가 좀 무식하거든요. 그렇지 않았으면 여기 들어오지도 않았겠죠. 혹시 레녹스한테 연락이 되면 제 걱정은 하지 말라고 전해 주세요. 저는 그 친구 때문에 여기 있는 게 아니니까요. 다 제 탓이죠. 불만 없어요. 이것도 거래의 일환이니까요. 저는 사람들의 골칫거리를 해결해 주는 일을 하죠. 큰 문제도 있고 작은 문제도 있지만 한결같이 경찰한테 맡기기엔 꺼림칙한 문제예요. 깡패 같은 놈들이 경찰 배지 달고 와서 옥박지를 때마다 간 쓸개 다 빼주고 굽실거린다면 누가 저한테 찾아오겠어요?」

「무슨 뜻인지는 알아들었소.」 그가 천천히 말했다. 「그런데 하나만 바로잡고 넘어갑시다. 나는 레녹스와 연락하고 지내는 사이가 아니오. 잘 알지도 못해요. 변호사들이 다 그렇듯이 나도 법조인이오. 레녹스의 소재를 알게 되면 지검장한테 그 정보를 알릴 수밖에 없소. 고작해야 내가 먼저 그 사람을 만나 본 다음에 시간과 장소를 정해서 경찰에 넘겨주기로 합의나 할 수 있을 뿐이오.」

「그 친구 말고는 변호사님을 보내 줄 만한 사람이 아무도 없는데요.」

「내가 거짓말을 한다는 거요?」 그가 손을 내리고 탁자 아랫면에 담배꽁초를 비벼 껐다.

「엔디컷 씨는 버지니아주 출신이라고 기억합니다. 우리나라에는 버지니아 출신에 대한 역사적 고정 관념 같은 게 있죠. 남부의 기사도 정신과 명예 의식의 꽃이라고 하던데요.」

그는 미소 지었다. 「참 듣기 좋은 말씀이오. 나도 그 말이 사실이면 좋겠소. 그런데 지금 이럴 때가 아니오. 선생이 조금이라도 판단력이 있는 사람이라면, 경찰한테 지난 일주일 동안 레녹스를 본 적이 없다고 말했을 거요. 꼭 진실이 아니라도 상관없소. 진실은 선서한 다음에 말해도 되니까. 경찰한테 거짓말하면 안 된다는 법은 없소. 경찰도 충분히 예상하는 일이지. 경찰 입장에서는 답변을 거부하기보다 차라리 거짓말이라도 해주길 바랐을 거요. 답변 거부는 경찰의 권위에 대한 정면 도전이니까. 그런다고 무슨 이득이 있겠소?」

나는 대답하지 않았다. 사실 할 말도 없었다. 그는 일어나서 모자를 들고 담뱃갑을 탁 닫아 주머니에 넣었다.

「굳이 떠들썩하게 소란을 피워야 속이 시원한 모양이군.」 그가 냉랭하게 말했다. 「권리를 내세우고 법을 들먹이면서. 도대체 얼마나 순진하길래 이러시오, 말로? 세상 물정 알 만큼 아실 텐데. 법은 정의가 아니오. 몹시 불완전한 체계란 말이오. 눌러야 할 단추를 또박또박 정확히 누르고 행운도 좀 따라 줘야 간신히 정의가 실현될까 말까요. 법은 처음부터 일정한 체계를 마련해 보려고 만들었을 뿐이니까. 어쨌든 선생은 내 도움을 받기가 싫은 모양이오. 그럼 이만 가보겠소. 혹시 마음이 바뀌면 연락하시오.」

「하루나 이틀쯤은 더 버텨 보려고 합니다. 일단 테리가 잡히고 나면 어떻게 도망쳤건 아무도 신경 쓰지 않겠죠. 재판을 구경거리로 만들 궁리만 할 테니까요. 할런 포터의 딸이 살해됐으니 세상이 떠들썩할 사건이잖아요. 스프링어처럼 인기에 연연하는 사람이라면 이 기회에 검찰총장 자리쯤은 거뜬히 꿰찰 테고, 그다음은 주지사, 그다음은……」 나는 거기서 말을 멈추고 나머지는 상상에 맡겼다.

엔디컷이 서서히 비웃음을 머금었다. 「할런 포터 씨를 잘 모르시는 모양이오.」

「레녹스가 잡히지 않는다 해도 어떻게 도망쳤는지 궁금해하는 사람은 **아무도** 없을 겁니다, 엔디컷 씨. 다들 그저 이 사건을 빨리 잊어버리고 싶을 테니까요.」

「상황을 훤히 꿰뚫어 보셨다?」

「생각할 시간이 많았거든요. 할런 포터 씨에 대해서 제가 아는 것은 1억 달러를 가진 갑부라는 사실, 그리고 신문사도 아홉 개나 열 개쯤 소유했다는 사실 정도죠. 여론 조작은 잘돼 갑니까?」

「여론 조작?」 얼음처럼 차디찬 목소리였다.

「예. 언론사에서 아무도 저를 취재하러 오지 않더군요. 이 기회에 기자들한테 한바탕 대차게 떠들어 볼까 했는데 말이죠. 의뢰인이 구름처럼 몰려올 테니까요. 사설탐정, 친구를 배신하느니 감옥을 선택하다.」

그가 문 앞으로 가더니 손잡이를 잡은 채 고개를 돌렸다. 「재미있는 분이구려. 여러 모로 어린애 같기도 하고. 아무튼 사실이오, 말로. 1억 달러만 있으면 여론 조작도 얼마든지 할 수 있지. 그 돈을 현명하게만 쓰면 침묵도 얼마든지 살 수 있고.」

그가 문을 열고 나갔다. 곧 교도관이 들어와서 나를 다시 중범 구치소 3호실로 데려갔다.

「엔디컷이 맡았으면 금방 나가겠구면.」 교도관이 문을 잠그면서 명랑하게 말했다. 나도 그랬으면 좋겠다고 대답했다.

9

초저녁 근무를 시작한 교도관은 몸집이 크고 어깨가 투실투실하고 늘 상냥한 미소를 짓는 금발 남자였다. 그러나 이 중년 남자는 연민도 분노도 이미 오래전에 잃어버린 듯했다. 앞으로 여덟 시간을 편히 보내기를 바랄 뿐 자기 동네는 만사가 순조롭다는 표정이었다. 그가 내 감방의 문을 열었다.

「면회다. 지검장실에서 누가 왔어. 아직 안 잤나?」

「나한테는 아직 이른 시간이오. 몇 시쯤 됐소?」

「10시 15분.」 그는 문간에 서서 감방 안을 둘러보았다. 나는 아래층 침대에 담요 한 장을 깔고 한 장은 베개로 쓰려고 둘둘 말아 놓은 터였다. 쓰레기통에 쓰고 버린 종이 수건 몇 장, 세면대 가장자리에 조금 남은 두루마리 화장지. 그가 바람직하다는 듯이 고개를 끄덕였다. 「개인 소지품은 하나도 없나?」

「이 몸뚱이가 있잖소.」

그는 감방 문을 그대로 열어 놓았다. 우리는 조용한 복도를 지나 승강기를 타고 접수처로 내려갔다. 회색 양복을 입은 뚱뚱한 남자가 접수대 옆에 서서 옥수수 파이프를 피우고 있었다. 손톱이 지저분하고 몸 냄새가 지독했다.

「지검장실에서 나온 스프랭클린이다.」 남자가 강압적인 목소리로 말했다. 「위층에서 그렌즈 검사님이 찾으신다.」 그가 엉덩이 쪽에서 수갑을 꺼냈다. 「어디 크기가 맞는지 볼까.」

교도관과 접수계원이 대단히 흥미롭다는 듯이 남자를 보며 히죽거렸다. 「왜 그래, 스프랭크? 승강기 안에서 덤벼들까 봐 무서워?」

「말썽 생길까 봐 그래.」 스프랭클린이 툴툴거렸다. 「전에 어떤 놈이 도망쳐 버렸거든. 덕분에 나만 된통 깨졌다고. 자, 가자.」

접수계원이 서류를 밀어 주자 남자가 서명을 휘갈겼다. 「내 신조가 만사 불여튼튼이야. 이 동네에서는 언제 무슨 일을 당할지 모르니까.」

순경이 귀가 피투성이가 된 주정뱅이를 끌고 들어왔다. 우리는 승강기 쪽으로 걸어갔다. 「너 이제 고생 좀 하겠다.」 승강기 안에서 스프랭클린이 말했다. 「고생이 이만저만이 아닐 걸.」 왠지 흡족하다는 표정이었다. 「이 동네에서는 걸핏하면 개고생하기 십상이지.」

그러자 승강기 담당자가 나를 돌아보며 윙크를 했다. 나도 빙그레 웃어 주었다.

「허튼짓 하지 마라.」 스프랭클린이 근엄하게 말했다. 「내가 사람 쏜 적도 있는 놈이야. 도망치려고 했거든. 나만 된통 깨졌지만.」

「이러나저러나 어차피 깨지는 팔자 아니오?」

그가 잠시 생각해 보았다. 「맞아. 이래저래 깨지긴 하지. 참 험한 동네라니까. 사람 대접을 할 줄 몰라.」

우리는 승강기에서 내린 후 쌍여닫이문을 거쳐 지검장 사무실로 들어갔다. 전화 교환대에는 아무도 없고 전화선만 꽂혀 있었다. 대기실 의자에 앉아 있는 사람 하나 없다. 불을 켜 놓은 사무실은 두 곳뿐이었다. 스프랭클린이 불 켜진 작은 사무실의 문을 열었다. 방 안에는 책상 하나, 서류함 하나, 딱딱한 의자 한두 개, 그리고 땅딸막한 체격에 턱이 튼튼해 보이고 눈은 멍청해 보이는 남자가 있었다. 얼굴이 불그스름한 데 지금 막 책상 서랍에 뭔가를 집어넣던 참이었다.

「노크 좀 하고 다녀!」 그가 스프랭클린에게 버럭 소리 질렀다.

「죄송합니다. 그렌즈 검사님.」 스프랭클린이 더듬거렸다. 「수감자 신경 쓰다가 그랬어요.」

그러면서 나를 사무실 안으로 떠밀었다. 「수갑 풀어 줄까요, 그렌즈 검사님?」

「도대체 수갑은 왜 채웠는지 모르겠군.」 그렌즈가 쌀쌀맞게 말했다. 그러더니 스프랭클린이 수갑을 풀어 주는 모습을 지켜보았다. 스프랭클린은 자몽 크기만 한 열쇠 꾸러미에서 수갑 열쇠를 찾느라 허둥거렸다.

「됐어, 나가 봐.」 그렌즈가 말했다. 「밖에서 기다리다가 도로 데려가.」

「저는 근무 끝났는데요.」

「내가 끝났다고 해야 끝나는 거야.」

스프랭클린이 얼굴을 붉히더니 뚱뚱한 궁둥이를 움찔거리며 주춤주춤 문 밖으로 나갔다. 그렌즈는 스프랭클린을 사납게 노려보다가 문이 닫히자 이번엔 나를 노려보았다. 나는 의자를 끌어다 놓고 앉았다.

「앉으라고 하지 않았어!」 그렌즈가 버럭 소리쳤다.

나는 담뱃갑 속에서 삐져나온 담배 한 개비를 꺼내 입에 물었다. 「담배 피우라는 말도 안 했잖아!」 그렌즈가 고함을 질렀다.

「감방 안에서도 마음대로 피웠소. 여기서는 왜 안 될까?」

「내 방이니까. 규칙은 내가 정해.」 책상 너머에서 독한 위스키 냄새가 풀풀 넘어왔다.

「얼른 한 잔 더 하시오.」 내가 말했다. 「그래야 좀 차분해지시겠소. 우리가 들이닥치는 바람에 덜 드신 모양인데.」

그러자 그가 의자 등받이에 등을 탁 부딪치며 뒤로 기댔다. 얼굴이 시뻘게졌다. 나는 성냥을 긋고 담뱃불을 붙였다.

길게 느껴지는 한순간이 지난 후 그렌즈가 조용히 말했다. 「그래, 배짱 하나는 두둑하네. 꼴에 사내란 말이지? 그런데 이거 알아? 이 방에 들어오는 놈들은 몸집도 생김새도 가지각색이지만 여기서 나갈 때는 다 한결같아. 작아지거든. 생김새도 한결같아. 구부정하지.」

「무슨 일로 보자고 하셨소, 그렌즈 검사님? 술 드시고 싶으면 나 신경 쓰지 말고 그냥 드시오. 나도 가끔 한 잔씩 마시니까. 특히 피곤하고 초조하고 흥분했을 때.」

「궁지에 몰렸는데도 별로 걱정이 안 되는 모양이군.」

「궁지에 몰렸다고 생각하지 않으니까.」

「그거야 두고 봐야지. 일단 아주 구체적인 진술을 받아야 겠어.」 그는 책상 옆의 받침대에 놓인 녹음기를 가리켰다. 「오늘은 녹음만 하고 내일 받아쓰라고 하면 돼. 차장 검사님 이 진술서를 보고 만족하면 시외로 안 나간다는 약속만 받고 풀어 주실지도 몰라. 자, 시작하지.」 그가 녹음기 스위치를 눌렀다. 그의 목소리는 냉정하고 단호했다. 상대를 최대한 기분 나쁘게 하려고 노력하는 말투였다. 그러나 오른손은 자 꾸 책상 서랍 쪽으로 슬금슬금 다가갔다. 아직 젊은 나이에 벌써 코끝에 실핏줄이 터져 버렸고 눈도 흰자위 색이 칙칙 하다.

「정말 지긋지긋하네.」 내가 말했다.

「뭐가 지긋지긋해?」 그가 딱딱거렸다.

「시시한 인간들이 시시한 사무실에서 아무 의미도 없는 시 시한 소리만 지껄이는 데 질렸소. 나는 중범 구치소에서 벌 써 56시간을 보냈소. 그동안 나를 들볶는 놈도 없고 괜히 힘 자랑하는 놈도 없었지. 그럴 필요가 없으니까. 꼭 필요할 때 에 대비해서 힘을 아끼는 거지. 그리고 내가 왜 거기 갔었소? 당신들은 의심스럽다는 이유만으로 날 가둬 버렸소. 어느 경 찰이 질문을 했는데 대답을 안 한다고 사람을 중범 구치소에 처박아 버리다니, 세상에 이런 법이 어디 있소? 그 인간이 찾 아낸 증거가 뭐요? 메모지에 남은 전화번호뿐이지. 그리고 도대체 뭘 보여 주려고 이렇게 나를 가뒀지? 자기한테 그런

권한이 있다는 사실을 과시하려는 것뿐이었소. 그런데 이제 당신도 똑같은 짓을 하는군. 이 시가 상자만 한 사무실에서 당신이 얼마나 엄청난 권력을 휘두르는지 과시하려고 안달이 났어. 아까 그 겁먹은 친구한테 한밤중에 나를 데려오라고 초과 근무까지 시켜 가면서 말이야. 56시간 동안 혼자 고민하게 내버려 두면 내 머리가 흐물흐물 곤죽이 돼버릴 줄 알았소? 당신 무릎에 매달려 징징거리면서 저 무시무시한 감옥에서 끔찍하게 외로웠다고, 제발 머리 좀 쓰다듬어 달라고 애원할 줄 알았소? 꿈 깨쇼, 그렌즈. 술이나 한잔하고 좀 인간답게 굴어 보라고. 당신이 맡은 일을 할 뿐이라는 사실은 기꺼이 믿어 주겠소. 그렇지만 시작하기도 전에 괜히 거들먹거리지 말란 말이야. 당신이 정말 대단한 사람이라면 큰소리칠 필요도 없고, 굳이 큰소리쳐야 마음이 놓인다면 나를 멋대로 가지고 놀 만큼 대단한 사람은 아닐 테니까.」

그는 가만히 앉아 내 말을 들으며 나를 쳐다보았다. 이윽고 심술궂은 미소를 지었다. 「근사한 열변이야.」 그가 말했다. 「헛소리 끝났으면 이제 진술이나 해. 구체적인 질문에 차례차례 대답할래, 아니면 네가 알아서 다 얘기할래?」

「새들한테 지껄였소.」 내가 말했다. 「바람 소리를 듣고 싶어서. 나는 진술 안 하겠소. 당신도 법으로 먹고사는 사람이니 내가 진술하지 않아도 된다는 것쯤은 알 텐데.」

「그건 그래.」 그가 싸늘하게 말했다. 「나야 법을 잘 알지. 경찰 업무도 알고. 그래서 혐의를 벗을 기회를 주려는 거야. 네가 마다해도 상관없어. 내일 아침 10시에 법정으로 소환해서 예심에 넘겨 버리면 그만이니까. 보석으로 나갈 수도 있지만 내가 어떻게든 막아 볼 테고, 풀려나도 보석금이 엄청날 거야. 돈이 꽤 많이 들걸. 원한다면 그렇게 해보자고.」

그는 책상에 놓인 서류를 내려다보고 잠시 읽다가 엎어 놓았다.

「무슨 죄목으로?」내가 물었다.

「32조. 사후 종범. 중죄야. 퀜틴 교도소에서 5년은 썩어야 될걸.」

「우선 레녹스부터 잡아야겠지.」나는 신중하게 말을 꺼냈다. 그렌즈의 태도에서 뭔가 알아낸 낌새를 눈치챘기 때문이다. 어디까지 아는지 모르겠지만 뭔가 아는 것만은 분명했다.

그가 의자에 등을 기대고 펜을 집어 들더니 두 손바닥 사이에 끼우고 천천히 돌렸다. 그러다가 미소를 지었다. 즐거워하는 표정이었다.

「레녹스는 숨어 지내기 힘들어, 말로. 다른 놈들이었다면 사진이 필요할 테고, 기왕이면 선명한 사진이 좋겠지. 하지만 얼굴 한쪽이 흉터로 뒤덮인 놈이라면 사진도 필요 없어. 서른다섯도 되기 전에 벌써 백발이라면 두말할 나위도 없고. 우린 목격자를 네 명이나 확보했고, 보나마나 더 늘어나겠지.」

「목격자들이 뭘 봤는데?」그레고리어스 반장이 나를 때렸을 때 맛본 쓴물처럼 입맛이 쓰디썼다. 그래서 목이 아직도 붓고 쑤신다는 사실이 새삼 떠올랐다. 조심스레 목을 어루만졌다.

「멍청하게 왜 이래, 말로. 샌디에이고 고등 법원 판사 내외가 그 비행기를 타고 가는 아들 내외를 배웅하러 나갔거든. 네 명 모두 레녹스를 봤고, 판사 사모님은 레녹스가 타고 온 차도 보고 같이 온 사람도 봤다 이거야. 넌 이제 끝났어.」

「근사하군. 그 사람들은 어떻게 찾았소?」

「라디오랑 텔레비전에 속보를 내보냈지. 얼굴 생김새만 설명해도 충분하더라. 판사가 신고했지.」

「잘됐네.」 내가 태연하게 말했다. 「그런데 그걸로는 좀 부족하겠소, 그렌즈. 레녹스를 체포해서 살인을 저질렀다는 것까지 입증해야지. 당연히 내가 그런 사실을 알았다는 것도 입증해야 하고.」

그러자 그가 전보 용지 뒷면을 손가락으로 탁 쳤다. 「아무래도 한잔해야겠군. 요즘 야근이 너무 잦았어.」 그는 서랍을 열고 술병과 양주잔을 꺼내 책상에 올려놓았다. 술잔을 가득 채우더니 단숨에 비워 버렸다. 「이제야 살겠네.」 그가 말했다. 「아주 좋아. 한잔 주고 싶은데 구금 중이라 아쉽구먼.」 그는 술병에 코르크 마개를 끼우고 옆으로 치워 놓았다. 그러나 충분히 손이 닿는 거리였다. 「아, 그래, 우리가 뭘 입증해야 한다고 했지? 글쎄, 벌써 자백을 받아 냈는지도 모르지. 안타까운 일이지?」

작고 차디찬 손가락 하나가 내 등골을 천천히 훑으며 지나가는 듯했다. 싸늘한 송충이가 기어가는 듯한 느낌이다.

「그럼 내 진술은 왜 받으려는 거요?」

그가 씩 웃었다. 「기왕이면 기록이 깔끔해야지. 레녹스가 송환되면 재판을 받아야 돼. 정보는 많을수록 좋잖아. 네 진술은 중요하지 않아. 우리가 너를 어디까지 봐주느냐가 더 중요하지. 너만 협조한다면.」

나는 그를 유심히 지켜보았다. 그는 서류를 뒤적거리고 있었다. 의자에 앉은 채 이리저리 돌아다니다가 문득 술병을 보더니 냉큼 움켜쥐고 싶은 충동을 참느라 안간힘을 쓰는 기색이 역력했다. 「너도 모든 상황을 알고 싶겠지.」 그가 불쑥 말하며 야릇한 미소를 던졌다. 「그래, 건방진 친구, 내 말이 거짓이 아니라는 증거를 보여 줄 테니 잘 들어.」

그때 내가 책상 너머로 손을 내밀었다. 그는 내가 술병을 잡으려 한다고 오해하고는 재빨리 술병을 낚아채 서랍 속에 넣어 버렸다. 재떨이에 담배꽁초를 버리려 했을 뿐인데. 나는 다시 등을 기대고 새 담배에 불을 붙였다. 그가 빠르게 말했다.

「레녹스는 환승 공항이 있는 마사틀란에서 내렸어. 인구가 3만 5천 명쯤 되는 도시지. 그런데 거기서 감쪽같이 사라져 버렸어. 그리고 두어 시간 지났을 때 어느 키 큰 남자가 실바노 로드리게스라는 이름으로 토레온행 비행기 표를 끊었지. 머리도 까맣고 피부색도 가무잡잡한데 얼굴에 칼자국으로 보이는 흉터가 수두룩했어. 스페인어 솜씨도 제법 쓸 만했지만, 그런 이름을 가진 남자치고는 서투른 편이었지. 얼굴이 그렇게 껌껌한 멕시코인치고는 지나치게 키가 컸고. 그래서 조종사가 신고했지. 그런데 토레온에서 경찰이 한 발 늦어 버렸어. 멕시코 경찰은 개판이거든. 사람 쏴 죽이기만 잘하지. 경찰이 도착했을 때 그 남자는 이미 전세 비행기를 타고 오타토클란이라는 산골 마을로 날아가 버렸어. 거긴 호수를 끼고 있는 별 볼일 없는 피서지야. 그런데 전세기 조종사가 텍사스에서 전투 조종사 훈련을 받은 사람이었어. 영어를 꽤 잘했지. 레녹스는 말을 못 알아듣는 체했고.」

「정말 레녹스였는지는 모를 일이지.」 내가 이의를 제기했다.

「더 들어 봐. 정말 레녹스였으니까. 그래, 그 남자는 오타토클란에 내렸고 그 마을 호텔에 묵었는데, 이번에는 마리오데 세르바라는 이름을 썼어. 마우저 7.65밀리 권총을 갖고 있었는데, 물론 멕시코에서 그거야 별일 아니지. 그런데 전세기 조종사가 아무래도 수상쩍다고 마을 경찰한테 얘기한 거야. 그래서 경찰이 레녹스를 감시했지. 그리고 멕시코시티에 연락해서 확인한 다음 호텔로 진입했어.」

그렌즈는 자를 집어 들고 이리저리 살펴보았다. 이 무의미한 행동은 내 눈을 피하려는 수작이었다.

내가 말했다. 「그랬군. 전세기 조종사가 꽤 똘똘한 놈이었네. 손님한테 친절하기도 하지. 재미없는 얘기였소.」

그러자 그가 불쑥 고개를 들고 나를 쳐다보며 담담하게 말했다. 「우린 이 재판을 빨리 진행하고 싶어. 2급 살인으로 낮춰 달라고 해도 받아 줄 생각이지. 굳이 파헤치고 싶지 않은 부분이 있어서 그래. 어쨌든 영향력이 상당한 집안이잖아.」

「할런 포터 말이군.」

그가 짧게 고개를 끄덕였다. 「나야 그런 사고방식이 글러 먹었다고 생각하지. 스프링어 지검장은 이 사건을 최대한 이용할 거야. 모든 요소를 골고루 갖췄잖아. 섹스, 스캔들, 돈, 아름답고 부정한 아내, 상이용사 남편 — 아마 전쟁터에서 생긴 흉터일 테니까 — 젠장, 몇 주 동안 신문 1면에 대서특필할 일이잖아. 쓰레기 같은 기자들이 허겁지겁 덤벼들겠지. 그래서 이 사건을 빨리 끝내려고 서두르는 거라고.」 그는 으쓱 어깻짓을 했다. 「그래, 지검장이 원하는 거라면 어쩔 수 없지. 이제 진술하겠나?」 그는 아까부터 앞면에 불이 들어온 상태로 조용히 윙윙거리는 녹음기를 돌아보았다.

「그거 끄시오.」 내가 말했다.

그러자 그가 고개를 홱 돌리더니 험상궂은 표정으로 나를 노려보았다. 「감옥이 그렇게 좋아?」

「그리 나쁘지도 않소. 좋은 사람 만나기는 힘들지만, 내가 언제 좋은 사람 만나고 싶어 했나? 상식적으로 생각 좀 해보시오, 그렌즈. 지금 당신은 나한테 배신자가 되라고 요구하는 거요. 내가 좀 고집이 세고 어쩌면 좀 감상적인지도 모르지만 실리도 챙길 줄 아는 놈이오. 당신한테 사설탐정을 고용할 일이 생긴다면 — 그래, 그래, 상상하기도 싫겠지만 — 곤경을 면할 방법이 그것뿐이라고 가정해 보셔. 당신이라면 친구를 밀고했던 탐정을 고용하겠소?」

그는 증오심이 가득한 눈으로 나를 노려보았다.

「중요한 문제가 몇 개 더 있소. 레녹스가 써먹은 탈출 작전이 너무 빤하다는 생각은 안 들었소? 어차피 잡히고 싶었다면 굳이 성가시게 내빼지도 않았겠지. 반면에 잡히기 싫었다면 멕시코에서 멕시코인으로 변장할 만큼 멍청한 친구가 아니란 말이오.」

「그래서 어쨌다는 거야?」 그렌즈가 윽박질렀다.

「당신이 터무니없는 얘기를 꾸며 내서 나를 속이려 한다는 거요. 머리를 염색했다는 로드리게스도 없었고, 오타토클란에 내렸다는 마리오 데 세르바도 없었고, 당신은 레녹스가 지금 어디쯤 있는지 감도 못 잡았어. 차라리 해적 선장 블랙비어드[20]가 보물을 어디 숨겼는지 알아냈다고 하시지.」

그가 다시 술병을 꺼냈다. 한 잔 따르더니 아까처럼 단숨에 들이켰다. 그리고 서서히 긴장을 풀었다. 의자에 앉은 채 몸을 돌려 녹음기를 꺼버렸다.

「네놈을 기소하면 정말 재미있겠군.」 그가 이를 갈며 말했다. 「너처럼 잘난 체하는 놈을 잘근잘근 밟아 주는 게 취미거든. 시건방진 새끼. 이번 일은 아주 오래오래 네놈을 따라다닐 거다. 걸어다닐 때도, 밥 처먹을 때도, 잠을 잘 때도. 그러다가 다음에 또 한 번 발을 헛디디면, 그때는 네놈을 아예 갈아 마셔 주마. 지금 당장은 내가 할 일이 있는데 속이 뒤집혀 미치겠다.」

그는 책상에 엎어 놓았던 서류 한 장을 와락 움켜쥐더니 바로 놓고 서명을 했다. 사람이 자기 이름을 쓸 때는 누구나 한눈에 알아볼 수 있다. 손놀림이 특별하니까. 이윽고 그가 벌떡 일어나 책상 뒤에서 나오더니, 신발 상자만 한 사무실

20 대서양 일대를 휩쓸며 잔인한 행적으로 악명을 떨친 18세기 해적 에드워드 티치Edward Teach(1680~1718)의 별명이 블랙 비어드, 즉 〈검은 수염〉이었다.

의 문을 벌컥 열고 고함을 질러 스프랭클린을 불렀다.

뚱뚱한 남자가 악취를 풍기며 나타났다. 그렌즈가 서류를 넘겨주었다.

「방금 네놈 석방 명령서에 서명했다. 공무원 팔자라 싫은 일을 억지로 할 때도 있지. 내가 왜 서명했는지 궁금해?」

나도 일어났다. 「말하고 싶으면 하시든지.」

「레녹스 사건이 종결됐기 때문이야. 이제 레녹스 사건은 없어. 오늘 오후에 자세한 자술서를 써놓고 권총으로 자살해 버렸지. 아까 내가 말한 오타토클란에서.」

나는 눈앞이 캄캄해서 잠시 우두커니 서 있었다. 시야 한 구석에 있던 그렌즈가 슬그머니 물러섰다. 내가 몇 대 후려갈길 줄 알았던 모양이다. 내 표정이 꽤나 살벌했나 보다. 이윽고 그는 다시 책상 뒤로 피해 버렸고, 어느새 스프랭클린이 내 팔을 붙잡고 있었다.

「자, 나가자고.」 그가 징징거리는 목소리로 말했다. 「사람이 집에서 잘 때도 있어야지.」

나는 그를 따라 나가서 문을 닫았다. 마치 방금 사람이 죽은 방에서 떠나듯이 조용히 닫았다.

10

나는 내 물품 보관증 사본을 꺼내 건네주고 원본에 수령 사실을 확인하는 서명을 했다. 소지품을 챙겨 주머니에 넣었다. 한 남자가 접수대 끄트머리에 기대고 서 있다가, 내가 돌아서자 허리를 펴고 말을 걸었다. 키가 190센티미터도 넘어 보였는데 꼬챙이처럼 빼빼 말랐다.

「집까지 태워다 드릴까요?」

불빛이 어두워 나이를 가늠하기 어려운 얼굴에 지치고 냉소적인 인상이었지만 사기꾼으로 보이지는 않았다. 「얼마 드리면 될까요?」

「돈 안 받아요. 『저널』지에서 나온 로니 모건입니다. 마침 퇴근하려던 참이죠.」

「아, 경찰청 출입 기자시군요.」

「이번 주만 그렇습니다. 원래는 시청 담당이죠.」

우리는 건물 밖으로 나갔고 주차장에서 그의 차를 찾았다. 나는 하늘을 올려다보았다. 별들이 보이긴 했지만 주위가 너무 밝았다. 선선하고 쾌적한 밤이었다. 나는 밤공기를 깊이

들이마셨다. 이윽고 차에 올라타자, 그가 차를 몰고 주차장을 빠져나갔다.

「저는 저 멀리 로럴 캐니언에 삽니다. 아무 데나 내려 주세요.」

「경찰은 사람들을 차에 태워 데려오죠.」 그가 말했다. 「그래 놓고 내보낼 때는 알아서 가라는 식이지. 이번 사건에 흥미가 생겼어요. 불쾌하다는 점에서.」

「사건이 종결된 것 같던데요.」 내가 말했다. 「테리 레녹스가 오늘 오후에 권총 자살을 했어요. 어쨌든 검찰은 그렇게 말하더군요. 검사한테 들은 얘깁니다.」

「그거 아주 편리하게 됐군요.」 로니 모건이 앞만 바라보며 말했다. 차는 조용한 거리를 조용히 달려갔다. 「담 쌓는 데 도움이 되겠어요.」

「담이라니요?」

「누군가 담을 쌓아서 레녹스 사건을 가리고 있어요, 말로. 똑똑한 분이니 무슨 말인지 아시겠지요? 큰 사건인데 언론이 아주 조용하단 말입니다. 지검장이 오늘 밤에 워싱턴으로 가 버렸어요. 무슨 회의가 있다나. 몇 년 만에 모처럼 세간의 관심을 독차지할 기회가 왔는데 스스로 차버렸어요. 왜 그랬을까요?」

「나한테 물어봐도 소용없어요. 큰집에서 방금 나왔잖아요.」

「누군가 사례를 톡톡히 치렀기 때문이죠. 그래서 그래요. 돈다발처럼 천박한 걸 말하는 게 아닙니다. 누군가 지검장한테 정말 중요한 뭔가를 약속한 모양인데, 관련자들 중에서 그럴 만한 사람은 한 명뿐이죠. 피살자 아버지.」

나는 구석에 머리를 기댔다.「별로 그럴싸하진 않은데요.」
내가 말했다.「언론은 어떻게 된 겁니까? 할런 포터가 신문사
몇 개를 소유한 줄은 알았지만, 경쟁사들까지 왜 그래요?」

그는 재미있다는 표정으로 나를 잠깐 돌아보고 다시 운전
에 집중했다.「신문 기자 해본 적 있어요?」

「아니요.」

「신문을 소유하고 발행하는 사람들은 다 부자들이에요. 모
두 한통속이죠. 물론 서로 경쟁하기도 하는데…… 구독자, 취
재 구역, 특종 같은 것 때문에 치열하게 싸우죠. 단, 사주들의
체면과 명예와 지위는 건드리지 말아야 해요. 그걸 건드리겠
다 싶으면 바로 뚜껑을 덮어 버리죠. 레녹스 사건도 그렇게
덮어 버린 겁니다. 레녹스 사건은 말이죠, 잘 키우기만 하면
신문이 불티나게 팔릴 만한 소재였어요. 모든 요소를 갖췄잖
아요. 재판이 시작됐으면 전국에서 내로라하는 기자들이 다
모였을 거예요. 그런데 이젠 재판조차 못하게 됐죠. 일이 더
커지기 전에 레녹스가 알아서 퇴장해 버렸으니까. 아까도 말
했듯이…… 잘된 일이죠, 할런 포터 일가한테는.」

나는 허리를 펴고 그를 뚫어지게 노려보았다.

「이번 일이 다 조작이라는 뜻입니까?」

그러자 그는 냉소하듯이 입술을 일그러뜨렸다.「레녹스가
자살할 때 도움을 받았는지도 모른다는 겁니다. 체포되지 않
으려고 조금이라도 저항했다면. 멕시코 경찰은 방아쇠를 당
기고 싶어서 손가락이 근질거리는 놈들이거든요. 혹시 내기

를 원하신다면 아주 유리한 조건으로 해드리죠. 저는 총알구멍을 일일이 세어 보는 사람은 아무도 없을 거라는 쪽에 걸겠습니다.」

「그 말은 틀린 것 같습니다.」 내가 말했다. 「나는 테리 레녹스를 잘 알아요. 오래전에 인생을 포기해 버렸죠. 경찰이 생포해서 데려왔다면, 그쪽이 원하는 대로 해줬을 겁니다. 범행을 자백하고 과실치사로 재판을 받았겠죠.」

모건이 고개를 가로저었다. 나는 그가 무슨 말을 하려는지 알아차렸고 내 예상은 빗나가지 않았다. 「어림도 없어요. 레녹스가 여자를 총으로 쐈거나 머리를 때려 죽였다면 그럴 수도 있었겠죠. 그런데 지나치게 잔인했어요. 얼굴을 짓뭉개서 너덜너덜하게 만들어 놨잖아요. 운이 좋으면 2급 살인[21]을 받을 텐데, 그 정도로도 큰 물의를 빚을 겁니다.」

「당신 말이 맞을지도 모르겠네요.」

그가 다시 나를 돌아보았다. 「그 사람을 잘 안다고 하셨죠. 조작이라는 데는 동의하십니까?」

「좀 피곤하네요. 오늘 밤은 뭘 생각할 기분이 아닙니다.」

긴 침묵이 흘렀다. 이윽고 모건이 조용히 말했다. 「내가 삼류 기자가 아니라 정말 똑똑한 놈이었다면, 그 사람이 여자를 안 죽였는지도 모른다고 생각했을 겁니다.」

「그렇게 생각할 수도 있겠군요.」

그는 담배 한 개비를 입에 물고 계기판에 성냥을 그어 불을 붙였다. 깡마른 얼굴을 잔뜩 찡그린 채 말없이 담배를 피

21 우발적 살인, 혹은 미필적 고의에 의한 살인.

왔다. 로럴 캐니언에 들어섰을 때 나는 어디서 큰길을 빠져나가야 하는지, 우리 동네로 가려면 어디서 꺾어져야 하는지 일러 주었다. 차는 낑낑거리며 언덕길을 올라가 우리 집 삼나무 계단 앞에 멈추었다.

나는 차에서 내렸다. 「태워다 줘서 고마워요, 모건. 한잔하겠어요?」

「나중에 합시다. 지금은 혼자 있고 싶을 텐데.」

「혼자 있는 시간이 너무 길었어요. 지긋지긋하게 길었죠.」

「친구한테 작별 인사를 하셔야죠. 옥살이도 마다하지 않을 정도면 친구 맞잖아요.」

「내가 그 사람 때문에 그랬다고 누가 그래요?」

그러자 그는 어렴풋이 미소를 지었다. 「기사를 쓸 수 없다고 했지 아무것도 모른다고 하진 않았습니다. 잘 있어요. 또봅시다.」

나는 차 문을 닫아 주었고 그는 차를 돌려 언덕을 내려갔다. 미등 불빛이 모퉁이를 돌아 사라진 후, 나는 계단을 올라가 신문을 주워 모으고 텅 빈 집으로 들어갔다. 전등을 모두 켜고 창문을 모두 열었다. 집 안이 너무 답답했다.

커피를 끓여 마시다가 커피 깡통 속에서 1백 달러 지폐 다섯 장을 꺼냈다. 돈은 단단히 말린 채 깡통 한구석 커피 속에 깊숙이 박혀 있었다. 나는 커피 잔을 들고 오락가락했고, 텔레비전을 켰다가 도로 꺼버렸고, 앉았다가 일어났다가 다시 앉았다. 현관 앞 계단에 쌓여 있던 신문들을 샅샅이 읽었다. 레녹스 사건은 처음에는 대서특필됐지만 그날 아침에는 벌써 뒷전으로 밀려나 버렸다. 실비아 사진은 실렸지만 테리 사진은 없었다. 나도 모르는 내 스냅 사진도 있었다. 〈엘에이 사설탐정, 신문을 위해 구류 중.〉 엔시노에 있는 레녹스 자택 사진도 크게 실렸다. 삼각 지붕이 즐비한 영국풍 저택이었는 데, 유리창만 닦으려고 해도 족히 1백 달러는 줘야 할 듯싶었 다. 작은 언덕에 자리 잡은 이 집은 2에이커[22]에 달하는 넓은 땅을 차지하고 있었다. 로스앤젤레스 일대에서는 어마어마 한 면적이다. 사랑채 사진도 있었는데, 본채를 축소한 듯한 모습이었다. 산울타리가 사랑채를 둘러싸고 있었다. 건물 사 진은 둘 다 멀리서 찍어 확대한 후 오려 낸 것이 분명했다. 신 문이 떠들어 댄 이른바 〈죽음의 방〉을 찍은 사진은 없었다.

이 모든 기사를 구치소에서 이미 보았는데도 다시 읽어 보 았고, 전혀 다른 시각으로 한 번 더 살펴보았다. 신문은 돈 많 고 아름다운 여자가 살해되었고 취재가 철저히 차단되었다 는 사실을 말해 줄 뿐이었다. 그렇다면 초장부터 누가 압력 을 행사했다는 뜻이다. 검경 출입 기자들이 이를 득득 갈았 겠지만 도리 없는 일이다. 어찌 된 일인지는 자명하다. 실비 아가 죽던 날 밤 테리가 당시 패서디나에 있던 장인과 통화 했다면, 경찰에 신고가 들어가기 전에 우선 그 집에 경호원 10여 명을 쫙 깔아 놨을 테니까.

그러나 이해할 수 없는 일도 있다. 그녀가 마구 두들겨 맞 았다는 점이다. 테리가 그런 짓을 하다니, 남들이 뭐라고 떠 들건 나는 도저히 믿을 수 없었다.

22 약 8천 제곱미터.

전등을 모두 꺼버리고 아까 열어 놓은 창문가에 앉았다. 바깥의 수풀 속에서 흉내지빠귀 한 마리가 잠자리에 들기 전에 몇 차례 재잘거리며 자기 목소리에 심취했다. 나는 목이 근질근질해서 면도와 샤워를 하고 침대에 누워 귀를 기울였다. 마치 어둠 속 저 멀리서 문득 누군가의 목소리가 들려오기를, 그 차분하고 담담한 목소리가 모든 일을 속 시원히 설명해 주기를 기대하는 사람처럼. 그러나 그런 목소리는 들리지 않았고, 나도 그건 알고 있었다. 아무도 나에게 레녹스 사건을 설명해 주지 않을 것이다. 설명이 필요하지도 않다. 살인자가 자백을 하고 저세상으로 가버렸으니까. 사건 심리마저 생략되겠지.

『저널』지의 모건이 했던 말이 맞다. 아주 편리한 상황이다. 레녹스가 아내를 죽였어도 상관없다. 그를 기소할 필요도 없고, 온갖 불쾌한 실상을 들춰낼 필요도 없으니까. 그가 죽이지 않았어도 상관없다. 죽은 자는 으뜸가는 희생양이다. 절대로 항변하지 않으니까.

11

아침이 밝았을 때 다시 면도를 하고 옷을 갈아입은 후 평소처럼 시내로 나가 평소 주차하던 자리에 차를 세웠다. 내가 이제 유명인사가 되었다는 사실을 주차장 안내원도 알고 있었다면, 이 친구는 속내를 감추는 재주가 비상한 사람이다. 나는 위층으로 올라갔고, 복도를 지나면서 사무실 문을 열려고 열쇠를 꺼냈다. 가무잡잡하고 뺀질뺀질한 남자가 나를 보고 있었다.

「선생이 말로요?」

「그런데?」

「어디 가지 마쇼. 만나고 싶어 하는 분이 계시니까.」 그는 벽에 기댔던 등을 떼고 어슬렁어슬렁 가버렸다.

나는 사무실에 들어가 우편물을 주웠다. 책상에도 야간 청소부가 챙겨 준 우편물이 있었다. 나는 창문을 열어 놓고 봉투를 차례차례 뜯으며 쓸모없는 것들은 버렸다. 죄다 쓸모없었다. 나는 둘째 문의 버저 스위치를 켜놓고 파이프에 연초를 재서 불을 붙인 후 멍하니 앉아 누군가 살려 달라고 비명을 지르길 기다렸다.

이제 조금은 초연해진 마음으로 테리 레녹스를 떠올릴 수 있었다. 벌써 그는 마음속에서 멀어지기 시작했다. 특유의 백발도, 흉터투성이 얼굴도, 어렴풋한 매력도, 독특한 자존심도. 나는 그를 함부로 판단하거나 분석하지 않았다. 살아생전에도 어쩌다 다쳤는지, 어쩌다 실비아 같은 여자와 결혼했는지 한 번도 묻지 않았으니까. 배에서 우연히 만나 친해진 사람 같다고 할까. 서로 잘 아는 듯싶지만 사실은 아무것도 모른다. 그런 사이처럼 훌훌 떠나 버렸다. 부둣가에서 작별 인사를 할 때는, 자주 연락하세, 친구, 그렇게들 말하지만, 이쪽이나 저쪽이나 그럴 일 없다는 것을 잘 안다. 십중팔구두 번 다시 만나지 못한다. 설사 만나더라도 그는 이미 전혀 다른 사람이 되어 버렸고, 특별 객차에서 마주치는 여느 로터리 클럽 회원과 다를 바 없다. 사업은 좀 어떤가? 아, 나쁘지 않네. 신수가 훤하시군. 자네도 그래. 나는 체중이 너무 늘었어. 다들 그렇지 않나? 그때 프랭코니아[23]에서(거기 맞나?) 같이 했던 그 여행 기억나지? 아, 그래, 정말 끝내주는 여행이었지?

끝내주는 여행은 개뿔. 따분해서 죽을 뻔했는데. 사실은 주변에 관심을 끄는 사람이 아무도 없어서 그에게 말을 걸었을 뿐이다. 어쩌면 테리 레녹스와 나도 그런 사이였는지도 모른다. 아니, 똑같지는 않다. 나는 그의 일부라도 차지했으니까. 그에게 시간과 돈을 투자했고 덕분에 〈큰집〉에서 사흘

23 영어권에서 독일 바이에른주 북서부의 프랑켄 지방을 일컫는 이름.

을 보냈다. 덤으로 턱을 얻어맞고 목에도 주먹질을 당해서 침을 삼킬 때마다 아직도 아프다. 이제 그가 죽어 버렸으니 5백 달러를 돌려줄 수도 없게 되었다. 그래서 화가 난다. 늘 그렇게 사소한 문제로 화가 나기 마련이다.

문에 달린 버저와 전화벨이 동시에 울렸다. 전화부터 받았다. 버저 소리는 손바닥만 한 대기실에 누가 들어왔다는 뜻일 뿐이니까.

「말로 씨 맞습니까? 엔디컷 씨 연락입니다. 잠시만 기다리세요.」

그가 전화를 돌려받았다. 「시웰 엔디컷이오.」 젠장, 이름은 비서가 이미 밝혔는데 못 들으셨나.

「안녕하세요, 엔디컷 씨.」

「풀려났다는 소식 듣고 반가웠소. 쓸데없이 반항하지 않고 현명하게 처신하신 모양이구려.」

「현명하기는요. 외고집만 부렸는데요.」

「그 사건 때문에 다시 귀찮아지는 일은 아마 없을 거요. 그래도 혹시 또 문제가 생겨 도움이 필요하면 연락하시오.」

「그럴 일이 있겠습니까? 테리는 죽었잖아요. 그 친구가 제 근처에 있었다는 사실만 증명하려고 해도 다들 고생깨나 해야 할걸요. 그다음에는 제가 범죄 사실을 알고 있었다는 것도 증명해야죠. 또 그다음에는 테리가 정말 범죄를 저질렀는지, 정말 도망쳤는지도 증명해야 하고.」

그러자 그가 헛기침을 하고 조심스럽게 말했다. 「테리 레녹스가 자세한 자술서를 남겼다는 말을 아직 못 들으신 모양이군.」

「들었습니다, 엔디컷 씨. 제가 지금 변호사와 얘기하는 중이었군요. 그 자술서도 증명이 필요하다고 말씀드리면 주제넘은 소리일까요? 자술서의 진위도 가려야 하고, 그게 진심인지도 확인해 봐야 할 텐데 말입니다.」

「미안하지만 법률 토론을 할 시간은 없소.」무뚝뚝한 말투였다.「좀 우울한 일 때문에 멕시코에 가야 해서. 무슨 일인지는 아마 짐작하시겠지?」

「글쎄요. 변호사님 의뢰인이 누구냐에 따라 달라지겠죠. 아직 나한테 말씀을 안 해주셨는데요, 기억하시는지.」

「알고 있소. 그럼 잘 지내시오, 말로. 도와주겠다는 제안은 여전히 유효해요. 다만 충고 한마디만 합시다. 이제 안전하다고 섣불리 확신하지 마시오. 약점이 많은 직업이잖소.」

그가 전화를 끊었다. 나는 수화기를 조심스럽게 내려놓았다. 그리고 전화기에 손을 올려놓은 채 잠시 그대로 앉아 오만상을 찡그렸다. 이윽고 험상궂은 표정을 지워 버리고 자리에서 일어나 대기실로 나가는 문을 열었다.

한 남자가 창가에 앉아 잡지를 뒤적거리고 있었다. 알아보기 어려울 만큼 밝은 하늘색 체크무늬를 넣은 청회색 양복 차림이었다. 다리를 꼬고 앉았는데, 모카신을 닮은 검은색 단화를 신고 있었다. 끈 구멍이 두 개 뚫린 형태인데 운동화 못지않게 편안해 보였으며 한 블록만 걸어도 양말에 구멍이 뚫리는 신발은 아닐 터였다. 흰색 손수건은 네모반듯하게 접었고 그 뒤에 꽂아 놓은 선글라스 끄트머리도 보였다. 숱 많은 갈색 곱슬머리였다. 햇볕에 그을린 피부는 짙은 구릿빛이었다. 그가 새처럼 초롱초롱한 눈을 들었고, 가느다란 콧수염 아래 미소가 번져 갔다. 반짝거리는 흰색 셔츠에 양끝이 뾰족한 짙은 적갈색 나비넥타이를 매고 있었다.

그가 잡지를 옆으로 툭 던졌다. 「누가 삼류 아니랄까 봐 내용이 다 허접쓰레기야.」 그가 말했다. 「코스텔로[24]에 대한 기사를 읽어 봤지. 제깟 놈들이 코스텔로를 알면 얼마나 안다고. 뻥을 치려면 차라리 트로이의 헬레네랑 친하다고 하지.」

「무슨 일로 오셨소?」

그는 느긋하게 나를 아래위로 훑어보았다. 「빨강 스쿠터 타는 타잔이군.」 그가 말했다.

「뭐?」

「너 말이야. 말로. 빨강 스쿠터 타는 타잔이라고. 경찰한테 호되게 당했냐?」

「여기저기. 당신이 웬 참견인데?」

「올브라이트가 그레고리어스한테 전화한 다음에도?」

「아니. 그러고 나서는 괜찮았지.」

그는 짧게 고개를 끄덕였다. 「올브라이트한테 그 미련한 놈 버릇 좀 고쳐 달라고 부탁하다니, 잔머리 좀 굴리셨네.」

「웬 참견이냐고 물었을 텐데. 난 올브라이트 국장을 알지도 못하고 뭘 부탁한 적도 없어. 내 부탁을 들어줄 이유가 없잖아?」

그는 언짢은 표정으로 나를 쳐다보았다. 그러고는 표범처

24 Frank Costello(1891∼1973). 이탈리아계 미국인 마피아 두목.

럼 우아한 동작으로 천천히 일어섰다. 대기실을 가로질러 걸어오더니 내 사무실을 들여다보았다. 나를 돌아보며 고갯짓을 하더니 안으로 들어갔다. 어디를 가든 주인 행세를 하는 놈이다. 나도 뒤따라 들어가 문을 닫았다. 그는 책상 곁에 서서 재미있다는 듯이 방 안을 둘러보았다.

「시시하네.」 그가 말했다. 「너무 시시해.」

나는 책상 너머로 가서 잠자코 기다렸다.

「한 달에 얼마나 버냐, 말로?」

나는 그 말을 무시해 버리고 파이프에 불을 붙였다.

「기껏해야 750 정도겠지.」 그가 말했다.

나는 타버린 성냥을 재떨이에 버리고 담배 연기를 뻐끔거렸다.

「너는 송사리야, 말로. 잔챙이라고. 너무 잘아서 돋보기로 들여다봐야 간신히 보일 정도야.」

나는 아무 말도 하지 않았다.

「싸구려 감상에 빠지기나 하고. 하여간 안팎이 다 싸구려라니까. 누군가를 만나서 같이 어울리고, 술 몇 잔 마시고, 농담 몇 마디 지껄이고, 궁할 때 돈 좀 찔러 주고, 그러고 나면 퐁당 빠져 정신을 못 차리고. 프랭크 메리웰[25] 소설이나 보는 애새끼들처럼. 배짱도 없지, 지능도 없지, 연줄도 없지, 눈치도 없지, 그러니까 괜히 허세나 부리면서 남의 신세 한탄이나 들어 주고 앉았지. 영락없이 빨강 스쿠터 타는 타잔이라니까.」 그러더니 한심하다는 듯이 피식 웃었다. 「내가 보기에

25 미국 소설가 길버트 패튼의 청소년용 연작 소설 주인공.

는 아무짝에도 쓸모없는 얼치기라고.」

그가 책상 너머로 몸을 숙이더니 태연하게, 깔보듯이, 손
등으로 내 얼굴을 툭 쳤다. 아프게 때릴 생각은 없었고 가벼
운 미소도 여전했다. 그래도 나는 전혀 움직이지 않았고, 그
는 천천히 앉아 책상에 한쪽 팔꿈치를 올려놓고 구릿빛 손으
로 구릿빛 턱을 받쳤다. 새처럼 초롱초롱한 눈이 아무런 표
정도 없이 반짝거리며 나를 물끄러미 바라보았다.

「내가 누군지는 아냐, 잔챙이?」

「이름은 메넨데스. 똘마니들은 멘디라고 부르지. 주로 선
셋 스트립 일대에서 놀고.」

「그래? 내가 어쩌다 그런 거물이 됐을까?」

「나야 모르지. 처음에는 멕시코 갈봇집에서 뚜쟁이 노릇이
나 했을 텐데.」

그는 주머니에서 황금 담뱃갑을 꺼내 황금 라이터로 갈색
담배에 불을 붙였다. 독한 연기를 뿜어내며 고개를 끄덕였다.
황금 담뱃갑을 책상에 내려놓고 손끝으로 어루만졌다. 「나는
거물급 악당이야, 말로. 돈을 많이 벌지. 돈 먹일 놈들한테 돈
먹여서 돈 많이 벌려면, 돈 먹일 놈들한테 돈 먹여서 돈 많이
벌어야 하거든. 벨에어에 9만 달러짜리 집이 있는데 집 수리
에 들어간 돈만 해도 벌써 9만 달러가 넘지. 예쁜 백금색 금
발 마누라도 있고, 동부에서 사립 학교 다니는 애새끼도 둘
이나 있어. 우리 마누라가 가진 보석만 따져도 15만 달러, 모
피나 옷 값도 7만 5천 달러는 될 거야. 나만 졸졸 따라다니는
저 멍청이 말고도 집사, 하녀 둘, 요리사, 운전사도 있지. 나

는 가는 곳마다 귀빈 대접을 받아. 뭐든지 최고급이지. 최고급 음식, 최고급 술, 최고급 호텔방. 플로리다에는 별장도 있고 선원 다섯 명 딸린 원양 항해용 요트도 있어. 차는 벤틀리 한 대, 캐딜락 두 대, 크라이슬러 스테이션왜건 한 대, 아들 놈이 타는 MG[26] 한 대. 몇 년 지나면 딸 년도 한 대 사줘야겠지. 그런데 너는 가진 게 뭐냐?」

「별로 없어.」 내가 말했다. 「올해 겨우 집 한 채 얻었지. 나 혼자 사는 집.」

「여자도 없냐?」

「나 혼자야. 집 말고는 여기 보이는 것들이 다지, 그리고 은행에 1천 2백 달러, 채권 몇 천 달러. 이 정도면 대답이 됐나?」

「한 건으로 제일 많이 받은 돈이 얼마였지?」

「850.」

「하이고, 싸구려 인생이 그렇게 좋냐?」

「잡소리 그만하고 용건이나 말해.」

그는 반쯤 피운 담배를 꺼버리고 곧바로 새 담배에 불을 붙였다. 의자 등받이에 몸을 기댔다. 나를 쳐다보며 입을 비쭉거렸다.

「우리 세 명이 참호 속에서 식사할 때였어. 온 세상이 눈으로 뒤덮이고 지독하게 추운 날이었지. 우리는 통조림을 먹는 중이었어. 차디찬 통조림. 포탄이 좀 날아오더니 박격포 공격이 이어졌어. 셋 다 추워서 시퍼렇게 질렸어. 정말 시퍼랬다니까. 랜디 스타, 나, 그리고 테리 레녹스. 그때 박격포탄

26 영국 스포츠카 제조 회사.

한 발이 우리 사이에 뚝 떨어졌는데, 웬일인지 터지지 않더라고. 독일 놈들은 속임수를 잘 썼지. 유머 감각도 저질이고. 불발탄인 줄 알았는데 3초만 지나면 터져 버리는 경우도 있거든. 아무튼 랜디와 내가 놀라서 뻣뻣하게 굳어 있을 때, 테리가 포탄을 낚아채더니 곧바로 참호에서 뛰쳐나갔어. 정말 잽싸더라. 무슨 미식축구 선수 같더라니까. 그러더니 몸을 날려 엎드리면서 멀리 던졌는데, 그게 공중에서 터져 버린 거야. 대부분은 머리 위로 지나갔지만 파편 하나가 테리의 옆얼굴에 박혀 버렸지. 바로 그때 독일 놈들이 공격해 왔는데 정신을 차려 보니 우리는 어느새 다른 곳에 가 있더군.」

메넨데스는 말을 멈추고 끊임없이 이글거리는 검은 눈으로 나를 응시했다.

「얘기해 줘서 고맙군.」 내가 말했다.

「약 올려도 잘 참더라, 말로. 괜찮은 놈이군. 아무튼 랜디와 내가 얘기해 보고 내린 결론은, 누구든 테리 레녹스 같은 일을 당하면 머리가 좀 이상해질 수밖에 없다는 거였지. 우리는 오랫동안 테리가 죽은 줄 알았는데, 사실은 죽지 않았더라고. 독일 놈들한테 잡혀갔던 거야. 그놈들은 꼬박 1년 반 동안 테리를 치료했어. 결과는 좋았지만 고통이 너무 심했지. 우리가 그런 사실을 알아내는 데도 돈이 들었고, 그 친구를 찾아내는 데도 돈이 들었어. 그래도 그때는 전쟁 끝나고 암시장에서 돈을 잘 벌던 시절이었지. 그 정도는 감당할 수 있었다고. 테리가 우리 목숨을 구해 주고 받은 대가라고는 뜯어고친 얼굴 반쪽, 백발, 그리고 극심한 신경과민이 전부였어. 그래서 동부에서도 술이나 퍼마시다가 이리저리 잡혀가면서 엉망진창이 돼버렸지. 마음속에 걸리는 게 있는 모양인데 우리는 끝내 알아내지 못했어. 그러다가 부잣집 아가씨와 결혼해서 잘나간다는 소식을 들었지. 그다음엔 이혼하고, 다시 밑바닥으로 떨어지고, 다시 결혼하고, 여자가 죽어 버리고, 랜디와 나는 결국 아무것도 해주지 못했어. 도와줄 기회를 줘야 말이지. 라스베이거스에서 잠시 일자리 하나 챙겨 줬을 뿐이야. 그러더니 정말 큰일이 났는데도 우리를 찾아오지 않고 뜬금없이 너 같은 잔챙이한테 가버렸지. 경찰 나부랭이가 짓밟아도 꼼짝 못하는 놈한테. 그러고 나서 덜컥 죽어 버렸어. 우리한테 작별 인사도 안 하고, 빚 갚을 기회도 안 주고. 내가 나섰으면 그 친구를 순식간에, 야바위꾼 손놀림보다 더 빨리 나라 밖으로 빼돌렸을 텐데. 그런데도 그 친구는 징징 울면서 너 같은 놈한테 달려갔다고. 그래서 화가 나. 경찰 나부랭이가 짓밟아도 꼼짝 못하는 이런 잔챙이라니.」

「경찰은 누구든 짓밟는 놈들이잖아. 그래서 어쩌라는 거야?」

「그냥 포기해.」 메넨데스가 심각하게 말했다.

「뭘 포기해?」

「레녹스 사건을 돈벌이나 자기 선전에 이용할 속셈이라면 포기하라고. 이 사건은 종 치고 막 내렸어. 테리는 죽었고, 우리는 그 친구가 계속 시달리는 꼴을 보기 싫다고. 고생만 하면서 살았잖아.」

「이렇게 감상적인 깡패도 다 있네. 배꼽 빠지겠어.」

「말조심해라, 잔챙이. 말조심하라고. 멘디 메넨데스는 남들하고 말장난 같은 거 안 해. 그냥 명령을 내리지. 그러니까 돈벌이는 딴 데 가서 알아봐. 알아들었냐?」

그가 일어섰다. 면담은 끝났다. 그가 장갑을 집었다. 눈처럼 새하얀 돼지가죽 장갑이었다. 마치 한 번도 사용하지 않은 듯했다. 몸치장을 좋아하는구나, 메넨데스. 그러면서도 내면은 강인하고.

「자기 선전 따위는 관심 없어.」 내가 말했다. 「돈 주겠다는 사람도 없고. 누가 무슨 이유로 나한테 돈을 줘?」

「개수작하지 마, 말로. 깜빵에서 사흘이나 썩었는데 네 마음이 비단결이라서 그랬을 리가 없잖아. 돈을 받았겠지. 누구라고 말하진 않겠지만 대충 짐작이 간다. 내가 생각하는 그쪽이 맞다면 돈이 썩어날 테니까. 레녹스 사건은 끝났고 이대로 끝내야 돼. 혹시─」 그는 말을 뚝 끊어 버리고 장갑으로 책상 모서리를 철썩 내리쳤다.

「혹시 테리가 그 여자를 죽이지 않았더라도.」 내가 말했다.

메넨데스가 좀 놀랐는지도 모르지만, 싸구려 결혼반지의 도금만큼이나 표정 변화가 희미했다. 「나도 그렇게 믿고 싶다, 잔챙이. 그런데 앞뒤가 안 맞잖아. 설령 앞뒤가 맞더라도─테리가 이런 결과를 원했다면─그대로 내버려 둬야겠지.」

나는 아무 말도 하지 않았다. 잠시 후 그가 천천히 미소를 지었다.

「빨강 스쿠터 타는 타잔.」 그가 느릿느릿 말했다. 「꼴에 센

척은. 내가 들어와서 막 깔아뭉개도 찍소리도 못하는 놈. 동전 한 줌에 팔려 아무한테나 짓밟히는 놈. 돈도 없지, 가족도 없지, 전망도 없지, 아무것도 없잖아. 또 보자, 잔챙이.」

나는 이를 악물고 가만히 앉아 책상 모서리에서 번쩍거리는 황금 담뱃갑을 노려보았다. 늙고 지쳐 버린 기분이었다. 나는 천천히 일어나 담뱃갑을 집었다.

「이거 가져가야지.」 그렇게 말하면서 책상 너머로 걸음을 옮겼다.

「그까짓 거, 대여섯 개씩 굴러다녀.」 그가 비아냥거렸다.

나는 가까이 다가가서 담뱃갑을 내밀었다. 그가 무심코 담뱃갑을 받으려 했다. 「이거나 몇 대 맞아 볼래?」 이렇게 물으며 그의 배에 힘껏 주먹을 내질렀다.

그가 끄응 하며 허리를 구부렸다. 담뱃갑이 바닥에 떨어졌다. 그는 뒷걸음질로 벽에 기댔고, 두 손이 발작하듯 오르락내리락했다. 숨을 쉬려고 해도 허파가 말을 듣지 않는 듯했다. 진땀이 줄줄 흘렀다. 그는 안간힘을 쓰며 아주 천천히 허리를 펴고 다시 내 눈을 마주 보았다. 나는 손을 내밀어 한 손가락으로 그의 턱뼈를 쓰다듬었다. 그는 가만히 있었다. 마침내 그의 구릿빛 얼굴에 미소가 떠올랐다.

「이런 면도 있는 줄은 몰랐네.」 그가 말했다.

「다음번엔 총을 가져와. 아니면 나를 잔챙이라고 부르지 말든지.」

「총 가진 놈을 데려왔는데.」

「그럼 데리고 들어와. 필요할 테니까.」

「너 좀 열받게 하기가 쉽지 않구나, 말로.」

나는 황금 담뱃갑을 발로 툭 차서 옆으로 밀친 후 허리를 굽히고 주워 건네주었다. 그가 담뱃갑을 받아 주머니에 넣었다.

「처음에는 이해할 수 없었지.」 내가 말했다. 「왜 굳이 시간을 내서 여기까지 찾아와 시비를 거는지. 그런데 금방 따분해지더라고. 건달은 다 따분하니까. 에이스만 있는 카드로 게임을 하듯이. 자네는 다 가졌지만 아무것도 못 가졌어. 멍하니 앉아 자기 얼굴만 쳐다보는 꼴이지. 테리가 도움을 청하지 않을 만도 해. 창녀한테 돈 빌리는 거나 마찬가지니까.」

그는 두 손가락으로 조심스럽게 배를 만져 보았다. 「그 말은 좀 심한데, 잔챙이. 농담 한번 잘못했다가 큰코다치는 수가 있어.」

그러더니 문 쪽으로 가서 문을 열었다. 바깥에서 맞은편 벽에 기대고 있던 경호원이 허리를 펴고 돌아보았다. 메넨데스가 고갯짓을 했다. 경호원이 사무실로 들어와 무표정한 얼굴로 나를 훑어보았다.

「이 친구 잘 봐둬라, 칙.」 메넨데스가 말했다. 「혹시 모르니까 얼굴을 기억해 둬. 조만간 둘이 따로 만날 일이 생길지도 모르니까.」

「아까 봤습니다, 형님.」 가무잡잡하고 뺀질뺀질하고 입에 힘을 준 사내는 이런 부류가 늘 그렇듯이 입에 힘을 준 목소리로 말했다. 「제 상대가 되긴 힘들겠는데요.」

「배때기나 얻어맞지 않게 조심해.」 메넨데스가 쓴웃음을 지으며 말했다. 「라이트훅이 장난 아니더라.」

경호원이 나를 비웃었다. 「그렇게 다가오지도 못할걸요.」

「그럼 잘 있어라. 잔챙이.」 메넨데스는 이 말을 남기고 밖으로 나갔다.

「또 봅시다.」 경호원이 냉랭하게 말했다. 「칙 아고스티노요. 내 이름 정도는 아시겠지.」

「깡패 똘마니를 내가 어떻게 알아. 얼굴을 확 밟아 버리기 전에 알아서 비켜.」

그의 턱 근육이 불끈거렸다. 그러나 휙 돌아서서 두목을 따라 나가 버렸다.

기압 장치가 된 문이 천천히 닫혔다. 귀를 기울여 보았지만 복도를 걸어가는 발소리가 들리지 않았다. 둘 다 고양이처럼 살금살금 걷는 모양이다. 1분쯤 지났을 때 문을 열고 확인해 보았다. 복도에는 아무도 없었다.

나는 책상으로 돌아가서 자리에 앉아 잠시 생각해 보았다. 이 도시의 조폭 중에서도 제법 거물급에 속하는 메넨데스가 굳이 시간을 들여 내 사무실까지 찾아와서 손을 떼라고 경고하는 이유가 뭘까. 불과 몇 분 전에 엔디컷도 표현은 좀 다르지만 비슷한 경고를 했는데.

아무리 궁리해도 결론이 나지 않아서 갈 데까지 가보기로 마음먹었다. 라스베이거스에 있는 테라핀 클럽에 지명 통화를 신청했다. 필립 말로가 랜디 스타에게. 연결 실패. 랜디 스타 씨는 출장 중인데, 혹시 다른 분과 통화하시겠어요? 필요 없다고 했다. 사실 스타와 간절히 통화하고 싶은 것도 아니었다. 일시적 충동이었을 뿐이다. 어차피 너무 멀어서 나를 건드리지는 못할 테니까.

그때부터 사흘 동안은 아무 일도 없었다. 아무도 나를 폭행하거나 총질을 하거나 전화를 하거나 손 떼라고 경고하지 않았다. 집 나간 딸내미나 바람난 마누라나 잃어버린 진주 목걸이나 사라진 유언장 따위를 찾아 달라는 사람도 없었다. 나는 우두커니 앉아 벽만 쳐다보았다. 레녹스 사건은 갑자기 이야깃거리가 되었듯이 갑자기 관심에서 멀어졌다. 간단한 사건 심리가 있었지만 나는 소환되지도 않았다. 이 심리는 미리 고지하지도 않고 배심원단도 없이 생뚱맞은 시간에 진행되었다. 검시관의 소견에 따르면, 실비아 포터 웨스터하임 디 조르조 레녹스는 사건 이후 검시관의 관할 구역 밖에서 사망한 남편 테렌스 윌리엄 레녹스가 계획적으로 살해했다. 심리 기록에는 아마 자술서도 포함되었을 것이다. 자술서 내용도 검시관이 만족할 만큼 충분히 확인했을 것이다.

실비아의 시신은 장례를 위해 유족에게 넘겨졌다. 그들은 시신을 비행기에 싣고 북쪽으로 날아가 가족 묘실에 안치했다. 언론인들은 참석하지 못했다. 아무도 인터뷰에 응하지 않았다. 인터뷰를 절대로 안 하는 할런 포터는 두말할 나위도 없었다. 아무튼 달라이 라마만큼이나 만나기 어려운 사람이다. 1억 달러의 재산을 가진 사람은 하인, 경호원, 비서, 변호사, 말 잘 듣는 간부 등이 겹겹이 둘러싼 울타리 속에서 남다른 인생을 살아간다. 그런 사람도 남들처럼 밥을 먹고 잠을 자고 이발을 하고 옷을 입겠지. 사실 그것조차 확신할 수 없는 일이다. 우리가 그런 사람에 대하여 읽거나 들을 수 있는 이야기는 이미 홍보 담당자들이 걸러 내고 남은 내용뿐이다. 그들은 많은 돈을 받으면서 그럴싸한 인물을, 즉 소독한 주삿바늘처럼 단순하고 깨끗하고 선명한 이미지를 창조하고 유지하는 일을 한다. 꼭 진실일 필요도 없다. 이미 알려진 사실과 어긋나지만 않으면 되는데, 알려진 사실이라고 해봤자 고작 열 손가락으로 헤아릴 정도니까.

사흘째 되던 날, 오후 늦게 전화벨이 울렸다. 상대방은 자신이 뉴욕의 어느 출판사 대표 하워드 스펜서라고 하면서, 잠시 캘리포니아로 출장을 왔는데 나와 의논하고 싶은 문제가 있으니 다음 날 오전 11시 리츠베벌리 호텔의 바에서 만나자고 했다.

어떤 문제냐고 물어보았다.

「좀 민감한 문제지만 윤리에 어긋나는 일은 전혀 아닙니다.」 그가 말했다. 「일이 성사되지 않더라도, 시간을 내주시면 보수는 당연히 드릴 생각입니다.」

「스펜서 씨, 고맙지만 그러실 필요는 없습니다. 혹시 제가 아는 사람이 추천했나요?」

「말로 씨에 대해 잘 아는 분이긴 합니다. 최근에 검경과 마찰을 빚은 일까지 아시더군요. 바로 그 일 때문에 저도 관심을 갖게 됐죠. 하지만 제가 말씀드릴 문제는 그 비극적인 사건과는 아무 상관도 없습니다. 저는 다만…… 아니, 전화보다 직접 뵙고 한잔하면서 얘기하는 편이 낫겠습니다.」

「큰집 다녀온 놈이랑 어울리셔도 괜찮습니까?」

그러자 그가 웃었다. 웃음소리도 목소리도 듣기 좋았다. 뉴욕 사람들이 플랫부시[27] 말투를 배우기 전에 쓰던 말투였다.

「제가 보기에는 말이죠, 말로 씨, 오히려 그거야말로 진짜 추천장입니다. 다시 말씀드리자면 말로 씨가, 방금 말씀하신 대로, 큰집 다녀오셨다는 사실 말고, 뭐랄까요, 그런 압박에도 굴하지 않고 끝까지 침묵을 지키는, 지극히 과묵한 분으로 보인다는 사실 말입니다.」

이 사람은 두꺼운 소설책처럼 쉼표를 잔뜩 찍어 가며 말하는 버릇이 있었다. 어쨌든 전화 말투는 그랬다.

「알겠습니다, 스펜서 씨. 아침에 거기서 뵙죠.」

그는 고맙다고 말하면서 전화를 끊었다. 누가 나를 추천했는지 궁금했다. 엔디컷일지도 모른다는 생각이 들어 확인해 보려고 전화를 걸었다. 그러나 그는 일주일 예정으로 출장을 갔고 아직도 돌아오지 않았다고 했다. 별로 중요하지 않은 문제다. 나 같은 사람이 하는 일도 가끔은 고객이 만족하는 경우도 있으니까. 그리고 어차피 돈이 필요해서 일이 필요한 상황이다. 아니, 필요하다고 생각했다. 그날 밤 집에 가서 매디슨[28]의 초상화가 동봉된 편지를 발견하기 전까지는.

27 뉴욕 브루클린의 한 지역.
28 James Madison(1751~1836). 미국 제4대 대통령.

12

편지는 계단 앞에 서 있는 빨갛고 하얀 새집 모양의 우편함에 들어 있었다. 우편함 상단의 회전 막대에 달린 딱따구리가 위로 올라가 있었는데, 집으로 우편물이 오는 일이 워낙 드물어 하마터면 들여다보지도 않고 넘어갈 뻔했다. 그런데 딱따구리의 부리 끝이 부러져 버린 것이 눈에 띄었다. 부러진 부위의 나무가 깨끗한 것을 보니 최근에 생긴 일이다. 어느 개구쟁이 녀석이 장난감 총을 쏜 모양이다.

편지에는 〈*Correo Aéreo*(항공 우편)〉 표시가 있고 멕시코 우표를 잔뜩 붙여 놓았는데, 요즘처럼 멕시코에 대한 생각이 뇌리를 떠나지 않는 시절이 아니었다면 필체를 알아보지 못했을지도 모른다. 우체국 소인은 읽을 수도 없었다. 손으로 찍은 도장인데 잉크가 거의 다 떨어졌나 보다. 편지는 꽤 두툼했다. 나는 계단을 올라갔고, 거실에 앉아 편지를 읽었다. 그날따라 저녁 시간이 몹시 조용하다는 느낌이 들었다. 죽은 사람의 편지는 이렇게 적막을 불러오게 마련일까.

편지는 날짜도 없고 서론도 없이 본론으로 들어갔다.

나는 지금 호수를 끼고 있는 오타토클란이라는 산골 마을에서 별로 깨끗하지도 않은 호텔 2층 창가에 앉아 있다네. 내 창문 바로 밑에 우체통이 있는데, 내가 주문한 커피를 사환이 가져오면 나 대신 이 편지를 부쳐 달라고 하겠네. 우체통에 넣기 전에 편지를 슬쩍 보여 달라고 할 거야. 그렇게만 해주면 1백 페소짜리 지폐를 줄 텐데, 사환한테는 큰돈이지.

왜 이렇게 번거로운 짓을 하느냐고? 웬 가무잡잡한 놈이 밖에서 감시하는 중이거든. 뾰족한 신발을 신고 지저분한 셔츠를 걸쳤어. 뭔가 기다리는 모양인데 그게 뭔지는 모르겠지만, 내가 이 호텔을 나서게 내버려 두지 않을 걸세. 이 편지만 부칠 수 있다면 아무래도 상관없어. 자네한테 이 돈을 주고 싶었네. 내게는 필요 없는 돈이기도 하고, 어차피 이 마을 경찰이 가로챌 돈이니까. 무슨 대가를 바라는 건 아닐세. 자네한테 큰 폐를 끼쳤으니 사과하고 싶고 꽤 괜찮은 사내에게 경의를 표하고 싶기도 하니까. 늘 그랬듯이 내가 만사를 그르쳤지만, 권총은 지금도 갖고 있다네. 내 짐작이지만 지금쯤 자네는 한 가지 문제에 대해서 마음을 정했겠지. 내가 그 여자를 죽였는지도 모른다고, 그렇더라도 다른 짓은 내가 했을 리가 없다고. 그렇게 잔인무도한 짓은 결코 내 취향이 아니니까. 그렇다면 뭔가 몹시 잘못됐다는 뜻이지. 그래도 상관없네. 조금도 중요하지 않아. 지금 중요한 문제는 불필요하고 백해무익한 추문을 피하는 일이거든. 내 장인이나 처형은 나에게 아무런

해도 끼치지 않았어. 그들에게는 그들의 인생이 있고, 나는 이미 내 인생에 넌더리가 났다네. 나를 백수건달로 만들어 버린 것은 실비아가 아닐세. 나는 이미 백수건달이었으니까. 그 여자가 왜 나와 결혼했는지는 나도 명확한 답을 줄 수가 없어. 그저 일시적인 충동이 아니었을까. 어쨌든 실비아는 젊고 아름다울 때 죽었어. 흔히 하는 말로 남자는 욕정 때문에 늙고 여자는 오히려 젊어진다지. 다 헛소리야. 부자들은 어떤 경우에도 제 살 길을 찾게 마련이고, 부자들의 세계는 늘 찬란한 여름이라는 말도 있지. 하지만 내가 부자들과 함께 살아 봐서 아는데, 다들 심심하고 외롭게 사는 사람들일세.

이미 자술서를 써놓았다네. 조금은 메스껍고 적잖이 두렵군. 이런 상황을 책에서 읽어 봤지만 진실은 전혀 다르다네. 막상 이런 일이 닥치면, 이렇게 가진 것이라고는 주머니 속에 든 권총 한 자루뿐이면, 이렇게 낯선 나라 지저분한 호텔방에 갇혀 버리면, 여기서 벗어날 길이 하나뿐이면…… 내 말 믿게나, 친구. 숭고하거나 극적인 구석 따위는 전혀 없다네. 괴롭고 천박하고 쓸쓸하고 우울한 경험일 뿐이야.

그러니까 이 일도 나도 빨리 잊어버리게. 다만 그 전에 빅터 주점에 가서 김렛 한잔 마시며 명복을 빌어 주게나. 그리고 다음번에 커피를 끓일 때는 내게도 한잔 따라 주고, 버번도 조금 섞고, 담배 한 개비에 불을 붙여 커피 잔 옆에 놓아 주게. 그러고 나서 다 잊어버려. 테리 레녹스 교신 끝. 그럼 안녕.

　방금 노크 소리를 들었네. 사환이 커피를 가져왔겠지.
저 친구가 사환이 아니라면 총질이 시작될 테고. 나는 멕
시코 사람들을 좋아하는 편이지만, 멕시코 감옥은 조금도
좋아하지 않아. 잘 지내게나.

테리

　그것이 전부였다. 나는 편지를 접어 봉투 속에 넣었다. 문
을 두드린 사람은 역시 커피를 가져온 사환이었을 것이다.
그렇지 않았다면 내가 이 편지를 받지도 못했겠지. 동봉된
매디슨 초상화는 두말할 나위도 없고. 매디슨 초상화는 5천
달러짜리 지폐니까.

　내 앞에 놓인 탁자에 빳빳한 녹색 지폐 한 장이 있다. 난생
처음 보는 돈이다. 은행 직원 중에도 못 본 사람이 많을 것이
다. 랜디 스타나 메넨데스쯤은 되어야 이런 돈을 갖고 다니
겠지. 은행에 가서 한 장 달라고 해도 십중팔구 없어서 못 준
다. 연방 준비은행에 연락해서 받으면 준다고 할 것이다. 며
칠 걸리는 일이다. 미국 전역의 유통량을 다 합쳐도 고작 1천
장쯤이다. 내가 받은 지폐가 은은히 빛난다. 마치 햇빛 한 줌
을 간직한 듯하다.

　나는 그 자리에 앉아 한참 동안 지폐를 들여다보았다. 이
윽고 지폐를 편지 보관함에 넣어 두고 부엌에 가서 커피를
끓였다. 감상적이거나 말거나 테리가 부탁한 대로 했다. 커
피 두 잔을 따르고 그의 잔에는 버번을 조금 섞었다. 비행장

으로 데려다주던 그날 아침 그가 앉았던 자리에 놓아 주었다. 담배 한 개비에 불을 붙여 커피 잔 옆의 재떨이에 올려놓았다. 커피 잔에서 올라오는 수증기와 담배에서 가늘게 피어오르는 연기를 물끄러미 바라보았다. 바깥의 황종화 덤불에 내려앉은 새 한 마리가 작은 소리로 혼잣말을 하듯이 재잘거리다가 이따금씩 날개를 파닥거렸다.

이윽고 커피 잔에서 올라오던 수증기가 그치고 담배 연기도 사라졌다. 재떨이 가장자리에 꽁초만 남아 있었다. 개수대 아래 놓인 쓰레기통에 담배꽁초를 버렸다. 커피는 쏟아 버리고 잔을 씻어 올려놓았다.

다 끝났다. 5천 달러의 대가치고는 터무니없이 간단했다.

잠시 후 심야 영화를 보러 나갔다. 아무 의미도 없는 짓이었다. 당최 영화가 눈에 들어오지 않았다. 소리가 들리고 커다란 얼굴들이 지나갈 뿐이었다. 집으로 돌아와서 따분하기 짝이 없는 루이 로페스 오프닝[29]을 따라해 보았지만 역시 아무 의미도 없었다. 그래서 자러 갔다.

그런데 잠이 오지 않았다. 새벽 3시에 이리저리 서성거리며 하차투리안[30]의 음악을 들었다. 트랙터 공장의 작업 소음 같은 이 곡을 그는 바이올린 협주곡이라고 불렀다. 나 같으면 차라리 늘어진 팬벨트[31] 협주곡이라고 부르겠다. 빌어먹을.

29 스페인 주교 루이 로페스가 16세기에 정리한 체스 초반의 행마법.
30 Aram Khachaturyan(1903~1978). 아르메니아 작곡가.
31 자동차 엔진에서 냉각 팬을 돌리는 벨트.

내가 밤을 지새우는 일은 뚱뚱한 우체부만큼이나 드물다. 하워드 스펜서가 리츠베벌리 호텔에서 기다리지만 않았다면 술이나 한 병 작살내고 뻗어 버렸을 텐데. 다음번에 롤스로이스 실버레이스를 타고 있는 예절 바른 주정뱅이를 다시 만나게 된다면 부랴부랴 갈팡질팡 도망쳐야지. 스스로 만든 함정보다 치명적인 함정은 없다.

13

　그날 오전 11시에 나는 식당 별관 쪽에서 들어가면 오른쪽에 있는 세번째 부스에 앉아 있었다. 벽을 등지고 앉았기 때문에 드나드는 사람들을 모두 볼 수 있었다. 화창한 아침, 스모그도 없고 심지어 높은 안개[32]도 없는 아침이었다. 주점 유리벽 바로 앞에서부터 식당 끝까지 이어지는 수영장 수면에서 물비늘이 눈부시게 반짝거렸다. 육감적인 몸매를 자랑하는 여자가 흰색 샤크스킨 수영복을 입고 다이빙대 사다리를 올라갔다. 나는 그녀의 그을린 허벅지와 수영복 사이에 드러난 하얀 띠를 지켜보았다. 욕망 가득한 눈으로 지켜보았다. 이윽고 길게 튀어나온 다이빙대에 가려져 여자 모습이 보이지 않았다. 잠시 후 그녀가 한 바퀴 반 돌면서 뛰어내리는 장면을 볼 수 있었다. 하늘 높이 치솟은 물보라가 햇빛을 받으면서 여자 못지않게 아름다운 무지개가 떴다. 여자가 사다리를 올라와 흰색 수영 모자의 끈을 풀고 탈색한 머리를 털었

---

　32 *high fog*. 남부 캘리포니아에서 5~7월에 자주 발생하는 기상 현상으로, 오전에 안개구름(층운)이 끼었다가 정오 전후 맑아진다.

다. 엉덩이를 흔들며 조그마한 흰색 테이블로 걸어가더니 웬 벌목꾼처럼 생긴 녀석 옆에 앉았다. 흰색 무명 바지를 입고 검은 선글라스를 꼈는데 온몸이 골고루 새까맣게 탔으니 보나마나 수영장에서 일하는 사람일 터였다. 남자가 손을 내밀어 여자의 허벅지를 툭툭 두드렸다. 그러자 여자가 물동이처럼 입을 쩍 벌리며 웃음을 터뜨렸다. 그 모습을 보는 순간 관심이 싹 사라졌다. 웃음소리는 들리지 않았지만 동굴처럼 뻥 뚫린 입만 봐도 정나미가 떨어졌다.

주점은 텅텅 비어 있었다. 세 칸 떨어진 부스에서 한탕족 둘이서 돈 대신 두 팔을 흔들어 대며 20세기폭스사에 넘길 기획안을 서로 자랑했다. 그들은 테이블에 놓인 전화기를 사이에 두고 마주 앉아 누가 재넉[33]에게 더 기막힌 아이디어를 내놓는지 보자고 경쟁하듯이 2~3분마다 한 번씩 전화를 걸었다. 둘 다 젊고 가무잡잡하고 의욕적이고 원기가 왕성했다. 그들은 전화 통화를 하는 동안에도 내가 뚱뚱한 남자를 계단으로 4층까지 옮길 만한 근력을 소모했다. 그리고 슬픔에 잠긴 한 남자가 카운터 앞의 걸상에 앉아 바텐더에게 이야기를 늘어놓고 있었다. 술잔을 닦으며 이야기를 듣는 바텐더는 사람들이 비명을 지르지 않으려고 애쓸 때 흔히 짓는 미소를 머금고 있었다. 손님은 중년 나이에 옷을 잘 차려입었고 만취 상태였다. 끊임없이 이야기를 하고 싶어 했는데, 설령 하기 싫더라도 멈출 수 없을 듯했다. 예절 바르고 상냥한 사람이었다. 말할 때 들어 보니 혀가 심하게 꼬이지는 않은 듯했

33 Darryl F. Zannuck(1902~1979). 미국의 영화 제작자.

지만, 눈뜨자마자 술병부터 움켜쥐고 밤에 곯아떨어질 때까지 절대로 놓지 않는 사람이 분명했다. 남은 한평생을 그렇게 보낼 테고 그것이 그의 인생이었다. 어쩌다 이렇게 되었는지는 아무도 알 수 없다. 그가 말해 주더라도 진실이 아닐 테니까. 본인은 진실이라고 믿는 것조차 왜곡된 기억에 불과할 테니까. 온 세상의 조용한 술집마다 저렇게 가련한 사람이 하나씩은 있다.

손목시계를 확인해 보니 이 지체 높은 출판업자께서 이미 20분이나 늦었다. 나는 30분쯤 기다려 보다가 가버릴 생각이었다. 고객이 이렇게 제멋대로 구는데도 내버려 두는 것은 현명하지 않다. 자기가 나를 마음대로 휘두를 수 있다면 남들도 얼마든지 내게 그럴 수 있으리라 짐작할 텐데, 그런 사람에게 일을 맡길 이유가 없기 때문이다. 더구나 지금 당장은 절박하게 일이 필요하지도 않으니, 멀리 동부에서 온 멍텅구리가 나를 무슨 말구종처럼 무시하는데 굳이 참아 줄 까닭이 없다. 보나마나 벽널 두른 85층 사무실에서 누름 단추 여러 개와 인터폰을 앞에 두고 일하는 거만한 사장이겠지. 해티 카네기[34]의 직장 여성 특선 의상을 입은 여비서가 크고 아름다운 눈으로 유혹의 시선을 보내기도 하겠지. 그런 사람들은 남에게 9시 정각에 오라고 해놓고도 자기는 느긋하게 더블 깁슨[35]을 즐기다가 두 시간이나 늦게 나타나기 일쑤인

34 Hattie Carnegie(1880~1956). 오스트리아-헝가리 제국 태생의 미국 패션 디자이너.
35 진과 드라이 베르무트에 양파 피클을 곁들인 칵테일.

데, 그때마다 상대가 얌전히 앉아 기다리다가 만면에 미소를 머금고 감지덕지 맞아 주지 않으면 노발대발하여 경영 능력까지 마비되기 마련이다. 그럴 때는 아카풀코[36]에 가서 다섯 주쯤 푹 쉬어야 예전의 위풍당당한 기상을 되찾겠지.

늙은 웨이터가 느릿느릿 다가오더니 묽게 탄 스카치 앤드 워터 술잔을 넌지시 바라보았다. 내가 고개를 가로젓자 그가 숱 많은 백발을 끄덕거렸다. 바로 그때 환상의 여인이 주점 안으로 들어왔다. 그 순간 주점 안의 모든 소리가 일시에 사라지는 듯했고, 한탕족들은 한탕 행각을 중단했고, 걸상에 앉은 주정뱅이마저 수다를 멈추었다. 마치 지휘자가 보면대를 톡톡 두드리고 두 팔을 들어 자세를 잡는 순간 같았다.

키가 꽤 크고 몸매도 날씬한 여자였는데, 흰색 리넨 맞춤 옷을 입고 검은색 바탕에 흰색 물방울무늬가 들어간 스카프를 목에 두르고 있었다. 머리는 동화 속의 공주처럼 밝은 금발이었다. 조그마한 모자를 쓴 밝은 금발이 둥지에 들어간 새 같았다. 눈동자는 수레국화를 닮은 보기 드문 청보랏빛, 긴 속눈썹은 조금 지나치다 싶을 만큼 밝은 빛깔이었다. 그녀가 통로 건너편 테이블로 다가가 길고 새하얀 장갑을 벗자 늙은 웨이터가 테이블을 반대쪽으로 당겨 주었는데, 그토록 정중한 태도는 내 평생 한 번도 본 적이 없다. 여자가 자리에 앉아 장갑을 핸드백 손잡이 밑으로 밀어넣고 웨이터에게 고맙다고 말하며 방긋 미소를 짓는데, 어찌나 순수하고 기품이 넘치는지 웨이터는 온몸이 마비될 지경인 듯했다. 여자가 아

36 멕시코 남서부 태평양 연안의 휴양지

주 작은 목소리로 그에게 뭐라고 말했다. 그는 상체를 숙인 채 황급히 걸음을 옮겼다. 그야말로 일생일대의 사명을 받은 듯한 모습이었다.

나는 멍하니 여자를 바라보았다. 그녀가 내 시선을 알아차렸다. 여자가 눈을 살짝 들었지만, 나는 이미 시선을 돌린 뒤였다. 그러나 어디를 보든 간에 도저히 숨을 쉴 수 없었다.

이제 세상에는 금발이 흔해 빠져 요즘은 아예 웃음거리가 될 지경이다. 금발 여자도 저마다 장단점이 있는데, 단지 예외가 있다면 염색한 줄루족처럼 빛바랜 가짜 금발인 주제에 성깔마저 독사처럼 사나운 금속성 금발이겠다. 끊임없이 재잘거리고 쨱쨱거리는 작고 귀여운 금발도 있고, 얼음처럼 서슬 퍼런 눈빛으로 사람을 멀리 밀어내는 크고 기세등등한 금발도 있다. 집으로 데려다줄 때 사람을 밑에서 위로 올려다보며 향긋한 체취를 풍기고 은은하게 빛나며 남자 팔에 매달려 늘 너무너무 피곤하다고 하소연하는 금발도 있다. 여자는 어쩔 수 없다는 표정으로 머리가 지긋지긋하게 아프다고 말하는데, 차라리 한 대 때려 주고 싶지만, 너무 많은 시간과 돈을 투자하고 기대를 품기 전에 그런 두통이 있다는 사실을 알게 되어 그나마 다행이라고 생각하게 마련이다. 왜냐하면 그런 두통은 언제까지나 따라다닐 테니까. 닿지도 않는 이 무기는 자객의 검이나 루크레치아[37]의 독약처럼 치명적일 테

---

37 Lucrezia Borgia(1480~1519). 마키아벨리가 『군주론』의 모델로 삼은 이탈리아 전제 군주 체사레 보르자의 여동생이며 교황 알렉산데르 6세의 딸. 예술 후원자로, 또한 정치적 음모의 달인으로 유명한데, 특히 독약을 담은 반지를 애용했다는 속설이 전해진다.

니까.

나긋나긋하고 적극적이고 술을 좋아하는 금발도 있는데, 그런 여자는 밍크라면 어떤 옷이든 가리지 않고, 스타라이트 루프[38]라면, 그리고 달지 않은 샴페인만 넉넉하다면 어디든 마다하지 않는다. 작고 활동적인 금발도 있는데, 자기 몫은 자기가 계산하려 하고 명랑하고 상식적인 데다 유도를 착실히 배워 트럭 운전사를 어깨 너머로 메다꽂으면서도 『새터데이 리뷰』[39] 사설을 한 문장 이상은 놓치지 않는 실력까지 갖췄으니 좋은 친구가 될 만하다. 죽을병은 아니지만 고칠 수 없는 빈혈에 걸려 창백하기 그지없는 금발도 있다. 그런 여자는 몹시 무기력하고 몹시 우울하며 아무 때나 소곤소곤 속삭이지만 손가락 하나도 댈 수 없는데, 첫째, 건드리고 싶지 않고, 둘째, 그녀는 「황무지」를 읽거나 단테의 저서를 원서로 읽거나 카프카 또는 키르케고르의 책을 읽거나 프로방스어를 공부하는 여자이기 때문이다. 게다가 음악도 좋아해서 뉴욕 필하모닉 오케스트라의 힌데미트 공연을 들을 때는 콘트라베이스 연주자 여섯 명 중에서 누가 4분의 1박자 늦었다는 것까지 척척 짚어 낸다. 토스카니니도 그럴 줄 알았다고 들었다. 그런 사람이 둘이나 있구나.

마지막으로, 거물급 조폭 두목 세 명을 먼저 저세상으로 보내고, 백만장자 두 명과 결혼한 후 각각 1백만 달러씩 받아내고, 결국 앙티브[40]에 있는 밝은 장밋빛 별장에서 운전사에

---

38 월도프 아스토리아 호텔의 스카이라운지.
39 주간 문예비평지.

조수까지 딸린 알파로메오 승용차를 타고 다니는 화려하고 매력적인 금발도 있다. 그런 여자는 고리타분한 귀족들을 여럿 거느리게 마련인데, 그들을 대할 때마다 마치 늙은 공작이 집사에게 잘 자라고 말하듯이 다정하면서도 무심한 태도를 유지한다.

그러나 통로 건너편에 앉은 환상의 여인은 그중 어느 쪽도 아니었다. 아예 사는 세계가 달랐다. 도저히 분류할 수 없는 여인, 깊은 산속의 호수처럼 맑고 고즈넉하며 그 물색처럼 형언할 수 없는 여인이었다. 내가 여전히 넋을 잃고 그녀만 바라볼 때 팔꿈치 근처에서 누군가 말을 걸었다.

「너무 늦었네요. 죄송합니다. 이것 때문이었어요. 제가 하워드 스펜서입니다. 말로 선생이시겠죠.」

고개를 돌려 그를 쳐다보았다. 나이는 중년, 체격은 통통한 편, 전혀 고민하지 않은 듯한 옷차림, 그러나 면도는 깨끗이 했고 숱이 적은 머리카락을 두 귀 사이가 훤해 보일 만큼 넓은 머리 너머로 주의 깊게 빗어 넘겼다. 화려한 더블 조끼를 입었는데, 보스턴에서 온 나그네를 만난다면 모를까, 캘리포니아에서는 좀처럼 보기 어려운 옷이다. 테 없는 안경을 썼고 낡아 빠져 허름한 서류 가방을 툭툭 치는데, 〈이것〉이란 바로 이 가방인 모양이다.

「이 속에 책 한 권 분량의 원고가 세 편이나 들었어요. 소설이죠. 거절하기도 전에 잃어버리면 난감해요.」 그는 방금 환상의 여인 앞에 뭔지 몰라도 초록색 음료가 담긴 긴 잔을

40 프랑스 동남부의 지중해 연안 휴양지.

내려놓고 물러나는 늙은 웨이터에게 신호를 보냈다. 「저는 진 앤드 오렌지라면 사족을 못 씁니다. 사실 좀 시시한 술인 데 말이죠. 같이 드시겠어요? 좋습니다.」

내가 고개를 끄덕이자 늙은 웨이터가 느릿느릿 걸어갔다.

서류 가방을 가리키며 내가 물었다. 「그 원고들을 거절하게 될지 어떻게 아시죠?」

「쓸 만한 원고라면 작가가 직접 들고 호텔로 찾아오지는 않았을 테니까요. 뉴욕에 사는 에이전트가 대신 전해 주겠죠.」

「그럼 왜 받으셨어요?」

「실망시키고 싶지 않기도 하고, 또 모든 출판업자가 그렇듯이 의외의 대박을 꿈꾸기 때문이기도 하죠. 하지만 진짜 이유는 따로 있어요. 칵테일파티에서 이런저런 사람들을 소개받다 보면 더러 소설을 썼다는 사람도 만나게 되는데, 술한잔에 마음이 넉넉해져 인류애가 샘솟으면 그런 원고를 기꺼이 봐주겠다고 말해 버리거든요. 그러고 나면 무시무시한 속도로 원고를 들고 호텔로 들이닥치니, 읽어 보는 시늉이라도 할 수밖에요. 어쨌든 저 같은 출판업자가 겪는 이런 골칫거리에는 별로 관심이 없으시겠죠.」

웨이터가 술을 가져왔다. 스펜서가 술잔을 들고 벌컥벌컥 들이켰다. 그는 통로 건너편의 절세 미녀를 조금도 눈여겨보지 않았다. 나에게만 주의를 집중했다. 사람을 대하는 자세가 훌륭했다.

「일 때문에 필요할 때는 저도 가끔 책을 읽습니다.」

「우리 출판사에서 제일 중요한 작가 한 분이 이 근처에 사십니다.」 그가 지나가는 말처럼 말했다. 「그분 책을 읽어 보셨는지도 모르겠네요. 로저 웨이드.」

「아하.」

「무슨 뜻인지 알겠습니다.」 그는 씁쓸한 미소를 지었다. 「역사 로맨스를 좋아하지 않으시는군요. 그래도 어마어마하게 잘 팔립니다.」

「별다른 뜻은 없었습니다, 스펜서 씨. 언젠가 그 사람 책을 읽어 본 적이 있어요. 제가 보기에는 좀 시시하던데요. 이런 말은 실례가 되나요?」

그러자 그가 빙그레 웃었다. 「아이고, 아닙니다. 선생 말씀에 동의하는 사람도 많아요. 다만 중요한 것은 그 사람이 글을 쓰는 족족 베스트셀러가 된다는 사실이죠. 그리고 요즘처럼 비용이 만만찮은 시대에는 출판사마다 그런 작가를 두 명은 확보해야 살아남아요.」

나는 절세 미녀 쪽을 돌아보았다. 그녀는 라임에이드인지 뭔지를 다 마시고 때마침 현미경이 필요할 듯한 손목시계를 들여다보고 있었다. 주점 안에는 손님이 조금 늘었지만 아직 소란스러울 정도는 아니었다. 한탕족 둘은 여전히 양손을 흔들어 댔고, 카운터 앞의 걸상에서 혼자 마시던 술꾼 곁에는 어느새 친구 둘이 붙어 있었다. 나는 다시 스펜서에게 시선을 돌렸다.

「어제 말씀하신 문제와 관련이 있습니까?」 내가 물었다. 「웨이드라는 작가 말입니다.」

그가 고개를 끄덕였다. 나를 유심히 살펴보고 있었다. 「말로 씨는 어떤 분인지 조금 말씀해 주시지 않겠습니까. 불쾌한 부탁이 아니라면 말입니다.」

「뭐가 궁금하십니까? 저는 면허 받은 사설탐정이고 꽤 오랫동안 이 일을 했습니다. 외톨이 늑대처럼 혼자 일하고, 미혼이고, 이제 중년에 접어들었고, 부자는 아닙니다. 감옥에도 몇 번 드나들었고 이혼 사건은 맡지 않습니다. 술과 여자와 체스, 그 밖에도 몇 가지를 좋아합니다. 경찰은 저를 별로 좋아하지 않지만, 몇 명하고는 그럭저럭 잘 지냅니다. 캘리포니아 토박이로 샌타로자[41]에서 태어났고, 양친은 돌아가셨고, 형제도 없고, 그래서 언젠가 캄캄한 뒷골목에서 비명횡사하더라도 하늘이 무너졌다고 생각할 사람은 아무도 없습니다. 어차피 이런 일을 하다 보면 누구나 당할 수 있는 일이지만, 사실 요즘은 어떤 일을 하는 사람이든 아무 일도 안 하는 사람이든 그런 일을 당하는 경우가 꽤 많지만요.」

「알겠습니다. 그런데 말씀하신 내용만 가지고는 궁금증이 해결되지 않는군요.」

나는 진 앤드 오렌지를 마저 마셨다. 별로 마음에 들지 않았다. 나는 그를 바라보며 빙그레 웃었다. 「제가 한 가지를 빠뜨렸군요, 스펜서 씨. 지금 제 주머니에 매디슨 초상화 한 장이 있습니다.」

「매디슨 초상화? 무슨 말씀인지…….」

「5천 달러짜리 지폐 말입니다. 늘 갖고 다니죠. 행운의 부적이랄까요.」

41 캘리포니아주 소노마 카운티의 청사 소재지.

「맙소사!」 그가 작은 소리로 말했다. 「굉장히 위험한 일 아닙니까?」

「일정 수준을 넘어서면 모든 위험이 동등해진다고 말한 사람이 누구였죠?」

「월터 배젓[42]인 듯싶군요. 굴뚝 수리공에 대해 얘기할 때.」 그러더니 빙그레 웃었다. 「죄송하지만 제가 출판업자라서요. 말로 씨는 괜찮은 분 같네요. 선생을 믿어 보죠. 못 믿겠으면 썩 꺼지라고 하시겠죠. 안 그렇습니까?」

나도 웃었다. 그가 웨이터를 불러 다시 두 잔을 주문했다.

「사정은 이렇습니다.」 그가 신중하게 입을 열었다. 「로저 웨이드 때문에 우리가 몹시 곤란해졌어요. 그 사람이 책을 끝내지 못해서요. 요즘 통 의욕이 없는데, 아무래도 무슨 이유가 있는 듯싶어요. 몸과 마음이 무너져 가는 상황으로 보입니다. 미친 듯이 술을 퍼마시고 걸핏하면 화를 내요. 가끔은 며칠 동안 행방불명이 되기도 하고. 얼마 전에는 계단에서 부인을 밀어 버렸어요. 부인은 갈비뼈가 다섯 대나 부러져 병원으로 실려 갔죠. 평소에는 부부간에 아무 문제도 없었대요. 그런데 술만 마시면 돌아 버리는 거예요.」 스펜서가 뒤로 기대며 시무룩하게 나를 바라보았다. 「어떻게든 그 책을 다 쓰게 해야 돼요. 우리한테는 정말 절실한 상황이거든요. 어느 정도는 제 사업이 걸린 일이라고 해도 과언이 아니죠. 하지만 단순히 책 때문에 이러는 건 아니에요. 정말 유능한 작가를 꼭 구해 주고 싶어요. 지금까지 쓴 책보다 훨씬 더

42 Walter Bagehot(1826~1877). 영국 경제학자, 사회학자, 문예 비평가.

좋은 작품을 쓸 수 있는 사람이거든요. 뭔가 크게 잘못됐어요. 제가 여기까지 출장을 왔는데도 이번엔 저를 만나 주지도 않더라고요. 차라리 정신과 의사한테 맡길 일이라는 것쯤은 저도 압니다. 그런데 웨이드 부인이 반대해요. 남편이 속속들이 정상이라고 믿거든요. 뭔가 큰 걱정거리가 있어서 그런다는 거죠. 이를테면 협박을 당한다든지. 웨이드 부부는 5년 전에 결혼했어요. 그 전에 일어난 일이 이제야 발목을 잡았는지도 몰라요. 어쩌면, 어림짐작이지만, 뺑소니 사고로 사람을 죽였는데 누군가 증거를 쥐고 있는지도 모르죠. 도대체 무슨 일인지 우리도 몰라요. 그래서 알고 싶은 거죠. 이 문제를 바로잡을 수만 있다면 보수는 넉넉히 드릴 생각입니다. 혹시 의학적인 문제라면, 글쎄요, 그거야 어쩔 수 없겠죠. 그것만 아니면 뭔가 해답이 있을 겁니다. 그리고 웨이드 부인도 지켜 줘야 돼요. 다음번엔 부인을 죽일 수도 있거든요. 모르는 일이잖아요.」

새로 주문한 술이 도착했다. 나는 내 술잔은 그대로 놓아둔 채 그가 단숨에 절반을 비우는 모습을 지켜보았다. 그러다가 담뱃불을 붙이고 그를 물끄러미 바라보았다.

「탐정이 필요한 상황이 아니군요.」 내가 말했다. 「마법사가 필요하겠어요. 도대체 제가 무슨 일을 할 수 있겠습니까? 혹시 그 작가가 이성을 잃을 때 제가 함께 있다면, 그리고 제가 감당 못할 만큼 난폭하지만 않다면, 때려눕혀 침대로 옮기는 일 정도는 할 수 있겠죠. 이조차도 제가 그 자리에 있어야만 가능한 일이에요. 확률이 1백 분의 1도 안 돼요. 아시잖아요.」

「몸집은 대충 비슷하지만 건강이 좋지 않은 사람이에요.」 스펜서가 말했다. 「그리고 늘 붙어 계시면 되잖아요.」

「어려운 일이죠. 그리고 술꾼들은 교활해요. 보나마나 제가 없을 때를 골라서 말썽을 부릴 거예요. 남자 간호사 노릇을 할 생각은 없습니다.」

「남자 간호사는 전혀 쓸모가 없을 겁니다. 로저 웨이드는 남자 간호사를 받아들일 사람이 아니거든요. 재능이 대단한 사람인데 무슨 충격 때문에 자제력을 잃었을 뿐이에요. 바보들이나 읽는 쓰레기 같은 소설을 썼는데도 돈을 너무 많이 벌었어요. 그렇지만 작가가 구원을 얻는 길은 글쓰기밖에 없어요. 훌륭한 재능은 주머니 속의 송곳처럼 결국 드러나기 마련이죠.」

「좋아요, 재능이 있다는 말은 믿어 드릴게요.」 내가 마지못해 말했다. 「굉장한 사람이라고 믿죠. 그런데 아주 위험한 사람이기도 해요. 어떤 비밀 때문에 죄책감을 느끼는데 술로 잠재우려고 하는 사람. 제가 맡을 만한 일이 아닙니다, 스펜서 씨.」

「알겠습니다.」 그가 손목시계를 보면서 근심스러운 듯이 찡그리는 순간 얼굴이 더 늙고 작아 보였다. 「어쨌든 저도 설득은 해봐야 했으니까 너무 탓하지 마세요.」

그러면서 두툼한 서류 가방을 향해 팔을 뻗었다. 나는 절세 미녀 쪽을 돌아보았다. 그녀도 떠나려는 참이었다. 백발 웨이터가 계산서를 들고 여자 쪽으로 몸을 기울이고 있었다.

그녀가 돈과 함께 아름다운 미소를 건네자 그는 하느님과 악수라도 나눈 듯한 표정을 지었다. 그녀가 입술을 매만지고 하얀 장갑을 끼었다. 웨이터가 테이블을 멀찌감치 잡아당겨 여자가 편하게 빠져나가도록 도와주었다.

나는 다시 스펜서를 돌아보았다. 그는 테이블 가장자리에 놓인 빈 술잔을 잔뜩 찌푸린 얼굴로 노려보고 있었다. 무릎에 서류 가방이 놓여 있었다.

「저기요.」 내가 말했다. 「원하신다면 제가 작가를 만나서 어떤 상태인지 보겠습니다. 부인과도 얘기를 좀 나눠 보고. 그런데 그 사람이 저를 당장 내쫓지 않을까 싶네요.」

그러자 스펜서가 아니라 엉뚱한 사람이 대답했다. 「아니에요, 말로 씨, 그러지는 않을 거예요. 오히려 말로 씨를 좋아할 거라고 생각해요.」

나는 고개를 들고 청보랏빛 눈동자를 쳐다보았다. 테이블 끄트머리에 그녀가 서 있었다. 나는 허둥지둥 일어났지만 부스 밖으로 빠져나갈 수도 없는 상황이라 칸막이를 짚은 채 엉거주춤 서 있을 수밖에 없었다.

「일어나지 마세요.」 꿀처럼 달콤하고 황홀한 목소리였다. 「먼저 사과부터 드려야겠지만, 제가 나서기 전에 어떤 분인지 살펴보는 게 중요할 듯싶었어요. 아일린 웨이드예요.」

스펜서가 퉁명스럽게 말했다. 「관심 없답니다, 아일린.」

여자는 상냥한 미소를 머금었다. 「제 생각은 달라요.」

나는 정신을 가다듬었다. 그때까지 뻐딱하게 선 채 입을 딱 벌리고 귀여운 여고 졸업생처럼 할딱거리고 있던 참이었다. 정말 어마어마한 미인이다. 가까이서 바라보니 온몸이 마비될 지경이다.

「관심 없다고 하진 않았습니다, 웨이드 부인. 제 말씀은, 아니, 제 말 뜻은, 이런 일에 저는 별 도움이 못 될뿐더러 제가 끼어드는 게 큰 실수일 수도 있다는 의미였어요. 오히려 해로울지도 모르니까요.」

그러자 여자가 몹시 심각한 표정을 지었다. 미소가 사라졌다. 「너무 빨리 결정하시네요. 남의 행동만 보고 사람을 함부로 평가하면 안 되잖아요. 사람을 평가하려면 됨됨이를 봐야죠.」

나는 멍하니 고개를 끄덕였다. 나도 테리에 대해 똑같은 생각을 했기 때문이다. 주어진 사실만 놓고 볼 때 ─ 메넨데스의 이야기가 사실이라면 ─ 참호 속에서 명예로운 행동을 했던 그 짧은 순간을 제외하면 레녹스는 별 볼일 없는 사람이었지만, 몇몇 사실이 그의 참모습을 다 말해 주는 것은 절대로 아니다. 그는 도저히 싫어할 수 없는 사람이었다. 그런 사람을 한평생 몇 명이나 만나 볼 수 있으랴.

「그러기 위해서는 상대를 잘 알아야 하고요.」 그녀가 상냥하게 덧붙였다. 「안녕히 가세요, 말로 씨. 혹시 생각이 바뀌시면…….」 그녀가 재빨리 핸드백을 열고 명함 한 장을 건넸다. 「나와 주셔서 감사합니다.」

그녀는 스펜서에게 고갯짓을 하고 밖으로 나갔다. 나는 그녀가 주점을 나선 후 유리벽으로 둘러싸인 별관을 지나 식당 쪽으로 걸어가는 모습을 지켜보았다. 걸음걸이마저 아름다왔다. 그녀가 로비로 통하는 아치 밑에서 방향을 바꾸는 모습도 보았다. 모퉁이를 도는 순간 새하얀 리넨 스커트가 마지막으로 살랑거리는 장면도 보았다. 나는 비로소 의자에 털썩 주저앉아 진 앤드 오렌지 술잔을 거머쥐었다.

스펜서가 나를 지켜보고 있었다. 눈빛이 좀 살벌했다.

「연기 잘하시네요.」 내가 말했다. 「하지만 가끔이라도 부인을 보셨어야죠. 저렇게 환상적인 미인이 가까이 앉아 있는데 20분 동안이나 눈치도 못 채다니 말도 안 되잖아요.」

「제가 좀 엉성하긴 했죠?」 그는 미소를 지으려고 했지만 웃을 기분이 아닌 듯했다. 여자를 보는 내 눈빛이 마음에 안 들었던 모양이다. 「사람들은 사설탐정에 대해서 야릇한 상상을 하죠. 탐정을 집에 들이려고 할 때는 ―」

「이 탐정을 집에 들인다는 생각은 버리세요.」 내가 말했다. 「아무튼 우선 다른 핑계부터 찾아보시죠. 맨 정신이든 고주망태가 되었든 간에 저렇게 황홀한 미인을 계단 아래로 내팽개쳐 갈비뼈를 다섯 대나 부러뜨리는 놈이 다 있다니, 그런 말을 어떻게 믿겠습니까.」

그러자 그의 얼굴이 벌게졌다. 그는 두 손으로 서류 가방을 불끈 움켜쥐었다. 「제가 거짓말을 했단 말입니까?」

「그럼 뭐가 다릅니까? 방금도 연극을 하셨잖아요. 혹시 저 부인한테 조금은 반하셨는지도 모르죠.」

그가 벌떡 일어났다. 「당신 말투가 마음에 안 드는군. 당신이 마음에 드는지도 잘 모르겠고. 부탁인데 오늘 얘기는 없던 일로 합시다. 시간을 내준 보답은 이 정도면 될 듯싶소.」

그는 테이블 너머로 20달러를 휙 내던지고 웨이터 몫으로 1달러짜리 몇 장을 따로 놓았다. 그러더니 선 채로 잠시 나를 노려보았다. 두 눈이 이글이글 타올랐고 얼굴도 여전히 불그스름했다. 「나는 결혼했고 애도 넷이나 있소.」 그가 퉁명스럽게 말했다.

「축하합니다.」

그러자 그가 목구멍 속에서 짤막한 소리를 내더니 휙 돌아서서 가버렸다. 발걸음이 꽤 빨랐다. 나는 그의 뒷모습을 잠시 지켜보다가 고개를 돌렸다. 남은 술을 마저 마시고 담뱃갑을 꺼내 흔들어 한 개비를 빼내 입에 물고 불을 붙였다. 늙은 웨이터가 다가와 돈을 보았다.

「더 필요하신 게 있습니까, 손님?」

「없어요. 돈은 다 가지세요.」

그가 천천히 지폐를 집었다. 「20달러짜린데요, 손님. 아까 그 신사분이 잘못 보셨나 보네요.」

「글도 읽을 줄 아는 사람이에요. 돈은 다 가지시라고 했잖아요.」

「저한테야 물론 고마운 말씀이죠. 진심으로 하시는 말씀이라면 ─」

「진심이에요.」

그는 꾸벅 고개를 숙이고 발길을 돌리면서도 여전히 찜찜한 표정이었다. 주점 안에 사람이 점점 많아졌다. 숫처녀일 리가 없는 날씬한 여자 두 명이 재잘거리고 손을 흔들며 지나갔다. 저쪽 부스에 앉은 시건방진 두 놈을 아는 모양이다. 자기야 하고 부르는 소리와 새빨간 손톱을 나풀거리는 모습 때문에 분위기가 한바탕 들썩거렸다.

나는 공연히 인상을 찌푸리며 담배를 반쯤 피우다가 결국 나가려고 일어섰다. 담뱃갑을 집으려고 돌아서는데, 뭔가 내 등을 호되게 때리고 지나갔다. 그래, 너 마침 잘 걸렸다. 휙 돌아서자 연예인의 옆모습이 보였다. 주름을 무식하게 많이 넣은 옥스퍼드 플란넬 셔츠 차림에 엉덩이가 펑퍼짐했다. 유명인답게 한 팔을 길게 뻗으며 입이 찢어져라 웃었다.

나는 길게 뻗은 팔을 붙잡고 그를 돌려세웠다. 「왜 그래, 잭? 너 같은 거물이 지나가는데 통로가 너무 좁아?」

그가 내 손을 뿌리치며 윽박질렀다. 「설치지 마쇼, 형씨. 그러다 턱주가리 박살 나는 수가 있어.」

「하, 하. 양키스 중견수가 되면 막대빵으로도 홈런 치시겠네.」

그가 두툼한 주먹을 불끈 쥐었다.

「자기야, 매니큐어 조심해야지.」 내가 말했다.

그는 억지로 화를 삼켰다. 「이거나 먹어, 건방진 인간.」 그가 비아냥거렸다. 「나중에 좀 한가할 때 다시 보자고.」

「오늘보다 한가한 날도 다 있어?」

「썩 꺼지세요.」 그가 으르렁거렸다. 「한 번만 더 나불거리면 틀니 새로 맞추게 해줄 테니까.」

나는 빙그레 웃었다. 「연락해라, 잭. 그런데 대사가 좀 구리다.」

그의 표정이 확 달라졌다. 웃음을 터뜨렸다. 「형씨도 영화

찍으쇼?」

「우체국에 나붙는 포스터라면 더러 찍어 봤지.」

「수배 전단에서 다시 봅시다.」 그는 여전히 빙글거리며 가버렸다.

유치하기 짝이 없는 짓이었지만 덕분에 불쾌감은 사라졌다. 나는 별관을 거쳐 호텔 로비로 빠져나간 후 정문 쪽으로 걸어갔다. 밖으로 나가기 전에 걸음을 멈추고 선글라스를 썼다. 차를 탔을 때 비로소 아일린 웨이드의 명함이 생각나서 꺼내 보았다. 인쇄한 명함이지만 주소와 전화번호까지 찍어 놓았으니 의례적으로 주고받는 명함은 아니다. 로저 스턴스 웨이드 부인. 아이들 밸리 로드 1247번지. 전화번호는 아이들 밸리 5-6324.

아이들 밸리라면 나도 잘 아는 곳인데 요즘은 많이 달라졌다. 예전에는 출입구에 수위실을 설치하고 청원 경찰을 배치했는데, 그때는 호숫가에 도박장이 있었고 50달러짜리 매춘부가 즐비했다. 그러나 도박장이 문을 닫은 후 점잖은 부자들이 일대를 차지하고 부동산 분양업자들이 꿈꾸는 땅으로 바꿔 놓았다. 호수와 주변의 토지를 어떤 클럽이 소유했으므로 클럽에 가입하지 못한 사람은 호수에서 놀 수도 없었다. 정말 배타적인 곳인데, 이 말은 단순히 땅값만 비싸다는 뜻이 아니다.

아이들 밸리에 내가 들어가면 바나나 스플릿[43]에 올려놓은 진주양파[44]만큼이나 어울리지 않을 것이다.

43 바나나 사이에 아이스크림을 놓고 시럽과 견과류 등을 뿌린 디저트.

149

그날 오후 늦게 스펜서가 전화를 걸었다. 이제 화가 가라 앉았는지 아까는 제대로 처신하지 못해 미안하다면서 혹시 생각이 바뀌지 않았느냐고 물었다.

「그 사람이 만나자고 하면 한번 만나 보겠습니다. 안 그러면 그만두고.」

「알았습니다. 추가 수당은 넉넉히 드릴 테니 ─」

「이것 보세요, 스펜서 씨.」 내가 짜증을 냈다. 「돈으로 운명을 바꿀 수는 없어요. 웨이드 부인이 남편을 무서워한다면 나가 버리면 되잖아요. 본인이 결정할 문제예요. 남편한테서 하루 24시간 지켜 줄 수 있는 사람은 아무도 없습니다. 세상은 그렇게 안전하지 않아요. 더구나 그것만 해달라는 것도 아니잖아요. 그 사람이 언제 어떻게 왜 탈선했는지 알아내고 문제를 해결해서 다시는 그러지 않게, 적어도 책을 끝마칠 때까지는 그러지 않게 해달라는 거죠. 한데 그건 그 사람한테 달렸어요. 그 망할 놈의 책을 정말 간절히 쓰고 싶다면 알아서 술을 끊겠죠. 저한테 너무 많은 걸 바라시네요.」

「결국 다 하나로 귀결되죠.」 그가 말했다. 「문제는 하나뿐이에요. 어쨌든 무슨 말씀인지 알겠습니다. 평소 하시던 일에 비하면 지나치게 조심스러운 일이겠죠. 그럼 안녕히 계세요. 저는 오늘 밤에 뉴욕으로 돌아갑니다.」

「편히 가세요.」

그는 고맙다고 말하면서 전화를 끊었다. 그가 준 20달러를

44 주로 피클용으로 사용하는 작은 양파. 앞서 언급한 깁슨 칵테일에 넣는 피클도 진주양파로 만든다.

웨이터에게 줘버렸다고 말할 생각이었는데 깜박 잊었다. 다시 연락해서 말해 줄까 하다가 안 그래도 충분히 우울하겠다 싶어 그만두기로 했다.

사무실 문을 닫은 후 테리가 편지로 부탁한 대로 김렛을 마시려고 빅터 주점 쪽으로 출발했다. 그러나 곧 생각을 바꿨다. 그렇게 감상적인 기분이 아니었기 때문이다. 그래서 라우리 식당에 가서 마티니 한 잔을 마시며 프라임 립스테이크와 요크셔푸딩을 먹었다.

집으로 돌아와서 텔레비전을 켜고 권투 경기를 보았다. 모두 형편없는 시합이었다. 차라리 아서 머리[45] 밑에서 댄스 강사로 일해야 어울릴 만한 자들이었다. 그저 이리저리 잽을 날리며 상체를 위아래로 흔들고 상대의 균형을 무너뜨리려고 페인트 동작을 선보이는 정도가 고작이었다. 그따위 주먹으로는 선잠 자는 할머니도 깨우지 못할 터였다. 관중들이 야유를 보내고 주심은 연신 손뼉을 치며 화끈하게 싸우라고 독촉했지만, 선수들은 계속 몸을 흔들고 주춤거리며 길게 왼손 잽을 날릴 뿐이었다. 결국 채널을 돌리고 범죄 드라마를 보았다. 벽장 속에서 벌어지는 장면이었는데, 배우들의 얼굴이 너무 낯설어 식상한 데다 아름답지도 않았다. 대사는 모노그램 영화사[46]조차 고개를 절레절레 흔들 만큼 유치하기 짝이 없었다. 주인공 사설탐정의 흑인 조수가 조금 웃기는 역할을 맡았다. 그러나 불필요한 일이었다. 탐정 혼자서도

---

45 Athur Murray(1895~1991). 미국 사교 댄서, 댄스 교습소 운영자.
46 저예산 영화를 주로 제작했던 소규모 영화사.

충분히 웃겨 주었기 때문이다. 게다가 광고까지 역겨워 철조망과 깨진 맥주병을 씹어 먹으며 자란 염소도 배탈이 날 정도였다.

결국 텔레비전을 꺼버렸다. 빽빽하게 포장된 길고 맵시 있는 담배 한 개비를 피워 보았다. 목 넘김이 순하다. 좋은 연초로 만든 모양이다. 깜박 잊고 상품명도 확인하지 못했건만. 막 잠자리에 들려는 참인데 살인 전담반의 그린 경사가 전화를 걸어 왔다.

「알고 싶을 것 같아서 연락했는데, 이틀 전에 당신 친구 레녹스를 그 사람이 숨을 거둔 멕시코 마을에 묻었다는군. 그댁 변호사가 내려가서 장례식에 참석했고. 이번에는 운 좋은 편이었소, 말로. 다음번에 또 친구가 국외로 내뺀다고 하면 도와주지 마시오.」

「시신에 총알구멍이 몇 개나 있었습니까?」

「그건 또 무슨 소리요?」 그가 버럭 소리쳤다. 그러더니 잠시 입을 다물었다. 이윽고 지나칠 정도로 조심스럽게 말했다. 「한 개뿐이겠지. 머리통에 구멍이 뚫릴 때는 대개 하나로 끝나니까. 그쪽 변호사가 지문 몇 장이랑 레녹스가 갖고 있던 소지품을 가져오기로 했소. 혹시 더 알고 싶은 게 있소?」

「있긴 있지만, 형사님은 대답하지 못하시겠죠. 레녹스의 아내를 누가 죽였는지 알고 싶거든요.」

「이런, 레녹스가 자세한 자술서를 남겼는데, 그렌즈가 말해 주지 않았소? 어쨌든 신문에도 실렸는데. 요즘은 신문도 안 읽나?」

「연락 주셔서 고맙습니다, 형사님. 정말 친절하십니다.」

「이봐요, 말로.」 귀에 거슬리는 말투였다. 「이 사건에 대해서 엉뚱한 생각을 하는 모양인데, 괜히 그런 말을 입 밖에 냈다간 여러 모로 고달플 거요. 이 사건은 종결됐소. 마무리까지 끝나서 창고로 들어갔다고. 당신에게도 천만다행이지. 우리 주에서 사후 종범은 5년형 감이니까. 그리고 하나만 더 말해 주겠소. 오랫동안 경찰 노릇을 하면서 확실히 배운 게 있는데, 꼭 죄를 지어야만 감옥에 가는 건 아니라는 사실이오. 법정에서 어떻게 보이느냐가 더 중요하지. 잘 주무시오.」

그러면서 전화를 덜커덕 끊어 버렸다. 나도 수화기를 내려놓으면서, 올곧은 경찰은 양심의 가책을 느낄 때마다 유난히 거칠게 행동한다고 생각했다. 부패한 경찰도 마찬가지다. 거의 누구나 그렇고 사실 나도 그렇다.

14

이튿날 아침, 한쪽 귓불에 묻은 탤컴파우더 가루를 닦아
내는 참인데 초인종이 울렸다. 문을 여는 순간 청보랏빛 눈
동자와 눈이 마주쳤다. 이번에는 갈색 리넨 드레스에 새빨간
스카프를 둘렀고 귀고리나 모자는 없었다. 조금 창백해 보였
지만 누가 계단에서 내팽개친 듯한 모습은 아니었다. 그녀가
조금 머뭇거리며 어렴풋이 미소를 지었다.

「이렇게 불쑥 찾아와 폐를 끼치면 안 된다는 거 알아요, 말
로 씨. 아직 아침 식사도 못하셨을 텐데. 하지만 사무실로 가
기는 좀 그렇고 사적인 문제를 전화로 얘기하기도 싫어서요.」

「괜찮아요. 들어오세요, 웨이드 부인. 커피 한잔 하시겠습
니까?」

그녀는 거실로 들어와 아무것도 둘러보지 않고 대형 소파
에 앉았다. 무릎에 핸드백을 내려놓고 두 발을 가지런히 모았
다. 아주 얌전한 모습이었다. 나는 창문을 열고 블라인드를
올린 후 그녀 앞의 탁자에 놓인 지저분한 재떨이를 치웠다.

「고맙습니다. 블랙커피로 주세요. 설탕도 빼고.」

나는 부엌으로 가서 녹색 금속 쟁반에 종이 냅킨 한 장을 펼쳐 놓았다. 셀룰로이드 목깃처럼 초라해 보였다. 냅킨을 구겨 버리고 삼각형 냅킨과 함께 한 벌로 파는 술 달린 냅킨 한 장을 꺼냈다. 대부분의 가구가 그렇듯이 모두 이 집에 딸린 것들이었다. 데저트 로즈[47] 찻잔 두 개를 꺼내 커피를 따르고 쟁반에 담아 가져갔다.

그녀가 맛을 보았다. 「정말 맛있어요. 커피를 잘 끓이시네요.」

「지난번에 누군가와 커피를 마시고 나서 감옥에 들어갔어요.」 내가 말했다. 「제가 큰집 다녀왔다는 사실은 아셨겠죠, 웨이드 부인.」

그녀가 고개를 끄덕였다. 「물론이에요. 그 사람이 도망갈 때 도와준 혐의였죠?」

「경찰은 그런 말도 안 했어요. 그 친구 방에 있는 메모지에서 내 전화번호를 찾았을 뿐이죠. 경찰이 몇 가지 질문을 했는데 대답하지 않았어요. 물어보는 태도가 마음에 안 들었거든요. 어쨌든 이런 얘기는 별로 관심이 없겠네요.」

그녀가 찻잔을 조심스럽게 내려놓고 뒤로 기대며 미소를 던졌다. 나는 담배 한 개비를 권했다.

「고맙지만 담배는 안 피워요. 관심이야 당연히 있죠. 우리 이웃 한 명이 레녹스 부부를 잘 안대요. 그 사람 그때 제정신이 아니었을 거예요. 그런 짓을 할 사람이 아니라고 들었거

---

47 당시 로스앤젤레스에서 생산했던 도자기 상품명. 미국 남부에 자생하는 들장미를 소재로 삼아 인기를 끌었다.

든요.」

나는 불도그[48] 파이프에 연초를 재고 불을 붙였다. 「그랬겠죠.」 내가 말했다. 「제정신이 아니었겠죠. 전쟁 때 중상을 입었거든요. 어쨌든 이제 죽었으니 다 끝난 일이죠. 그나저나 그 얘기를 하려고 오시진 않았을 텐데요.」

그녀가 천천히 머리를 가로저었다. 「말로 씨 친구였잖아요. 그럼 확고한 의견을 갖고 계시겠죠. 안 그래도 말로 씨는 심지가 굳은 분 같은데.」

나는 파이프 속의 연초를 살살 다진 후 다시 불을 붙였다. 시간을 들여 천천히 불을 붙이며 파이프 대통 너머로 그녀를 바라보았다.

「저기요, 웨이드 부인.」 마침내 내가 말했다. 「내 의견 따위는 아무 의미도 없어요. 그런 일은 날마다 일어나니까. 정말 터무니없는 사람이 정말 터무니없는 범죄를 저지르죠. 인정 많은 할머니가 온 가족을 독살하기도 해요. 단정한 젊은이가 몇 번이나 강도질을 벌이면서 총질까지 해요. 20년 넘게 완벽한 근무 기록을 자랑했던 은행 지점장이 알고 보니 오랫동안 공금을 횡령했다는 사실이 밝혀지기도 하죠. 그리고 성공해서 인기도 많고 마냥 행복해 보이는 소설가가 술에 취한 채 아내를 때려 입원시키는 일도 있어요. 아무리 친한 친구라도 왜 그런 짓을 하는지는 짐작하기 힘들어요.」

부인이 발끈할 줄 알았는데 의외로 입을 꼭 다물고 눈을

48 파이프 형태의 하나로, 대개 대통(연초를 재는 부분) 상부를 비스듬히 깎아 내고 자루의 단면은 마름모꼴로 다듬는다.

가늘게 뜨는 반응을 보일 뿐이었다.

「스펜서가 그 얘기는 안 하는 편이 나았을 텐데.」 그녀가 말했다. 「내 잘못이었어요. 그날 너무 가까이 가지 말았어야 했어요. 남자가 과음할 때는 절대로 말릴 수 없다는 사실을 그때 깨달았어요. 물론 저보다 잘 아시겠지만.」

「말로 설득하기는 불가능하죠.」 내가 말했다. 「운이 좋다면, 그리고 정말 힘이 세다면 가끔은 자신이나 남을 해치지 못하게 말릴 수는 있어요. 그나마도 운이 따라 줘야 가능한 일이지만.」

그녀가 조용히 찻잔과 접시를 들었다. 온몸이 다 그렇듯이 손도 아름다웠다. 손톱 모양도 예쁜 데다 잘 다듬은 후 아주 엷은 색을 칠해 놓았다.

「하워드가 이번에 제 남편을 못 만났다는 얘기도 했나요?」

「네.」

그녀가 커피를 마저 마신 후 조심스럽게 찻잔을 도로 쟁반에 내려놓았다. 몇 초 동안 티스푼을 만지작거렸다. 이윽고 나를 보지 않고 말했다.

「이유는 말하지 않았을 거예요. 모르니까요. 저도 하워드를 많이 좋아하지만, 오지랖이 넓어 매사를 자기 뜻대로 하려고 해서 탈이에요. 자기가 굉장히 유능하다고 생각하거든요.」

나는 아무 말 없이 기다렸다. 다시 침묵이 흘렀다. 그녀가 재빨리 나를 돌아보고 다시 시선을 돌렸다. 그러더니 아주 작은 소리로 말했다. 「남편이 사흘째 행방불명이에요. 어디 갔는지 모르겠어요. 그이를 찾아 집으로 데려다 달라고 부탁하러 왔어요. 아, 전에도 그런 적이 있어요. 한번은 저 멀리 포틀랜드[49]까지 차를 몰고 갔다가 어느 호텔에서 앓아눕는 바람에 정신 차리게 하느라 의사를 불렀대요. 거기까지 가는 동안 별문제가 없었던 게 놀랍죠. 사흘 동안 아무것도 안 먹었거든요. 또 한번은 롱비치에 있는 사우나탕에 가 있었는데, 장세척도 해주는 스웨덴식 사우나였어요. 그리고 마지막으로 간 곳은 비밀리에 운영하는 소규모 요양원이었는데, 아마 평판도 별로 안 좋은 곳이겠죠. 그러고 나서 채 3주도 안 지났어요. 그이는 거기 이름도 위치도 말해 주지 않고 치료받아서 괜찮아졌다고만 했어요. 그런데 죽은 사람처럼 창백하고 쇠약하더라고요. 그때 그이를 집으로 데려다준 남자를 얼핏 봤어요. 키가 크고 젊은 사람이었는데 지나칠 정도로 정교한 카우보이 의상을 입었더군요. 연극 무대나 테크니컬러 뮤지컬 영화에서나 볼 수 있는 옷이었죠. 그 남자는 로저를 진입로에 내려 주고 곧바로 후진해서 가버렸어요.」

「관광용 목장에서 일했겠죠. 그렇게 매가리 없는 카우보이 중에는 버는 족족 화려한 옷을 사느라 돈을 다 써버리는 놈들이 더러 있어요. 여자들이 미치도록 좋아하거든요. 그런 데서 일하는 이유가 바로 그거죠.」

그녀가 핸드백을 열더니 접어 놓은 종이 한 장을 꺼냈다. 「5백 달러짜리 수표를 가져왔어요, 말로 씨. 착수금으로 이

49 동일 지명이 많지만 여기서는 미국 본토에서 북동쪽 끝에 있는 메인주의 최대 도시를 말한다. 현재의 도로 사정을 기준으로 로스앤젤레스에서 포틀랜드까지 자동차로 가면 이동 거리 약 5천 킬로미터, 운전 시간만 마흔다섯 시간 넘게 걸린다.

정도면 될까요?」

　그녀가 접은 수표를 탁자에 내려놓았다. 나는 보기만 하고 손대지 않았다. 「왜죠?」 내가 물었다. 「부군이 나간 지 사흘 됐다고 하셨죠. 술기운을 다 빼고 음식까지 먹이려면 사나흘쯤 걸려요. 그러고 나면 예전처럼 돌아오지 않을까요? 혹시 이번에는 좀 다르다고 생각할 만한 이유라도 있나요?」

　「이대로 가면 그이는 오래 못 버텨요, 말로 씨. 그러다 죽는다고요. 간격이 점점 짧아져요. 너무 걱정스러워요. 걱정스러운 정도가 아니라 무서워요. 심각한 일이에요. 우리가 결혼한 지 5년 됐어요. 로저는 늘 술을 마셨지만, 정신병자처럼 마시진 않았어요. 뭔가 크게 잘못됐어요. 그이를 찾고 싶어요. 간밤엔 한 시간도 못 잤어요.」

　「부군이 왜 술을 마시는지는 아세요?」

　청보랏빛 눈동자가 침착하게 나를 바라보았다. 그녀는 오늘 아침에는 좀 연약해 보이지만 무력한 모습은 분명 아니었다. 그녀가 아랫입술을 깨물며 고개를 가로저었다. 「저 때문일지도 몰라요.」 마침내 그녀가 속삭이듯이 말했다. 「남편이 아내한테 정이 떨어지는 일도 많잖아요.」

　「저는 아마추어 심리학도에 불과해요, 웨이드 부인. 저 같은 일을 하는 사람이라면 심리학을 조금은 알아야 하죠. 제가 보기에는 오히려 자기가 주로 쓰던 작품 성향에 정나미가 떨어진 것 같은데요.」

　「충분히 가능한 일이에요.」 그녀가 조용히 말했다. 「작가마다 그런 시기가 있을 거라고 생각해요. 그이가 지금 작업 중인 책을 끝내기 힘들어 보이는 것도 사실이에요. 하지만 집세가 필요해서 꼭 소설을 끝마쳐야 하는 상황은 아니잖아요. 그것만으로는 충분한 설명이 안 된다고 생각해요.」

「맨 정신일 때는 어떤 분이죠?」

그녀가 미소를 지었다. 「글쎄요, 저야 객관적일 수가 없죠. 하지만 정말 착한 사람이라고 생각해요.」

「그럼 술에 취하면 어때요?」

「끔찍해요. 명랑하면서도 냉혹하고 잔인해요. 자기 딴에는 재기발랄하다고 생각하지만 사실은 심술궂기만 하죠.」

「폭력적이라는 말은 빠뜨리셨네요.」

그녀가 황갈색 눈썹을 치켜세웠다. 「딱 한 번이었어요, 말로 씨. 그리고 얘기가 너무 과장됐어요. 저는 스펜서한테 그 얘기를 한 적이 없어요. 로저가 얘기한 거예요.」

나는 일어나서 방 안을 거닐었다. 오늘은 날씨가 더울 듯싶었다. 벌써 더웠다. 한쪽 창문의 블라인드를 내려 햇빛을 차단했다. 그러고 나서 단도직입적으로 말했다.

「어제 오후에 인명사전에서 부군의 성함을 찾아봤습니다. 나이 마흔둘, 부인을 만나서 처음 결혼했고 자녀는 없죠. 뉴잉글랜드 출신이고, 앤도버[50]와 프린스턴에서 공부했고. 전쟁 때 참전했는데 기록도 화려하더군요. 섹스와 칼부림이 난무하는 두툼한 역사 소설을 열두 권이나 썼는데, 모조리 베스트셀러 목록에 올라갔죠. 정말 떼돈 벌었겠네요. 혹시 아

---

50 뉴잉글랜드 지방에 속하는 매사추세츠주의 도시로, 유서 깊은 대학 예비 학교 〈필립스 아카데미〉가 있는 곳이다.

내한테 정나미가 떨어졌다면 솔직히 털어놓고 시원하게 이혼해 버릴 사람 같던데요. 다른 여자와 놀아났다면 부인이 다 알아차렸겠죠. 어쨌든 불쾌한 일이 있으면 굳이 취하지 않아도 충분히 의사 표현을 할 수 있는 분인 것 같더군요. 부인과 결혼한 지 5년 됐으면 결혼 당시에는 서른일곱이었겠네요. 여자들에 대해서도 알아야 할 것은 거의 다 아는 나이죠. 〈거의 다〉라고 말한 이유는 아무도 여자를 다 알지는 못하기 때문이고.」

내가 말을 멈추고 바라보자 그녀가 미소를 지었다. 기분이 나쁘지는 않은 듯했다. 나는 다시 말을 이었다.

「스펜서가 그러던데 — 무슨 근거가 있는 말인지는 모르겠지만 — 지금 웨이드가 겪는 문제는 두 분이 결혼하기 전에 일어났던 일이 이제야 발목을 잡고 못 살게 굴기 때문이 아닐까 하더군요. 스펜서는 공갈 협박 쪽을 생각했어요. 혹시 아시는 일이라도 있습니까?」

그녀는 천천히 고개를 가로저었다. 「로저가 누구한테 큰돈을 준 적이 있는지 아느냐고 물으시는 거라면…… 아뇨, 저도 몰라요. 돈 문제는 간섭하지 않거든요. 그이가 저 모르게 큰돈을 줘버렸는지도 모르죠.」

「알겠습니다. 저야 웨이드 씨를 잘 모르니까 협박을 당할 때 어떻게 대처하실지 짐작하기 어렵군요. 난폭한 성격이라면 누군가를 붙들고 목을 비틀어 버리겠죠. 비밀이 뭔지 모르겠지만, 그것 때문에 사회적 지위와 작가로서의 명성이 흔들리거나 극단적인 경우 경찰까지 달려올 상황이라면 순순히 돈을 줄 수도 있고. 어쨌든 당분간은 그러겠죠. 하지만 이렇게 왈가왈부해 봤자 아무 소용도 없어요. 부인은 부군을 찾고 싶다고, 걱정스럽다고, 그냥 걱정스러운 정도가 아니라고 하셨죠. 그럼 제가 부군을 찾아내려면 어떻게 해야 할까요? 돈은 필요 없습니다, 웨이드 부인. 어쨌든 지금 당장은 필요 없어요.」

그녀가 다시 핸드백에 손을 넣어 누르스름한 종이 두 장을 꺼냈다. 복사 용지로 보였는데 둘 다 반으로 접어 놓았고 한 장에는 구겨졌던 흔적이 있었다. 그녀가 둘 다 반반하게 매만진 후 나에게 건네주었다.

「한 장은 그이 책상에서 찾았어요.」 그녀가 말했다. 「밤늦게, 아니, 이른 새벽이라고 해야겠네요. 저는 그날 밤 그이가 술을 마시는 것도 알고 위층으로 올라오지 않은 것도 알았거든요. 2시쯤에 그이가 잘 있는지 보려고 ─ 방바닥이나 소파에서 곯아떨어졌으면 그나마 다행이니까, 어쨌든 그럭저럭 무사한지 보려고 ─ 아래층으로 내려갔어요. 그런데 그이가 없어졌더라고요. 다른 한 장은 쓰레기통 속에, 아니, 쓰레기통 가장자리에 걸려 안으로 들어가지 않은 상태였어요.」

나는 구겨지지 않은 종이를 먼저 살펴보았다. 타자를 친 짤막한 문단 하나가 전부였다. 내용은 이러했다. 〈나 자신을 사랑하고 싶지도 않고 이제 사랑하고 싶은 사람도 없구나. 서명: 로저 (F. 스콧 피츠제럴드) 웨이드. 추신: 그래서 내가 『라스트 타이쿤』[51]을 완성하지 못하였노라.〉

「무슨 뜻인지 아시겠습니까, 웨이드 부인?」

「그냥 흉내 좀 내본 거겠죠. 그이는 늘 스콧 피츠제럴드를 찬양했거든요. 피츠제럴드야말로 아편 중독자 콜리지[52] 이후로 으뜸가는 주정뱅이 글쟁이라고 했어요. 타자 솜씨 좀 보세요, 말로 씨. 오타 하나도 없이 깨끗하고 가지런하잖아요.」

「이미 봤어요. 술에 취하면 자기 이름도 제대로 못 쓰는 사람이 수두룩한데 말이죠.」 나는 구겨진 종이를 펼쳐 보았다. 역시 타자를 친 글이었고 이번에도 오타나 비뚤어진 글자는 하나도 없었다. 내용은 이러했다. 〈당신이 싫어, V 박사. 그래도 지금은 당신이 필요해.〉

내가 여전히 그 종이를 들여다보고 있을 때 부인이 입을 열었다. 「V 박사가 누군지 모르겠어요. 우리가 아는 의사들 중에 V 자로 시작하는 사람은 아무도 없거든요. 아마 로저가 마지막으로 갔던 곳에 있는 의사가 아닐까 싶어요.」

「부군을 댁으로 모셔 온 카우보이가 일하는 거기 말씀이죠? 부군이 혹시 누구든 이름을 언급한 적은 없었나요? 하다못해 요양원 상호라도?」

그녀는 고개를 가로저었다. 「아무 말도 못 들었어요. 그래서 전화번호부를 뒤져 봤죠. 성이 V 자로 시작하는 의사들만 쳐도 수십 명이더라고요. 그런데 성이 아닐지도 모르잖아요.」

「의사가 아닐 가능성도 크죠. 그렇다면 현금이 필요하다는 뜻입니다. 합법적인 의사라면 수표도 받겠지만 가짜 의사라면 상황이 다르니까요. 수표는 증거물이 될 수도 있거든요.

<hr>

51 F. 스콧 피츠제럴드의 미완성 소설.

52 Samuel Taylor Coleridge(1772~1834). 영국의 낭만파 시인.

163

그리고 그런 돌팔이는 치료비를 싸게 받지 않아요. 숙식비가 만만찮을 거예요. 주사 비용도 있고.」

그녀가 어리둥절한 표정을 지었다. 「주사 비용이라니요?」

「그렇게 숨어서 장사하는 돌팔이들은 한결같이 환자한테 마약 주사를 쓰거든요. 그래야 다루기 편하니까요. 열 몇 시간 푹 자고 일어나면 다들 얌전해지기 마련이에요. 하지만 면허도 없이 마약류를 사용하면 국가에서 모셔다 놓고 숙식을 제공하죠. 그래서 더욱더 가격이 올라가고.」

「그렇군요. 로저는 아마 몇백 달러쯤 가져갔을 거예요. 책상 속에 그 정도는 늘 넣어 뒀거든요. 이유는 저도 모르겠어요. 그냥 그러고 싶었겠죠. 지금은 그 돈이 다 없어졌어요.」

「알겠습니다. 제가 V 박사라는 사람을 찾아보죠. 어떻게 찾아야 좋을지 모르겠지만 최선을 다하겠습니다. 수표는 도로 가져가세요, 웨이드 부인.」

「왜요? 이 정도는 받으셔야…….」

「나중에 받죠. 기왕이면 웨이드 씨한테서 받고 싶네요. 어차피 제가 하는 일을 좋아하지도 않으시겠지만.」

「하지만 그이는 앓아누워 무력한 상황일 텐데…….」

「주치의를 부르거나 부인께 불러 달라고 부탁할 수도 있었잖아요. 그런데 안 그랬어요. 그러기 싫었다는 뜻이죠.」

그녀가 수표를 핸드백에 넣고 자리에서 일어났다. 몹시 쓸쓸한 표정이었다. 「주치의가 그이를 치료하지 않겠다고 했거든요.」 신랄한 말투였다.

「의사는 얼마든지 있어요, 웨이드 부인. 어떤 의사든 한 번쯤은 부군을 돌봐 주겠죠. 대부분은 꽤 오랫동안 붙어 있을 테고. 요즘은 의료계도 경쟁이 치열하거든요.」

「알겠어요. 당연히 옳은 말씀이겠죠.」그녀가 천천히 문 쪽으로 걸음을 옮겼고 나도 함께 걸어갔다. 내가 문을 열어 주었다.

「부인이 의사를 불러 줄 수도 있었잖아요. 왜 그러지 않으셨죠?」

그녀가 나를 똑바로 마주 보았다. 눈빛이 영롱했다. 살짝 눈물이 어린 듯싶기도 했다. 정말 기막히게 매혹적인 여자다.

「그이를 사랑하기 때문이에요, 말로 씨. 그 사람을 도와줄 수만 있다면 무슨 짓이든 하겠어요. 하지만 그이가 어떤 사람인지도 잘 알거든요. 그이가 과음할 때마다 의사를 불렀다면, 얼마 안 가서 남편 없는 여자가 됐을 거예요. 다 큰 남자를 목감기 걸린 어린애처럼 다루면 곤란하죠.」

「주정뱅이라면 그래도 괜찮아요. 꼭 그래야 할 때도 많죠.」

그녀는 내 앞에 가까이 서 있었다. 향수 냄새를 맡았다. 착각인지도 모르겠다. 어쨌든 분무기로 뿌린 것은 아니다. 어쩌면 그저 여름날의 향기인지도 모른다.

「그이가 정말 예전에 어떤 부끄러운 짓을 저질렀다고 쳐요.」그녀는 마치 낱말 하나하나가 쓰디쓰다는 듯이 느릿느릿 말했다. 「범죄를 저질렀다고 해도 좋아요. 그래도 제 마음은 변함없어요. 하지만 저 때문에 그런 일이 드러나게 하긴 싫어요.」

「그럼 스펜서가 저한테 그런 일을 들춰내라고 하는 건 괜

165

찮습니까?」

그녀가 아주 천천히 미소를 지었다. 「정말 하워드가 시키는 대로 고분고분 따를 거라고 생각한 줄 아세요? 친구를 배신하기보다 감옥을 선택했던 말로 씨 같은 분이?」

「칭찬은 고맙지만, 제가 감옥에 들어간 이유는 그게 아닌데요.」

그녀는 잠시 침묵을 지키다가 고개를 끄덕이며 작별 인사를 하고 삼나무 계단을 내려갔다. 나는 그녀가 차를 탈 때까지 지켜보았다. 새 차에 가까운 날렵한 회색 재규어였다. 그녀가 차를 몰고 골목 끝까지 갔다가 원을 그리며 돌아 나왔다. 비탈길을 내려가다가 내 앞을 지날 때 그녀가 장갑 긴 손을 흔들었다. 작은 차는 순식간에 모퉁이를 돌아 사라졌다.

내가 사는 집 앞에 붉은색 협죽도 덤불이 자라서 벽면 일부를 가리고 있었다. 덤불 속에서 푸드득거리는 소리가 들리더니 어린 흉내지빠귀 한 마리가 불안한 듯이 삐악거리기 시작했다. 녀석은 높은 줄기에 매달린 채 균형을 잡기가 어려웠는지 연신 날개를 파닥거렸다. 그때 벽 모퉁이에 서 있는 삼나무 위에서 경고하듯이 쩍 하고 한마디 내뱉는 소리가 들렸다. 그러자 삐악거리던 소리가 뚝 끊어지고 통통한 아기 새는 입을 꼭 다물었다.

나는 녀석이 비행 연습을 하게 내버려 두고 집 안으로 들어가 문을 닫았다. 새들도 배워야 사니까.

15

자기가 얼마나 똑똑하다고 생각하든 간에 조사를 하려면 실마리가 있어야 한다. 이름, 주소, 동네, 배경, 정황 등등 판단 근거를 확보해야 한다. 그런데 내가 가진 실마리는 누르스름하고 구깃구깃한 종이 한 장에 타자를 친 글이 전부였다. 〈당신이 싫어, V 박사. 그래도 지금은 당신이 필요해.〉 그걸로 찾아봤자 태평양에서 바늘 찾는 격이고, 한 달 동안 카운티에 있는 대여섯 군데 의사 협회 명단을 샅샅이 뒤져 봐야 실마리조차 잡지 못할 것이다. 우리가 사는 이 도시에는 돌팔이들이 기니피그처럼 번식한다. 시청을 중심으로 반경 1백 마일 안에 여덟 개 카운티가 있고 카운티마다 이런저런 도시가 있고 도시마다 이런저런 의사들이 있는데, 그중에는 진짜 의사도 있지만 면허조차 없어 티눈을 빼거나 척추를 꾹꾹 밟아 주는 일이나 하는 사이비 치료사도 수두룩하다. 진짜 의사들도 더러는 부유하고 더러는 가난하다. 더러는 양심적이지만 또 더러는 그럴 만한 여유가 없다. 비타민이나 항생제 장사에서 뒷전으로 밀려난 수많은 돌팔이 의사들에게 섬망

증 초기 증상을 보이는 돈 많은 환자는 사실상 공돈을 챙길 수 있는 짭짤한 수입원이다. 그러나 단서가 없으면 조사는 시작도 못한다. 나에게는 단서가 없고, 아일린 웨이드에게도 단서가 없거나 혹시 있더라도 그게 단서라는 사실을 알지 못한다. 그럴싸한 돌팔이들 중에서 머리글자가 일치하는 자를 찾아낸다고 해도 로저 웨이드가 써놓은 글이니 가공인물일 가능성을 배제할 수 없다. 잔뜩 취했을 때 머릿속에 우연히 떠오른 말을 적어 놓았는지도 모른다. 스콧 피츠제럴드를 들먹였지만 십중팔구 색다른 작별 인사에 불과하겠지.

그런 상황에서 나 같은 하수는 고수의 두뇌를 빌려야 한다. 그래서 칸 협회 — 베벌리힐스에서 상류층 경호를 전문으로 하는 일류 업체인데, 말이 좋아 경호이고 사실은 법의 테두리 안에 한 발 걸쳤을 뿐 어떤 일도 마다하지 않는다 — 에 근무하는 지인에게 연락했다. 조지 피터스라는 사람인데, 지금 빨리 달려오면 10분쯤 시간을 내줄 수 있다고 대답했다.

칸 협회는 분홍색 4층 건물 가운데 2층의 절반을 사용한다. 이 건물은 승강기에 전자 감지기가 달려 있어 문이 자동으로 열리고, 복도는 선선하고 조용하며, 주차장은 칸칸이 이름표가 붙어 있고, 정문 로비 근처에 있는 약국 주인은 수면제를 약병에 담다가 손목을 삔 모양이다.

이 협회 출입문은 녹색을 띤 회색인데, 바깥쪽에 붙여 놓은 금속 글자가 새로 산 칼처럼 깨끗하고 예리하다. **칸 협회, 회장 제럴드 C. 칸.** 그 밑에는 더 작은 글씨로, 〈출입구〉. 마치 투자 신탁 회사 같은 모양새다.

문 너머에는 작고 꼴사나운 대기실이 있는데, 사실은 비싼 돈을 들여 일부러 그렇게 꾸며 놓은 곳이다. 가구는 진홍색과 암녹색, 벽면은 칙칙한 초록색, 벽에 걸린 액자들은 색조가 벽면보다 3도쯤 어두운 초록색이다. 액자 속에는 높은 울타리를 뛰어넘으려고 안달하는 거대한 말에 빨간색 상의를 입은 남자가 올라탄 모습을 찍은 사진이 즐비하다. 테두리 없는 거울이 두 장 있는데, 희미하게 넣은 색조가 하필 또 보기 흉한 연분홍색이다. 반질반질한 프리마베라[53] 테이블에 놓인 잡지는 모두 투명한 비닐로 포장한 최신호들이다. 이 방을 누가 꾸몄는지 모르지만, 색상을 선택할 때 조금도 망설이지 않는 사람이다. 아마도 새빨간 셔츠와 짙은 자주색 바지에 얼룩무늬 구두를 신고 주홍색 속옷에는 주황색 머리글자를 멋들어지게 수놓았겠지.

　이 모든 것이 사실은 전시용에 불과하다. 칸 협회의 고객들은 적어도 일당 1백 달러 이상을 지불하면서 모든 서비스를 자택에서 편하게 누리기를 기대한다. 대기실에 앉아 기다릴 사람들이 아니다. 칸은 헌병대 대령 출신으로 몸집이 크고 피부색은 불그스름하고 희끄무레한데 널빤지 못지않게 뻣뻣한 작자다. 언젠가 나에게도 일자리를 제의했지만, 내가 아무리 절박해도 그자의 제안을 받아들일 위인은 아니다. 개자식 소리를 듣는 방법이 1백 가지하고도 아흔 가지라면 칸은 하나도 빠짐없이 다 갖춘 인간이기 때문이다.

　반투명한 유리 칸막이가 스르르 열리고 여자 접수계원이

53 능소화과의 상록 교목으로 가구 만들 때 흔히 쓰는 황백색 경질목.

나를 내다보았다. 미소는 싸늘하고 눈빛은 남의 뒷주머니 속에 있는 돈까지 거뜬히 헤아릴 듯싶었다.

「어서 오세요. 무슨 일로 오셨죠?」

「조지 피터스를 만나러 왔어요. 말로라고 합니다.」

그녀가 초록색 가죽 대장을 선반 위에 올려놓았다. 「약속은 하고 오셨나요, 말로 씨? 예약자 명단에는 성함이 없는데요.」

「사적인 일입니다. 조금 전에 통화했어요.」

「알겠습니다. 성씨는 철자가 뭐죠, 말로 씨? 그리고 이름도 말씀해 주시겠어요?」

나는 순순히 알려 주었다. 그녀가 길고 좁다란 용지에 내 이름을 받아쓴 후 출입 기록기 속에 밀어 넣었다.

「그렇게 하면 누가 좀 알아주나요?」 내가 물었다.

「저희 회사는 사소한 부분까지 꼼꼼하게 챙깁니다.」 여자가 냉랭하게 말했다. 「칸 대령님은 가장 하찮은 문제가 나중에는 가장 중요해질 수도 있다고 말씀하시거든요.」

「반대일 수도 있죠.」 여자는 내 말을 알아듣지 못했다. 이윽고 대장을 모두 작성한 여자가 고개를 들고 말했다.

「피터스 씨께 손님이 오셨다고 말씀드리겠습니다.」

나는 대단히 고마운 일이라고 대답했다. 1분 후 널벽에 설치한 문이 열리고 피터스가 손짓으로 나를 불렀다. 안으로 들어가자 연회색 복도를 따라 감방처럼 생긴 조그마한 사무실이 즐비했다. 피터스의 사무실은 천장에 방음판을 설치했고, 방 안에는 회색 철제 책상 하나, 같은 색상의 의자 두 개,

회색 받침대 위에 놓인 회색 녹음기, 벽이나 바닥과 똑같은 빛깔의 전화기와 필기구 한 벌이 있었다. 벽면에 사진틀 두 개를 걸어 놓았는데 하나는 칸이 군복을 입고 흰색 헌병 헬 멧을 쓴 모습, 또 하나는 전역 후 사복 차림으로 책상을 앞에 두고 앉아 알쏭달쏭한 표정을 지은 모습이었다. 벽면에는 회 색 바탕에 청회색 글자로 인쇄한 사훈 액자도 함께 걸려 있 었다.

칸 요원은 시간과 장소를 막론하고 복장도 말투도 행동도 신사다워야 한다. 이 규정에는 예외가 없다.

피터스는 성큼성큼 두 걸음 만에 방을 가로질러 가서 사진 틀 하나를 옆으로 밀었다. 사진틀에 가려져 있던 회색 벽면 에 회색 마이크가 붙어 있었다. 그는 마이크를 잡아당겨 전 선 한 가닥을 뽑아 버리고 도로 제자리에 넣었다. 그리고 다 시 사진틀로 가려 놓았다.

「당장 잘릴 짓인데, 지금 저 개자식이 어느 영화배우 음주 운전 사고를 덮어 주러 나갔거든.」 그가 말했다. 「마이크 스 위치는 모두 저 인간 사무실에 있어. 회사 전체를 도청하지. 얼마 전 아침에 저 인간한테 대기실에 있는 감시용 거울에 적외선 마이크로필름 카메라를 설치하는 게 어떠냐고 물어 봤어. 별 관심을 보이지 않더라고. 벌써 설치한 모양이지.」

그가 딱딱한 회색 의자에 앉았다. 나는 그를 물끄러미 바 라보았다. 다리가 너무 길어 볼품이 없고 얼굴이 앙상한 데다 머리까지 훌렁 벗겨졌다. 주로 밖에서 활동한 탓에 온갖 악천후에 시달려 피부가 거칠고 초췌했다. 두 눈이 움푹 꺼지고 윗입술이 코 길이와 맞먹을 만큼 길었다. 빙그레 웃을 때는 콧구멍에서부터 널찍한 입술 양끝까지 길게 이어지는 깊은 도랑 속으로 얼굴의 절반이 빨려드는 듯했다.

「어떻게 참고 지내시오?」 내가 물었다.

「앉기나 해. 목소리 낮추고 숨도 조용히 쉬는 거지. 자네처럼 시시껄렁한 탐정에 비하면 칸 요원은 풍각쟁이가 부리는 원숭이와 토스카니니만큼이나 다르다는 사실을 떠올리면서.」 그가 말을 멈추고 빙그레 웃었다. 「신경 쓰지 않으니까 참을 수 있어. 돈벌이는 쏠쏠하거든. 그리고 칸은 전쟁 때 영국에서 살벌한 교도소를 관리했던 놈인데, 나를 거기 죄수처럼 취급하면 당장 월급 정산하고 나가 버리면 그만이니까. 무슨 일로 왔나? 얼마 전에 고생 좀 했다고 들었는데.」

「그 일에 대해선 불만 없소. 철창 달고 장사하는 의사들에 대한 파일 좀 구경하고 싶은데. 그런 파일이 있다는 거 다 알고 왔소. 에디 다우스트가 여기서 나온 다음에 말해 줬거든.」

피터스가 고개를 끄덕였다. 「에디는 감수성이 좀 예민해서 칸 협회에 안 맞았지. 자네가 말하는 그 파일은 일급비밀이야. 기밀 정보는 어떤 경우에도 외부인한테 공개할 수 없어. 당장 가져오지.」

그가 밖으로 나간 후 나는 회색 쓰레기통, 회색 리놀륨 바닥, 탁상용 압지철의 회색 가죽 테두리 등을 둘러보았다. 피터스가 회색 마분지 서류철을 들고 돌아왔다. 서류철을 내려놓더니 펼쳐 보았다.

「맙소사, 이 회사에 회색 아닌 물건은 하나도 없소?」

「상징색이야, 이 사람아. 우리 협회의 정신이라고. 그래, 회색 아닌 물건도 있긴 있지.」

그가 책상 서랍을 열더니 길이 20센티미터쯤 되는 시가 한 개비를 꺼냈다.

「업맨 30.[54] 어느 영국인 노신사가 선물했지. 캘리포니아에서 40년이나 살았는데도 여전히 라디오를 〈와이어리스〉라고 부르는 양반이야. 맨 정신일 때는 천박한 매력이 넘치는 호모 영감일 뿐이지만, 나는 전혀 신경 안 써. 천박하건 말건 칸처럼 매력이 쥐뿔도 없는 인간이 대부분이니까. 매력이라고는 거렁뱅이 속옷만큼도 없는 놈. 아무튼 이 고객은 술만 마셨다 하면 거래한 적도 없는 은행 수표를 마구 써대는 이상한 버릇이 있어. 그래도 매번 피해 보상을 했고 내가 정성껏 보살펴 준 덕분에 지금껏 큰집 신세는 면했지. 그 늙은이가 준 거야. 같이 빨아 볼까, 대학살을 의논하는 인디언 추장들처럼?」

「시가는 도저히 못 피우겠던데.」

피터스는 거대한 시가를 슬픈 눈으로 내려다보았다. 「나도 그래. 차라리 칸한테 줘버릴까 생각한 적도 있어. 그런데 혼자서 피울 만한 시가가 아니잖아. 칸 같은 인간도 어림없지.」 그러더니 눈살을 찌푸렸다. 「이거 알아? 내가 칸 얘기를 너무

---

54 〈업맨〉은 쿠바와 도미니카공화국에서 최고급 시가를 생산하는 회사, 〈30〉은 시가의 굵기를 나타내는 링 게이지로 11.91밀리미터에 해당한다.

많이 하는군. 아무래도 좀 불안한가 봐.」그는 시가를 서랍에 넣고 펼쳐 놓은 파일을 들여다보았다.「여기서 알고 싶은 게 뭔가?」

「돈 많은 알코올 중독자를 찾는 중이오. 고급스러운 취향을 즐길 만한 여유가 있는 사람이지. 지금까지 수표를 부도낸 적은 없소. 어쨌든 그런 말은 못 들었으니까. 가끔 폭력을 휘두르는 경향이 있지. 지금 부인이 걱정하고 있소. 남편이 알코올 중독 치료소에 들어간 것 같다는데 확신하진 못하더군. 우리가 쥔 단서는 V 박사라는 이름이 적힌 글귀뿐이오. 달랑 머리글자밖에 없지. 여자가 찾는 남편은 사흘째 행방불명이고.」

피터스가 생각에 잠긴 표정으로 나를 바라보았다.「별로 오래되지도 않았네. 왜 그렇게 걱정하지?」

「내가 먼저 찾아내야 돈을 받으니까.」

그는 잠시 나를 바라보다가 고개를 절레절레 흔들었다.「무슨 말인지 모르겠지만 상관없어. 어디 찾아보자고.」그가 서류철을 뒤적거리기 시작했다.「쉬운 일은 아니야. 이런 놈들은 이리저리 옮겨 다니거든. 글자 하나만 있어서 별로 도움이 안 되기도 하고.」그는 서류철에서 종이 한 장을 꺼내 놓고 몇 장 더 들춰 보다가 다시 한 장을 뽑아 내고 마지막으로 한 장 더 뽑았다.「이렇게 세 명이야. 에이머스 발리, 접골사. 앨터디나[55]에 있는 대형 요양원이야. 50달러를 내면 야간 출장도 나가지. 어쨌든 전엔 그랬어. 정규 간호사가 두 명.

55 로스앤젤레스 근교 지역.

174

2년 전 주정부 마약 단속반에 걸려 처방 기록을 제출했어. 사실 최신 정보라고 보기는 어렵겠군.」

나는 이름과 앨터디나 주소를 적어 놓았다.

「다음은 레스터 부카니치 박사. 이비인후과. 할리우드 대로에 있는 스톡웰 빌딩. 꽤 유능한 사람이야. 주로 진료실 안에서만 일하는데 만성 축농증 전문인가 봐. 아주 근사한 수법이야. 환자가 들어와서 안면 두통이 있다고 하면 부비강을 깨끗이 세척해 주는 거지. 물론 그러기 전에 노보카인으로 국소 마취부터 하고. 그런데 마음에 드는 단골이 찾아올 때는 노보카인을 쓰지 않거든. 알아들었나?」

「물론.」 나는 그 사람에 대한 정보도 기록했다.

「이거 재미있네.」 그가 서류를 계속 읽어 보면서 말을 이었다. 「당연히 약품을 구하는 일이 골칫거리지. 그래서 우리 부카니치 박사님은 걸핏하면 자가용 비행기를 몰고 엔세나다[56]에 내려가 낚시를 즐기신단 말씀이야.」

「마약을 자기 손으로 밀수하면 오래가지 못할 텐데.」

피터스는 잠시 생각해 보다가 고개를 가로저었다. 「내 생각은 좀 달라. 너무 욕심 부리지만 않으면 오래오래 버틸 거야. 정말 위험한 문제는 오히려 불만을 품은 고객, 아니, 환자일 텐데, 그런 사람들을 다루는 요령쯤은 잘 알고 있을 거야. 무려 15년째 진료실을 옮기지 않은 걸 보면.」

「도대체 이런 정보를 다 어디서 구했소?」 내가 물었다.

56 미국 캘리포니아주와 인접한 멕시코 바하칼리포르니아주의 항구도시.

「이 사람아, 우리는 단체잖아. 자네 같은 외톨이 늑대가 아니라고. 저쪽 고객한테서 듣기도 하고 내부 제보자한테서 듣기도 하지. 칸은 이런 일에는 돈을 아끼지 않거든. 마음만 먹으면 시원시원할 때도 있어.」

「그 말 들으면 좋아하겠소.」

「엿이나 먹으라지. 오늘의 마지막 주인공은 베린저라는 사람이야. 이 자료를 수집한 요원은 오래전에 그만뒀지. 언젠가 베린저가 소유한 세풀베다 캐니언 목장에서 여자 시인 한 명이 자살했어. 일종의 예술인 마을인데, 한적하고 마음이 통하는 분위기를 원하는 글쟁이 같은 사람들이 모여드는 곳이야. 비용도 적당하네. 이 친구는 합법적인 사업을 하는 것 같은데. 자칭 박사라지만 의료계는 아니야. 문과 쪽 박사일지도 몰라. 솔직히 이 사람이 여기 들어간 이유를 모르겠군. 이 자살 사건이 좀 수상쩍다면 또 모르지만.」 그는 백지에 오려 붙인 신문 기사를 집어 들었다. 「그래, 모르핀 과다 복용. 베린저가 이런 상황을 알았다고 생각할 근거는 없고.」

「그래도 나는 베린저가 좋은걸.」 내가 말했다. 「마음에 쏙 들어.」

피터스가 서류철을 덮고 툭 쳤다. 「자네는 이거 못 본 거야.」 그러더니 자리에서 일어나 사무실을 나섰다. 그가 돌아왔을 때는 나도 나가려고 서 있었다. 고맙다는 말을 꺼냈지만 그가 손사래를 쳤다.

「이봐, 자네가 찾는 사람이 있을 만한 곳은 수백 군데도 넘을 거야.」

나도 안다고 대답했다.

「그건 그렇고, 자네 친구 레녹스에 대해서 자네가 관심을 가질 만한 정보를 입수했어. 우리 요원 한 명이 5~6년 전 뉴욕에서 어떤 남자를 종종 만났는데, 생김새가 레녹스에 대한 설명과 똑같았대. 하지만 그 남자 성은 레녹스가 아니었어. 마스턴이었지. 물론 우리 요원이 오해했을지도 몰라. 그 남자는 늘 만취 상태였다니까 확신하기 어려운 일이지.」

내가 말했다. 「동일인은 아닐 거요. 굳이 이름을 바꿀 이유가 없잖소? 참전 기록도 있으니까 신원은 확실한 친구요.」

「그건 몰랐네. 그 요원은 지금 시애틀에 갔어. 혹시 궁금하면 돌아온 다음에 한번 만나 보든지. 성이 애시터펠트야.」

「여러 모로 고맙소, 조지. 10분치고는 꽤 길었군.」

「언젠가는 자네 도움이 필요할지도 모르잖아.」

「칸 협회는 남한테 도움을 받아야 하는 곳이 아닐 텐데.」

그러자 피터스가 엄지로 상스러운 손짓을 해보였다. 나는 금속성을 띤 회색 감방에 그를 남겨 두고 대기실을 거쳐 밖으로 나갔다. 이제 보니 대기실도 꽤 근사한 곳이었다. 감방 안을 보고 났더니 그렇게 요란한 빛깔로 꾸민 이유를 이해할 만했다.

16

세풀베다 캐니언 저지대를 지나는 고속도로에서 멀찌감 치 떨어진 곳에 노란색 사각 문기둥 두 개가 있었다. 그중 하 나에 가로대 다섯 개로 만든 출입문을 달았는데 지금은 활짝 열어 놓았다. 이 출입문에 철사로 매달아 놓은 표지판이 눈 에 띄었다. **사유지. 출입 금지.** 따뜻하고 고요한 대기 속에 유 칼립투스나무가 뿜어내는 수고양이 냄새가 가득했다.

나는 안으로 들어가서 산중턱을 끼고 도는 자갈길을 따라 완만한 산비탈을 오르다가 고갯마루를 넘어 건너편에 있는 야트막한 골짜기로 내려갔다. 골짜기에 들어서자 후끈 더워 졌다. 고속도로보다 기온이 7~8도쯤 올라간 듯싶었다. 이제 자갈길이 끝나는 지점이 보였는데, 회칠한 돌로 둘러싼 잔디 밭을 중심으로 차를 돌릴 수 있는 원형 회차로였다. 내 왼쪽 으로 조금 떨어진 곳에 텅 빈 수영장이 있었다. 세상에 물 없 는 수영장보다 허전해 보이는 것이 또 있을까. 수영장 둘레 의 삼면은 흔적만 남은 잔디밭이었는데 삼나무로 만든 긴 안 락의자가 여기저기 흩어져 있었다. 방석은 하나같이 몹시 바랬지만 원래는 파란색, 초록색, 노란색, 주황색, 적갈색 등으로 다채로웠을 터다. 군데군데 재봉선이 터지고 단추가 빠진 자리마다 불룩하게 부풀었다. 나머지 한 면에는 높다란 철망 울타리로 둘러싼 테니스장이 있었다. 물 없는 수영장 위에 걸쳐 놓은 다이빙대가 구부정하고 지쳐 보였다. 도약판 외피는 너덜너덜하고 금속 거치대는 덕지덕지 녹이 슬었다.

나는 회차로를 돌아 널빤지 지붕을 올린 삼나무 건물 앞에 차를 세웠다. 정면에 널찍한 베란다가 있었고 출입구에는 방충문 두 짝이 붙어 있었다. 큼직한 검정파리 여러 마리가 방충망에 달라붙어 졸고 있었다. 늘 푸르고 늘 먼지로 뒤덮인 캘리포니아떡갈나무[57] 사이로 이리저리 뻗은 오솔길들이 보였다. 산비탈 곳곳에 소박한 오두막집이 드문드문 흩어져 있었는데 더러는 떡갈나무 숲에 가려져 거의 안 보일 정도였다. 내가 있는 데서 보이는 집들은 한창때를 넘긴 듯 황폐한 모습이었다. 문은 모두 닫아 놓고 창문은 두꺼운 면포 같은 소재의 커튼으로 가려 놓았다. 창틀에 소복이 쌓인 먼지가 손끝에 생생히 느껴지는 듯했다.

나는 시동을 끄고 운전대에 두 손을 올린 채 귀를 기울였다. 아무 소리도 들리지 않았다. 이곳은 이집트 파라오처럼 확실히 죽어 버린 듯했다. 그때 방충문 너머에 있는 문이 열리고 어둑어둑한 실내에서 뭔가 움직였다. 잠시 후 명랑하고 음정이 정확한 휘파람 소리가 들리더니 한 남자가 나타나 방충문을 밀어 젖히고 천천히 계단을 내려왔다. 참으로 구경할

57 미국 서해안의 상록 떡갈나무.

만한 꼬락서니였다.

새까맣고 윗부분이 평평한 가우초[58] 모자를 쓰고 모자 끈을 턱 밑에서 묶었다. 티 없이 깨끗한 흰색 실크 셔츠를 입고 목깃은 풀어놓았다. 옷소매는 손목 부분이 꼭 맞고 위쪽은 풍성하게 부풀린 형태였다. 목에는 술이 달린 검은색 스카프를 둘렀는데 매듭을 비대칭으로 묶어 한쪽은 짧고 반대쪽은 허리 가까이 늘어뜨리고 있었다. 허리에는 폭넓은 장식용 허리띠를 둘렀다. 칠흑처럼 새까맣고 엉덩이에 찰싹 달라붙는 바지를 입었는데 양옆에 금실로 수를 놓았고 아래쪽은 길게 트고 느슨하게 부풀린 후 트임 부위 양쪽에 금단추를 달았다. 발에는 에나멜가죽으로 만든 무도화를 신었다.

그는 계단 밑에서 걸음을 멈추고 여전히 휘파람을 불며 나를 물끄러미 내려다보았다. 채찍처럼 나긋나긋한 몸매였다. 길고 섬세한 속눈썹 아래로 보이는 그의 잿빛 눈처럼 크고 공허한 눈은 내 평생 처음 보았다. 흠잡을 데 없는 이목구비는 오밀조밀하면서도 결코 나약해 보이지 않았다. 곧게 뻗은 콧날은 좁은 듯하지만 좁지 않고, 입술은 보기 좋을 만큼 도드라지고, 턱에는 보조개가 옴폭 들어가고, 조그마한 귀는 기품 있게 머리 쪽으로 다가붙었다. 피부색은 햇빛 한번 못 본 사람처럼 창백하기 그지없었다.

그가 왼손을 허리춤에 척 얹으며 자세를 잡더니 오른손으로 허공에 우아한 곡선을 그리며 입을 열었다.

「안녕하십니까. 날씨 참 좋죠?」

58 중남미의 카우보이.

「나한테는 좀 덥네요.」

「나는 더워서 좋은데요.」 워낙 단호하고 확고한 말투라서 대꾸할 여지가 없었다. 내가 무엇을 좋아하건 관심 없다는 태도였다. 그가 계단에 걸터앉더니 어디선가 긴 줄칼을 꺼내 손톱을 갈기 시작했다. 「은행에서 나오셨나요?」 그가 고개를 숙인 채 물었다.

「베린저 박사님을 만나러 왔어요.」

그는 줄질을 멈추고 후끈 달아오른 허공을 바라보았다. 「그게 누구죠?」 아무런 관심도 없다는 말투였다.

「여기 주인이라던데. 엄청나게 과묵하신 분이군요? 모르는 척하시긴.」

그는 다시 손톱을 갈았다. 「형씨가 잘못 들으셨네. 여긴 은행 소유지예요. 은행이 저당권을 행사했다나, 신탁 자산으로 넘어갔다나, 아무튼 그렇대요. 자세한 내용은 잊어버렸지만.」

그는 자세한 내용 따위는 관심도 없다는 표정으로 나를 쳐다보았다. 나는 올즈모빌에서 내려 뜨거운 문짝에 등을 기댔다가 바람이 잘 통하는 곳으로 자리를 옮겼다.

「그게 어느 은행이죠?」

「모르시는 걸 보니 은행에서 나오신 분은 아니군. 그럼 볼 일도 없을 텐데. 이만 가보쇼, 형씨. 후딱 꺼지시라고.」

「베린저 박사님을 만나야 돼요.」

「여긴 이제 영업 안 해요, 형씨. 표지판에도 써놨듯이 사유지란 말예요. 어느 얼간이가 문을 안 잠근 모양이네.」

「여기 관리인이쇼?」

「비슷해요. 꼬치꼬치 캐묻지 마쇼, 형씨. 나도 성질 더러운 놈이니까.」

「성질나면 무슨 짓을 하는데? 다람쥐 데리고 탱고라도 추시나?」

그러자 그가 우아한 동작으로 벌떡 일어섰다. 희미하고 공허한 미소를 머금었다. 「아무래도 저 고물 컨버터블에 거꾸로 처박아 드려야겠군.」

「나중에 하지. 우선 베린저 박사가 어디 있는지부터 말해주겠나?」

그가 줄칼을 셔츠 주머니에 집어넣더니 오른손으로 다른 뭔가를 꺼내 쥐었다. 짧은 손동작에 브래스너클[59]이 번쩍 빛났다. 광대뼈 언저리가 팽팽해지는 듯싶더니 커다란 잿빛 눈 깊은 곳에서 불길이 이글거렸다.

그가 내 쪽으로 어슬렁어슬렁 걸어왔다. 나는 거리를 확보하려고 뒷걸음질을 쳤다. 그가 다시 휘파람을 불었다. 이번에는 높고 날카로운 소리였다.

「싸울 필요는 없어.」 내가 말했다. 「싸울 이유가 전혀 없잖아. 괜히 그러다 예쁜 바지만 찢어질라.」

그는 번개처럼 빨랐다. 유연하게 뛰어올라 덤벼들면서 쏜살같이 왼손을 뻗었다. 나는 잽을 예상하고 머리를 돌려 잘 피했지만, 그가 노린 것은 내 오른쪽 손목이었고 결국 그곳을 붙잡히고 말았다. 손아귀 힘이 대단했다. 그는 나를 확 잡

---

59 손에 끼워 관절을 보호하고 파괴력을 높이는 격투용 무기. 〈브래스〉는 황동을 뜻하지만 다른 금속이나 플라스틱 등을 사용하는 경우도 많다.

아당겨 균형을 무너뜨린 후 너클을 낀 주먹으로 반원을 그리며 볼로 편치[60]를 날렸다. 이런 주먹에 뒤통수를 맞으면 졸지에 중환자가 돼버릴 것이다. 그렇다고 뒤로 물러나면 옆얼굴이나 어깻죽지 바로 밑에 명중하기 십상이다. 팔이 박살 나거나 얼굴이 박살 나거나 둘 중 하나다. 그런 상황에 대처하는 길은 하나뿐이다.

당기는 대로 끌려갔다. 지나치는 순간 그의 왼발을 뒤에서 걸고 셔츠를 움켜쥐자 찢어지는 소리가 들렸다. 그때 뭔가 내 목덜미를 때렸지만 쇠붙이는 아니었다. 왼쪽으로 몸을 홱 돌리며 그를 옆으로 내던졌다. 그가 고양이처럼 사뿐히 내려앉더니 내가 미처 균형을 잡기도 전에 벌떡 일어섰다. 그는 이제 싱글벙글 웃고 있었다. 이 모든 상황을 즐기는 기색이었다. 이런 짓이 좋은가 보다. 그가 다시 빠르게 달려들었다.

그때 어디선가 굵고 힘찬 목소리가 쩌렁쩌렁 호령했다. 「얼! 당장 그만! 멈추라니까, 안 들려?」

가우초 애송이가 공격을 멈추었다. 얼굴에 능글맞은 미소가 감돌았다. 그가 재빨리 손을 놀리자 브래스너클이 바지에 두른 폭넓은 허리띠 속으로 사라져 버렸다.

나는 돌아서서 땅딸막하고 다부지게 생긴 남자를 바라보았다. 그는 하와이 셔츠 차림으로 두 팔을 내저으며 오솔길 쪽에서 우리 쪽으로 황급히 달려왔다. 가까이 다가왔을 때는 호흡이 조금 거칠었다.

「너 미쳤니, 얼?」

60 권투 용어로 동작이 큰 어퍼컷. 〈볼로〉는 필리핀 벌목도를 말한다.

「그 말은 절대로 하지 마세요, 박사님.」얼이 작은 소리로 말했다. 그러더니 미소를 지으며 돌아서서 현관 계단에 걸터앉았다. 윗부분이 평평한 모자를 벗고 빗을 꺼내더니 멍한 표정으로 검고 숱 많은 머리를 빗었다. 잠시 후 나지막이 휘파람을 불기 시작했다.

무늬가 요란한 셔츠를 입은 뚱뚱한 남자가 우뚝 서서 나를 올려다보았다. 나도 우뚝 서서 그를 내려다보았다.

「도대체 무슨 일이오?」남자가 으르렁거렸다.「선생은 누구시오?」

「말로라고 합니다. 베린저 박사님을 찾는다고 했어요. 그랬더니 저 얼이라는 친구가 한바탕 놀아 보자고 하더군요. 날씨가 너무 더운가 봐요.」

「내가 베린저 박사요.」그가 근엄하게 말했다. 그러더니 고개를 돌렸다.「집 안으로 들어가라, 얼.」

얼이 천천히 일어났다. 베린저 박사를 유심히 살펴보는데 커다란 잿빛 눈에는 표정이 전혀 없었다. 이윽고 그가 계단을 올라가서 방충문을 당겨 열었다. 파리 떼가 구름처럼 날아올라 성난 듯이 윙윙거리다가 문이 닫히자 다시 방충망에 내려앉았다.

「말로라고?」베린저 박사가 다시 나를 바라보았다.「무슨 일로 오셨소, 말로 씨?」

「얼이 여기는 이제 영업을 안 한다고 하던데요.」

「그렇소. 떠나기 전에 법적인 절차를 기다리는 중이지. 얼과 나, 단둘이 남았소.」

「실망이네요.」정말 실망했다는 표정으로 내가 말했다. 「웨이드라는 사람도 같이 있을 줄 알았는데.」

그는 풀러 브러시[61] 직원이 관심을 가질 만한 눈썹을 곤두세웠다. 「웨이드? 아는 사람 같기도 한데 ― 워낙 흔한 이름이라 ― 그런데 그 사람이 왜 여기 있겠소?」

「치료받으려고요.」

그가 눈살을 찌푸렸다. 눈썹이 그렇게 생긴 사람은 찌푸리는 표정도 눈에 확 띈다. 「내가 의사이긴 하지만 요즘은 진료를 하지 않소. 어떤 치료를 말씀하시는 거요?」

「그 사람은 술꾼입니다. 가끔 제정신이 아닐 때 사라져 버리죠. 때로는 스스로 돌아오고, 때로는 남이 데려다주고, 때로는 이렇게 찾아다녀야 하거든요.」 나는 명함 한 장을 꺼내 그에게 건넸다.

그는 달갑지 않은 표정으로 명함을 읽어 보았다.

「얼은 왜 저러죠?」 내가 물었다. 「자기가 발렌티노[62]라고 착각하는 겁니까?」

그가 다시 눈썹을 곤두세웠다. 나는 넋을 잃고 그의 눈썹을 바라보았다. 일부가 3센티미터나 올라가면서 도르르 말렸다. 그가 투실투실한 어깨를 으쓱거렸다.

「얼은 위험한 아이가 아니오, 말로 씨. 그저 ― 가끔 ― 공상에 빠질 뿐이오. 꿈나라에서 산다고나 할까?」

「박사님한테는 그렇겠죠. 제가 보기에는 꽤 거칠게 놀던

61 옷솔, 구둣솔, 머리빗 등을 만드는 회사.
62 Rudolph Valentino(1895~1926). 이탈리아 태생의 미국 영화배우.

데요.」

「쯧쯧, 말로 씨. 과장이 좀 심하시네. 얼은 화려한 옷차림을 좋아해요. 그런 면에서 어린애 같지.」

「결국 미친놈이라는 말씀이군요. 여기는 무슨 요양원 맞죠? 어쨌든 전에는 그랬죠?」

「틀렸소. 여길 운영할 때는 예술인 마을이었지. 나는 식사, 숙박, 운동 시설과 놀이 기구, 그리고 무엇보다 고즈넉한 분위기를 제공했소. 적은 이용료만 받으면서. 아시겠지만 부유한 예술가는 별로 없으니까. 물론 예술가라는 말에는 작가, 음악가, 그런 사람들이 모두 들어가지. 정말 보람 있는 일이었소. 그 일을 하는 동안은.」

그렇게 말하는 박사의 표정이 슬퍼 보였다. 양쪽 눈썹이 축 처져 입 모양을 닮았다. 조금만 더 기르면 아예 입속으로 들어갈 듯싶었다.

「알고 있습니다. 파일에 있더군요. 오래전에 일어난 자살 사건도. 약물 과용이었죠?」

그러자 슬픈 표정이 사라지고 노여움이 드러났다. 「파일이라니?」 그가 날카롭게 물었다.

「우리가 철창 패거리라고 부르는 의사들에 대한 파일이 있어요, 박사님. 금단 증상이 나타나도 창문에서 뛰어내리지 못하게 철창을 친 건물을 운영하는 사람들 말입니다. 알코올 중독자, 마약 중독자, 가벼운 정신병자를 수용하는 소규모 사설 요양원.」

「법적으로 그런 시설은 허가를 받아야 운영할 수 있소!」

베린저 박사가 매섭게 쏘아붙였다.

「그야 그렇죠. 이론상으론. 그런데 다들 잊어버리더군요.」

그가 몸을 꼿꼿이 폈다. 제법 위엄을 갖출 줄 아는 사람이다. 「나를 그렇게 보다니 모욕적이오, 말로 씨. 선생이 말하는 그런 명단에 내 이름이 왜 들어갔는지 짐작도 못하겠소. 이제 나가 주시오.」

「웨이드 얘기를 다시 해보죠. 혹시 가명으로 여기 들어왔을 가능성은 없겠습니까?」

「여기 있는 사람은 얼과 나뿐이오. 우리 둘 말고는 아무도 없소. 실례지만 이제 ─」

「좀 둘러보고 싶은데요.」

이렇게 화를 돋우면 사람들이 불쑥 뜻밖의 말을 내뱉기도 한다. 그러나 베린저 박사는 달랐다. 끝까지 위엄을 지켰다. 눈썹도 변함없었다. 나는 집 쪽을 돌아보았다. 안에서 음악 소리가 들렸다. 댄스 음악이다. 그리고 아주 희미하게 손가락을 딱딱 튕기는 소리.

「저 친구가 춤을 추는 모양이네요. 탱고 곡이군요. 혼자서 저렇게 춤을 추는 모양입니다. 별난 녀석이네.」

「정말 못 나가겠소, 말로 씨? 내가 꼭 얼을 불러 내 땅에서 쫓아내야 속이 시원하겠소?」

「알겠습니다, 나갈게요. 너무 화내지 마세요, 박사님. V로 시작하는 이름이 세 개뿐이었는데, 박사님이 제일 그럴싸해 보였거든요. 사실 우리가 가진 단서는 그것뿐이에요. V 박사. 그 사람이 사라지기 전에 종이에 그렇게 써놨죠. V 박사라고.」

「그런 사람은 수십 명도 넘을 거요.」 베린저 박사가 침착하게 말했다.

「아, 물론이죠. 그런데 우리가 가진 철창 패거리 파일을 보니 수십 명은 아니더군요. 시간 내주셔서 고맙습니다, 박사님. 얼이 좀 마음에 걸리긴 하지만요.」

나는 돌아서서 내 차로 걸어가 올라탔다. 내가 문을 닫았을 때 베린저 박사는 내 곁에 서 있었다. 그는 상냥한 표정으로 상체를 숙였다.

「우리가 이렇게 다툴 필요는 없소, 말로 씨. 직업상 어쩔 수 없이 남의 비위를 건드리는 일도 많을 거라고 이해하니까. 그런데 얼이 마음에 걸린다는 이유가 뭐요?」

「가짜가 분명하기 때문이죠. 뭐든 하나가 가짜라면 다른 것도 가짜일 가능성이 높으니까요. 저 친구, 조울증 환자 맞죠? 지금은 조증 상태고.」

그는 묵묵히 나를 바라보았다. 엄숙하면서도 정중한 태도였다. 「말로 씨, 지금까지 흥미롭고 재능 많은 사람들이 여기서 함께 생활했소. 물론 모두가 선생처럼 분별 있는 사람은 아니었지. 재능 많은 사람들은 신경이 예민한 경우가 많으니까. 하지만 정신병자나 알코올 중독자를 치료할 만한 시설은 미처 갖추지 못했소. 그런 일을 하고 싶어도 불가능했다는 뜻이오. 직원도 없이 달랑 얼 하나뿐인데 환자들을 보살필 만한 녀석이 아니잖소.」

「그럼 얼이 어떤 녀석이라고 보십니까, 박사님? 저렇게 춤이나 추는 거 말고?」

그가 차 문에 몸을 기댔다. 그러더니 작고 은밀한 목소리로 말했다. 「나는 얼의 부모와 절친한 사이였소, 말로 씨. 누군가는 얼을 돌봐 줘야 하는데 부모가 둘 다 세상을 떠나 버렸지. 얼은 도시의 소음이나 유혹을 떠나 조용히 살아가야하는 아이요. 좀 불안정하지만 본질적으로 위험한 녀석은 아니오. 선생도 보셨듯이 내가 간단히 통제할 수 있소.」

「용기가 대단하십니다.」 내가 말했다.

그가 한숨을 푹 쉬었다. 의심 많은 곤충의 더듬이처럼 눈썹이 천천히 너울거렸다. 「희생이었소. 꽤나 힘겨운 희생이었지. 얼이 여기서 내 일을 도와주면 좋겠다고 생각했소. 테니스도 잘 치고, 수영이나 다이빙은 챔피언 수준이고, 춤은 밤새도록 출 수 있으니까. 평소에는 늘 온순한 녀석이오. 다만 어쩌다 한 번씩…… 사고를 쳐서 탈이지.」 그는 괴로운 기억을 멀리 밀어내듯이 넓적한 손을 내저었다. 「결국 얼을 포기하든 여길 포기하든 결단을 내려야 했소.」

그는 손바닥이 보이게 양손을 들었다가 뒤집으며 아래로 내렸다. 두 눈에 눈물이 글썽글썽했다.

「그래서 팔아 버렸소.」 그가 말했다. 「이 평화로운 골짜기는 이제 부동산 개발을 할 예정이오. 보도를 깔고 가로등을 세우고 외발 롤러스케이트 타는 아이들 소리와 시끄러운 라디오 소리가 가득하겠지. 심지어…….」 이 대목에서 허탈한 한숨을 내쉬었다. 「텔레비전까지.」 그러더니 손을 내저어 주변을 가리켰다. 「이 나무들만이라도 남겨 뒀으면 좋겠지만

그럴 리 없지. 저 능선에는 나무 대신 텔레비전 안테나가 늘
어서겠지. 그때쯤 얼과 나는 멀리 떠나겠지만.」

「안녕히 계세요, 박사님. 저도 마음이 아프네요.」

그가 손을 내밀었다. 축축하지만 손아귀 힘이 대단했다.
「공감해 주고 이해해 줘서 고맙소, 말로 씨. 그리고 슬레이드
씨를 찾는 데 도움을 못 드려 안타깝소.」

「웨이드.」

「맞다, 웨이드, 그렇죠. 그럼 잘 가시오. 행운을 빌겠소.」

나는 시동을 걸고 자갈길을 따라서 아까 왔던 길을 되짚어
갔다. 나도 슬펐지만 베린저 박사가 기대했을 만큼 슬프지는
않았다.

출입구를 빠져나간 후 고속도로 굽잇길을 따라 멀찌감치
가다가 입구 쪽에서는 안 보이는 자리에 차를 세웠다. 차에
서 내려 포장도로 갓길을 따라 걸으며 철조망 울타리 너머로
출입구가 간신히 보이는 곳까지 되돌아갔다. 유칼립투스나
무 아래서 걸음을 멈추고 기다렸다.

5분 남짓한 시간이 흘렀다. 이윽고 차 한 대가 자갈길을 휘
저으며 달려 나왔다. 차는 내 자리에서 보이지 않는 곳에 멈
춰 섰다. 나는 조금 더 물러나 수풀 속에 몸을 숨겼다. 잠시
삐걱거리는 소리가 들리더니 묵직한 걸쇠를 철커덕 채우는
소리, 쇠사슬이 쩔렁거리는 소리도 들렸다. 엔진 소리가 더
커지더니 자갈길을 따라 되돌아가는 차가 보였다.

찻소리가 멀어진 후 나는 내 올즈모빌로 돌아갔고 차를 돌
려 시내 쪽으로 향했다. 베린저 박사의 사유지 출입구를 지

날 때 보니 쇠사슬과 맹꽁이자물쇠로 문을 잠가 둔 상태였다.
오늘은 면회 시간이 끝났습니다, 감사합니다.

17

30킬로미터 남짓 달려 시내에서 점심을 먹었다. 생각하면 생각할수록 이번 일은 정말 터무니없었다. 이렇게 돌아다닌다고 사람을 찾을 수 있는 것은 아니다. 얼이나 베린저 박사처럼 흥미진진한 사람들을 만날 수는 있겠지만, 정작 찾는 사람을 만나기는 쉽지 않다. 타이어만 닳지, 휘발유만 낭비하지, 입만 아프지, 신경만 쓰지, 소득은 전혀 없다. 차라리 룰렛 테이블에서 검정 28번을 포함한 네 칸에 판돈을 한도액까지 걸어 버리는 편이 낫겠다. V 자로 시작하는 이름이 세 개뿐인 상황에서 내가 찾는 사람을 만날 확률은 불법 도박장에서 그리스인 닉[63]을 꺾을 확률보다도 낮을 테니까.

어쨌든 첫 번째 시도는 늘 실패하게 마련이다. 처음에는 그럴싸해 보였지만 느닷없이 끝나 버리는 막다른 골목 같은 것이다. 그러나 박사는 웨이드를 슬레이드라고 부르지 말았어야 했다. 그는 똑똑한 사람이다. 이름을 쉽게 잊을 리 없고, 만약 잊었다면 깨끗이 잊어버렸을 것이다.

[63] 유명한 도박사 니코스 단돌로스Nichos Dandolos(1893~1966).

그럴 수도 있고 아닐 수도 있다. 어쨌든 오랜 친분이 있는 사이는 아니다. 커피를 마시면서 부카니치 박사와 발리 박사를 떠올렸다. 갈까 말까? 그들을 만나러 가면 오후가 거의 다 날아간다. 그때쯤 아이들 밸리에 있는 웨이드 저택에 연락해 보면, 그 집 가장께서 돌아오셨으니 당분간은 전망이 밝다는 소식을 듣게 될지도 모른다.

부카니치 박사를 만나기는 쉬운 편이다. 이 길로 여섯 블록만 더 가면 된다. 그러나 발리 박사는 까마득히 멀리 있다. 앨터디나 산골까지 들어가려면 길고 뜨겁고 따분한 길을 달려야 한다. 갈까 말까?

최종 결론은 가보자는 쪽이었다. 여기에는 세 가지 이유가 있었다. 첫째, 어둠의 세계와 그곳에서 암약하는 군상들은 많이 알아 둘수록 좋으니까. 둘째, 피터스가 보여 준 파일에 조금이라도 보탤 만한 정보를 얻는다면 그에게 고마움과 호의를 표할 수 있으니까. 셋째, 어차피 할 일도 없으니까.

음식 값을 치른 후 차는 두고 도로 북쪽을 따라 스톡웰 빌딩까지 걸어갔다. 낡아 빠진 건물이었다. 정문에 시가 판매대가 있고 수동식 승강기는 똑바로 올라가지 못하고 자꾸 기우뚱거렸다. 6층 복도는 비좁았고 문마다 반투명한 유리창이 달려 있었다. 내 사무실 건물보다 더 오래되고 훨씬 더 지저분한 건물이었다. 이곳에는 의사, 치과 의사, 신통찮은 크리스천 사이언스[64] 치료사, 소송 상대가 고용하면 오히려 고마울 만한 변호사, 특히 간신히 입에 풀칠이나 하는 의사와

64 신앙 치료법을 신봉하는 기독교 교파.

치과 의사가 즐비하다. 그리 유능하지도 않고 그리 청결하지도 않고 그리 현대적이지도 않은 의사들이다. 치료비는 3달러, 간호사한테 주세요. 지치고 낙담한 의사들, 자기가 어떤 수준인지, 어떤 환자들을 받을 수 있는지, 그들에게서 돈을 얼마나 뜯어낼 수 있는지 정확히 아는 사람들이다. 외상은 사절합니다. 진료중, 부재중. 어금니가 많이 흔들리네요, 카진스키 부인. 새로 나온 아크릴 충전물도 금 못지않게 좋은데 이걸로 하시면 단돈 14달러에 해드리죠. 국소 마취를 원하시면 2달러만 더 내시고. 진료중, 부재중. 치료비는 3달러예요. 간호사한테 주세요.

이런 건물에서도 몇 명쯤은 돈벌이가 짭짤하겠지만 겉모습만 보면 알 길이 없다. 초라한 환경에 맞춰 보호색처럼 변신하기 때문이다. 예컨대 보석 보증서 사기에 가담하여 뒷돈을 챙기는 악덕 변호사들(법원이 보석금을 추징하라고 명령해도 징수 금액은 전체의 2퍼센트에 불과하다). 진료실 설비에 맞춰 이런저런 의사로 행세하며 정체를 감추는 낙태 시술자들. 비뇨기과나 피부과처럼 치료가 잦고 국부 마취를 자주 하는 분야에서 의사 행세를 하는 마약상들.

레스터 부카니치 박사의 대기실은 비좁은 데다 설비도 빈약했는데, 여남은 명이나 되는 사람들이 한결같이 불편한 모습으로 기다리고 있었다. 평범한 사람들과 다를 바 없었다. 특별한 증상은 보이지 않았다. 자제할 줄 아는 마약 중독자는 채식주의자 경리 직원과 별 차이가 없으니까. 나는 45분쯤 기다려야 했다. 환자들은 두 개의 문으로 들어갔다. 의욕적인 이비인후과 의사는 공간만 넉넉하다면 환자 네 명을 동시에 돌볼 수 있다.

마침내 나도 들어갔다. 갈색 가죽 의자에 앉게 되었다. 내 옆에는 흰 수건을 깔고 치료 도구 한 벌을 늘어놓은 탁자가 있었다. 벽면에 붙여 놓은 소독기가 부글거렸다. 부카니치 박사가 활기차게 들어왔다. 흰색 가운을 걸치고 이마에는 둥근 반사경을 동여맨 모습이었다. 그가 내 앞에 놓인 걸상에 걸터앉았다.

「부비강 두통 맞죠? 많이 심해요?」 그는 간호사가 건네준 서류철을 살펴보았다.

나는 끔찍하다고 대답했다. 정신이 하나도 없다고 했다. 특히 아침에 일어난 직후가 제일 심하다고 했다. 그는 점잖게 고개를 끄덕였다.

「전형적 증상입니다.」 그러면서 만년필처럼 생긴 물건에 유리 뚜껑을 끼웠다.

그가 그 물건을 내 입속에 넣었다. 「이는 쓰지 말고 입술로 물어 보세요.」 그렇게 말하면서 손을 뻗어 전등을 껐다. 진료실에는 창문이 없었다. 어디선가 환풍기가 윙윙거렸다.

부카니치 박사가 유리관을 빼내고 전등을 다시 켰다. 그리고 나를 유심히 바라보았다.

「충혈이 전혀 없어요, 말로 씨. 두통이 있더라도 부비강 때문은 아닙니다. 제 짐작이지만 부비강 문제로 고생하신 적은 평생 한 번도 없었겠는데요. 언젠가 비중격 수술을 받으셨더군요.」

「예, 선생님. 미식축구를 하다가 발에 채였죠.」

그가 고개를 끄덕였다. 「뼈가 살짝 튀어나온 부분이 있는데 잘라 냈으면 좋았겠어요. 그래도 숨 쉬는 데는 전혀 지장이 없겠네요.」

그는 걸상에 앉은 채 몸을 뒤로 기울이며 한쪽 무릎을 붙잡았다. 「제가 뭘 어떻게 해드리길 기대하고 오셨습니까?」 얼굴이 홀쭉하고 따분할 정도로 창백했다. 마치 결핵에 걸린 흰쥐 같았다.

「제 친구에 대해서 의논 좀 하려고요. 상태가 심각하거든요. 작가예요. 돈은 많은데 우울증이 있어요. 도움이 필요하죠. 날마다 술만 마십니다. 그래서 특별한 조치가 필요해요. 이젠 주치의도 협조를 안 해줘요.」

「협조라니, 정확히 무슨 뜻이죠?」 부카니치 박사가 물었다.

「가끔 주사로 그 친구를 진정시켜 달라는 거죠. 박사님을 만나면 좋은 방법이 있을 거라고 생각했습니다. 돈은 얼마든지 드릴게요.」

「죄송합니다, 말로 씨. 그런 문제는 제 분야가 아니에요.」 그가 일어섰다. 「접근 방식이 좀 유치했다고 말씀드려야겠네요. 친구분이 원한다면 와서 진찰을 받으라고 하세요. 다만 문제가 있어서 치료가 필요한 상황이어야겠죠. 10달러예요, 말로 씨.」

「시치미 떼지 마시죠. 박사님 이름도 명단에 있어요.」

부카니치 박사는 벽면에 등을 기대고 담뱃불을 붙였다. 설명할 시간을 주겠다는 뜻이다. 그가 담배 연기를 뿜어내고 나를 물끄러미 쳐다보았다. 나는 연기 대신 보라고 명함 한 장을 건넸다. 그가 명함을 들여다보았다.

「무슨 명단 말입니까?」

「철창 패거리 명단이죠. 박사님도 제 친구를 아실 텐데요. 웨이드라고 합니다. 어딘가 하얀 골방에 감춰 두셨겠죠. 그 친구가 집을 나가서 행방불명이거든요.」

「멍청한 소리.」 부카니치 박사가 말했다. 「나는 나흘짜리 중독 치료처럼 시시한 장사는 안 해. 어차피 그런 치료법은 효과도 전혀 없소. 여기는 하얀 골방도 없고 당신이 말하는 친구도 몰라. 그런 사람이 정말 있는지 모르겠지만. 아무튼 10달러니까…… 지금 현찰로 내시오. 아니면 선생이 마약을 사러 왔다고 경찰에 신고해 드릴까?」

「그게 좋겠네요.」 내가 말했다. 「그러시죠.」

「썩 나가시오, 시시한 사기꾼 같으니.」

나는 의자에서 일어났다. 「제가 실수한 모양입니다, 박사님. 그 친구가 마지막으로 사라졌을 때 이름이 V 자로 시작하는 의사가 운영하는 요양원에 숨어 있었대요. 철저히 비밀 영업을 하는 곳이죠. 밤늦게 남몰래 데려갔다가 고비를 넘긴 후 다시 남몰래 데려다줬다고 합니다. 그 친구가 집에 들어갈 때까지 기다리지도 않았대요. 그런데 이번에 또 가출해서 며칠째 나타나지 않으니까, 당연히 단서를 찾으려고 자료를 좀 뒤져 봤죠. V 자로 시작하는 의사는 세 명이더군요.」

「재미있군.」 그가 싸늘한 미소를 지었다. 여전히 나에게 시간을 준다. 「선정 기준이 뭐요?」

나는 그를 유심히 살펴보았다. 그가 오른손으로 왼쪽 팔뚝 위쪽을 살며시 쓰다듬었다. 얼굴에 땀이 조금 맺혔다.

「죄송합니다, 박사님. 저희는 비밀을 엄수합니다.」

「잠깐 실례하겠소. 다른 환자가 있어서 ─」

그는 말을 끊고 나가 버렸다. 간호사 한 명이 문간으로 고개를 들이밀더니 나를 잠시 바라보다가 물러났다.

이윽고 부카니치 박사가 즐거운 듯한 걸음걸이로 다시 나타났다. 미소 짓는 얼굴이 편안해 보였다. 두 눈이 초롱초롱했다.

「어? 아직 안 갔소?」 몹시 놀랐거나 놀란 척하는 표정이었다. 「진료는 아까 끝난 줄 알았는데.」

「가려던 참입니다. 기다리라고 하신 줄 알았죠.」

그러자 그가 낄낄 웃었다. 「이거 아시오, 말로 씨? 지금은 아주 놀라운 시대요. 단돈 5백 달러만 주면 당신 뼈를 몇 군데 부러뜨려 입원시킬 수도 있거든. 우습지 않소?」

「정말 우습네요. 정맥 주사를 맞고 오셨죠, 박사님? 이야, 엄청 명랑해지셨네!」

나는 나가려고 걸음을 옮겼다. 「*Hasta luego, amigo*(잘 가시오, 친구).」 그가 재잘거렸다. 「진료비 10달러 잊지 말고. 간호사한테 내시오.」

내가 문을 나설 때 그가 인터폰을 누르고 뭐라고 중얼거렸다. 대기실에는 아까 보았던 사람들인지 그들과 똑같이 생긴 사람들인지 아무튼 여남은 명이 여전히 불편한 모습으로 기다리고 있었다. 간호사가 임무를 충실히 이행했다.

「10달러예요, 말로 씨. 저희 진료실은 현금 지불이 원칙입니다.」

나는 빽빽이 들어찬 발들을 피해 가며 문 쪽으로 걸어갔다. 간호사가 책상 너머에서 발딱 일어나 부리나케 달려왔다. 나는 문을 열었다.

「돈을 못 받으면 어떻게 되죠?」 내가 간호사에게 물었다.

「어떻게 되는지 두고 보세요.」 간호사가 성난 목소리로 말했다.

「그럽시다. 간호사님이야 맡은 일을 하실 뿐이죠. 나도 그래요. 내가 준 명함을 보면 내가 어떤 일을 하는지 알게 될 겁니다.」

나는 밖으로 나갔다. 대기 중인 환자들이 못마땅한 눈초리로 나를 노려보았다. 의사 선생님께 저따위 짓을 하다니.

18

에이머스 발리 박사는 전혀 다른 곳에서 일했다. 크고 오래된 참나무들이 그늘을 드리운 크고 오래된 정원에 크고 오래된 건물이 있었다. 거대한 목조 건물인데 베란다 처마에는 정교한 덩굴무늬를 새겨 놓았고, 하얀 베란다의 난간살은 고풍스러운 그랜드피아노의 다리처럼 멋스럽게 구부리고 세로로 장식용 홈을 파놓았다. 베란다에서는 허약한 노인 몇 명이 담요를 두르고 긴 의자에 나란히 앉아 있었다.

출입문은 스테인드글라스 창이 달린 쌍여닫이문이었다. 건물 안의 복도는 넓고 시원했는데, 쪽매널마루가 반질반질하고 양탄자는 한 장도 깔아 놓지 않았다. 앨터디나는 여름철에 유난히 더운 곳이다. 구릉지에 너무 가까이 붙은 탓에 바람이 훌쩍 뛰어넘어 지나가 버리기 때문이다. 그러나 80년 전만 해도 사람들은 이런 기후에 어떤 집이 잘 맞는지 알고 있었다.

빳빳한 흰색 제복을 입은 간호사가 내 명함을 받아 갔는데, 잠시 기다렸더니 황송하게도 에이머스 발리 박사님께서 친히 나를 만나러 나와 주셨다. 명랑하게 웃는 얼굴에 몸집이 큰 대머리 사내였다. 긴 흰색 가운에는 티끌 하나 없고, 생고무 밑창이 달린 신발을 신어 걸을 때도 소리가 나지 않았다.

「어떻게 오셨습니까, 말로 씨?」 고통을 덜어 주고 불안을 달래 주는 굵고 상냥한 목소리였다. 의사가 왔어요, 아무것도 걱정하지 마세요, 다 잘될 거예요. 그렇게 병상 머리맡에서 요긴한 기품을 온몸에 꿀 바르듯 겹겹이 둘렀다. 대단한 사람이다. 그리고 철통같이 빈틈없는 사람이다.

「선생님, 저는 웨이드라는 남자를 찾는 중입니다. 부유한 알코올 중독자인데, 집에서 사라졌어요. 과거 전력으로 봐서 아무래도 비밀리에 중독증을 치료할 수 있는 시설에 숨어 버린 듯합니다. 제가 가진 실마리는 V 박사라는 분을 언급했다는 것뿐입니다. 선생님이 세 번째 V 박사님인데 이제 저도 기운이 빠지네요.」

그러자 그가 자상한 미소를 지었다. 「겨우 세 번째라고요, 말로 씨? 성이 V 자로 시작하는 의사라면 로스앤젤레스 일대에만 1백 명도 넘을 텐데요.」

「그야 그렇지만 철창 달린 병실이 있는 곳은 많지 않겠죠. 이 건물 측면을 보니까 위층에 그런 병실이 몇 개 있던데요.」

「노인들이죠.」 발리 박사가 슬프다는 듯이 말했지만 역시 굵고 낭랑한 슬픔이었다. 「외로운 노인들, 우울하고 비참한 노인들이에요, 말로 씨. 가끔은……」 그는 의미심장한 동작으로 한 손을 내저은 후 잠시 멈췄다가 낙엽처럼 팔랑거리며 천천히 떨어뜨렸다.「여기서는 알코올 중독자를 치료하지 않습니다.」그가 또박또박 덧붙였다.「그럼 죄송하지만 저는 이만…….」

「죄송합니다, 선생님. 우리 명단에 선생님 성함도 있어서 그래요. 아마 착오였겠죠. 몇 년 전에 마약 단속반 사람들과 무슨 마찰이 있었다나.」

「그래요?」그는 난색을 짓다가 금방 얼굴이 밝아졌다.「아, 맞다, 제가 바보같이 조수를 잘못 쓴 적이 있거든요. 아주 잠깐이었죠. 그 녀석이 제 신임을 악용했더라고요. 글쎄 그랬다니까요.」

「제가 들은 얘기와는 좀 다르군요.」내가 말했다.「제가 잘못 들었나 보네요.」

「어떻게 들으셨는데요, 말로 씨?」그는 여전히 환한 미소와 감미로운 목소리를 마음껏 구사하고 있었다.

「박사님이 어쩔 수 없이 마약류 처방 기록을 제출하셨다고 들었죠.」

이 말은 조금이나마 그를 흔들어 놓았다. 얼굴을 찡그리는 정도는 아니었지만 그의 매력이 몇 겹 벗겨졌다. 파란 눈이 싸늘하게 번뜩였다.「그렇게 터무니없는 소리를 어디서 들었소?」

「그런 정보를 수집할 만한 실력을 갖춘 대형 탐정 회사죠.」

「보나마나 싸구려 협박 집단이겠군.」

「싸구려는 아닙니다, 박사님. 기본 수임료가 하루 1백 달러나 되거든요. 사장이 전직 헌병 대령이에요. 푼돈 줍는 사람은 아니죠. 평판도 아주 좋고.」

「항의 좀 해야겠소.」 발리 박사가 싸늘하게 불쾌감을 드러냈다. 「사장 이름이 뭐요?」 발리 박사의 기품이 해 저물듯이 가라앉았다. 싸늘한 밤이 다가오고 있었다.

「비밀입니다, 박사님. 어쨌든 너무 신경 쓰지 마세요. 흔한 일이니까요. 웨이드라는 이름 혹시 아세요?」

「나가는 길은 아실 줄 믿소, 말로 씨.」

그의 등 뒤에서 작은 승강기의 문이 열렸다. 간호사 한 명이 휠체어를 밀고 나왔다. 휠체어에는 껍데기만 남은 노인이 타고 있었다. 쇠약한 노인의 잔해였다. 두 눈을 감고 있었는데 안색이 푸르뎅뎅했다. 온몸을 꽁꽁 싸매고 있었다. 간호사는 조용히 휠체어를 밀며 반질반질한 마룻바닥을 지나 옆문으로 빠져나갔다. 발리 박사가 너그럽게 말했다.

「노인들이오. 병든 노인들. 외로운 노인들. 다시는 오지 마시오, 말로 씨. 그땐 화가 날지도 모르니까. 화가 나면 좀 무례해지기도 해요. **많이** 무례해질 수도 있고.」

「저는 괜찮습니다, 박사님. 시간 내주셔서 감사합니다. 아주 근사한 죽음의 집이네요.」

「뭐요?」 그가 나에게 한 걸음 다가서는 순간, 남아 있던 꿀마저 깨끗이 떨어져 나갔다. 온화했던 주름살이 깊어지면서 얼굴이 우락부락해졌다.

「왜 그러시죠?」 내가 물었다. 「제가 찾는 사람이 여기 없다는 것은 알겠네요. 저는 저항하지도 못할 만큼 연약한 사람을 찾는 게 아니거든요. 병든 노인들. 외로운 노인들. 박사님이 그러셨잖아요. 아무도 원하지 않는 노인들, 그렇지만 돈도 있고 욕심 많은 상속자도 있는 분들이겠죠. 아마 대부분은 법정에서 금치산자 선고를 받았을 테고.」

「슬슬 화가 치미는군.」 발리 박사가 말했다.

「가벼운 식사, 가벼운 진정제, 엄격한 규칙. 해 뜨면 내보내고 해 지면 재우고. 기력이 좀 남은 분도 계실 테니 창문에 철창도 달아야죠. 다들 박사님을 사랑하겠네요. 박사님 손을 꼭 잡고 슬픈 눈을 올려다보며 숨을 거두겠죠. 그 슬픔에는 박사님의 진심이 담겼으니까.」

「물론이오!」 그가 목쉰 소리로 나지막이 으르렁거렸다. 두 주먹을 불끈 쥐고 있었다. 나는 이쯤에서 입을 다물어야 했다. 그러나 이미 그가 역겨워진 터였다.

「당연히 그렇겠죠.」 내가 말했다. 「돈 내는 고객이 한 명 줄게 생겼는데. 더구나 굳이 만족시킬 필요도 없는 고객인데 말이죠.」

「누군가는 해야 하는 일이오.」 그가 말했다. 「누군가는 이 가엾은 노인들을 보살펴 줘야 한단 말이오, 말로 씨.」

「누군가는 똥구덩이를 치워야겠죠. 다시 생각해 보니 그건 오히려 깨끗하고 성실한 직업이네요. 안녕히 계세요, 발리 박사님. 내 직업이 더럽다는 생각이 들 때마다 박사님을 떠올릴게요. 그때마다 마음이 가벼워지겠어요.」

「이 버러지 같은 새끼!」 발리 박사가 크고 하얀 이를 악문 채 말했다. 「이런 새끼는 모가지를 분질러 놔야 하는데. 여기는 고결한 일을 하는 고결한 곳이란 말이야.」

「그렇겠죠.」 나는 넌더리를 내며 그를 물끄러미 바라보았다. 「저도 알아요. 다만 죽음의 악취가 진동해서 탈이죠.」

그래도 그는 나를 때리지 않았고, 나는 돌아서서 자리를 떠났다. 널찍한 쌍여닫이문을 나서면서 뒤를 돌아보았다. 그는 움직이지 않고 그대로 서 있었다. 할 일이 있었기 때문이다. 다시 꿀을 겹겹이 발라야 하니까.

19

나는 너덜너덜 풀어진 노끈 토막처럼 기진맥진한 상태로 할리우드 쪽으로 차를 몰았다. 밥을 먹기에는 너무 이르고 날도 너무 더웠다. 사무실에 들어가 선풍기를 켰다. 공기는 전혀 시원해지지 않고 조금 술렁일 뿐이었다. 바깥의 큰길에서 자동차들이 끊임없이 떠들었다. 내 머릿속에는 끈끈이에 붙은 파리 떼처럼 온갖 생각이 끈적끈적 달라붙었다.

세 번의 시도, 세 번의 실패. 쓸데없이 의사들을 만나고 다녔을 뿐이다.

웨이드 저택으로 전화를 걸었다. 멕시코 억양의 누군가가 전화를 받더니 웨이드 부인은 외출했다고 말했다. 웨이드 씨를 바꿔 달라고 했다. 상대는 웨이드 씨도 없다고 대답했다. 내 이름을 밝혔다. 남자는 별 어려움 없이 내 이름을 알아들은 듯했다. 자신은 하인이라고 했다.

칸 협회의 피터스에게 연락했다. 다른 의사들을 알지도 모르니까. 그러나 그는 자리에 없었다. 나는 가짜 이름을 대고 진짜 전화번호를 남겼다. 한 시간이 병든 바퀴벌레처럼 엉금

엉금 기어갔다. 나는 망각의 사막에 떨어진 모래 한 알이었다. 총알이 떨어진 쌍권총 카우보이였다. 세 번의 시도, 세 번의 실패. 나는 이렇게 셋으로 똑 떨어지는 경우를 싫어한다. A를 찾아간다. 꽝. B를 찾아간다. 꽝. C를 찾아간다. 역시 꽝. 그러고 나서 일주일쯤 지나서야 비로소 D를 찾아갔어야 했다는 사실을 알게 된다. 그러나 처음에는 그런 사람이 존재한다는 사실조차 알지 못했고, 뒤늦게 깨달았을 때는 이미 고객이 변심해 조사 의뢰를 철회해 버린 다음이다.

부카니치 박사와 발리 박사는 제외해야겠다. 발리는 돈이 많으니 주정뱅이들을 상대할 사람이 아니다. 부카니치는 너절한 인간이다. 자기 진료실에서 제 팔에 주사를 놓으며 아슬아슬한 고공 줄타기를 한다. 간호사는 그런 사실을 알겠지. 환자들도 몇 명쯤은 알고 있겠지. 그중 한 명이라도 앙심을 품고 전화 한 통만 하면 부카니치는 끝장난다. 만취했건 맨정신이건 웨이드가 그런 의사를 찾아갔을 리 없다. 세상에서 제일 똑똑한 사람은 아니더라도 — 성공한 사람들 중에도 지능은 그리 뛰어나지 않은 경우가 많으니까 — 설마 부카니치와 어울릴 정도로 멍청하지는 않겠지.

그렇다면 유일한 후보는 베린저 박사다. 그에게는 외딴 곳에 적당한 시설이 있다. 아마 인내심도 충분하겠지. 그러나 세풀베다 캐니언은 아이들 밸리에서 꽤 멀다. 그들은 어디서 접촉했을까, 어떻게 서로를 알게 되었을까. 베린저가 그 땅의 주인이고 살 사람이 나타났다면, 베린저는 조만간 목돈을 거머쥘 텐데. 그 순간 좋은 생각이 떠올랐다. 베린저 땅의 소유권 현황을 확인하려고 부동산 보증 회사의 지인에게 연락했다. 아무도 안 받는다. 모두 퇴근해 버린 모양이다.

나도 이만 퇴근하기로 마음먹고 라시에나가 대로에 있는 루디바비큐로 달려갔다. 지배인에게 이름을 말해 두고 바 걸상에 앉아 위스키사워 한 잔을 앞에 두고 마레크 베버[65]의 왈츠 음악을 들으며 대망의 순간을 기다렸다. 한참 후 마침내 벨벳 로프 울타리를 지나서 루디 식당이 자랑하는 〈세계적으로 유명한〉 솔즈베리 스테이크를 맛볼 수 있었다. 불에 탄 나무판에 얹은 햄버거 요리인데, 노릇노릇하게 구운 매시드포테이토, 양파링 튀김, 그리고 식당에서는 얌전히 받아 먹지만 집에서 아내가 내놓으면 누구라도 고래고래 소리를 지를 만한 뒤죽박죽 샐러드도 함께 나왔다.

식사를 마친 후 차를 몰고 집으로 갔다. 현관문을 열 때 전화벨이 울렸다.

「아일린 웨이드예요, 말로 씨. 연락 달라고 하셨다면서요.」

「그쪽에는 무슨 변화가 없는지 궁금해서요. 저는 하루 종일 의사들을 만났는데, 친해진 사람은 한 명도 없거든요.」

「죄송하지만 달라진 게 없어요. 그이는 아직 안 돌아왔어요. 어쩔 수 없이 초조해지네요. 저한테 알려 주실 내용은 별로 없다는 말씀이군요.」 힘없고 실망한 목소리였다.

「우리 카운티는 땅도 넓고 사람도 많습니다, 웨이드 부인.」

「오늘 밤까지 치면 꼬박 나흘이에요.」

「그래도 아주 오랜 시간은 아니죠.」

65 Marek Weber(1888~1964). 독일 바이올리니스트.

「나한테는 너무 오래됐어요.」그녀는 잠시 침묵을 지켰다. 「뭐라도 기억해 내려고 이런저런 생각을 많이 했어요.」그녀가 말을 이었다. 「뭔가 있을 텐데, 어떤 낌새나 기억 같은 거 말예요. 로저는 온갖 일에 대해서 많이 얘기하거든요.」

「혹시 베린저라는 사람을 아십니까, 웨이드 부인?」

「아니, 모르겠어요. 제가 알 만한 사람인가요?」

「지난번에 카우보이 차림의 키 큰 청년이 웨이드 씨를 집으로 데려왔다고 하셨죠. 그 청년을 다시 보면 알아볼 수 있을까요, 웨이드 부인?」

「아마 그럴 거예요.」그녀가 머뭇거리며 말했다. 「비슷한 조건이라면. 그런데 그날은 얼핏 봤을 뿐이에요. 그 청년이 베린저예요?」

「아닙니다, 웨이드 부인. 베린저는 뚱뚱한 중년 남자예요. 세풀베다 캐니언에서 관광 목장 비슷한 시설을 운영하는, 아니, 정확히 말하자면 운영했던 사람이죠. 얼이라는 예쁘장한 청년이 그 사람 밑에서 일하더군요. 베린저는 자칭 의사라고 했어요.」

「잘됐네요!」흥분한 목소리였다. 「제대로 짚었다고 생각하지 않으세요?」

「완전히 헛다리 짚었는지도 모르죠. 확인되면 전화할게요. 혹시 로저가 돌아왔는지, 아니면 중요한 단서라도 생각났는지 궁금해서 연락했어요.」

「제가 별로 도움을 못 드렸네요.」그녀가 쓸쓸히 말했다. 「언제든지 전화하세요. 아주 늦은 시간에 하셔도 괜찮아요.」

나는 그러겠다고 대답했다. 우리는 전화를 끊었다. 이번에는 건전지 세 개짜리 회중전등과 권총도 챙겼다. 총열이 짧고 튼튼한 32구경인데 평면탄두 실탄을 장전하는 권총이다. 베린저 박사가 데리고 있는 얼이 브래스너클 말고 다른 장난감을 가지고 있을지도 모르니까. 그렇다면 그 얼빠진 녀석이 또 놀아 보자고 덤빌 테니까.

나는 다시 고속도로를 타고 최대한 빨리 달려갔다. 달도 없는 밤이었다. 베린저 박사의 사유지 출입구에 도착할 때쯤에는 충분히 어두워질 터였다. 나에게는 어둠이 필요했다.

출입구는 여전히 쇠사슬과 맹꽁이자물쇠로 꽁꽁 잠겨 있었다. 나는 출입구 앞을 지나친 후 고속도로에서 멀찌감치 떨어진 곳에 차를 세웠다. 아직은 나무 밑에도 빛이 남아 있었지만 그리 오래가지는 않을 터였다. 나는 출입구를 넘어간 후 산비탈을 오르며 등산로를 찾아보았다. 저 아래 골짜기 쪽에서 메추라기 울음소리가 들리는 듯했다. 멧비둘기 한 마리가 비참한 삶을 한탄하듯 구슬프게 울었다. 이 산에는 등산로가 따로 없거나 눈에 띄지 않아서, 어쩔 수 없이 다시 내려가서 자갈길 가장자리를 따라 걸었다. 유칼립투스 숲이 끝나고 떡갈나무 숲이 나타났다. 고갯마루를 넘어서자 저 멀리 불빛 몇 개가 보였다. 그때부터 45분쯤 지나서야 비로소 수영장과 테니스장 뒤쪽에서 접근하여 진입로 끄트머리의 본관이 내려다보이는 지점에 이르렀다. 건물 안에는 전등을 켜놓았고 음악 소리도 들렸다. 저 멀리 숲속에 있는 오두막 한 채에서도 불빛이 새어 나왔다. 이 숲속에는 작고 캄캄한 오두막이 곳곳에 즐비했다. 내가 오솔길을 따라 나아갈 때 본관 뒤쪽에서 갑자기 투광 조명등이 켜졌다. 나는 우뚝 걸음을 멈추었다. 그러나 이 조명등은 뭘 찾아내려고 켠 불이 아니었다. 똑바로 아래를 향한 불빛이 뒷베란다와 일대를 넓게 비추고 있었다. 그때 문이 덜컹 열리고 얼이 나타났다. 나는 비로소 제대로 찾아왔음을 깨달았다.

오늘 밤 얼은 미국 카우보이 차림이었다. 지난번에 로저 웨이드를 집으로 데려다주었다는 바로 그 카우보이가 분명했다. 그는 올가미 밧줄을 빙빙 돌리고 있었다. 흰색 실로 박음질한 검은색 셔츠를 입고 목에는 물방울무늬 스카프를 느슨하게 묶었다. 허리에는 은빛 장식을 잔뜩 박은 널찍한 가죽 허리띠를 둘렀는데, 무늬를 새긴 가죽 총집 한 쌍에 각각 상아 손잡이가 달린 권총이 꽂혀 있었다. 우아한 승마 바지를 입고 흰색 실을 엑스자로 박음질한 반질반질한 새 부츠를 신었다. 흰색 솜브레로[66]를 뒤로 비스듬히 젖혀 썼는데, 은실로 꼰 노끈처럼 생긴 끈은 끄트머리를 매지 않고 셔츠 위에 길게 늘어뜨렸다.

그는 새하얀 불빛 아래 홀로 서서 밧줄을 이리저리 돌리며 올가미를 들락거렸다. 관객 없는 배우랄까, 이 훤칠하고 호리호리하고 잘생긴 카우보이는 그렇게 혼자 공연을 벌이며 순간순간을 즐겼다. 쌍권총 얼, 코치스 카운티[67]의 저승사자. 관광 목장에서 일해야 어울릴 만한 녀석이다. 전화 교환원

66 챙이 넓은 멕시코 모자.
67 애리조나주 동남부, 멕시코 접경지대로, 서부 개척 시대의 격전지.

211

아가씨도 승마 부츠를 신고 출근할 만큼 누구나 말을 지독하게 좋아하는 곳에서.

그때 그가 무슨 소리를 들었거나 들은 체했다. 재빨리 밧줄을 내던지고 총집에서 쌍권총을 뽑아 정면을 겨냥하며 양손 엄지를 공이치기에 걸고 어둠 속을 노려보았다. 나는 꼼짝도 할 수 없었다. 저 빌어먹을 쌍권총이 장전됐을지도 모르니까. 그러나 그는 불빛 때문에 눈이 부셔 아무것도 보지 못했다. 그가 쌍권총을 총집에 꽂더니 밧줄을 집어 대충 감아 들고 집 안으로 들어갔다. 이윽고 조명등이 꺼지자 나는 다시 움직였다.

산비탈의 나무 사이로 이리저리 이동하여 불 켜진 작은 오두막으로 접근했다. 집 안에서는 아무 소리도 들리지 않았다. 방충망을 친 창문에 다가서서 집 안을 살펴보았다. 불빛은 침대 옆의 협탁에 놓인 전등에서 흘러나왔다. 침대에 한 남자가 똑바로 누워 있었다. 잠옷을 입고 두 팔을 이불 밖으로 내놓은 채 두 눈을 크게 뜨고 천장을 노려보는 중이었다. 몸집이 커 보였다. 얼굴 일부가 그늘에 가려지긴 했지만, 안색이 창백하고 수염이 덥수룩하다는 정도는 충분히 알 수 있었다. 수염을 보니 실종 기간에 얼추 들어맞는 듯했다. 침대 바깥으로 내놓은 두 손은 손가락을 펼친 채 미동도 하지 않았다. 여러 시간 동안 움직이지 않은 듯한 모습이었다.

그때 오두막집 건너편의 오솔길 쪽에서 발소리가 들렸다. 방충문이 삐걱거리더니 체격이 다부진 베린저 박사가 문간에 나타났다. 그는 토마토 주스 같은 것을 담은 커다란 유리

컵을 들고 있었다. 그가 스탠딩 램프를 켰다. 하와이 셔츠가 노랗게 빛났다. 침대에 누운 남자는 박사를 거들떠보지도 않았다.

베린저 박사가 유리컵을 협탁에 내려놓더니 의자를 가까이 끌어다 놓고 앉았다. 남자의 손목을 잡고 맥박을 쟀다. 「몸은 좀 어떻습니까, 웨이드 씨?」상냥하고 걱정스러운 말투였다.

침대에 누운 남자는 말이 없었고 박사를 돌아보지도 않았다. 계속 천장만 노려보았다.

「자, 자, 웨이드 씨. 그렇게 우울해하지 마세요. 맥박이 좀 빠르지만 정상에 가까워요. 좀 쇠약해지긴 했지만 그것 말고는 —」

「테지, 저 개자식한테 말 좀 해줘.」침대에 누운 남자가 불쑥 입을 열었다. 「내 몸이 어떤지 다 알면 왜 물어보느냐고.」 목소리는 또렷하지만 말투가 신랄했다.

「테지가 누구죠?」베린저 박사가 참을성 있게 물었다.

「내 대변인. 저기 구석에 있는 저 아가씨.」

베린저 박사가 천장을 쳐다보았다. 「작은 거미 한 마리가 보이네요.」박사가 말했다. 「연극은 그만두세요, 웨이드 씨. 나한테까지 그럴 필요는 없잖아요.」

「테제나리아 도메스티카, 집가게거미. 나는 거미가 좋아. 하와이 셔츠 따위는 절대로 안 입으니까.」

그러자 베린저 박사가 입술을 핥았다. 「장난칠 시간이 없어요, 웨이드 씨.」

「테지는 장난 안 쳐.」웨이드가 마치 천근만근 무겁다는 듯 천천히 고개를 돌리더니 경멸하는 시선으로 베린저 박사를 노려보았다. 「테지는 굉장히 심각하거든. 언제나 살금살금 접근하지. 먹잇감이 안 볼 때는 소리도 없이 재빨리 뛰어. 얼마 후 충분히 가까워지겠지. 그때 마지막으로 깡충 뛰어. 그 다음엔 쪽쪽 빨아 먹는 거야, 박사. 바싹 마를 때까지. 테지는 먹잇감을 뜯어먹지 않아. 껍질만 남을 때까지 체액을 빨아먹을 뿐이지. 그따위 셔츠를 계속 입을 거라면 말이야, 박사, 차라리 그렇게 돼져 버렸으면 좋겠어.」

베린저 박사가 등받이에 등을 기댔다. 「5천 달러가 필요해요.」차분한 목소리였다. 「언제쯤 가능할까요?」

「벌써 650달러나 받아먹었잖아.」웨이드가 심술궂게 말했다. 「잔돈까지 탈탈 털었으면서. 도대체 이놈의 갈봇집은 왜 이렇게 비싸?」

「그 정도야 푼돈이죠.」베린저 박사가 말했다. 「치료비가 올랐다고 했잖아요.」

「윌슨산[68]처럼 치솟았다고 하진 않았지.」

「말장난하지 마시오, 웨이드.」베린저 박사가 퉁명스럽게 말했다. 「뻔뻔스럽게 버틸 입장이 아니잖소. 게다가 당신은 내 믿음을 저버렸어.」

「당신이 언제 나를 믿었는데?」

베린저 박사가 의자 팔걸이를 천천히 두드렸다. 「한밤중에 연락했잖소.」그가 말했다. 「절박한 상황이라면서. 내가 안

68 캘리포니아주 로스앤젤레스 카운티에 있는 산. 해발 1,741미터.

가면 자살해 버리겠다고 했지. 나는 가기 싫었소. 이유는 당신도 잘 알잖소. 캘리포니아주에서는 의료 면허도 없는 처지니까. 난 지금 이 땅을 다 날리기 전에 처분하려고 애쓰는 중이오. 게다가 얼도 돌봐 줘야지. 울증 상태로 넘어갈 때가 멀지 않거든. 처음부터 돈이 많이 든다고 말했잖소. 그래도 한사코 애원해서 가쳤는데. 그만큼 도와줬으면 진작 돈을 내놨어야 사람의 도리지.」

「그때는 취해서 제정신이 아니었잖아.」 웨이드가 말했다. 「그런 상태로 했던 약속을 지키라고 하면 곤란하지. 더구나 이미 충분히 받아먹었으면서.」

그러자 베린저 박사가 천천히 말했다. 「게다가 당신은 부인한테 내 이름을 밝혔소. 내가 데리러 온다고 했지.」

웨이드가 놀란 표정을 지었다. 「그런 적 없어. 그날 밤은 아내 얼굴도 못 봤다고. 자고 있었으니까.」

「그럼 다른 때 말했겠지. 사설탐정이 여기까지 찾아와서 당신에 대해 캐물었소. 아무 말도 못 들었다면 어떻게 알고 찾아왔을까. 내가 그럭저럭 따돌렸지만 다시 올지도 몰라요. 이제 집으로 가셔야겠소, 웨이드 씨. 그러기 전에 5천 달러부터 주시고.」

「당신도 세상에서 제일 똑똑한 사람은 아니었네. 안 그런가, 박사? 내가 어디 있는지 아내가 알았다면 사설탐정이 왜 필요했겠나? 자기가 찾아오면 되는데. 물론 그 정도로 나를 아낀다면 말이야. 우리 집 하인 캔디를 데려올 수도 있겠지. 캔디라면 당신이 데리고 있는 풋내기쯤은 갈기갈기 찢어 버릴 텐데. 오늘은 또 어떤 영화를 찍을까 고민할 겨를도 없을걸.」

「말버릇 한번 고약하네, 웨이드. 심보도 고약하고.」

「고약하기는 내 돈 5천 달러도 마찬가지야. 빼앗을 수 있으면 빼앗아 봐.」

「수표를 써주시오.」 베린저 박사가 단호하게 말했다. 「지금 당장. 그러고 나서 옷 갈아입어요. 얼이 집으로 데려다줄 테니까.」

「수표?」 웨이드는 당장이라도 폭소를 터뜨릴 지경이었다. 「그래, 수표라면 기꺼이 써주지. 좋아. 그런데 어떻게 현금으로 바꾸지?」

베린저 박사가 소리 없이 웃었다. 「지불을 막아 버릴 속셈이군, 웨이드 씨. 그렇게는 못할 거요. 못한다고 장담하지.」

「이 뚱보 날강도!」 웨이드가 버럭 소리쳤다.

베린저 박사가 고개를 가로저었다. 「그런 일면도 있지. 하지만 그게 전부는 아니오. 누구나 그렇듯이 나도 성격이 단순하지 않으니까. 얼이 집으로 데려다줄 거요.」

「싫어. 그 자식만 보면 소름이 끼쳐.」 웨이드가 말했다.

베린저 박사가 천천히 일어나더니 손을 내밀어 침대에 누운 남자의 어깨를 툭툭 쳤다. 「나한테 얼은 조금도 위험하지 않소, 웨이드 씨. 녀석을 잘 다루는 요령을 아니까.」

「하나만 말해 봐요.」 새로운 목소리였다. 로이 로저스[69]처

---

69 Roy Rogers(1912~1998). 카우보이 역할로 유명한 미국 가수, 영화배우.

럼 차려입은 얼이 문간에 나타났다. 베린저 박사가 미소를 지으며 돌아섰다.

「저 미친놈 내보내!」 웨이드가 버럭 소리치며 처음으로 두려움을 드러냈다.

얼이 화려한 허리띠에 양손을 얹었다. 무표정한 얼굴이었다. 잇새로 명랑한 휘파람 소리가 흘러나왔다. 그는 천천히 오두막집 안으로 들어왔다.

「어쩌자고 그런 말을!」 베린저 박사가 급히 내뱉고 얼을 향해 돌아섰다. 「괜찮아, 얼. 웨이드 씨는 내가 맡을게. 옷부터 갈아입힐 테니까, 너는 가서 차를 최대한 가까이 옮겨 놓고 기다려. 웨이드 씨가 너무 쇠약해졌으니까.」

「이제 훨씬 더 쇠약해질걸요.」 얼이 휘파람 소리 같은 목소리로 말했다. 「저리 비켜요, 뚱보 아저씨.」

「이러지 말고, 얼……」 손을 내밀어 잘생긴 청년의 팔을 붙잡으며, 「캐머리오[70]에 다시 들어가긴 싫지? 내가 한마디만하면 너는—」

거기까지가 고작이었다. 얼이 박사의 손을 뿌리치는가 싶더니, 오른손이 번개처럼 솟구치면서 쇠붙이가 번쩍 빛났다. 브래스너클을 낀 주먹이 베린저 박사의 턱을 강타했다. 박사는 심장에 총알구멍이 뚫린 사람처럼 털썩 쓰러졌다. 그 서슬에 오두막집이 흔들거렸다. 나는 달리기 시작했다.

문 앞에 이르러 벌컥 문을 열어젖혔다. 얼이 홱 돌아서서 상체를 조금 숙인 채 노려보았지만 나를 알아보지 못한 듯했

70 캘리포니아주 캐머리오시의 주립 정신 병원.

217

다. 그의 입속에서 부글거리는 소리가 났다. 그가 재빨리 나에게 덤벼들었다.

나는 권총을 뽑아 녀석에게 보여 주었다. 아무 소용도 없었다. 그의 권총은 장전되지 않은 상태일 것이다. 혹은 권총이 있다는 사실을 잊어버린 모양이다. 그에게 필요한 것은 브래스너클뿐이다. 그는 계속 달려왔다.

나는 침대 건너편의 열어 놓은 창문을 향해 한 발 쏘았다. 방이 좁아서 그런지 쩌렁쩌렁한 총성이 실제보다 훨씬 더 크게 들렸다. 얼이 우뚝 멈춰 섰다. 고개를 돌리고 방충망에 뚫린 구멍을 바라보았다. 그가 다시 나를 돌아보았다. 서서히 표정이 되살아나더니 빙그레 웃었다.

「무슨 일이죠?」 그가 명랑하게 물었다.

「너클부터 치워.」 그의 눈을 똑바로 마주 보며 내가 말했다.

그가 자기 손을 내려다보더니 놀란 표정을 지었다. 흉기를 빼더니 아무렇게나 구석에 던져 버렸다.

「다음은 총띠. 권총은 만지지 말고 버클만 풀어.」

「총알도 없어요.」 그가 웃으며 말했다. 「진짜 권총도 아니고 무대 소품이에요.」

「총띠. 빨리.」

그가 총열이 짧은 32구경 권총을 바라보았다. 「진짜 권총이에요? 아, 그렇겠네요. 방충망이 뚫렸으니. 그래요, 저 방충망.」

침대에 누웠던 남자가 어느새 얼 뒤에 서 있었다. 재빨리 손을 내밀어 반짝거리는 권총 한 자루를 뽑았다. 얼은 못마땅한 모양이다. 표정이 말해 준다.

「저리 물러나요!」내가 발끈했다. 「총은 제자리에 꽂아 놓고.」

「사실이오.」웨이드가 말했다. 「장난감 총이군.」그가 뒤로 물러나더니 반짝거리는 권총을 협탁에 내려놓았다. 「맙소사, 팔이 부러진 것처럼 기운이 하나도 없네.」

「총띠 풀라니까.」내가 세 번째로 말했다. 얼 같은 녀석에게 무슨 일을 시킬 때는 끝까지 밀어붙여야 한다. 간결하게 명령해야 하고, 중간에 마음을 바꾸지 말아야 한다.

마침내 그가 순순히 명령에 따랐다. 그러더니 총띠를 들고 협탁 쪽으로 다가가서 그곳에 놓인 권총을 총집에 꽂은 후 총띠를 다시 찼다. 나는 그냥 내버려 두었다. 그는 비로소 벽에 등을 기댄 자세로 방바닥에 널브러져 있는 베린저 박사를 발견했다. 걱정스러운 듯이 외마디소리를 지르더니 황급히 화장실로 달려갔다가 물병을 들고 돌아왔다. 베린저 박사의 머리에 물을 끼얹었다. 베린저 박사가 물을 뿜어내며 돌아누웠다. 그러더니 신음 소리를 냈다. 한 손으로 턱을 감싸 쥐었다. 일어나려고 했다. 얼이 부축해 주었다.

「죄송해요, 박사님. 누군지 확인하지도 않고 다짜고짜 주먹부터 휘둘렀나 봐요.」

「괜찮아, 부러진 데는 없어.」베린저가 손을 내저었다. 「가서 차 좀 가져와, 얼. 저 아래 잠가 둔 자물쇠 열쇠도 잊어버리지 말고.」

「차 가져오라고요, 알았어요. 지금 갈게요. 자물쇠 열쇠도.

알았어요. 당장 갈게요, 박사님.」

그는 휘파람을 불며 나가 버렸다.

웨이드는 침대 모서리에 앉아 있었지만 불안정해 보였다. 「아까 박사가 말했던 탐정이오?」 그가 나에게 물었다. 「나를 어떻게 찾아냈소?」

「이런 일을 알 만한 사람들한테 물어봤죠. 댁으로 가시려면 옷부터 갈아입으시죠.」

베린저 박사가 벽에 기댄 채 턱을 어루만졌다. 「내가 도와주겠소.」 퉁명스러운 목소리였다. 「나는 사람들을 도와줄 뿐인데, 걸핏하면 이렇게 얻어맞기 일쑤라니까.」

「그럴 때 어떤 기분인지 저도 잘 알아요.」 내가 말했다.

나는 두 사람을 내버려 두고 밖으로 나갔다.

20

이윽고 그들이 밖으로 나왔을 때 차는 가까이 있었지만 얼은 이미 보이지 않았다. 차를 가져와 여기 세우고 전조등을 끈 후 아무 말도 하지 않고 본관 쪽으로 가버렸기 때문이다. 여전히 휘파람을 불며 어렴풋한 가락을 되새기는 듯했다.

웨이드가 조심스럽게 뒷좌석에 탔고 나도 옆자리에 앉았다. 베린저 박사가 운전했다. 턱이 몹시 아프고 머리도 지끈거릴 텐데 내색하지도 않고 언급하지도 않았다. 우리는 고갯마루를 넘어 자갈길이 끝나는 곳까지 내려갔다. 어느새 얼이 다녀갔는지 출입문이 활짝 열려 있었다. 나는 베린저에게 내 차가 있는 곳을 알려 주었다. 그가 내 차 근처에 차를 세웠다. 웨이드가 내 차로 갈아타더니 말없이 허공을 바라보았다. 베린저가 차에서 내려 웨이드 곁으로 다가왔다. 웨이드에게 점잖은 목소리로 말했다.

「5천 달러는 어쩌실 거죠, 웨이드 씨? 약속하신 수표 말입니다.」

웨이드는 스르르 누워 등받이에 머리를 기댔다. 「생각해 보겠소.」

「약속하셨잖아요. 그 돈이 꼭 필요해요.」

「약속이 아니라 협박이었지, 베린저, 피해를 각오하라는 위협. 그런데 이젠 나를 지켜 줄 사람이 있잖아.」

「내가 먹여 주고 씻겨 줬잖아요.」 베린저가 집요하게 말했다. 「한밤중에 달려갔어요. 당신을 지켜 주고 치료해 줬어요. 적어도 한동안은.」

「5천 달러어치는 아니었지.」 웨이드가 빈정거렸다. 「내 주머니를 탈탈 털어 받을 만큼 받았잖아.」

베린저는 단념하지 않았다. 「쿠바 쪽에 연줄을 만들어 준다는 약속을 받았어요, 웨이드 씨. 당신은 부자잖아요. 남이 아쉬울 때는 도와주기도 하셔야지. 나는 얼을 돌봐야 해요. 이번 기회를 놓치지 않으려면 돈이 필요하단 말입니다. 나중에 다 갚을게요.」

나는 꼼지락거리기 시작했다. 담배를 피우고 싶었지만 웨이드가 토하지나 않을까 걱정스러웠다.

「갚기는 어떻게 갚는다고.」 웨이드가 지쳤다는 듯이 말했다. 「당신은 그때까지 살지도 못해. 조만간 자다가 그 풋내기 손에 죽을 테니까.」

베린저가 뒤로 물러났다. 얼굴 표정은 안 보였지만 목소리가 굳어 있었다. 「그것보다 더 비참한 죽음도 많지. 당신도 그렇게 죽게 될 거야.」

그는 돌아가서 자기 차에 올라탔다. 이윽고 출입문을 지나 사라져 버렸다. 나는 후진한 다음 차를 돌려 시내 쪽으로 향했다. 2~3킬로미터쯤 갔을 때 웨이드가 중얼거렸다. 「내가 왜 저런 뚱보 얼간이한테 5천 달러나 줘야겠소?」

「그럴 이유는 없지.」

「그래서 안 줬는데 왜 이렇게 나쁜 놈이 된 기분이 들까?」

「그럴 이유도 없지.」

그가 살짝 고개를 돌리고 나를 쳐다보았다. 「박사는 나를 갓난아기처럼 대했소. 얼이 해코지라도 할까 봐 나를 한시도 혼자 두지 않았지. 그러면서 내가 가진 돈을 한 푼도 안 남기고 다 가져갔소.」

「선생이 그러라고 했겠지.」

「당신도 박사 편이오?」

「그만둡시다. 나는 맡은 일을 할 뿐이오.」

다시 2~3킬로미터를 달리는 동안 침묵이 흘렀다. 우리는 외딴 근교의 변두리를 지나갔다. 웨이드가 다시 입을 열었다.

「그 돈을 줘버려야 할지도 모르겠소. 박사는 빈털터리요. 그 땅도 저당권에 묶여 버렸거든. 거기서는 한 푼도 못 건져. 그게 다 그 미친놈 때문이지. 그런데 왜 저러고 살까?」

「나야 모르지.」

「나는 글쟁이요. 사람들이 어떤 행동을 하는 이유를 마땅히 이해해야 하는 사람이지. 그런데 아무도 이해할 수가 없단 말이야.」

고갯길로 접어들어 산비탈을 올라가자 이윽고 끝없이 펼쳐진 골짜기의 불빛들이 나타났다. 우리는 비탈길을 내려가서 벤투라가 있는 북서쪽으로 가는 고속도로를 탔다. 얼마 후 엔시노를 지났다. 신호등에 걸렸을 때 고개를 들고 언덕 위 높은 곳에 늘어선 대저택들의 불빛을 바라보았다. 레녹스 부부가 살던 곳이었다. 우리는 다시 달려갔다.

「조금만 더 가면 빠져나가야 하는데.」웨이드가 말했다. 「아니, 알고 계신가?」

「알고 있소.」

「그나저나 이름도 못 들었군.」

「필립 말로.」

「멋진 이름이오.」그러더니 갑자기 목소리가 확 달라졌다. 「잠깐. 혹시 레녹스와 얽혔던 그 사람?」

「그렇소.」

웨이드는 차 안의 어둠 속에서 나를 물끄러미 쳐다보았다. 우리는 엔시노 중심가의 마지막 건물을 지나갔다.

「나도 그 여자를 알았지.」웨이드가 말했다. 「조금은. 남자 쪽은 본 적도 없지만. 해괴한 사건이었소. 경찰이 꽤나 괴롭혔겠지?」

나는 대답하지 않았다.

「그 얘기는 하기 싫은 모양이군.」

「그럴지도. 한데 그 일이 왜 궁금할까?」

「그야 글쟁이니까. 흥미진진한 사연일 텐데.」

「오늘 밤은 푹 쉬시오. 기운이 하나도 없을 텐데.」

「알았소, 말로. 알았다고. 나를 싫어하는군. 알아들었소.」

그때 출구가 나타났고, 나는 고속도로를 벗어나 나지막한 구릉지로 향했다. 언덕 사이로 빠져나가면 아이들 밸리가 보일 터였다.

「좋아하지도 않고 싫어하지도 않소. 선생을 모르니까. 부인이 선생을 찾아 집으로 데려다 달라고 했소. 선생을 무사히 데려다주기만 하면 내 일은 끝나요. 부인이 왜 나를 선택했는지 모르겠소. 어쨌든 이건 내 업무일 뿐이오.」

산모퉁이를 돌자 한층 더 넓고 잘 포장된 도로가 나타났다. 그가 2킬로미터만 더 가면 오른쪽에 자기 집이 있다고 말했다. 번지수도 말해 주었지만 나도 이미 아는 사실이었다. 몸도 안 좋은 사람이 꽤나 주절거린다.

「아내가 얼마 주기로 했소?」

「아직 정하지 않았소.」

「액수가 얼마든 부족할 거요. 당신한테 큰 신세를 졌소. 일 하나는 정말 똑 부러지게 잘하시는군. 나처럼 수고할 가치도 없는 놈을 위해서.」

「오늘 밤은 그런 기분이 들 만도 하겠소.」

그러자 그가 웃었다. 「이거 아시오, 말로? 왠지 당신이 좋아질 것 같소. 당신도 조금은 개자식이니까. 나처럼.」

우리는 집 앞에 도착했다. 작은 주랑 현관이 딸린 2층짜리 널지붕 집이었는데, 정문에서부터 하얀 울타리 안쪽에 빽빽이 늘어선 떨기나무 앞까지 길쭉한 잔디밭이 이어졌다. 주랑 현관에는 불이 켜져 있었다. 나는 진입로를 따라가다가 차고 근처에 차를 세웠다.

「부축하지 않아도 들어갈 수 있겠소?」

「물론이지.」 그가 차에서 내렸다. 「들어와서 뭐 좀 마시지 않겠소?」

「오늘 밤은 사양하겠소. 들어가실 때까지 여기서 기다리겠소.」

그는 선 채로 거칠게 숨을 몰아쉬었다. 「알았소.」 그가 무뚝뚝하게 말했다.

그는 곧 돌아서서 판석이 깔린 길을 따라 현관 쪽으로 조심스럽게 걸어갔다. 이윽고 하얀 기둥을 붙잡은 채 잠시 쉬다가 문을 열어 보았다. 문이 열리자 안으로 들어갔다. 문이 닫히지 않은 채로 있어서 푸른 잔디밭에 불빛이 쏟아졌다. 갑자기 여러 사람의 목소리가 소란스럽게 들려왔다. 나는 미등 불빛에 의지하여 후진하기 시작했다. 그때 누군가 나를 불렀다.

돌아보니 열린 문간에 아일린 웨이드가 서 있었다. 내가 계속 움직이자 그녀가 달려오기 시작했다. 어쩔 수 없이 차를 세웠다. 전조등을 끄고 차에서 내렸다. 그녀가 다가왔을 때 내가 말했다.

「미리 연락을 드렸어야 했는데, 부군을 혼자 두기가 꺼림칙해서요.」

「그러셨겠죠. 고생 많이 하셨나요?」

「글쎄요…… 초인종 누르듯이 간단하진 않았죠.」

「들어와서 자세히 말씀해 주세요.」

「부군은 푹 주무셔야 합니다. 내일쯤엔 툭툭 털고 일어나실 거예요.」

「캔디가 침대로 데려다준다고 했어요. 오늘 밤은 술 마시지 않을 테니 걱정 마세요.」

「그런 걱정은 안 했어요. 안녕히 주무세요, 웨이드 부인.」

「피곤하시겠네요. 술 한잔 하시겠어요?」

나는 담뱃불을 붙였다. 마치 2주쯤 담배는 맛도 못 본 기분이었다. 연기를 깊이 들이마셨다.

「한 모금만 피워도 될까요?」

그녀가 가까이 다가오자 나는 담배를 넘겨주었다. 그녀가 담배를 빨다가 기침을 했다. 웃으며 담배를 돌려주었다. 「보시다시피 초보자예요.」

「실비아 레녹스를 아신다고 들었습니다. 그래서 나를 고용하셨나요?」

「누구라고요?」 어리둥절한 목소리였다.

「실비아 레녹스.」 나는 담배를 돌려받았다. 꽤나 급하게 뻑뻑 피웠다.

「아!」 그녀가 깜짝 놀랐다. 「그 여자 말씀이군요. 살해당한. 아니에요, 개인적으로 아는 사이는 아니었어요. 누군지는 알고 있었죠. 말씀드리지 않았나요?」

「죄송하지만 뭐라고 하셨는지 잊어버렸어요.」

그녀는 여전히 내 앞에 다가선 채 그대로 있었다. 늘씬한 몸매에 흰색 드레스 같은 옷을 입고 있었다. 열린 문으로 쏟아지는 불빛을 받아 머리카락 가장자리가 은은히 빛났다.

「그런데 그건 왜 물으시죠? 내가 당신을, 방금 말씀하신 대로, 고용한 이유가 그 사건 때문이라고 생각하세요?」 내가 곧바로 대답하지 않자 그녀가 덧붙였다. 「로저가 그 여자를 안다고 하던가요?」

「내 이름을 밝혔더니 레녹스 사건에 대해서 뭐라고 하시더군요. 처음에는 내가 연루된 사실을 몰랐는데 금방 알아차렸어요. 말씀을 너무 많이 하셔서 절반도 생각나지 않지만.」

「그랬군요. 말로 씨, 이제 들어가서 혹시 그이한테 필요한 건 없는지 물어봐야겠어요. 안 들어오시겠다면 이제 —」

「부인한테 줄 게 있어요.」

나는 그녀를 끌어안으며 머리를 뒤로 젖히고 입술에 힘껏 입맞춤을 했다. 그녀는 저항하지도 않고 호응하지도 않았다. 이윽고 조용히 뒤로 물러나더니 나를 물끄러미 쳐다보았다.

「하지 말아야 할 행동을 하시네요. 나쁜 짓이에요. 착한 사람이 이러면 안 되죠.」

「맞습니다. 아주 나쁜 짓이죠.」 나도 동의했다. 「하지만 오늘 하루 종일 착하고 말 잘 듣는 충견 노릇을 했더니 왠지 엉뚱한 짓을 하고 싶었어요. 그런데 지나고 나서 생각해 보니 누군가 짜놓은 각본대로 움직인 듯한 기분이 드네요. 이거 알아요? 나는 부인이 처음부터 부군이 어디로 갔는지 다 알았다고 생각해요. 어쨌든 베린저 박사의 이름 정도는 알았겠죠. 부인은 나를 부군 일에 끌어들이고 싶었을 뿐이에요. 내가 책임감을 느껴 부군을 보살피게 만들려고. 내 말이 미친 소리예요?」

「당연히 미친 소리죠.」 그녀가 싸늘하게 말했다. 「그렇게 터무니없는 말은 처음 들어요.」 그러면서 돌아서려 했다.

「잠깐 기다려요.」 내가 말했다. 「키스는 흉터를 남기지 않아요. 부인이 그렇게 생각할 뿐이지. 그리고 나한테 착한 사람이라고 말하지 말아요. 차라리 나쁜 놈이 되고 싶으니까.」

그녀가 나를 돌아보았다. 「왜요?」

「내가 착하게 굴지 않았으면 테리 레녹스가 아직 살아 있을 테니까.」

「그래요?」 그녀가 조용히 말했다. 「그걸 어떻게 확신하죠? 잘 가요, 말로 씨. 정말 고마워요. 거의 모든 일이 고마웠어요.」

그녀는 잔디밭 가장자리를 따라 걸어갔다. 나는 그녀가 집으로 들어갈 때까지 지켜보았다. 문이 닫혔다. 현관의 불도 꺼졌다. 나는 허공을 향해 손을 흔들고 그곳을 떠났다.

21

이튿날 아침, 간밤에 푸짐한 대가를 받아 낸 덕분에 느지막이 일어났다. 커피를 한 잔 더 마시고, 담배도 한 개비 더 피우고, 캐나다식 베이컨도 한 조각 더 먹어 치우고, 다시는 전기면도기를 쓰지 않겠다고 3백 번째로 다짐했다. 이 정도면 정상적인 날이었다. 10시쯤 사무실에 도착하여 이런저런 우편물을 챙긴 후 봉투를 하나하나 뜯어 책상에 늘어놓았다. 창문을 활짝 열어 밀폐된 공기 속에, 사무실 구석구석에, 베니션블라인드 사이사이에 밤새 쌓인 먼지와 그을음 냄새를 내보냈다. 책상 모서리에 나방 한 마리가 날개를 펼친 채 죽어 널브러져 있었다. 날개가 너덜너덜한 벌 한 마리가 나무 창턱을 따라 기어가며 지치고 가냘픈 소리로 붕붕거렸다. 그래도 소용이 없음을, 이제 끝장이 났음을, 이리저리 날아다니며 너무 많은 임무를 수행해서 다시는 벌집으로 돌아갈 수 없음을 이미 안다는 듯이.

나도 정신없는 하루가 될 줄 알았다. 누구에게나 그런 날이 있다. 한결같이 나사 빠진 인간들만 찾아오는 날. 머리는 장식으로 달아 놓은 얼간이, 도토리를 찾아 헤매는 다람쥐 같은 좀팽이, 언제나 톱니바퀴 하나를 빠뜨리는 기계공 등등.

첫 손님은 몸집이 큰 금발 노동자였는데 퀴세넨이라나 뭐라나, 아무튼 핀란드 쪽 이름이었다. 그는 거대한 엉덩이를 고객용 의자에 억지로 욱여넣고 솥뚜껑처럼 널찍하고 울퉁불퉁한 두 손을 내 책상에 턱 올려놓더니, 컬버시티에 사는 동력삽 기사라면서 옆집에 사는 못돼 먹은 여편네가 그의 개를 독살하려 한다고 말했다. 아침마다 개를 풀어놓아 운동을 시키기 전에 혹시 옆집에서 목배풍등[71] 덩굴 너머로 미트볼을 던져 놓지나 않았는지 울타리 끝에서 끝까지 구석구석 뒤져 봐야 한다는 이야기였다. 지금까지 찾아낸 미트볼 아홉 개에 푸르스름한 가루가 잔뜩 들었는데 비소계 농약이 분명하다고 했다.

「그 여자를 감시하다가 못된 짓을 할 때 잡아 주시오. 얼마 드리면 되겠소?」 그는 어항 속의 물고기처럼 눈도 깜박거리지 않고 나를 뚫어져라 쳐다보았다.

「직접 하시지 그러세요?」

「나도 일을 해야 먹고살지. 여기까지 찾아오느라 지금도 시간당 4달러 25센트를 손해 보는 중이오.」

「경찰을 부르시죠?」

「경찰도 불러 봤소. 내년쯤은 돼야 올까 말까요. 지금은 MGM 영화사에 아부하느라 다들 바쁘더라고.」

「동물 학대 방지 협회는? 애견 구조대는?」

71 남미 원산의 덩굴성 관목.

「그게 뭐요?」

나는 애견 구조대에 대해 설명했다. 그는 전혀 관심을 보이지 않았다. 동물 학대 방지 협회는 알고 있었다. 그따위 단체는 없어져야 한다고 악담을 퍼부었다. 말보다 작은 동물은 거들떠보지도 않는다나.

「문짝에 탐정 사무소라고 쓰셨잖소.」 그가 도전적으로 내뱉었다. 「그럼 당장 나가서 조사해 봐요. 그 여자만 잡아 주면 50달러 내겠소.」

「죄송하지만 지금은 좀 바빠서요. 게다가 남의 집 뒷마당에 굴 파고 숨어서 몇 주씩 기다리는 일은 어차피 제 성미에도 안 맞아요. 50달러가 아무리 탐나도 말입니다.」

그는 벌떡 일어나 나를 노려보았다. 「거물 납셨네. 돈 따위는 필요 없다? 하찮은 개새끼 목숨을 구하긴 귀찮으시다는 말씀이군. 엿이나 처드쇼, 거물 나리.」

「저도 골칫거리가 많습니다, 쿼세넨 씨.」

「내가 그년을 붙잡으면 아예 모가지를 비틀어 버릴걸.」 나는 충분히 그럴 만한 사람이라고 생각했다. 코끼리 뒷다리도 맨손으로 뜯어낼 만한 사람이다. 「그래서 딴 사람한테 시키려고 했어. 집 앞으로 차가 지나갈 때마다 꼬맹이가 좀 짖는다고 그 지랄을 떨다니 원. 심술쟁이 할망구.」

그러면서 문 쪽으로 걸어갔다. 「옆집 부인이 개를 독살하려는 게 확실해요?」 내가 물어보았다.

「확실하다니까.」 그러면서 문을 나서다가 비로소 말귀를 알아들었다. 그가 홱 돌아섰다. 「다시 말해 봐, 형씨.」

나는 고개를 가로저었다. 그 남자와는 싸우고 싶지 않았다. 책상을 번쩍 들어 내 머리통을 부숴 버릴지도 모르니까. 그는 콧방귀를 뀌며 밖으로 나갔는데 하마터면 문짝이 떨어져 나갈 뻔했다.

그다음에 등장한 손님은 늙지도 젊지도 않고 깨끗하지도 너무 더럽지도 않은 여자였는데, 한눈에 보기에도 가난하고 초라하고 불평 많고 멍청한 여자가 분명했다. 같은 방에 사는 잡년이 — 그녀의 기준으로 보면 직장 여성은 모조리 잡년이다 — 자기 지갑에서 돈을 훔친다는 이야기였다. 고작 1달러나 50센트씩이었지만 다 합치면 만만찮은 금액이란다. 여자는 모두 20달러쯤 도둑맞은 듯싶다고 말했다. 그런 피해를 감수할 형편이 아니다. 그렇다고 이사할 형편도 아니다. 탐정을 고용할 형편도 아니다. 그녀가 원하는 것은 내가 그냥 무보수로 자기 룸메이트에게 전화를 걸어 겁을 주는 일이었다. 단, 누가 됐건 이름은 들먹이지 말고.

그렇게 구구절절 하소연을 하느라 20분도 넘게 걸렸다. 이야기를 하는 동안에는 핸드백을 끊임없이 주물럭거렸다.

「그런 일이라면 아무나 아는 사람한테 부탁하시면 되잖아요.」 내가 말했다.

「그건 그렇지만 댁은 탐정이잖아요.」

「알지도 못하는 사람한테 협박해도 된다는 면허증은 없어요.」

「내가 그 잡년한테 탐정님을 만났다고 얘기할게요. 바로 네가 도둑년이라고 말할 필요는 없겠죠. 그냥 탐정님이 조사

233

중이라고만 할게요.」

「나라면 그러지 않을 텐데요. 내 이름을 밝히시면 그 아가
씨가 연락할지도 모르잖아요. 그때는 내가 사실대로 다 털어
놓겠습니다.」

그러자 여자가 벌떡 일어나다가 초라한 핸드백에 배를 철
썩 부딪쳤다. 「점잖은 사람인 줄 알았더니!」 그녀가 빽 소리
쳤다.

「내가 점잖은 사람이라는 말이 어디 써 있어요?」

여자는 툴툴거리며 나가 버렸다.

점심 식사 후에는 심슨 W. 에델바이스 씨를 만났다. 어쨌
든 명함에는 그렇게 적혀 있었다. 재봉틀 대리점의 점장이었
다. 마흔여덟 살이나 쉰 살쯤 되고 몹시 피곤해 보이는 왜소
한 남자였다. 손도 작고 발도 작은데 소매가 너무 긴 갈색 양
복을 입었고, 빳빳한 흰색 목깃 속에는 검은색 마름모꼴 문
양이 찍힌 자주색 넥타이를 매고 있었다. 그는 조금도 쭈뼛
거리지 않고 의자 가장자리에 걸터앉아 슬픔이 가득한 검은
색 눈으로 나를 바라보았다. 머리도 검은색이었는데 숱이 많
고 텁수룩한 데다 새치라고는 한 올도 보이지 않았다. 불그
스름한 콧수염은 짧게 다듬었다. 손등을 확인하기 전에는 서
른다섯 살로 보일 정도였다.

「심프[72]라고 불러 주세요.」 그가 말했다. 「다들 그렇게 부
르니까요. 그럴 만도 하죠. 저는 유대인인데 기독교도와 결
혼했거든요. 스물네 살인데 참 예쁜 여자예요. 전에도 두 번

[72] Simp. 심슨의 애칭이지만 속어로는 바보*simpleton*라는 뜻.

이나 가출했어요.」

그러면서 아내 사진을 꺼내 보여 주었다. 그에게는 예뻐 보일지 몰라도 나에게는 입술도 얄팍하고 뚱뚱한 암소처럼 꼴사납게 생긴 여자였다.

「문제가 뭐죠, 에델바이스 씨? 저는 이혼 사건은 안 맡습니다.」 나는 사진을 돌려주려 했다. 그러나 그가 손사래를 쳤다. 「그리고 고객 이름은 함부로 부르지 않습니다.」 내가 덧붙였다. 「적어도 고객이 대여섯 번쯤 거짓말을 하기 전에는.」

그러자 그가 미소를 지었다. 「거짓말을 할 필요는 전혀 없어요. 이혼 문제도 아니에요. 메이벌을 되찾고 싶을 뿐이죠. 그런데 스스로 돌아오지는 않을 테니 내가 찾아내야 해요. 아내는 무슨 놀이처럼 생각하는지도 몰라요.」

그는 아내를 원망하는 기색도 없이 참을성 있게 설명했다. 그녀는 술도 마시고 바람도 피웠다. 그의 기준으로 보면 아주 좋은 아내는 아니지만 지나치게 엄격한 교육을 받으며 자란 탓에 그런 생각이 드는지도 모른다. 그는 마음이 바다처럼 넓은 그녀를 사랑한다고 말했다. 자기가 매력적인 남자라는 착각 따위는 안 하지만 월급봉투를 꼬박꼬박 가져다주는 성실한 일꾼이라고 덧붙였다. 두 사람은 은행 계좌를 공유하고 있었다. 아내가 돈을 죄다 꺼내 갔지만 이미 각오했던 일이었다. 그녀가 누구와 함께 도망쳤는지도 대충 짐작이 가는데, 정말 그 남자라면 돈만 챙기고 메이벌은 내팽개칠 것이 뻔하다고 말했다.

「케리건이라는 놈입니다. 먼로 케리건. 가톨릭교도를 헐뜯을 생각은 없어요. 나쁜 놈은 유대인 중에도 많으니까요. 그 케리건이라는 놈은 이발사예요. 일을 안 할 때도 많지만. 이발사들을 헐뜯을 생각도 없어요. 다만 그중에는 백수건달도 많고 경마광도 많거든요. 성실한 일꾼들은 아니죠.」

「돈이 떨어지면 연락하시지 않을까요?」

「부끄러워서 못할 거예요. 자해할지도 몰라요.」

「이건 경찰서 실종 수사과에 맡길 일입니다, 에델바이스 씨. 거기 가서 신고하세요.」

「싫어요. 경찰을 헐뜯을 생각은 없지만, 그런 식으로 하긴 싫습니다. 메이벌이 굴욕감을 느낄 테니까.」

에델바이스 씨는 온 세상 누구도 헐뜯을 생각이 없는 모양이다. 그가 책상에 돈을 올려놓았다.

「2백 달러예요. 착수금입니다. 제 방식대로 처리하고 싶어요.」

「이런 일은 또 일어나기 마련이에요.」

「그렇겠죠.」 그는 천천히 어깻짓을 하고 양손을 벌렸다. 「그런데 아내는 스물다섯 살이고 저는 쉰이 다 됐어요. 어쩔 수 없잖아요? 세월이 가면 아내도 정신을 차리겠죠. 문제는 아이가 없다는 사실이에요. 아내는 아이를 낳을 수 없거든요. 유대인들은 자식을 원해요. 메이벌도 알죠. 그래서 굴욕감을 느끼는 거예요.」

「참 너그러운 분이군요, 에델바이스 씨는.」

「저는 기독교인이 아니니까요. 물론 기독교인을 헐뜯을 생각도 없어요. 어쨌든 저는 진심이에요. 말로만 이러는 게 아니에요. 꼭 실천하죠. 아, 제일 중요한 문제를 깜박할 뻔했네요.」

그가 그림엽서를 꺼내더니 돈에 이어 책상 너머로 밀어 주었다. 「호놀룰루에서 아내가 보냈어요. 호놀룰루에 가면 돈이 금방금방 나가 버리죠. 삼촌 한 분이 거기서 보석상을 하셨거든요. 지금은 은퇴하고 시애틀에서 살지만.」

나는 사진을 다시 집었다. 「이 사건은 호놀룰루로 넘겨야겠습니다. 사진은 복사해야겠네요.」

「그러실 줄 알았어요, 말로 씨. 오기 전에 짐작했죠. 그래서 미리 준비했어요.」 그가 내놓은 봉투 속에는 똑같은 사진 다섯 장이 들어 있었다. 「케리건 사진도 있어요. 스냅 사진이지만.」 그러면서 다른 주머니 속에서 봉투를 하나 더 꺼냈다. 나는 케리건의 사진을 보았다. 역시나 빤질빤질하고 교활해 보이는 얼굴이었다. 조금도 놀랍지 않았다. 케리건 사진은 석 장이었다.

심슨 W. 에델바이스 씨는 이름, 주소, 전화번호가 적힌 명함을 한 장 더 건넸다. 그는 돈이 너무 많이 들지 않았으면 좋겠지만 비용이 더 필요한 경우에는 즉각 지불하겠다면서 하루빨리 회소식을 듣고 싶다고 말했다.

「부인이 아직도 호놀룰루에 계시다면 2백 달러로 충분할 겁니다. 지금 필요한 것은 두 사람의 구체적인 신상 정보예요. 그래야 전보를 치죠. 키, 몸무게, 나이, 신체 색상, 눈에 띄는 흉터, 기타 특징, 부인의 옷차림, 가져간 옷, 계좌에서 인출한 금액 등등. 전에도 이런 일을 겪어 보셨다면 뭐가 필요한지 다 아시겠네요, 에델바이스 씨.」

「케리건이라는 놈이 좀 꺼림칙해요. 왠지 불안하네요.」

나는 다시 이것저것 캐묻고 받아쓰며 30분가량을 보냈다. 이윽고 그가 조용히 일어나 조용히 악수를 청하고 조용히 고개를 숙이고 조용히 나갔다.

「메이벌한테 아무 걱정도 하지 말라고 전해 주세요.」그가 나가면서 마지막으로 말했다.

이 사건은 어렵지 않게 해결되었다. 나는 우선 호놀룰루에 있는 탐정 사무소에 전보를 쳤고, 전보로 전하지 못한 온갖 정보와 사진을 항공 우편으로 보냈다. 탐정 사무소는 어느 최고급 호텔에서 그 여자를 찾아냈는데, 객실 청소부의 조수로 일하면서 욕조나 화장실 바닥 따위를 닦고 있었다. 케리건의 행동은 에델바이스 씨의 예상대로였다. 여자가 잠든 사이에 돈을 모조리 훔쳐 달아나는 바람에 호텔 숙박비도 고스란히 그녀가 떠안게 되었다. 케리건이 폭력을 쓰지 않고는 빼앗을 길이 없어 남겨 둔 반지를 전당포에 잡혀 숙박비는 겨우 치렀지만 집으로 돌아갈 여비가 모자랐다. 그래서 결국 에델바이스 씨가 비행기를 타고 아내를 데리러 갔다.

그런 여자에게는 과분한 남자였다. 나는 그에게 수임료 20달러에 기나긴 전보 요금을 합산한 청구서를 보냈다. 그가 처음에 준 2백 달러는 호놀룰루 탐정 사무소가 챙겼다. 그러나 내 사무실 금고 속에 매디슨 초상화가 들었으니 수임료를 조금 적게 받아도 괜찮다고 생각했다.

사설탐정의 하루가 그렇게 지나갔다. 딱히 평범한 날은 아니었지만 아주 특별한 날도 아니었다. 사람이 이런 일을 계속하는 이유는 아무도 모른다. 부자가 될 수도 없는 데다 재미도 별로 없다. 때로는 두들겨 맞거나 총질을 당하거나 유치장에 처박히기 일쑤다. 드문 일이지만 죽기도 한다. 두 달에 한 번씩은 이 일을 그만두고 그럴싸한 직업을 찾아야겠다고 결심한다. 걸음을 옮길 때마다 머리가 제멋대로 흔들거리기 전에. 그런데 그때마다 초인종이 울리고, 내실 문을 열고 대기실로 나가면 새로운 얼굴이 새로운 골칫거리와 새로운 슬픔을 한 아름 안고 나타나서 약간의 돈을 내민다.

「들어오세요, 아무개 씨. 무슨 일로 오셨습니까?」

보나마나 사연이 있을 테니까.

사흘 후 해질녘에 아일린 웨이드가 전화를 걸었다. 내일 저녁때 우리 집에 들러 술이나 한잔하세요. 친구들을 불러 칵테일파티를 열거든요. 로저가 정식으로 감사 인사를 하고 싶어요. 그리고 이제 청구서 좀 보내 주실래요?

「저는 이미 받을 만큼 받았습니다, 웨이드 부인. 한 일도 별로 없는데 대가는 충분히 받았어요.」

「제가 너무 고리타분하게 굴어서 좀 우스웠겠어요. 요즘은 키스 정도야 대수롭지도 않은 일인데. 아무튼 오시는 거죠?」

「그러죠. 별로 현명한 판단은 아니지만.」

「로저는 많이 좋아졌어요. 작업도 시작했고.」

「잘됐네요.」

「오늘은 좀 근엄한 음성이네요. 인생을 너무 심각하게 고민하시나 봐요.」

「가끔 그래요. 왜요?」

그러자 그녀가 아주 작은 소리로 웃으며 작별 인사를 하고 전화를 끊었다. 나는 잠시 심각하게 인생을 고민해 보았다. 이윽고 한바탕 신나게 웃고 싶어서 우스꽝스러운 일들을 생각해 보았다. 어느 쪽도 마음대로 되지 않아서 결국 금고 속에서 테리 레녹스가 남긴 이별의 편지를 꺼내 다시 읽어 보았다. 그러자 빅터 주점에 가서 김렛 한잔 마시며 명복을 빌어 달라는 그의 부탁을 아직 들어주지 않았다는 사실이 생각났다. 때마침 술집이 한산할 시간, 테리가 살아 있었다면 좋아했을 만한 시간이었다. 나는 테리를 생각하며 어렴풋한 슬픔과 더불어 당혹스러운 고통을 느꼈다. 빅터 주점에 도착했을 때 차라리 그냥 지나가 버리고 싶었다. 그럴 뻔했지만 그러지 않았다. 나는 그에게 너무 많은 돈을 받았다. 그는 나를 바보로 만들었지만 돈을 넉넉히 냈으니 그런 특권을 누릴 만하지 않은가.

22

빅터 주점은 너무 조용해서 문을 열고 들어서는 순간 기온이 뚝 떨어지는 소리까지 들릴 정도였다. 바 걸상에 검은색 맞춤 정장을 입은 여자가 앉아 있었는데, 계절로 미루어 틀림없이 올론 같은 합성 섬유로 만든 옷일 터였다. 여자는 연초록색 술 한 잔을 앞에 놓고 홀로 앉아 기다란 비취 담뱃대에 꽂은 담배를 피웠다. 표정이 섬세하면서도 강렬했는데, 어찌 보면 신경질적이고, 어찌 보면 섹스를 갈망하는 듯하고, 또 어찌 보면 지나친 다이어트에 지쳐 버린 듯했다.

나는 두 칸 떨어진 걸상에 앉았다. 바텐더가 눈인사를 건넸지만 미소는 보여 주지 않았다.

「김렛 한 잔.」 내가 말했다. 「비터스는 빼고.」

바텐더가 내 앞에 작은 냅킨을 내려놓더니 나를 물끄러미 바라보았다. 「이거 아세요?」 왠지 기뻐하는 목소리였다. 「언젠가 친구분이랑 같이 오셨을 때 두 분이 하시는 말씀을 듣고 로즈사 라임 주스 한 병을 구해 놨거든요. 그런데 두 분이 안 오셔서 오늘 처음 그 병을 따게 됐어요.」

「그 친구는 이 동네를 떠났어요.」내가 말했다.「괜찮으면 더블로 만들어 줘요. 그리고 그렇게까지 배려해 줘서 고마워요.」

그가 다른 곳으로 갔다. 검은 옷을 입은 여자가 나를 힐끔 쳐다보더니 자기 술을 들여다보았다.「이 동네에는 그런 술을 마시는 사람이 별로 없어요.」그녀의 목소리가 너무 작아서 처음에는 나에게 하는 말인지도 알아차리지 못했다. 그때 그녀가 다시 나를 돌아보았다. 검은색 눈이 굉장히 컸다. 그토록 새빨간 손톱은 내 평생 처음 보았다. 그러나 남자를 낚으러 온 여자 같지도 않고 유혹하는 목소리도 아니었다.「김렛 말예요.」

「저도 어떤 친구 덕분에 좋아하게 됐어요.」

「영국인이겠네요.」

「왜요?」

「라임 주스 때문이죠. 요리사가 거기에 피를 흘렸나 싶을 정도로 끔찍한 앤초비 소스를 넣어 끓이는 생선조림만큼이나 영국적이잖아요. 그래서 라이미*limey*라고 부르기도 하죠. 생선조림 말고 영국인을.」

「저는 더운 나라에서 마시는 열대음료인 줄 알았어요. 말레이반도 같은 곳.」

「그럴지도 모르죠.」그녀가 고개를 돌렸다.

바텐더가 내 앞에 술잔을 내려놓았다. 라임 주스가 들어가서 빛깔이 푸르스름하고 노르스름했다. 맛을 보았다. 달콤하면서도 짜릿했다. 검은 옷을 입은 여자가 나를 지켜보고 있었다. 이윽고 그녀가 나를 보며 술잔을 들었다. 우리는 함께 마셨다. 그제야 비로소 그녀도 똑같은 술을 마신다는 사실을 깨달았다.

다음 절차는 너무 뻔해서 시도조차 하지 않았다. 「그 친구는 영국인이 아니었어요.」 잠시 후 내가 말했다. 「전쟁 때 영국에 간 적은 있었겠죠. 아무튼 이따금씩 둘이서 이 집에 들렀어요. 지금처럼 이른 시간에. 손님이 들어차서 시끄러워지기 전에.」

「편안한 시간이죠. 술집에서 편안한 시간은 지금뿐이라고 해도 과언이 아니에요.」 그녀가 술잔을 비웠다. 「제가 아는 사람일지도 모르겠네요. 친구분 성함이 뭐죠?」

나는 곧바로 대답하지 않았다. 담뱃불을 붙이며 바라보니 여자가 비취 담뱃대를 톡톡 두드려 담배꽁초를 털어 내고 새 담배를 꽂았다. 내가 팔을 뻗어 라이터를 켜주었다. 「레녹스.」 내가 말했다.

그녀는 담뱃불 고맙다면서 잠시 내 표정을 살폈다. 그러더니 고개를 끄덕였다. 「맞아요, 잘 아는 사람이에요. 조금은 지나치게 잘 안다고 해도 되겠네요.」

그때 바텐더가 다가와서 내 술잔을 넌지시 바라보았다.

「같은 술로 두 잔 더. 부스에 가서 마실게요.」

나는 걸상에서 내려가 기다렸다. 여자가 내 초대를 받아들일 수도 있고 거절할 수도 있다. 어느 쪽이든 딱히 연연할 생각은 없다. 지나치게 섹스에 집착하는 이 나라에서도 어쩌다 한 번쯤은 남녀가 만나서 다짜고짜 침실 이야기부터 꺼내지 않고 도란도란 대화를 나누는 경우가 있다. 어쩌면 이 만남이 그럴지도 모른다. 어쩌면 내가 수작을 건다고 오해할지도 모른다. 그렇다면 꺼지라고 해버리면 그만이다.

여자는 망설였지만 그리 긴 시간은 아니었다. 그녀가 검은색 장갑 한 켤레를 집어 들고 금색 뼈대에 걸쇠가 달린 검은색 스웨이드 핸드백을 챙기더니 말없이 걸어가서 구석 부스에 앉았다. 나도 작은 테이블을 사이에 두고 그녀와 마주 앉았다.

「말로라고 합니다.」

「린다 로링이에요.」 그녀가 차분하게 말했다. 「말로 씨는 좀 감상적인 편이죠?」

「여기 와서 이렇게 김렛을 마시니까? 당신은 어때요?」

「저야 그냥 김렛을 좋아해서 마실 수도 있잖아요.」

「저도 마찬가지예요. 그런데 우연치고는 좀 공교롭네요.」

여자가 나를 바라보며 모호한 미소를 머금었다. 에메랄드 귀고리를 걸고 옷깃에도 에메랄드 브로치를 달았다. 세공 상태로 미루어 진짜 보석인 듯했다. 납작하게 깎은 후 가장자리를 비스듬히 다듬었다. 게다가 술집의 희미한 조명 속에서도 보석이 머금은 광채가 돋보였다.

「당신이 그 사람이었군요.」 그녀가 말했다.

웨이터가 술잔 두 개를 가져왔다. 웨이터가 떠난 후 내가 말했다. 「테리 레녹스를 알았고 좋아했던 사람, 가끔은 함께 술도 마셨던 사람이죠. 그냥 어쩌다 알게 됐어요. 우연한 우정이랄까. 테리 집에 간 적도 없고 그 친구 아내를 알지도 못했어요. 언젠가 주차장에서 한 번 봤을 뿐이죠.」

「그렇게 무덤덤한 사이는 아니었을 텐데요?」

그녀가 술잔을 들려고 손을 내밀었다. 다이아몬드로 둘러싸인 에메랄드 반지를 끼고 있었다. 옆에 가느다란 백금 반지도 끼고 있으니 결혼한 모양이다. 나이는 아마도 30대 중반이나 서른예닐곱 정도로 짐작했다.

「그럴지도 모르죠. 그 친구가 좀 귀찮게 했거든요. 아직도 그래요. 당신은?」

그녀가 한쪽 팔꿈치를 탁자에 짚고 별다른 표정 없이 나를 쳐다보았다.

「지나치게 잘 안다고 했잖아요. 너무 잘 알았기 때문에 그 사람이 겪은 일도 별로 중요해 보이지 않을 정도예요. 돈 많은 아내가 온갖 호사를 다 누리게 해줬어요. 그 대가로 여자가 원한 일은 간섭하지 말라는 것뿐이었죠.」

「꽤나 합리적인 요구였네요.」 내가 말했다.

「비꼬지 마세요, 말로 씨. 세상에는 그런 여자도 있어요. 본인도 어쩔 수 없는 일이죠. 그 사람도 처음부터 그 사실을 알았어요. 자존심을 지키고 싶으면 언제라도 떠나면 그만이었고, 굳이 여자를 죽일 필요는 없었다고요.」

「기꺼이 동의해요.」

그러자 그녀가 허리를 펴고 나를 노려보았다. 입술을 말아 올렸다. 「그런 짓을 저지르고 도망쳤어요. 제가 들은 얘기가 사실이라면 당신이 그 사람을 도와줬고, 꽤나 자랑스럽겠네요.」

「그건 아니죠. 나야 돈 벌려고 한 일이니까.」

「재미없는 농담이에요, 말로 씨. 솔직히 말하자면 이렇게 당신과 마주 앉아 술을 마시는 이유도 잘 모르겠어요.」

「그 문제라면 간단히 해결할 수 있어요, 로링 부인.」 나는 술잔을 들고 단숨에 비워 버렸다. 「당신이 테리 레녹스에 대해서 내가 모르는 사실을 말해 줄 줄 알았어요. 테리 레녹스가 마누라 얼굴을 마구 두들겨 피투성이 걸레 꼴로 만들어 버린 이유를 궁리하는 데는 관심 없어요.」

「말씀이 좀 잔인하네요.」 성난 목소리였다.

「표현이 마음에 안 들어요? 나도 그래요. 그렇지만 그 친구가 정말 그런 짓을 했다고 믿었다면 내가 여기서 김렛이나 마시지는 않을 겁니다.」

그녀가 눈을 크게 떴다. 이윽고 천천히 말했다. 「그 사람은 자살했고, 자세한 자술서까지 남겼어요. 그런데 뭐가 더 필요해요?」

「그 친구는 권총을 갖고 있었죠. 그것만으로도 멕시코에서는 겁먹은 경찰이 총알 세례를 퍼붓기 일쑤예요. 미국에도 그런 식으로 사람 죽이는 경찰이 수두룩하죠. 어떤 놈들은 문을 빨리 안 열어 준다고 문짝에 대고 총질을 해요. 그리고 자술서는 아직 내 눈으로 못 봤어요.」

「보나마나 멕시코 경찰이 위조했겠네요.」 그녀가 신랄하게 빈정거렸다.

「멕시코 경찰은 하고 싶어도 못해요. 오타토클란처럼 작은 마을에서는 어림도 없는 일이죠. 자술서 자체는 진짜일 거예요. 그렇다고 그 친구가 자기 마누라를 죽였다는 증거라고 할 수는 없어요. 어쨌든 나는 그렇게 믿지 않아요. 내가 보기에 그 자술서는 그 친구가 빠져나갈 방법을 못 찾았다는 증거일 뿐이에요. 그런 상황에서 어떤 사람들은 — 나약하다느니, 어리석다느니, 아니면 너무 감상적이라느니, 뭐라고 하셔도 좋지만 — 주변 사람들이 추문에 휘말려 괴로워하지 않도록 극단적인 선택을 하는 경우도 있어요.」

「터무니없는 소리예요. 시시한 추문을 피하려고 자살하거나 죽음을 자초하는 사람은 없어요. 실비아는 이미 죽었잖아요. 실비아 아버지도 그렇고 언니도 그렇고 자기 앞가림은 할 줄 아는 사람들이에요. 돈 많은 사람들은 말이죠, 말로 씨, 어떤 상황에서도 자기방어 하나는 확실히 하거든요.」

「좋습니다. 동기는 내가 잘못 짚었다고 치죠. 어쩌면 처음부터 헛짚었는지도 몰라요. 조금 전에 나한테 화를 내셨죠. 이제 꺼져 드릴까요? 혼자 조용히 김렛을 음미하시게?」

그러자 그녀가 느닷없이 미소를 지었다. 「죄송해요. 이제야 진지한 분이라는 생각이 드네요. 조금 전에는 당신이 테리보다 자신을 정당화하는 데 급급하다고 생각했어요. 지금은 왠지 그렇지 않은 것 같지만.」

「정당화할 생각은 없어요. 나는 멍청한 짓을 했고 이런저런 일을 겪었어요. 어쨌든 어느 정도는 대가를 치른 셈이죠. 훨씬 더 큰 곤경에 빠질 수도 있었는데 자술서 덕분에 모면했다는 사실도 부정하지 않아요. 그 친구가 붙잡혀 기소됐다면 내 목에도 죄목이 걸렸을 테니까요. 감당할 수 없는 벌금을 내는 정도로 끝났으면 그나마 다행이었겠죠.」

「면허도 취소되고.」 그녀가 담담하게 말했다.

「그랬을지도 모르죠. 한때는 술이 덜 깬 경찰도 얼마든지 나를 짓밟을 수 있었어요. 요즘은 좀 달라졌어요. 면허국 심의 위원회를 거쳐야 하거든요. 거기 사람들은 경찰을 별로 좋아하지 않죠.」

그녀가 술을 맛보며 천천히 말했다. 「모든 일을 감안하면 일이 잘 풀린 편이라고 생각하지 않으세요? 재판도 안 열리고, 떠들썩한 기사도 없고, 신문 좀 팔아 보겠다고 최소한의 진실도 정의도 외면한 채 무고한 사람들이 다치건 말건 인신 공격을 퍼붓는 일도 없었잖아요.」

「아까 내가 한 말이 바로 그거잖아요? 터무니없는 소리라고 하시더니.」

그녀가 상체를 뒤로 젖히더니 부스 등받이 상단의 곡면에 머리를 기댔다. 「테리 레녹스가 겨우 그런 의도로 자살했다는 말이 터무니없다는 뜻이었죠. 재판 없이 넘어가는 편이 관련자 모두에게 바람직하다는 말이 터무니없다는 뜻은 아니었어요.」

「한 잔 더 마셔야겠어요.」 나는 웨이터에게 손짓을 했다. 「이거 왠지 등골이 오싹하네요. 혹시 포터 집안과 관련이 있는 분입니까, 로링 부인?」

「실비아 레녹스가 내 동생이에요.」 그녀가 짤막하게 대답했다. 「아시는 줄 알았어요.」

웨이터가 다가왔고 나는 서둘러 주문을 했다. 로링 부인은 고개를 가로저으며 그만 마시겠다고 했다. 웨이터가 떠난 후 내가 말했다.

「포터 영감이 — 죄송합니다, 할런 포터 씨가 — 사건을 덮어 버린 상황인데, 테리의 아내한테 정말 언니가 있는지 어떻게 확신할 수 있겠습니까.」

「과장이 심하시네요. 우리 아버지는 그렇게 막강한 권력자가 아니에요, 말로 씨. 그리고 그렇게 무자비하지도 않아요. 분명한 사실이에요. 사생활에 대한 사고방식이 좀 고리타분하다는 점은 인정해요. 인터뷰는 절대로 안 하시는데 계열사 신문도 예외가 아니에요. 사진도 안 찍고, 연설도 안 하고, 이동할 때도 전속 승무원이 딸린 자가용 비행기나 승용차만 타시죠. 그래도 정말 인간적인 분이에요. 테리를 좋아하셨어요. 테리는 하루 24시간 내내 점잖다고 하셨어요. 손님이랍시고 남의 집에 와서 칵테일 한잔 마실 때까지 15분 동안만 점잖은 체하는 놈들과는 딴판이라면서.」

「그러다가 막판에 좀 탈선했죠. 테리 말입니다.」

웨이터가 세 번째 김렛을 바삐 가져왔다. 나는 한 모금 맛보고 술잔 바닥의 둥근 테두리에 손가락 하나를 얹었다.

「테리가 죽은 일은 아버지에게도 큰 충격이었어요, 말로 씨. 그런데 또 이렇게 비꼬시네. 그러지 마세요. 어떤 사람들은 이번 일이 너무 깔끔하게 처리됐다고 생각하겠죠. 그건 아버지도 알아요. 아버지는 차라리 테리가 그대로 행방불명이 되길 바라셨어요. 내 생각이지만, 테리가 도움을 청했다면 기꺼이 도와주셨을 거예요.」

「말도 안 돼요, 로링 부인. 딸을 살해한 사람인데.」

그녀가 짜증스럽다는 몸짓을 하더니 싸늘한 눈으로 나를 쳐다보았다.

「이 얘기는 좀 몰인정하게 들릴 거예요. 아버지는 벌써 오래전에 내 동생을 포기했어요. 어쩌다 만나도 좀처럼 말을 섞지 않으셨죠. 아버지가 속내를 드러낸 적도 없고 앞으로도 그렇겠지만, 나는 당신만큼이나 아버지도 테리 일에 대해서 의혹을 품었다고 믿어요. 하지만 테리가 죽어 버린 마당에 진실이 중요할까요? 두 사람이 비행기 추락이나 화재나 고속도로에서 교통사고로 죽었어도 별 차이가 없잖아요. 실비아가 어차피 죽을 운명이었다면 그때 죽어서 차라리 다행이죠. 10년만 더 살았으면 할리우드 파티에서 흔히 볼 수 있는, 어쨌든 몇 년 전에는 흔히 볼 수 있었던 꼴사나운 여자들처럼 섹스에 걸신들린 아줌마가 됐을 테니까. 국제 망신을 자초하는 인간쓰레기 말예요.」

느닷없이, 그럴 만한 이유도 없이 화가 치밀었다. 나는 자리에서 일어나 부스 주변을 둘러보았다. 바로 옆에 있는 부스는 아직 비어 있었다. 그다음 부스에서는 남자 혼자서 조용히 신문을 읽고 있었다. 나는 다시 털썩 주저앉아 술잔을 멀찌감치 밀어 놓고 테이블 너머로 몸을 숙였다. 아직도 이성이 남아서 애써 목소리를 낮추었다.

「이것 보시오, 로링 부인. 지금 나한테 그 말을 믿으라는 거요? 할런 포터는 그렇게 다정다감하고 따뜻한 사람이니까 정치권에 줄을 대보려고 안달하는 지검장한테 영향력을 행사해서 살인 사건을 덮어 버리고 수사조차 못하게 만드는 일 따위는 꿈도 꾸지 않을 거라고? 테리가 무죄라고 짐작하면서도 사람을 시켜 진범을 찾아볼 생각조차 안 했다고? 자기가 소유한 신문사의 정치적 영향력, 자금력, 그리고 본인이 깨닫기도 전에 의중을 파악하려고 동분서주하는 9백 명의 인력을 전혀 동원하지 않았다고? 누군가는 멕시코에 가서 테리가 정말 자기 머리통에 총을 쐈는지, 아니면 어느 인디언 총잡이가 재미삼아 죽였는지 확인해 봐야 할 때 지검장실이나 경찰에서는 아무도 움직이지 않고 고작 말 잘 듣는 변호사 한 명만 다녀왔는데, 이런 일이 죄다 당신 아버지와는 무관하다고? 아버님은 1억 달러 자산을 가진 분이오, 로링 부인. 그 돈을 어떻게 벌었는지는 모르지만, 막강한 영향력이 있는 조직을 만들기 전에는 절대로 만져 볼 수 없는 거액이라는 사실 정도는 나도 안단 말이오. 만만한 분일 리가 없소. 보나마나 강인하고 빈틈없는 분이겠지. 요즘 세상에 그런 거액을 벌려면 그래야만 하니까. 좀 수상쩍은 사람들과도 거래를 해야겠지. 굳이 만나서 악수까지 할 필요는 없겠지만 늘 음지에서 일을 도와주는 사람들.」

「정말 답답한 사람이네.」 그녀도 성난 목소리로 말했다. 「이제 상대하기도 싫어요.」

「그렇겠지. 듣기 좋은 말을 안 해주니까. 하나만 짚고 넘어갑시다. 실비아가 죽던 날 밤에 테리가 당신 아버지와 통화했소. 아버님이 뭐라고 하셨을까? 〈여보게, 그냥 멕시코로 도망가서 자살하게나. 이 일이 집 밖으로 새어 나가면 곤란해.

딸년이 음탕하다는 사실은 나도 잘 아네. 술 취해서 꼭지가 돌면 그 예쁘장한 얼굴을 뭉개 버릴 잡놈들이 열 명도 넘지. 하지만 우발적인 범행이야. 술이 깨면 후회하겠지. 어쨌든 자네는 지금까지 편하게 살았잖아. 이제 그 빚을 갚을 때가 됐어. 우리가 원하는 것은 포터 가문의 고귀한 이름을 야생 라일락처럼 향기롭게 지키는 일이라네. 딸년은 체면치레로 자네와 결혼했지. 그녀가 죽은 지금이야말로 체면치레가 절실해졌어. 자네가 해결해 주게. 어딘가에 숨어 살 수 있다면 그것도 괜찮겠지. 하지만 발각되면 죽어 줘야겠어. 다음번에는 시체 공시소에서 만나세.〉」

「정말 우리 아버지가 그런 식으로 말씀하신다고 생각해요?」 검은 옷을 입은 여자가 드라이아이스처럼 차디찬 목소리로 물었다.

나는 뒤로 기대며 심술궂게 웃었다. 「원하신다면 말투를 좀 다듬을 용의는 있소.」

그녀가 소지품을 챙겨 부스 바깥으로 나갔다. 「충고 한마디만 하죠.」 그녀가 천천히, 몹시 신중하게 말했다. 「간단한 충고예요. 정말 우리 아버지가 그런 사람이라고 생각한다면, 그리고 방금 나한테 그랬듯이 그런 생각을 여기저기 떠벌리고 다닌다면, 당신이 이 도시에서 탐정 일을 하든 무슨 일을 하든 간에 얼마 못 가서 갑작스럽게 일손을 놓게 될 거예요.」

「완벽해요, 로링 부인. 정말 완벽하네. 똑같은 경고를 경찰에게 듣고 깡패에게 듣고 상류층 귀부인에게도 듣게 되는군. 표현은 다르지만 의미는 한결같소. 손 떼라. 나는 어떤 남자가 부탁해서 김렛 한잔 마시려고 왔을 뿐이오. 그런데 지금 내 꼴 좀 보시오. 사실상 한 발은 벌써 무덤 속에 들여놨구려.」

여자가 자리에서 일어나며 고개를 짧게 끄덕였다. 「김렛 석 잔. 더블. 취하신 모양이네.」

나는 술값이라기엔 너무 많은 돈을 테이블에 던져 놓고 그녀 곁에 섰다. 「당신은 한 잔 반을 마셨소, 로링 부인. 그만큼이라도 마신 이유가 뭐요? 당신도 부탁을 받았소, 아니면 스스로 판단했소? 당신도 말이 좀 많아지던데.」

「그걸 누가 알겠어요, 말로 씨? 누가 알겠어요? 뭐든 제대로 아는 사람이 있을까요? 저기 카운터에 앉은 남자가 우리를 쳐다보네요. 혹시 아는 사람이에요?」

나는 그쪽을 돌아보았다. 그녀가 알아차렸다는 사실이 놀라웠다. 카운터 끝자리, 문에서 제일 가까운 걸상에 호리호리하고 가무잡잡한 남자가 앉아 있었다.

「칙 아고스티노라는 놈이오.」 내가 말했다. 「도박장을 하는 메넨데스라는 놈 똘마니지. 가서 때려눕히고 밟아 줘야겠소.」

「정말 취하셨군요.」 그녀가 빠르게 말하고 걸음을 옮겼다. 나도 따라갔다. 걸상에 앉은 남자가 빙글 돌아 앉아 정면을 보았다. 그의 등 뒤에 이르렀을 때 성큼 다가서서 양손을 그의 겨드랑이에 찔러 넣었다. 내가 좀 취한 모양이다.

그가 성난 몸짓으로 휙 돌아보며 의자에서 내려왔다. 「까불지 마, 새꺄!」 그가 소리쳤다. 곁눈질로 보니 로링 부인이 문 바로 안쪽에서 걸음을 멈추고 우리 쪽을 돌아보고 있었다.

「권총도 없나, 아고스티노 씨? 너무 경솔하시네. 날도 저물어 가는데. 사나운 난쟁이라도 만나면 어쩌시려고?」

「꺼져!」 그가 험악하게 말했다.

「이런,『뉴요커』대사를 표절하시는군.」

그는 입술을 씰룩거렸지만 덤벼들지는 않았다. 나는 그를 내버려 두고 로링 부인에 이어 문을 빠져나가 차일 밑으로 들어갔다. 그곳에는 반백의 흑인 운전사가 주차장에 있는 청년과 대화를 나누고 있었다. 운전사가 모자를 만지며 목례를 하고 주차장에 가서 근사한 캐딜락 리무진을 가져왔다. 그가 문을 열어 주었고 로링 부인이 올라탔다. 운전사가 마치 보석 상자 뚜껑을 덮는 듯한 태도로 차 문을 닫았다. 그러고 나서 운전석 쪽으로 돌아갔다.

로링 부인이 창문을 내리고 나를 보며 어정쩡한 미소를 지었다.

「잘 가요, 말로 씨. 반가웠어요. 아니, 이건 아닌가요?」

「한바탕 싸웠잖아요.」

「당신이 싸웠다는 뜻이겠죠. 그나마도 주로 자신과의 싸움이었고.」

「늘 그렇죠. 잘 가요, 로링 부인. 댁이 이 근처는 아니죠?」

「가깝진 않아요. 아이들 밸리에 살거든요. 호수 건너편이죠. 남편은 의사예요.」

「혹시 웨이드 부부 알아요?」

그녀가 얼굴을 찡그렸다. 「네, 웨이드 부부라면 알지요. 왜요?」

「왜 묻느냐고요? 아이들 밸리에 내가 아는 사람은 그 사람들밖에 없거든요.」

「그렇군요. 그럼 다시, 잘 가요, 말로 씨.」

그녀가 등받이에 몸을 기대자 캐딜락이 점잖게 부르릉거리며 선셋 스트립의 자동차 행렬 속으로 스며들었다.

이윽고 돌아서다가 하마터면 칙 아고스티노와 부딪칠 뻔했다.

「여자 예쁜데, 누구요?」 그가 느물거렸다. 「다음에 또 장난치면 저승 가는 줄 아쇼.」

「너 같은 녀석을 사귈 여자는 아니지.」

「잘난 체하긴. 안 그래도 차 번호를 외워 놨소. 멘디 형님은 그렇게 사소한 것까지 알고 싶어 하니까.」

그때 차 문이 꽈당 하고 열리더니 아래위로 2미터도 넘고 좌우로 1미터도 넘는 거구가 뛰쳐나왔다. 그는 아고스티노를 보자마자 한걸음에 다가서서 다짜고짜 한 손으로 멱살을 움켜쥐었다.

「너 같은 깡패 똘마니는 내가 밥 먹는 동네에서 얼쩡거리지 말라고 도대체 몇 번이나 말해야 알아듣겠냐?」 그가 버럭버럭 호통을 쳤다.

그는 아고스티노를 마구 흔들다가 보도 건너편 벽면에 냅다 패대기쳤다. 칙은 길바닥에 널브러져 캑캑거렸다.

「다음에 또 걸리면 정말 죽여 버린다!」 거한이 소리쳤다. 「한 손에 총 들고 시체가 돼서 실려 가기 전에 알아서 기어.」

칙은 아무 말도 못하고 머리만 흔들었다. 거한이 나를 아래위로 훑어보더니 빙그레 웃었다.「기분 좋은 밤이오.」그러면서 빅터 주점으로 들어갔다.

나는 칙이 일어나서 웬만큼 안정을 되찾을 때까지 묵묵히 지켜보았다.「저 친구 누구야?」내가 물었다.

「빅 윌리 머군.」그가 퉁명스럽게 대답했다.「풍기 단속반 짭새. 자기가 천하무적이라고 믿는 놈이오.」

「그런데 착각이란 말이지?」내가 넌지시 물었다.

그는 멍하니 나를 쳐다보다가 발길을 돌렸다. 나는 주차장에 가서 차를 타고 집으로 향했다. 할리우드는 언제 무슨 일이 일어날지 모르는 곳, 별의별 일이 다 생기는 곳이다.

23

차체를 낮춘 재규어 한 대가 언덕을 돌아 쏜살같이 달려오다가 나에게 화강암 먼지를 덮어씌우지 않으려고 속도를 줄였다. 아이들 밸리로 들어가는 길은 8백 미터 정도가 비포장 구간이기 때문이다. 일요일마다 초고속도로에서 드라이브를 즐기는 사람들이 섣불리 들어오지 못하도록 일부러 포장을 안 하는 듯했다. 밝은 빛깔의 스카프와 선 고글이 얼핏 보였다. 상대방이 느긋하게 손을 흔들었다. 이웃끼리 나누는 인사. 먼지가 길바닥을 스치며 날아가다가 스르르 내려앉았다. 햇볕에 타버린 풀밭과 관목 숲에는 이미 돌가루가 허옇게 쌓여 있었다. 이윽고 바위를 끼고 돌자 비로소 번듯한 포장도로가 시작되었다. 평탄하고 관리도 잘된 길이었다. 떡갈나무들이 마치 누가 지나가는지 구경하려는 듯 길가로 모여들고, 머리가 장밋빛으로 물든 참새들이 이리저리 뛰어다니며 참새들에게만 매력적인 무엇인가를 콕콕 쪼았다.

그다음에는 미루나무 몇 그루가 나타났지만 유칼립투스나무는 보이지 않았다. 그다음에는 캐롤라이나포플러가 빽

뻑이 자라서 하얀 집 한 채를 가려 주고 있었다. 그다음에는 여자를 태우고 갓길을 따라 걸어가는 말 한 마리가 있었다. 여자는 리바이스 청바지와 화려한 셔츠 차림으로 나뭇가지를 질겅질겅 씹고 있었다. 말은 좀 더워 보였지만 땀투성이는 아니었고, 여자는 말에게 다정히 중얼거렸다. 자연석으로 쌓은 담 너머에서 정원사가 동력 잔디깎이를 밀어 가며 풀을 깎았다. 굽이치는 드넓은 잔디밭이 끝나는 저 멀리에 웅장하고 호화로운 윌리엄스버그[73] 식민지풍 대저택의 주랑 현관이 보였다. 어디서 누가 그랜드 피아노로 왼손을 위한 연습곡을 연주했다.

그런 풍경을 지나치자 이글거리며 눈부시게 반짝거리는 호수가 나타났고, 나는 문설주에 붙은 번지수를 눈여겨보기 시작했다. 웨이드 부부의 집에는 단 한 번 가보았고 그나마도 어두울 때였기 때문이다. 밤에 보았을 때만큼 거대한 집은 아니었다. 진입로에 차들이 꽉 차서 길가에 차를 세우고 걸어갔다. 하얀 상의를 입은 멕시코인 집사가 문을 열어 주었다. 호리호리하고 말쑥하고 잘생긴 멕시코인이었는데 상의도 몸에 잘 맞아 멋있었다. 주급을 50달러나 받으면서도 죽도록 고된 일은 안 하는 멕시코인 같았다.

「*Buenas tardes, señor*(안녕하십니까, 선생님).」 그는 나를 감쪽같이 속였다는 듯이 빙그레 웃었다. 「*Su nombre de Usted, por favor*(성함을 말씀해 주시겠습니까)?」

「말로.」 내가 대답했다. 「지금 누구한테 사기 치는 거야, 캔

73 버지니아주 동남부의 도시로 식민지 시대 사적지.

디? 아까 전화 통화도 했잖아?」

그가 빙긋 웃었고 나는 안으로 들어갔다. 평범한 칵테일파티였다. 모두가 너무 큰 소리로 떠들었지만 아무도 귀담아듣지 않았다. 모두 필사적으로 술잔에 집착했고, 눈빛이 몹시 반짝거렸고, 마신 술의 양과 각자의 주량에 따라 안색이 붉거나 창백하거나 땀을 흘렸다. 그때 아일린 웨이드가 매력을 조금도 손상시키지 않는 하늘색 드레스 차림으로 내 곁에 나타났다. 술잔을 들고 있었지만 연극을 위한 소품 이상의 의미는 없는 듯했다.

「와주셔서 고마워요.」 그녀가 진지하게 말했다. 「로저가 서재에서 만나고 싶대요. 그이는 칵테일파티를 싫어하거든요. 지금도 작업 중이에요.」

「이렇게 시끄러운데?」

「그이한테는 방해가 안 되나 봐요. 캔디가 한 잔 가져다드릴 텐데, 원하시면 직접 바에 가셔도 되고…….」

「그러는 게 낫겠네요.」 내가 말했다. 「그날 밤 일은 죄송합니다.」

그녀가 미소를 지었다. 「벌써 사과하셨다고 생각하는데요. 별일도 아니잖아요.」

「별일이 왜 아닙니까.」

그녀가 미소를 머금은 채 고개를 끄덕인 후 돌아서서 가버렸다. 나는 아주 넓은 유리문 옆의 구석에 차려진 바를 보았다. 이동식 바였다. 사람들에게 부딪히지 않으려고 애쓰면서 중간쯤 갔을 때 누군가 말했다. 「아, 말로 씨.」

고개를 돌려 보니 로링 부인이 소파에 앉아 있었다. 그 옆에는 깐깐해 보이는 남자가 앉았는데 테 없는 안경을 썼고 턱에는 얼룩인지 염소수염인지 분간하기 어려운 것을 달고 있었다. 로링 부인도 술잔을 들고 있었지만 따분해 죽겠다는 표정이었다. 남자는 팔짱을 끼고 얼굴을 찡그린 채 가만히 앉아 있었다.

나는 그쪽으로 다가갔다. 그녀가 미소를 지으며 손을 내밀었다. 「이쪽은 제 남편 로링 박사예요. 필립 말로 씨한테 인사해, 에드워드.」

염소수염을 기른 남자가 나를 잠깐 쳐다보더니 더 짧게 고개를 끄덕였다. 다른 움직임은 전혀 없었다. 더 중요한 일을 위해 체력을 아끼는 모양이다.

「에드워드가 몹시 피곤한가 봐요.」린다 로링이 말했다. 「에드워드는 늘 몹시 피곤하죠.」

「의사들한테 흔한 일이죠.」내가 말했다. 「술 한 잔 가져다 드릴까요, 로링 부인? 박사님은요?」

「이 사람은 충분히 마셨어요.」남자가 자기 아내도 나도 쳐다보지 않으면서 말했다. 「저는 술을 안 마십니다. 술 마시는 사람들을 보면 볼수록 제가 술을 안 마셔서 다행스럽다니까요.」

「사랑하는 시바여 돌아오라.」[74] 로링 부인이 몽롱하게 말

---

[74] 미국 극작가 윌리엄 인지의 희곡(1950) 또는 대니얼 만 감독의 영화(1952). 알코올 중독을 중심으로 중년 부부의 갈등을 다뤘다. 〈시바〉는 그들이 잃어버린 개의 이름이다.

했다.

그러자 남자가 고개를 휙 돌리며 예민한 반응을 보였다. 나는 그 자리를 떠나 바 쪽으로 걸어갔다. 남편과 함께 있는 린다 로링은 마치 딴사람 같았다. 목소리가 너무 날카롭고 표정에도 냉소가 가득했다. 나에게 화를 낼 때도 그 정도는 아니었는데.

캔디가 바를 지키고 있었다. 나에게 무엇을 드시겠느냐고 물었다.

「고맙지만 지금은 안 마시겠네. 웨이드 씨가 나를 보자고 했다던데.」

「*Es muy occupado, señor*(아주 바쁘십니다). 많이 바빠요.」

아무래도 캔디를 좋아하게 되기는 어려울 듯싶었다. 내가 물끄러미 바라보기만 하자 그가 덧붙였다. 「그래도 가서 물어보죠. *De pronto, señor*(금방 다녀오겠습니다).」

그는 사람들 사이로 이리저리 날렵하게 빠져나갔다가 정말 금방 돌아왔다. 「됐어요, 가시죠.」 그가 명랑하게 말했다.

나는 그를 따라 방을 나서 긴 복도를 걸어갔다. 그가 문을 열어 주었고 나는 안으로 들어갔다. 그가 문을 닫자 바깥의 소음이 훨씬 더 작아졌다. 건물 귀퉁이에 있는 이 방은 넓고 시원하고 조용했다. 유리문 너머에 장미 꽃밭이 있었고 한쪽 창에는 에어컨이 달려 있었다. 호수가 내다보였다. 웨이드는 긴 황금색 가죽 소파에 누워 있었다. 표백한 나무로 만든 큰 책상에 타자기가 있고 타자기 옆에는 누르스름한 종이가 쌓여 있었다.

「잘 왔네, 말로.」그가 느릿느릿 말했다. 「앉으시게. 한두
잔 드셨나?」

「아직.」나는 자리에 앉아 그를 바라보았다. 아직도 조금
창백하고 초췌해 보였다. 「작업은 잘돼 가나?」

「순조롭지. 너무 빨리 지쳐서 탈이지만. 나흘짜리 중독 치
료는 견뎌 내기가 너무 힘들어 유감이야. 그래도 끝나고 나
면 글이 잘 나올 때가 많다네. 이런 일을 하다 보면 점점 엄격
해져서 경직되고 어색해지기 쉽거든. 그럴 때 쓰는 글은 다
엉터리지. 좋은 글은 쉽게 나오기 마련이라고. 오히려 그 반
대라는 말을 읽거나 들어 봤겠지만 모두 헛소리야.」

「그거야 작가마다 다르겠지.」내가 말했다. 「플로베르는
쉽게 쓰지 못했지만 작품은 좋으니까.」

「알았어.」그가 일어나 앉으며 말했다. 「플로베르를 읽어
보셨다, 그러니 지식인이다, 평론가다, 문학에 대해서는 전
문가 수준이다 이 말씀이군.」그가 이마를 문질렀다. 「술을
끊었더니 지겨워 죽겠어. 술잔을 들고 있는 사람만 봐도 화
가 나. 그런데도 나가서 역겨운 인간들한테 웃음을 보여야
한다니까. 젠장, 내가 알코올 중독자라는 사실을 모르는 인
간은 한 명도 없어. 그래서 다들 내가 뭘 피하려고 술을 마시
는지 궁금해하지. 프로이트를 믿는 어느 개자식 때문에 그게
상식이 돼버렸으니까. 요즘은 열 살 먹은 애들까지 다 아는
사실이야. 그럴 일이야 없겠지만, 나한테 열 살 먹은 애새끼
가 있다면 보나마나 이렇게 묻겠지. 〈아빠는 뭘 피하려고 술
을 마셔요?〉」

「상태가 이렇게 된 지 얼마 안 됐다고 들었는데.」

「요즘 들어 심해지긴 했지만, 나는 원래 술을 잘 마셨어. 젊을 때는 힘든 일을 겪어도 웬만한 고생쯤은 거뜬히 견뎌 내지. 그런데 마흔이 가까울 무렵부터는 그렇게 금방 회복되지 않는단 말씀이야.」

나는 등을 기대고 담뱃불을 붙였다. 「나를 왜 보자고 하셨나?」

「내가 뭘 피하려 한다고 생각하나, 말로?」

「나야 모르지. 정보가 부족해서. 게다가 사람은 누구나 뭔가를 피하려고 도망치니까.」

「모든 사람이 술에 취하지는 않네. 자네는 뭘 피하려고 도망치지? 젊은 시절, 양심의 가책, 아니면 변변찮은 일을 하는 변변찮은 인간이라는 자각?」

「이제야 알겠네.」 내가 말했다. 「모욕할 사람이 필요한 모양이군. 실컷 떠들어 보게. 참기 힘들면 말해 줄 테니까.」

그러자 그가 빙그레 웃으며 숱 많은 곱슬머리를 헝클어뜨렸다. 그러더니 집게손가락으로 자기 가슴을 쿡쿡 찔렀다. 「나야말로 변변찮은 일을 하는 변변찮은 인간이야, 말로. 글쟁이들은 모두 쓸모없는 인간인데, 그중에서도 제일 쓸모없는 인간이 바로 나거든. 지금까지 베스트셀러를 열두 권이나 썼는데 저 책상에 쌓인 쓰레기만 완성하면 열세 번째 베스트셀러가 될지도 몰라. 그런데 모조리 태워 버리고 싶어도 성냥이 아까울 정도로 형편없단 말이야. 나는 극소수 갑부들만 사는 최고급 주택가에서 이렇게 사랑스러운 집에 살지. 나를

사랑해 주는 사랑스러운 아내도 있고 나를 사랑해 주는 사랑
스러운 출판업자도 있지만 무엇보다 나 자신을 제일 사랑하
고. 나는 정말 이기적인 개자식이고 문학적 매춘부 아니면
뚜쟁이인 데다 ― 마음대로 골라잡으라고 ― 어느 모로 보나
개망나니야. 그런 놈을 어떻게 도와주겠나?」

「글쎄, 어떻게 하면 좋겠나?」

「왜 화를 안 내지?」

「화낼 일이 없으니까. 당신 자신을 혐오한다는 말을 들었
을 뿐이잖아. 좀 따분하지만 불쾌할 정도는 아니야.」

그러자 그가 시끄럽게 웃어 댔다. 「자네가 마음에 들어.」
그가 말했다. 「술이나 한잔하세.」

「여기서는 싫어. 이렇게 단둘이 마시기도 싫고. 당신이 첫
잔을 드는 모습을 보고 싶지 않아. 어차피 아무도 말릴 수 없
고 말리려 들지도 않겠지. 그래도 내가 거들긴 싫어.」

그가 일어섰다. 「여기서 마실 필요는 없어. 나가지. 더러운
돈을 잔뜩 벌어 이런 동네에 살게 되면 얼마나 잘난 인간들
을 만나게 되는지 둘러보자고.」

「그만두게.」 내가 말했다 「그러지 말라고. 부자들도 남들
과 다를 게 없으니까.」

「그건 그래.」 그가 딱딱하게 말했다. 「하지만 당연히 달라
야지. 남들과 똑같다면 무슨 쓸모가 있겠나? 이 근방에서는
그래도 상류층 인간들인데, 싸구려 위스키에 취해 버린 트럭
운전사보다 나을 게 없다니. 오히려 더 형편없다니.」

「그러지 말라니까.」 내가 다시 말했다. 「그렇게 마시고 싶

으면 마셔. 괜히 남들한테 화풀이하지 말고. 그 사람들은 술을 마셔도 베린저 박사를 찾아가지 않아. 이성을 잃고 자기 마누라를 계단 아래로 내동댕이치는 일도 없다고.」

「그건 그래.」 그는 갑자기 차분해지고 신중해졌다. 「자네는 시험에 합격했어. 당분간 여기서 같이 살면 어떻겠나? 같이 있어 주기만 해도 큰 도움이 될 텐데.」

「그건 좀 어렵겠는데.」

「어렵지 않아. 같이 있어 주기만 하면 돼. 한 달에 1천 달러면 되겠나? 나는 술만 취하면 위험해지는 놈이야. 위험해지기도 싫고 취하기도 싫다고.」

「그건 나도 막을 수 없는 일이야.」

「석 달만 해보자고. 그때쯤에는 저 망할 놈의 책을 끝내고 한동안 멀리 떠나겠네. 스위스 산골이라도 들어가서 몸을 정화해야지.」

「책? 돈이 필요해서 그러시나?」

「아니야. 그래도 시작했으니 끝을 봐야지. 그것도 못하면 아무짝에도 쓸모가 없잖아. 친구로서 부탁하겠네. 레녹스한테는 더한 일도 해줬잖아.」

나는 자리에서 일어나 그에게 바싹 다가가서 사납게 노려보았다. 「나 때문에 레녹스가 죽었어. 나 때문에 죽었다고.」

「홍. 내 앞에서 여린 척하지 말게, 말로.」 그는 손날을 세워 목에 가져다 댔다. 「마음 여린 사람들이 너무 많아서 짜증이 여기까지 찼으니까.」

「마음이 여리다고?」 내가 말했다. 「그냥 친절한 게 아니고?」

그는 한 걸음 물러서다가 소파 가장자리에 부딪혔지만 넘어지지는 않았다.

「젠장.」 그가 조용히 말했다. 「제안은 취소하지. 물론 자네를 원망하는 건 아니야. 내가 알고 싶은 것, 꼭 알아야 할 것이 있어. 자네는 그게 뭔지 모르고 나도 정말 아는지 확신이 서질 않아. 그래도 뭔가 있다는 것, 내가 그걸 꼭 알아야 한다는 것만은 확실하지.」

「누구에 대해서? 당신 부인?」

그는 아래위 입술을 포갰다. 「아마 나에 대해서일 거야.」 그가 말했다. 「술이나 마시러 가세.」

그는 문 쪽으로 걸어가서 벌컥 열었다. 우리는 밖으로 나갔다.

그가 나를 언짢게 만들 속셈이었다면 이미 대성공을 거둔 셈이었다.

24

그가 문을 여는 순간 거실의 소음이 폭발적으로 커져 얼굴을 확 덮치는 듯했다. 아까보다 훨씬 더 시끄러워진 듯싶었다. 이게 가능한 일이었나. 술 두 잔만큼 더 시끄러워졌다. 웨이드는 이 사람 저 사람에게 인사를 건넸고 다들 반가워하는 듯했다. 그러나 그때쯤에는 피츠버그 필[75]이 주문 제작한 얼음송곳을 들고 나타났어도 모두 반가워할 터였다. 인생이 한바탕의 보드빌 공연처럼 유쾌하게 느껴질 테니까.

우리는 바 쪽으로 가는 길에 로링 부부와 마주쳤다. 박사가 일어나서 웨이드의 앞을 가로막았다. 증오심이 목까지 차올라 토해 버릴 듯한 표정이었다.

「만나서 반갑소, 박사님.」 웨이드가 붙임성 있게 말했다. 「안녕, 린다. 요즘 어디 틀어박혀 지내셨소? 아니, 내가 멍청한 질문을 한 모양이군. 난 그저 ──」

「웨이드 씨.」 로링이 조금 떨리는 목소리로 말했다. 「할 말

---

75 Harry ⟨Pittsburgh Phil⟩ Strauss(1909~1941). 살인 청부업자. 1930년대 악명을 떨쳤으며 1941년 전기의자로 처형되었다.

이 있소. 아주 간단한 말인데, 아주 분명히 알아들으셨으면 좋겠소. 내 아내한테 집적거리지 마시오.」

웨이드는 이해할 수 없다는 표정으로 로링을 바라보았다. 「박사님, 좀 피곤하신 모양이오. 술도 안 드시는군. 내가 한 잔 갖다드리겠소.」

「나는 술을 마시지 않소, 웨이드 씨. 당신도 잘 알잖소. 내가 이 집에 온 목적은 하나뿐인데, 방금 그 목적을 달성했소.」

「말씀은 잘 알아들었소.」웨이드가 여전히 붙임성 있게 말했다. 「어쨌든 우리 집에 오신 손님이니 별말은 안 하겠지만 아무래도 뭔가 오해하신 모양이오.」

어느새 주변의 대화가 뚝 끊겼다. 모두가 귀를 곤두세우고 있었다. 흥미진진한 구경거리다. 로링 박사가 주머니에서 장갑 한 켤레를 꺼내 잘 펴더니 장갑 한 짝의 손가락 쪽을 잡고 웨이드의 얼굴을 힘껏 후려갈겼다.

웨이드는 외눈 하나 깜짝하지 않았다. 「새벽에 권총과 커피를 준비해서 만났으면 좋겠소?」그가 조용히 물었다.

나는 린다 로링을 돌아보았다. 화가 나서 얼굴이 붉으락푸르락했다. 그녀가 천천히 일어나 박사를 마주 보았다.

「맙소사, 당신 유치하게 왜 이래? 꼭 이렇게 멍청한 짓을 해야겠어? 누가 당신 얼굴을 후려갈겨야 정신 차릴래?」

그러자 로링이 홱 돌아서면서 장갑을 치켜들었다. 웨이드가 앞을 가로막았다. 「진정하시오, 의사 선생. 이 동네에서는 자기 마누라라 해도 단둘이 있을 때 때려야 하니까.」

「본인 얘기라면 나도 잘 아는 사실이오.」로링이 빈정거렸다. 「당신 같은 사람한테 예절 교육을 받긴 싫소.」

「나도 싹수가 보이는 학생만 받소.」 웨이드가 말했다. 「이렇게 빨리 가시다니 아쉽구려.」 그러더니 소리 높여 외쳤다. 「캔디! *Que el Doctor Loring salga de aqui en el acto*(로링 박사님이 이만 가시겠단다)!」 그리고 돌아서서 로링을 바라보았다. 「스페인어를 모르실까 봐 말씀드리는데, 의사 선생, 나가는 문은 저쪽이라는 뜻이었소.」 그러면서 손가락으로 그쪽을 가리켰다.

로링은 움직이지 않고 웨이드를 노려보았다. 「경고했소, 웨이드 씨.」 로링이 싸늘하게 말했다. 「그리고 여러 사람이 내 말을 들었소. 다음번에는 경고로 끝나지 않을 거요.」

「마음대로 하시오.」 웨이드가 무뚝뚝하게 대꾸했다. 「다만 다음번에는 중립 지역에서 합시다. 그래야 내가 더 자유롭게 행동하지. 유감입니다, 린다. 저런 사람과 결혼하셨으니.」 그는 묵직한 장갑으로 얻어맞은 뺨을 살며시 어루만졌다. 린다 로링이 씁쓸한 미소를 지었다. 그러더니 으쓱 어깻짓을 했다.

「나갑시다.」 로링이 말했다. 「어서, 린다.」

그러나 그녀는 도로 자리에 앉아 술잔을 들었다. 담담한 경멸이 담긴 눈으로 남편을 올려다보았다. 「당신이나 가. 전화할 데가 많다고 했잖아.」

「당신도 같이 가야지!」 로링이 버럭 소리쳤다.

그녀가 홱 돌아앉았다. 그러자 로링이 불쑥 손을 내밀어 아내의 팔을 움켜쥐었다. 웨이드가 로링의 어깨를 붙잡고 돌려세웠다.

「진정하시오, 의사 선생. 모든 사람을 설득하기는 어려운 법이오.」

「이 손 치워!」

「치울 테니까 진정하셔.」 웨이드가 말했다. 「좋은 생각이 났소, 의사 선생. 좋은 의사 한번 만나 보지 않겠소?」

그러자 누군가 폭소를 터뜨렸다. 로링이 먹잇감을 덮치려는 맹수처럼 온몸에 힘을 주었다. 그러나 낌새를 알아차린 웨이드가 절묘하게 돌아서서 멀찌감치 가버렸다. 가방을 든 로링 박사만 남았다. 웨이드를 뒤쫓으면 더욱더 꼴 사나워 보일 터였다. 이제 떠나는 수밖에 없었고, 박사는 결국 그 방법을 선택했다. 똑바로 앞만 보며 성큼성큼 걸음을 옮겨 캔디가 문을 열고 기다리는 곳으로 걸어갔다. 그리고 나가 버렸다. 캔디가 굳은 표정으로 문을 닫고 바 쪽으로 돌아갔다. 나도 가서 스카치를 주문했다. 웨이드가 어디로 갔는지 알 수 없었다. 그냥 사라져 버렸다. 아일린도 보이지 않았다. 나는 거실 쪽을 등진 채 남들이 떠들거나 말거나 술만 마셨다.

그때 진흙빛 머리카락에 이마에는 머리띠를 두르고 키가 작달막한 여자가 내 곁에 불쑥 나타나더니 카운터에 술잔을 올려놓으며 재잘거렸다. 캔디가 고개를 끄덕이며 술 한 잔을 새로 따라 주었다.

작은 여자가 나를 돌아보았다. 「혹시 공산주의에 관심 있어요?」 벌써 눈이 게슴츠레했다. 조그맣고 붉은 혀로 연신 입술을 핥는 모습이 마치 초콜릿 부스러기라도 찾는 듯했다. 그녀가 말을 이었다. 「저는 누구나 관심을 가져야 한다고 생각해요. 그런데 여기 있는 남자들한테는 그렇게 물어봐도 다들 어떻게 주물러 볼 궁리만 할걸요.」

나는 고개를 끄덕이며 내 술잔 너머로 여자의 들창코와 햇볕에 거칠어진 피부를 바라보았다.

「잘만 한다면야 나도 별로 싫진 않지만.」 그렇게 말하면서 그녀가 새 술잔을 집어 들었다. 나에게 어금니를 고스란히 보여 주며 술 반 잔을 단숨에 마셔 버렸다.

내가 말했다.「그런 재주는 나한테 기대하지 마시오.」

「이름이 뭐예요?」

「말로.」

「끝에 〈e〉가 붙어요, 안 붙어요?」

「붙죠.」

「아, 말로.」 그녀가 읊조리듯이 말했다. 「슬프고도 아름다운 이름이에요.」 그러면서 거의 다 비워 버린 술잔을 내려놓고 지그시 눈을 감더니, 머리를 뒤로 젖히고 두 팔을 뻗다가 하마터면 내 눈을 찌를 뻔했다. 그리고 격정에 떨리는 목소리로 낭송했다.

바로 이 얼굴이 전함 천여 척을 움직이고
일리움[76]의 높디높은 탑들을 불태웠던가?
아름다운 헬레네여, 입맞춤으로 불멸의 생명을 주오.[77]

76 트로이의 라틴어 이름.
77 크리스토퍼 말로의 희곡 「포스터스 박사」에서 인용.

271

그녀가 눈을 뜨고 술잔을 들더니 나에게 윙크를 했다. 「이 부분이 아주 근사했어요. 요즘도 시를 쓰세요?」

「많이 쓰진 못했죠.」

「키스하고 싶으면 하셔도 돼요.」 그녀가 수줍어하며 말했다.

그때 비단 재킷을 입고 셔츠 목깃을 열어 놓은 남자가 다가오며 그녀의 머리 너머로 나에게 미소를 던졌다. 빨강 머리를 짧게 깎은 남자의 얼굴은 찌부러진 허파처럼 생겼다. 그렇게 못생긴 남자는 처음 보았다. 그가 여자의 정수리를 툭툭 쳤다.

「자, 예쁜이, 집에 갈 시간이야.」

그러자 여자가 사납게 돌아섰다. 「그 망할 놈의 베고니아에 물 줄 시간이 됐다는 거지?」 그녀가 버럭 소리쳤다.

「에이, 아가씨, 그러지 말고 ―」

「손 치워, 강간범 새끼!」 그녀가 울부짖으며 남은 술을 남자의 얼굴에 끼얹었다. 남은 술이라고 해봤자 티스푼 하나 분량에 얼음 두 조각이 전부였다.

「젠장, 여보, 나 당신 남편이야!」 남자도 함께 소리치더니 손수건을 꺼내 얼굴을 닦았다. 「봤지? 당신 남편이라니까.」

여자가 격렬하게 흐느끼며 남자의 품속으로 뛰어들었다. 나는 그들 곁을 지나 바깥으로 나갔다. 칵테일파티는 모두 한결같다. 대화까지 비슷비슷하다.

이제 손님들이 하나둘씩 어둠 속으로 빠져나갔다. 목소리가 점점 잦아들고 차에 시동을 거는 소리가 들리고 여기저기서 작별 인사가 고무공처럼 튀었다. 나는 유리문을 지나 판석이 깔린 테라스로 나갔다. 지면이 호수 쪽으로 비스듬히 기울어 있었다. 호수는 잠든 고양이처럼 꼼짝도 하지 않았다. 호숫가에는 짤막한 목조 잔교가 있고 흰색 밧줄로 묶어 놓은 나룻배 한 척이 있었다. 그리 멀지 않은 건너편 기슭 근처에서 검은쇠물닭 한 마리가 스케이트 선수처럼 느긋하게 곡선을 그렸다. 그런데도 잔물결조차 일렁이지 않는 듯했다.

나는 쿠션이 깔린 알루미늄 안락의자에 드러누워 파이프에 불을 붙이고 편안하게 담배를 즐기면서 도대체 내가 왜 여기까지 왔을까 생각했다. 웨이드는 본인이 진심으로 원한다면 얼마든지 자제할 수 있는 사람으로 보였다. 로링 박사에게도 잘 대처한 편이다. 나로서는 웨이드가 로링의 뾰족한 턱에 주먹을 날렸어도 별로 놀라지 않았을 것이다. 원칙을 따지자면 사실 웨이드가 좀 무례했지만 로링은 훨씬 더 무례했으니까.

요즘 세상은 원칙이 통하지 않는다지만, 사람들이 잔뜩 모인 방에서 남을 위협하고 장갑으로 얼굴을 때리다니 터무니없는 짓이었다. 더구나 아내가 바로 옆에 서 있었으니 사실상 아내가 바람을 피웠다고 비난한 셈이다. 그런 상황에서도 웨이드는 그럭저럭 잘 대처했다. 술 때문에 한바탕 몸살을 치른 후 아직 허약한 상태라는 점을 감안하면 대단히 훌륭했다고 해도 과언이 아니다. 물론 나는 그가 술에 취했을 때의 모습을 본 적이 없다. 술에 취하면 어떻게 변하는지도 모른다. 그가 정말 알코올 중독자인지 아닌지조차 알지 못한다.

여기에는 크나큰 차이가 있다. 어쩌다 한 번씩 과음하는 사람은 맨 정신일 때와 똑같은 사람이다. 그러나 중독자는, 진짜 중독자는 결코 똑같은 사람이 아니다. 알코올 중독자가 술을 마시면 아무것도 예측할 수 없다. 분명한 사실은 평소와는 전혀 다른 사람이 된다는 것뿐이다.

등 뒤에서 가벼운 발소리가 들리더니 아일린 웨이드가 테라스를 가로질러 와서 내 옆의 안락의자 가장자리에 걸터앉았다.

「그래서 어떻게 생각하세요?」 그녀가 조용히 물었다.

「장갑 휘두르던 남자 말입니까?」

「아니요.」 그녀가 눈살을 찌푸렸다. 그러더니 곧 웃었다. 「그렇게 떠들썩한 소동을 피우는 사람들은 싫어요. 그렇다고 좋은 의사가 아니라는 뜻은 아니에요. 그 사람은 이 동네 남자들 태반한테 그렇게 시비를 걸었어요. 린다 로링은 음탕한 여자가 아니에요. 그런 여자처럼 보이지도 않고, 말하지도 않고, 행동하지도 않아요.」

「그 남자는 개과천선한 술꾼인지도 모르죠.」 내가 말했다. 「그런 사람일수록 지나치게 엄격해지는 경우가 많거든요.」

「그럴 수도 있겠네요.」 그녀가 호수 쪽을 바라보며 말했다. 「여긴 아주 평화로운 마을이에요. 작가라면 행복하게 살아갈 만한 곳인데…… 작가도 행복하게 살 수 있다면 말이죠.」 그러더니 고개를 돌리고 나를 보았다. 「그런데 로저가 부탁한 일은 거절한다고 하셨더군요.」

「소용없는 일입니다, 웨이드 부인. 내가 할 수 있는 일이 전혀 없어요. 일전에도 그렇게 말씀드렸죠. 필요할 때 내가 곁에 있을 거라는 보장이 없잖아요. **하루 종일** 붙어 있어야 하는데, 다른 일을 전혀 안 해도 불가능한 일이에요. 예컨대 부군이 난폭해질 때는 순식간에 일이 터질 거예요. 그런데 부군은 난폭해질 조짐이 전혀 보이지 않던데요. 내가 보기에는 아주 멀쩡했어요.」

그녀가 자신의 두 손을 내려다보았다. 「그이가 이번 책만 끝내면 상황이 훨씬 더 좋아질 거라고 생각해요.」

「그건 내가 도와줄 수 없는 일이죠.」

그러자 그녀가 고개를 들고 두 손으로 안락의자 가장자리를 짚었다. 상체를 조금 숙였다. 「그이가 가능하다고 믿으면 가능해요. 그게 중요하잖아요. 우리 집에서 손님으로 지내면서 돈을 받기가 싫어서 그러세요?」

「부군에겐 정신과 의사가 필요합니다, 웨이드 부인. 돌팔이가 아니라 진짜 의사 말입니다.」

그녀는 놀란 표정이었다. 「정신과 의사? 왜요?」

나는 파이프에서 재를 털어 낸 후 대통이 식기를 기다리며 그대로 들고 있었다.

「아마추어의 의견이라도 괜찮다면 말씀드리죠. 부군은 자기 마음속에 어떤 비밀이 숨어 있는데 그걸 못 찾는다고 생각해요. 자기가 저지른 잘못에 대한 비밀일 수도 있고, 다른 사람의 비밀일 수도 있죠. 아무튼 그것 때문에 술을 마신다고 믿거든요. 그 비밀을 알아내지 못해서. 무슨 일인지는 모르지만 자기가 술에 취했을 때 벌어진 일이라고 생각하는 모

275

양이에요. 그래서 먼저 취해야, 그때처럼 정말 심하게 취해 버려야 비밀을 알아낼 수 있다는 거죠. 그건 정신과 의사가 할 일이에요. 여기까지는 그럴싸해요. 내 생각이 틀렸다면 부군은 그냥 취하고 싶어서 마시거나 술을 끊을 수 없어서 마신다는 뜻인데, 그렇다면 비밀에 대한 얘기는 술 마시는 핑계에 불과하겠죠. 부군은 지금 책을 쓰지 못하거나 적어도 끝낼 수 없는 상황이에요. 자꾸 취해 버리기 때문이죠. 자꾸 술을 마시고 인사불성이 되기 때문에 책을 끝내지 못하는 거라고 가정한다면 그렇다는 얘깁니다. 그런데 사실은 반대일 수도 있어요.」

「그럴 리가 없어요.」 그녀가 말했다. 「로저는 재능이 대단한 사람이에요. 나는 그이가 언젠가는 일생일대의 걸작을 써낼 거라고 확신해요.」

「아마추어의 의견이라고 했잖아요. 그날 아침에는 부군의 사랑이 식었는지도 모른다고 하셨죠. 이 문제도 사실은 그 반대일지도 모르겠네요.」

그녀가 집 쪽을 바라보다가 집을 등지고 돌아앉았다. 나도 집 쪽을 돌아보았다. 웨이드가 문 안쪽에 서서 우리를 내다보고 있었다. 내가 보고 있을 때 그가 바 너머로 들어가 술병을 집었다.

「간섭해도 소용없어요.」 그녀가 빠르게 말했다. 「나는 간섭하지 않아요. 절대로. 말로 씨 말씀이 맞겠어요. 스스로 해결할 때까지 그냥 내버려 두는 수밖에 없겠죠.」

나는 충분히 식은 파이프를 갈무리했다. 「지금 서랍 안쪽을 더듬거리는 듯한 상황이라서 묻겠는데, 사랑이 식은 쪽은 반대일지도 모른다는 말은 어떻게 생각하세요?」

「나는 그이를 사랑해요.」 그녀가 딱 잘라 말했다. 「어린 시절처럼 애틋한 사랑은 아닐지도 몰라요. 어쨌든 그이를 사랑해요. 여자에게도 어린 시절은 한 번뿐이에요. 그때 내가 사랑했던 남자는 죽어 버렸어요. 전사했죠. 신기한 일인데, 그 사람 이름이 당신 이름과 머리글자가 똑같았어요. 어쨌든 지금은 상관없는 일이지만…… 가끔은 그 사람이 죽었다는 사실을 믿기 어려울 때가 있어요. 시신이 끝내 발견되지 않았거든요. 하지만 그렇게 실종된 사람도 많잖아요.」

그녀가 한참 동안 나를 찬찬히 살펴보았다. 「가끔은 — 물론 자주는 아니고 — 손님이 드문 시간에 조용한 칵테일 라운지나 어느 근사한 호텔 로비에 들어갈 때, 아니면 이른 아침이나 아주 늦은 밤에 여객선 갑판을 걸어갈 때, 어느 그늘진 구석에서 그 사람이 나를 기다리고 있을지도 모른다는 생각이 들기도 해요.」 그녀는 말을 멈추고 시선을 떨어뜨렸다. 「어리석은 생각이죠. 부끄럽기도 하고. 우리는 정말 깊이 사랑했는데…… 일생에 단 한 번 찾아오는 사랑, 그렇게 격렬하고 신비롭고 불가사의한 사랑이었어요.」

말을 마친 그녀는 반쯤 무아지경에 빠진 듯 멍하니 호수 너머를 바라보았다. 나는 다시 집 쪽을 돌아보았다. 열린 유리문 바로 안쪽에 웨이드가 술잔을 들고 서 있었다. 나는 다시 아일린을 돌아보았다. 내가 곁에 있다는 사실조차 잊은 듯했다. 나는 일어나서 집으로 들어갔다. 웨이드가 들고 있는 술은 꽤나 독해 보였다. 그런데 그의 눈빛이 좀 야릇했다.

「내 아내랑 잘돼 가나, 말로?」 입술을 일그러뜨리며 내뱉는 소리였다.

「수작을 걸었느냐는 뜻이라면 자네가 오해한 거야.」

「바로 그런 뜻으로 물었어. 그날 밤에는 입맞춤까지 했잖아. 여자 후리는 솜씨가 대단하다고 착각하는 모양인데, 시간 낭비야. 적절한 세련미를 갖췄어도 어림없다고.」

나는 그를 피해 지나가려고 했지만 그의 튼튼한 어깨가 가로막았다. 「그렇다고 허둥지둥 도망칠 필요는 없어. 우리는 자네가 있어서 좋아. 우리 집에 사설탐정이 들어오는 일은 흔치 않거든.」

「내가 있어 봤자 좋을 게 없어.」

그가 술잔을 높이 들고 벌컥벌컥 마셨다. 술잔을 내리면서 나를 곁눈질했다.

「저항력을 높이려면 더 천천히 마셔야지.」 내가 말했다. 「말해 봤자 헛일이겠지?」

「알았어요, 감독님. 인성 교육까지 해주시려고? 그런데 술꾼을 가르치려 들다니 뭘 모르시는군. 술꾼은 교육이 불가능하다네, 친구. 무너져 가는 사람이니까. 그러는 과정이 어느 정도는 아주 즐겁지.」 그가 다시 술을 마시자 술잔이 거의 다 비어 버렸다. 「어느 정도는 지독하게 괴롭고. 아무튼 우리 로링 박사님이, 검은 가방을 들고 다니는 한심한 개자식이 내뱉은 재치 넘치는 말씀을 인용하자면, 내 아내한테 집적거리지 말란 말이야, 말로. 물론 반해 버렸겠지. 남자들은 다 그래. 같이 자고 싶을 거야. 남자들은 다 그러니까. 같은 꿈을 공유하고 추억 속에 맴도는 장미 향기도 맡아 보고 싶겠지. 어쩌면 나도 마찬가지야. 그렇지만 아무것도 공유할 수 없어. 아무것도, 아무것도, 아무것도. 혼자 어둠 속에서 헤맬 뿐이야.」

그는 술을 마저 마시고 술잔을 뒤집었다.

「그래서 이렇게 텅 비어 버리는 거야, 말로. 아무것도 안 남아. 겪어 봐서 잘 알지.」

그는 술잔을 바 가장자리에 내려놓고 계단 쪽으로 뻣뻣하게 걸어갔다. 난간을 붙잡고 여남은 계단쯤 올라가다가 걸음을 멈추고 난간에 몸을 기댔다. 나를 내려다보며 쓴웃음을 지었다.

「촌스럽게 빈정거려서 미안하네, 말로. 자네는 좋은 사람이야. 자네한테 아무 일도 없었으면 좋겠어.」

「무슨 일 말인가?」

「잊을 수 없는 첫사랑의 마법에 대한 얘기를 아직 못 들은 모양이군. 노르웨이에서 실종됐다는 남자 말이야. 설마 자네까지 그렇게 실종되진 않겠지? 나한테 자네는 특별한 사설탐정이야. 세풀베다 캐니언의 황량한 풍경 속으로 사라져 버린 나를 찾아냈잖아.」 그는 반질반질한 나무 난간동자를 손바닥으로 원을 그리며 쓰다듬었다. 「자네마저 사라져 버리면 뼛속 깊이 아프겠지. 영국군에 입대했다는 남자처럼. 그 사람은 흔적도 없이 사라져 버려서 정말 존재했던 사람인지 의심스러울 지경이거든. 혹시 장난감이 필요해서 아일린이 꾸며

낸 가공인물이라고 생각하지 않나?」

「그걸 내가 어떻게 알아?」

그가 나를 내려다보았다. 이제 미간에 깊은 주름이 새겨지고 고뇌를 못 이겨 입술이 일그러진 모습이었다.

「누군들 알까? 아마 아일린 자신도 모를걸. 아기는 지쳐 버렸어. 망가진 장난감을 너무 오래 가지고 놀았어. 아기는 자러 갈래.」

그는 다시 계단을 올라갔다.

내가 그대로 서 있는데, 캔디가 들어오더니 바 주변을 정리하기 시작했다. 술잔들을 쟁반에 담고 술병에 술이 남았는지 살펴보면서 내 쪽은 거들떠보지도 않았다. 어쨌든 나는 그렇게 생각했다. 그런데 그때 캔디가 말했다. 「세뇨르. 한 잔은 충분히 남았네요. 버리면 아깝죠.」그가 술병을 들어 보였다.

「자네가 마셔.」

「*Gracias, señor, no me gusta. Un vaso de Cerveza, no más* (감사합니다만 못 마십니다. 맥주 한 잔이 고작이에요). 주량이 맥주 한 잔.」

「똑똑하네.」

「한 집에 술꾼은 한 명도 많죠.」그가 나를 응시하며 말했다. 「내 영어 괜찮죠?」

「그래, 쓸 만하네.」

「그래도 생각은 스페인어로 해요. 가끔은 머리 말고 칼로 생각하죠. 주인님 내가 모셔요. 도움 필요 없어요, *hombre*(형씨). 내가 보살펴요.」

「참 잘도 보살핀다, 인마.」

「*Hijo de la flauta*(갈보 새끼).」 그가 새하얀 이를 악문 채 뇌까렸다. 이윽고 무거워진 쟁반을 들더니 접시닭이처럼 어깨에 걸쳐놓고 손바닥으로 떠받쳤다.

나는 문 쪽으로 걸어가 바깥으로 나가면서 스페인어로 〈피리의 아들〉이라는 말이 어째서 욕설이 되었을까 생각해 보았다.[78] 그러나 오래 고민하지는 않았다. 고민할 일이 너무 많았기 때문이다. 웨이드 부부에게는 술 말고도 문제가 또 있었다. 술은 그에 대한 반응에 불과했다.

그날 밤 9시 반에서 10시 사이에 웨이드 저택으로 전화를 걸었다. 신호음을 여덟 번 듣고 끊어 버렸지만, 수화기에서 손을 떼기가 무섭게 전화벨이 울렸다. 아일린 웨이드였다.

「방금 누군가 전화를 걸었어요.」 그녀가 말했다. 「어쩐지 당신일 것 같아서요. 방금 샤워를 하려던 참이었어요.」

「내가 걸었지만 중요한 일은 아닙니다, 웨이드 부인. 내가 떠날 때 좀 혼란스러워 보여서…… 로저 말이에요. 이제 나도 부군에 대해서 조금은 책임감을 느끼게 된 모양입니다.」

「그이는 괜찮아요. 깊이 잠들었어요. 별로 내색은 안 했지만 로링 박사 때문에 불쾌했던 모양이에요. 보나마나 당신에게도 헛소리를 많이 했겠죠.」

「피곤하다면서 자겠다고 하더군요. 헛소리는 아닌 것 같은

78 여기서 〈피리〉를 뜻하는 〈플라우타*flauta*〉는 〈푸타*puta*(창녀)〉의 완곡어법.

데요.」

「그 말만 했다면 그렇겠네요. 그럼 잘 자요. 연락해 줘서 고마워요, 말로 씨.」

「그 말만 했다고 하진 않았어요. 그 말도 했다는 거죠.」

잠시 침묵이 흐른 후 그녀가 말했다. 「누구나 이따금씩 터무니없는 생각을 할 때가 있잖아요. 로저가 하는 말을 너무 곧이곧대로 믿지 마세요, 말로 씨. 어쨌든 상상력이 풍부한 사람이잖아요. 당연한 일이죠. 지난번 일을 겪은 후 얼마 지나지도 않았는데 너무 일찍 다시 술을 마셔서 그래요. 그러니까 다 잊어 줘요. 아마 당신한테 무례하게 굴었겠지만.」

「무례하지 않았어요. 오히려 아주 논리적이던데요. 부군은 자신을 오래 성찰하고 내면의 진실을 들여다볼 줄 아는 사람이에요. 흔해 빠진 재능이 아니죠. 대부분은 애당초 있지도 않았던 체면을 지키는 데 급급해서 인생의 태반을 낭비하는데 말입니다. 잘 자요, 웨이드 부인.」

그녀가 전화를 끊은 후 나는 체스판을 차려 놓았다. 파이프에 연초를 재고 체스 말들을 사열하면서 혹시 벗겨지거나 떨어져 나간 부분은 없는지 검사한 후, 고르차코프와 메닝킨의 챔피언 결정전을 복기해 보았다. 72수 만에 무승부로 끝난 이 경기는 그야말로 무적 군대와 철벽 요새의 대결, 비무장 전투, 무혈 전쟁의 빛나는 표본이었다. 인간의 지능을 이보다 더 정밀하게 낭비하는 경우는 광고 회사를 제외하면 어디서도 찾아볼 수 없으리라.

25

그후 일주일 동안은 별일 없었다. 때마침 파리만 날리는 사무실까지 왔다 갔다 하는 정도가 고작이었다. 그러던 어느 날 아침, 칸 협회의 피터스가 전화를 했다. 그가 우연히 세풀베다 캐니언 쪽으로 내려갈 일이 있었는데, 그냥 호기심 때문에 베린저 박사의 소유지에 들러 봤다고 말했다. 그러나 베린저 박사는 이미 그곳에 없었다. 토지 분할에 대비하여 땅을 측량하는 측량사 대여섯 팀을 만났을 뿐이다. 몇 사람에게 말을 걸어 보았지만 다들 베린저 박사의 이름조차 못 들었다고 대답했다.

「불쌍한 멍청이, 신탁 증서 때문에 빈손으로 쫓겨났대.」피터스가 말했다. 「내가 확인해 봤어. 은행에서 시간과 비용을 절약하려고 양도금 명목으로 1천 달러를 줬을 뿐이야. 그런데 누군가는 거기서 1백만 달러는 거뜬히 챙기겠더라. 땅을 분할해서 주거 용지로 개발한대. 범죄와 사업의 차이가 바로 그거야. 사업을 하려면 자본이 필요하거든. 가끔은 그게 유일한 차이가 아닐까 싶어.」

「냉소적이지만 정확한 판단이오. 다만 대규모 범죄에도 자본은 필요하지.」

「그런 돈이 다 어디서 나오겠나? 주류상이나 털어서 버는 푼돈으로는 어림도 없잖아. 잘 지내. 조만간 한번 보자고.」

그리고 목요일 밤 11시가 되기 10분 전에 웨이드가 전화를 했다. 목이 쉬어 꾸르륵거리는 소리처럼 들렸는데도 누구인지 금방 알아차렸다. 전화선 너머에서 짧고 빠르게 숨을 몰아쉬는 소리도 들렸다.

「나 지금 상태가 안 좋아, 말로. 몹시 안 좋다고. 도저히 걷잡을 수가 없어. 빨리 좀 와줄 수 없겠나?」

「그러지. 그 전에 자네 부인 좀 바꿔 줘.」

그는 대답하지 않았다. 와장창 소리가 들린 후 적막이 흐르다가 잠시 후 뭔가를 쾅 두드리는 소리가 들렸다. 수화기에 대고 고함을 질렀지만 대답이 없었다. 시간이 흘러갔다. 마침내 수화기를 찰칵 내려놓는 소리와 함께 통화 대기음으로 넘어갔다.

5분 후 나는 벌써 그쪽으로 달려가는 중이었다. 30분이 조금 지나 도착했는데, 어떻게 그럴 수 있었는지 지금도 모르겠다. 날개라도 달린 듯이 고갯길을 통과하고, 벤투라 대로에서는 신호등을 무시한 채 좌회전을 해버리고, 트럭들 사이로 요리조리 빠져나가고, 아무튼 온갖 멍청한 짓을 골고루 저질렀다. 엔시노 시내를 지날 때는 사람들이 불쑥 튀어나오려 하다가도 알아서 피할 수 있도록 조사등(照射燈)으로 주차된 차들을 비춰 가며 시속 60마일 가까이 밟았다. 아무것도 아랑곳하지 않을 때만 찾아오는 행운이 나를 지켜 주었다. 경찰도 사이렌 소리도 붉은 경광등도 없었다. 웨이드 저택에서 일어날 법한 온갖 사건의 환상이 떠올랐는데 그리 달갑지는 않았다. 그녀가 술에 취한 미치광이와 단둘이 집에 있는 광경, 그녀가 목이 부러진 채 계단 아래 널브러져 있는 광경, 그녀가 문을 걸어 잠그고 밖에서는 누군가 고래고래 울부짖으며 문짝을 때려 부수는 광경, 그녀가 달빛에 물든 길을 맨발로 달려가는데 덩치 큰 흑인이 식칼을 들고 뒤쫓는 광경 등등.

그러나 현실은 전혀 달랐다. 올즈모빌을 몰고 진입로로 접어들자 방마다 환하게 불을 밝힌 저택이 보이고, 담배를 입에 문 채 열린 문간에 서 있는 그녀의 모습도 보였다. 나는 차에서 내려 판석을 밟으며 그녀에게 다가갔다. 그녀는 오픈칼라 셔츠와 슬랙스 차림이었다. 그녀가 차분하게 나를 바라보았다. 그곳이 조금이나마 소란스러워졌다면 오히려 내가 나타난 탓이었다.

그후의 내 행동이 모두 그랬듯이 첫마디부터 어처구니없는 소리를 지껄이고 말았다. 「담배는 안 피운다고 했잖아요.」

「네? 아, 평소에는 안 피워요.」 그녀가 담배를 손에 들고 내려다보다가 바닥에 떨어뜨리고 발로 밟았다. 「어쩌다 한 번이죠. 그이가 베린저 박사한테 연락했어요.」

아련하고 침착한 목소리, 마치 수면 너머 어둠 속에서 들려오는 듯한 목소리였다. 긴장한 기색은 조금도 없었다.

「그럴 리가. 베린저 박사는 이제 거기 살지 않거든요. 나한테 연락한 거예요.」

「아, 그래요? 나는 그이가 전화로 누군가한테 빨리 좀 와달라고 말하는 소리를 들었을 뿐이에요. 베린저 박사일 거라고 생각했죠.」

「부군은 어디 있습니까?」

「아까 넘어졌어요. 의자를 뒤로 기울이다가 그랬을 거예요. 전에도 그런 적이 있거든요. 어딘가에 부딪혀 머리가 찢어졌어요. 피가 조금 났지만 심하진 않아요.」

「다행이네요. 피가 철철 쏟아지면 곤란하죠. 아무튼 어디 있냐고 물었잖아요.」

그녀가 심각한 표정으로 나를 쳐다보았다. 이윽고 손가락으로 가리켰다. 「저쪽 어딘가에 있어요. 길가 아니면 울타리 근처 수풀 속이겠죠.」

나는 얼굴을 들이밀고 그녀를 찬찬히 살펴보았다. 「아니, 어디 있는지 찾아보지도 않았어요?」 그때 비로소 그녀가 쇼크 상태에 빠졌다고 판단했다. 나는 돌아서서 잔디밭 쪽을 둘러보았다. 아무것도 보이지 않았지만 울타리 근처에 어둠이 더 짙은 곳이 눈에 띄었다.

「네, 찾아보지 않았어요.」 그녀가 매우 침착하게 대답했다. 「당신이 찾아봐요. 이제 참을 만큼 참았어요. 참을 수 없는 일까지 참았다고요. 그러니까 당신이나 찾아봐요.」

그녀가 홱 돌아서더니 문을 열어 놓은 채 집 안으로 들어갔다. 그러나 멀리 가지는 못했다. 문에서 1미터도 못 가서 무너지듯이 쓰러져 버렸다. 나는 그녀를 안아 들고 긴 황금색 탁자를 사이에 두고 마주 보는 대형 소파 두 개 중 하나에 데려다 눕혔다. 맥을 짚어 보았다. 맥박은 몹시 약하지도 않고 불규칙하지도 않았다. 눈을 감고 있었는데 눈꺼풀이 푸르스름했다. 나는 그녀를 남겨 두고 다시 밖으로 나갔다.

웨이드는 역시 그녀가 말한 곳에 있었다. 히비스커스 그늘에 모로 누워 있었다. 맥박이 빠르고 격렬한 데다 호흡도 부자연스러웠다. 뒤통수에 끈적거리는 것이 묻어 있었다. 나는 그에게 말을 건네면서 몸을 살짝 흔들어 보았다. 얼굴을 두어 번 때려 보기도 했다. 그가 뭐라고 중얼거렸지만 정신을 차리지는 못했다. 웨이드를 일으켜 앉히고 한쪽 팔을 내 어깨에 걸친 후 등에 업으면서 한쪽 다리를 붙잡으려 했다. 그러나 실패했다. 그가 시멘트 덩어리처럼 무거웠기 때문이다. 둘 다 잔디밭에 털썩 주저앉고 말았다. 잠깐 쉬었다가 다시 시도했다. 마침내 소방관이 사람을 옮길 때 사용하는 자세로 웨이드를 짊어지는 데 성공했고, 잔디밭 너머에 열려 있는 현관문 쪽으로 낑낑거리며 걸어갔다. 현관문이 태국만큼이나 멀어 보였다. 현관 계단 두 개의 높이가 3미터도 넘는 듯했다. 소파 쪽으로 비틀비틀 다가가서 무릎을 꿇고 웨이드를 힘겹게 내려놓았다. 그러고 나서 허리를 펴는데 등뼈가 적어도 세 군데는 금이 간 듯했다.

아일린 웨이드는 이미 보이지 않았다. 방 안에는 나밖에 없었다. 완전히 기진맥진해서 누가 어디에 있건 말건 신경 쓸 겨를이 없었다. 나는 자리에 앉아 웨이드를 바라보며 숨을 돌렸다. 이윽고 그의 머리를 살펴보았다. 피투성이였다.

머리카락이 끈적끈적했다. 심각해 보이지는 않았지만, 머리 부상은 섣불리 판단할 수 없는 일이다.

그때 아일린 웨이드가 내 곁에 나타나더니 아까처럼 냉담한 표정으로 남편을 내려다보았다.

「기절해서 미안해요. 왜 그랬는지 모르겠어요.」

「의사를 부르는 게 좋겠는데요.」

「로링 박사한테 연락했어요. 그 사람이 내 주치의거든요. 오기 싫어하더군요.」

「그럼 다른 의사를 불러요.」

「아, 온다고 했어요. 오기 싫어했다는 거죠. 어쨌든 최대한 서둘러 와줄 거예요.」

「캔디는 어디 있죠?」

「오늘은 쉬는 날이에요. 목요일. 요리사도 캔디도 목요일마다 쉬거든요. 이 동네에서는 다들 그래요. 이 사람을 침실로 올려다 줄 수 있겠어요?」

「누군가 도와줘야죠. 이불이나 담요 좀 가져와요. 오늘 밤은 따뜻한 편이지만 이런 환자들은 폐렴에 걸리기 쉬워요.」

그녀가 담요를 가져오겠다고 말했다. 나는 꽤나 사려 깊다고 생각했다. 그러나 그때는 사실 머리가 제대로 움직여 주지 않았다. 웨이드를 옮기느라 너무 지쳐 버렸기 때문이다.

우리는 웨이드에게 담요를 덮어 주었고, 15분 후 로링 박사가 도착했다. 풀 먹인 목깃, 테 없는 안경, 그리고 개의 토사물을 치우러 온 듯한 표정.

의사가 웨이드의 머리를 살펴보았다. 「가벼운 열상에 타박

상입니다.」그가 말했다. 「뇌진탕은 걱정하지 않아도 되겠네요. 호흡만 봐도 증상이 분명히 드러나거든요.」

그가 모자를 집었다. 가방도 다시 들었다.

「몸을 따뜻하게 해주세요. 머리는 살살 씻어 가며 피를 닦아 내도 돼요. 푹 자고 나면 괜찮아질 거예요.」

「나 혼자서는 도저히 위층으로 옮길 수 없겠는데요, 박사님.」내가 말했다.

「그럼 그냥 여기 두세요.」그는 관심도 없는 표정으로 나를 쳐다보았다. 「안녕히 계세요, 웨이드 부인. 아시다시피 나는 알코올 중독 치료는 안 해요. 한다고 해도 부군만은 내 환자로 받아 줄 수 없죠. 이해하실 거라고 믿습니다.」

「치료해 달라는 게 아니잖아요.」내가 말했다. 「옷을 갈아입혀야 하니까 침실까지 옮기는 일만 도와 달라는 거예요.」

「그런데 그쪽은 누구시오?」로링 박사가 차디찬 말투로 물었다.

「말로라고 합니다. 일주일 전에도 왔었죠. 박사님 부인께서 소개해 주셨는데요.」

「흥미로운 일이군. 내 아내는 어떻게 만났소?」

「그게 무슨 상관입니까? 내가 원하는 건 그저 ―」

「당신이 뭘 원하든 관심 없소.」그가 내 말을 단칼에 잘라 버렸다. 그러더니 아일린을 돌아보며 짤막하게 고개를 끄덕인 후 문 쪽으로 걸어갔다. 나는 재빨리 문 앞을 가로막고 등을 기댔다.

「잠깐만요, 의사 선생님. 아무래도 히포크라테스 선서라는 짤막한 글을 읽어 보신 지 너무 오래된 모양입니다. 아까 저 사람이 나한테 연락했는데, 내가 좀 멀리 살아요. 그런데도 목소리가 심상찮아서 교통 법규를 모조리 무시하면서 달려 왔어요. 그리고 저 사람이 땅바닥에 쓰러진 걸 보고 여기까지 옮겨 왔는데, 깃털처럼 가볍지도 않았단 말입니다. 게다가 오늘은 하인도 쉬는 날이라서 웨이드를 위층으로 옮기는 일을 도와줄 사람이 아무도 없어요. 어떻게 생각하십니까?」

「비키시오!」 박사가 이를 악물고 말했다. 「안 비키면 보안관 지서에 연락해서 보안관보를 보내 달라고 하겠소. 의사로서 말하겠는데 —」

「의사로서 당신은 개벼룩만도 못한 새끼야.」 나는 그렇게 말하면서 비켜 주었다.

그의 얼굴이 시뻘게졌다. 표정 변화는 느리지만 뚜렷했다. 그는 분노를 억눌렀다. 그러더니 문을 열고 밖으로 나갔다. 조심스럽게 문을 닫았다. 문을 닫으면서 내 얼굴을 쳐다보았다. 그토록 꼴사나운 표정, 그토록 꼴사나운 얼굴은 내 평생 처음 보았다.

이윽고 내가 문 앞에서 돌아섰을 때, 아일린이 웃고 있었다.

「뭐가 그렇게 재미있어요?」 내가 버럭 소리쳤다.

「당신. 사람들한테 무슨 말이든 안 가리고 막 해버리죠? 로링 박사가 어떤 사람인지 몰라요?」

「그런 편이죠. 어떤 놈인지도 잘 알고.」

그녀가 손목시계를 들여다보았다. 「캔디가 들어올 시간이에요. 가서 확인해 볼게요. 차고 뒷방에 살거든요.」

그녀가 현관문을 나선 후 나는 자리에 앉아 웨이드를 바라보았다. 위대한 대작가께서 코를 골았다. 얼굴에 땀이 흥건했지만, 나는 담요를 치우지 않고 내버려 두었다. 1~2분이 지나 아일린이 캔디를 데리고 돌아왔다.

26

멕시코인은 흑백 체크무늬 셔츠와 주름을 많이 넣은 검은색 슬랙스 차림에 허리띠는 매지 않았고 흠잡을 데 없이 깨끗한 흑백 사슴 가죽 구두를 신고 있었다. 숱 많은 검은 머리를 뒤로 빗어 넘겼는데, 머릿기름인지 크림인지를 발라 반질반질했다.

「세뇨르.」 그가 비웃듯이 고개를 까딱 숙였다.

「저이를 위층으로 옮겨야 하는데 말로 씨 좀 도와줘, 캔디. 저이가 넘어져서 좀 다쳤어. 귀찮게 해서 미안해.」

「De nada, señora(괜찮습니다, 사모님).」 캔디가 미소를 지으며 말했다.

「저는 이제 자야겠어요.」 아일린이 내게 말했다. 「녹초가 돼버렸어요. 필요한 게 있으면 뭐든지 캔디한테 말씀하세요.」

그녀가 천천히 계단을 올라갔다. 캔디와 나는 그녀를 지켜보았다.

「매력적인 분이죠.」 캔디가 은밀히 속닥거렸다. 「여기서 주무실 거죠?」

「아닌데.」

「*Es lástima*(아쉽군요). 많이 외로운 분이에요, 우리 사모님.」

「그렇게 야릇한 표정으로 말하지 마, 인마. 이 인간이나 침대로 옮기자고.」

그는 소파에 누워 코를 고는 웨이드를 애처로운 눈으로 바라보며 중얼거렸다. 「*Pobrecito*(안쓰러워라).」 진심이 담긴 목소리였다. 「*Borracho como una cuba*(곤드레만드레 취해 버리셨네).」

「그래, 곤드레만드레 취한 데다 몸무게도 장난이 아니야.」 내가 말했다. 「네가 다리 쪽을 맡아.」

우리는 웨이드를 번쩍 들어 옮겼다. 납으로 만든 관처럼 무거워 둘이 들기도 버거웠다. 계단 꼭대기에서 개방형 발코니를 지나자 닫힌 문이 나타났다. 캔디가 턱짓으로 그 문을 가리켰다.

「*La señora*(부인 방이죠).」 그가 소곤거렸다. 「노크만 하면 열어 주실 텐데.」

그의 도움이 필요한 상황이라서 대꾸하지 않았다. 우리는 산송장과 다름없는 웨이드를 맞들고 다른 문으로 들어가 침대에 털썩 눕혔다. 나는 즉시 캔디의 팔을 움켜쥐었다. 겨드랑이 바로 밑, 손가락으로 누르면 몹시 아픈 곳이다. 나는 충분한 고통을 주었다. 그가 움찔 놀라더니 이내 험상궂은 표정을 지었다.

「너 이름이 뭐라고 했냐, 촐로?」[79]

「이 손 치워!」그가 소리쳤다. 「그리고 촐로라고 부르지 마.
나는 멕시코 촌놈 아니야. 내 이름은 후안 가르시아 데 소토
요 소토마요르. 칠레인이라고.」

「알았다, 돈 후안. 앞으로는 주제넘게 까불지 마. 쓸데없이
나서지도 말고, 상전들에 대해서 함부로 나불거리지도 말란
말이야.」

그가 내 손을 뿌리치며 뒤로 물러섰다. 검은 눈동자가 활
활 타올랐다. 그의 손이 셔츠 속으로 들어가더니 가늘고 긴
칼을 끄집어냈다. 칼을 제대로 보지도 않고 칼끝을 손바닥에
세워 균형을 잡았다. 그러다가 손을 확 내리면서 허공에 떠
있는 칼의 손잡이를 낚아챘다. 엄청나게 빠른 손놀림이었지
만 특별히 공들이는 기색조차 없었다. 그의 손이 어깨 높이
로 올라갔다가 홱 꺾이는 순간 허공을 가르며 날아간 칼이
나무 창틀에 꽂혀 부르르 떨었다.

「*Cuidado, señor*(조심하시오, 선생)!」지독한 경멸이 담긴
말투였다. 「손모가지 잘 간수하셔. 나 잘못 건드리면 재미없
다고.」

그가 사뿐사뿐 걸어가더니 창틀에 박힌 칼을 뽑아 허공에
던져 놓고, 발끝으로 빙글 돌면서 손을 등 뒤로 돌려 받아 냈
다. 찰칵 소리와 함께 칼이 셔츠 속으로 사라져 버렸다.

「근사하긴 한데 동작이 너무 화려하군.」

그가 내 쪽으로 걸어오며 비웃음을 던졌다.

「그러다가 자칫하면 팔꿈치 부러진다.」내가 말했다. 「이

79 멕시코인을 가리키는 멸칭.

294

렇게.」

나는 그의 오른쪽 손목을 낚아채서 균형을 무너뜨리고 옆으로 돌아 등 뒤로 이동한 후, 팔뚝을 구부려 그의 팔꿈치 안쪽에 집어넣었다. 내 팔뚝을 지렛목 삼아 그의 손목을 꺾었다.

「이대로 세게 비틀어 버리면 팔꿈치 관절이 부러지지. 한군데만 부러져도 충분해. 몇 달 동안 칼잡이 노릇은 못할 테니까. 거기서 더 힘껏 밀어 버리면 영원히 끝나는 거야. 자, 가서 웨이드 씨 구두나 벗겨.」

내가 손목을 놓아주자 그가 씩 웃었다.「좋은 기술이오. 기억해 두겠소.」

그가 돌아서서 웨이드의 구두 한 짝을 잡으려다가 동작을 멈추었다. 베개에 피가 묻어 있었다.

「누가 주인님한테 칼질을 했지?」

「내가 아니야. 그냥 넘어지면서 머리를 부딪혀 다친 거라고. 상처는 깊지 않대. 의사가 다녀갔어.」

캔디가 천천히 숨을 내쉬었다.「넘어질 때 보셨소?」

「내가 도착하기 전에 일어난 일이야. 이 친구를 좋아하는 모양이지?」

캔디는 대답하지 않았다. 그가 구두를 차례로 벗겼다. 우리는 웨이드의 옷을 하나하나 벗겨 냈고, 캔디가 녹색과 은색이 섞인 잠옷 한 벌을 꺼내 왔다. 우리는 웨이드에게 잠옷을 입히고 침대에 눕혀 잘 덮어 주었다. 그는 여전히 땀을 흘리고 여전히 코를 골았다. 캔디가 안쓰럽다는 듯이 웨이드를 내려다보며 반질반질한 머리를 좌우로 천천히 흔들었다.

「누군가는 보살펴 드려야겠소. 가서 옷 좀 갈아입고 오
겠소.」

「가서 눈 좀 붙여. 내가 보살필 테니까. 네가 필요하면 부
를게.」

그가 나를 똑바로 마주 보았다. 「잘 보살피는 게 좋을 거
요.」 조용한 목소리였다. 「아주 잘.」

그가 방에서 나갔다. 나는 화장실로 들어가서 물수건과 두
툼한 목욕 수건을 챙겼다. 웨이드를 조금 돌려 놓고 베개 위
에 목욕 수건을 깔았다. 다시 피가 나지 않도록 조심하면서
뒤통수에 묻은 피를 닦아 냈다. 그러자 얕지만 예리하게 5센
티미터쯤 찢어진 상처가 드러났다. 대수롭지 않은 상처였다.
이 점은 로링 박사의 말이 옳았다. 꿰맨다고 손해 볼 일은 없
겠지만 굳이 꿰맬 필요도 없을 듯싶었다. 나는 가위를 찾아
머리카락을 적당히 잘라 내고 반창고를 붙였다. 그러고 나서
그를 반듯이 눕혀 놓고 얼굴을 닦아 주었다. 그게 실수였던
모양이다.

웨이드가 눈을 떴다. 처음에는 눈이 흐리멍덩하고 초점이
없더니 이내 또렷해졌다. 그가 침대 옆에 서 있는 나를 보았
다. 손을 들어 머리를 만져 보다가 반창고를 찾아냈다. 입술
을 움직여 중얼거리더니 이내 목소리도 또렷해졌다.

「누가 때렸지? 자넨가?」 그가 반창고를 만지작거렸다.

「아무도 안 때렸어. 혼자 넘어진 거야.」

「넘어졌다고? 언제? 어디서?」

「아까 전화했던 거기서. 나한테 전화했잖아. 넘어지는 소리를 들었어. 전화선 너머로.」

「자네한테 전화를 걸었다고?」 그가 서서히 미소를 지었다. 「하루 종일 대기하고 있단 말이지? 몇 시쯤 됐나?」

「새벽 1시 넘었어.」

「아일린은 어디 있지?」

「자러 가셨지. 고생했으니까.」

그는 말없이 내 말을 곱씹었다. 두 눈에 아픔이 가득했다. 「혹시 내가……」 그러다가 주춤하며 입을 다물었다.

「내가 아는 한 부인 몸에 손을 대진 않았어. 궁금한 게 그 거라면 말이야. 그냥 바깥에서 돌아다니다가 울타리 근처에 쓰러져 의식을 잃었을 뿐이야. 이제 말하지 마. 다시 잠이나 자라고.」

「잠이라……」 그는 수업 내용을 외우는 아이처럼 작은 소리로 느릿느릿 말했다. 「그게 뭐더라?」

「수면제를 먹으면 잠이 오겠지. 혹시 있나?」

「서랍 속에. 저 협탁.」

나는 서랍을 열고 빨간색 캡슐이 든 플라스틱 약병을 꺼냈다. 세코날[80] 1백 밀리그램. 처방 의사, 닥터 로링. 그 마음씨 착한 로링 박사님이군. 로저 웨이드 부인에게 처방한 약이다.

나는 약병을 흔들어 두 알만 꺼내고 약병은 서랍에 도로 넣은 후, 탁자에 놓인 보온병에서 물 한 잔을 따랐다. 그는 캡

---

80 바르비탈산으로 만드는 속효성 중추 신경 안정제. 남용 사례가 많아 〈빨간 악마〉로 불린다.

슐 하나로 충분하다고 말했다. 약을 받아 먹고 물을 좀 마시더니 다시 누워 천장을 올려다보았다. 시간이 흘렀다. 나는 의자에 앉아 웨이드를 지켜보았다. 그는 여전히 잠이 오지 않는 듯했다. 이윽고 그가 천천히 말했다.

「방금 생각난 게 있어. 부탁 하나만 들어주게, 말로. 내가 아까 얼빠진 소리를 적어 놨는데, 아일린이 못 보게 했으면 좋겠네. 타자기에 올려놓고 덮개로 덮어 놨어. 나 대신 찢어서 버려 주게.」

「알았어. 생각나는 게 그것뿐인가?」

「아일린은 별일 없지? 확실하지?」

「그래. 좀 지쳤을 뿐이야. 걱정 말게, 웨이드. 생각도 그만하고. 내가 괜히 물어봤군.」

「생각을 그만하란 말이지.」 이제 조금은 졸린 듯한 목소리였다. 그가 혼잣말을 하듯이 중얼거렸다. 「생각도 그만, 꿈도 그만, 사랑도 그만, 미움도 그만. 편안히 주무시오, 우리 왕자님.[81] 아까 준 약도 마저 먹겠네.」

나는 그에게 약을 건네고 물도 더 따라 주었다. 그가 다시 누웠다. 이번에는 나를 보려고 고개를 돌리고 있었다.

「여보게, 말로, 내가 뭘 써놨는데 아일린이 못 보게 ─」

「아까 말했잖아. 자네가 잠들면 해결할게.」

「아, 고맙네. 자네가 같이 있어서 좋군. 정말 좋아.」

다시 긴 침묵이 흘렀다. 그의 눈꺼풀이 점점 무거워졌다.

81 셰익스피어의 희곡 「햄릿」에서 주인공 햄릿이 숨을 거둔 직후 그의 친구 호레이쇼가 한 말.

「사람 죽여 본 적 있나, 말로?」

「있어.」

「기분 더럽지?」

「그런 짓을 좋아하는 놈들도 있지.」

그가 눈을 감았다. 금방 다시 떴지만 눈빛이 게슴츠레했다. 「어떻게 좋아할 수가 있지?」

나는 대답하지 않았다. 눈꺼풀이 다시 내려앉았다. 아주 천천히, 마치 극장에서 느릿느릿 막을 내리듯이. 그가 코를 골기 시작했다. 조금 더 기다려 보았다. 이윽고 실내조명을 낮춰 놓고 방을 나섰다.

27

아일린의 방문 앞에서 걸음을 멈추고 귀를 기울였다. 방 안에 인기척이 전혀 없어 노크는 하지 않았다. 남편의 상태가 궁금하다면 그녀가 알아서 할 일이다. 아래층으로 내려가자 거실에 불이 환한데 아무도 없다. 전등 몇 개를 껐다. 현관문 근처에 서서 발코니를 올려다보았다. 거실 한복판은 천장이 건물 벽면의 가장 높은 곳까지 뚫려 있고 이리저리 교차하는 들보들이 발코니까지 지탱하는 구조였다. 발코니는 널찍하고 양쪽에는 높이 1미터 남짓한 튼튼한 난간이 있었다. 가로대와 난간살은 대들보에 어울리게 사각형으로 만들었다. 비늘살문 한 쌍으로 차단한 직사각형 아치 너머에 식당이 있었다. 식당 위는 하인들의 거처가 아닐까 짐작했다. 위층에서도 그쪽은 벽면으로 막아 놓았으니 이 집의 주방에서 올라가는 계단이 따로 있을 터였다. 웨이드의 방은 서재 위층에 있는 구석방이었다. 열어 놓은 방문으로 흘러나오는 불빛이 높다란 거실 천장을 비춰 주었다. 내 위치에서는 방문 상단이 한 뼘 남짓 보일 뿐이었다.

스탠딩 램프 하나만 남기고 전등을 모두 꺼버린 후 서재로 건너갔다. 문이 닫혀 있었지만 방 안에 전등을 두 개나 켜놓았는데 가죽 소파 옆에 세워 둔 스탠딩 램프와 갓을 씌운 탁상용 램프였다. 이 전등 밑에는 묵직한 받침대에 올려놓은 타자기가 있고 옆에는 누르스름한 종이가 어지럽게 널려 있었다. 나는 폭신한 의자에 앉아 방 안의 구조를 살펴보았다. 그가 어쩌다 머리를 다쳤는지 알고 싶었다. 왼손에 전화기를 들고 책상용 의자에 앉아 보았다. 의자 등판을 아주 느슨하게 풀어 놓은 상태였다. 등을 기대다가 자칫 뒤로 넘어지면 뒤통수를 책상 모서리에 부딪힐 터였다. 손수건에 침을 묻혀 책상 모서리를 닦아 보았다. 피는 묻어나지 않았다. 책상에는 온갖 잡동사니가 즐비했는데, 그중에는 청동 코끼리 두 마리 사이에 나란히 꽂아 놓은 책 한 줄과 고풍스러운 사각형 유리 잉크병도 있었다. 잉크병을 닦아 보았지만 결과는 마찬가지였다. 어차피 별로 의미도 없는 짓이다. 누군가 웨이드를 후려갈겼더라도 흉기가 이 방에 있다고 보장할 수는 없으니까. 게다가 아무도 없는 집에서 누가 그런 짓을 한단 말인가. 나는 일어나서 상인방 전등을 켰다. 불빛이 어둑어둑한 구석을 비추는 순간, 아니나 다를까, 뻔한 해답이 드러났다. 벽 앞에 사각형 금속제 쓰레기통이 종이를 다 쏟아 낸 채 쓰러져 있었다. 쓰레기통이 거기까지 걸어갔을 리는 없고, 아마 누군가 걷어차거나 내동댕이친 모양이다. 침 묻힌 손수건으로 뾰족한 모서리를 닦아 보았다. 이번에는 적갈색 핏자국이 묻어났다. 어렵지 않은 문제다. 웨이드가 넘어지면서 뾰족한 휴지통 모서리에 뒤통수를 찍힌 후 — 아마 살짝 스치는 정도였겠지만 — 일어나서 빌어먹을 물건을 냅다 걷어찼겠지. 간단하다.

그러고 나서 웨이드는 다시 술 한 잔을 후딱 마셔 버렸을 것이다. 그가 마시던 술은 소파 앞의 탁자에 놓여 있었다. 빈 병 하나, 술이 4분의 3 정도 남은 술병 하나, 물을 담은 보온병, 얼음 녹은 물이 담긴 은그릇. 술잔은 하나뿐이지만 넉넉한 크기였다.

술을 마신 다음에는 기분이 한결 좋아졌을 것이다. 그렇게 알딸딸한 상태에서 방바닥에 떨어진 수화기를 발견했겠지만 그걸로 무엇을 하고 있었는지는 기억하지 못했을 가능성이 높다. 그래서 그냥 전화기에 내려놓았을 것이다. 시간이 얼추 들어맞는다. 전화기에는 어떤 강박적인 면이 있다. 기계로 둘러싸인 우리 시대의 인간들은 전화기를 사랑하고 혐오하고 두려워한다. 그러면서도 늘 소중하게 다룬다. 술에 취해도 마찬가지다. 전화기는 물신숭배의 대상이니까.

일반적인 사람이라면 수화기를 내려놓기 전에 〈여보세요?〉 하고 확인해 보게 마련이다. 그러나 취해서 정신이 몽롱한 데다 방금 넘어졌다가 일어난 사람은 안 그럴 수도 있다. 어쨌든 상관없다. 수화기는 그의 아내가 올려놓았을지도 모르니까. 웨이드가 넘어지는 소리와 쓰레기통이 벽에 부딪히는 소리를 듣고 서재로 들어왔을지도 모른다. 그때쯤에는 마지막 한 잔에 완전히 취해 버린 웨이드가 비틀비틀 밖으로 나갔고, 앞마당 잔디밭을 걷다가 내가 발견한 곳에 쓰러져 정신을 잃었는지도 모른다. 지금 누군가 이리로 오는 중이다. 그러나 누구인지는 알 길이 없다. 혹시 베린저 박사일까.

여기까지는 그럴싸하다. 그런데 그의 아내는 그때 무엇을 할 수 있었을까? 웨이드를 감당할 힘도 없고 말로 설득할 수도 없는 데다 두려워서 엄두도 못 냈을 것이다. 그래서 누군가에게 연락해서 와서 좀 도와 달라고 부탁했을 것이다. 하인들은 외출해 버렸으니 전화로 연락하는 수밖에 없다. 그래, 분명히 누군가에게 전화를 걸었다. 친절하신 로링 박사에게 연락했다. 내 짐작일 뿐이지만 아마도 내가 도착한 이후에 연락했을 것이다. 나에게는 그런 말을 하지 않았는데.

여기서부터는 앞뒤가 안 맞는다. 일반적인 경우라면 우선 남편을 찾아보았을 테고, 찾은 다음에는 혹시 다치지나 않았는지 확인해 보았을 것이다. 따뜻한 여름밤에는 한동안 땅바닥에 누워 있어도 별일 없다. 어차피 그녀의 힘으로는 남편을 옮길 방법도 없다. 나도 안간힘을 써야 했으니까. 그러나 남편이 어디 있는지 막연히 짐작만 하는 상태였는데 문을 열어 놓고 문간에 서서 담배를 피우다니 뜻밖의 행동이 아닐 수 없다. 아니, 그럴 수도 있을까? 그녀가 남편 때문에 어떤 일들을 겪었는지, 웨이드가 만취 상태일 때 얼마나 위험한지, 그녀가 남편에게 접근하기를 얼마나 두려워하는지 나는 잘 모른다. 「이제 참을 만큼 참았어요.」 내가 도착했을 때 그녀가 말했다. 「그러니까 당신이나 찾아봐요.」 그러더니 집으로 들어가서 그대로 기절해 버렸다.

그 문제가 여전히 마음에 걸렸지만 일단 넘어가는 수밖에 없었다. 이런 상황을 워낙 자주 겪어 봐서 이제는 자기가 할 수 있는 일이 아무것도 없음을 깨달았으려니, 그래서 그냥 내버려 두는 수밖에 없었으려니, 그렇게 생각했다. 그러자. 그냥 내버려 두자. 땅바닥에 누웠건 말건, 남편을 옮길 만한 체력을 가진 사람이 나타날 때까지 내버려 두자.

그래도 마음에 걸렸다. 그리고 캔디와 내가 웨이드를 위층 침실로 옮기는 사이에 그녀가 자기 방으로 올라가 버렸다는 사실도 마음에 걸렸다. 그녀는 웨이드를 사랑한다고 말했다. 남편이기도 하고, 결혼한 지 5년이나 되었고, 맨 정신일 때는 아주 착한 사람이고…… 모두 그녀가 했던 말이다. 그러나 술에 취하면 딴사람이 되어 버린다. 위험하니까 멀찌감치 피하는 것이 좋다. 그래, 잊어버리자. 그래도 왠지 자꾸 마음에 걸렸다. 정말 두려웠다면 문을 열어 놓은 채 담배를 피우지는 않았을 텐데. 그저 실망하고 착잡하고 넌더리가 났을 뿐이라면 기절까지 하지는 않았을 텐데.

분명히 뭔가 있다. 다른 여자가 있을지도 모른다. 그 사실을 막 알게 되었는지도 모른다. 상대는 린다 로링일까? 그럴지도 모른다. 로링 박사는 그렇게 믿었고 아예 대놓고 그렇게 말했다.

그런 생각을 하다가 잠시 접어 두고 타자기 덮개를 벗겼다. 거기 있었다. 누르스름한 종이 몇 장에 타자를 친 글, 아일린이 보기 전에 없애 버려야 하는 글. 나는 이 원고를 소파로 가져갔고, 이제부터 글을 읽어야 하니까 한잔할 자격은 충분하다고 판단했다. 서재 옆에 작은 화장실이 있었다. 긴 술잔을 물에 헹군 다음 술을 따르고 소파에 앉아 글을 읽었다. 읽어 보니 정말 뒤죽박죽 이었다. 다음과 같은 내용이었다.

28

달은 보름날에서 나흘이 지난 형상이고, 벽면에 비친 네 모난 달빛이 크고 희부연 맹인의 눈처럼 나를 바라본다. 벽눈[82]이다. 이건 농담. 젠장, 시시껄렁한 직유법이다. 작가라는 놈들은 참. 뭐든지 다른 것과 비교해야 직성이 풀린다. 내 머리는 생크림처럼 흐물흐물하지만 그리 달콤하지 않다. 또 직유법을 써버렸다. 이 지독한 난장판을 떠올릴 때마다 토할 것 같다. 안 그래도 어차피 토할 지경이다. 보나마나 곧 토하겠지. 재촉하지 마라. 시간을 다오. 명치쯤에서 벌레들이 꿈틀꿈틀, 꿈틀꿈틀, 꿈틀꿈틀. 침대에 누우면 좀 나을 텐데 침대 밑에는 시꺼먼 짐승이 있고, 그놈이 부스럭거리며 이리저리 기어다니다가 침대 밑을 쿵 들이받으면 나는 또 나 말고는 아무도 들을 수 없는 비명을 지르고 말겠지. 꿈속의 비명, 악몽 속의 비명. 두려워할 것은 아무것도 없는데, 두려워할 것이 없으니 두렵지도 않

82 *wall eye.* 직역하면 〈벽눈〉이지만 각막백반, 사팔눈, 말의 푸른 눈, 눈이 큰 물고기 등 의미가 다양하다.

은데, 언젠가 내가 그렇게 침대에 누워 있고 시꺼먼 짐승이 침대 밑을 쿵쿵 들이받을 때 오르가슴을 느꼈다. 지금까지 온갖 더러운 짓을 했지만 그 일이 제일 역겹다.

몸이 지저분하다. 면도를 해야겠다. 손이 떨린다. 땀이 흐른다. 몸에서 악취가 진동한다. 셔츠 겨드랑이와 가슴과 등이 흠뻑 젖어 버렸다. 옷소매도 팔꿈치 안쪽까지 다 젖었다. 탁자에 놓인 술잔이 비어 있다. 이제 술을 따르려면 양손을 다 써야겠다. 한 잔만 더 마시면 진정이 될까. 술맛이 형편없다. 마셔 봤자 취하지도 않는다. 결국 잠도 못 잘 테고, 신경이 곤두서는 고통에 온 세상이 더불어 신음하리라. 참 좋은 술이지, 웨이드? 더 마셔라.

처음 이틀이나 사흘은 괜찮지만 이후 부작용이 나타난다. 괴로울 때 술을 마시면 잠시 나아지는 듯싶지만, 대가는 점점 커지고 만족감은 점점 줄다가 나중에는 결국 메스꺼움만 남는다. 그때는 베린저에게 연락하면 된다. 그래, 베린저, 지금 가겠소. 그런데 이제 베린저도 없다. 쿠바로 떠났거나 아예 세상을 떠나 버렸다. 여왕이 그를 죽였다. 불쌍한 우리 베린저, 이 무슨 운명이냐, 여왕과 동침하다가 죽음을 맞이하다니. 더구나 그런 여왕과 함께. 일어나라, 웨이드, 일어나서 여기저기 가보자. 한 번도 가보지 못한 곳으로, 한 번 가보면 두 번 다시 돌아가지 않을 곳으로. 이 문장이 말이 되나? 안 되는군. 괜찮아, 어차피 돈 받고 팔 것도 아닌데. 이쯤에서 긴 광고를 위해 잠깐 휴식.

그래, 해냈다. 내가 일어났다. 장하기도 하지. 나는 소파로 걸어갔고, 소파 앞에 무릎을 꿇은 채 양손을 소파에 올리고 얼굴을 가리고 울어 버렸다. 그러고 나서 기도를 했고 그렇게 기도하는 나를 경멸했다. 자신을 경멸하는 3등급 주정뱅이. 도대체 누구한테 기도하는 것이냐, 멍청아? 멀쩡한 사람이 기도할 때는 신앙심 때문이다. 병든 사람이 기도할 때는 두려움 때문이다. 기도 따위는 집어치워라. 이곳은 네가 스스로 만든 세계, 너 혼자 만들어 낸 세계다. 외부의 도움은 거의 없었는데 참 잘도 만들었구나. 기도는 그만해라, 바보야. 당당히 일어나 술을 마셔라. 다른 길을 찾기에는 이미 늦었다.

그래, 술병을 들었다. 두 손으로. 술잔에 따르는 일도 성공했다. 거의 한 방울도 안 흘렸다. 이제 토하지만 않으면 좋겠는데. 물도 좀 타는 게 좋겠지. 이제 천천히 들어 올려라. 서두르지 말고, 한 번에 너무 많이 마시지 말고. 몸이 따뜻해진다. 뜨거워진다. 땀이 그쳤으면 좋겠다. 술잔이 어느새 비어 버렸다. 다시 탁자 위에 놓였다.

안개가 달빛을 가렸지만, 나는 아랑곳하지 않고 술잔을 내려놓는다. 조심, 조심, 긴 꽃병에 장미 가지를 꽂듯이. 장미가 이슬을 머금고 고개를 끄덕인다. 어쩌면 나도 장미일까. 보라, 내 얼굴에도 이슬이 맺혔다. 이제 위층으로 올라가야지. 출발하기 전에 스트레이트로 한 잔만 더 마실까. 안 돼? 그래, 시키는 대로 할게. 내가 위층에 도착하면 가져다줘. 올라간 보람이 있어야 하잖아. 위층까지 무사히 올라가면 보상받을 자격이 있다고. 내가 나에게 보내는 경의의 표시랄까. 나는 나 자신을 이토록 사랑하지. 이 아름다운 사랑의 장점은 경쟁자가 없다는 사실.

여기서 한 줄 비우고. 올라갔다가 도로 내려왔다. 위층이 싫었다. 너무 높아서 심장이 마구 두근거렸다. 그런데도 나는 계속 자판을 두드렸다. 무의식은 정말 굉장한 마법사가 아닌가. 근무 시간만 일정하면 참 좋을 텐데. 위층에도 달빛이 비쳤다. 아마 같은 달이겠지. 달님은 여럿이 아니니까. 달은 우유 배달부처럼 오고 또 간다. 달의 우윳빛은 늘 한결같다. 우유의 달빛은 늘…… 잠깐, 바보야. 말이 꼬였잖아. 달의 병력(病歷)까지 들먹일 시간은 없다. 병력이라면 이 빌어먹을 계곡 전체를 뒤덮고도 남잖아.

그녀는 모로 누워 소리도 없이 잠들었다. 두 무릎을 끌어 올린 채. 나는 너무 조용하다고 생각했다. 잠을 잘 때는 누구나 소리를 내기 마련인데. 어쩌면 잠든 게 아니라 잠을 청하는 중인지도 모른다. 더 가까이 가보면 알겠지. 이러다 넘어질라. 그녀가 한쪽 눈을 떴는데…… 아닌가? 그녀가 나를 보았을까, 못 보았을까? 아니야. 나를 봤으면 일어나 앉아서 말을 걸었겠지. 어디 아파, 여보? 그래, 나 좀 아파, 여보. 하지만 걱정하지 마, 어차피 이 병은 당신 병이 아니라 내 병이니까, 당신은 그냥 고요히 사랑스럽게 잠을 자면 돼, 아무것도 기억하지 말고, 그러면 내 오물이 당신에게 묻는 일은 없을 테니까, 무섭고 어둡고 추악한 것들은 당신 곁에 얼씬도 못할 테니까.

한심하구나, 웨이드. 형용사를 세 개나 써버리다니, 형

편없는 글쟁이잖아. 지지리도 못난 놈, 아니, 의식의 흐름
도 제대로 따라가지 못해서 형용사를 세 개나 쓰냐? 나는
다시 난간을 붙잡고 아래층으로 내려왔다. 계단을 내려올
때 속이 울렁거렸지만 나 자신에게 약속을 하며 위기를 넘
겼다. 1층까지, 서재까지, 마침내 소파까지 무사히 도착하
여 심장 박동이 가라앉을 때까지 기다렸다. 술병은 가까이
있다. 웨이드 자택에서 한 가지 확실한 것은 술병이 늘 가
까운 곳에 있다는 사실이다. 아무도 술병을 감추거나 찬장
문을 잠그지 않는다. 마실 만큼 마시지 않았어, 여보? 그러
다가 탈나겠어. 그렇게 말하는 사람도 없다. 모로 누워 장
미처럼 감미롭게 자고 있을 뿐이다.

　캔디에게 돈을 너무 많이 주었다. 실수다. 땅콩 한 봉지
로 시작해서 바나나 한 개로 올려 줘야 했는데. 그런 다음
에야 비로소 조금씩 천천히 인상해 주었으면 늘 열심히 일
했을 텐데. 처음부터 많은 돈을 덥석덥석 안겨 주면 머지
않아 한밑천 장만하게 된다. 멕시코에 가면 여기서 하루
겨우 먹고살 돈으로 한 달 동안 흥청망청할 수 있다. 그런
밑천을 마련하고 나면 녀석이 어떻게 나올까? 글쎄, 돈을
더 벌 수 있다고 생각하면서도 지금 가진 돈에 만족하는
사람이 과연 있을까? 어쩌면 괜찮을지도 모른다. 어쩌면
눈빛부터 교활한 저 개자식을 죽여야 할지도 모른다. 선량
한 남자가 나 대신 죽었는데, 흰색 상의를 입은 바퀴벌레
한 마리를 못 죽일 이유가 뭐냐?

　캔디는 잊어버리자. 바늘을 무디게 만드는 방법은 얼마

든지 있다. 다른 남자는 영원히 잊을 수 없다. 내 간에 녹색 불길로 새겨졌으니까.

전화를 걸어야겠다. 통제를 못하겠다. 느껴진다, 두근두 근, 두근두근, 두근두근. 분홍색 벌레들이 얼굴로 기어오 르기 전에 누구에게든 전화해야겠다. 빨리 전화, 전화, 전 화. 수시티에 사는 수에게 연락해 보자. 여보세요, 교환이 죠, 장거리 전화 좀 부탁합니다. 여보세요, 장거리 전화죠, 수시티 사는 수 좀 연결해 주세요. 전화번호가 뭐냐고요? 전화번호는 모르고 이름만 알아요, 교환원 아가씨. 10번가 에 가면 이삭이 여물어 가는 키 큰 옥수숫대 아래로 그늘 을 따라 걸어가는 수를 만날 수 있는데…… 알았어요, 아가 씨, 알았다고요. 그럼 전화 연결은 취소하고 하나만 얘기 할게요. 아니, 뭐 좀 물어보려고요. 아가씨가 내 장거리 전 화를 취소해 버리면, 기퍼드가 런던에서 자주 연다는 호화 판 파티 비용은 누가 다 내죠? 그래요, 아가씨 일자리는 끄 떡없다고 생각하는군요. 그거야 아가씨 생각이죠. 이봐요. 기퍼드와 직접 통화하는 게 낫겠어요. 연결해 줘요. 방금 사환이 그분한테 차를 가져다줬어요. 혹시 통화를 못하게 되면 통화할 수 있는 분을 보내 드릴게요.

이런 이야기는 왜 쓰고 있지? 무슨 생각을 하기 싫어서 이러는 걸까? 전화. 지금 전화해야겠다. 상태가 점점 심각 해지는데, 너무 심각해서…….

거기까지였다. 나는 종이를 조그맣게 접어 지갑과 함께

안주머니에 넣어 두었다. 유리문을 활짝 열고 테라스로 나갔다. 달빛이 조금 흐려졌다. 그래도 아이들 밸리는 여름철을 맞이했고 여름은 결코 시들지 않는다. 나는 그곳에 서서 미동도 없는 무채색 호수를 내려다보며 생각하고 고민했다. 그때 총성이 들렸다.

29

    발코니 위의 두 방에 불을 켜놓았는데 방문이 둘 다 활짝 열려 있었다. 아일린의 방과 로저의 방이다. 아일린의 방에는 아무도 없었다. 로저의 방 쪽에서 몸싸움을 벌이는 소리가 들려 부리나케 뛰어들자, 아일린이 침대 위로 몸을 숙인 채 로저와 힘겨루기를 하고 있었다. 검게 반들거리는 권총이 허공으로 솟구쳤는데, 하나는 남자의 커다란 손, 하나는 여자의 조그마한 손, 그렇게 두 손이 권총을 움켜쥐었지만 어느 쪽도 손잡이를 차지하지 못했다. 로저는 침대 위에 일어나 앉은 자세로 상체를 숙이며 아일린을 밀어내려 했다. 아일린은 하늘색 누비 실내복 차림이었는데 머리카락이 흐트러져 얼굴을 가린 상태였다. 그 순간 그녀가 두 손으로 권총을 붙잡더니 재빨리 잡아당겨 빼앗아 버렸다. 그가 술에 취하기는 했지만 그녀에게 그런 힘이 있다니 놀라운 일이었다. 로저가 그녀를 노려보며 벌렁 드러누워 숨을 헐떡였고, 아일린은 뒤로 물러나다가 나에게 부딪혔다.

    그녀는 나에게 몸을 기댄 채 두 손으로 움켜쥔 권총을 자기 몸에 붙이고 힘껏 눌렀다. 헐떡이며 흐느끼는 모습이 힘겨워 보였다. 나는 그녀를 껴안으며 한 손을 권총에 얹었다.

그녀가 빙글 돌아섰다. 내가 들어왔다는 사실을 이제야 알아차린 모양이다. 그녀가 눈을 크게 뜨더니 축 늘어지며 나에게 기댔다. 그러면서 권총에서 손을 뗐다. 무겁고 투박한 웨블리 더블액션 해머리스[83]였다. 총신이 따뜻했다. 나는 한 팔로 아일린을 안은 채 권총을 주머니에 넣고 그녀의 머리 너머로 로저를 바라보았다. 아무도 입을 열지 않았다.

이윽고 그가 눈을 뜨더니 피로에 지친 미소를 머금었다. 「아무도 안 다쳤어.」 그가 중얼거렸다. 「잘못 나가서 천장에 맞았을 뿐이야.」

나는 그녀의 몸이 굳어지는 것을 느꼈다. 그녀가 내 품에서 벗어나려 했다. 눈빛이 맑고 또렷했다. 나는 그녀를 놓아주었다.

「로저.」 넌더리가 난다는 듯이 속삭이는 목소리로 그녀가 말했다. 「꼭 그래야 했어?」

그는 올빼미처럼 눈을 휘둥그레 뜨고 입술을 핥으며 아무 대꾸도 하지 않았다. 그녀가 화장대 쪽으로 가서 등을 기댔다. 무의식적으로 한 손을 들어 얼굴을 가린 머리카락을 걷어 냈다. 그러더니 머리끝부터 발끝까지 부르르 떨며 고개를 절레절레 흔들었다. 「로저.」 그녀가 다시 속삭였다. 「불쌍한 로저. 불쌍하고 한심한 로저.」

---

83 〈더블액션〉은 방아쇠를 잡아당기면 동시에 공이치기가 당겨지고 격발까지 되는 방식, 〈해머리스〉는 공이치기가 외부로 노출되지 않은 형태.

그는 이제 천장을 똑바로 올려다보고 있었다. 「악몽을 꿨어.」 그가 천천히 말했다. 「누군가 칼을 들고 나를 내려다봤어. 누군지는 모르겠어. 캔디를 조금 닮긴 했는데. 설마 캔디는 아니겠지만.」

「당연히 아니지, 여보.」 아일린이 상냥하게 말했다. 그녀는 화장대를 떠나 침대 가장자리에 걸터앉았다. 손을 내밀어 로저의 이마를 쓰다듬었다. 「캔디는 아까 자러 갔어. 더구나 캔디가 왜 칼을 들고 있겠어?」

「멕시코인이잖아. 다들 칼을 갖고 다녀.」 로저가 여전히 냉담하고 무덤덤한 목소리로 말했다. 「다들 칼을 좋아하니까. 그리고 캔디는 나를 싫어해.」

「자네를 좋아하는 사람은 없어.」 내가 쌀쌀맞게 말했다.

그러자 그녀가 재빨리 돌아보았다. 「그러지 마요. 그런 식으로 말하지 말라고요. 이 사람은 몰랐어요. 꿈을 꾸는 바람에 ―」

「권총은 어디서 나온 겁니까?」 나는 로저 쪽은 거들떠보지도 않고 아일린을 지켜보며 소리쳤다.

「저 협탁. 서랍 속에서.」 그가 고개를 돌리고 내 눈을 마주보았다. 그러나 서랍 속에는 권총이 없었고, 내가 그것을 안다는 사실을 로저도 알고 있었다. 그곳에는 알약과 몇몇 잡동사니가 있을 뿐 권총 따위는 없었다.

「아니면 베개 밑에서.」 그가 덧붙였다. 「생각이 안 나. 한발 쐈는데…….」 그가 무거운 손을 들어 천장을 가리켰다. 「저쪽이야.」

나는 고개를 들었다. 회칠한 천장에 구멍 같은 것이 보였다. 그 밑으로 가서 올려다보았다. 맞다. 총알에 뚫린 듯한 구멍이다. 이 권총으로 쐈다면 총알이 천장을 뚫고 다락방으로 날아들었을 것이다. 나는 침대로 다가가서 싸늘한 시선으로 그를 내려다보았다.

「젠장. 자살하려고 했군. 악몽을 꾼 게 아니었어. 자기 연민에 빠져 허우적거렸을 뿐이지. 권총은 서랍 속에도 없었고 베개 밑에도 없었어. 자네는 아까 일어나서 권총을 가져왔고 다시 침대에 누웠어. 그리고 이 꼴사나운 난장판을 단숨에 해결해 버리기로 마음먹은 거야. 하지만 차마 엄두가 안 났겠지. 간신히 한 발 쏘긴 했지만 아무것도 맞힐 생각이 없었어. 그때 부인이 달려왔어. 자네가 원하는 게 바로 그거였지. 연민과 동정. 그것뿐이야. 몸싸움도 흉내만 낸 거였어. 자네가 원하지 않았다면 부인한테 권총을 빼앗겼을 리가 없지.」

「나는 환자잖아. 하지만 자네 말이 맞을지도 몰라. 어느 쪽이든 뭐가 달라져?」

「달라지고말고. 자네는 정신 병원으로 끌려갈 테니까. 거기서 일하는 놈들은 조지아 강제 노역장 간수들만큼도 동정심이 없다고.」

그러자 아일린이 벌떡 일어섰다. 「그만해요!」 그녀가 날카롭게 말했다. 「아픈 사람이라는 거 알잖아요.」

「아프고 싶겠죠. 난 그냥 저 친구한테 어떤 대가를 치러야 하는지 일깨워 줬을 뿐이에요.」

「그런 얘기를 할 때가 아니잖아요.」

「부인은 방으로 돌아가요.」

그러자 그녀가 눈을 부라렸다. 「감히 나한테 —」

「방으로 가시라니까. 경찰 부르기 전에. 이런 사건은 원래 신고해야 돼요.」

로저가 웃어 버릴 듯한 표정을 지었다. 「그래, 경찰 불러. 테리 레녹스 때도 그랬어야지.」

나는 들은 체도 하지 않았다. 여전히 그녀를 보고 있었다. 그녀는 이제 지치고 연약한 모습이었지만 굉장히 아름다웠다. 이글거리는 분노의 순간은 이미 지나가 버렸다. 나는 한 손을 내밀어 그녀의 팔을 만졌다.

「괜찮아요. 또 그러지는 못할 테니까. 가서 자요.」

그녀는 남편을 한참 바라보다가 밖으로 나갔다. 열린 문으로 아일린이 보이지 않게 되었을 때 나는 그녀가 앉았던 침대 가장자리에 걸터앉았다.

「약 좀 더 줄까?」

「됐어. 잠이야 자든 못 자든 상관없어. 기분이 아까보다 훨씬 더 좋아졌거든.」

「권총 얘기는 내 말이 맞나? 그냥 미친 짓을 한 거 맞아?」

「대충 맞아.」 그가 고개를 돌려 버렸다. 「머리가 몽롱해서 그랬겠지.」

「자살은 아무도 못 말려. 그게 자네 진심이라면. 내가 알아. 자네도 알고.」

「그래.」 그는 여전히 나를 외면하고 있었다. 「부탁한 일은 해결했나? 타자기에 숨겨 둔 그거?」

「해결했지. 아직도 기억하다니 뜻밖이야. 얼빠진 소리를 써 갈겼더군. 그래도 타자 솜씨는 깔끔해서 신기했어.」

「그건 언제나 마찬가지야. 만취 상태든 맨 정신이든, 적어도 어느 시점까지는.」

「캔디 문제는 걱정 말게.」 내가 말했다. 「캔디가 자네를 싫어한다는 건 오해야. 그리고 자네를 좋아하는 사람이 없다는 말은 진심이 아니었어. 아일린을 떠보려고, 화나게 하려고 해본 말이야.」

「왜?」

「아까 기절했거든.」

그러자 그가 살짝 고개를 가로저었다. 「아일린은 기절하는 법이 없어.」

「그럼 연극이었군.」

이 말도 마음에 들지 않는 듯했다.

「그 말은 무슨 뜻이었지?」 내가 물었다. 「선량한 남자가 자네 대신 죽었다는 말?」

그는 눈살을 찌푸리며 생각해 보았다. 「헛소리겠지. 아까도 말했듯이 꿈을 꿨는데 ―」

「그게 아니라 자네가 타자로 친 헛소리 말이야.」

그러자 그는 베개를 벤 머리가 어마어마하게 무겁다는 듯 느릿느릿 고개를 돌리고 비로소 나를 쳐다보았다. 「그것도 꿈이었어.」

「다시 물어볼게. 캔디한테 무슨 약점이라도 잡혔나?」

「말 같잖은 소리.」 그러면서 그는 눈을 감아 버렸다.

나는 일어나서 방문을 닫았다. 「언제까지나 도망칠 수는 없어, 웨이드. 그래, 캔디라면 공갈 협박도 마다하지 않을 놈이지. 그럴 만해. 그것도 아주 사근사근하게. 자네를 좋아하면서도 돈을 뜯어낼 만한 놈이니까. 그런데 무슨 일이야? 여자 문제?」

「얼간이 로링 말을 그대로 믿는 모양이군.」 그가 눈을 감은 채 말했다.

「꼭 그렇진 않아. 그럼 그 여자 여동생인가? 죽은 여자?」

대충 넘겨짚었는데 정곡을 찌른 모양이다. 그가 퍼뜩 눈을 떴다. 입술에 묻은 침이 풍선처럼 부풀었다.

「그 일 때문이었나, 자네가 여기 온 이유가?」 그가 천천히, 속삭이듯이 물었다.

「무슨 소리야, 불러서 왔을 뿐인데. 자네가 불렀잖아.」

베개에 놓인 머리가 좌우로 흔들거렸다. 세코날을 먹었는데도 여전히 신경이 곤두서 있는 듯했다. 얼굴에 땀이 흥건했다.

「아내를 사랑하면서도 간통을 저지르는 놈은 나뿐만이 아니잖아. 나 좀 내버려 둬, 빌어먹을. 내버려 두란 말이야.」

나는 화장실에서 수건을 가져다가 그의 얼굴을 닦아 주었다. 그러면서 비웃는 듯한 미소를 지었다. 세상에서 으뜸가는 개자식처럼 행동했다. 상대가 쓰러졌을 때 발길질을 퍼붓는 놈. 그는 이미 쇠약해졌다. 저항할 수도 없고 반격할 수도 없다.

「그 문제는 나중에 다시 얘기하기로 하지.」 내가 말했다.

「나는 미치지 않았어.」

「미치지 않았다고 믿고 싶겠지.」

「인생이 지옥 같았어.」

「그야 그랬겠지. 누가 봐도 분명했으니까. 흥미로운 대목은 왜 그랬느냐는 거야. 자, 이거나 먹어.」 나는 협탁에서 꺼낸 세코날 한 알과 물 한 잔을 건넸다. 그는 한쪽 팔꿈치를 짚고 몸을 일으키며 물잔을 잡으려 했지만 한 뼘이나 빗나가 버렸다. 나는 물잔을 그의 손에 쥐여 주었다. 그는 간신히 물을 마시고 약을 삼켰다. 그리고 다시 눕더니 축 늘어져 버렸다. 얼굴에 남아 있던 감정이 깨끗이 지워졌다. 너무 초췌해 보였다. 마치 시체를 보는 듯했다. 오늘 밤은 아무도 계단 아래로 내동댕이치지 못할 터였다. 영원히 그럴지도 모른다.

그의 눈꺼풀이 무겁게 내려앉은 후 나는 방을 나섰다. 골반에 닿은 웨블리 권총의 무게 때문에 주머니가 축 늘어졌다. 나는 아래층으로 내려가려고 걸음을 옮겼다. 아일린의 방 문이 열려 있었다. 방 안은 어두웠지만 스며드는 달빛 때문에 방문 바로 안쪽에 서 있는 그녀의 윤곽이 어렴풋이 보였다. 그때 그녀가 뭐라고 소리쳤는데, 누군가의 이름인 듯했지만 내 이름은 아니었다. 나는 그녀에게 다가갔다.

「조용히 해요.」 내가 말했다. 「방금 잠들었어요.」

「언젠가는 당신이 돌아올 줄 알았어.」 그녀가 다정하게 말했다. 「10년이 지났어도.」

나는 그녀를 유심히 살펴보았다. 우리 둘 중 하나는 제정신이 아니었다.

「문 닫아.」 여전히 달콤한 목소리로 그녀가 말했다. 「지금까지 당신만 기다렸어.」

나는 돌아서서 문을 닫았다. 그 순간에는 그렇게 하고 싶었다. 내가 다시 돌아섰을 때 그녀는 벌써 내 쪽으로 쓰러지는 중이었다. 그래서 얼른 붙잡았다. 그럴 수밖에 없었다. 그러자 그녀가 나를 힘껏 부둥켜안았고 그녀의 머리카락이 내 얼굴을 스쳐 갔다. 그녀의 입술이 다가오며 입맞춤을 요구했다. 그녀는 떨고 있었다. 그녀의 입술이 열리고 이가 열리고 그 사이로 혀가 나타났다. 그때 그녀가 두 손을 내리고 뭔가를 잡아당기는 듯싶더니 실내복 앞섶이 스르르 벌어졌다. 그러자 「9월의 아침」[84] 같은 알몸이 드러났지만 그림과 달리 수줍음 따위는 찾아볼 수 없었다.

「침대로 데려다줘.」 그녀가 속삭였다.

나는 시키는 대로 했다. 두 팔로 그녀를 끌어안으며 그녀의 맨살을, 매끄러운 피부를, 말랑말랑한 몸을 만졌다. 그녀를 번쩍 들고 몇 걸음 걸어가서 침대에 내려놓았다. 그녀는 두 팔로 내 목을 휘감은 채 떨어지려 하지 않았다. 그녀의 목구멍 속에서 휘파람 같은 소리가 흘러나왔다. 그녀가 몸부림을 치며 신음 소리를 냈다. 정말 죽을 지경이었다. 나는 종마처럼 후끈 달아올랐다. 자제력이 사라져 갔다. 그런 여자에게 그런 유혹을 받는 것은 언제 어디서도 흔치 않은 일이다.

캔디가 나를 구해 주었다. 조그맣게 삐걱거리는 소리가 들

---

84 프랑스 화가 폴 에밀 샤바의 유화(1911). 얕은 물속에서 목욕하는 소녀를 그려 논란을 일으켰다.

려 돌아보니 문손잡이가 서서히 돌고 있었다. 나는 아일린을 뿌리치고 문 쪽으로 몸을 날렸다. 문을 열고 뛰쳐나갔더니 멕시코인이 복도를 지나 아래층으로 달려가고 있었다. 그는 계단을 반쯤 내려가서 걸음을 멈추고 능글맞은 표정으로 나를 돌아보았다. 그리고 이내 사라져 버렸다.

나는 아일린의 방으로 돌아가서 문을 닫았다. 그러나 이번에는 바깥에서 닫았다. 침대에 누운 여자가 괴상한 소리를 냈지만 이제 그 이상의 의미는 없었다. 괴상한 소리일 뿐. 마법은 이미 깨져 버렸다.

나는 허둥지둥 아래층으로 내려가 서재로 들어갔고, 스카치 한 병을 움켜쥐고 벌컥벌컥 병나발을 불었다. 도저히 더 마실 수 없을 때까지 마시고 나서 벽에 기대고 헐떡이면서 온몸을 태울 듯이 뜨거운 술기운이 머리까지 올라오기를 기다렸다.

간밤에 저녁 식사를 하고 나서 벌써 시간이 많이 흘렀다. 언제 마지막으로 멀쩡한 행동을 했는지도 모르겠다. 위스키는 신속하고 강렬하게 효력을 발휘했다. 나는 연거푸 술을 들이켰다. 이윽고 방 안이 흐릿해지고 가구들이 빙빙 돌고 불빛은 도깨비불이나 마른번개처럼 몽롱해졌다. 나는 비로소 가죽 소파에 벌러덩 누워 버렸다. 술병을 가슴에 올려놓고 균형을 잡으려 했다. 술병은 이미 비어 버린 듯했다. 술병이 쓰러져 방바닥에 쿵 떨어졌다.

이후의 일은 아무것도 기억나지 않는다.

30

한 가닥 햇살이 한쪽 발목을 간지럽혔다. 눈을 뜨자 푸르스름한 하늘을 배경으로 살랑살랑 흔들리는 나무 우듬지가 보였다. 돌아누웠더니 한쪽 뺨에 가죽의 감촉이 느껴졌다. 누군가 내 머리를 도끼로 쿵쿵 찍는 듯했다. 일어나 앉았다. 담요 한 장이 덮여 있었다. 나는 담요를 젖히고 두 발을 방바닥에 내려놓았다. 눈을 가늘게 뜨고 벽시계를 쳐다보았다. 1분만 지나면 6시 30분이다.

두 발로 일어서기만 하는 데도 오기가 필요했다. 의지력이 필요했다. 크나큰 노력이 필요한데 예전처럼 기운이 남아돌지 않았다. 고되고 가혹한 세월에 지쳐 버린 탓이다.

나는 힘겹게 세면대로 가서 넥타이를 풀고 셔츠를 벗은 후 양손으로 얼굴과 머리에 찬물을 끼얹었다. 그렇게 흠뻑 젖어 버린 후 수건으로 난폭하게 물기를 닦아 냈다. 셔츠를 입고 다시 넥타이를 매고 재킷을 챙기는데 주머니 속의 권총이 벽면에 쿵 부딪혔다. 권총을 꺼내고 회전식 탄창을 젖혀 실탄을 손바닥에 쏟아 냈다. 다섯 발은 멀쩡했고 한 발은 그을린 탄피뿐이었다. 그때 이런 생각이 들었다. 이래 봤자 무슨 소용이냐, 총알은 얼마든지 있을 텐데. 그래서 실탄을 다시 장전한 후 권총을 서재로 가져가서 책상 서랍에 넣어 두었다.

그러고 나서 고개를 들어 보니 캔디가 문간에 서 있었다. 흰색 상의를 말쑥하게 차려입었는데, 뒤로 빗어 넘긴 머리가 새까맣게 반질거리고 눈빛은 독살스러웠다.

「커피 좀 드시겠소?」

「고맙네.」

「내가 전등을 껐소. 주인님은 괜찮소. 주무시니까. 내가 방문을 닫아 드렸지. 당신은 왜 취했소?」

「그럴 필요가 있었으니까.」

그가 나를 비웃었다. 「사모님을 어쩌지 못하셨군? 퇴짜 맞고 쫓겨나셨어, 탐정 나리.」

「마음대로 생각해라.」

「오늘 아침은 별로 사납지 않으시네, 탐정 나리. 전혀 사납지 않으셔.」

「염병할, 커피나 가져와!」 내가 버럭 소리쳤다.

「*Hijo de la puta* (갈보 새끼)!」

나는 순식간에 달려들어 그의 팔을 움켜쥐었다. 그는 움직이지 않았다. 경멸이 가득한 눈으로 나를 쳐다볼 뿐이었다. 나는 웃음을 터뜨리며 그의 팔을 놓아 주었다.

「네 말이 맞다, 캔디. 나는 사나운 놈이 아니야.」

그가 돌아서서 나갔다. 그리고 얼마 안 되어 은쟁반에 작은 은제 커피 주전자, 설탕, 크림, 가지런히 접은 삼각형 냅킨을 담아 들고 돌아왔다. 그는 쟁반을 탁자에 내려놓고 빈 술병을 비롯하여 술 마신 흔적을 모두 치웠다. 바닥에 떨어진 술병도 챙겼다.

「맛있을 거요. 방금 끓였소.」그는 이 말을 남기고 나가 버렸다.

나는 블랙으로 두 잔 마셨다. 그러고 나서 담배를 피워 보았다. 피울 만했다. 나는 여전히 인류의 일원이었다. 이윽고 캔디가 다시 들어왔다.

「아침 드시겠소?」그가 퉁명스럽게 물었다.

「고맙지만 안 먹어.」

「그럼 어서 나가시오. 우리는 당신이 여기 있는 게 싫으니까.」

「우리가 누군데?」

그는 담배 상자를 열고 한 개비를 꺼냈다. 불을 붙이더니 무례하게 내 쪽으로 연기를 내뿜었다.

「주인님은 내가 보살피겠소.」그가 말했다.

「그럴 만한 보람이 있나?」

그는 얼굴을 찡그리다가 곧 고개를 끄덕였다. 「있고말고. 돈벌이가 쏠쏠하지.」

「부수입을 얼마나 챙기는데? 알게 된 사실을 누설하지 않는 대가로?」

그러자 그가 다시 스페인어를 썼다. 「*No entendido*(못 알아들었소).」

「알아들었잖아. 얼마나 뜯어내지? 보나마나 2야드는 안 넘겠지만.」

「무슨 소리요? 2야드라니?」

「2백 달러 말이야.」

그가 빙그레 웃었다. 「당신이야말로 2야드 내셔야겠소, 탐정 나리. 그럼 간밤에 당신이 사모님 방에서 나오더라는 얘기를 주인님한테 일러바치진 않을 테니까.」

「그 돈이면 너 같은 밀입국자 수십 명도 사겠다.」

그는 으쓱 어깻짓을 하며 내 말을 무시해 버렸다. 「주인님도 뚜껑 열리면 꽤나 사납지. 돈 내는 편이 나을걸, 탐정 나리.」

「양아치 같은 놈.」 내가 경멸조로 내뱉었다. 「그래 봤자 넌 푼돈밖에 못 만져. 술 마시고 바람피우는 남자는 흔해 빠졌으니까. 더구나 부인도 벌써 다 아는 사실이야. 돈 뜯을 만한 건수가 아니라고.」

그의 눈빛이 이글거렸다. 「어쨌든 다시는 얼씬거리지 마시오, 사나운 탐정 나리.」

「안 그래도 가려던 참이야.」

나는 일어나서 탁자 주변을 서성거렸다. 그는 조금씩 몸을 돌리며 끊임없이 나를 주시했다. 그의 손을 살펴보았지만 오늘 아침엔 분명히 칼이 없었다. 충분히 가까워졌을 때 냅다 따귀를 후려갈겼다.

「멕시코 하인 나부랭이가 누구한테 감히 갈보 새끼래. 나는 볼일이 있어서 왔고, 언제든지 마음대로 다시 올 거야. 앞으로는 아가리 조심해. 까불다가 권총으로 두들겨 맞지 말고. 예쁘장한 얼굴이 뭉개진 다음엔 후회해도 소용없어.」

326

그러나 그는 반응을 보이지 않았고 따귀를 맞은 내색조차 하지 않았다. 그런 일을 당한 데다 멕시코인이라는 말까지 들었으니 지독한 모욕감을 느낄 터였다. 그런데도 이번에는 굳은 표정으로 잠자코 서 있기만 했다. 그러더니 말없이 쟁반을 집어 들고 나가 버렸다.

「커피 잘 마셨다.」내가 그의 뒷모습을 보며 말했다.

그는 묵묵히 걸음을 옮겼다. 캔디가 사라진 후 나는 수염이 까칠까칠한 턱을 만져 보다가 부르르 진저리를 치고 이 집을 떠나기로 마음먹었다. 웨이드 집안이라면 이제 넌더리가 난다.

거실을 지나갈 때 아일린이 계단을 내려왔다. 흰색 슬랙스, 발가락을 드러낸 샌들, 하늘색 셔츠 차림이었다. 그녀가 깜짝 놀란 표정으로 나를 보았다. 「여기 계신 줄 몰랐어요, 말로 씨.」마치 일주일 만에 만난 사람, 지난번에 느닷없이 차를 마시려고 들렀던 사람을 대하는 듯한 말투였다.

「권총은 책상 서랍에 뒀어요.」내가 말했다.

「권총?」그녀는 비로소 기억을 되살리는 듯했다. 「아, 간밤엔 좀 어수선했죠? 어쨌든 댁으로 가신 줄 알았어요.」

나는 그녀에게 다가갔다. 가느다란 금목걸이를 목에 걸었는데 흰색 에나멜 바탕에 금색과 파란색으로 장식한 펜던트가 달려 있었다. 파란색 에나멜 부분은 날개 한 쌍처럼 보였는데 아직 펼치지 않은 모습이었다. 날개 앞에서는 흰색 에나멜과 금으로 만든 넓적한 단검이 두루마리를 꿰뚫고 있었다. 글자는 읽을 수 없었다. 아마도 군대에서 사용하는 휘장인 듯했다.

「취해 버렸거든요.」내가 대답했다. 「일부러, 품위 없게 퍼마셨죠. 좀 외로워서.」

「외로워할 필요는 없었는데.」그녀의 눈빛이 물처럼 맑았다. 가식 따위는 전혀 없었다.

「생각하기 나름이겠죠. 이제 가볼게요. 다시 올지는 모르겠어요. 권총 얘기는 들으셨죠?」

「책상 서랍에 뒀다고 하셨잖아요. 다른 데로 옮기는 게 나을지도 몰라요. 하지만 설마 그이가 정말 자살하려고 하진 않았겠죠?」

「내가 대답할 일은 아니군요. 하지만 다음번엔 정말 저지를지도 몰라요.」

그녀가 고개를 가로저었다. 「내 생각은 달라요. 정말 아니라고 생각해요. 간밤엔 정말 큰 신세를 졌어요, 말로 씨. 어떻게 감사해야 좋을지 모르겠네요.」

「엄청난 보답을 하려고 하시더군요.」

그러자 그녀가 얼굴을 붉혔다. 그러나 곧 웃음을 터뜨렸다. 「간밤에 아주 신기한 꿈을 꿨어요.」그녀가 내 어깨 너머를 바라보며 천천히 말했다. 「내가 알던 사람이 우리 집에 나타났거든요. 10년 전에 죽은 사람인데.」그녀는 손을 들어 황금과 에나멜로 만든 펜던트를 어루만졌다. 「그래서 오늘은 이걸 걸었어요. 그 사람이 준 거죠.」

「나도 신기한 꿈을 꿨어요.」내가 말했다. 「내 꿈 얘기는 생략하죠. 로저는 좀 어떤지, 혹시 내가 할 일이 있는지 말해

쥐요.」

그녀는 시선을 내려 내 눈을 마주 보았다. 「다시는 안 온다면서요.」

「그럴지도 모른다고 했죠. 어쩔 수 없이 와야 할지도 모르니까요. 그런 일은 없었으면 좋겠는데. 아무튼 이 집은 뭔가 몹시 잘못됐어요. 술은 문제의 일부에 불과하죠.」

그녀는 나를 바라보며 눈살을 찌푸렸다. 「무슨 뜻이에요?」

「무슨 뜻인지 아실 텐데요.」

그녀는 곰곰이 생각했다. 한 손은 아직도 펜던트를 살며시 만지작거렸다. 그녀가 오래 참았다는 듯 천천히 한숨을 내쉬었다. 「언제나 다른 여자가 있었죠.」 그녀가 조용히 말했다. 「수시로 그랬어요. 그래도 꼭 심각하게 생각하진 않아요. 동문서답인가요? 혹시 서로 다른 얘기를 하고 있는 거예요?」

「그럴지도 모르죠.」 내가 말했다. 그녀는 여전히 밑에서 세 번째 계단에 서 있었다. 여전히 펜던트를 만지작거렸다. 여전히 황홀한 꿈처럼 아름다웠다. 「특히 지금 생각하시는 여자가 린다 로링이라면.」

그러자 그녀가 펜던트에서 손을 내리고 한 계단을 내려왔다.

「로링 박사도 같은 생각을 하는 것 같던데요.」 그녀가 담담하게 말했다. 「어디서 들은 말이 있어서 그러겠죠.」

「그 사람은 이 동네 남자들 태반한테 그렇게 시비를 걸었다고 하셨잖습니까.」

「그랬나요? 글쎄…… 그런 상황에서 흔히들 하는 말이죠.」

329

그녀가 한 계단 더 내려왔다.

「아직 면도를 안 했어요.」내가 말했다.

그러자 그녀가 흠칫 놀랐다. 그러더니 웃었다. 「아, 사랑을 기대하진 않았어요.」

「그럼 뭘 기대했죠, 웨이드 부인? 처음 만났을 때, 부군을 찾아 달라고 했을 때 말입니다. 왜 하필 나였죠? 내가 뭘 할 수 있다고.」

「신의를 지켰잖아요.」그녀가 조용히 말했다. 「그러기가 정말 쉽지 않을 때.」

「감동적이네요. 하지만 진짜 이유는 그게 아닌 것 같은데요.」

그녀는 마지막 계단을 내려와 나를 올려다보았다. 「그럼 진짜 이유는 뭐였을까요?」

「혹시 진짜 이유가 그거였다면 정말 한심한 이유죠. 세상 최악의 이유랄까.」

그녀가 눈살을 조금 찌푸렸다. 「왜요?」

「왜냐하면 내가 한 일은 — 신의를 지킨 일은 — 어떤 얼간이도 두 번 다시 안 할 일이니까.」

그러자 그녀가 명랑하게 말했다. 「아무래도 대화가 점점 알쏭달쏭해지네요.」

「부인이야말로 알쏭달쏭한 사람이죠. 그럼 잘 있어요. 그리고 진심으로 로저를 걱정한다면 그 친구한테 필요한 의사를 찾아봐요. 빨리.」

그녀가 다시 웃었다. 「아, 간밤엔 증상이 약한 편이었어요.

정말 심할 때 그이가 어떤지 모르시겠죠. 오후쯤에는 멀쩡히 일어나서 일할 거예요.」

「말도 안 돼요.」

「정말 그럴 거라니까요. 그이에 대해서는 내가 잘 알아요.」

나는 마지막으로 직격탄을 날렸다. 내가 듣기에도 몹시 불쾌한 소리였다.

「사실은 부군을 구하고 싶지 않은 거죠? 구하는 시늉만 하는 거죠?」

「말씀이 너무 심하시네요.」 그녀가 또박또박 말했다.

그녀는 내 곁을 지나 식당으로 들어가 버렸고, 그러자 넓은 거실이 텅 비어 버렸고, 나는 다시 걸음을 옮겨 현관문을 빠져나갔다. 아름답고 고즈넉한 골짜기에 완벽한 여름날 아침이 찾아왔다. 도시에서 멀리 떨어져 스모그도 없고 나지막한 산자락에 둘러싸여 바닷가의 습기도 침투하지 못한다. 시간이 갈수록 더워지긴 하겠지만 그나마도 편안하고 세련되고 고급스러운 더위일 것이다. 사막처럼 혹독한 더위도 아니고 도시처럼 끈끈하고 퀴퀴한 더위도 아니겠지. 아이들 밸리는 살기 좋은 곳이다. 완벽한 곳이다. 멋진 사람들, 멋진 집, 멋진 차, 멋진 말, 멋진 개, 어쩌면 멋진 아이들까지.

그러나 말로라는 남자가 바라는 것은 그곳을 벗어나는 일뿐이었다. 빨리.

31

집에 가서 샤워하고 면도하고 옷을 갈아입자 비로소 다시
청결해진 기분이 들었다. 아침을 지어 먹고 설거지를 하고
부엌과 뒷문 현관을 쓸고 나서 파이프에 연초를 재고 전화
응답 서비스에 전화를 걸어 보았다. 메시지는 하나도 없다.
사무실에 나갈 필요가 있을까? 가봤자 죽은 나방이나 먼지
한 겹 말고 뭐가 있으랴. 금고 안에는 매디슨 초상화도 있다.
사무실에 가서 그 초상화를 가지고 놀거나 여전히 커피 냄새
를 풍기는 빳빳한 1백 달러 지폐 다섯 장을 가지고 놀아도 된
다. 그래도 되지만 그러고 싶지 않았다. 마음 한구석이 꺼림
칙했다. 따지고 보면 그중 한 장도 내 돈이라고 할 수 없다.
도대체 그 돈으로 그는 뭘 사려고 했을까? 죽은 사람에게 의
리 따위가 무슨 소용이냐? 흥. 나는 안개처럼 뿌연 숙취 너머
로 인생을 바라보고 있었다.

그날따라 아침이 끝없이 계속되는 듯했다. 나른하고 피곤
하고 따분해서 마치 1분 1분이 연료를 소진한 로켓처럼 나지
막이 붕붕거리며 떨어져 차례차례 공허 속으로 사라져 가는

듯했다. 바깥에서는 새들이 수풀 속에서 지저귀고 로럴 캐니언 대로에는 차들이 끊임없이 오르락내리락했다. 평소에는 그런 소리를 의식하지도 못했다. 그러나 오늘은 기분이 좀 울적하고 못마땅하고 심술궂은 탓인지 지나치게 예민해졌다. 결국 숙취부터 해결하기로 마음먹었다.

평상시에는 아침부터 술을 마시진 않는다. 남부 캘리포니아의 기후는 너무 온화하기 때문이다. 신진대사가 그리 원활하지 않다. 그러나 오늘은 큼직한 술잔에 시원한 술을 준비하고 셔츠를 풀어헤친 채 안락의자에 앉아 잡지를 뒤적거리다가 황당무계한 이야기를 읽었다. 어떤 남자가 이중생활을 하면서 정신과 의사 두 명을 만난다는 내용이었는데, 한쪽은 인간의 삶, 다른 쪽은 군집 생활을 하는 곤충의 삶이었다. 남자는 이쪽저쪽을 오가며 살았고, 이야기 전체가 터무니없긴 했지만 기발하고 익살스러웠다. 나는 술기운을 살펴 가며 조금씩 조심스럽게 마셨다.

정오 무렵에 전화벨이 울리더니 상대방이 말했다. 「린다 로링이에요. 사무실로 연락했는데 전화 응답 서비스로 넘어가더니 집으로 연락해 보라고 하더군요. 좀 만났으면 좋겠는데요.」

「왜요?」

「만나서 설명하는 게 낫겠어요. 당신도 어쩌다 한 번쯤은 출근할 것 같은데요.」

「맞습니다. 어쩌다 한 번쯤은. 돈 생기는 일입니까?」

「그렇게 생각하진 않았지만 이의는 없어요. 돈을 원하시면

드리죠. 한 시간 안에 사무실로 갈게요.」

「이런.」

「왜 그래요?」 그녀가 날선 목소리로 물었다.

「숙취 때문에요. 꼼짝도 못할 정도는 아니에요. 내가 사무실로 가죠. 부인이 이리로 와주면 더 좋겠지만.」

「사무실 쪽이 낫겠는데요.」

「이 집이 더 깨끗하고 조용해요. 막다른 골목인 데다 근처에 이웃집도 없고.」

「당신 말뜻을 제대로 알아들었는지 모르겠지만, 관심 없어요.」

「내 말을 제대로 알아듣는 사람은 없어요, 로링 부인. 워낙 알쏭달쏭한 인간이라서. 좋아요, 좀 힘들겠지만 내가 그 골방으로 가죠.」

「정말 고맙네요.」 그녀가 전화를 끊었다.

가는 길에 샌드위치를 사느라 시간이 좀 걸렸다. 사무실에 들어가 환기를 하고 버저를 켜놓은 후, 대기실로 통하는 문을 열고 고개를 내밀어 보니 어느새 그녀가 와 있었다. 메넨데스가 앉았던 의자에 앉아 어쩌면 똑같은 잡지일지도 모르는 잡지를 뒤적거리는 중이었다. 오늘은 황갈색 개버딘 정장을 입어 꽤나 세련된 모습이었다. 그녀가 잡지를 치우더니 정색을 하고 나를 쳐다보며 말했다.

「보스턴고사리에 물 좀 줘야겠어요. 내가 보기엔 분갈이도 해야겠고. 공기뿌리가 너무 많아요.」

나는 그녀가 들어올 수 있게 문을 열어 주었다. 보스턴고

사리 따위야 아무러면 어떠랴. 그녀가 들어오자 손을 놓아 문이 저절로 닫히게 하고 고객용 의자를 당겨 주었다. 그녀가 의자에 앉더니 누구나 그러듯이 사무실 안을 둘러보았다. 나는 책상을 돌아 내 자리로 갔다.

「으리으리한 사무실은 아니군요.」 그녀가 말했다. 「하다못해 비서 하나 없어요?」

「누추한 생활이지만 익숙해져서 괜찮아요.」

「돈벌이도 시원찮겠네요.」

「글쎄요. 상황에 따라 다르죠. 매디슨 초상화 보실래요?」

「뭐라고요?」

「5천 달러짜리 지폐 말입니다. 선금으로 받았죠. 금고 속에 있어요.」 나는 일어나서 그쪽으로 걸어갔다. 손잡이를 돌려 금고 문을 열고 내부 서랍을 빼고 봉투에서 지폐를 꺼내 그녀 앞에 내려놓았다. 그녀는 놀란 듯한 눈으로 지폐를 들여다보았다.

「사무실만 보고 섣불리 판단하면 안 되죠.」 내가 말했다. 「언젠가 재산이 2천만 달러쯤 되는 노인네가 의뢰한 일을 한 적도 있어요. 그분한테는 당신 아버님도 인사 정도는 하실 겁니다. 그런데 그분 사무실도 내 사무실보다 나을 게 없었어요. 가는귀가 먹어서 천장에 해놓은 방음 시설 말고는. 바닥에는 카펫이 아니라 갈색 리놀륨을 깔았더군요.」

그녀가 매디슨 초상화를 집어 들더니 양손으로 당겨 보고 뒤집어보았다. 이윽고 도로 내려놓았다.

「테리가 준 거죠?」

「맙소사, 부인은 모르는 게 없네요?」

그녀는 얼굴을 찡그리며 지폐를 멀찌감치 밀어 놓았다. 「제부도 이런 돈을 갖고 있었거든요. 실비아와 재혼한 다음부터 줄곧 가지고 다녔어요. 비자금이라고 했죠. 그런데 시신에서는 발견되지 않았어요.」

「그거야 다른 이유 때문일 수도 있죠.」

「나도 알아요. 하지만 5천 달러짜리 지폐를 갖고 다니는 사람이 흔할까요? 이렇게 큰돈을 이런 지폐로 내놓을 만한 사람이 어디 흔하겠어요?」

굳이 대답할 필요도 없었다. 나는 고개만 끄덕였다. 그녀가 퉁명스럽게 말을 이었다.

「이 돈을 받고 어떤 일을 해주기로 했죠, 말로 씨? 말해 줄 수 있어요? 마지막으로 차를 타고 티후아나까지 가는 동안 시간은 충분했으니까 테리가 이런저런 얘기를 했을 텐데요. 일전에 만났을 때 당신은 그 사람 자술서 내용을 안 믿는다고 분명히 밝혔죠. 혹시 실비아를 누가 죽였는지 찾아 달라면서 애인 명단이라도 건네줬나요?」

나는 이번에도 대답하지 않았지만 이유는 조금 전과 달랐다.

「그리고 명단에 로저 웨이드도 있었나요?」 그녀가 기세등등하게 캐물었다. 「테리가 실비아를 죽이지 않았다면 진짜 살인범은 난폭하고 무책임한 인간이겠죠. 미치광이나 잔인한 주정뱅이나. 그런 인간이라야 당신 입에서 나온 역겨운 표현처럼 실비아 얼굴을 마구 두들겨 피투성이 걸레 꼴로 만들어 버릴 수 있을 테니까. 그래서 지금 그렇게 열심히 웨이드 부부를 도와주는 거예요? 무슨 가정부처럼 부르기만 하면 쪼르르 달려가서 로저가 술에 취하면 보살펴 주고, 실종되면 찾아주고, 꼼짝도 못할 때는 집으로 데려오고?」

「두 가지만 바로잡고 넘어갑시다, 로링 부인. 테리가 정말 이 아름다운 판화를 줬을 수도 있고 아닐 수도 있어요. 하지만 나한테 명단을 건네거나 이름을 언급한 적은 없어요. 그리고 나한테 부탁한 일도 없어요. 부인이 확신하듯이 테리를 티후아나까지 데려다줬을 뿐이에요. 내가 웨이드 부부를 만나게 된 이유는 어느 뉴욕 출판업자 때문이에요. 절박한 상황이라면서 제발 로저 웨이드가 책을 완성할 때까지 도와 달라고 하더군요. 그러려면 그럭저럭 맨 정신을 유지하도록 해야 하는데, 그러려면 혹시 무슨 특별한 문제가 있어서 그렇게 술을 퍼마시는 것은 아닌지 확인해 봐야죠. 정말 그런 문제가 있다면, 그리고 문제가 뭔지 알아낸다면, 그다음에는 문제를 해결하려고 노력이라도 해봐야겠죠. 내가 〈노력〉이라고 말한 이유는 실패할 가능성이 높기 때문이에요. 그래도 시도는 해봐야죠.」

「그 사람이 술을 퍼마시는 이유라면 내가 간단히 말해 줄 수 있어요.」 그녀가 경멸한다는 듯이 말했다. 「그 매가리 없는 금발 마누라 때문이에요.」

「글쎄요. 그렇게 매가리 없는 여자는 아니던데요.」

「그래요? 재미있네요.」 그녀의 눈이 반짝거렸다.

나는 매디슨 초상화를 집어 들었다. 「너무 깊이 생각하지 마시죠, 로링 부인. 웨이드 부인과 동침했다는 뜻은 아니니까. 실망시켜서 미안하군요.」

나는 금고로 가서 잠금장치가 된 칸막이 상자 안에 돈을 넣었다. 금고 문을 닫고 다이얼을 돌렸다.

그때 등 뒤에서 그녀가 말했다. 「다시 생각해 보니 과연 그 여자랑 동침하는 남자도 있을지 몹시 의심스럽긴 하네요.」

나는 다시 돌아가서 책상 모서리에 걸터앉았다. 「말씀이 좀 심하네요, 로링 부인. 왜죠? 혹시 우리 알코올 중독자 친구한테 반해 버렸나요?」

「그런 말은 듣기 싫어요!」 그녀가 날카롭게 쏘아붙였다. 「정말 싫다고요. 내 남편이 그렇게 멍청한 소동을 벌였으니 나를 모욕해도 괜찮다고 생각하는 모양이군요. 아니, 나는 로저 웨이드한테 반하지 않았어요. 한 번도 반한 적이 없어요. 술도 안 마시고 점잖은 사람일 때도 말예요. 지금 상태라면 두말할 나위도 없죠.」

나는 의자에 털썩 내려앉아 성냥갑 쪽으로 팔을 뻗으며 그녀를 지켜보았다. 그녀가 손목시계를 들여다보았다.

「당신처럼 돈 많은 사람들은 정말 대단해.」 내가 말했다. 「자기들은 무슨 말을 해도, 아무리 지독한 말을 해도 다 괜찮다고 생각하지. 당신도 방금 잘 알지도 못하는 사람 앞에서 웨이드 부부를 실컷 비웃었으면서 내가 조금만 건드리면 당장 발끈해서 모욕이라고 하는군. 알았으니 이제 좀 차분하게 얘기합시다. 주정뱅이라면 누구나 결국 문란한 여자를 만나게 마련이에요. 그런데 웨이드는 주정뱅이지만 로링 부인은 문란한 여자가 아니잖아요. 그날은 지체 높은 부군께서 칵테일파티에 흥을 돋우려고 별 뜻 없는 말을 내뱉었을 뿐이지. 진담이 아니라 그냥 웃자고 한 소리일 테고. 그러니 부인은 제외하고, 문란한 여자는 딴 데 가서 찾아야겠지. 그런데 어디까지 뒤져 봐야 할까요, 로링 부인? 부인이 이렇게 나를 찾아와 조롱을 주고받을 정도로 관심을 기울일 여자가 과연 누굴까? 꽤나 각별한 사이일 텐데, 안 그래요? 아니라면 이렇게 신경을 쓰지도 않을 테니까.」

그녀는 숨소리도 내지 않고 쳐다보기만 했다. 기나긴 30초가 지나갔다. 양쪽 입가가 핏기 없이 창백하고 두 손은 정장과 같은 빛깔의 개버딘 핸드백을 움켜쥔 채 그대로 굳어 있었다.

「그동안 시간 낭비만 하진 않았군요?」 마침내 그녀가 말했다. 「그 출판업자가 하필 당신을 고용하다니 정말 공교롭네요! 테리가 당신한테 누구 이름을 말해 준 적도 없는데! 누구의 이름도. 하지만 그건 별로 중요하지 않았던 거죠, 말로씨? 당신 직감은 정확했어요. 이제 어떻게 할 생각인지 물어봐도 될까요?」

「아무 일도 안 해요.」

「아니, 재능을 그렇게 낭비하면 안 되죠! 매디슨 초상화까지 받아 놓고 책임감도 안 느껴요? 당신이 할 수 있는 일이 있을 텐데요.」

「우리끼리니까 하는 말인데 그런 수법은 좀 촌스러워요. 어쨌든 웨이드가 당신 동생을 알긴 알았군요. 에둘러서나마 말해 줘서 고마워요. 이미 짐작했던 일이지만. 그런데 그게 어쨌다는 거죠? 당신 동생이 만난 남자는 웨이드 말고도 수두룩했을 텐데. 그 일은 그냥 넘어갑시다. 이제 나를 찾아온 이유나 얘기하는 편이 낫겠어요. 어쩌다 보니 본론을 빠뜨렸잖아요?」

그녀가 일어섰다. 다시 손목시계를 들여다보았다. 「저 밑에 차를 세워 놨어요. 혹시 우리 집에 같이 가서 차 한잔 마시지 않을래요?」

「어서요. 이유부터 들어 봅시다.」

「내 말이 그렇게 의심스러워요? 당신을 만나고 싶어 하는 손님이 와 계셔서 그래요.」

「당신 노친네 말입니까?」

「나는 그렇게 부르지 않아요.」 그녀가 차분하게 말했다.

나는 일어나 책상 너머로 상체를 기울였다. 「부인은 가끔 제법 귀여운 짓을 하는군요. 정말 그렇다니까. 권총을 가져가도 될까요?」

「설마 우리 노친네를 무서워하는 건 아닐 텐데요.」 그녀의 입술에 주름이 잡혔다.

「왜 아니겠어요? 부인도 무서워하는 것 같은데. 많이.」

그러자 그녀가 한숨을 쉬었다. 「네, 맞아요. 옛날부터 그랬어요. 좀 무시무시할 때가 있는 분이라서.」

「그럼 권총을 두 자루 가져가야겠네요.」 그렇게 말하고 나서 괜한 말을 했다고 생각했다.

32

그토록 꼴사나운 집은 난생처음 보았다. 3층 높이의 네모 반듯한 회색 상자에 망사르드 지붕을 덮었는데, 경사가 가파른 지붕 곳곳에 쌓여달이 지붕창을 20~30개나 주렁주렁 달고 창문 둘레와 사이사이에 웨딩케이크 같은 장식을 덕지덕지 붙여 놓았다. 현관문 양쪽에는 돌기둥이 두 개씩 서 있었지만 이 집의 진짜 백미는 외부로 돌출시킨 나선형 계단이었다. 계단에는 돌난간을 두르고 꼭대기에는 망루를 세웠는데 거기서 내려다보면 호수 전체가 한눈에 들어올 듯싶었다.

주차장은 돌로 포장했다. 이 집에 정말 필요한 것은 포플러나무가 늘어선 수백 미터 길이의 진입로, 사슴 공원, 생태 정원, 3단으로 깎아 낸 대지, 서재 창문 앞에 심은 장미 수백 그루, 그리고 어느 창에서 바라보든 멀리까지 숲과 적막하고 고즈넉한 공간이 펼쳐진 짙푸른 풍경 따위가 아닐까 싶다. 그러나 여기 있는 거라고는 자연석 돌담으로 둘러싼 넉넉한 땅뿐인데, 10에이커나 15에이커쯤은 될 테니 이 북적거리는 동네에서는 꽤나 큰 땅덩어리다. 진입로 옆에는 둥글게 다듬은 삼나무 산울타리가 늘어섰다. 곳곳에 온갖 관상목을 군락으로 심었는데 캘리포니아 자생종은 아닌 듯하다. 외래종이겠지. 조경을 한 사람은 대서양 연안의 풍광을 로키 산맥 너머로 옮겨 놓으려 했던 모양이다. 노력은 가상하지만 성공하지 못했다.

중년의 흑인 운전사 에이머스가 돌기둥이 있는 현관문 앞에 조용히 캐딜락을 세우더니, 차에서 내려 반대쪽으로 돌아가서 로링 부인을 위해 차 문을 열어 주었다. 내가 먼저 내려 에이머스와 함께 차 문을 붙잡았다. 부인이 내릴 때 부축해 주었다. 아까 사무실 건물 앞에서 차를 탄 다음부터 그녀는 나에게 말을 거의 하지 않았다. 피곤하고 초조한 기색이 역력했다. 이 어처구니없는 건축물 때문에 우울해진 것일까?. 이런 집에서는 웃음물총새[85]도 우울해져 멧비둘기처럼 구슬프게 흐느낄 테니까.

「이 집은 누가 지었죠?」 내가 그녀에게 물었다. 「도대체 누구한테 화가 나서 이런 짓을 했을까?」

그녀가 드디어 미소를 지었다. 「이 집을 처음 봤어요?」

「이 골짜기에 이렇게 깊숙이 들어온 적이 없어서.」

그녀는 진입로 건너편으로 나를 데려가서 위쪽을 가리켰다. 「이 집을 지은 사람은 저 망루에서 뛰어내렸고, 지금 당신이 서 있는 거기쯤에 떨어졌어요. 라 투렐이라는 프랑스 백작인데 여느 프랑스 백작과 다르게 돈이 많았죠. 부인 라모나 데스보로도 빈털터리는 아니었어요. 무성 영화 시대에

85 오스트레일리아 원산의 새로, 사람 웃음소리와 비슷한 소리를 낸다.

매주 3만 달러나 벌어들였거든요. 라 투렐은 여기서 살려고 이 집을 지었어요. 블루아 성[86]의 축소판이에요. 물론 아시겠지만.」

「내 손금처럼 자세히 알죠. 이제야 생각나네. 언젠가 일요판 신문에 실린 기사를 봤어요. 부인이 떠나 버린 후 백작은 자살했다고. 유언장이 좀 특이하지 않았나요?」

그녀가 고개를 끄덕였다. 「전처한테는 무슨 용돈 주듯이 달랑 몇백만 달러만 남겨 놓고 나머지는 신탁 재산으로 묶어 버렸죠. 이 집은 원래대로 유지해야 한다는 조건이 붙었어요. 아무것도 바꾸지 말고, 저녁마다 성대한 만찬을 차리고, 경내에는 하인이나 변호사 말고는 아무도 들이지 말라고 했어요. 유언은 당연히 무시됐죠. 토지도 결국 몇 토막으로 쪼개졌고, 내가 로링 박사와 결혼할 때 아버지가 결혼 선물로 이 집을 주셨어요. 사람이 살 만하게 고치느라 돈깨나 쓰셨겠죠. 그래도 나는 이 집이 싫어요. 처음부터 그랬어요.」

「굳이 이 집에서 살 필요는 없잖아요?」

그녀는 지긋지긋하다는 듯이 어깻짓을 했다. 「가끔이라도 여기서 살아야 해요. 두 딸 중에서 한 명이라도 조금은 안정된 생활을 하는 모습을 보여 드려야 하니까. 로링 박사는 이 집을 좋아해요.」

「그렇겠죠. 웨이드 저택에서 그런 소동을 벌이는 사람이라면 잠옷을 입을 때도 각반을 찰 테니까.」

그러자 그녀가 눈썹을 치켜세웠다. 「그렇게까지 관심을 기

86 프랑스 고성.

343

울여 줘서 고마워요, 말로 씨. 하지만 그 문제에 대해서는 이미 충분히 얘기했다고 생각해요. 이제 들어갈까요? 우리 아버지는 기다리길 싫어해요.」

우리가 다시 진입로를 가로질러 돌계단을 올라가자, 커다란 쌍여닫이문의 문짝 하나가 소리 없이 열리더니 꽤나 사치스럽고 몹시 오만해 보이는 사람이 우리가 들어갈 수 있도록 옆으로 비켜 주었다. 현관이 내가 사는 집의 전체 면적보다도 넓었다. 바닥은 쪽매널마루였고 안쪽에 스테인드글라스 창문이 있는 듯했는데, 창으로 조금이라도 빛이 들었다면 또 무엇이 있는지 볼 수 있었을 것이다. 우리는 현관에서 다시 조각을 한 쌍여닫이문 몇 개를 거쳐 마침내 길이가 20미터도 넘는 어둑어둑한 방으로 들어갔다. 한 남자가 그곳에 앉아 기다리고 있었다. 그는 말없이 차가운 눈으로 우리를 쳐다보았다.

「제가 좀 늦었죠, 아버지?」로링 부인이 허둥거리며 말했다. 「이분이 필립 말로 씨예요. 이쪽은 할런 포터 씨.」

남자가 나를 물끄러미 바라보다가 턱을 살짝 끄덕였다.

「차 가져오라고 해.」그가 말했다. 「앉으시오, 말로 씨.」

나는 앉아서 그를 마주 보았다. 그는 마치 곤충학자가 딱정벌레를 보는 듯한 시선으로 나를 바라보았다. 아무도 입을 열지 않았다. 차가 들어올 때까지 침묵만 흘렀다. 이윽고 거대한 은쟁반에 담긴 다기가 중국식 탁자에 놓였다. 린다가 탁자 앞에 앉아 차를 따랐다.

「두 잔만.」할런 포터가 말했다. 「린다 너는 다른 방에 가서 마셔라.」

「네, 아버지. 말로 씨는 차를 어떻게 드세요?」

「어떻게든 좋습니다.」내 목소리가 멀리 메아리쳐 작고 쓸쓸하게 들렸다.

그녀는 먼저 노인에게 한 잔을 건네고 나에게도 한 잔을 건넸다. 이윽고 조용히 일어나 방에서 나갔다. 나는 그녀가 나가는 모습을 지켜보았다. 차를 한 모금 마시고 담배를 꺼냈다.

「안 피우셨으면 좋겠소. 천식이 좀 있어서.」

나는 담배를 도로 담뱃갑에 집어넣었다. 물끄러미 그를 바라보았다. 1억 달러의 재산을 가진 기분이 어떨지 나로서는 짐작할 길이 없지만 그리 즐거워 보이지 않았다. 거대한 남자다. 195센티미터 정도의 키에 체격도 만만찮다. 어깨심을 넣지 않은 회색 트위드 양복을 입었다. 어깨심이 필요 없는 어깨다. 흰색 셔츠에 검은 넥타이를 맸고 장식용 손수건은 없다. 대신 윗주머니에 꽂아 놓은 안경집이 보인다. 안경집은 검은색, 구두도 마찬가지다. 머리카락도 검은색인데 새치가 한 올도 없다. 맥아더처럼 옆으로 가지런히 빗어 넘겨 정수리를 덮었다. 머리카락 밑은 아마도 대머리일 듯싶다. 숱 많은 눈썹도 검은색이다. 그의 목소리는 마치 멀리서 들려오는 듯했다. 그는 마치 차를 싫어하는 사람처럼 차를 마셨다.

「시간을 아끼기 위해서라도 내 입장부터 밝히겠소, 말로 씨. 나는 선생이 내 일에 끼어들었다고 믿소. 내 생각이 옳다면 그만두시길 권하겠소.」

「저는 포터 씨가 어떤 일을 하시는지도 잘 모르는데 어떻게 끼어들겠습니까.」

「나는 그렇게 생각하지 않소.」

그는 차를 더 마신 후 찻잔을 옆으로 밀어 놓았다. 커다란 의자의 등받이에 등을 기대더니 냉정한 회색 눈으로 나를 조각조각 뜯어보았다.

「선생이 어떤 분인지 다 알고 있소. 알고말고. 어떻게 살아가는지도 알고 — 먹고살 만한지는 모르겠지만 — 어쩌다가 테리 레녹스를 만나게 됐는지도 알지. 테리가 국외로 빠져나갈 때 도와줬고, 그 녀석이 정말 죄를 지었는지 의심스러워하고, 게다가 죽은 내 딸년이 알던 남자와 접촉하신다는 보고도 받았소. 다만 무슨 목적으로 그러는지는 아직 설명을 못 들었지. 어디 설명 좀 해보시오.」

「우선 그 남자 이름이 뭔지 말씀해 보시죠.」

그러자 그가 아주 희미한 미소를 지었지만 내가 마음에 들었기 때문은 아닌 듯했다. 「웨이드. 로저 웨이드. 무슨 글쟁이라는 것 같던데. 좀 외설적인 책을 쓰는 작가라더군. 내가 관심 가질 만한 내용은 아니겠지. 그 사람은 위험한 알코올 중독자라고 들었소. 그래서 선생이 좀 이상한 생각을 하게 됐는지도 모르지.」

「제가 어떤 생각을 하건 말건 내버려 두시죠, 포터 씨. 별로 중요한 생각은 아니더라도 어차피 제 생각이니까요. 첫째, 저는 테리가 자기 아내를 죽였다고 믿지 않는데, 사건을 찬찬히 뜯어보니 그랬을 리가 없을뿐더러 테리가 그런 짓을 할 사람도 아니라고 생각합니다. 둘째, 제가 웨이드와 접촉한 게 아닙니다. 그 집에 들어가 살면서 그 사람이 책을 한 권 끝 낼 때까지 술 마시지 않게 도와 달라는 부탁을 받았을 뿐이 죠. 셋째, 그 사람이 위험한 알코올 중독자일지도 모르지만 저는 아직 그런 모습을 못 봤습니다. 넷째, 처음에는 어느 뉴 욕 출판업자가 만나자고 해서 만나 봤는데, 그때만 해도 로 저 웨이드가 따님과 아는 사이인 줄은 전혀 몰랐습니다. 다 섯째, 저는 그쪽 의뢰를 거절했는데 나중에 웨이드 부인이 다가와서 남편을 찾아 달라고 하더군요. 어딘가에서 치료를 받고 있는 것 같다면서. 그래서 제가 웨이드를 찾아 집으로 데려다줬죠.」

「대단히 논리 정연하시군.」 그가 담담하게 말했다.

「논리 정연한 설명은 아직 덜 끝났습니다, 포터 씨. 여섯째, 포터 씨든 포터 씨 지시를 받은 사람이든 누군가가 저를 감 옥에서 꺼내 주라고 시웰 엔디컷이라는 변호사를 보냈습니 다. 그 변호사는 누가 보냈는지 밝히지 않았지만 포터 씨 말 고는 그럴 만한 사람이 없죠. 일곱째, 제가 감옥에서 나왔을 때 멘디 메넨데스라는 깡패가 저를 윽박지르면서 이제 그만 손 떼라고 경고하더군요. 테리가 랜디 스타라는 라스베이거 스 도박업자와 자기 목숨을 구해 줬다고 구구절절한 사연을 읊어 대면서 말입니다. 그 얘기는 사실인지도 모르죠. 아무 튼 메넨데스는 테리가 멕시코로 건너갈 때 자기한테 도와 달 라고 하지 않고 저 같은 탐정 나부랭이한테 부탁해서 화가 난 체하더군요. 자기가 나섰으면 손가락 하나만 까딱해도 훨씬 더 빨리, 훨씬 더 편하게 도와줄 수 있었다면서.」

그러자 포터가 차가운 미소를 지으며 말했다.「아무래도 선생은 내가 메넨데스 씨와 스타 씨를 모른다고 생각하시는 모양이군.」

「그거야 제가 알 길이 없죠, 포터 씨. 포터 씨가 무슨 수로 거액을 벌었는지 모르니까요. 아무튼 그다음에 저한테 법원 잔디밭을 밟지 말라고 경고한 사람은 바로 큰따님 로링 부인이었습니다. 술집에서 우연히 만나 얘기를 나눴는데, 둘 다 김렛을 마시는 중이었기 때문이죠. 테리가 좋아했던 술이지만 이 근방에서는 좀처럼 보기 힘들거든요. 부인이 말해 주기 전에는 누군지도 몰랐습니다. 제가 테리에 대한 생각을 조금 털어놨더니, 부인은 괜히 포터 씨를 화나게 하면 제 인생이 짧고 불행하게 끝날지도 모른다고 넌지시 경고하더군요. 혹시 화나셨습니까, 포터 씨?」

「내가 화났을 때는 굳이 물어볼 필요도 없을 거요.」그가 냉랭하게 말했다.「의문의 여지가 없을 테니까.」

「저도 그렇게 생각했습니다. 그래서 깡패들이 몰려올 거라고 예상했는데, 아직 아무도 나타나지 않았죠. 경찰이 괴롭히는 일도 없고. 마음만 먹으면 얼마든지 괴롭힐 수 있었는데, 그랬으면 한동안 좀 고달팠을 텐데 말이죠. 제 생각에 포터 씨는 그저 조용해지길 바라시는 것 같습니다. 그런데 제가 뭘 했다고 그렇게 걱정하십니까?」

그러자 그가 빙그레 웃었다. 조금 심술궂기는 해도 미소는 미소다. 그는 길고 누르스름한 손가락을 맞대고 다리를 꼬며 편안하게 뒤로 기댔다.

「제법 그럴싸한 설명이었소, 말로 씨. 내가 다 들어 줬으니 이번엔 내 말도 좀 들어 보시오. 말씀하신 대로 나는 조용해지길 바랄 뿐이오. 말로 씨와 웨이드 부부가 그저 우발적으로 공교롭게 얽혔을 수도 있지. 그건 그렇다고 칩시다. 지금은 가족을 대수롭게 여기지 않는 시대지만, 나는 가족을 중요시하는 사람이오. 그런데 딸 하나는 보스턴 출신 좀생원과 결혼해 버렸고, 또 하나는 어리석은 결혼을 몇 번이나 되풀이하다가 결국 고분고분 말 잘 듣는 거렁뱅이를 선택했지. 그놈은 내 딸년이 쓸모없고 부도덕한 생활을 하는데도 마냥 내버려 두더니 어느 날 느닷없이, 그럴 만한 이유도 없이 이성을 잃고 내 딸을 죽여 버렸소. 선생은 범행 방법이 너무 잔인해서 도저히 인정할 수 없다고 생각하지. 하지만 그건 오판이오. 그놈은 마우저 자동 권총으로 내 딸을 사살했소. 멕시코로 가져간 바로 그 총 말이오. 내 딸을 쏜 다음에는 탄흔을 감추려고 그런 짓까지 저질렀소. 너무 잔인했다는 점은 나도 인정하지만, 그놈은 전쟁에 나갔고 중상을 입었다는 사실, 그래서 극심한 고통을 겪고 남들이 고통스러워하는 모습도 많이 봤다는 사실을 명심하시오. 어쩌면 딸년을 죽일 생각까지는 없었는지도 모르지. 그냥 몸싸움을 하다가 벌어진 일일지도 몰라. 그 총은 딸년이 갖고 있던 물건이니까. 작지만 강력한 총이지. 구경 7.65밀리 PPK 모델. 총탄은 두개골을 관통한 후 사라사 무명 커튼을 뚫고 벽에 박혔소. 총탄은 금방 발견되지 않았고, 이 사실은 공개되지도 않았지. 이제 그런 정황을 잘 생각해 봅시다.」그는 말을 끊고 나를 물끄러미 바라보았다.「정말 담배를 꼭 피워야겠소?」

「죄송합니다, 포터 씨. 무심코 꺼내 버렸네요. 버릇이 돼서요.」나는 담배를 도로 넣었다.

「테리가 자기 아내를 죽인 직후로 돌아가 볼까. 경찰이 아는 불충분한 정보만 가지고 판단해도 범행 동기는 충분했소. 하지만 그때 테리한테는 아주 좋은 변명거리가 있었지. 내 딸이 총을 들고 있는 걸 보고 빼앗으려다가 실패했는데 곧바로 딸애가 자살해 버렸다고 둘러대면 되니까. 유능한 법정 변호사라면 그것만으로도 좋은 성과를 거둘 만하지. 아마 무죄 판결을 받아 냈을걸. 그때 나한테 연락했으면 기꺼이 도와줬을 테고. 그런데 탄흔을 감추려고 살인 사건을 더 참담하게 만들어 버리는 바람에 그것도 불가능해졌소. 그래서 도망칠 수밖에 없었는데 그 일마저도 서툴렀지.」

「지금 하신 말씀은 맞습니다, 포터 씨. 하지만 포터 씨가 패서디나에 계실 때 그 친구가 연락하지 않았습니까? 그랬다고 하던데요.」

거물이 고개를 끄덕였다.「나는 일단 피신하라고, 내가 해줄 수 있는 일을 찾아보겠다고 했소. 녀석이 어디로 갔는지는 알고 싶지 않았소. 불가피한 일이지. 범죄자를 숨겨 주면 안 되니까.」

「그럴듯하네요, 포터 씨.」

「왠지 빈정거리는 말투로 들리는데? 어쨌든 상관없소. 구체적인 정황을 알게 된 다음에는 내가 할 수 있는 일이 아무것도 없었소. 그런 살인 사건 때문에 재판이 열리는 것을 용납할 수도 없었고. 솔직히 말하자면 녀석이 멕시코에서 권총 자살을 했고 자술서를 남겼다는 소식을 듣고 정말 기뻤소.」

「충분히 이해합니다, 포터 씨.」

그러자 그가 눈살을 찌푸렸다. 「조심하시오, 젊은이. 비꼬는 말투는 싫어하니까. 누구든 이 사건을 더 깊이 파고들게 내버려 둘 수 없는 이유를 이제 이해하시겠소? 내가 영향력을 총동원해서 수사를 가급적 빨리 끝내고 가급적 공개되지 않게 했던 이유를 아시겠소?」

「물론이죠. 그 친구가 따님을 죽였다고 확신하셨다면.」

「틀림없이 그놈이 죽였소. 무슨 목적으로 죽였는지는 또 다른 문제겠지. 어쨌든 이젠 별로 중요하지 않소. 나는 개방적인 성격도 아니고, 그렇게 되고 싶지도 않소. 오히려 세상의 관심을 피하려고 온갖 노력을 기울였지. 영향력이 있지만 남용하지는 않소. 로스앤젤레스 지검장은 야심이 대단한 데다 판단력도 좋으니까, 이렇게 악명 높은 사건으로 자기 앞날을 망칠 사람이 아니오. 눈빛이 번득이는군, 말로. 그러지 마시오. 우리가 사는 이 나라는 이른바 민주주의 사회요. 다수가 지배하는 세상이란 말이오. 제대로 돌아가기만 한다면 이상적인 제도라고 해야겠지. 하지만 투표는 대중이 하더라도 공천은 정당이 하는데, 정당이 성장하려면 돈을 많이 써야 되거든. 누군가는 돈을 내놓아야 하는데, 개인이든 기업이든 노동조합이든 뭐든 간에 모종의 대가를 기대하기 마련이오. 그리고 나 같은 사람이 기대하는 대가는 내 사생활을

351

웬만큼은 보호해 달라는 것뿐이오. 나는 신문사를 몇 개나 가졌는데도 신문을 별로 좋아하지 않소. 아직 남은 사생활마저 끊임없이 위협한다고 생각하니까. 신문은 언론의 자유를 보장하라고 끊임없이 짖어 대지만, 몇몇 바람직한 예외를 빼면 나머지는 사실상 온갖 추문, 범죄, 섹스, 선정주의, 증오, 조롱, 그리고 정치적이거나 경제적인 선전 따위를 마음대로 팔아먹게 내버려 두라는 요구일 뿐이오. 신문은 광고 수입으로 돈벌이를 하는 사업이니까. 광고 수입은 발행 부수에 따라 결정되는데, 발행 부수는 뭐가 좌우하는지 아시잖소.」

나는 일어나서 내 의자를 한 바퀴 돌았다. 그가 냉정한 시선으로 나를 지켜보았다. 나는 다시 앉았다. 약간의 행운이 필요했다. 아니, 트럭 몇 대 분량의 행운이 필요했다.

「좋습니다, 포터 씨, 그래서 어쨌다는 겁니까?」

그러나 그는 내 말을 듣지도 못했다. 무슨 생각을 하는지 찡그린 표정이었다. 「돈에는 야릇한 특징이 있소.」 그가 말을 이었다. 「많이 모이면 자기만의 생명력을 얻고, 심지어 자기만의 판단력까지 갖는다는 사실이오. 그렇게 되면 돈의 힘을 관리하기가 몹시 어려워지지. 인간은 옛날부터 돈을 섬기는 동물이었소. 불어난 인구, 막대한 전쟁 비용, 가혹한 세금의 끝없는 압박, 그런 것들 때문에 더욱더 돈을 섬기게 되지. 보통 사람은 누구나 지치고 두려워하기 마련인데, 그런 사람은 이상을 품을 여유가 없소. 가족을 먹여 살려야 하니까. 이 시대에 우리는 사회 윤리와 개인 윤리가 무시무시하게 추락하는 과정을 목격했소. 삶의 질이 떨어져 허덕이는 사람들에게

352

질적 향상을 기대할 수는 없소. 대량 생산된 제품에서 품질을 기대할 수도 없고. 품질이 좋으면 너무 오래 써서 곤란하지. 그래서 겉모양만 자꾸 바꿔 주는데, 일부러 물건을 모두 구닥다리로 만들어 버리는 상업적 속임수요. 대량 생산 체제에서는 올해 생산한 제품이 내년쯤에는 벌써 낡아 보이도록 만들지 못하면 새 제품을 팔아 먹지 못하니까. 우리는 전 세계에서 가장 새하얀 부엌과 가장 반짝거리는 화장실을 갖추고 살지. 하지만 그렇게 새하얗고 근사한 부엌에서 일반적인 미국 주부들은 먹을 만한 음식을 만들지 못하고, 반짝거리는 근사한 화장실은 탈취제, 설사약, 수면제, 그리고 사기꾼 집단이나 다름없는 화장품업계의 온갖 제품을 보관하는 창고에 지나지 않소. 제품 포장 하나는 우리가 세계 최고요, 말로씨. 내용물은 대부분 허접쓰레기지만.」

그는 크고 새하얀 손수건을 꺼내 양쪽 관자놀이를 닦았다. 나는 입을 딱 벌린 채 이 사람이 이렇게 돼버린 이유가 뭘까 생각했다. 모든 것을 증오하는 사람이다.

「이 동네는 나한테 너무 더운 곳이오. 더 선선한 기후에 익숙하거든. 내가 듣기에도 요점을 놓친 사설처럼 횡설수설하는군.」

「말씀의 요지는 알아들었습니다, 포터 씨. 세상 돌아가는 꼴이 마음에 안 들고, 그래서 영향력을 총동원해서 세상 한 귀퉁이를 꽁꽁 막아 놓고 50년 전, 그러니까 대량 생산 시대가 오기 전에 사람들이 살던 방식에 가깝게 살고 싶다는 말씀이죠. 재산이 1억 달러나 되는데도 돈 때문에 골치만 아프다고.」

그는 손수건을 양쪽으로 팽팽하게 당겼다가 공처럼 뭉쳐 주머니 속에 쑤셔 넣었다.

「그리고?」 그가 짤막하게 물었다.

「그것뿐이죠. 더는 없어요. 포터 씨는 누가 따님을 살해했 건 관심도 없는 겁니다. 이미 오래전에 따님을 실패작으로 보고 포기해 버렸으니까. 테리 레녹스가 따님을 죽였건 말건, 진범이 자유롭게 활보하건 말건 상관없겠죠. 진범이 잡히길 바라지도 않으시겠죠. 그때는 추문이 되살아날 테고, 어쩔 수 없이 재판이 열릴 테고, 그쪽 변호인이 포터 씨의 사생활 을 엠파이어스테이트 빌딩 꼭대기까지 날려 보낼 테니까요. 물론 재판 전에 범인이 자살해 버리면 상황이 달라지겠죠. 기왕이면 타히티나 과테말라나 사하라 사막 한복판에서 죽 어 주면 더 좋겠군요. 어디든 우리 카운티에서 진상을 확인 할 사람을 보내느라 돈을 쓰기 싫어할 만한 곳 말입니다.」

그러자 그가 별안간 미소를 지었다. 크고 투박한 미소 속 에 적잖은 호의가 담겨 있었다.

「나한테 원하는 게 있소, 말로?」

「돈을 얼마나 원하느냐는 뜻이라면 한 푼도 필요 없습니 다. 자청해서 온 것도 아니니까요. 저는 따라왔을 뿐입니다. 로저 웨이드를 어떻게 만났는지는 사실대로 말씀드렸어요. 하지만 그 사람이 따님을 알았고 제 눈으로 확인하진 못했지 만 폭행 경력이 있는 것은 사실이죠. 간밤에 웨이드가 권총 자살을 시도했어요. 고민이 많은 사람입니다. 엄청난 죄의식에 시달리죠. 제가 용의자를 찾는 중이었다면 바로 그 사람이라고 생각했을 겁니다. 물론 용의자는 많지만 제가 만나본 사람은 하나뿐이니까요.」

그때 그가 벌떡 일어섰다. 그렇게 일어서자 정말 거대한 사람임을 알 수 있었다. 강인한 사람이기도 했다. 그가 내 앞으로 다가와 우뚝 섰다.

「전화 한 통만 하면 탐정 면허증을 빼앗아 버릴 수도 있소, 말로 씨. 내 앞에서 말장난하지 마시오. 묵과하지 않겠소.」

「전화 두 통만 하면 제가 시궁창에 얼굴을 처박겠군요. 뒤통수는 어디론가 날아갔을 테고.」

그러자 그가 시끄럽게 웃어 댔다. 「나는 그런 짓을 하지 않소. 워낙 색다른 직업을 가졌으니 그런 생각을 하는 것도 무리가 아니겠지만. 선생을 만나느라 시간을 너무 많이 빼앗겼소. 집사를 불러 바깥으로 모시라고 하겠소.」

「안 그러셔도 됩니다.」 나도 자리에서 일어났다. 「제 발로 와서 말씀을 들었으니까요. 시간 내주셔서 감사합니다.」

그가 손을 내밀었다. 「와주셔서 고맙소. 아주 진솔한 젊은이라고 생각하고 있소. 그래도 영웅이 되려고 하진 마시오. 득볼 게 없으니까.」

나는 그와 악수를 나눴다. 무시무시한 악력이었다. 그는 이제 인자하게 웃고 있었다. 그는 거물이며 승자였고 모든 것을 지배했다.

「언젠가는 선생한테 일을 맡길지도 모르겠소. 그리고 내가 정치인이나 경찰을 매수했다고 오해하지 말았으면 좋겠소.

군이 그럴 필요도 없으니까. 잘 가시오, 말로 씨. 다시 말하지만 와주셔서 고맙소.」

그는 우뚝 서서 내가 방을 나설 때까지 지켜보았다. 내가 문손잡이에서 손을 떼기도 전에 어느 그늘 속에서 린다 로링이 불쑥 나타났다.

「어땠어요?」 그녀가 조용히 물었다. 「분위기는 화기애애했나요?」

「괜찮았어요. 문명이 뭔지 설명해 주시더군요. 아니, 아버님이 문명을 어떻게 생각하는지 설명하셨죠. 어쨌든 한동안은 이대로 내버려 두실 모양입니다. 하지만 이 문명도 아버님의 사생활을 침해하지 않도록 조심해야겠죠. 자칫 침해했다가는 아버님이 하느님께 연락해서 주문을 취소해 버릴지도 모르니까.」

「정말 못 말리는 사람이네요.」 그녀가 말했다.

「나? 내가 못 말리는 사람이라고? 당신 노친네를 봐요. 그분에 비하면 나는 새 딸랑이를 가지고 노는 새파란 어린애죠.」

집 밖으로 나갔더니 에이머스가 캐딜락 앞에 대기하고 있었다. 그는 나를 다시 할리우드로 데려다주었다. 1달러를 주려고 했지만 그는 받으려 하지 않았다. 그래서 T. S. 엘리엇 시집을 사주겠다고 했다. 그는 이미 다 샀다고 대답했다.

33

일주일이 지나는 동안 웨이드 부부에게서 아무 소식도 듣지 못했다. 날씨가 덥고 끈끈했다. 매캐한 스모그가 서쪽으로 베벌리힐스까지 밀려들었다. 멀홀랜드 드라이브의 고갯마루에 서면 안개처럼 도시 전체를 뒤덮은 스모그를 볼 수 있었다. 그 속에 들어가면 스모그를 맛보고 냄새를 맡게 되는데, 그때마다 눈이 따끔거렸다. 누구나 스모그를 두고 투덜거렸다. 영화계 인사들이 베벌리힐스를 망쳐 버린 후 거만한 백만장자들이 새로 자리를 잡은 패서디나에서는 시의회 의원들이 아우성을 질렀다. 만사가 스모그 때문이었다. 카나리아가 노래를 부르지 않아도, 우유 배달부가 늦게 와도, 발바리에게 벼룩이 꾫어도, 어느 멍청한 늙은이가 목깃이 답답한 옷을 입고 교회에 가다가 심장마비를 일으켜도 모두 스모그 때문이었다. 그나마 내가 사는 곳은 이른 아침에는 대체로 맑고 밤에는 거의 날마다 맑았다. 어쩌다 한 번씩은 하루 종일 맑았지만 이유를 아는 사람은 아무도 없었다.

로저 웨이드가 나에게 연락해 온 날도 — 이번에도 목요일이다 — 그런 날이었다. 「잘 지냈지? 나 웨이드야.」 멀쩡한 목소리였다.

「나야 별일 없지만 자네는 좀 어때?」

「아쉽지만 맨 정신이야. 돈 버느라 바쁘거든. 얘기 좀 하지. 자네한테 줄 돈도 있고.」

「필요 없어.」

「어쨌든 오늘 만나서 점심이나 먹을까? 1시쯤 이리로 올 수 있겠나?」

「아마 그럴걸. 캔디는 잘 있나?」

「캔디?」 어리둥절한 목소리다. 그날 밤 완전히 의식을 잃었던 모양이다. 「아, 그날 밤에 자네랑 같이 나를 침대로 옮겼다고 했지.」

「그래. 제법 쓸모 있는 녀석이더군. 가끔은. 그럼 웨이드 부인은?」

「잘 있지. 오늘은 쇼핑한다고 시내로 나갔어.」

전화를 끊고 나서 회전의자에 앉은 채 이리저리 돌았다. 책은 잘되어 가는지 물어봤어야 했다. 어쩌면 작가에게는 매번 책이 잘되어 가는지 물어봐야 하는지도 모른다. 그럼 지겨워하겠지.

잠시 후 다시 전화가 걸려 왔는데, 이번에는 처음 듣는 목소리였다.

「로이 애시터펠트라고 합니다. 조지 피터스가 연락해 보라고 해서 걸었어요, 말로.」

「아, 그래요, 고맙습니다. 뉴욕에서 테리 레녹스를 만났다는 그분이군요. 그때는 자기 성이 마스턴이라고 했다지만.」

「맞아요. 그때도 술독에 빠져 살았죠. 어쨌든 동일인이 분명해요. 그런 사람을 잘못 보기는 쉽지 않으니까. 여기서는 어느 날 밤 체이슨 식당[87]에서 부인과 함께 있는 모습을 봤어요. 그날은 내가 의뢰인을 만났거든요. 의뢰인이 그 사람들을 알더군요. 의뢰인 이름은 말해 줄 수 없지만.」

「이해합니다. 지금은 별로 중요한 문제도 아니겠죠. 마스턴은 이름이 뭐였습니까?」

「잠깐 기다려 봐요. 손가락 물고 생각 좀 해보게. 아, 그래, 폴이었어요. 폴 마스턴. 관심이 있을지 모르지만 하나 더 말씀드리죠. 뉴욕에서는 영국 육군의 휘장을 달고 있더군요. 영국식 명예 제대장[88]이었죠.」

「그랬군요. 그 사람은 어떻게 됐습니까?」

「그건 나도 모르죠. 서부로 와버렸으니까. 그다음에 봤을 때는 그 사람도 여기로 옮겨 왔더군요. 할런 포터의 문란한 딸내미와 결혼한 뒤였고. 하지만 그건 다 아시는 일이잖아요.」

「지금은 둘 다 죽었죠. 어쨌든 말씀해 주셔서 고맙습니다.」

「별말씀을요. 기꺼이 도와 드려야죠. 제 얘기에서 혹시 짚이는 게 있나요?」

「하나도 없어요.」 그렇게 대답했지만 거짓말이었다. 「그 친구한테 신상에 대해서는 아무것도 묻지 않았거든요. 언젠

---

87 할리우드의 유명한 식당.
88 제2차 세계 대전 당시 명예롭게 제대하는 미군 장병에게 수여한 휘장.

가는 고아원에서 자랐다고 하더군요. 혹시 사람을 잘못 봤을 가능성은 없습니까?」

「그렇게 머리가 새하얗고 얼굴이 흉터투성이인 사람을 잘 못 봐요? 그럴 리가 없죠. 사람 얼굴을 잊어버리는 일이 전혀 없다고 할 수는 없겠지만 그런 얼굴이라면 경우가 다르죠.」

「그 친구도 당신을 봤나요?」

「봤는지도 모르지만 내색하지 않더군요. 그런 상황에서 아는 체하길 기대하기도 어려운 일이고. 아무튼 나를 기억하지 못했는지도 모르죠. 아까도 말했듯이 뉴욕에 살 때도 날마다 만취한 상태였으니까요.」

나는 다시 고맙다는 인사를 했고 그는 천만의 말씀이라고 대답했고 둘 다 전화를 끊었다.

나는 잠시 생각에 잠겼다. 건물 앞의 큰길에서 올라오는 교통 소음이 아름다운 음악과는 거리가 먼 배경음이 되어 생각을 방해했다. 너무 시끄러웠다. 이렇게 무더운 여름철에는 모든 것이 지나치게 시끄럽기 마련이다. 나는 벌떡 일어나 창문 아래 칸을 닫아 버린 후 강력계의 그린 경사에게 전화를 걸었다. 이런 이야기를 해줘도 괜찮을 만큼 우호적인 사람이니까.

인사를 주고받은 후 내가 말했다. 「저기, 테리 레녹스에 대해서 어떤 얘기를 들었는데, 그게 좀 알쏭달쏭해서요. 내가 아는 어떤 사람이 뉴욕에 살 때 테리를 만났는데 그때는 그 친구가 다른 이름을 썼다고 하네요. 테리의 병무 기록도 확인하셨죠?」

「당신 같은 사람들은 끝까지 정신을 못 차리는군.」 그린이 험악하게 쏘아붙였다. 「도무지 자기 자리에서 얌전히 지낼 줄 모른단 말야. 그 사건은 벌써 종결됐다니까. 종 치고 막 내리고 납덩이까지 달아서 바다에 수장했다고. 알아들었소?」

「지난주 어느 오후에 할런 포터를 만났습니다. 아이들 밸리에 사는 따님 집에서. 들어 보실래요?」

「만나서 뭘 했는데?」 그린이 퉁명스럽게 물었다. 「당신 말을 믿는다 치고 일단 들어 봅시다.」

「이런저런 얘기를 했죠. 초대받고 갔어요. 나를 좋아하더군요. 그건 그렇고, 자기 딸을 쏜 총이 마우저 PPK. 7.65밀리였다고 하던데요. 금시초문인가요?」

「계속해 보시오.」

「그게 그 여자 총이었단 말입니다. 그렇다면 상황이 좀 달라질 수도 있죠. 하지만 오해는 하지 마세요. 컴컴한 구석을 들여다볼 생각은 없으니까. 이건 그냥 사적인 관심이에요. 그 친구가 어디서 다쳤죠?」

그린은 대답하지 않았다. 전화선 너머에서 문 닫는 소리가 들렸다. 이윽고 그가 조용히 말했다. 「아마 국경 이남에서 칼싸움을 하다가 다쳤겠지.」

「젠장, 그린, 테리의 지문을 확보했잖아요. 늘 그랬듯이 워싱턴으로 보냈을 테고. 회신도 받았겠죠. 늘 그랬듯이. 내가 알고 싶은 건 병무 기록에 적힌 내용이란 말입니다.」

「그 친구 병무 기록이 있다고 누가 그래?」

「우선 멘디 메넨데스가 그랬죠. 레녹스가 그 인간 목숨을 구해 줬는데, 그때 다친 모양입니다. 그러고 나서 독일군 포로로 잡혀갔고 독일 의사들이 얼굴을 그런 꼴로 만들었대요.」

「메넨데스라고 했소? 그런 개자식 말을 곧이곧대로 믿었소? 머리통에 바람 구멍이 뚫렸나, 원. 레녹스한테 병무 기록 따위는 없소. 이름이 뭐든 간에 아무 기록도 없단 말이오. 이제 됐소?」

「그렇게 말씀하시면 믿어야겠죠. 하지만 메넨데스가 왜 굳이 여기까지 찾아와 거짓말을 늘어놨는지, 그리고 왜 라스베이거스에 있는 랜디 스타와 자기가 레녹스의 친구라면서 남들이 이 일을 들쑤시는 것은 질색이니까 사건에서 손을 떼라고 협박했는지, 도대체 알다가도 모르겠네요. 어쨌든 레녹스는 이미 죽었는데.」

「그런 깡패들이 무슨 생각을 하는지, 왜 그런 생각을 하는지 누가 알겠소?」 그린이 신랄하게 말했다. 「어쩌면 레녹스가 부잣집 딸내미랑 결혼해서 출세하기 전에는 그놈들이랑 한패였는지도 모르지. 잠깐 동안이지만 스타가 하는 라스베이거스 클럽에서 접대부장 노릇을 한 적도 있잖소. 그 여자도 거기서 만났거든. 웃는 얼굴, 나비넥타이, 야회복. 손님들을 즐겁게 해주고 도박꾼들을 감시하는 일이었지. 그런 일에는 탁월했던 모양이더군.」

「매력이 있었으니까요. 경찰한테서는 찾아보기 어려운 매력이죠. 아무튼 고맙습니다, 경사님. 그레고리어스 경감은 요즘 어떻게 지냅니까?」

「퇴직 휴가. 신문도 안 보시오?」

「범죄 관련 기사는 안 읽거든요. 너무 지저분해서.」

작별 인사를 하려고 할 때, 그가 내 말을 끊어 버렸다. 「그 갑부 영감이 무슨 일로 보자고 했소?」

「차 한잔 함께 마셨을 뿐이에요. 사교성 만남이었죠. 나한테 일을 맡길지도 모른다고 하더군요. 그러면서 넌지시 — 분명하게 말하진 않고 그냥 넌지시 — 속내를 비치던데요. 누구든 경찰 나부랭이가 나를 고까운 눈으로 쳐다보기만 해도 앞날이 암담할 거라나.」

「포터 영감이 경찰청을 지배하는 건 아니오.」

「그 영감도 인정하더군요. 경찰국장이나 지검장을 매수하는 짓은 안 한다고. 자기가 낮잠 잘 때 다들 찾아와 납작 엎드리니까.」

「개소리!」 그린이 세차게 전화를 끊어 버리는 바람에 귀가 아팠다.

경찰 노릇도 참 쉽지 않은 일이다. 누구를 짓밟고도 무사히 넘어갈 수 있을지 어떨지 판단할 길이 없으니.

34

　고속도로에서 언덕 굽잇길까지 이어지는 비포장 구간은 정오의 열기 속에서 아른거리고, 양쪽 길가의 바싹 마른 땅에 드문드문 돋아난 수풀은 화강암 먼지로 뒤덮여 밀가루처럼 새하얬다. 잡초 냄새가 진동해서 역겨울 정도였다. 맥없고 뜨겁고 매캐한 바람이 불었다. 상의를 벗고 셔츠 소매를 걷었지만, 차 문이 너무 뜨거워 팔을 올려놓을 수도 없었다. 밧줄에 묶인 말 한 마리가 몇 그루 떡갈나무 밑에서 지친 듯이 졸고 있었다. 가무잡잡한 멕시코인이 땅바닥에 주저앉아 신문지로 싼 무언가를 집어 먹었다. 회전초[89] 한 무더기가 느릿느릿 길을 건너더니 화강암 덩어리에 부딪혀 멈추었고, 그 자리에 붙어 있던 도마뱀은 언제 움직였는지 순식간에 사라져 버렸다.

　언덕을 돌아 아스팔트길로 접어들자 전혀 다른 풍경이 펼쳐졌다. 5분 뒤에는 웨이드 저택의 진입로에 들어섰고, 차를 세운 후 판석을 밟으며 걸어가서 초인종을 눌렀다. 웨이드가

89 말라 죽은 후 바람에 날려 굴러다니는 각종 잡초.

문을 열어 주었는데, 갈색과 흰색 체크무늬 반팔 셔츠와 하늘색 데님 슬랙스 차림에 실내화를 신고 있었다. 좀 그을린 듯한 모습이 보기 좋았다. 손은 잉크로 얼룩지고 코 한쪽에는 담뱃재가 묻어 있었다.

그는 나를 서재로 데려갔고, 책상을 앞에 두고 앉았다. 책상에는 누르스름한 타자 원고가 두툼하게 쌓여 있었다. 나는 상의를 의자에 걸쳐 놓고 소파에 앉았다.

「와줘서 고맙네, 말로. 술 마시겠나?」

나는 술꾼이 술 마시겠느냐고 물을 때 상대방이 지을 만한 표정을 지었고, 그런 사실을 스스로 느낄 수 있었다. 그가 빙그레 웃었다.

「나는 콜라 마실 거야.」 그가 말했다.

「눈치도 빠르네. 나도 지금은 술 생각 없어. 나도 콜라 마실게.」

그가 발로 무언가를 밟았고, 잠시 후 캔디가 나타났다. 부루퉁한 표정이었다. 파란색 셔츠에 주황색 스카프를 맸다. 오늘은 흰색 상의를 입지 않았다. 흑백 투톤 구두를 신고 허리선이 높은 우아한 개버딘 바지를 입었다.

웨이드가 콜라를 주문했다. 캔디는 사나운 눈으로 나를 노려보고 나가 버렸다.

「그 책?」 원고 더미를 가리키며 내가 물었다.

「맞아. 졸작이지.」

「설마. 얼마나 썼는데?」

「3분의 2쯤. 어차피 다 형편없지만. 엉망진창이야. 작가가

갈 데까지 갔다는 걸 어떻게 아는지 알아?」

「작가들에 대해서는 아는 게 없어.」 나는 파이프에 연초를 쟀다.

「영감을 얻으려고 옛날에 썼던 작품을 읽기 시작할 때. 확실한 증거야. 여기 이 원고가 자그마치 5백 장, 10만 단어도 훌쩍 넘겼어. 내 책은 다 길지. 독자들이 긴 책을 좋아하거든. 멍청한 독자들은 장수가 많으면 거기에 황금이 잔뜩 묻혔다고 믿는단 말이야. 차마 다시 읽어 볼 엄두도 안 나. 내용도 벌써 태반은 잊어버렸어. 내가 써놓고도 무서워서 들여다보지 못한다니까.」

「그래도 얼굴은 좋아 보이네. 그날 밤에 비하면 믿어지지 않을 정도야. 자네 생각보다 근성이 있다는 뜻이지.」

「지금 나한테 필요한 것은 근성이 아니야. 원한다고 가질 수 있는 것도 아니고. 나 자신에 대한 믿음이지. 나는 그 믿음을 잃고 망가져 버린 작가야. 집도 아름답고 아내도 아름답고 판매량도 아름답지. 그런데 내가 정말 원하는 것은 곤드레만드레 취해서 다 잊어버리는 거라고.」

그는 두 손을 모아 턱을 받치고 멍하니 책상 너머를 바라보았다.

「아일린이 그러는데 내가 자살하려고 했다더군. 그렇게 상태가 심했나?」

「기억 안 나?」

그는 고개를 가로저었다. 「넘어져서 머리를 다친 일 말고는 아무 기억도 없어. 그러고 나서 한참 뒤에는 침대에 누워 있었지. 자네도 거기 있었고. 혹시 아일린이 연락했나?」

「그래. 아무 말도 안 해?」

「지난주에는 나한테 말을 별로 안 했어. 질렀나 봐. 이만큼.」그는 한쪽 손날을 턱 바로 밑에 가져다 댔다.「로링이 여기서 소란을 피운 일도 전혀 도움이 안 됐고.」

「부인은 아무 의미도 없는 일이라던데.」

「아내 입장에서는 그렇게 말할 수밖에 없지 않겠나? 옳은 말이긴 했지만 말하면서도 안 믿었을걸. 그 인간은 비정상적으로 질투심이 많을 뿐이야. 어떤 남자가 자기 마누라와 구석 자리에 앉아 한두 잔 마시고 조금 웃고 작별 인사로 입맞춤을 하면, 다짜고짜 살을 섞는 사이라고 단정해 버리거든. 자기는 그러지 못하니까 더 그래.」

「아이들 밸리가 마음에 드는 구석은 누구나 편안하고 정상적인 생활을 한다는 점이지.」내가 말했다.

그가 눈살을 찌푸릴 때 문이 열리더니 캔디가 콜라 두 병과 유리잔을 들고 들어와 콜라를 따랐다. 내 앞에 잔을 놓아 줄 때도 내 얼굴은 쳐다보지 않았다.

「30분쯤 있다가 점심 먹을게.」웨이드가 말했다.「흰색 상의는 왜 안 입었어?」

「오늘은 쉬는 날이잖아요.」캔디가 무표정한 얼굴로 대꾸했다.「제가 요리사도 아니고.」

「냉육이나 샌드위치에 맥주만 있으면 돼.」웨이드가 말했다.「요리사도 오늘은 쉬잖아, 캔디. 모처럼 친구가 점심 먹으러 왔는데.」

「이 사람이 친구라고 생각하세요?」캔디가 빈정거렸다. 「사모님한테 물어보시죠.」

그러자 웨이드가 등받이에 몸을 기대며 빙그레 웃었다. 「말조심해라, 애송이. 이 집에서 편하게 지내잖아. 내가 이런 부탁을 자주 하는 것도 아니고. 안 그래?」

캔디는 방바닥을 내려다보았다. 잠시 후 고개를 들고 씩 웃었다. 「알겠습니다, 주인님. 흰색 상의도 입을게요. 점심상도 차리고.」

그는 조용히 돌아서서 밖으로 나갔다. 웨이드는 문이 닫힐 때까지 지켜보았다. 이윽고 나를 돌아보며 으쓱 어깻짓을 했다.

「예전에는 저런 애들을 그냥 하인이라고 불렀지. 요즘은 가사 도우미라고 해. 언젠가는 우리가 아침밥까지 갖다 바쳐야 할지도 몰라. 내가 저 녀석한테 돈을 너무 많이 줬나 봐. 도무지 버르장머리가 없어.」

「월급 말인가, 가욋돈 말인가?」

「가욋돈이라니?」그가 날카롭게 되물었다.

나는 일어나서 차곡차곡 접어 놓았던 누르스름한 종이 몇 장을 건네주었다. 「이것부터 읽어 봐. 나한테 이걸 찢어 버리라고 부탁한 일도 기억하지 못하는 모양이니까. 자네가 타자기 덮개 밑에 감춰 놨던 글이야.」

그는 누르스름한 종이를 펼친 후 등을 기대고 내용을 읽어 보았다. 거들떠보지도 않은 콜라 한 잔이 그의 책상 위에서 쏴아 소리를 냈다. 그는 눈살을 찌푸리며 천천히 글을 읽었다. 끝까지 읽은 후 종이를 도로 접고 가장자리를 손가락으로 쓸었다.

「아일린도 이걸 봤나?」 그가 조심스럽게 물었다.

「그거야 나도 모르지. 봤을지도 몰라.」

「내용이 좀 횡설수설하지?」

「마음에 들던데. 특히 선량한 남자가 자네 대신 죽었다는 대목.」

그는 종이를 다시 펼친 후 살벌한 기세로 갈기갈기 찢어발겨 쓰레기통에 던져 버렸다.

「주정뱅이는 말도 글도 행동도 제멋대로지.」 그가 천천히 말했다. 「무슨 뜻으로 저렇게 썼는지 모르겠네. 캔디는 나를 협박하지 않았어. 녀석은 나를 좋아해.」

「다시 술에 취해 보면 어떨까. 무슨 뜻으로 썼는지 생각날지도 모르잖아. 많은 일이 생각날지도 몰라. 전에도 이런 일이 있었지. 권총이 발사됐던 날 밤에. 아마 세코날 때문에 의식을 잃었겠지. 그래도 목소리 하나는 제정신인 것 같던데. 그러더니 지금은 내가 준 글을 쓴 기억이 전혀 안 난다는 듯이 딱 잡아떼는군. 자네가 책을 못 쓰는 것은 하나도 놀랍지 않아. 아직도 살아 있다는 게 놀랍지.」

그는 옆으로 팔을 뻗어 책상 서랍을 열었다. 서랍 속을 뒤적거리다가 3단 수표책을 꺼냈다. 수표책을 펼치고 펜을 집었다.

「자네한테 1천 달러 빚이 있지.」 그가 조용히 말했다. 그리고 수표를 작성했다. 곧이어 부본[90]도 작성했다. 수표를 뜯어

내더니 책상을 돌아 나와 내 앞에 내려놓았다. 「이 정도면
될까?」

나는 등을 기대고 그를 올려다보았다. 수표에 손을 대지도
않고 대답하지도 않았다. 그의 얼굴은 일그러진 채 딱딱하게
굳어 있었다. 눈빛이 어둡고 공허했다.

「자네는 내가 그 여자를 죽여 놓고 레녹스한테 누명을 씌
웠다고 생각하겠지.」 그가 천천히 말했다. 「그래, 정말 음탕
한 여자였어. 그렇지만 음탕하다는 이유만으로 사람 얼굴을
뭉개 버리면 안 되는 거잖아. 내가 가끔 그 집에 찾아갔다는
건 캔디도 알아. 그런데 우습게 들리겠지만 캔디는 아무에게
도 말하지 않을 거야. 착각일 수도 있지만 내 생각은 그래.」

「캔디가 발설해도 상관없어.」 내가 말했다. 「할런 포터의
친구들은 캔디 말을 곧이듣지 않을 테니까. 그리고 여자는
청동 조각상에 맞아 죽은 게 아니야. 자기 총에 머리를 맞고
죽었지.」

「여자한테 총이 있었는지도 모르지.」 그가 멍하니 말했다.
「하지만 여자가 총에 맞아 죽은 줄은 몰랐어. 그런 발표는 없
었잖아.」

「모른다는 거야, 기억이 안 난다는 거야?」 내가 물었다.
「그래, 공개된 사실은 아니지.」

「나를 어쩌려고 이러는 거지, 말로?」 그의 목소리는 여전
히 담담해서 상냥하게 들릴 정도였다. 「내가 어떻게 했으면
좋겠나? 아내한테 고백할까? 경찰한테 고백할까? 그런다고

90 수표나 영수증을 떼어 주고 발행자가 따로 보관하는 쪽지.

뭐가 달라지지?」

「선량한 남자가 자네 대신 죽었다고 했잖아.」

「그거야 경찰의 수사가 본격적으로 진행됐으면 내가 용의자로 — 여러 명 중에서 한 명이겠지만 — 지목됐을 거라는 뜻이었지. 그랬다면 내 인생은 여러모로 끝장났을 테니까.」

「나는 자네를 살인죄로 고발하려고 온 게 아니야, 웨이드. 자네가 고민하는 이유는 확신을 못하기 때문이잖아. 자네는 아내한테 폭력을 휘두른 전력이 있어. 술에 취하면 인사불성이 돼버리고. 음탕하다는 이유만으로 사람 얼굴을 뭉개 버리면 안 된다는 거야 두말하면 잔소리지. 그런데 누군가 그런 짓을 저질렀단 말이야. 그리고 범인으로 지목된 친구는 내가 보기에 그런 짓을 할 가능성이 자네보다도 희박했다고.」

그는 열어 놓은 유리문 쪽으로 걸어가 호수 위에 일렁이는 아지랑이를 바라보았다. 내 말에는 일언반구도 하지 않았다. 움직이지도 않고 말하지도 않고 우두커니 서 있었다. 그렇게 2분쯤 지났을 때 가볍게 문을 두드리는 소리가 들리고 캔디가 찻수레를 밀며 들어왔다. 새하얗고 빳빳한 냅킨 한 장, 은색 뚜껑이 덮인 접시 몇 개, 커피 주전자, 그리고 맥주 두 병이 놓여 있었다.

「맥주 딸까요, 주인님?」 그가 웨이드의 등을 바라보며 물었다.

「위스키 한 병만 가져다줘.」 웨이드가 돌아보지도 않고 말했다.

「죄송합니다, 주인님. 위스키가 떨어졌어요.」

그러자 웨이드가 휙 돌아서서 버럭 고함을 질렀지만 캔디는 꿈쩍도 하지 않았다. 탁자에 놓인 수표를 보더니 고개를 모로 꺾고 내용을 읽어 보았다. 그러더니 나를 쳐다보며 이를 악물고 위협적인 목소리로 무슨 말을 내뱉었다. 그러고 나서 웨이드를 돌아보았다.

「외출합니다. 쉬는 날이니까요.」

그는 돌아서서 나가 버렸다. 웨이드가 폭소를 터뜨렸다.

「그럼 내가 가져오지.」 그가 퉁명스럽게 내뱉으며 나갔다.

뚜껑을 열어 보니 가장자리를 가지런히 도려낸 삼각형 샌드위치가 들어 있었다. 하나 들고 맥주를 따른 후 선 채로 샌드위치를 먹었다. 웨이드가 술병 하나와 술잔 하나를 들고 돌아왔다. 그는 소파에 앉아 독주를 콸콸 따르고 허겁지겁 마셨다. 집 앞에서 차가 떠나는 소리가 들렸다. 캔디가 진입로를 빠져나가는 소리일 터였다. 나는 샌드위치를 하나 더 집었다.

「앉아서 편하게 먹어.」 웨이드가 말했다. 「오후 내내 시간 많잖아.」 벌써 얼굴이 불그레했다. 목소리도 활기차고 명랑했다. 「자네 나를 싫어하지, 말로?」

「전에도 물어봤고 전에도 대답했잖아.」

「이거 알아? 너야말로 뻔뻔스러운 개자식이야. 원하는 걸 얻으려고 무슨 짓이든 가리지 않지. 내가 바로 옆방에 취해 쓰러졌는데 내 아내한테 치근덕거릴 정도로.」

「저 칼잡이가 하는 말을 다 믿나?」

그는 위스키를 더 따른 후 술잔을 불빛에 비춰 보았다. 「아니, 다 믿지는 않아. 위스키 색깔이 참 예쁘지? 이 황금색 물결에 빠져 죽으면…… 그것도 괜찮겠지. 〈이 깊은 밤 고통 없이 죽고 싶어라.〉[91] 그다음이 뭐지? 아, 미안, 자네는 모르겠군. 너무 문학적인 얘기니까. 자네는 사설탐정이잖아? 우리 집에는 왜 왔는지 말 좀 해봐.」

그는 다시 위스키를 마시며 나를 보고 빙그레 웃었다. 그러다가 탁자에 놓인 수표를 보았다. 수표를 들고 술잔 너머로 읽어 보았다.

「말로라는 사람한테 주는 수표 같군. 어째서, 무슨 대가로 주는 걸까. 내가 서명한 모양인데. 멍청하긴. 걸핏하면 이렇게 속는단 말이야.」

「연극 그만해!」 내가 윽박질렀다. 「부인은 어디 있나?」

그러자 그가 점잖은 표정으로 쳐다보았다. 「올 때 되면 오겠지. 그때쯤 나는 취해서 뻗어 버릴 테니 아내가 느긋하게 자네를 접대할 테지. 그럼 여긴 자네 집이나 마찬가지야.」

「권총은 어디 있지?」 내가 불쑥 물었다.

그는 어리둥절한 표정을 지었다. 나는 권총을 책상 서랍 속에 넣어 뒀다고 말했다. 「지금은 거기 없어.」 그가 말했다. 「확실해. 궁금하면 찾아보든지. 고무 밴드는 훔치지 말고.」

나는 그쪽으로 가서 서랍을 뒤져 보았다. 권총이 없다. 심각한 일이다. 어쩌면 아일린이 숨겼는지도 모른다.

<hr />

91 영국 낭만주의 시인 존 키츠의 「나이팅게일에게 바치는 송가」에서 인용. 이어지는 행은, 〈밖에서 네가 황홀경에 빠져 / 영혼을 토하는 노래를 부르는 지금.〉

「이봐, 웨이드, 부인은 어디 갔느냐고 물었잖아. 빨리 돌아오면 좋겠는데. 나 말고, 친구, 자네를 위해서 말이야. 누군가 자네를 지켜 줘야 하는데 내가 하기는 죽어도 싫으니까.」

그는 나를 멍하니 쳐다보았다. 여전히 수표를 들고 있었다. 그가 술잔을 내려놓고 수표를 쫙 찢더니 또 찢고 또 찢은 후 쪼가리를 방바닥에 떨어뜨렸다.

「액수가 적은 모양이군.」 그가 말했다. 「수고비가 너무 비싸네. 1천 달러에 아내까지 얹어 줬는데도 만족할 줄 모르다니. 미안하지만 더는 못 줘. 이거라면 몰라도.」 그가 술병을 툭툭 쳤다.

「가야겠군.」 내가 말했다.

「왜? 내가 기억해 내길 바랐잖아. 그런데 내 기억은 이 술병 속에 있어. 기다려 봐, 친구. 웬만큼 취하면 내가 죽인 여자들에 대해서 다 말해 줄 테니까.」

「알았어, 웨이드. 조금만 더 기다려 주지. 하지만 여긴 싫어. 내가 필요하면 의자라도 들어서 벽에 패대기치든지.」

나는 밖으로 나가면서 문을 열어 놓았다. 넓은 거실을 지나 테라스로 나가서 처마 그늘에 긴 의자 하나를 끌어다 놓고 길게 누웠다. 언덕을 배경으로 호수 위에 푸르스름한 안개가 깔려 있었다. 서쪽의 나지막한 산맥 너머에서 바닷바람이 불어 왔다. 이 산들바람은 대기를 맑게 씻어 내고 더위도 적당히 식혀 주었다. 아이들 밸리는 완벽한 여름을 누리는 중이었다. 누군가 계획적으로 추진한 일이다. 파라다이스 주식회사, 그리고 엄격한 출입 제한. 이곳에는 점잖은 사람들만 들어올 수 있다. 중유럽 출신은 얼씬도 못한다. 상류층만, 최고 중의 최고만, 아름다운 사람들만 들어온다. 로링 부부나 웨이드 부부 같은 사람들. 순금처럼 고귀한 사람들.

35

나는 30분가량 그곳에 누워 앞으로 어떻게 하면 좋을지 궁리했다. 마음 한구석에는 그가 취할 때까지 내버려 두고 무슨 일이 벌어지는지 보고 싶다는 생각도 없지 않았다. 자기집, 자기 서재니까 별일 없겠지. 또 넘어질 수도 있겠지만 그때까지는 한참 걸릴 것이다. 주량이 상당한 사람이니까. 게다가 주정뱅이들은 왠지 좀처럼 크게 다치지 않는다. 그가 다시 죄의식에 사로잡힐지도 모른다. 그러나 이번에는 그대로 곯아떨어질 가능성이 높다.

또 한편으로는 이 집을 떠나 영영 돌아오지 않고 싶었지만, 나는 일시적인 충동에 따라 행동하지 않는다. 내가 그런 사람이었다면 차라리 태어난 고향에 그냥 머물러 살았을 테니까. 동네 철물점에서 일하다가 주인집 딸과 결혼하여 아이를 다섯쯤 낳고, 일요일 아침마다 신문 만화를 읽어 주고, 말썽을 부리면 뒤통수를 후려갈기고, 용돈은 얼마나 줘야 할까, 라디오나 텔레비전에서 어떤 프로그램을 허락해 줄까, 그런 문제로 마누라와 말다툼이나 하며 살았겠지. 어쩌면 부자가 되었을지도 모른다. 그래 봤자 소도시 부자니까 방이 여덟 개쯤 되는 집에 살 테고, 차고에는 자동차 두 대를 두고, 일요일마다 닭고기를 먹고, 거실 탁자에는 『리더스 다이제스트』가 있고, 마누라는 인두로 지져 파마를 하고, 나는 머리가 시멘트 포대처럼 굳어 버리겠지. 그런 삶은 댁들이나 즐기셔. 나는 크고 천박하고 지저분하고 썩어 빠진 이 도시를 선택할 테니까.

일어나서 서재로 돌아갔다. 그는 멍하니 앉아 허공을 쳐다보고 있었다. 스카치 술병은 벌써 절반 넘게 비어 버렸다. 그는 얼굴을 살짝 찡그리고 있었는데 두 눈이 흐리멍덩하게 번질거렸다. 말이 울타리 너머로 사람을 보는 듯한 시선으로 그가 나를 쳐다보았다.

「왜 왔어?」

「그냥. 괜찮아?」

「방해하지 마. 지금 난쟁이가 내 어깨에 올라앉아 이런저런 얘기를 하는 중이야.」

나는 다시 찻수레에 놓인 샌드위치 하나와 맥주 한 잔을 챙겼다. 그의 책상에 걸터앉아 샌드위치를 먹고 맥주를 마셨다.

「이거 알아?」 그가 불쑥 말했다. 왠지 목소리가 훨씬 더 또렷해졌다. 「언젠가 남자 비서를 둔 적이 있어. 글을 받아쓰게 했지. 그러다가 내보냈어. 거기 앉아서 내가 창작을 시작하길 기다리는 사람이 있다는 게 귀찮더라고. 실수였어. 그냥 데리고 있을걸. 그랬으면 내가 호모라는 소문이 돌았을 텐데.

아무것도 쓸 수 없어서 서평이나 쓰는 똑똑한 놈들이 소문을 듣고 나를 칭찬했겠지. 끼리끼리 돌봐 줘야 하니까. 그놈들은 한결같이 동성애자거든. 이 시대에는 동성애자가 예술의 심판자야. 요즘은 변태가 상전이라니까.」

「그런가? 동성애자는 옛날부터 있었잖아?」

그는 나를 쳐다보지 않았다. 계속 주절거릴 뿐이었다. 그래도 내 말을 못 들은 것은 아니었다.

「물론 수천 년 전에도 있었지. 특히 예술이 융성할 때 많았어. 아테네, 로마, 르네상스 시대, 엘리자베스 시대, 프랑스 낭만주의 운동…… 그때마다 수두룩했지. 동성애자가 넘쳐났어. 『황금 가지』[92] 읽어 봤나? 아니, 자네한테는 너무 길겠군. 축약본도 있으니까 한번 읽어 봐. 인간의 성적 행동이 순전히 관습이라는 사실을 보여 주는데…… 이를테면 야회복을 입고 검은색 넥타이를 매는 것도 그래. 나처럼. 나는 성애 소설을 쓰는 주제에 거들먹거리는 이성애자야.」

그가 나를 쳐다보며 냉소를 머금었다. 「그리고 이거 알아? 나는 거짓말쟁이야. 내 주인공은 한결같이 키가 240센티미터도 넘고, 여주인공은 늘 침대에 누워 무릎을 들고 살아서 엉덩이에 굳은살이 박일 정도야. 레이스와 주름 장식, 검과 마차, 품위와 여유, 결투와 당당한 죽음. 모조리 거짓말이지. 옛날에는 비누 대신 향수를 썼고, 양치질을 안 해서 이가 다 썩어 버렸고, 손톱에서는 퀴퀴한 고기 국물 냄새가 풍겼으니까. 프랑스 귀족들은 베르사유 궁전 복도에서 대리석 벽에

92 영국 인류학자 제임스 조지 프레이저의 종교 및 신화 연구서.

오줌을 싸 갈겼고, 사랑스러운 후작 부인이 겹겹이 껴입은 속옷을 간신히 벗기고 나면 목욕부터 시켜야겠다는 생각이 들기 마련이었지. 그렇게 써야 하는데.」

「그럼 그렇게 쓰면 되잖아?」

그러자 그가 낄낄 웃었다. 「그래, 그러고 나서 콤프턴[93]으로 내려가서 방 다섯 개짜리 집에 살면 되겠네. 그나마도 운이 좋아야 가능하겠지만.」 그러더니 손을 내려 위스키 병을 툭툭 쳤다. 「너 좀 외롭겠다. 친구 한 명 데려올게.」

그가 일어나더니 제법 안정된 걸음걸이로 서재에서 나갔다. 나는 아무 생각도 없이 그저 기다렸다. 호수에서 쾌속정 한 대가 소란을 피웠다. 이윽고 배가 시야에 들어왔는데, 꽁무니만 수면에 닿고 선체가 허공에 높이 뜬 채 어느 튼튼하고 햇볕에 그을린 청년이 올라탄 서프보드를 끌어 주는 중이었다. 나는 유리문 쪽으로 가서 쾌속정이 곡선을 그리며 도는 모습을 지켜보았다. 너무 급하게 돌아서 하마터면 배가 뒤집힐 뻔했다. 서프보드를 탄 청년이 균형을 잡으려고 외발로 서서 춤을 추다가 쏜살같이 날아가 물에 빠졌다. 쾌속정이 천천히 속력을 줄였고, 물에 빠진 청년은 느긋하게 크롤 헤엄을 치며 배 쪽으로 가다가 이내 돌아서더니 견인용 밧줄을 따라가 서프보드에 올라탔다.

웨이드가 새 위스키 병을 들고 돌아왔다. 쾌속정이 속력을 내며 멀어져 갔다. 웨이드가 새 술병을 빈 술병 옆에 내려놓았다. 그는 자리에 앉아 생각에 잠겼다.

93 로스앤젤레스 근교의 소도시로 서민층 주거 지역.

「맙소사, 설마 그 술을 다 마실 생각은 아니겠지?」

그러자 그가 나를 쩨려보았다. 「꺼져 버려. 집에 가서 부엌 바닥이나 닦으라고. 햇빛 가리지 말고.」 목소리가 다시 흐리멍덩했다. 평소처럼 부엌에서 벌써 한두 잔 마신 모양이었다.

「내가 필요하면 불러.」

「네가 필요할 만큼 추잡한 놈 아니야.」

「그래, 고맙군. 웨이드 부인이 올 때까지만 기다리겠네. 혹시 폴 마스턴이라는 이름 들어 봤나?」

그가 천천히 고개를 들었다. 눈이 풀리지는 않았지만 힘겨워 보였다. 자제력을 되찾으려고 안간힘을 쓰고 있었다. 잠시나마 성공했다. 얼굴이 무표정해졌다.

「못 들어 봤어.」 그가 조심스럽게, 아주 천천히 대답했다. 「그게 누군데?」

*

나중에 다시 들여다보았을 때 그는 입을 벌린 채 자고 있었다. 머리가 땀에 젖어 축축하고 스카치위스키 냄새가 진동했다. 입술이 벌어지고 이가 드러나 표정이 조금 일그러졌고 백태가 낀 혓바닥은 메말라 보였다.

위스키 한 병은 비어 있었다. 탁자에 놓인 술잔에 술이 2인치쯤 남아 있었고 다른 술병은 4분의 3쯤 차 있었다. 나는 빈 병을 찻수레에 올려놓고 수레를 서재 밖으로 밀어낸 후, 도로 들어가 유리문을 닫고 블라인드를 쳤다. 쾌속정이 다시 나타나면 웨이드가 깨어날지도 모른다. 서재 문을 닫았다.

찻수레를 굴리며 부엌으로 갔다. 파란색과 하얀색을 칠한 부엌은 넓고 바람도 잘 통했지만 아무도 없었다. 나는 아직도 배가 고팠다. 샌드위치를 하나 더 먹고 남은 맥주를 마신 후 커피 한 잔을 따라 마셨다. 맥주는 김이 빠졌지만 커피는 아직 따뜻했다. 그러고 나서 다시 테라스로 나갔다. 꽤 오랜 시간이 흐른 후에 쾌속정이 다시 호수를 가르며 달려왔다. 4시가 되어 갈 무렵, 멀리서부터 들리던 소리가 점점 커져 귀청이 찢어질 듯한 굉음으로 변했다. 법적 규제가 필요할 듯 싶었다. 아마도 규정이 있겠지만 쾌속정 운전자는 아랑곳하지 않았다. 내가 흔히 만나는 놈들처럼 골칫거리 역할을 즐기는 모양이다. 나는 호숫가로 내려갔다.

이번에는 성공이었다. 쾌속정이 회전할 때 운전자가 속력을 살짝 줄여 주었고, 구릿빛 청년은 서프보드 위에서 몸을 한쪽으로 바싹 기울이며 원심력에 저항했다. 하마터면 서프보드가 튕겨 나갈 뻔했지만 한쪽 가장자리는 아직 수면에 붙어 있었다. 쾌속정이 진로를 바꾸어 직진할 때도 청년은 서프보드에서 떨어지지 않았고, 그들은 왔던 방향으로 되돌아갔다. 그뿐이었다. 배가 일으킨 물결이 내가 있는 호숫가로 밀려왔다. 물결이 선착장의 짤막한 말뚝을 세차게 후려갈기자 그곳에 묶인 배 한 척이 마구 출렁거렸다. 물결이 여전히 철썩거릴 때 집 쪽으로 발길을 돌렸다.

테라스에 도착했을 때 부엌 쪽에서 초인종 소리가 들렸다. 그 소리를 다시 들은 뒤에야 비로소 초인종은 현관에만 있으리라 판단했다. 나는 현관으로 가서 문을 열었다.

아일린 웨이드가 집을 등지고 서 있었다. 그녀가 돌아서면서 말했다. 「미안, 열쇠를 안 가져가서.」 그러다가 나를 발견했다. 「어…… 로저나 캔디인 줄 알았어요.」

「캔디는 나갔어요. 목요일이라.」

그녀가 들어온 후 나는 문을 닫았다. 그녀는 대형 소파 두 개 사이에 있는 탁자에 핸드백을 내려놓았다. 침착하지만 쌀쌀맞은 태도였다. 그녀가 흰색 돼지가죽 장갑을 벗었다.

「무슨 일 생겼어요?」

「글쎄요, 로저가 술을 좀 마시긴 했죠. 심하진 않아요. 서재 소파에서 잠들었어요.」

「그이가 연락했어요?」

「그건 맞지만 술 때문에 연락한 건 아니에요. 점심 먹자고 불렀죠. 그러더니 자기는 아무것도 안 먹고.」

「아하.」 그녀가 천천히 소파에 앉았다. 「오늘이 목요일이라는 걸 깜박했어요. 요리사도 나갔겠네요. 나도 참 멍청하긴.」

「캔디가 나가기 전에 점심을 차려 줬어요. 난 이제 가볼게요. 내 차가 걸리적거리진 않았는지 모르겠네요.」

그녀가 미소를 지었다. 「아뇨. 자리는 많으니까요. 차 한잔 할래요? 나도 마시고 싶은데.」

「그러죠.」 왜 그렇게 대답했는지 모르겠다. 나는 차를 마시고 싶지 않았다. 그런데도 대답이 그렇게 나왔다.

그녀가 리넨 재킷을 벗었다. 모자는 안 쓰고 있었다. 「로저가 괜찮은지 잠깐 가보고 올게요.」

　나는 그녀가 서재로 가서 문을 열어 보는 모습을 지켜보았다. 그녀는 잠시 그곳에 서 있다가 문을 닫고 돌아왔다.

　「아직 자네요. 깊이 잠들었어요. 잠깐 위층에 다녀와야겠어요. 금방 내려올게요.」

　나는 그녀가 재킷과 장갑과 핸드백을 챙겨 위층 자기 방으로 올라갈 때까지 지켜보았다. 문이 닫혔다. 나는 술병을 치우려고 서재로 향했다. 그가 아직도 자고 있다면 술병은 필요 없을 테니까.

36

유리문을 닫아 놓아 방 안이 후덥지근하고 블라인드 때문에 어둑어둑했다. 매캐한 냄새가 감돌고 지나치게 무거운 적막이 흘렀다. 서재 문에서 소파까지는 5미터도 안 되었는데, 절반도 못 가서 나는 소파에 누운 남자가 죽었다는 사실을 깨달았다.

그는 얼굴을 등받이 쪽으로 향하고 모로 누워 있었다. 한쪽 팔은 구부린 채 몸에 깔린 상태였고 반대쪽 팔뚝으로 눈을 거의 다 가린 자세였다. 가슴과 소파 등받이 사이에 피가 잔뜩 고였는데, 핏물 속에 웨블리 해머리스 권총이 있었다. 옆얼굴은 피로 얼룩진 가면 같았다.

나는 상체를 숙이며 시신의 크게 뜬 눈가와 맨살을 드러낸 팔을 살펴보았다. 팔꿈치 안쪽을 보니 머리에 총상을 입었는데 까맣게 그슬리고 부풀어 오른 총알구멍에서 아직도 피가 흘러나왔다.

나는 그를 그대로 놓아두었다. 손목이 여전히 따뜻했지만 그가 죽었다는 사실은 의문의 여지도 없었다. 혹시 유서나

낙서가 있는지 둘러보았다. 책상에 쌓인 원고 말고는 아무것도 없었다. 모든 사람이 죽기 전에 유서를 남기는 것은 아니다. 받침대에 올려놓은 타자기는 덮개를 벗긴 상태였다. 그곳에도 유서는 없었다. 나머지는 모두 자연스러워 보였다. 자살하는 사람들은 온갖 방법으로 마음의 준비를 한다. 더러는 술을 마시고 더러는 샴페인까지 곁들여 화려한 만찬을 즐긴다. 더러는 야회복을 입고 더러는 아무것도 안 입는다. 담벼락 위에서, 시궁창에서, 화장실에서, 물 밑에서, 물 위에서, 혹은 물에 뜬 채 자살하는 사람도 있다. 헛간에서 목을 매는 사람도 있고 차고 안에서 배기가스를 마시는 사람도 있다. 이번 사건은 간단해 보였다. 총소리는 못 들었지만, 아마도 내가 호숫가로 내려가 서프보드를 타는 남자가 회전하는 장면을 구경할 때 총을 쏘았을 것이다. 그때는 굉장히 시끄러웠으니까. 로저 웨이드가 왜 하필 그 순간을 선택했는지 모르겠다. 의도적인 선택은 아닐지도 모른다. 최후의 충동과 쾌속정의 질주가 우연히 겹쳤을 수도 있으니까. 마음에 들지 않았지만 내 마음에 들건 말건 무슨 상관이랴.

방바닥에는 찢어 발긴 수표 쪼가리가 여전히 흩어져 있었지만 그대로 내버려 두었다. 쓰레기통 속에는 그날 밤 그가 썼다가 찢어 버린 종이 쪼가리가 들어 있었다. 그것들은 내버려 두지 않았다. 종이 쪼가리를 끄집어내고 모두 꺼냈는지 확인한 후 주머니에 넣었다. 쓰레기통이 거의 텅 빈 상태라서 그리 어렵지 않았다. 권총이 어디서 나왔는지 고민해 봤자 소용없는 일이다. 권총을 감춰 둘 곳은 너무 많으니까. 의자나 소파 속에, 혹은 쿠션 밑에 있었는지도 모른다. 방바닥이든 책 뒤쪽이든 어디나 숨겨 둘 수 있다.

나는 서재 밖으로 나가 문을 닫았다. 귀를 기울여 보았다. 부엌에서 소리가 들린다. 나는 그곳으로 향했다. 아일린은 파란색 앞치마를 두르고 있었다. 그때 주전자에서 휘파람 소리가 나기 시작했다. 그녀가 불을 줄이더니 무표정한 얼굴로 나를 힐끔 쳐다보았다.

「차는 어떻게 드세요, 말로 씨?」

「주전자에서 나온 그대로 마시죠.」

나는 벽면에 등을 기대고 담배 한 개비를 꺼냈다. 그저 손이 심심했기 때문이다. 담배를 짓눌러 찌그러뜨리다가 뚝 꺾어 한 토막을 방바닥에 던져 버렸다. 그녀의 시선이 담배를 따라 내려갔다. 나는 허리를 굽혀 담배를 도로 주웠다. 두 토막을 한데 뭉쳐 작은 공을 만들었다.

그녀가 차를 끓였다. 「나는 언제나 크림과 설탕을 넣고 마셔요.」 그녀가 어깨 너머로 말했다. 「신기한 일이죠. 커피는 블랙으로 마시거든요. 차는 영국에서 배웠어요. 영국인들은 설탕 대신 사카린을 넣더군요. 전쟁 때라서 크림은 당연히 없었고.」

「영국에 살았어요?」

「거기서 일했죠. 런던 대공습 당시[94]에 줄곧 거기 있었어요. 그때 어떤 남자를 만났는데…… 이미 한 얘기군요.」

「로저는 어디서 만났어요?」

94 나치 공군이 런던을 공습한 1940~1941년.

「뉴욕에서요.」

「결혼도 거기서 했어요?」

그러자 그녀가 돌아서서 눈살을 찌푸렸다. 「아니, 뉴욕에서 결혼하진 않았어요. 왜요?」

「차가 우러나는 동안 얘기나 좀 하려고요.」

그녀는 싱크대 너머로 창밖을 내다보았다. 그 자리에서는 호수가 내려다보일 터였다. 그녀가 식기 건조대 가장자리에 몸을 기대더니 접어 놓은 행주를 만지작거렸다.

「로저가 술을 끊게 해야 하는데 방법을 모르겠어요.」 그녀가 말했다. 「요양원으로 보내야 할지도 몰라요. 그런데 차마 그럴 수가 없네요. 내가 무슨 서류에 서명을 해야 되겠죠?」

그렇게 물으면서 돌아섰다.

「그거야 로저 본인이 할 수도 있었죠.」 내가 말했다. 「지금까지 그럴 기회는 얼마든지 있었으니까.」

타이머에서 벨 소리가 났다. 그녀가 싱크대 쪽으로 돌아서서 주전자 속의 차를 다른 주전자에 부었다. 그러고 나서 이미 찻잔을 차려 놓은 쟁반에 두 번째 주전자를 올려놓았다. 나는 그쪽으로 가서 쟁반을 들고 대형 소파 두 개 사이에 있는 거실 탁자로 가져갔다. 그녀가 맞은편에 앉아 차 두 잔을 따랐다. 나는 내 몫의 찻잔을 들어 내 앞에 내려놓고 차가 식기를 기다렸다. 그러면서 그녀가 자기 찻잔에 각설탕 두 개와 크림을 넣는 모습을 지켜보았다. 그녀가 차를 맛보았다.

「마지막 말은 무슨 뜻이죠?」 그녀가 불쑥 물었다. 「지금까지 그럴 기회는 얼마든지 있었다는 말…… 그이 스스로 요양원에 들어갈 수도 있었다는 뜻인가요?」

「어쩌다 튀어나온 말이겠죠. 지난번에 내가 말한 권총은 잘 감춰 놨어요? 로저가 위층에서 소동을 벌인 다음 날 아침에 말예요.」

「권총을 감추다니요?」 그녀가 눈살을 찌푸리며 되물었다. 「아뇨. 그런 짓은 안 해요. 총을 좋아하지 않거든요. 그런데 그건 왜 물어요?」

「오늘은 집 열쇠를 안 가져갔다고 했죠?」

「그랬죠.」

「그런데 차고 열쇠는 가져간 모양이네요. 이런 집은 대개 외부 열쇠를 마스터키 하나로 통일해 놨을 텐데요.」

「차고는 열쇠가 필요 없어요.」 그녀가 날카롭게 말했다. 「스위치로 열리거든요. 현관 안쪽에 계전 스위치가 있으니까 나가면서 누르면 돼요. 차고 옆에도 문을 여닫는 스위치가 있고. 차고는 그냥 열어 둘 때가 많아요. 캔디가 외출하면서 닫을 때도 있지만.」

「그렇군요.」

「오늘은 자꾸 이상한 말씀을 하시네요.」 그녀가 언짢다는 듯이 말했다. 「그날 아침에도 그러시더니.」

「이 집에서 좀 이상한 일들을 겪어서 그래요. 한밤중에 총소리가 나고, 주정뱅이가 앞마당에 쓰러지고, 의사가 와서 아무것도 안 해주고, 아름다운 여자가 나를 얼싸안고 딴 사람으로 착각한 듯이 중얼거리질 않나, 멕시코 하인이 칼을 던지질 않나. 아무튼 권총 일은 아쉽군요. 하지만 어차피 부군을 진심으로 사랑하는 건 아니죠? 이 얘기는 전에도 한 것 같은데.」

그러자 아일린 웨이드가 천천히 일어났다. 그녀는 호수처럼 침착했지만, 청보랏빛 눈동자는 평소의 그 빛깔이 아닌 듯했고 평소처럼 온화하지도 않았다. 그때 그녀의 입술이 파르르 떨렸다.

「혹시…… 혹시 저기서 무슨 일이 생겼어요?」 그녀가 아주 천천히 물으며 서재 쪽을 돌아보았다.

내가 고개를 끄덕이기가 무섭게 그녀가 허둥지둥 달려갔다. 순식간에 문 앞에 도착했다. 문을 벌컥 열고 뛰어들었다. 미친 듯한 절규를 예상했다면 빗나갔을 것이다. 아무 소리도 들리지 않았다. 기분이 더러웠다. 어쩌면 그녀를 바깥에 붙잡아 두고 케케묵은 절차대로 서서히 나쁜 소식을 전해야 했는지도 모른다. 마음 단단히 먹어요, 좀 앉지 그래요, 아주 심각한 일이 생겼는데, 어쩌고저쩌고. 그러나 그런 식으로 해봤자 상대방에게는 전혀 도움이 되지 않는다. 오히려 상황을 악화시키는 경우도 많다.

나도 일어나서 서재로 들어갔다. 그녀는 소파 앞에 무릎을 꿇은 채 남편의 머리를 가슴에 부둥켜안고 있었다. 옷이 피투성이였다. 그녀는 아무 소리도 내지 않았다. 두 눈을 질끈 감았을 뿐이다. 그녀는 무릎을 꿇고 남편을 힘껏 껴안은 채 몸을 앞뒤로 최대한 흔들었다.

나는 도로 나가서 전화기와 전화번호부를 찾았다. 가장 가까운 곳으로 보이는 보안관 지서에 연락했다. 어차피 자기들

끼리 무전으로 연락을 주고받을 테니 거리는 별로 중요하지 않았다. 그러고 나서는 부엌에 가서 수돗물을 틀어 놓고 주머니에서 누르스름한 종이 쪼가리를 모두 꺼내 전동식 쓰레기 분쇄기에 넣었다. 그다음에는 찻주전자에 남은 찻잎을 쏟아 버렸다. 몇 초 만에 모든 것이 사라졌다. 수돗물을 잠그고 분쇄기를 껐다. 거실로 돌아가 현관문을 열고 밖으로 나갔다.

때마침 근처를 지나가던 중이었는지 겨우 6분 만에 보안관보가 나타났다. 내가 그를 서재로 안내했을 때도 그녀는 여전히 소파 앞에 무릎을 꿇고 있었다. 보안관보가 부리나케 그쪽으로 다가갔다.

「죄송합니다, 부인. 심정은 이해하지만 아무것도 건드리시면 안 됩니다.」

그녀가 고개를 돌리더니 비틀비틀 일어섰다. 「제 남편이에요. 총을 맞았어요.」

보안관보가 모자를 벗어 책상에 내려놓았다. 전화기 쪽으로 팔을 뻗었다.

「이 사람은 로저 웨이드예요.」 높고 날카로운 목소리로 그녀가 말했다. 「유명한 소설가예요.」

「누구신지 압니다, 부인.」 보안관보가 그렇게 대답하며 다이얼을 돌렸다.

그녀가 블라우스 앞섶을 내려다보았다. 「위층에 가서 옷 좀 갈아입어도 될까요?」

「물론이죠.」 그는 그녀에게 고개를 끄덕인 후 통화하다가 전화를 끊고 돌아섰다. 「부군이 총을 맞았다고 하셨죠. 딴 사람이 쐈다는 뜻입니까?」

「저 사람이 죽인 것 같아요.」그녀는 나를 처다보지도 않고 그렇게 말한 후 재빨리 서재에서 나가 버렸다.

보안관보가 나를 돌아보았다. 공책을 꺼냈다. 뭔가 적었다. 「성함과 주소를 말씀해 주시죠.」그가 태연스럽게 말했다. 「혹시 신고하신 분입니까?」

「맞습니다.」나는 이름과 주소를 불러 주었다.

「올즈 경위님이 오실 때까지 편하게 기다리세요.」

「버니 올즈 말입니까?」

「맞아요. 그분을 아세요?」

「물론이죠. 오래전부터 아는 사이예요. 전에는 지검장실에서 일했죠.」

「이젠 아니죠.」보안관보가 말했다. 「지금은 엘에이 보안서 소속이고 강력계 차장이십니다. 말로 씨는 이 댁 친구분인가요?」

「웨이드 부인은 그렇게 생각하지 않는 것 같네요.」

그러자 그는 어깻짓을 하며 어정쩡한 미소를 지었다. 「너무 걱정하지 마세요, 말로 씨. 혹시 총기를 소지하셨나요?」

「오늘은 안 가져왔어요.」

「그래도 확인해 봐야겠네요.」그는 내 몸을 확인했다. 그러고 나서 소파 쪽을 돌아보았다. 「이런 상황에서 피해자 부인이 제정신일 리가 없죠. 우리도 나가서 기다리는 게 낫겠네요.」

37

버니 올즈는 중키에 체격이 다부진 남자다. 짧게 깎은 머리는 옅은 금발이고 눈동자는 연한 파란색이다. 뻣뻣한 눈썹은 백발인데 그가 모자를 쓰고 다니던 시절에는 모자를 벗을 때마다 사람들이 조금 놀라기 일쑤였다. 머리카락이 예상보다 많은 탓이다. 그는 억세고 강인한 경찰이고, 인생관이 좀 어둡긴 하지만 알고 보면 아주 좋은 사람이다. 벌써 오래전에 지서장이 되었어야 옳았다. 승진 시험에도 3등 이내의 성적으로 대여섯 번이나 합격했다. 그러나 보안관이 그를 좋아하지 않았고 올즈 역시 보안관을 좋아하지 않았다.

그가 턱 옆을 문지르며 계단을 내려왔다. 서재 안에서는 아까부터 플래시가 펑펑 터졌다. 사람들이 바삐 드나들었다. 나는 사복형사 한 명과 함께 거실에 앉아 기다리는 수밖에 없었다.

올즈가 의자 가장자리에 걸터앉아 두 손을 늘어뜨렸다. 불붙이지 않은 담배를 질겅질겅 씹고 있었다. 그러면서 생각에 잠긴 표정으로 나를 쳐다보았다.

「아이들 밸리 입구에 수위실을 설치하고 청원 경찰을 배치했던 시절 생각나지?」

나는 고개를 끄덕였다.「도박장도 있었지.」

「그래. 막을 수 없었지. 동네 전체가 아직도 사유지니까. 전에는 애로헤드[95]도 그랬고 에메랄드 베이[96]도 그랬어. 기자들이 달려들지 않는 사건은 오랜만에 보는군. 누군가 피터슨 보안관한테 뭐라고 속닥거린 모양이야. 텔레타이프 통신문에 들어가지 못하게 막아 버렸어.」

「참 자상하기도 하네. 웨이드 부인은 좀 어떻소?」

「지나칠 정도로 느긋하더라. 무슨 약을 먹었겠지. 약이 열 가지도 넘던데…… 데메롤[97]까지. 그거 지독한 약인데. 요즘 자네 친구들 운수가 별로 안 좋네? 자꾸 죽어 나가잖아.」

나로서는 대꾸할 말이 없었다.

「권총 자살은 언제나 흥미롭단 말이야.」올즈가 막연히 말했다.「조작하기가 너무 쉽거든. 부인 말로는 자네가 죽었다더군. 왜 그런 말을 하지?」

「정말로 내가 죽였다는 뜻은 아니지.」

「다른 사람은 아무도 없었잖아. 부인이 그러는데 자네는 그 총이 어디 있는지도 알고, 죽은 사람이 술을 마시는 것도 알고, 일전에 총을 쏜 사실까지 알았다더군. 부인이 그 총을 빼앗던 그날 밤 말이야. 그때도 자네가 현장에 있었다면서.

95 캘리포니아 남부의 샌버나디노시가 있는 곳.
96 타호 호수 서남부의 캘리포니아 주립 공원.
97 마약성 진통제 페티딘 또는 메페리딘의 상품명.

자네한테 도움이 되는 일은 아니지?」

「오늘 오후에 그 친구 책상을 뒤져 봤소. 총이 없어졌더군. 부인한테 총이 있는 곳을 알려 주고 치우라고 했었지. 그런데 이제 와서 그런 물건은 좋아하지 않는다고 하네.」

「그 〈이제〉가 언제였는데?」 올즈가 무뚝뚝하게 물었다.

「부인이 집에 왔을 때, 내가 보안관 지서에 연락하기 전에.」

「책상을 뒤졌다고 했지. 왜 그랬나?」 올즈는 양손을 들어 무릎에 올려놓았다. 그리고 별로 관심도 없다는 듯이, 내가 뭐라고 대답하든 상관없다는 듯이 나를 쳐다보았다.

「웨이드가 술 마시는 중이었으니까. 그 총을 치우는 게 좋겠다고 생각했소. 하지만 그날 밤에도 그 친구는 자살하려고 한 게 아니었소. 한바탕 과시하려고 했을 뿐이지.」

올즈가 고개를 끄덕였다. 씹던 담배를 뱉어 재떨이에 버리고 새 담배를 꺼내 물었다.

「담배 끊었어. 기침이 너무 심해서. 그런데도 여전히 이 망할 놈의 물건에 질질 끌려다닌단 말이야. 담배를 물지 않으면 왠지 어색해. 그 사람이 혼자 있을 때마다 자네가 지켜보기로 했나?」

「천만에. 그 친구가 점심이나 먹자고 불렀소. 만나서 얘기했는데, 글이 잘 풀리지 않아서 좀 우울한 모양이더군. 결국 술을 마시기 시작했소. 내가 술을 빼앗아야 했다고 생각하시오?」

「생각은 아직 안 했어. 우선 상황부터 파악하려고 노력하는 중이야. 자네는 얼마나 마셨지?」

「맥주 조금.」

「말로 자네가 하필 이 집에 있었다니 재수가 없었구먼. 수표
는 뭐지? 그 사람이 작성하고 서명한 다음에 찢어 버린 그건?」

「다들 나한테 이 집에 들어와서 그 친구를 좀 어떻게 해달
라고 부탁하더군. 〈다들〉이라는 말은 그 친구, 부인, 그리고
하워드 스펜서라는 출판업자요. 스펜서는 아마 뉴욕에 살 거
요. 그 사람한테 물어보시오. 나는 의뢰를 거절했는데, 나중
에 부인이 또 찾아오더니 남편이 술에 취한 채 사라져 버려
걱정이라면서 집으로 데려다 달라고 하더군. 그래서 그렇게
해줬소. 그다음에는 앞마당 잔디밭에 쓰러진 그 친구를 침대
로 옮겨 줬지. 내가 원해서 그런 일을 한 건 아니오, 버니 선
배. 어쩌다 보니 그렇게 됐을 뿐이지.」

「레녹스 사건과는 무관하단 말이지?」

「이런, 젠장. 레녹스 사건은 이미 지나갔소.」

「그야 그렇지.」 올즈가 담담하게 말했다. 그러더니 무릎뼈
를 주물렀다. 그때 한 남자가 현관문으로 들어와 다른 형사
에게 말을 걸었다. 이윽고 올즈에게 다가왔다.

「바깥에 로링 박사라는 사람이 왔어요, 경위님. 연락받고
왔답니다. 이 댁 부인의 주치의라는데요.」

「들어오라고 해.」

형사가 밖으로 나간 후 로링 박사가 말끔한 검은색 가방을
들고 들어왔다. 시원하고 세련된 소모사 하복 차림이었다.
그는 나를 거들떠보지도 않고 지나갔다.

「위층인가요?」 그가 올즈에게 물었다.

「예…… 방에 계십니다.」 올즈가 일어섰다. 「그런데 부인한 테 데메롤은 왜 주셨죠, 선생님?」

그러자 로링이 눈살을 찌푸렸다. 「나는 환자들한테 필요하 다고 생각하는 약을 처방할 뿐이오.」 그가 쌀쌀맞게 말했다. 「이유를 설명할 의무는 없소. 그런데 내가 웨이드 부인한테 데메롤을 줬다고 누가 그랬소?」

「저요. 위층에 선생님 성함이 적힌 약병이 있던데요. 화장 실에 아예 약국을 차렸더군요. 선생님은 모르셨는지도 모르 지만, 시내에서 파는 온갖 약품을 참 골고루도 갖춰 놨더라 고요. 블루제이, 레드버드, 옐로재킷, 구프볼 등등, 없는 게 없어요. 그중에서도 데메롤이 최악이죠. 어디선가 들었는데, 괴링[98]이 그걸로 연명했다더군요. 체포 당시 날마다 열여덟 개나 먹었다나. 군의관들이 약을 끊게 하는 데 석 달이나 걸 렸다죠.」

「그런 물건들이 다 뭔지 모르겠소.」 로링 박사가 차갑게 내 뱉었다.

「그러세요? 안타깝네요. 블루제이는 소듐 아미탈[99]이죠. 레드버드는 세코날. 옐로재킷은 넴부탈.[100] 구프볼은 벤제드 린[101]을 가미한 바르비투르산염이에요. 데메롤은 중독성이 강한 합성 마약이고. 그런 것들을 막 나눠 주십니까? 부인이

98 Hermann Göring(1893~1946). 독일 군인, 정치인. 비밀경찰 게슈타 포를 창설하고 나치 공군 총사령관을 지냈다.
99 아모바르비탈의 상품명으로 수면제, 진정제.
100 펜토바르비탈의 상품명으로 수면제, 진정제.
101 중추 신경 흥분제 암페타민의 상품명.

죽을병에 걸리기라도 했나요?」

「예민한 여성한테는 주정뱅이 남편도 아주 심각한 질병과 다름없소.」로링 박사가 대답했다.

「그분을 별로 좋아하지 않으셨군요? 안타깝네요. 웨이드 부인은 위층에 계십니다, 선생님. 시간 내주셔서 고맙습니다.」

「너무 무례하시군. 정식으로 항의하겠소.」

「네, 그러세요.」올즈는 말했다. 「하지만 제 일로 항의하시기 전에 다른 일부터 해주시죠. 부인이 제정신 좀 차리게 해주세요. 물어볼 게 많으니까.」

「부인 상태를 보고 나서 최선의 조치를 할 거요. 그런데 혹시 내가 누군지 아시오? 그리고 미리 분명히 해두고 싶은데, 웨이드 씨는 내 환자가 아니었소. 나는 알코올 중독자를 치료하지 않으니까.」

「중독자 부인들만 치료하신다?」올즈가 으르렁거렸다. 「그래요, 누구신지 잘 압니다. 무서워서 숨넘어가겠네요. 저는 올즈라고 합니다. 올즈 경위.」

로링 박사는 위층으로 올라가 버렸다. 올즈가 다시 앉아 나를 쳐다보며 씩 웃었다.

「저런 놈들은 좀 외교적으로 다뤄야 하는데 말이야.」그가 말했다.

그때 한 남자가 서재에서 나오더니 올즈에게 다가왔다. 깡마르고 표정이 진지하고 안경을 쓴 사람인데 이마를 보니 머리가 좋을 듯싶었다.

「경위님.」

「말해.」

「자살 사건에서 전형적인 접사 총상입니다. 화약 가스 때문에 조직 팽창이 심해요. 같은 이유로 안구도 돌출됐고. 아무래도 권총 표면에서 지문을 찾기는 어렵겠어요. 피가 너무 많이 묻어서.」

「그 사람이 잠들거나 취해서 의식을 잃었다면, 살인일 수도 있잖아?」 올즈가 물었다.

「물론 그렇지만 그런 흔적은 없었어요. 권총은 웨블리 해머리스예요. 공이치기는 당길 때 아주 무거운 편이지만 격발할 때는 아주 가볍죠. 반동 때문에 그 자리에 떨어졌을 거예요. 자살이 아니라는 증거는 아직 발견하지 못했어요. 혈중 알코올 농도가 꽤 높을 거라고 예상합니다. 그게 너무 높다면 ―」 말을 끊고 의미심장하게 어깻짓을 했다. 「저도 자살이 아닐지도 모른다고 생각하겠죠.」

「좋아. 누군가 검시관한테 연락했겠지?」

남자가 고개를 끄덕이며 자리를 떠났다. 올즈가 하품을 하며 손목시계를 들여다보았다. 그러더니 나를 쳐다보았다.

「나가고 싶나?」

「보내 준다면야 당연히. 용의자로 잡혀갈 줄 알았는데.」

「나중에 다시 부를지도 몰라. 찾기 쉬운 곳에 붙어 있기만 하라고. 자네도 수사관이었으니 어떤 상황인지 알잖아. 증거가 사라지기 전에 빨리 움직여야 하는 사건도 있지. 이번 사건은 정반대야. 혹시 살인이라면 누가 그 사람이 죽길 바랐을까? 부인? 그 여자는 집에 없었지. 자네? 그래, 집에는 자네만 있었고 자넨 그 총이 어디 있는지도 알았지. 완벽한 조건이야. 다 갖춰졌는데 범행 동기가 없어. 자네 경력도 감안해야겠지. 자네가 사람을 죽이고 싶었다면 이렇게 빤한 수법을 쓰진 않았을 테니까.」

「고맙소, 버니 선배. 아마 이런 식으로 하진 않않겠지.」

「하인들은 없었어. 다 외출했으니까. 그렇다면 누군가 하필 그때 찾아왔다는 얘기지. 그는 웨이드가 권총을 어디에 뒀는지도 알아야 했고, 그 사람이 술에 취해 잠들거나 기절했을 때를 노려야 했고, 총소리가 묻혀 버릴 정도로 쾌속정 소리가 시끄러워지는 순간에 방아쇠를 당겨야 했고, 자네가 집으로 돌아오기 전에 빠져나가야 했어. 지금 내가 아는 상식을 총동원해도 도저히 납득할 수 없는 일이지. 그럴 만한 여건이 되고 기회를 잡은 사람이 딱 한 명 있긴 한데, 하필 그런 짓을 저지를 리가 없는 사람이란 말이야. 여건이나 기회를 두루 갖췄다는 바로 그 점 때문이지.」

나는 가려고 일어섰다. 「알았소, 버니. 저녁 내내 집에 있겠소.」

「하나만 더 얘기하지.」 올즈가 생각에 잠긴 채 말했다. 「웨이드는 인기 작가였어. 재산도 엄청나고 명성도 엄청났지. 나는 그렇게 쓰레기 같은 소설을 좋아하지 않아. 여자들이 창녀보다 한술 더 뜨더라고. 그거야 취향 문제니까 경찰이 왈가왈부할 일은 아니지. 아무튼 그 사람은 그렇게 돈이 많아서 미국에서도 손꼽히는 동네에서 이렇게 아름다운 집에 살았어. 아름다운 부인도 있고, 친구도 많고, 걱정거리는 하나도 없었지. 그래서 궁금해. 도대체 뭐가 그렇게 힘들어서 방아쇠를 당겼을까? 틀림없이 뭔가 있었겠지. 그게 뭔지 알면 나중에라도 다 털어놓는 게 좋을 거야. 잘 가.」

나는 현관문 쪽으로 걸어갔다. 문을 지키는 남자가 올즈를 돌아보더니 손짓을 보고 나를 내보내 주었다. 각종 관용차가 진입로를 꽉 막아 놓아서 차를 몰고 잔디밭을 가로질러 가야 했다. 정문을 지키는 보안관보가 나를 훑어보았지만 아무 말도 하지 않았다. 나는 선글라스를 쓰고 고속도로 쪽으로 달려갔다. 길은 한산하고 평온했다. 짧게 깎은 잔디밭마다, 그 너머 크고 넓고 값비싼 집집마다 오후의 햇살이 쏟아졌다.

한낱 필부도 아닌 사람이 아이들 밸리의 저택에서 피투성이가 되어 참혹하게 목숨을 잃었건만 이 나른한 평화는 조금도 흔들리지 않는다. 신문사들의 반응을 보면 티베트에서 일어난 일과 다름없다.

길이 꺾이는 곳에 두 저택의 담장이 어깨를 나란히 한 부분이 있는데, 거기에 보안서 소속 암녹색 차량 한 대가 서 있었다. 보안관보가 차에서 내려 한 손을 들었다. 나는 차를 세웠다. 그가 창가로 다가왔다.

「면허증 좀 보여 주시겠습니까?」

나는 지갑을 열어 그에게 건넸다.

「면허증만 주세요. 지갑은 만질 수 없습니다.」

나는 면허증을 꺼내 주었다. 「무슨 일이죠?」

그는 차 안을 들여다본 후 면허증을 돌려주었다.

「별일 아닙니다. 일상적인 검문이죠. 귀찮게 해서 죄송합니다.」

　그는 나에게 지나가라고 손짓하며 주차한 차 쪽으로 돌아
갔다. 경찰다운 행동이다. 무슨 일을 하건 이유를 말해 주지
않는다. 그래야 자기도 모른다는 사실을 들키지 않으니까.

　나는 다시 집으로 향했고, 시원한 음료수 두 잔을 사 마셨
고, 저녁을 먹으러 나갔고, 돌아와서 창문을 열고 셔츠도 열
어젖힌 후 무슨 일이든 일어나기를 기다렸다. 오랫동안 기다
려야 했다. 이윽고 9시가 되었을 때 버니 올즈가 연락했다.
당장 보안서로 나오라면서 중간에 꽃이나 꺾으며 빈둥거리
지 말고 곧바로 오라고 당부했다.

38

보안서 대기실 벽에 붙여 놓은 딱딱한 의자에 캔디가 앉아 있었다. 내가 그 앞을 지나 넓은 사각형 방으로 들어가는데 녀석이 증오의 눈빛을 쏟아 냈다. 그 방은 피터슨 보안관이 20년에 걸쳐 성실히 근무하는 동안 시민들이 보내 준 감사 편지로 둘러싸인 채 군림하는 곳이다. 벽에는 말 사진이 잔뜩 걸려 있는데 피터슨 보안관도 빠짐없이 등장한다. 책상에도 귀퉁이마다 말 머리를 새겨 놓았다. 잉크병은 반들반들하게 윤을 내 받침대에 고정한 말발굽이고, 이와 더불어 짝을 이루는 말발굽에는 새하얀 모래를 담아 펜을 꽂아 놓았다. 말발굽마다 이런저런 날짜를 새긴 황금 명판이 붙었다. 얼룩 하나 없이 깨끗한 탁상용 압지철 한복판에 불 더럼 연초 한 봉지와 갈색 궐련용지 한 갑이 놓여 있다. 피터슨은 담배를 손수 말아 피우는 사람이다. 말을 탄 채 한 손으로 담배를 마는 재간이 있어 평소에도 종종 선보이는데, 주로 거대한 백마를 타고 아름다운 멕시코 은세공 장식이 즐비한 멕시코 안장에 올라앉아 퍼레이드를 이끄는 날이다. 말을 탈 때는 정수리 부분이 평평한 멕시코 솜브레로를 쓴다. 기마 자세도 근사하다. 그의 말은 언제 얌전히 굴어야 하고 언제 날뛰어야 하는지 정확히 알고 있으므로 보안관은 침착하고 알쏭달쏭한 미소를 지으며 한 손으로도 거뜬히 말을 제어한다. 그는 연기력도 훌륭하다. 매를 닮은 옆얼굴이 참 잘생겼다. 요즘은 턱 밑에 군살이 좀 붙었지만 이게 두드러지지 않게 하려면 머리를 어떻게 들어야 하는지 안다. 그는 사진을 찍을 때마다 많은 정성을 기울인다. 나이는 50대 중반, 덴마크 태생의 아버지에게서 꽤 많은 유산을 물려받았다. 보안관은 덴마크 사람처럼 생기지 않아서 머리카락은 까맣고 피부는 가무잡잡한데 시가 상점의 인디언 조각상처럼 무표정하고 침착한 데다 사고력도 엇비슷하다. 그러나 그를 사기꾼이라고 욕하는 사람은 아무도 없다. 그의 수하에도 사기꾼이 몇 명 있어 시민들을 속일 뿐만 아니라 보안관까지 속이지만, 그런 사기 행각은 피터슨 보안관에게 조금도 누를 끼치지 못한다. 그는 선거 때마다 번번이 당선되는데, 별로 공을 들이지도 않고 그저 퍼레이드 선두에서 백마를 타거나 카메라 앞에서 피의자들을 신문할 따름이다. 어쨌든 사진 설명은 그렇다. 그러나 사실 그는 아무도 신문하지 않는다. 하고 싶어도 못 한다. 근엄한 표정으로 책상 너머 피의자를 노려보며 카메라에 옆모습을 보여 줄 뿐이다. 플래시가 터지고 나면 사진 기자들은 보안관에게 공손히 감사 인사를 하고, 피의자는 입도 뻥끗하지 못한 채 끌려 나가고, 보안관은 샌퍼난도 밸리[102]에

102 로스앤젤레스 근교의 주거 지역.

있는 목장으로 돌아간다. 그곳에 가면 언제든지 그를 만날 수 있다. 혹시 보안관을 만나지 못하면 그의 말이라도 만나서 이야기를 나눌 수 있다.

선거 때 간혹 착각에 빠진 어느 정치인이 피터슨 보안관의 자리를 빼앗으려고 나서서 〈옆얼굴만 있는 사람〉이니 〈골초 카우보이〉니 하며 비웃지만 아무 소용도 없다. 그래 봤자 매번 피터슨 보안관이 재선되기 마련이다. 이 나라에서는 나쁜 짓을 하지 않고 잘생기고 입이 무겁기만 해도 중요한 공직을 길이길이 보전할 수 있다는 사실을 보여 주는 산 증거다. 게다가 말을 탄 모습까지 근사하다면 가히 천하무적이다.

올즈와 내가 들어갔을 때, 피터슨 보안관은 책상 뒤에 서 있고 사진 기자들이 다른 문으로 줄줄이 빠져나갔다. 보안관은 흰색 스테트슨[103]을 쓰고 있었다. 담배를 마는 중이었다. 곧 집으로 돌아가려던 참인 듯했다. 그가 엄격한 표정으로 나를 쳐다보았다.

「이분은 누구신가?」 굵은 바리톤 음성이었다.

「필립 말로라고 합니다, 보안관님.」 올즈가 대답했다. 「웨이드가 자살할 때 유일하게 그 집에 있었던 친구죠. 같이 사진 찍으시겠습니까?」

보안관이 나를 찬찬히 살펴보았다. 「됐네.」 그는 진회색 머리에 몸집이 크고 좀 피곤해 보이는 남자를 돌아보았다. 「혹시 내가 필요하면 목장으로 연락하시오, 에르난데스 지서장.」

「알겠습니다.」

103 카우보이 모자 상품명.

피터슨이 주방용 성냥으로 담뱃불을 붙였다. 이때 엄지손톱으로 성냥불을 켰다. 피터슨 보안관에게 라이터 따위는 필요 없다. 철저하게 한 손으로 담배도 말고 불도 붙이는 사람이니까.

그가 작별 인사를 하고 밖으로 나갔다. 검은 눈이 살벌하고 얼굴이 무표정한 남자가 따라나섰다. 보안관의 경호원이다. 문이 닫혔다. 보안관이 떠난 후 에르난데스 지서장이 책상 쪽으로 와서 보안관의 거대한 의자에 앉았고, 구석에 앉은 속기사가 자리를 벽에서 조금 밀어 활동 공간을 확보했다. 올즈는 책상 끄트머리에 걸터앉았는데 즐거워하는 표정이었다.

「좋소, 말로.」에르난데스가 쾌활하게 말했다.「어디 들어 봅시다.」

「왜 사진을 안 찍는 겁니까?」

「보안관님 말씀 들었잖소.」

「듣긴 들었는데 이유가 뭐죠?」내가 푸념하듯이 물었다.

올즈가 폭소를 터뜨렸다.「이유는 자네도 알 텐데.」

「내가 키 크고 잘생기고 구릿빛이라서 다들 나만 쳐다볼까 봐 저런다는 뜻이오?」

「그만!」에르난데스가 냉랭하게 말했다.「진술이나 들읍시다. 처음부터 시작하시오.」

나는 처음부터 설명했다. 하워드 스펜서와 대화한 일, 아일린 웨이드를 만난 일, 그녀가 로저를 찾아 달라고 부탁한 일, 내가 그 사람을 찾아낸 일, 그녀가 나를 자기 집으로 부른

일, 웨이드가 나에게 부탁한 일, 히비스커스 덤불 근처에서 의식을 잃은 그를 발견한 일, 기타 등등. 속기사가 내 이야기를 기록했다. 아무도 끼어들지 않았다. 모두 진실이었다. 진실만 이야기했다. 그러나 모든 진실을 밝히지는 않았다. 생략한 부분은 내 문제였다.

「잘했소.」 내 이야기가 끝난 후 에르난데스가 말했다. 「그런데 진술 내용이 완벽하진 않군.」 에르난데스, 냉정하고 유능하고 위험한 인물이다. 보안서에 없어서는 안 될 사람이겠다. 「웨이드가 자기 방에서 총을 쐈던 그날 밤, 선생은 웨이드 부인의 방에 들어가서 문을 닫고 한동안 나오지 않았소. 그 방에서 뭘 하셨소?」

「부인이 들어오라 하더니 남편이 좀 어떠냐고 묻더군요.」

「문은 왜 닫았소?」

「웨이드가 선잠이 든 상태라서 말소리를 줄이려고 그랬어요. 하인 녀석이 엿들으려고 서성거리기도 했고. 부인이 닫아 달라고 하기도 했고. 그게 그렇게 중요한 일인 줄은 몰랐네요.」

「그 방에 얼마나 오래 계셨소?」

「글쎄요. 한 3분.」

「아마 두 시간쯤일 텐데.」 에르난데스가 싸늘하게 말했다. 「내 말 알아듣겠소?」

나는 올즈를 쳐다보았다. 올즈는 아무것도 보지 않았다. 평소처럼 불붙이지 않은 담배를 질겅질겅 씹을 뿐이었다.

「잘못 아셨어요, 지서장님.」

「두고 보면 알겠지. 그 방에서 나온 다음에 선생은 아래층 서재로 내려갔고, 밤새 소파에서 잤소. 〈밤새〉라고 해봤자 겨우 몇 시간이었겠지만.」

「웨이드가 우리 집으로 연락했을 때가 11시가 되기 10분 전이었어요. 그날 밤 마지막으로 서재에 들어갔을 때는 2시가 한참 지났고. 지서장님 말씀대로 〈겨우 몇 시간〉이네요.」

「하인 데려와.」에르난데스가 말했다.

올즈가 나가서 캔디를 데리고 들어왔다. 캔디를 의자에 앉혔다. 에르난데스가 신원 확인을 위해 캔디에게 몇 가지 물어본 후 본론으로 들어갔다. 「좋아, 캔디 — 편의상 그렇게 부르기로 하지 — 자네가 말로와 함께 로저 웨이드를 침대로 옮긴 다음에 무슨 일이 있었나?」

나는 무슨 말이 나올지 대강이나마 예상할 수 있었다. 캔디는 조용하면서도 성난 목소리로 이야기했는데 외국 억양이 거의 없었다. 마음대로 켜고 끌 수 있는 모양이다. 캔디의 말에 따르면 그는 혹시 또 도움이 필요할지 몰라 아래층에서 서성거렸는데, 때로는 부엌에 들어가 음식을 찾아 먹고 때로는 거실에 머물렀다. 그런데 거실에서 현관문 근처에 있는 의자에 앉아 있을 때 아일린 웨이드가 자기 방 문간에 서서 옷을 벗었다. 캔디는 그녀가 알몸에 가운 하나만 걸치는 장면도 목격하고 내가 그 방에 들어가 문을 닫는 장면도 목격했다. 나는 한참 동안 나오지 않았는데 캔디의 짐작이 옳다면 두 시간 정도였다. 중간에 계단을 올라가서 귀를 기울였다. 침대 스프링이 삐걱거리는 소리가 들렸다. 속삭이는 목소리도 들렸다. 그는 어떤 상황인지 명백히 드러나도록 이야기했다. 말을 끝낸 그가 나를 노려보았다. 눈빛이 살벌하고 일그러진 입가에 증오가 가득했다.

「데리고 나가.」에르난데스가 말했다.

「잠깐.」내가 말했다.「물어볼 게 있습니다.」

「여기서 질문하는 사람은 나요!」에르난데스가 쏘아붙였다.

「지서장님은 뭘 물어봐야 하는지도 모르시잖아요. 그 집에 못 가봤으니까. 저놈 얘기는 거짓말이에요. 그건 저놈도 알고 나도 알죠.」

에르난데스가 뒤로 기대며 보안관의 펜 하나를 집어 들었다. 펜 자루를 구부렸다. 길고 뾰족한 이 자루는 말총을 굳혀 만든 물건이었다. 끄트머리에서 손을 떼자 자루가 튕기듯이 도로 펴졌다.

「물어보시오.」마침내 그가 말했다.

나는 캔디를 마주 보았다.「웨이드 부인이 옷 벗는 장면을 어디서 봤다고?」

「그때 나는 현관문 근처에 있는 의자에 앉아 있었소.」퉁명스러운 목소리였다.

「마주 보는 대형 소파 두 개와 현관문 사이 말이지?」

「아까 그렇게 말했잖소.」

「웨이드 부인은 어디 있었다고?」

「방문 바로 안쪽. 문이 열려 있었소.」

「그때 거실 조명은?」

「전등 한 개. 브리지 램프라는 길쭉한 스탠드였소.」

「그럼 발코니 조명은?」

「안 켰소. 사모님 방에만 불을 켜놓고.」

「그 방 조명은 어떤 거였지?」

「아주 밝진 않았소. 아마 협탁 전등이겠지.」

「천장 전등이 아니고?」

「그렇소.」

「너는 부인이 옷을 벗은 다음에 ― 네 말대로라면 방문 바로 안쪽에 서서 ― 가운을 입었다고 했어. 그게 어떤 가운이었지?」

「파란색 가운이었소. 실내복처럼 긴 옷. 허리를 끈으로 묶는.」

「부인이 옷 벗는 장면을 실제로 보지 못했다면 그 속에 뭘 입었는지 혹은 안 입었는지도 알 수 없겠지?」

그가 으쓱 어깻짓을 했다. 조금은 걱정스러운 표정이었다. 「Si(그렇소). 옳은 말이오. 하지만 나는 사모님이 옷 벗는 장면을 봤소.」

「거짓말하지 마. 부인이 옷 벗는 장면을 볼 수 있는 곳은 거실 어디에도 없어. 부인이 정확히 문지방을 딱 밟고 서 있어도 어려울 텐데 더 안쪽에 있었다면 어림도 없지. 발코니 가장자리로 나와야 보인다고. 그랬으면 부인도 너를 봤을 테고.」

그는 나를 노려보기만 했다. 나는 올즈를 돌아보았다. 「그 집에 가봤잖소. 에르난데스 지서장님은 못 가보셨고. 아니,

가보셨나?」

올즈가 어렴풋이 고개를 가로저었다. 에르난데스가 눈살을 찌푸렸지만 아무 말도 하지 않았다.

「지서장님, 부인이 그때 문간이나 더 안쪽에 있었다면 그 집 거실 어디서도 웨이드 부인의 정수리조차 볼 수 없어요. 서서 봐도 안 보일 텐데 저놈은 앉아 있었다고 하잖아요. 내가 저놈보다 10센티미터는 클 텐데, 그 집 현관문 바로 안쪽에 섰을 때 열린 문짝 윗부분 한 뼘 정도만 간신히 보이더군요. 저놈이 정말 그런 장면을 봤다면 부인이 발코니 가장자리까지 나왔다는 얘기죠. 부인이 왜 그런 짓을 하겠습니까? 따지고 보면 하필 문간에서 옷을 벗을 이유도 없잖아요? 말도 안 되는 소리죠.」

에르난데스가 나를 멀뚱멀뚱 바라보았다. 그러다가 캔디를 보았다. 「그럼 시간에 대한 얘기는?」 그가 조용히 물었다. 나에게 던지는 질문이었다.

「그거야 누구 말을 믿느냐에 달렸죠. 나는 증명할 수 있는 얘기만 하는 거예요.」

그러자 에르난데스가 스페인어로 캔디에게 뭐라고 호통을 쳤는데, 말이 너무 빨라서 알아들을 수 없었다. 캔디는 시무룩하게 에르난데스를 쳐다보기만 했다.

「데리고 나가.」 에르난데스가 말했다.

올즈가 엄지를 번쩍 들어 보이며 문을 열었다. 캔디가 밖으로 나갔다. 에르난데스가 담배 상자를 꺼내더니 한 개비를 입에 물고 금제 라이터로 불을 붙였다.

올즈가 다시 들어왔다. 에르난데스가 차분하게 말했다. 「방금 저놈한테 내가 그랬소. 사건 심리 때 증인석에서 그따위 헛소리를 지껄였다면 위증죄로 샌 퀜틴 교도소에 처박혀 1년에서 3년쯤 푹 썩었을 거라고. 그런데 별로 겁먹지 않더군. 저놈이 왜 그랬는지는 뻔하지. 흔해 빠진 욕정 때문일 거요. 만약 저놈이 그때 현장에 있었고 살인을 의심할 만한 이유가 있었다면 저놈이야말로 유력한 용의자였을 텐데…… 물론 저놈은 칼을 썼겠지만. 어쨌든 저놈이 웨이드의 죽음을 꽤나 슬퍼한다는 인상을 받긴 했소. 올즈 자네도 혹시 물어보고 싶은 게 있나?」

올즈가 고개를 가로저었다. 에르난데스는 나를 보며 말했다. 「아침에 다시 와서 진술서에 서명하시오. 그때까지 타자를 쳐둘 테니까. 10시쯤에는 약식일망정 검시 보고서도 들어올 거요. 이런 식으로 진행할 텐데 혹시 마음에 안 드는 부분이 있소, 말로?」

「질문을 좀 바꿔 보시죠? 그렇게 말씀하시니 마음에 드는 구석이 하나라도 있을 거라는 뜻으로 들리네요.」

「알았소.」 그가 피곤하다는 듯이 말했다. 「그럼 가보시오. 나도 집에 가야겠소.」

나는 자리에서 일어났다.

「아까 캔디가 지껄인 얘기는 나도 전혀 안 믿었소.」 그가 말했다. 「유도 신문용으로 써먹었을 뿐이지. 불쾌한 감정은 없었으면 좋겠소.」

「불쾌한 감정이고 뭐고 아무것도 없습니다, 지서장님. 아무 감정도 없어요.」

두 사람은 내가 나가는 모습을 묵묵히 지켜보았다. 작별
인사도 하지 않았다. 나는 긴 복도를 지나 힐 스트리트 쪽 출
입구로 빠져나간 후 차를 몰고 집으로 향했다.

아무 감정도 없다는 말은 에누리 없는 본심이었다. 나는
별과 별 사이의 우주 공간처럼 공허하고 허탈했다. 집에 도
착하여 독한 술을 따른 후 거실 창문을 열고 창가에 선 채로
술을 마셨다. 로럴 캐니언 대로에서 밀려드는 교통 소음을
들으며 대로가 뚫고 지나가는 구릉지의 비탈 너머로 보이는
성난 대도시의 불빛을 바라보았다. 멀리서 경찰차나 소방차
의 사이렌 소리가 밴시[104]의 울음소리처럼 멀어졌다 가까워
졌다 했다. 이 소리가 한참 동안 완전히 끊어지는 일은 없다.
하루 24시간 누군가는 도망치고 누군가는 붙잡으려 한다. 하
룻밤에도 천 가지 범죄가 자행되는 그곳에서 사람들은 죽고,
손발을 잃고, 날아드는 유리에 베이고, 운전대에 충돌하고,
무거운 타이어 밑에 깔린다. 얻어맞고, 빼앗기고, 목이 졸리
고, 강간당하고, 살해된다. 굶주리거나 병들고, 따분해하고,
외로움이나 후회나 두려움에 짓눌려 절망하고, 화를 내거나
잔인해지거나 안절부절못하거나 온몸을 떨며 흐느낀다. 그
래도 여느 도시보다 심하다고 말할 수 없는 도시, 풍요롭고
활기차고 자부심이 많은 도시, 타락하고 지치고 공허가 가득
한 도시.

104 아일랜드 민담에서, 구슬픈 울음소리로 가족의 죽음을 예고한다는
요정.

412

모든 것이 개개인의 상황에 달렸고 개개인의 성취에 달렸다. 나에게는 아무것도 없다. 그래도 괜찮다.

　나는 술잔을 비우고 잠자리에 들었다.

39

 사건 심리는 실패작이었다. 검시관은 대중의 관심이 식을
까 봐 의학적 증거를 완벽하게 갖추기도 전에 심리를 강행했
다. 쓸데없는 걱정이었다. 어차피 작가의 죽음에 대한 소식
은 — 제아무리 유명한 작가라도 — 그리 오래가지 않는다.
더구나 그해 여름에는 경쟁할 만한 소식이 유난히 많았다.
어느 국왕이 물러나고 또 어느 국왕은 암살당했다. 일주일
사이에 대형 여객기 세 대가 추락했다. 시카고에서는 대형
통신사의 사장이 자기 차에 탄 채 난사당해 산산조각이 나버
렸다. 교도소 화재로 수감자 스물네 명이 타 죽었다. 로스앤
젤레스 카운티의 검시관은 운이 나빴다. 일생일대의 기회를
놓쳤으니까.
 나는 증인석에서 내려가면서 캔디를 보았다. 그는 밝고 악
의적인 미소를 지었는데 — 이유는 나도 모르겠다 — 평소처
럼 조금 지나칠 정도로 잘 차려입은 모습이었다. 코코아색
개버딘 정장에 흰색 나일론 셔츠를 입고 암청색 나비넥타이
를 맸다. 증인석에서도 말을 아껴 좋은 인상을 남겼다. 예, 최

근에 주인님은 만취할 때가 많았습니다. 예, 위층에서 총이 발사된 그날 밤 주인님을 침대로 옮길 때 저도 거들었습니다. 예, 사건 당일 제가 외출하기 전에 위스키를 가져오라고 하셨지만 제가 거절했습니다. 아니요, 웨이드 주인님의 집필 작업에 대해서는 아무것도 몰랐지만 낙심하셨다는 건 알았습니다. 걸핏하면 원고를 쓰레기통에 버렸다가 도로 꺼냈으니까요. 아니요, 웨이드 주인님이 누구와 싸우는 소리는 못 들었습니다. 기타 등등. 검시관이 캔디를 다그쳤지만 효과는 미미했다. 누군가 캔디를 잘 가르친 모양이다.

아일린 웨이드는 검은색과 하얀색이 어우러진 옷차림을 하고 있었다. 안색이 창백했다. 그녀는 스피커로 들어도 전혀 다를 바 없는 나지막하고 맑은 목소리로 대답했다. 검시관은 벨벳 장갑이라도 낀 듯이 조심스럽게 부인을 대했다. 마치 터져 나오는 흐느낌을 참느라 안간힘을 쓰는 사람처럼 말을 걸었다. 그녀가 증인석을 떠날 때는 자기도 일어나서 허리를 굽혔고, 그녀가 한순간이나마 어렴풋한 미소를 보여주자 침을 삼키다가 하마터면 사레가 들 뻔했다.

나가는 길에 그녀는 나를 쳐다보지도 않고 지나치려다가 마지막 순간에 얼굴을 5센티미터쯤 돌리고 아주 살짝 고개를 숙였다. 마치 오래전에 어디선가 만난 듯한데 얼른 생각나지 않는 사람에게 하듯이.

심리가 끝난 후 외부 계단에서 올즈와 마주쳤다. 그는 저 아래 지나가는 차들을 구경하는 중이었는데 어쩌면 시늉뿐이었는지도 모른다.

「잘했어.」 그가 나를 돌아보지도 않고 말했다. 「축하하네.」

「캔디를 잘 구워삶았던데요.」

「내가 그런 게 아니야. 지검장이 치정 관계는 이 사건과 무관하다고 판단했지.」

「치정 관계라니?」

그는 비로소 나를 돌아보았다. 「하, 하, 하. 자네 얘기가 아니야.」 그러더니 표정이 굳어졌다. 「그런 일을 너무 오랫동안 봤어. 이젠 지긋지긋해. 그중에서도 이번 사건은 아주 특별하지. 오래된 비밀 창고에서 나온 술병처럼. 상류층만 맛볼 수 있는. 잘 가게. 자네도 20달러짜리 셔츠를 입게 되면 연락해. 옷 입을 때 시중 들어 줄 테니까.」

계단을 올라가고 내려가는 사람들이 우리 주위로 소용돌이쳤다. 그 와중에 우리 둘만 우두커니 서 있었다. 올즈가 주머니에서 담배 한 개비를 꺼내 들여다보다가 콘크리트 계단에 떨어뜨리고 구두 뒤축으로 짓밟아 가루를 내버렸다.

「아깝네.」 내가 말했다.

「겨우 담배 한 개비잖아. 사람 목숨이 아니라고. 조만간 그 여자랑 결혼하나?」

「헛소리는.」

그가 씁쓸하게 웃었다. 「내가 멀쩡한 사람 붙잡고 엉뚱한 소리만 지껄이긴 하지.」 언짢은 목소리였다. 「불만 있나?」

「없습니다, 경위님.」 그렇게 말하고 계단을 내려갔다. 등 뒤에서 그가 뭐라고 말했지만 걸음을 멈추지 않았다.

나는 플라워 스트리트에 있는 콘비프[105] 식당으로 향했다.

지금의 내 기분에 잘 어울리는 곳이었다. 출입문 위에 몰상식한 안내문이 붙어 있었다. 〈남성 전용. 개들과 여성은 출입 금지.〉 서비스도 안내문만큼이나 훌륭했다. 면도도 안 한 웨이터가 음식 접시를 툭툭 던져 주고 거스름돈을 주기 전에 제멋대로 팁을 챙겼다. 음식은 간단하지만 대단히 맛있었고 마티니 못지않게 독한 스웨덴산 갈색 맥주도 나왔다.

사무실로 돌아갔더니 전화벨이 울리는 중이었다. 올즈가 말했다. 「자네 사무실로 갈게. 할 얘기가 있어.」

아마도 할리우드 지서나 그 근처에서 오는 길인지 20분도 안 돼서 도착했다. 그가 고객용 의자에 앉아 다리를 꼬더니 다짜고짜 툴툴거렸다.

「내가 좀 심했어. 미안해. 잊어 줘.」

「잊긴 왜 잊어? 서로 상처를 후벼 파야지.」

「그러든지. 대신 우리끼리 끝내자고. 어떤 사람들은 자네가 나쁜 놈이라고 생각해. 나야 자네가 심하게 나쁜 짓을 하는 건 못 봤지만.」

「20달러짜리 셔츠 얘기는 또 뭐요?」

「아, 젠장, 그냥 좀 화가 나서 그랬어.」 올즈가 말했다. 「포터 늙은이가 생각나서. 그 영감이 비서한테 한 말이 변호사한테, 스프링어 지검장한테, 에르난데스 경감한테, 그렇게 차례차례 전해진 모양이야. 자네가 자기 친구라고.」

「그 영감이 그런 수고를 할 리가 없잖소.」

「자네를 만났잖아. 그렇게 시간 내준 게 어디야.」

105 소금에 절인 쇠고기.

「그냥 만났을 뿐이오. 내 마음에 들진 않았지만 그쪽이 좀 부러워서 그랬는지도 모르지. 나한테 충고를 하려고 불렀더군. 몸집이 크고 상대하기 어려운 영감인데, 그 이상은 나도 모르겠소. 아무튼 악당은 아닌 것 같소.」

「선량한 방법으로 1억 달러를 벌어들일 수는 없어.」 올즈가 말했다. 「우두머리는 자기 손이 깨끗하다고 믿을지도 모르지만 수하들은 사람들을 담벼락에 밀어붙이고, 잘나가는 중소기업 돈줄을 끊어 헐값에 인수하고, 멀쩡한 사람들 잘라 버리고, 주가 조작하고, 고물 사듯이 푼돈으로 위임장 사들이고, 남들은 다 좋아하지만 부자들은 수익이 줄어 싫어하는 이런저런 규정을 어떻게든 회피하려고 관청 계약 중개인이나 대형 법률 사무소에 몇만 달러나 펑펑 쓴단 말이야. 큰돈은 큰 힘이고 큰 힘은 오용되게 마련이지. 그런 구조라고. 지금으로서는 그게 최선인지도 모르지만 눈처럼 깨끗하다고 할 수는 없지.」

「빨갱이 같은 말을 하시네.」[106] 그저 놀리려고 한 소리였다.

「나야 모르지.」 그가 경멸한다는 듯이 말했다. 「어쨌든 조사받은 적은 없어. 자네는 자살로 결론이 나서 좋지?」

「자살이 아니면 뭐겠소?」

「그건 그래.」 그는 두툼하고 단단한 두 손을 책상에 올려놓고 손등에 큼직큼직하게 돋아난 갈색 반점들을 들여다보았다. 「이젠 나도 늙었어. 이 갈색 반점을 검버섯이라고 하더군.

106 당시의 미국에는 극단적 반공주의를 표방한 〈매카시즘〉의 광풍이 휘몰아쳤다.

418

쉰 살이 넘어야 생겨. 나는 늙은 경찰이고 늙은 경찰은 애물
단지야. 웨이드 사망 사건에서 몇 가지가 마음에 걸려.」

「예를 들자면?」 나는 등을 기대면서 그의 눈가에 햇빛이
새겨 놓은 깊은 주름살을 바라보았다.

「이런 일을 하다 보면 상황이 좀 수상할 때 알아차리는 감
이 생겨. 그래 봤자 내가 할 수 있는 일은 아무것도 없는데 말
이야. 그럴 때는 이렇게 앉아서 얘기나 하는 거지. 그 사람이
유서를 남기지 않았다는 점이 마음에 걸려.」

「그 친구는 취했잖소. 충동적으로 저지른 짓이겠지.」

그러자 올즈는 연푸른 눈을 들고 책상에 올렸던 두 손을
내렸다. 「웨이드 책상을 뒤져 봤어. 자기 앞으로 편지를 썼더
군. 쓰고 또 쓰고 또 썼더라고. 취했거나 말거나 마냥 타자기
만 두드렸나 봐. 더러는 터무니없고 더러는 좀 우습고 또 더
러는 슬프더라. 그 사람 마음속에 분명히 뭔가 있었지. 그런
데 계속 변죽만 울리고 끝내 말하지 않더라니까. 그런 친구
라면 자살할 때 적어도 두 장짜리 유서는 남겼을 거야.」

내가 다시 말했다. 「그때는 취해 있었다니까.」

「아무리 취해도 뭔가 끼적거리던 사람이잖아.」 올즈가 피
곤하다는 듯이 말했다. 「또 마음에 걸리는 문제는 하필 그 방
에서 일을 저질러 부인이 발견하게 했다는 거야. 그래, 취하
긴 했지. 그래도 마음에 걸려. 또 마음에 걸리는 문제는 하필
쾌속정 소음 때문에 총소리가 묻혀 버릴 만한 순간에 방아쇠
를 당겼다는 거야. 그런다고 본인한테 달라질 게 있나? 그것
도 우연일까? 그렇다면 부인이 하필 하인들이 쉬는 날 열쇠

를 두고 나갔다가 집에 못 들어와서 초인종을 눌러야 했던 일도 우연이겠군.」

「뒷문으로 들어올 수도 있었지.」

「그래, 알아. 나는 다만 그때 상황을 이야기하려는 거야. 문을 열어 줄 사람은 자네뿐이었는데, 증인석에서 부인은 자네가 거기 있다는 사실을 몰랐다고 했어. 웨이드가 살아 있었더라도 서재에서 집필 중이었다면 초인종 소리를 못 들었을 거야. 방문에 방음 시설을 해놨으니까. 하인들은 외출했어. 목요일이니까. 그런데도 다 잊었대. 열쇠를 잊어버렸듯이.」

「선배도 잊어버린 게 있소. 그때 내 차가 진입로에 있었거든. 그러니까 초인종을 누르기 전에 내가 왔다는 사실을, 내가 아니라도 누군가는 왔다는 사실을 이미 알았겠지.」

그가 빙그레 웃었다. 「그걸 깜박 잊었네? 좋아, 그때 상황을 정리해 볼까. 자네는 호숫가로 내려갔고, 쾌속정이 그렇게 난리법석을 떨었고 — 말 나온 김에 얘기하는데 거기서 놀던 둘은 애로헤드 호수에서 트레일러에 배를 싣고 놀러 온 놈들이었지 — 웨이드는 서재에서 곯아떨어지거나 의식을 잃었어. 책상 서랍에 있던 권총은 벌써 누가 빼돌렸는데, 지난번에 자네가 말해 줬으니까, 부인은 권총이 거기 있다는 사실을 알았지. 자, 이제 부인이 열쇠를 잊어버리지 않았다고 가정해 보세. 문을 열고 들어와 주위를 둘러보니 때마침 자네는 호숫가로 나갔고, 서재를 들여다보니 웨이드는 잠들었고, 권총은 자기가 미리 치워 놨고, 그래서 그 총을 가져와서 적당한 순간에 남편을 쏴 죽이고 총은 자네가 찾은 그 자

420

리에 던져 놨다면, 다시 밖으로 나가서 잠시 기다리다가 쾌속정이 멀어진 다음에 초인종을 누르고 자네가 열어 줄 때까지 기다렸다면. 반론 있나?」

「범행 동기는?」

「그래, 그게 문제야.」 그가 못마땅하다는 듯이 말했다. 「헤어지고 싶었다면 간단했으니까. 알코올 중독자인 데다 부인을 폭행한 전력까지 있으니 웨이드로서는 꼼짝도 못할 상황이었지. 넉넉한 위자료에 푸짐한 재산 분할. 그래서 동기가 없어. 게다가 일을 저지른 타이밍도 지나치게 절묘했어. 5분만 일찍 들어왔어도 성공할 수 없었지. 자네도 한패였다면 또 모르지만.」

내가 한마디 하려고 했지만 그가 손을 들었다. 「안심하셔. 누가 범인이라고 단정하는 게 아니라 그냥 추측해 보는 거야. 5분만 늦게 들어왔어도 답은 마찬가지야. 결국 부인이 그런 짓을 저지를 수 있는 시간은 겨우 10분이었지.」

나는 짜증을 내고 말았다. 「그 10분을 예측하기는 불가능하고, 사전에 계획하기는 더욱더 불가능하잖소.」

그는 뒤로 기대며 한숨을 내쉬었다. 「나도 알아. 자네도 모든 답을 알고 나도 모든 답을 알지. 그래도 마음에 걸린단 말이야. 그나저나 자네는 그 사람들을 왜 만난 거야? 그 남자는 자네 앞으로 1천 달러짜리 수표를 썼다가 찢어 버렸어. 자네한테 화가 나서 그랬다고 했지. 자넨 어차피 돈을 원하지도 않았고 받지도 않았을 거라고 했어. 진심일 수도 있겠지. 그 사람은 자네가 자기 아내와 잤다고 생각하던가?」

「집어치우쇼, 버니.」

「정말 잤느냐고 물은 게 아니라 그 사람이 그렇게 생각했느냐고 물었어.」

「대답은 마찬가지요.」

「알았어. 그럼 하나 더. 그 사람이 멕시코 하인한테 무슨 약점이라도 잡혔나?」

「그거야 나도 모르죠.」

「그 멕시코 녀석은 돈이 너무 많더군. 은행에도 1천 5백 달러가 넘는 돈이 있고 옷도 이것저것 많은 데다 신형 시보레까지.」

「마약 장사를 하는지도 모르죠.」 내가 말했다.

올즈가 의자에서 벌떡 일어나더니 험상궂은 표정으로 나를 내려다보았다.

「자네는 억세게 운이 좋았어, 말로. 두 번이나 심각한 상황에서 무사히 빠져나왔지. 자칫 자만하기 십상이겠군. 그런데 그 사람들을 꽤 열심히 도와줬는데 결국 한 푼도 못 벌었잖아. 들자니 레녹스란 남자도 꽤 열심히 도와줬다던데 역시한 푼도 못 벌었고. 도대체 뭐로 먹고살지? 벌써 많이 모아놔서 일을 안 해도 상관없나?」

나는 자리에서 일어나 책상 앞쪽으로 가서 그와 마주 섰다. 「나는 낭만주의자요, 버니 선배. 한밤중에 비명 소리가 들리면 나가서 무슨 일인지 확인해야 직성이 풀리거든. 그래 봤자 한 푼도 못 벌어. 똑똑한 사람은 그럴 때 창문을 닫고 텔레비전 소리를 키우지. 가속 페달을 냅다 밟으며 멀리 내빼든지. 남의 일에 끼어들기 싫으니까. 그래 봤자 나만 손해니까. 테리 레녹스를 마지막으로 만났던 날, 내 집에 마주 앉아 내 손으로 끓인 커피를 함께 마시고 담배도 함께 피웠소. 그래서 그 친구가 죽었다는 소식을 들었을 때도 부엌에 가서 커피를 끓였는데, 그 친구 영전에 커피 한 잔 따라 주고, 담배 한 개비에 불붙이고, 커피가 식어 버리고 그 담배가 타버렸을 때 작별 인사를 했소. 그래 봤자 한 푼도 못 벌어. 선배라면 그렇게는 안 하겠지. 그래서 선배는 좋은 경찰이고 나는 사설탐정 노릇이나 하는 거라고. 아일린 웨이드가 하도 남편 걱정을 하기에 내가 찾아 집으로 데려다줬소. 한번은 로저가 연락해서 문제가 생겼다기에 부리나케 달려갔고, 잔디밭에 쓰러진 그 친구를 낑낑거리며 침대로 데려다 눕혔지만 역시 한 푼도 못 벌었소. 수고비고 뭐고 아무것도 없었지. 오히려 걸핏하면 면상이나 얻어터지고 깜빵에 처박히고 멘디 메넨데스 같은 깡패한테 협박이나 당하기 일쑤라니까. 그래도 돈은 한 푼도 못 벌었어. 금고 속에 5천 달러짜리 지폐가 있지만 그 돈은 반 푼도 못 쓰겠지. 내 손에 들어온 과정이 좀 꺼림칙해서. 처음에는 그 돈을 가지고 놀기도 했고 요즘도 가끔 꺼내서 들여다봐. 하지만 그뿐이야. 한 푼도 못 쓰겠더라고.」

「위조지폐일 수도 있지만 위폐범들이 그런 고액권을 찍을 리 없지.」 올즈가 무덤덤하게 말했다. 「그건 그렇고, 요지가 뭔데 이렇게 장광설을 늘어놓지?」

「요지는 없소. 낭만주의자라고 했잖소.」

「들었어. 한 푼도 못 번다는 말도 들었지.」

「그래도 경찰한테 나가 뒈지라는 말 정도는 얼마든지 할 수 있지. 나가 뒈지쇼, 버니.」

「보안서 골방에 끌려가서 전등 아래 앉으면 함부로 지껄이지 못할걸.」

「언젠가 그런 날이 오면 알게 되겠지.」

그가 걸어가서 문을 벌컥 열었다. 「이거 알아? 똑똑하다고 착각하는 모양인데 자네는 그냥 멍청한 거야. 벽에 비친 그림자처럼 빤하다고. 나는 20년 동안 경찰 노릇을 하면서 오점을 남긴 적이 없어. 누가 날 속일 때마다 알아차리고 누가 뭘 감출 때마다 알아차리거든. 똑똑한 체하는 놈은 남이 아니라 자신을 속일 뿐이야. 내 말 명심하라고. 겪어 봐서 잘 아니까.」

그가 문간에서 머리를 뒤로 빼자 문이 닫혔다. 쿵쿵거리며 복도를 걸어가는 발소리가 들렸다. 그 소리가 끝나기도 전에 책상 위에서 전화벨이 울렸다. 사무적인 목소리가 또박또박 말했다.

「뉴욕에서 필립 말로 씨를 찾습니다.」

「내가 필립 말로예요.」

「감사합니다. 잠시만 기다리세요, 말로 씨. 연결해 드릴게요.」

곧이어 아는 목소리가 들렸다. 「하워드 스펜서예요, 말로 씨. 로저 웨이드 소식을 들었습니다. 충격이 컸죠. 자세한 내용은 모르지만 말로 씨도 관련된 모양이더군요.」

「사건 당시 현장에 있었죠. 그 친구는 만취 상태로 권총 자살을 했어요. 잠시 후 웨이드 부인이 귀가하셨죠. 하인들은 외출한 뒤였고. 목요일에 쉬거든요.」

「그럼 웨이드 씨와 단둘이 계셨습니까?」

「같이 있진 않았어요. 저는 바깥에 있었거든요. 부인이 돌아올 때까지 기다리는 중이었죠.」

「그랬군요. 그럼 곧 사건 심리가 열리겠네요.」

「벌써 끝났어요, 스펜서 씨. 자살이니까요. 언론도 신기할 정도로 관심이 없고.」

「그래요? 그건 좀 이상하네요.」 딱히 실망한 목소리는 아니었다. 어리둥절하고 당황한 듯했다. 「그렇게 유명한 사람인데. 제 생각엔…… 아니, 제 생각은 말할 필요가 없겠죠. 제가 그리로 가야겠지만 다음 주말 전에는 어렵겠어요. 웨이드 부인께는 전보를 치겠습니다. 제가 도와드릴 일이 있을지도 모르고…… 책 얘기도 해야겠죠. 원고가 웬만큼 진행됐다면 다른 사람을 시켜 완성할 수도 있으니까요. 아무튼 결국 그때 제안받은 일을 맡으셨던 모양입니다.」

「아니요. 웨이드도 같은 부탁을 했었어요. 술을 못 마시게 막을 방법은 없다고 즉석에서 거절했죠.」

「시도조차 안 해보신 모양이군요.」

「여보세요, 스펜서 씨, 이게 어떤 상황인지 전혀 모르시잖아요. 알게 될 때까지 성급한 판단은 삼가시는 게 어떨까요? 제 잘못이 전혀 없다는 뜻은 아니에요. 이런 일이 터지고 그때 하필 현장에 있었다면 불가피하게 자책도 하기 마련이죠.」

「물론이죠. 괜한 말을 해서 죄송합니다. 터무니없는 소리였어요. 아일린 웨이드 부인은 지금 댁에 계실까요? 혹시 아세요?」

「저야 모르죠, 스펜서 씨. 직접 연락해 보지 그러세요?」

「아직은 누구하고도 얘기할 기분이 아닐 것 같아서요.」 그가 천천히 대답했다.

「그건 왜요? 검시관하고 얘기할 때도 눈 하나 깜짝하지 않던데요.」

그러자 그가 헛기침을 했다. 「별로 동정하는 말투는 아니군요.」

「로저 웨이드가 죽었어요, 스펜서 씨. 조금은 재수 없는 인간이었고 어쩌면 조금은 천재였겠죠. 제가 판단할 일은 아니지만. 로저는 이기적인 주정뱅이였고 자신을 혐오했어요. 그 친구 때문에 저도 고생을 많이 했고 막판에는 골치도 많이 아팠죠. 그런데 제가 왜 동정해야 합니까?」

「저는 웨이드 부인 얘긴데요.」 그가 짤막하게 말했다.

「저도 그래요.」

「그쪽으로 건너가면 연락드리죠.」 그가 퉁명스럽게 말했다. 「안녕히 계세요.」

그가 전화를 끊었다. 나도 끊었다. 2분쯤 움직이지 않고 전화통만 노려보았다. 이윽고 책상 위에서 전화번호부를 들고 번호를 찾아보았다.

40

엔디컷의 사무실에 연락했다. 전화를 받은 사람은 엔디컷이 법정에 갔다면서 오후 늦게 들어온다고 말했다. 성함을 남겨 드릴까요? 아니요.

선셋 스트립에 있는 멘디 메넨데스의 업소 전화번호를 돌렸다. 올해는 〈엘 타파도〉라고 부르는데 형편없는 이름은 아니다. 여러 의미가 있지만 중남미 스페인어로 〈숨겨진 보물〉이란 뜻이기 때문이다. 예전에는 이름이 달랐다. 걸핏하면 이름을 바꿨으니까. 어느 해에는 선셋 스트립의 남쪽을 바라보는 높고 휑뎅그렁한 벽면에 파란색 네온사인으로 번지수만 달랑 붙여 놓기도 했다. 언덕을 등진 건물인데 진입로가 한쪽 옆으로 꺾여 들어가서 길거리에서는 보이지 않는다. 극소수나 드나들 수 있는 곳이다. 이 업소를 잘 아는 사람들은 풍기 단속반이나 조직폭력배, 그리고 푸짐한 식사 한 끼에 30달러나 쓰고 위층에 있는 넓고 조용한 방에서 최대 5만 달러나 되는 돈을 탕진할 만큼 여유 있는 사람들뿐이다.

전화를 받은 여자는 아무것도 몰랐다. 그다음에는 멕시코 억양을 쓰는 주임이 받았다.

「메넨데스 사장님과 통화하겠다고 하셨습니까? 실례지만 누구시죠?」

「이름은 생략합시다, *amigo*(친구). 은밀한 일이니까.」

「*Un momento, por favor*(잠시만 기다리세요).」

그러나 좀 오래 기다려야 했다. 이번에는 웬 깡패 녀석이 받았다. 목소리가 마치 장갑차 안에서 좁은 틈새로 말하는 듯했다. 아마도 주둥이가 좁아터진 탓이겠지.

「속 시원히 말해 보쇼. 누구신데 사장님을 찾소?」

「말로요.」

「말로가 누군데?」

「혹시 칙 아고스티노 아닌가?」

「아니, 칙 아닌데. 자, 암호를 대보시오.」

「엿이나 먹어.」

낄낄거리는 소리가 들렸다. 「기다려 보쇼.」

마침내 다른 목소리가 들렸다. 「반갑다, 잔챙이. 잘 지냈냐?」

「지금 혼자 있나?」

「말해도 괜찮아, 잔챙이. 무대 공연 연습을 보던 중이야.」

「자네 모가지 따는 공연도 괜찮을 텐데.」

「그럼 앙코르 공연을 못하잖아?」

나는 웃어 버렸다. 메넨데스도 따라 웃었다. 「그동안 얌전히 지냈냐?」 그가 물었다.

「못 들었나? 내 친구 한 명이 또 자살했어. 이러다가 〈저승

사자〉라는 별명이 붙게 생겼다고.」

「웃기는 일인데?」

「웃을 일이 아니야. 얼마 전에는 할런 포터를 만나서 차를 마셨지.」

「잘나가네. 나야 차 따위는 안 마시지만.」

「나한테 잘해 주라고 전해 달라더라.」

「그 영감은 만나 본 적도 없고 만날 생각도 없어.」

「손이 안 뻗치는 데가 없는 영감이지. 나는 약간의 정보를 원할 뿐이야, 멘디. 이를테면 폴 마스턴에 대해서.」

「처음 듣는 이름이야.」

「대답이 너무 빨랐어. 폴 마스턴은 테리 레녹스가 서부로 오기 전에 뉴욕에 살 때 쓰던 이름이지.」

「그래서?」

「그 친구 지문을 FBI 자료에서 확인해 봤대. 기록이 없다더군. 군복무를 한 적이 없다는 뜻이지.」

「그래서?」

「일일이 설명해야 알아들어? 자네가 해준 참호 얘기는 말 짱 거짓말이거나 어디 엉뚱한 데서 일어난 일이라는 뜻이지.」

「어디서 일어난 일인지는 말하지도 않았어, 잔챙이. 좋은 말로 할 때 다 잊어버려. 사람이 말을 하면 귀담아들을 줄도 알아야지.」

「아, 그래. 자네가 싫어하는 짓을 하면 전차(電車)를 짊어 지고 카탈리나 섬[107]까지 헤엄쳐 가야 되겠지. 괜히 겁주려고 하지 마, 멘디. 나도 프로들만 상대하는 놈이야. 혹시 영국에 가본 적 있어?」

「똑똑하게 굴어, 잔챙이. 이 동네에서는 누가 무슨 짓을 당할지 몰라. 빅 윌리 머군처럼 덩치 크고 힘센 놈도 예외가 아니라고. 오늘 석간신문 좀 읽어 봐.」

「굳이 권하는데 읽어 봐야지. 내 사진이 실렸을지도 모르니까. 머군이 어떻게 됐는데?」

「말했잖아. 무슨 짓을 당할지 모른다고. 나도 신문에서 읽은 것 말고는 몰라. 머군이 네바다 번호판을 단 차를 타고 있는 네 녀석을 보고 몸수색을 하려고 했던 모양이야. 그 차가 자기 집 바로 앞에 서 있더래. 네바다 번호판은 번호가 그렇게 길지 않거든. 아마 장난 좀 치려고 왔겠지. 그런데 머군은 지금 웃을 기분이 아닐 거야. 양쪽 팔에 깁스를 하고, 턱은 세 군데나 철심으로 고정하고, 다리 하나는 견인 장치로 높이 매달았거든. 머군은 이제 별로 사나운 놈이 못 돼. 자네가 그런 일을 당할 수도 있어.」

「머군이 자네 성질을 건드렸지? 빅터 주점 앞에서 자네 똘마니 칙을 담벼락에 패대기치는 장면을 봤어. 보안서에 있는 친구한테 연락해서 그 얘기를 해줘도 될까?」

「해볼 테면 해봐, 잔챙이.」 그가 아주 천천히 말했다. 「어디 해보라고.」

「그때 내가 마침 할런 포터 딸내미를 만나서 술 한잔 하고 나오는 길이었다는 얘기도 해줘야겠지. 어떤 면에서는 결정적인 증인 같은데, 안 그래? 혹시 그 여자도 박살 낼 속셈

107 캘리포니아 앞바다의 바위섬.

430

이야?」

「잔챙이 너, 내 말 잘 듣고 ─」

「영국에 건너간 적 있나, 멘디? 자네, 랜디 스타, 그리고 폴 마스턴인지 테리 레녹스인지, 진짜 이름이 뭐든 간에 그 친구까지 말이야. 혹시 영국군 소속이었나? 소호[108]에서 구린 장사 좀 하다가 분위기 살벌해지니까 군대로 피신한 거야?」

「끊지 말고 기다려.」

나는 기다렸다. 아무 일도 없었다. 나는 계속 기다렸고 점점 팔이 저렸다. 수화기를 다른 손으로 옮겼다. 마침내 그가 돌아왔다.

「이제 잘 들어, 말로. 레녹스 사건을 들쑤시면 자네는 죽어. 테리는 내 친구였고, 나도 우정이라는 걸 아는 놈이야. 자네도 정 때문에 그러겠지. 그래서 이 정도는 말해 주기로 했어. 우리는 특공대였어. 영국군이었고. 노르웨이 앞바다 어느 섬에서 겪은 일이야. 그 나라는 섬이 1백만 개도 넘을 거야. 1942년 11월이었지. 자, 이제 발 뻗고 누워서 머리 좀 식히겠나?」

「고맙네, 멘디. 그러지. 자네들 비밀은 지켜 줄게. 내가 잘 아는 사람들 말고는 아무에게도 말하지 않겠네.」

「신문 꼭 사, 잔챙이. 읽어 보고 명심해. 그렇게 사나웠던 빅 윌리 머군도 자기 집 앞에서 얻어터졌어. 마취에서 깨어났을 때 얼마나 놀랐을까!」

그가 전화를 끊었다. 나는 아래로 내려가 신문을 샀다. 메넨데스가 말한 그대로였다. 빅 윌리 머군이 병상에 누운 사

---

108 영국 런던의 한 지역으로 외국인이 경영하는 음식점이 많은 곳.

진이 실렸다. 얼굴의 절반과 한쪽 눈만 겨우 볼 수 있었다. 나머지는 모두 붕대로 가려졌다. 중상이지만 치명상은 아니다. 그놈들이 아주 꼼꼼하게 처리했다. 그들은 머군을 살려 두고 싶어 했다. 어쨌든 그는 경찰이다. 우리 동네 조폭은 경찰을 죽이지 않는다. 그런 짓을 하는 놈들은 10대 아이들뿐이다. 그리고 경찰을 고깃덩어리처럼 뭉개더라도 살려 두는 쪽이 홍보 효과는 훨씬 더 좋다. 머군은 결국 건강을 회복하여 복귀할 것이다. 그러나 예전과는 다른 사람이 돼 있을 것이다. 모든 차이를 빚어내는 강철 같은 정신이 조금 깎여나갔을 테니까. 지금의 그는 조폭을 지나치게 몰아붙이면 반드시 후회한다는 것을 몸으로 보여 주는 존재다. 풍기 단속반 소속으로 최고급 식당에서 밥을 먹고 캐딜락을 몰던 경찰이니 더욱더 금상첨화다.

한참 동안 자리에 앉아 그런 생각을 하다가 칸 협회에 연락하여 조지 피터스를 바꿔 달라고 했다. 그는 외근 중이었다. 나는 이름을 밝히고 급한 일이라고 말했다. 그가 5시 반쯤 돌아올 예정이라는 대답을 들었다.

할리우드 공공 도서관 열람실에 가서 몇 가지 의문 사항을 물어 보았지만 원하는 답변을 듣지 못했다. 그래서 다시 내 올즈모빌을 타고 도심에 있는 중앙 도서관으로 향했다. 그곳에서 원하는 자료를 찾았다. 영국에서 출판한 조그마한 빨간색 책이었다. 필요한 부분을 복사하고 집으로 갔다. 칸 협회에 다시 연락해 보았다. 피터스가 아직 돌아오지 않았다기에 돌아오면 사무실 말고 집으로 연락해 달라고 일러두었다.

탁자에 체스판을 꺼내 놓고 〈스핑크스〉라는 묘수풀이를 펼쳐 보았다. 블랙번[109]이 집필한 체스 책의 면지에 실린 문제였다. 블랙번은 영국의 체스 명인으로 아마도 역사상 누구보다 역동적인 대결을 선보인 사람이지만, 요즘처럼 체스 시합을 냉전 치르듯이 하는 시대에는 1루조차 밟지 못했을 것이다. 스핑크스는 열한 수를 움직여야 하는 문제인데 이름에 걸맞게 까다롭기 짝이 없다. 체스 문제가 네 수나 다섯 수를 넘기는 일은 드물다. 그 이상으로 가면 기하급수적으로 어려워지기 때문이다. 열한 수를 움직이는 문제는 그야말로 고문과 다름없다.

어쩌다 한 번씩 기분이 더러워질 때마다 이 문제를 펼쳐 놓고 새로운 해결법을 궁리해 본다. 조용히 미쳐 버리기에는 썩 괜찮은 방법이다. 비명을 지를 정도는 아니지만 일보 직전까지는 간다.

5시 40분에 피터스가 전화했다. 우리는 인사와 위로를 주고받았다.

「이번에 또 궁지에 빠졌더군.」 그가 명랑하게 말했다. 「송장 염습처럼 좀 무난한 사업을 하지 그래?」

「그런 거 배우려면 시간이 오래 걸리잖소. 내가 선배 회사에 일을 의뢰하고 싶은데, 너무 비싸지 않았으면 좋겠소.」

「그거야 어떤 일이냐에 달렸지. 그리고 칸이랑 의논해 봐야 할 거야.」

「그건 싫은데.」

109 Joseph Henry Blackburne(1841~1924).

「그럼 나한테 말해 봐.」

「런던에도 나 같은 놈이 많겠지만, 누가 누군지 잘 몰라서 말이오. 그쪽에서는 사설 수사관이라고 부르더군. 칸 협회도 연줄이 있겠지. 내가 아무나 골라잡을 수도 있지만 사기나 당하기 십상이니까. 어떤 정보를 원하는데, 찾기는 어렵지 않겠지만 빨리 좀 알아냈으면 좋겠소. 늦어도 다음 주말 전에는 결과를 받아야겠는데.」

「뭔지 말해 봐.」

「테리 레녹스나 폴 마스턴의 복무 기록을 확인하고 싶소. 어떤 이름을 썼는지 나도 몰라서. 영국군 특공대원이었다는군. 1942년 11월에 노르웨이 어느 섬에서 포탄을 맞고 부상당해서 포로로 잡혔어. 그때 어느 부대 소속이었고 어떤 일을 겪었는지 알고 싶소. 영국 육군성에 기록이 있을 거요. 기밀 정보는 아닐 텐데, 어쨌든 내 생각은 그렇소. 유산 문제가 걸렸다고 해둡시다.」

「그런 일이라면 사설탐정도 필요 없어. 직접 알아보면 되니까. 편지로 문의해 봐.」

「이러지 맙시다, 조지. 답장 받으려면 석 달은 걸릴 거요. 닷새 안에 알아내야 한단 말이오.」

「맞는 말이긴 해. 그것뿐인가?」

「하나 더 있소. 서머싯 하우스[110]라는 곳에 모든 기록이 있소. 그 친구가 영국에 무슨 연고가 있는지 확인해 주시오. 출

---

110 런던 템스 강변의 18세기 신고전주의 건축물. 오랫동안 공문서 보관소 등의 관공서로 사용되었으나 지금은 문화 예술 공간으로 탈바꿈했다.

생, 결혼, 귀화 여부, 뭐든지.」

「그건 왜?」

「무슨 소리요, 왜라니? 돈 내는 사람이 누군데 이래?」

「그런 이름이 안 나오면?」

「그렇다면야 어쩔 수 없지. 그런 이름이 나오면 모든 서류를 등본으로 뽑아 주시오. 자, 나한테서 얼마나 뜯어낼 생각이오?」

「칸한테 물어봐야지. 그 새끼가 어깃장을 놓을지도 몰라. 우리 입장에서는 자네처럼 유명세를 치르기 싫거든. 혹시 칸이 이 일을 나한테 맡긴다면, 그리고 자네가 우리 사이를 발설하지 않는다고 약속한다면, 3백 달러쯤 들겠지. 영국 애들은 달러 기준으로는 많이 받지 않는 편이거든. 10기니쯤 달라고 하겠지만 그래 봤자 30달러도 안 되니까. 거기에 이런저런 경비가 추가되겠지. 다 합쳐도 50달러쯤일 텐데, 칸은 250달러 미만은 안 받아 주거든.」

「동업자 할인 가격으로 합시다.」

「하, 하. 칸은 그런 거 몰라.」

「연락 주시오, 조지. 같이 저녁 먹겠소?」

「로마노프에서?」

「그럽시다!」 내가 툴툴거렸다. 「과연 예약을 받아 줄지 의심스럽지만.」

「칸 자리에 앉으면 돼. 사적인 식사는 거기서 한다는 걸 알게 됐거든. 로마노프 단골이라고. 역시 회사 윗자리에 앉는 보람이 있다니까. 이 동네에서는 칸도 꽤 거물이거든.」

「그렇겠지. 내가 어떤 사람을 아는데 — 직접 만나 봐서 아는데 — 칸 정도는 새끼손가락으로 뭉개 버릴걸.」

「다행이야. 자네라면 어떤 어려움도 뚫고 나갈 줄 알았어. 로마노프에 있는 바에서 7시에 보세. 날도둑놈 같은 지배인한테는 칸 대령을 만난다고 해. 주변을 싹 비워 줄 테니까, 극작가나 탤런트 같은 어중이떠중이 틈에서 부대끼는 일은 없을 거야.」

「7시에 봅시다.」 내가 말했다.

우리는 전화를 끊었고, 나는 다시 체스판을 들여다보았다. 그러나 스핑크스에 대한 관심은 이미 사라져 버린 듯싶었다. 잠시 후 피터스가 다시 연락했는데, 칸이 내 일에 협회 이름을 들먹이지만 않으면 상관없다고 했단다. 피터스는 당장 런던으로 야간 전보[111]를 치겠다고 말했다.

111 이튿날 아침에 배달되는 저렴한 전보.

41

　다음 금요일 아침에 하워드 스펜서가 연락했다. 리츠베벌리 호텔에 투숙했다면서 바에서 한잔하자고 했다.

　「방에서 만나는 게 낫겠는데요.」

　「그게 편하면 그러시죠. 828호예요. 방금 아일린 웨이드와 통화했습니다. 이젠 체념한 목소리더군요. 로저가 남긴 원고를 읽어 봤는데 간단히 끝맺을 수 있겠다고 했어요. 다른 작품들에 비하면 훨씬 짧아서 아쉽지만, 웨이드의 이름값이 있으니 그걸로 상쇄되겠죠. 출판업자라는 자들은 너무 냉정하다고 생각하시겠군요. 아일린은 오후에 줄곧 집에 있겠다고 했습니다. 당연히 나를 만나고 싶어 하고, 나도 만나고 싶습니다.」

　「30분 내로 가겠습니다, 스펜서 씨.」

　그는 호텔 서쪽을 바라보는 넓고 근사한 스위트룸에 묵었다. 거실에는 높다란 유리문이 있고 그 너머에는 철제 난간을 두른 좁다란 발코니가 있었다. 흰색과 분홍색 줄무늬 천을 씌운 가구들이 꽃무늬를 잔뜩 넣은 양탄자와 더불어 제법 고풍스러운 분위기를 자아냈다. 아쉽게도 술잔을 내려놓을 만한 곳에는 빠짐없이 유리판을 깔고 곳곳에 재떨이를 열아홉 개나 놓아두었다. 호텔방은 고객들의 품격을 꽤나 정확히 알려 주는 지표다. 리츠베벌리 호텔은 고객들에게 품격 따위는 기대하지도 않는다.

스펜서가 악수를 청했다. 「앉으세요. 뭘 드시겠어요?」

「뭐든지 좋지만 없어도 됩니다. 뭘 꼭 마시고 싶은 건 아니에요.」

「저는 아몬틸라도[112] 한 잔 마시고 싶네요. 캘리포니아는 여름철에 한잔하기 좋은 곳이 아니죠. 뉴욕에서는 네 배나 많이 마셔도 숙취는 절반도 안 되는데 말입니다.」

「저는 호밀 위스키 사워로 하겠습니다.」

그가 전화로 술을 주문했다. 그러고 나서 줄무늬 의자에 앉더니 무테안경을 벗어 손수건으로 닦았다. 안경을 다시 쓰고 꼼꼼하게 위치를 바로잡은 후 나를 쳐다보았다.

「하실 말씀이 있는 모양이군요. 그래서 바 말고 방에서 만나자고 하셨겠죠.」

「제 차로 아이들 밸리까지 모셔다 드리죠. 저도 웨이드 부인을 만나고 싶어서요.」

그는 좀 못마땅한 표정이었다. 「부인이 만나고 싶어 할지 모르겠네요.」

「좋아하지 않을 겁니다. 그래서 이렇게 묻어가려는 거죠.」

「그럼 제 입장이 좀 난처해지지 않을까요?」

112 스페인산 셰리주.

「부인이 나를 만나기 싫다고 했습니까?」

「딱히 그렇게 말하진 않았죠.」 그가 헛기침을 했다. 「다만 로저가 죽은 일로 아일린이 선생을 원망한다는 인상을 받았어요.」

「맞습니다. 대놓고 그렇게 말하더군요. 로저가 죽은 날 오후에 왔던 보안관보한테. 사망 사건을 조사했던 보안서 강력계 경위한테도 그렇게 말했겠죠. 그런데 검시관한테는 그런 말을 안 하더군요.」

그가 뒤로 기대더니 손가락 하나로 손바닥을 천천히 긁적거렸다. 낙서를 하는 듯한 손장난이었다.

「부인을 만난들 무슨 소득이 있을까요, 말로 씨? 부인에게는 아주 끔찍한 경험이었잖습니까. 한동안은 삶 자체가 아주 끔찍했겠죠. 그런 경험을 되새기게 만들 필요가 있을까요? 선생이 조금도 실수하지 않았다는 사실을 납득시키려는 거예요?」

「보안관보한테 부인은 내가 남편을 죽였다고 했어요.」

「설마 정말 그런 뜻으로 한 말은 아니겠죠. 그게 진담이라면—」

그때 문 쪽에서 버저 소리가 들렸다. 그가 일어나 문을 열었다. 룸서비스 직원이 술을 들고 들어오더니 마치 일곱 코스짜리 만찬을 대령하듯 화려한 동작으로 내려놓았다. 스펜서가 수표에 서명하고 50센트를 건넸다. 직원이 밖으로 나갔다. 스펜서가 셰리 술잔을 들고 멀찌감치 걸어갔다. 마치 내 술잔을 건네주기 싫다는 듯이. 나도 건드리지 않았다.

「그게 진담이라면 뭐죠?」내가 물었다.

「그게 진담이라면 검시관에게도 말하지 않았을까요?」그가 나를 보며 눈살을 찌푸렸다. 「다 쓸데없는 소리 같네요. 나를 만나러 오신 이유가 뭡니까?」

「만나자고 하셨잖아요.」

「그거야 제가 뉴욕에서 연락했을 때 성급한 판단은 삼가라고 하셨기 때문이죠. 설명할 일이 있다는 뜻으로 들렸거든요. 자, 그게 뭡니까?」

「웨이드 부인 앞에서 설명하고 싶은데요.」

「그건 내키지 않는군요. 따로 자리를 마련해 보시죠. 저는 아일린 웨이드를 높이 평가해요. 사업가로서 로저의 작품을 가급적 살려 내고 싶기도 하고. 말씀처럼 아일린이 선생을 그렇게 생각한다면 제가 나서서 그 댁에 발을 들여놓게 하긴 싫군요. 합리적으로 생각해 보세요.」

「알겠습니다. 그만두죠. 부인을 만나려면 얼마든지 만날 수 있어요. 누구든 증인이 동행해 줬으면 좋겠다고 생각했을 뿐입니다.」

「증인이라니요?」윽박지르는 듯한 말투였다.

「부인 앞에서가 아니면 말하지 않겠습니다.」

「그럼 안 들으면 그만이죠.」

나는 자리에서 일어났다. 「그게 나을 겁니다, 스펜서. 웨이드가 쓴 책을 원하시겠죠. 괜찮은 책인지 모르겠지만. 그리고 착한 사람이 되고 싶겠죠. 둘 다 칭찬할 만한 의욕이에요. 하지만 나한테는 둘 다 없어요. 행운을 빌어 드리죠. 이만 가

보겠습니다.」

그러자 그가 벌떡 일어나 내 쪽으로 다가왔다. 「잠깐만요, 말로 씨. 무슨 생각을 하시는지 모르겠지만, 뭔가 고민을 하시는 것 같네요. 로저 웨이드의 죽음에 무슨 비밀이라도 있습니까?」

「비밀은 아무것도 없어요. 웨블리 해머리스 리볼버에 머리에 구멍이 뚫렸죠. 사건 심리에 대한 기사도 못 봤습니까?」

「당연히 봤죠.」 그는 이제 내 앞에 가까이 서 있었는데, 걱정스러운 표정이었다. 「동부 쪽 신문에도 보도됐고 이틀 후 로스앤젤레스 신문에는 훨씬 더 자세한 내용이 실렸으니까요. 로저는 집에 혼자 있었죠. 선생이 근처에 계시긴 했지만. 하인들, 그러니까 캔디와 요리사는 외출했고, 아일린은 시내에 쇼핑하러 갔다가 사건 직후 집에 도착했죠. 사건 당시 호수에서 모터보트 소리가 몹시 시끄러워 총소리가 묻혀 버리는 바람에 선생조차 총소리를 못 들었다고 하더군요.」

「맞습니다. 그러고 나서 모터보트는 가버렸고, 내가 호숫가에서 다시 집 쪽으로 올라가서 안으로 들어갔을 때 초인종 소리가 들렸어요. 문을 열었더니 아일린 웨이드가 열쇠를 두고 나갔다고 하더군요. 로저는 이미 죽은 뒤였죠. 부인이 서재 문간에서 방 안을 들여다봤지만, 로저가 소파에서 자는 줄 알고 자기 방으로 올라갔다가 부엌에 내려와 차를 끓였어요. 부인이 서재 안을 들여다본 직후에 나도 거길 들여다봤는데, 숨소리가 안 들렸고 이유를 알게 됐죠. 그래서 당연히 경찰에 연락했고.」

「비밀은 없다고 봅니다.」스펜서가 조용히 말했다. 모난 구석이 말끔히 사라진 목소리였다. 「그건 로저의 권총이었고, 바로 일주일 전에 자기 방에서 그 총을 쏜 적도 있잖아요. 아일린이 그 총을 빼앗으려고 안간힘을 쓰는 장면을 보셨다면서요. 로저의 정신 상태, 행동 방식, 작품에 대한 실망감……그런 것들이 한꺼번에 터져 버렸겠죠.」

「부인은 좋은 작품이라고 했다면서요. 그런데 왜 실망해요?」

「그건 아일린 생각이죠. 형편없는 작품일지도 몰라요. 어쩌면 로저가 실제보다 더 형편없다고 생각했는지도 모르죠. 계속 말씀하세요. 나도 바보는 아니에요. 하실 말씀이 더 있다는 거 압니다.」

「그 사건을 맡은 강력계 형사가 저하고는 오랜 친구예요. 사냥개처럼 집요하고 경험 많고 현명한 경찰이죠. 그런 사람이 몇 가지가 마음에 걸린다고 했어요. 로저가, 미친 듯이 글만 쓰던 로저가 왜 유서를 남기지 않았을까? 왜 하필 그런 식으로 자살해서 부인이 그 꼴을 보고 충격을 받게 만들었을까? 왜 굳이 내가 총소리를 들을 수 없는 순간을 골랐을까? 부인은 왜 열쇠를 두고 나가서 누가 열어 줄 때까지 기다려야 했을까? 왜 하필 하인들이 쉬는 날 남편을 혼자 두고 외출했을까? 아시다시피 부인은 내가 안에 있는 줄 몰랐다고 했어요. 혹시 알았다면 마지막 두 가지 의문은 해결된 셈이죠.」

「맙소사!」스펜서가 탄식했다. 「그 멍청한 경찰이 아일린을 의심한단 말입니까?」

「범행 동기만 찾아내면 충분히 의심할 만하죠.」

「터무니없는 소리예요. 어째서 선생을 의심하지 않습니까? 그날 오후에 줄곧 거기 계셨는데. 아일린이 범행을 저지를 시간은 불과 몇 분밖에 안 됐잖아요. 집 열쇠를 두고 나가기도 했고.」

「저한테는 무슨 동기가 있습니까?」

그러자 그가 손을 뒤로 돌려 내 위스키 사워를 낚아채서 단숨에 들이켰다. 술잔을 조심스럽게 내려놓더니 손수건을 꺼내 입술을 문지르고, 차디찬 술잔에서 손가락에 묻어난 물기를 닦았다. 그가 손수건을 도로 넣었다. 나를 뚫어져라 응시했다.

「아직도 수사가 덜 끝났습니까?」

「저야 모르죠. 한 가지는 분명해요. 지금쯤 경찰은 로저가 사건 당시 인사불성이 될 만큼 취했는지 확인했을 겁니다. 로저가 그런 상태였다면 아직 문제가 남아 있다는 뜻이죠.」

「그래서 부인과 얘기하려고 하셨군요.」 그가 천천히 말했다. 「증인이 보는 앞에서.」

「맞습니다.」

「그렇다면 상황은 둘 중 하나겠네요, 말로. 본인이 몹시 두려워하고 있거나 반대로 아일린이 두려워해야 한다고 생각하거나.」

나는 고개를 끄덕였다.

「어느 쪽입니까?」 그가 엄숙하게 물었다.

「나는 두렵지 않아요.」

그가 손목시계를 들여다보았다. 「차라리 당신이 미쳐 버린 거라면 좋겠군요.」

우리는 묵묵히 서로를 마주 보았다.

42

콜드워터 캐니언을 지나 북쪽으로 향하는데 날이 점점 더워졌다. 산등성이를 넘어 샌퍼난도 밸리 쪽으로 내려갈 때는 숨이 턱턱 막힐 정도로 뜨거웠다. 곁눈질로 스펜서를 살펴보았다. 조끼까지 입었는데도 더위 따위는 아랑곳하지 않는 듯했다. 그러나 사실은 다른 문제에 정신이 팔린 탓이었다. 두툼한 스모그층이 골짜기를 뒤덮었다. 위에서 내려다볼 때는 안개처럼 보였는데, 이윽고 그 속으로 들어서자 입을 꾹 다물고 있던 스펜서도 한마디 할 정도였다.

「맙소사, 캘리포니아 남부는 기후가 좋은 줄 알았는데요.」 그가 말했다. 「도대체 무슨 짓을 하기에…… 폐타이어라도 태우나요?」

「아이들 밸리에 들어가면 괜찮아질 거예요.」 내가 위로조로 말했다. 「바닷바람이 불거든요.」

「거기에 주정뱅이 말고 다른 것도 있다니 다행이네요.」 그가 말했다. 「동부 쪽 부촌에 사는 사람들을 많이 봐서 아는데, 로저가 여기서 살기로 한 일부터가 비극적인 실수였어요. 작가한테는 자극이 필요한데…… 술병에서 나오는 자극 말고요. 이 주변에는 아무것도 없고, 사람들은 다들 구릿빛 얼굴로 엄청난 숙취에 시달리고 있으니. 물론 상류층 사람들 말입니다.」

아이들 밸리 입구로 이어지는 비포장 구간으로 접어들었을 때 속력을 줄였다가 다시 포장도로에 올라섰다. 잠시 후 호수 건너편 언덕 사이로 불어오는 바닷바람이 몸으로 느껴졌다. 넓고 가지런한 잔디밭마다 스프링클러가 회전하며 높이 뿜어내는 물줄기가 사악사악 잔디밭을 적셨다. 이 무렵이면 부자들 대부분이 다른 곳으로 떠나 버렸을 것이다. 집집마다 덧문을 닫아 놓은 모습, 그리고 정원사의 트럭이 진입로 한복판에 서 있는 모습만 보아도 짐작할 수 있었다. 이윽고 웨이드의 집에 도착했고, 나는 대문을 지나 아일린의 재규어 뒤에 차를 세웠다. 스펜서가 차에서 내리더니 멍하니 판석을 밟으며 저택 주랑 현관 쪽으로 걸어갔다. 그가 초인종을 누르자마자 문이 열렸다. 캔디였다. 흰색 상의, 가무잡잡하고 잘생긴 얼굴, 예리한 검은색 눈동자. 모든 것이 여전하다.

스펜서가 안으로 들어갔다. 캔디가 나를 힐끔 쳐다보더니 면전에서 문을 닫아 버렸다. 기다려 보았지만 아무 반응도 없었다. 나는 초인종을 꾹 누른 채 벨 소리를 들었다. 문이 벌컥 열리고 캔디가 뛰쳐나와 으르렁거렸다.

「꺼져! 뒈져 버리든지. 배때기에 칼침 맞고 싶어?」

「웨이드 부인 좀 만나러 왔어.」

「당신 같은 인간은 만날 일 없어.」

「비켜라, 촌놈아. 볼일 있으니까.」

「캔디!」날카로운 목소리가 들렸다.

그가 나를 한 번 더 노려보더니 집 안으로 물러섰다. 나는 안으로 들어가 문을 닫았다. 마주 보는 대형 소파 두 개 중 하나의 끄트머리쯤에 그녀가 서 있었고 스펜서도 옆에 서 있었다. 그녀는 눈부시게 아름다웠다. 허리선이 굉장히 높은 흰색 슬랙스와 흰색 반팔 스포츠 셔츠를 입었는데, 왼쪽 윗주머니에 연보랏빛 손수건이 새싹처럼 돋아났다.

「요즘 캔디가 점점 제멋대로예요.」그녀가 스펜서에게 말했다. 「이렇게 만나서 정말 반가워요, 하워드. 그리고 여기까지 와주셔서 정말 고마워요. 다른 분을 데려오실 줄은 몰랐지만.」

「말로가 데려다줬어요.」스펜서가 말했다. 「부인을 만나고 싶다던데요.」

「무슨 볼일인지 모르겠네요.」그녀가 냉랭하게 말했다. 마침내 나를 바라보기는 했지만, 일주일 동안 나를 만나지 못해 삶이 공허했다는 표정은 아니었다. 「뭐죠?」

「시간이 좀 걸리는 일입니다.」

그녀가 천천히 앉았다. 나는 건너편 소파에 앉았다. 스펜서가 눈살을 찌푸렸다. 안경을 벗어 닦았다. 덕분에 찡그린 얼굴이 한결 자연스러워 보였다. 이윽고 그는 내가 앉은 소파의 반대쪽 끄트머리에 앉았다.

「점심시간에 맞춰 오실 줄 알았어요.」그녀가 스펜서에게 웃으며 말했다.

「오늘은 사양하겠습니다.」

「그래요? 하긴, 너무 바쁘실 테죠. 그럼 원고부터 보고 싶으시겠네요.」

「보여 주신다면.」

「물론이죠. 캔디! 아, 가버렸네요. 원고는 로저의 서재 책상에 있어요. 가서 가져올게요.」

그러자 스펜서가 일어났다. 「제가 가져와도 될까요?」

그는 대답도 듣지 않고 걸음을 옮겼다. 그녀의 등 뒤로 열 걸음쯤 더 갔을 때, 발길을 멈추고 굳은 표정으로 잠시 나를 돌아보았다. 그러고 나서 다시 걸음을 옮겼다. 나는 그대로 앉아서 기다렸다. 이윽고 그녀가 고개를 돌리더니 싸늘하고 무덤덤한 눈길로 나를 쳐다보았다.

「무슨 일로 나를 만나러 왔나요?」 그녀가 퉁명스럽게 물었다.

「이것저것. 오늘도 그 펜던트를 걸었네요.」

「자주 걸어요. 오래전에 아주 소중한 친구가 준 거니까.」

「그래요. 전에도 말했잖아요. 그거 영국군 휘장이죠?」

그녀가 가느다란 목걸이에 달린 펜던트를 들어 보았다. 「보석상에서 그 휘장을 보고 복제한 거예요. 금과 에나멜로 원본보다 작게 만들었죠.」

스펜서가 돌아와 다시 앉더니 두툼하고 누르스름한 원고 뭉치를 자기 앞의 탁자 가장자리에 내려놓았다. 그리고 원고를 멍하니 내려다보다가 아일린을 응시했다.

「더 자세히 봐도 될까요?」 내가 그녀에게 물었다.

그녀가 목걸이를 돌려 걸쇠를 풀었다. 펜던트를 나에게 건넸다. 정확히 말하자면 내 손바닥에 툭 떨어뜨렸다. 그러더니 두 손을 무릎에 포개며 궁금하다는 표정을 지었다. 「왜 그렇게 관심이 많아요? 그건 영국 방위군의 아티스츠 라이플스 연대 휘장이에요. 그걸 나한테 준 사람은 얼마 안 가서 실종됐어요. 노르웨이 온달스네스에서, 너무 끔찍했던 1940년 봄에.」 그녀는 미소를 지으며 한 손을 들어 짤막한 손짓을 했다. 「그 사람은 나를 사랑했어요.」

「아일린은 대공습 당시 줄곧 런던에 있었죠.」 스펜서가 공허한 목소리로 말했다. 「빠져나올 수 없어서.」

우리는 둘 다 스펜서의 말을 무시했다. 「부인도 그 사람을 사랑했고.」 내가 말했다.

그녀가 아래를 내려다보다가 다시 고개를 들었다. 우리는 서로의 눈을 마주 보았다. 「오래된 일이에요. 전쟁 때이기도 했고. 이상한 일이 많았죠.」

「그게 전부는 아닐 텐데요, 웨이드 부인. 일전에 그 사람에 대해서 얼마나 솔직히 털어놨는지 잊어버린 모양이군요. 〈일생에 단 한 번 찾아오는 사랑, 그렇게 격렬하고 신비롭고 불가사의한 사랑이었어요.〉 부인이 했던 말이에요. 어떤 면에서는 아직도 그 남자를 사랑하겠죠. 내 이름도 머리글자가 똑같아서 다행이에요. 부인이 나를 선택한 이유도 그 사실과 무관하지 않겠죠.」

「그 사람 이름은 당신 이름과 전혀 달라요.」 그녀가 냉랭하

449

게 말했다.「그리고 그 사람은 죽었어요, 죽었어요, 죽었다고요.」

나는 금과 에나멜로 만든 펜던트를 스펜서에게 내밀었다. 그는 내키지 않는다는 듯이 펜던트를 받았다.「전에도 본 적이 있어요.」그가 중얼거렸다.

「내가 말하는 도안이 맞는지 확인해 보세요.」내가 말했다.「흰색 에나멜에 금테를 둘러 만든 단검이 있어요. 단검은 아래를 향하고 폭이 넓은 칼날은 위로 말린 하늘색 에나멜 날개 한 쌍의 앞쪽으로 지나가요. 그리고 다시 두루마리 뒤쪽으로 지나가죠. 두루마리에는 이런 말이 있어요. **용감한 자가 승리한다.**」

「정확해 보이네요. 그게 중요한가요?」

「부인은 이게 영국 방위군 소속 아티스츠 라이플스 연대의 휘장이라고 했죠. 이 연대에 있던 남자한테서 받았는데, 그 사람은 1940년 봄 영국군의 노르웨이 전역(戰役) 당시 온달스네스에서 실종되었다고.」

그들은 내 말에 열중했다. 스펜서가 나를 물끄러미 응시했다. 나는 쓸데없는 잡담을 하는 것이 아니었고, 스펜서도 그 사실을 알았다. 아일린도 알았다. 그녀는 황갈색 눈썹을 잔뜩 찌푸리고 있었는데 정말 당황한 듯한 표정이었다. 적대적인 표정이기도 했다.

「이건 군복 소매에 다는 휘장이에요. 이걸 만들게 된 이유는 당시 아티스츠 라이플스 연대가 영국 공수특전단으로, 배속됐는지 편입됐는지 합병됐는지 정확한 용어는 모르겠지만, 아무튼 그쪽으로 넘어갔기 때문이죠. 원래는 방위군 보병 연대였어요. 1947년 이전에는 이 휘장이 존재하지도 않았어요. 그러니까 1940년에 누가 웨이드 부인한테 줬을 리도 없죠. 그리고 아티스츠 라이플스 연대는 1940년 노르웨이 온달스네스에 들어간 적이 없어요. 셔우드 포리스터스 연대나 레스터셔 연대는 들어갔죠. 둘 다 방위군 소속이었고. 아티스츠 라이플스 연대는 아니에요. 내가 좀 짓궂은가요?」

스펜서가 펜던트를 탁자에 내려놓더니 아일린 앞으로 천천히 밀어 주었다. 그러면서 아무 말도 하지 않았다.

「내가 잘못 안다고 생각해요?」 아일린이 나에게 경멸조로 물었다.

「영국 육군성이 잘못 안다고 생각해요?」 내가 곧바로 되물었다.

「누군가 실수한 모양이네요.」 스펜서가 상냥하게 말했다.

나는 고개를 홱 돌리고 그를 노려보았다. 「그렇게 표현할 수도 있겠네요.」

「다시 말해서 내가 거짓말을 한다는 뜻이군요.」 아일린이 차디찬 목소리로 말했다. 「나는 폴 마스턴이라는 사람을 알지도 못하고, 그 사람을 사랑한 적도 없고, 그가 나를 사랑한 적도 없어요. 나한테 연대 휘장 복제품을 준 적도 없고, 실종된 적도 없고, 아예 존재한 적도 없어요. 이 휘장은 내가 뉴욕 어느 가게에서 샀어요. 가죽 제품, 수제 구두, 군부대나 학교 넥타이, 크리켓 블레이저, 각종 문장(紋章)이 찍힌 잡동사니 등등 영국 제품을 주로 취급하는 가게였죠. 이런 식으로 대답해야 만족하시겠어요, 말로 씨?」

「뒷부분은 좋은데 앞부분이 별로네요. 틀림없이 누군가 그게 아티스츠 라이플스 연대의 휘장이라고 얘기했겠지만, 구체적인 설명은 생략했거나 아마 본인도 몰랐겠죠. 어쨌든 당신은 분명히 폴 마스턴을 알았고, 그 사람은 해당 연대에서 복무했고 노르웨이에서 작전에 투입됐다 실종됐어요. 다만 1940년에 일어난 일은 아니죠, 웨이드 부인. 1942년에 일어난 일이고, 당시 그 사람은 특공대원이었고, 실종된 곳은 온달스네스가 아니라 특공대가 기습 작전을 펼쳤던 작은 섬이었고.」

「그렇게 반감을 드러낼 필요는 없을 텐데요.」 스펜서가 권위적인 말투로 말했다. 그는 자기 앞에 놓인 누르스름한 종이를 만지작거리는 중이었다. 나를 거들어 주려는 뜻인지 그저 심통이 났는지 나로서는 판단할 수 없었다. 그가 누르스름한 원고 한 움큼을 집어 손바닥에 올려놓고 무게를 가늠해 보았다.

「무게를 달아서 사려고 그러세요?」 내가 그에게 물었다.

그가 놀란 표정을 짓더니 억지로 조금 웃었다.

「아일린은 런던에서 고생이 심했어요.」 그가 말했다. 「기억이 좀 오락가락할 수도 있죠.」

나는 접어 놓은 종이 한 장을 주머니에서 꺼냈다. 「그렇군요. 남편이 누군지 헷갈릴 수도 있겠네요. 이 서류는 결혼 증명서 등본이에요. 원본은 캑스턴 홀[113]의 등기소에 있죠. 결

113 런던 웨스트민스터의 유서 깊은 건물. 1933년부터 등기소가 되었고

452

혼 날짜가 1942년 8월이에요. 신랑 신부는 폴 에드워드 마스턴과 아일린 빅토리아 샘프셀. 어떤 의미에서는 웨이드 부인의 말도 맞아요. 폴 에드워드 마스턴이라는 사람은 실재하지 않았으니까. 군대에서는 결혼하기 전에 허가를 받아야 하니까 가명을 썼던 거죠. 남자가 신원을 위조한 거예요. 군대에서는 다른 이름을 썼죠. 내가 그 사람 병무 기록을 다 갖고 있어요. 이렇게 물어보기만 하면 금방 찾을 수 있는데, 왜들 아무것도 모르는지 신기하다니까요.」

스펜서는 이제 쥐 죽은 듯이 조용해졌다. 등을 기댄 채 어딘가를 응시하고 있었다. 그러나 내 쪽이 아니었다. 아일린을 뚫어져라 보고 있었다. 그녀도 스펜서를 마주 보면서 여자들이 능숙하게 구사하는 미소를 보여 주었다. 반쯤은 호소하는 듯하고, 반쯤은 유혹하는 듯한 미소였다.

「하지만 그 사람은 죽었어요, 하워드. 로저를 만나기 훨씬 전이었죠. 그게 무슨 문제가 되겠어요? 로저도 다 알던 사실이에요. 나는 영국에서 결혼한 뒤에도 처녀 때 이름을 그대로 썼어요. 그럴 수밖에 없는 상황이었죠. 여권에 적힌 이름이니까. 그러다가 그 사람이 작전 중 전사하면서…….」 그녀가 말을 멈추고 천천히 숨을 들이마시더니 천천히 손을 내려 무릎에 가볍게 얹었다. 「다 끝나고 다 지나가고 다 잃어버렸어요.」

「정말 로저도 다 알고 있었나요?」 스펜서가 천천히 물었다.

「어느 정도는 알았죠.」 내가 말했다. 「폴 마스턴이라는 이

1979년까지 각종 모임이나 결혼식 장소로 애용되었다.

름을 알더군요. 일전에 물어봤는데, 눈빛이 좀 야릇했어요. 이유는 말해 주지 않았지만.」

그녀는 내 말을 무시하고 스펜서에게 말했다.

「당연히 로저도 다 알았죠.」 그녀는 이제 스펜서에게 참을성 있게 미소를 던졌다. 뇌물을 주겠다는데 왜 그렇게 꾸물거리느냐는 듯이. 여자들은 잔재주도 잘 부린다.

「그런데 연도에 대해서는 왜 거짓말을 했죠?」 스펜서가 담담하게 물었다. 「그 남자는 1942년에 실종됐는데 왜 1940년에 실종됐다고 했어요? 어째서 그 사람이 줬을 리가 없는 휘장을 목에 걸고 굳이 그 사람이 줬다고 말했죠?」

「꿈속에 빠져 있었나 봐요.」 그녀가 조용히 말했다. 「아니, 악몽이라고 해야 맞겠죠. 폭격 때문에 친구들이 많이 죽었거든요. 그 시절에는 잘 자라고 말할 때마다 명복을 빈다는 말로 들리지 않도록 조심해야 했어요. 그래도 결국 그렇게 되는 일이 많았죠. 그러니 군인들한테 작별 인사를 할 때는…… 더 힘들 수밖에요. 착하고 순한 사람들이 먼저 죽기 마련이니까.」

스펜서는 아무 말도 하지 않았다. 나도 말을 하지 않았다. 그녀가 자기 앞의 탁자에 놓인 펜던트를 내려다보았다. 펜던트를 집어 목걸이에 끼우더니 다시 목에 걸고 침착하게 뒤로 기댔다.

「나는 당신을 신문할 권리가 없다는 거 알아요, 아일린.」 스펜서가 천천히 말했다. 「잊어버립시다. 말로가 휘장이니 결혼 증명서 따위를 너무 중요하게 생각했네요. 잠시나마 나까지 당신을 의심했어요.」

「말로 씨는 늘 사소한 일도 중요하게 생각해요.」그녀가 천천히 말했다.「그런데 정작 중요한 일이 있을 때는 — 이를테면 사람 목숨을 구해야 할 때 — 하필 호숫가에 나가서 시시한 쾌속정이나 구경하죠.」

「그럼 폴 마스턴을 두 번 다시 만나지 못했겠군요.」내가 말했다.

「죽은 사람을 어떻게 만나요?」

「죽었는지 살았는지 몰랐잖아요. 적십자사에서 전사 통지를 보내지 않았으니. 포로로 잡혔는지도 모르죠.」

그러자 그녀가 갑자기 부르르 떨었다.「1942년 10월에 히틀러가 특공대 포로들을 모두 게슈타포에 인계하라고 명령했어요.」그녀가 천천히 말했다.「그게 무슨 뜻인지 다들 아실 텐데요. 게슈타포 지하 감옥에서 고문을 당하다가 이름 없는 시체가 되는 거죠.」그녀가 다시 부르르 떨었다. 그러더니 이글거리는 눈으로 나를 노려보았다.「정말 잔인한 사람이네요. 그런 악몽을 되새기게 하다니, 하찮은 거짓말을 한 죄로 이렇게까지 괴롭히다니. 사랑하는 사람이 그런 자들한테 끌려갔는데 거기서 무슨 일이 있었는지 다 안다고 상상해 봐요. 그 사람이 어떤 일을 겪었을지 뻔하잖아요. 그래서 거짓일망정 기억을 좀 바꾸고 싶어 하는 게 그렇게 이상해요?」

「한잔해야겠어요.」스펜서가 말했다.「지금 술이 너무 절실하네요. 한잔 마실 수 있을까요?」

그녀가 손뼉을 치자 늘 그랬듯이 캔디가 어디선가 불쑥 나타났다. 그는 스펜서에게 고개를 숙였다.

「어떤 술을 드시겠습니까, 세뇨르 스펜서?」

「스트레이트 스카치, 양은 좀 많이.」 스펜서가 대답했다.

캔디가 구석으로 가더니 벽 안에 설치된 바를 끄집어냈다. 술병을 꺼내고 술잔에 독주를 따랐다. 돌아와서 스펜서 앞에 술잔을 내려놓았다. 그러더니 그대로 떠나려 했다.

「캔디.」 아일린이 조용히 불렀다. 「말로 씨도 한잔 드시고 싶을지도 모르잖아.」

캔디가 걸음을 멈추고 그녀를 바라보는데 몹시 못마땅하고 고집스러운 표정이었다.

「필요 없어.」 내가 말했다. 「나는 안 마셔.」

캔디는 코웃음을 치며 가버렸다. 다시 침묵이 흘렀다. 스펜서가 반쯤 비운 술잔을 내려놓았다. 담뱃불을 붙였다. 그러더니 나를 외면한 채 나에게 말했다.

「베벌리힐스로 돌아갈 때는 웨이드 부인이나 캔디가 데려다 줄 겁니다. 택시를 불러도 되고. 하실 말씀은 다 하신 것 같은데요.」

나는 결혼 증명서 등본을 도로 접어 주머니에 넣었다.

「정말 이래야겠어요?」 내가 그에게 물었다.

「모두가 원하는 일이니까요.」

「좋아요.」 나는 자리에서 일어났다. 「이런 식으로 해결하려고 했던 내가 바보였네요. 거물급 출판업자라면 지능도 겸비하셨을 테니 — 지능이 필요한 일인지는 모르겠지만 — 내가 괜히 윽박지르기나 하려고 여기까지 찾아온 게 아니라는

456

것 정도는 알아차리셨을 텐데. 내가 케케묵은 옛일을 파헤치고 내 돈 써가며 이런저런 사실을 확인해 본 이유는 누군가를 비난하기 위해서가 아니었어요. 폴 마스턴을 조사해 본 이유는 게슈타포가 그를 살해했기 때문도 아니고, 웨이드 부인이 엉뚱한 휘장을 목에 걸었기 때문도 아니고, 부인이 연도를 착각했기 때문도 아니고, 전쟁 때는 예삿일이었던 약식 결혼을 했기 때문도 아니란 말입니다. 마스턴을 조사하기 시작할 때만 해도 전혀 몰랐던 사실이니까. 내가 아는 거라고는 그 사람 이름뿐이었죠. 그런데 내가 그 이름을 어떻게 알았을까요?」

「보나마나 누군가 말해 줬겠지.」 스펜서가 퉁명스럽게 말했다.

「맞습니다, 스펜서 씨. 전쟁이 끝난 후 뉴욕에서 그 사람을 알았던 누군가가 나중에 여기 있는 체이슨 식당에서 부인과 식사하는 모습을 봤다고 했죠.」

「마스턴은 꽤 흔한 성이잖아요.」 스펜서가 그렇게 말하면서 위스키를 마셨다. 그러더니 고개를 돌리고 오른쪽 눈꺼풀을 살짝 내리깔았다. 그래서 나는 다시 앉았다. 스펜서가 말을 이었다. 「폴 마스턴이라는 이름도 그리 드물지 않겠죠. 예컨대 뉴욕 광역시 전화번호부에는 하워드 스펜서가 열아홉 명이나 있어요. 그중 네 명은 가운데 이름 머리글자 없이 그냥 하워드 스펜서죠.」

「그렇겠죠. 그런데 수많은 폴 마스턴 중에 뒤늦게 터진 박격포탄에 얼굴 한쪽이 박살 나고 그 상처를 치료하느라 성형

수술을 받은 흉터도 있는 사람이 세상에 몇 명이나 될까요?」

그러자 스펜서가 입을 딱 벌렸다. 숨소리도 거칠어졌다. 그가 손수건을 꺼내 관자놀이를 톡톡 두드렸다.

「그리고 사고 당시 멘디 메넨데스와 랜디 스타라는 사나운 도박업자들의 목숨을 구해 준 폴 마스턴은 또 몇 명이나 될까요? 그 사람들은 지금도 살아 있고 기억력도 좋아요. 마음만 먹으면 입을 열겠죠. 굳이 더 떠벌릴 필요가 있을까요, 스펜서 씨? 폴 마스턴과 테리 레녹스는 동일인입니다. 한점 의혹도 없이 증명할 수 있어요.」

누군가 허공으로 펄쩍 뛰거나 비명을 지르기를 기대하지는 않았고, 실제로 아무도 그러지 않았다. 그러나 고함만큼이나 크게 들리는 적막도 있는 법이다. 그런 적막이 감돌았다. 나를 둘러싼 이 적막은 무겁고 완강했다. 부엌에서 물 흐르는 소리가 들렸다. 바깥에서 착착 접은 신문이 진입로에 털썩 떨어지는 소리도 들리고, 자전거를 타고 달려가는 소년이 엉터리 음정으로 불어 대는 가벼운 휘파람 소리도 들렸다.

그때 목덜미가 살짝 따끔했다. 재빨리 피하면서 돌아보았다. 캔디가 칼을 들고 서 있었다. 가무잡잡한 얼굴은 무표정했지만 내가 처음 보는 눈빛이었다.

「피곤하시겠습니다, *amigo*(친구).」 그가 나지막이 말했다. 「술 한잔 드릴까요?」

「버번에 얼음 좀 넣어 주게.」

「*De pronto, señor*(금방 가져오겠습니다).」

그는 칼날을 찰칵 접어 흰색 상의 주머니에 넣고 조용히 떠났다.

나는 비로소 아일린을 바라보았다. 그녀는 앉은 채로 몸을 숙이고 두 손을 힘껏 맞잡고 있었다. 얼굴을 아래로 기울이고 있어서 표정을 볼 수 없었다. 이윽고 그녀가 입을 열었을 때 목소리가 마치 전화로 시간을 알려 주는 기계적인 목소리처럼 또렷하면서도 공허했다. 굳이 여러 번 들을 필요가 없으니 누구나 금방 끊어 버리지만, 아무리 오랫동안 들어 보아도 흘러가는 시간을 끊임없이 읊어 주는 그 목소리의 억양은 조금도 변하지 않는다.

「그 사람을 한 번 봤어요, 하워드. 딱 한 번. 나는 한마디도 안 했어요. 그쪽도 마찬가지고. 끔찍하게 변했더군요. 머리는 백발이 돼버리고 얼굴은…… 전혀 다른 얼굴이었죠. 그래도 당연히 그 사람을 알아봤고, 그도 당연히 나를 알아봤어요. 그렇게 서로 마주 봤죠. 그뿐이었어요. 그 사람은 곧 방에서 나가 버렸고, 이튿날 그 여자 집을 떠났어요. 로링 부부의 집에서 그렇게 그 사람을 봤고…… 그 여자도 봤어요. 늦은 오후였죠. 그때 당신도 거기 있었어요, 하워드. 로저도 있었고. 아마 당신도 그 사람을 봤을 거예요.」

「소개를 받았어요.」 스펜서가 말했다. 「그 사람 아내와 아는 사이였거든요.」

「린다 로링이 나중에 그 사람이 그냥 사라져 버렸다고 말해 주더군요. 이유도 밝히지 않았대요. 부부싸움도 없었고. 그리고 얼마 후 그 여자가 그 사람과 이혼했죠. 그런데 더 나중에 그 여자가 그 사람을 다시 찾았다는 소식을 들었어요.

그때는 밑바닥 인생이었다고 하더군요. 그러고 나서 두 사람이 재혼했어요. 왜 그랬는지는 아무도 몰라요. 그때 그 사람은 빈털터리였고, 이젠 어떻게 되든 상관없다고 생각했겠죠. 그 사람도 내가 로저와 결혼했다는 사실을 알았거든요. 둘다 서로를 잃어버린 거죠.」

「왜 그랬어요?」 스펜서가 물었다.

그때 캔디가 말없이 술잔을 내 앞에 내려놓았다. 그가 스펜서를 바라보자 스펜서가 고개를 가로저었다. 캔디가 나갔다. 아무도 그를 눈여겨보지 않았다. 마치 중국 경극의 소품 담당자 같았다. 무대에서 물건들을 이리저리 옮기는데도 배우나 관객은 한결같이 없는 사람 대하듯 했다.

「왜 그랬느냐고요?」 그녀가 질문을 되풀이했다. 「아, 당신은 이해할 수 없을 거예요. 우리 사이는 이미 끝나 버렸어요. 영원히 되돌릴 수 없었죠. 게슈타포는 그 사람을 죽이지 않았어요. 나치 중에도 더러 착한 사람들이 있었는지 특공대를 처단하라는 히틀러의 명령을 따르지 않은 거죠. 그래서 그 사람은 살아남아 돌아왔어요. 늘 그 사람을 되찾을 수 있다고 생각하면서 마음을 달랬지만, 예전처럼 젊고 뜨겁고 멀쩡한 모습을 기대했어요. 그런데 그렇게 창녀와 다름없는 빨강머리 여자와 결혼해 버리다니…… 너무 역겨웠어요. 그 여자와 로저가 어떤 관계인지는 나도 이미 알았어요. 아마 폴도 알았겠죠. 린다 로링도 알았을 텐데, 그 여자도 바람기가 좀 있지만 심한 편은 아니죠. 그런 부류는 다들 그래요. 내가 로저를 버리고 폴에게 돌아가지 않은 이유가 궁금해요? 폴도 그 여자를 안았고, 로저도 그 헤픈 여자를 안았는데? 사양할래요. 나한테는 그렇게 간단히 넘어갈 일이 아니었어요. 로저 쪽은 용서할 수도 있었죠. 늘 술을 마셨으니까, 자기가 무슨 짓을 하는지도 몰랐으니까. 작품 때문에 늘 고민했고 돈만 밝히는 삼류 작가라는 생각에 자신을 증오했으니까. 로저는 나약하고 종잡을 수 없고 낙심한 사람이었지만 충분히 이해할 만했어요. 어차피 남편일 뿐이니까. 하지만 폴은 훨씬 더 소중한 사람이거나 아무것도 아니거나 둘 중 하나였죠. 결국 아무것도 아니었네요.」

나는 술을 벌컥벌컥 들이켰다. 스펜서는 이미 술잔을 비운 뒤였다. 그가 소파를 벅벅 긁었다. 자기 앞에 놓인 원고 더미를, 이미 끝나 버린 인기 작가의 끝나지 않은 소설을 까맣게 잊은 듯했다.

「아무것도 아니라고 말할 만한 사람은 아니었어요.」 내가 말했다.

그녀가 눈을 들고 나를 멍하니 바라보다가 다시 아래로 내렸다.

「아무것도 아닌 게 아니라 그 이하죠.」 이제 빈정거리는 말투였다. 「그 사람은 어떤 여자인지 알면서도 그런 여자와 결혼했어요. 그랬으면서 자기가 알았던 그대로 행동한다는 이유로 그 여자를 죽여 버렸죠. 그다음에는 도망가서 자살해 버렸고.」

「그 친구는 실비아를 죽이지 않았어요.」 내가 말했다. 「당신도 알잖아요.」

그러자 그녀가 유연한 동작으로 허리를 펴고 나를 멍하니 바라보았다. 스펜서가 무슨 소리를 냈다.

「그 여자는 로저가 죽였어요.」 내가 말했다. 「당신도 그 사실을 알죠.」

「그이가 그렇게 말했어요?」 그녀가 조용히 물었다.

「굳이 말할 필요도 없었죠. 몇 번 암시하긴 했어요. 언젠가는 결국 나한테나 누군가에게 고백했을 거예요. 말하지 못해서 죽도록 괴로워했으니까.」

그녀가 고개를 살짝 가로저었다. 「아니에요, 말로 씨. 로저가 괴로워한 이유는 그게 아니었어요. 자기가 그 여자를 죽였다는 사실조차 몰랐거든요. 완전히 인사불성이 돼버렸기 때문이죠. 그래도 뭔가 잘못됐다는 건 알아서 그게 뭔지 생각해 내려고 애써 봤지만 결국 실패했어요. 충격 때문에 기억을 잃어버린 거죠. 어쩌면 언젠가는 기억을 되찾을 수도 있었고, 어쩌면 마지막 순간에 되찾았는지도 몰라요. 하지만 그 전에는 못 찾았어요. 적어도 그 전에는 못 찾았다고요.」

그때 스펜서가 으르렁거리듯이 말했다. 「그건 있을 수 없는 일이에요, 아일린.」

「아, 충분히 가능한 일이죠.」 내가 말했다. 「분명히 확인된 사례를 둘이나 알아요. 하나는 취해서 인사불성이 된 남자가 술집에서 만난 여자를 살해한 사건이죠. 여자가 예쁜 버클로 묶었던 스카프를 가지고 목을 졸라 죽였어요. 여자가 남자를 집으로 데려갔는데, 거기서 무슨 일이 있었는지는 아무도 몰라요. 어쨌든 여자는 죽었고, 남자가 경찰에게 붙잡혔을 때는 넥타이에 예쁜 버클을 달고 있었는데 그게 어디서 났는지 전혀 기억하지 못했죠.」

「끝까지?」 스펜서가 물었다. 「아니면 그때만?」

「끝까지 인정하지 않았어요. 이제 물어볼 수도 없게 됐죠. 가스실에서 사형당했으니까. 두 번째 사건은 머리 부상 때문이었어요. 어떤 남자가 돈 많은 변태와 한 집에 살았는데, 초판본을 수집하고 근사한 요리를 만들어 먹고 벽널 속에 아주 값비싼 비밀 장서를 감춰 두는 부류였죠. 그런데 두 남자가 싸웠어요. 이 방 저 방 돌아다니며 싸우는 바람에 온 집 안이 난장판이 돼버렸는데, 결국 부자 쪽이 지고 말았죠. 살인범이 붙잡혔을 때 온몸이 수십 군데나 멍들고 손가락 하나가 부러진 상태였어요. 그때 범인이 분명하게 기억하는 사실은 두통이 심했고, 패서디나로 돌아가는 길을 못 찾아서 헤맸다는 것뿐이었죠. 자꾸 빙빙 돌다가 매번 같은 주유소에 들러 길을 물어봤어요. 주유소 직원이 정신병자로 판단하고 경찰을 불렀어요. 범인이 다시 나타났을 때는 경찰이 기다리고 있었죠.」

「로저도 그런 상태였다는 뜻이라면 도저히 믿을 수 없어요.」 스펜서가 말했다. 「나만큼이나 멀쩡했던 사람이 미치광이였다니.」

「술 마시면 인사불성이 됐잖아요.」 내가 말했다.

「나도 **봤어요**. 정말 인사불성이었어요.」 아일린이 차분하게 말했다.

나는 스펜서를 바라보며 빙그레 웃었다. 좀 야릇한 미소였는데, 즐거운 미소는 아니겠지만 내 얼굴이 나름대로 최선을 다하는 것을 느꼈다.

「이제 아일린이 말해 주겠죠.」 내가 그에게 말했다. 「들어 보세요. 다 말해 줄 테니까. 더는 피할 수 없는 상황이잖아요.」

「그래요, 사실이에요.」 그녀가 침통하게 말했다. 「원수라 해도 차마 말하기 어려운 일이 있는데, 남편이라면 더욱더 어려울 수밖에 없어요. 그리고 내가 증인석에서 공개적으로 그런 얘기를 하면 당신도 별로 좋아하지 않을 거예요, 하워드. 당신이 애지중지하던 작가가, 재능 많고 인기 많고 돈다 발을 안겨 주는 작가가 형편없는 싸구려 인간으로 보일 테니까. 그이는 늘 섹스에 집착했죠? 적어도 책 속에서는 그랬잖아요. 그런데 그 불쌍한 바보가 실제로도 그렇게 살아 보려고 했던 거예요! 그이한테 그 여자는 전리품에 불과했어요. 내가 두 사람을 훔쳐봤어요. 남 부끄러운 일이죠. 누구나 그렇게 말할 거예요. 하지만 나는 조금도 부끄럽지 않아요. 아무튼 그날 끔찍한 사건을 처음부터 끝까지 다 보게 됐죠. 여자가 밀회 장소로 쓰던 사랑채는 아주 호젓한 건물이에요. 차고도 따로 있고 출입구도 막다른 골목에 있는 데다 큰 나무들로 가려져 있거든요. 그런데 로저 같은 남자들한테는 필연적인 일이겠지만, 그날따라 애인 노릇을 제대로 못했나 봐요. 너무 취해서 그랬겠죠. 로저가 떠나려고 할 때 여자가 벌거벗은 채 뛰쳐나오더니 고래고래 소리치면서 작은 조각상 같은 것을 흔들었어요. 차마 입에 담지도 못할 만큼 더럽고 천박한 욕설을 퍼붓더군요. 그러다가 조각상으로 로저를 때리려고 했어요. 둘 다 남자니까 잘 아시겠지만, 그렇게 겉으로는 고상해 보이는 여자가 느닷없이 시궁창이나 공중화장실처럼 지저분한 말을 내뱉으면 남자들은 몹시 놀라기 마련이죠. 그때 로저는 만취했고, 전에도 갑자기 난폭해질 때가 있었는데 그날도 마찬가지였어요. 여자가 들고 있는 조각상을 빼앗더군요. 나머지는 두 분도 잘 아시겠죠.」

「피가 많이 났겠군요.」내가 말했다.

「피라구요?」그녀가 씁쓸하게 웃었다. 「로저가 집에 돌아왔을 때 어떤 꼴이었는지 못 봤으면 말도 마세요. 내가 거기서 떠나려고 내 차로 달려갈 때 로저는 우두커니 서서 여자를 내려다보고 있었죠. 그러다가 허리를 굽히더니 여자를 안아들고 사랑채로 들어갔어요. 충격 때문에 비로소 조금이나마 정신을 차렸다는 걸 알겠더군요. 그이는 한 시간쯤 지나서 집에 도착했어요. 아주 조용히 들어왔죠. 그러다가 내가 기다리고 있는 걸 보고 화들짝 놀라더군요. 하지만 그때는 만취한 게 아니라 좀 얼떨떨한 상태였죠. 얼굴도 머리카락도 피투성이였고 웃옷도 온통 피범벅이었어요. 서재에 딸린 화장실로 데려가서 옷을 벗기고 대충 닦아 준 다음에 위층으로 데려가서 샤워를 시켰어요. 그러고 나서 침대로 데려다 눕혔죠. 나는 낡은 여행 가방을 꺼내 아래층으로 내려갔고, 피 묻은 옷을 주워 가방에 담았어요. 세면대와 바닥을 씻어 내고 물수건을 들고 나가서 그이 차도 깨끗이 닦았어요. 그 차는 차고에 넣고 내 차를 꺼냈어요. 그리고 채츠워스 저수지로 달려갔죠. 피 묻은 옷과 수건을 잔뜩 담은 여행 가방을 내가 어떻게 했는지는 말하지 않아도 짐작하시겠죠.」

그녀가 말을 멈추었다. 스펜서가 왼쪽 손바닥을 벅벅 긁었다. 그녀가 스펜서를 힐끔 쳐다본 후 말을 이었다.

「내가 나간 사이에 로저가 일어나서 위스키를 엄청나게 퍼마셨어요. 이튿날 아침에는 아무것도 기억하지 못하더군요. 어쨌든 간밤에 일어난 일은 한마디도 하지 않았고, 숙취 말고는 뭔가 마음에 걸리는 일이 있는지 없는지 아무 기색도 없었죠. 나도 아무 말도 하지 않았고.」

「옷이 없어져서 로저가 찾았을 텐데요.」 내가 말했다.

그녀가 고개를 끄덕였다. 「나중에 찾긴 찾았겠지만…… 나한테는 아무 말도 안 하더군요. 그 무렵에는 온갖 일이 한꺼번에 터지는 것 같았어요. 신문마다 그 여자 사건을 대서특필하고, 폴이 실종되고, 멕시코에서 죽어 버리고, 그런 일이 생길 줄이야 내가 어떻게 알았겠어요? 로저는 내 남편이었어요. 그이가 끔찍한 짓을 저질렀지만 여자도 끔찍한 여자였잖아요. 더구나 그이는 자기가 무슨 일을 저지르는지도 몰랐어요. 그리고 얼마 안 가서 사건 기사가 신문에서 갑자기 사라져 버리더군요. 아마 린다 아버지가 손을 썼겠죠. 물론 로저도 신문을 읽었지만, 아는 사람이 관련된 사건에 대해서 아무 상관도 없는 사람이 할 만한 얘기를 몇 마디 덧붙이는 정도가 고작이었어요.」

「무섭지는 않았나요?」 스펜서가 조용히 물었다.

「죽도록 무서웠어요, 하워드. 그 일이 생각나면 그이가 나까지 죽일지도 모르니까. 작가들이 대개 그렇듯이 그이도 연기력이 참 좋았는데, 어쩌면 이미 다 알면서도 모르는 체하고 기회를 노렸는지도 모르죠. 하지만 확신할 수는 없어요. 어쩌면 — 물론 이것도 추측이지만 — 사건 전체를 깨끗이 잊어버렸는지도 몰라요. 폴도 죽어 버렸고.」

「부인이 저수지에 버린 옷을 한 번도 찾지 않았다면, 로저가 뭔가 알아차렸다는 뜻이겠죠.」 내가 말했다. 「그리고 아시다시피 일전에 타자기에 감춰 놓은 글에서 — 로저가 위층에서 총을 쐈던 날, 내가 달려갔을 때 부인이 총을 빼앗으려고 했던 바로 그날 — 로저는 선량한 남자가 자기 대신 죽었다고 했어요.」

「그이가 그런 말을 했단 말예요?」 그녀의 눈이 딱 보기 좋을 만큼 커졌다.

「그렇게 썼죠, 타자기로. 내가 없애 버렸어요. 로저가 없애 달라고 해서. 나는 부인도 이미 봤을 거라고 생각했는데요.」

「남편이 서재에서 쓴 글은 좀처럼 안 읽었어요.」

「베린저가 데려가던 날 로저가 남긴 쪽지는 읽었잖아요. 쓰레기통까지 뒤져 찾아내기도 했고.」

「그건 경우가 다르죠.」 그녀가 싸늘하게 대꾸했다. 「그때는 남편이 어디로 갔는지 단서를 찾으려고 했으니까.」

「좋아요.」 나는 그렇게 말하고 뒤로 기댔다. 「할 얘기가 또 있나요?」

그녀가 천천히 고개를 가로저었다. 깊은 슬픔에 빠진 표정이었다. 「없는 것 같아요. 그이는 마지막 순간에, 자살하던 그날 오후에 기억을 되찾았는지도 몰라요. 이제 영영 확인할 수 없겠죠. 확인한들 뭐가 달라질까요?」

스펜서가 헛기침을 했다. 「이번 일에서 말로한테 어떤 역할을 기대했죠? 당신이 말로를 부르자고 했잖아요. 나를 설득한 사람도 당신이었고.」

「너무 무서웠어요. 로저가 무섭기도 하고 걱정스럽기도 했죠. 말로 씨는 폴의 친구였고, 그 사람을 거의 마지막으로 만났던 분이잖아요. 폴이 무슨 말을 했을지도 모른다고 생각했어요. 그래서 확인하고 싶었죠. 말로 씨가 비밀을 알고 있어서 위험한 사람이라면 내 편으로 만들고 싶었어요. 말로 씨가 진실을 알아내더라도 어떻게든 로저를 구해 줄 방법이 있을 것 같았죠.」

그때 갑자기, 내가 보기에는 별다른 이유도 없이, 스펜서가 사뭇 거칠어졌다. 그는 상체를 숙이고 턱을 내밀었다.

「하나만 짚고 넘어갑시다, 아일린. 이미 경찰한테 미운털이 박힌 사설탐정이 있었어요. 그래서 감옥에 갇히기도 했고. 그 사람은 폴이라는 남자가 — 당신이 그렇게 부르니까 나도 그렇게 부르기로 하죠 — 멕시코로 도주할 때 도와줬다는 의심을 받았거든요. 이건 중대한 범죄예요. 물론 폴이 살인자라면 그렇다는 말이지만. 그런 상황에서 사설탐정이 진실을 알아내서 자기 혐의를 벗게 됐는데 손 놓고 아무 일도 안 할 것이다. 그렇게 기대했나요?」

「무서워서 그랬어요, 하워드. 좀 이해해 줄 수 없어요? 나는 그때 정신병자일지도 모르는 살인자와 한 집에 살았잖아요. 단둘이 보내는 시간도 많았다고요.」

「그건 이해합니다.」스펜서가 여전히 거칠게 대꾸했다.「하지만 말로는 의뢰받은 일을 맡지 않았고 당신은 여전히 혼자였어요. 그러다가 로저가 총까지 쐈는데도 일주일 동안이나 혼자 있었지. 그러고 나서 로저가 자살했는데 하필 그때는 말로 혼자 있었다니, 너무 공교롭잖아요.」

「그건 그래요.」그녀가 말했다.「그래서 어쨌다는 거죠? 내가 막을 수 있는 일도 아니었잖아요?」

「좋습니다.」스펜서가 말했다.「하지만 당신은 이렇게 기대했는지도 모르지. 만약 말로가 진실을 알아낸다면, 이미 로저가 총을 쏜 일도 있었겠다, 그 총을 로저한테 주면서 이렇게 말할 거라고. 〈어이, 친구, 자네는 살인범이야. 나도 알고 자네 부인도 알아. 좋은 여자잖아. 그동안 충분히 고생시켰고. 실비아 레녹스의 남편 일까지 들먹이지 않더라도 말이야. 그러니까 차라리 방아쇠를 당기는 편이 낫지 않겠나? 그럼 다들 술김에 자살했다고 생각할 거야. 나는 호숫가에 가서 담배 한 대 피우면서 산책이나 하고 오겠네, 친구. 명복을 빌어 줄게. 참, 이 총 받아야지. 장전도 해놨으니 쏘기만 하면 돼.〉」

「너무 지독한 말씀을 하시네요, 하워드. 그런 생각은 조금도 없었어요.」

「보안관보한테 말로가 로저를 죽였다고 했잖아요. 도대체 왜 그랬죠?」

그러자 그녀가 조금 부끄러운 듯이 나를 힐끔 쳐다보았다.「그건 내가 정말 잘못했어요. 그때는 제정신이 아니었어요.」

「말로가 로저를 쏘았다고 생각했겠죠.」스펜서가 침착하게 말했다.

그러자 그녀의 눈이 가늘어졌다. 「천만의 말씀이에요, 하워드. 왜요? 말로 씨가 왜 그런 짓을 해요? 터무니없는 생각이에요.」

「왜냐고요?」스펜서가 따졌다. 「뭐가 그렇게 터무니없죠? 경찰도 똑같은 생각을 했어요. 캔디가 범행 동기까지 말해 줬죠. 캔디는 로저가 천장에 구멍을 뚫던 그날 밤 말로가 두 시간 동안이나 당신 방에 있었다고 했어요. 로저가 약을 먹고 잠든 다음에.」

그러자 그녀의 얼굴이 모근까지 새빨갛게 물들었다. 그녀가 묵묵히 스펜서를 바라보았다.

「그때 당신은 알몸이었고.」스펜서가 모질게 덧붙였다. 「캔디가 경찰한테 했던 얘기죠.」

「하지만 사건 심리 때는 ─」그녀가 충격을 받은 듯한 목소리로 말문을 열었다. 그러나 스펜서가 말을 가로막았다.

「경찰이 캔디 말을 안 믿었어요. 그래서 사건 심리 때는 그 얘기를 빼버렸죠.」

「아.」안도의 한숨이었다.

「그리고 경찰은 당신을 의심했어요.」스펜서가 냉랭하게 말을 이었다. 「지금도 그래요. 이제 범행 동기만 찾으면 되지. 내 생각에 지금쯤은 동기도 알아냈을걸.」

그녀가 벌떡 일어섰다. 「둘 다 당장 내 집에서 나가 주세요.」성난 목소리였다. 「빠를수록 좋아요.」

「그래서 당신이 했어요, 안 했어요?」 스펜서가 침착하게 물었다. 그는 제자리에 앉은 채 술잔을 집었지만 술잔은 이미 비어 있었다.

「뭘 했느냐는 거죠?」

「로저를 쏴 죽였어요?」

그녀가 선 채로 스펜서를 노려보았다. 홍조는 이미 사라졌다. 지금은 창백하고 굳어지고 성난 얼굴이었다.

「법정에서 당신이 들을 만한 질문을 했을 뿐이에요.」

「나는 외출했잖아요. 열쇠도 두고 나갔죠. 그래서 집에 못 들어오고 초인종을 눌렀어요. 내가 집에 왔을 때는 그이가 죽은 뒤였어요. 모두 밝혀진 사실이죠. 도대체 왜 이러시는 거예요?」

스펜서가 손수건을 꺼내 입술을 닦았다. 「아일린, 내가 이 집에 와본 게 스무 번도 넘어요. 그런데 대낮에 현관문을 잠가두는 경우는 한 번도 못 봤어요. 당신이 로저를 죽였다고 하진 않았어요. 죽였냐고 물어봤을 뿐이지. 불가능한 일이라는 소리는 하지 마시죠. 자초지종을 알고 나면 간단한 일이니까.」

「내가 남편을 죽였다고요?」 그녀가 뜻밖이라는 듯 천천히 말했다.

「로저도 남편이었다고 친다면 말이죠.」 여전히 무덤덤한 목소리로 스펜서가 말했다. 「로저와 결혼할 때는 이미 유부녀였잖아요.」

「고마워요, 하워드. 정말 고마워요. 지금 당신 앞에는 로저의 마지막 소설, 로저의 유작이 있어요. 그거나 가지고 나가세요. 그리고 경찰한테 당신 생각을 말해 주세요. 그럼 우리 우정이 근사하게 끝나겠죠. 정말 근사하게. 그럼 잘 가요, 하워드. 난 몹시 피곤하고 골치도 아파요. 방에 가서 좀 누워야겠어요. 그리고 말로 씨에 대해서는 — 당신한테 이런 짓을 시킨 것도 저 사람이겠지만 — 내가 할 말은 하나뿐이에요. 말로 씨가 글자 그대로 로저를 죽이지는 않았더라도, 그이를 죽음으로 몰아간 것만은 분명해요.」

그녀가 돌아서서 떠나려 했다. 내가 날카롭게 말했다. 「웨이드 부인, 잠깐 기다려요. 마무리를 지어야죠. 그렇게 발끈할 필요는 없잖아요. 다들 옳은 일을 하려는 것뿐인데. 당신이 채츠워스 저수지에 버렸다는 여행 가방 말인데…… 혹시 무거웠나요?」

그녀가 돌아서서 나를 바라보았다. 「낡은 가방이라고 했잖아요. 네, 몹시 무거웠어요.」

「그렇게 무거운 가방을 들고 저수지에 둘러친 높다란 철망울타리를 어떻게 넘어갔죠?」

「네? 울타리요?」그녀가 난감한 듯한 몸짓을 보였다. 「다급하게 어떤 일을 해야 할 때는 평소와 다른 힘이 생기는 모양이에요. 아무튼 그럭저럭 해냈어요. 그뿐이에요.」

「거기는 울타리가 없어요.」내가 말했다.

「울타리가 없어요?」그녀는 무슨 뜻인지 모르겠다는 듯 멍하니 내 말을 되풀이했다.

「그리고 로저의 옷에 피가 묻지도 않았죠. 그리고 실비아 레녹스는 사랑채 밖이 아니라 안에 있는 침대에서 살해됐어요. 그리고 피는 별로 없었는데, 왜냐하면 그 여자는 이미 사망한 뒤였으니까, 총에 맞아 죽었으니까. 조각상으로 얼굴을 너덜너덜하게 뭉개 버릴 때 이미 시체가 돼 있었거든요. 그리고 시체는 말입니다, 웨이드 부인, 피를 별로 안 흘려요.」

그러자 그녀가 경멸한다는 듯이 입술을 말아 올렸다. 「당신도 현장에 있었나 보네요.」 그녀가 빈정거렸다.

그러더니 우리를 내버려 두고 가버렸다.

우리는 그녀의 뒷모습을 지켜보았다. 그녀는 침착하고 우아한 걸음걸이로 천천히 위층으로 올라갔다. 그녀가 자기 방으로 들어간 후 방문이 조용히 그러나 단단히 닫혔다. 그리고 적막.

「철망 울타리 얘기는 뭐죠?」 스펜서가 멍하니 물었다. 그는 머리를 앞뒤로 흔들고 있었다. 얼굴이 빨갛고 땀이 흥건했다. 그는 용감하게 이 상황에 대처했지만 그에게는 결코 쉬운 일이 아니었다.

「그냥 속임수였어요.」 내가 말했다. 「채츠워스 저수지 근처에도 못 가봐서 어떻게 생겼는지 몰라요. 울타리가 있을 수도 있고 없을 수도 있죠.」

「그랬군요.」 그가 시무룩하게 말했다. 「어쨌든 중요한 건 아일린도 모른다는 사실이네요.」

「당연히 모르겠죠. 저 여자가 둘 다 죽였으니까.」

43

그때 등 뒤에서 뭔가 살며시 움직이는가 싶더니 캔디가 소파 끄트머리 쪽에 서서 나를 내려다보았다. 한 손에 잭나이프를 들고 있었다. 그가 단추를 누르자 칼날이 불쑥 튀어나왔다. 다시 단추를 누르자 칼날이 손잡이 속으로 사라졌다. 물기를 머금은 두 눈이 반짝거렸다.

「*Million de pardones, señor*(정말 죄송합니다). 제가 선생님을 오해했습니다. 사모님이 주인님을 죽인 거군요. 차라리 제가……」 그가 말을 멈추는 순간 칼날이 다시 튀어나왔다.

「안 돼.」 나는 일어나서 손을 내밀었다. 「그 칼 이리 줘, 캔디. 자네는 써먹기 딱 좋은 멕시코 하인이야. 모든 죄를 자네한테 뒤집어씌우고 다들 기뻐하겠지. 그렇게 사건을 덮어 버리고 기분 좋게 웃을 거라고. 자네는 내가 무슨 말을 하는지 모를 거야. 하지만 내가 잘 알아. 경찰은 이번 사건을 엉망으로 망쳐 놔서 지금은 바로잡고 싶어도 그럴 수 없게 돼버렸어. 그런데 바로잡고 싶어 하지도 않는단 말이야. 경찰은 자네가 이름을 끝까지 밝히기도 전에 후딱 자백부터 받아 낼

474

거야. 그러고 나서 3주 뒤 화요일쯤 자네는 종신형을 받고 샌 퀜틴 교도소에 처박히겠지.」

「멕시코인이 아니라고 했잖아요. 나는 칠레인이고 발파라 이소[114] 근처에 있는 비냐델마르 출신이란 말입니다.」

「칼이나 내놔, 캔디. 나도 다 알아. 자네는 이제 자유야. 돈 도 많이 모았잖아. 집에 가면 형제자매가 일고여덟 명은 있 겠지. 머리가 돌아간다면 이제 고향으로 가라고. 여기 일은 끝났으니까.」

「일자리야 많겠죠.」그가 조용히 말했다. 그러더니 손을 내 밀어 칼을 내 손바닥에 떨어뜨렸다. 「선생님이니까 드리는 겁니다.」

나는 칼을 주머니에 넣었다. 그가 발코니 쪽을 쳐다보았 다.「세뇨라는…… 이제 우리는 어떻게 해야 되죠?」

「아무것도 안 할 거야. 우리가 할 일은 아무것도 없어. 세 뇨라는 몹시 지쳤어. 엄청나게 긴장한 채로 살았으니까. 방 해받기 싫을 거야.」

「경찰을 불러야죠.」스펜서가 단호하게 말했다.

「왜요?」

「맙소사, 말로…… 당연한 일이잖아요.」

「내일 하죠. 미완성 소설이나 챙기고 나갑시다.」

「경찰을 불러야 한다니까요. 법이라는 게 있잖아요.」

「그럴 필요는 없어요. 지금 우리한테는 파리 한 마리 때려 잡을 만한 증거도 없거든요. 지저분한 일은 경찰한테 맡깁시

114 칠레 중부의 항구 도시.

다. 법조인들이 해결하게 내버려 둬요. 그 인간들이 법을 만드는 이유는 딱 하나예요. 그래야 다른 법률가들이 나서서 판사라는 또 다른 법률가들 앞에서 법을 낱낱이 해부할 테니까, 그래야 다른 판사들이 나서서 1심 판결이 잘못됐다고 말할 수 있고, 그래야 대법원 판사들이 재심 판결도 잘못됐다고 말할 수 있으니까. 맞아요, 세상에는 법이라는 게 있죠. 너무 많아서 빠져 죽을 지경이죠. 그런데 법이 하는 일이라고는 법률가들한테 일거리를 만들어 주는 것뿐이에요. 변호사들이 법망을 빠져나가는 요령을 가르쳐 주지 않았다면, 거물급 깡패들이 얼마나 오래 버티겠어요?」

그러자 스펜서가 화를 냈다. 「그게 다 무슨 상관입니까. 이 집에서 사람이 살해됐어요. 그는 작가였고 더구나 큰 성공을 거둔 중요한 작가였지만 그것도 상관없어요. 어쨌든 그 사람도 인간이었고, 당신과 나는 그를 죽인 범인을 알아요. 세상에는 정의라는 것도 있잖아요.」

「내일 합시다.」

「저 여자를 그냥 내버려 두면 당신도 저 여자 못지않게 나쁜 사람이에요. 슬슬 당신까지 의심하게 되네요, 말로. 당신만 조심했으면 로저를 살려 낼 수도 있었잖아요. 어떤 의미에서는 저 여자가 일을 저지르게 방관한 셈이죠. 어쩌면 오늘 오후에 내가 본 상황이 모두 연극인지도 모를 일이지.」

「맞습니다. 사실은 러브신이었죠. 아일린이 나한테 얼마나 반했는지 보셨잖아요. 이번 일만 잠잠해지면 결혼할지도 몰라요. 그때쯤엔 아일린이 부자가 될 테니까. 나는 웨이드 집안에서 아직 한 푼도 못 받았거든요. 슬슬 조바심이 나는군요.」

그러자 그가 안경을 벗어 닦았다. 눈 밑에 맺힌 땀방울을 닦아 내고 안경을 다시 쓰더니 방바닥을 내려다보았다.

「미안해요.」그가 말했다. 「오늘 내가 너무 큰 충격을 받아서 그래요. 로저가 자살했다는 소식을 들은 것만으로도 충분히 괴로웠어요. 하지만 방금 알게 된 사실로 나까지 더러워진 기분이 들 정도네요. 그냥 알기만 했는데도 더러워진 기분.」그러면서 고개를 들고 나를 보았다. 「선생을 믿어도 될까요?」

「뭘 말입니까?」

「옳은 일을 하실 거라고. 그게 뭐든 간에.」그러더니 손을 내밀어 누르스름한 원고 더미를 집어 겨드랑이에 끼었다. 「아니, 됐습니다. 선생이 알아서 잘하시겠죠. 출판업 쪽에서는 나도 꽤 유능한 편이지만, 이번 일은 내 몫이 아니었어요. 아무것도 모르는 주제에 잘난 체만 했네요.」

그가 내 앞을 지나갔고, 캔디가 길을 비켜 주더니 재빨리 현관으로 가서 문을 열어 주었다. 스펜서가 짤막한 눈인사를 하며 캔디를 지나쳐 밖으로 나갔다. 나도 따라나섰다. 나는 캔디 앞에서 걸음을 멈추고 그의 까맣고 빛나는 눈동자를 들여다보았다.

「괜한 짓 하지 마, *amigo*(친구).」내가 말했다.

「세뇨라는 몹시 지쳤어요.」그가 조용히 말했다. 「방에 들어가셨어요. 방해하면 안 되겠죠. 저는 아무것도 모릅니다, 세뇨르. *No me acuerdo de nada... A sus órdenes, señor*(아무것

477

도 모르니까…… 말씀대로 하겠습니다).」

나는 주머니에서 칼을 꺼내 그에게 돌려주었다. 그가 미소를 지었다.

「아무도 나를 안 믿지만 나는 자네를 믿네, 캔디.」

「*Lo mismo, señor. Muchas gracias*(저도 그렇습니다. 정말 감사합니다).」

스펜서는 벌써 차에 타고 있었다. 나는 차에 타서 시동을 걸고 후진을 해서 진입로를 빠져나간 후 다시 베벌리힐스로 향했다. 호텔 측면 출입구 앞에 스펜서를 내려 주었다.

「여기까지 오는 동안 줄곧 생각했어요.」 그가 차에서 내리며 말했다. 「그 여자는 좀 미친 게 분명해요. 유죄 판결을 받아 내긴 어렵겠네요.」

「검찰에서 시도조차 안 하겠죠. 그런데 그 여자는 그걸 몰라요.」

그가 겨드랑이에 낀 누르스름한 원고 뭉치와 씨름하다가 가까스로 위치를 바로잡고 나에게 목례를 했다. 나는 그가 문을 열고 들어갈 때까지 지켜보았다. 브레이크에서 발을 떼자 올즈모빌이 하얀 갓돌에서 스르르 멀어졌고, 나는 그날 이후 하워드 스펜서를 다시 만나지 못했다.

*

나는 밤늦게 집에 도착했고, 피곤한 데다 우울하기까지 했다. 대기마저 무겁게 내려앉아 밤의 온갖 소음이 한결 나직하고 아득하게 들려왔다. 흐릿하고 무심한 달이 하늘 높이 떠 있었다. 나는 음반 몇 장을 틀어 놓고 이리저리 서성거렸지만 음악이 귀에 들어오지 않았다. 어디선가 끊임없이 똑딱거리는 소리가 들리는 듯했지만 집 안에 똑딱거리는 물건은 하나도 없었다. 똑딱거리는 소리는 내 머릿속에서 들렸다. 나 혼자 상갓집에서 밤새는 기분이었다.

아일린 웨이드를 처음 만났을 때, 그리고 두 번째, 세 번째, 네 번째 만났을 때까지를 떠올려보았다. 그후 만남에서는 그녀의 모습이 어땠는지 잘 생각나지 않았다. 마치 실제로 존재하는 사람이 아닌 듯했다. 누군가가 살인자라는 사실을 알고 나면, 그 살인자는 영원히 비현실적인 존재일 수밖에 없다. 증오나 두려움이나 탐욕 때문에 사람을 죽이는 자들이 있다. 그중에는 붙잡히지 않으려고 미리 계획을 세우는 교활한 살인자도 있다. 화가 나서 아무 생각도 하지 않고 일을 저지르는 살인자도 있다. 그리고 죽음을 사랑하는 살인자도 있는데, 그런 자들에게 살인은 얼마간 자살과 비슷하다. 어떤 의미에서는 모두 미친 자들이지만 스펜서가 말했던 의미와는 좀 다르다.

나는 동이 틀 무렵에 비로소 잠자리에 들었다.

따르릉거리는 전화벨 소리가 캄캄한 잠의 우물에 빠진 나를 억지로 끌어냈다. 나는 침대 위에서 몸을 굴리고 더듬더듬 슬리퍼를 찾다가 두 시간도 못 잤다는 사실을 깨달았다. 싸구려 식당에서 파는 음식이 반쯤 소화되면 지금 같은 기분이겠다. 도저히 눈을 뜰 수가 없고 입속은 모래를 머금은 듯

깔깔했다. 나는 힘겹게 일어나 비틀비틀 거실로 나가서 수화
기를 들고 말했다. 「잠깐 기다리세요.」

수화기를 내려놓고 화장실에 가서 얼굴에 찬물을 끼얹었
다. 창밖에서 뭔가를 싹둑싹둑 자르는 소리가 들린다. 멍하
니 바깥을 내다보니 무표정한 구릿빛 얼굴이 보인다. 매주
한 번씩 찾아오는 일본인 정원사인데 내가 붙인 별명은 〈고
집쟁이 해리〉다. 그는 황종화 덤불을 다듬는 중인데, 일본인
정원사가 황종화 덤불을 다듬는 방식으로 한다. 네 번이나
부탁했건만 매번 〈다음 주!〉라고 대꾸하더니 새벽 6시에 느
닷없이 들이닥쳐 하필 침실 창밖에서 저렇게 싹둑싹둑 나무
를 다듬는다.

나는 얼굴에서 물기를 닦아 내고 전화기 쪽으로 돌아갔다.

「여보세요?」

「캔디예요, 세뇨르.」

「잘 잤나, 캔디.」

「*La señora es muerta*(사모님이 돌아가셨어요).」

죽었다. 어떤 언어로 들어도 차갑고 어둡고 조용한 낱말이
다. 사모님이 돌아가셨어요.

「자네 짓은 아니면 좋겠군.」

「약물 과용인 것 같습니다. 데메롤이라는 약이죠. 약병에
40~50개쯤 들었을 거예요. 지금은 비었어요. 간밤에 저녁
식사도 안 하셨죠. 오늘 아침에 사다리를 타고 올라가서 창
문 너머로 들여다봤어요. 어제 오후에 입었던 옷을 그대로
입고 계시더군요. 그래서 방충망을 찢고 들어갔어요. *La*

senõra es muerta. Frio como agua de nieve(사모님이 돌아가셨어요. 얼음물처럼 차가워요).」

얼음물처럼 차갑다고? 「혹시 누구한테 연락했나?」

「*Sí. El Doctor Loring*(네. 로링 박사님한테). 박사님이 경찰 부른대요. 아직 안 오셨어요.」

「로링 박사? 이런 날도 지각이군.」

「편지는 박사님한테 보여 드리지 않을래요.」 캔디가 말했다.

「누구한테 쓴 편진데?」

「세뇨르 스펜서.」

「경찰한테 넘겨, 캔디. 로링 박사 손에 들어가면 안 돼. 꼭 경찰한테 줘. 그리고 하나 더, 캔디. 경찰한테는 아무것도 숨기지 말고 거짓말도 하지 마. 우리도 거기 있었잖아. 사실대로 말해. 이번엔 꼭 사실대로, 모든 사실을 말해야 돼.」

잠시 침묵이 흘렀다. 이윽고 그가 말했다. 「*Sí*(네). 알겠습니다. *Hasta la vista, amigo*(잘 있어요, 친구).」 그가 전화를 끊었다.

나는 리츠베벌리 호텔로 연락하여 하워드 스펜서를 바꿔 달라고 했다.

「잠시만 기다리세요. 접수처로 연결해 드리겠습니다.」

이윽고 남자 목소리가 들렸다. 「접수처입니다. 뭘 도와드릴까요?」

「하워드 스펜서와 통화하고 싶은데요. 이른 시간이지만 급한 일이라서.」

「스펜서 씨는 어제 저녁에 퇴실하셨습니다. 뉴욕행 8시 비행기를 타셨죠.」

「아, 미안합니다. 몰랐어요.」

나는 부엌에 가서 커피를 끓였다. 잔뜩 끓였다. 진하고 독하고 쓰디쓰고 몹시 뜨겁고 무자비하고 사악하게. 피곤한 사람에게 활력을 주는 커피.

두 시간쯤 지났을 때 버니 올즈가 연락했다.

「그래, 잘난 친구. 이리 와서 고생 좀 해봐.」

44

지난번과 똑같은 상황이지만 이번에는 낮이라는 점, 우리가 모인 곳이 에르난데스 지서장 사무실이라는 점, 그리고 보안관이 샌타바버라[115]에서 열리는 피에스타 축제[116] 개막식에 참석하느라 빠졌다는 점이 달랐다. 그 자리에는 에르난데스 지서장과 버니 올즈 말고도 검시관실 직원, 낙태 수술을 하다가 잡혀온 듯한 표정의 로링 박사, 그리고 로퍼드라는 남자가 있었다. 지검장실 검사보인 로퍼드는 키 크고 수척하고 무표정한 남자였는데 항간에는 그의 형이 센트럴 애비뉴 일대에서 숫자 도박[117] 사업을 하는 패거리의 두목이라는 진위를 알 수 없는 소문이 돌았다.

에르난데스 앞에는 손으로 쓴 편지 몇 장이 있었는데, 가장자리가 재단되지 않아 우둘투둘한 연분홍색 편지지에 초록색 잉크를 사용했다.

115 캘리포니아 서남부의 해안 도시.
116 매년 8월 샌타바버라에서 열리는 8일간의 문화제.
117 불법 도박의 하나로, 신문에 발표되는 각종 통계의 끝자리 세 개를 알아맞히는 방식.

「비공식적인 자립니다.」 의자가 너무 딱딱했지만 다들 그럭저럭 편하게 자리를 잡은 후 에르난데스가 말했다. 「속기사도 없고 녹음기도 없어요. 마음 놓고 말씀하셔도 됩니다. 사건 심리 여부를 결정하실 검시관님을 대신해서 와이스 박사님이 오셨습니다. 와이스 박사님?」

와이스는 뚱뚱하고 명랑한 사람인데 꽤 유능해 보였다. 「아마 심리는 없을 거요.」 그가 말했다. 「외관만 봐도 약물 과용의 온갖 징후가 다 있거든. 구급차가 도착할 때만 해도 환자가 가냘프게나마 숨을 쉬었지만 이미 깊은 혼수 상태였고 반사적 반응이 전혀 보이지 않았소. 그런 단계에서 되살아날 확률은 1백 분의 일도 안 되지. 피부도 차디차고 호흡도 자세히 살펴보지 않으면 알아차리지 못할 정도였소. 그래서 하인은 환자가 이미 죽었다고 생각했지. 환자는 대략 한 시간 뒤에 사망했소. 듣자하니 기관지 천식 때문에 가끔 심한 발작을 일으켰다고 하더군. 데메롤은 로링 박사님이 그런 응급 상황에 대비해서 처방하신 약이오.」

「데메롤을 얼마나 복용했는지 혹시 측정하거나 추정해 보셨습니까, 와이스 박사님?」

「치사량이오.」 그가 대답하며 어렴풋이 미소 지었다. 「환자의 병력이나 선천적 후천적 내성이 어떤지 모르는 상태에서는 얼른 알아내기가 쉽지 않소. 다만 환자 본인이 2천3백 밀리그램을 복용했다고 진술했는데, 상습 사용자가 아닌 경우에는 최소 치사량의 네다섯 배에 해당하는 분량이지.」 그러면서 수상쩍다는 듯이 로링 박사를 쳐다보았다.

「웨이드 부인은 마약 중독자가 아니었어요!」로링 박사가 냉랭하게 말했다. 「내가 처방하는 1회 복용량은 50밀리그램 한두 알 정도예요. 24시간 이내에는 최대 서너 알까지만 허용하죠.」

「그런데 이 환자한테는 한꺼번에 쉰 알이나 주셨더군요.」에르난데스 지서장이 말했다. 「꽤 위험한 약인데 그렇게 많이 갖고 있으면 안 되는 거 아닌가요? 도대체 기관지 천식이 얼마나 심했습니까, 박사님?」

로링 박사가 경멸 섞인 미소를 지었다. 「천식이 으레 그렇듯이 간헐적이었죠. 우리가 말하는 천식 지속 상태까지 악화된 적은 없어요. 환자가 숨을 못 쉴 정도로 심한 발작 말입니다.」

「어떻게 생각하시죠, 와이스 박사님?」

「글쎄.」와이스 박사가 천천히 대답했다. 「만약 유서가 없었다면, 그리고 환자가 얼마나 복용했는지를 말해 주는 증거가 없었다면, 실수로 과다 복용을 했다고 생각할 수도 있겠지. 이 약은 적정량을 조금만 넘겨도 위험하거든. 내일쯤에는 확실히 알게 되겠지. 설마 유서를 은폐할 생각이오, 에르난데스?」

에르난데스가 눈살을 찌푸리며 자기 책상을 내려다보았다. 「그냥 좀 신기해서요. 천식에 마약을 일반적으로 쓰는 줄은 몰랐거든요. 날마다 별걸 다 배우네요.」

그러자 로링이 얼굴을 붉혔다. 「응급 대책이라고 했잖아요, 지서장님. 의사가 환자만 졸졸 따라다닐 수도 없으니까.

게다가 천식 발작은 아주 갑작스럽게 일어난단 말입니다.」

에르난데스가 로링을 잠깐 바라보다가 로퍼드를 돌아보았다.「내가 이 유서를 언론에 흘리면 자네 사무실은 어떻게 될까?」

지검장실 검사보가 나를 멍하니 바라보았다.「저 사람은 왜 들어왔습니까, 에르난데스?」

「내가 불렀어.」

「저 사람이 이 방에서 들은 얘기를 기자한테 모조리 까발리지 않는다고 보장할 수 있어요?」

「그래, 말이 좀 많긴 하지. 자네도 겪어 봤잖아. 지난번에 저 친구를 잡아 넣었을 때.」

로퍼드가 빙그레 웃으며 헛기침을 했다.「그 자술서라는 글을 읽어 봤어요.」그가 신중하게 말했다.「한마디도 못 믿겠더군요. 자술서의 배경에는 정서적 피로감, 이별의 고통, 약물 남용, 전쟁 당시 영국에서 공습에 시달리며 살 때의 긴장감, 비밀 결혼, 다시 나타난 남편 등등 여러 문제가 깔려 있어요. 그 여자는 본인의 죄의식을 씻어 내려고 남들한테 책임을 전가한 게 분명해요.」

그가 말을 멈추고 주위를 둘러보았지만 한결같이 무표정한 얼굴이었다.「지검장님을 대변할 입장은 아니지만, 내가 보기에는 여자가 살아났더라도 자술서를 바탕으로 기소하긴 어려울걸요.」

「지난번 자술서 내용을 믿어 버린 마당에 그걸 뒤집는 자술서가 나타났으니 믿고 싶지 않겠지.」에르난데스가 빈정거렸다.

「적당히 하세요, 에르난데스. 사법 기관이라면 여론을 의식할 수밖에 없잖아요. 신문에 그 자술서가 실리면 우리 입장이 좀 곤란해지겠죠. 확실해요. 개혁을 부르짖으며 우리목에 칼을 꽂지 못해 안달이 나서 기회만 노리는 무리가 수두룩하니까. 안 그래도 지난주 풍기 단속반장이 두들겨 맞은일 때문에 대배심이 잔뜩 예민해졌단 말입니다. 아직 열흘밖에 안 됐잖아요.」

그러자 에르난데스가 말했다. 「알았으니까 마음대로 해. 인수증에 서명이나 하라고.」

그는 가장자리가 우둘투둘한 연분홍색 편지지를 모아 간추렸다. 로퍼드가 고개를 숙이고 서류에 서명했다. 연분홍색편지지를 집어 원래대로 접은 후 윗주머니에 꽂고 밖으로 나갔다.

와이스 박사도 일어섰다. 성격 좋은 사람이지만 강인하고침착했다. 「웨이드 부부에 대한 지난번 심리는 너무 급하게 처리했지.」그가 말했다. 「이번엔 심리를 생략해도 될 듯싶소.」

그는 올즈와 에르난데스에게 목례를 하고 로링과 형식적인 악수를 나눈 후 사무실을 나섰다. 로링도 나가려고 일어나더니 잠시 머뭇거렸다.

「관련자들한테 이번 사건에 대한 조사는 다 끝났다고 전해도 되겠습니까?」로링이 딱딱하게 물었다.

「너무 오랫동안 환자를 못 받게 해서 죄송합니다, 박사님.」

「내 질문에 대답을 안 하시는군.」로링이 날카롭게 말했다.

「내가 경고하는데 ─」

「꺼지세요.」 에르난데스가 말했다.

로링 박사는 너무 놀라 하마터면 비틀거릴 뻔했다. 그러나 곧 돌아서서 허둥지둥 나가 버렸다. 문이 닫힌 후 30초가 흐르는 동안 아무도 입을 열지 않았다. 에르난데스가 진저리를 치더니 담뱃불을 붙였다. 이윽고 나를 쳐다보았다.

「뭐요?」

「뭐가요?」

「뭘 기다리시오?」

「그럼 이게 끝입니까? 종결됐어요? 땡.」

「버니 자네가 말해 줘.」

「그래, 끝이고말고.」 올즈가 말했다. 「내가 그 여자를 불러 신문하려던 참이었어. 웨이드는 자살한 게 아니야. 그러기에는 너무 취해 버렸거든. 그런데 일전에도 말했듯이 그 여자한테는 범행 동기가 없잖아? 자술서에도 여기저기 오류가 있지만 적어도 남편을 염탐한 것만은 확실해. 엔시노에 있는 사랑채 구조를 알더라고. 레녹스 마누라가 그 여자 남편을 둘 다 빼앗아 버렸잖아. 사랑채에서 무슨 일이 벌어졌는지는 각자 상상하기 나름이겠지. 다만 자네가 스펜서한테 미처 물어보지 못한 문제가 있어. 웨이드한테 마우저 PPK 권총이 있었을까? 그래, 웨이드는 소형 마우저 자동 권총을 갖고 있었어. 내가 오늘 스펜서와 통화했거든. 웨이드는 술에 취하면 인사불성이 돼버렸대. 불쌍하고 불행한 인간, 아마 자기가 실비아 레녹스를 죽였다고 생각했거나 실제로 죽였거나 아니면 자기 마누라가 죽였다고 믿었겠지. 어느 쪽이든 간에 언젠가는 결국 실토하고 말았을 거야. 물론 오래전부터 술을 퍼마시긴 했지만, 얼굴만 반반하지 아무짝에도 쓸모없는 여자와 결혼했으니 당연한 일이겠지. 멕시코 하인 녀석이 그런 사실까지 다 알더라고. 어린 놈이 모르는 게 없더라니까. 그 여자는 꿈속의 여자나 다름없었어. 여자는 일부만 현실에 살아 있었을 뿐 대부분은 여전히 과거에서 벗어나지 못했으니까. 때로 성욕을 느낀다 해도 남편을 원하지는 않았던 거야. 내 말 알아듣겠나?」

나는 대답하지 않았다.

「자네도 그 여자한테 넘어갈 뻔했지?」

이번에도 대답하지 않았다.

올즈와 에르난데스가 심술궂은 미소를 지었다. 「우리도 아주 돌대가리는 아니야.」 올즈가 말했다. 「여자가 옷을 벗었다는 얘기도 말짱 거짓말은 아닐 거라고 생각했어. 자네가 말발로 눌러 버리니까 그놈이 물러섰을 뿐이지. 녀석은 상심하고 혼란스러운 상태였어. 웨이드를 좋아했으니까 확인해 보고 싶었겠지. 확신이 섰다면 칼을 휘둘렀을 거야. 녀석한테는 사적인 원한이니까. 그날 밤 일을 웨이드한테 고자질한 사람은 캔디가 아니었어. 웨이드 마누라였지. 웨이드를 흔들어 보려고 일부러 말썽을 부추긴 거야. 뭐든지 도움이 될 테니까. 막판에는 여자도 남편을 두려워했겠지. 그리고 웨이드는 그 여자를 계단 위에서 밀어 버린 적이 없어. 그건 사고였어. 여자가 발을 헛디뎠고 웨이드는 오히려 잡아 주려고 했지. 그 장면도 캔디가 봤대.」

「그래도 그 여자가 왜 나를 불러들였는지는 설명이 안 되잖소.」

「몇 가지 이유를 생각해 볼 수 있지. 그중 하나는 흔해 빠진 이유야. 경찰이라면 누구나 골백번씩 겪는 일이지. 여자한테 자네는 아직 해결하지 못한 골칫거리였어. 레녹스가 도피할 때 도와준 사람인 데다 친구였으니 자네한테 비밀을 웬만큼 털어놨을지도 모르잖아. 레녹스가 어디까지 알아차렸고 어디까지 털어놨을까? 레녹스는 자기 아내를 죽인 권총을 가져갔고, 누군가 그 총을 썼다는 사실도 알고 있었지. 아일린 웨이드는 레녹스가 자기를 위해서 총을 숨겼다고 생각했을지도 몰라. 그래서 자기가 총을 썼다는 사실을 레녹스도 알아차렸다고 짐작했겠지. 레녹스가 자살하면서 짐작은 확신이 돼버렸고, 그런데 자네를 어떻게 해야 할까? 자네는 여전히 골칫거리였어. 그래서 속내를 알아내고 싶었을 텐데, 잘 써먹을 만한 미모도 있겠다, 때마침 상황도 맞아떨어져 자네한테 접근할 핑계까지 생겼잖아. 그리고 죄를 뒤집어씌우기에도 자네가 제격이었거든. 그 여자는 써먹을 만한 희생양들을 수집했다고 해도 과언이 아니야.」

「그 여자가 그렇게 많이 알았을 거라고 생각하면 오산일거요.」 내가 말했다.

올즈가 담배를 뚝 부러뜨리더니 한 토막을 질겅질겅 씹었다. 남은 한 토막은 귓바퀴 안쪽에 꽂아 두었다.

「다른 이유는 남자가 필요했다는 거지. 크고 힘센 남자, 으스러져라 안아 주고 다시 꿈꾸게 해줄 남자.」

「그 여자는 나를 미워했소. 그 얘기는 못 믿겠소.」

「그거야 당연한 일이지.」 에르난데스가 담담하게 말했다. 「그 여자를 거부했잖소. 물론 그 정도야 잊어버릴 만도 하지. 그런데 스펜서도 있는 자리에서 여자 면전에 대고 모조리 까발려 버렸으니.」

「두 분 요즘 정신과 의사라도 만나셨소?」

「젠장, 여태 못 들었어?」 올즈가 말했다. 「요즘은 정신과 의사들이 걸핏하면 귀찮게 군단 말이야. 우리 보안서에도 두 명이나 근무하지. 이젠 경찰서가 경찰서 같지 않아. 무슨 병원처럼 변해 버렸다고. 정신과 의사들이 교도소나 법정이나 취조실까지 제멋대로 들락거린다니까. 그러면서 10대 애새끼들이 주류 판매점을 털거나 여학생을 강간하거나 선배들한테 마리화나를 팔아먹은 이유를 두고 장장 열다섯 장짜리 보고서를 쓰지. 앞으로 10년만 더 지나면 에르난데스나 나 같은 인간이 턱걸이나 사격 연습 대신 로르샤흐 검사[118]나 낱말 연상 검사 따위를 받게 될 거야. 사건 수사하러 나갈 때는 휴대용 거짓말 탐지기와 자백 유도제가 든 검은색 가방을 들고 다녀야겠지. 빅 윌리 머군을 두들겨 팼던 무지막지한 놈들 넷을 못 잡아서 아쉬울 뿐이야. 우리가 그놈들 분노 조절 장애를 뜯어고쳐 엄마를 사랑하는 착한 아들로 바꿔 놓을 수 있을 텐데.」

118 좌우 대칭의 불규칙한 무늬를 보여 주고 피험자가 연상하는 사물에 따라 성격과 심리를 판단하는 검사.

「이제 가도 되겠소?」

「아직도 납득할 수 없는 문제가 혹시 있소?」에르난데스가 고무 밴드를 팅팅 튕기며 물었다.

「납득했어요. 이번 사건은 죽어 버렸죠. 그 여자도 죽고 다들 죽었으니까. 모든 일이 순조롭게 풀린 셈이죠. 이제 이 사건은 깨끗이 잊어버리고 집에 가는 수밖에 없겠어요. 그래서 그렇게 하려고요.」

올즈가 귓바퀴 안쪽에 꽂아 두었던 담배 한 토막을 꺼내더니 그게 어떻게 거기 들어갔는지 모르겠다는 듯이 바라보다가 어깨 너머로 던져 버렸다.

「그런데 왜 그렇게 죽을상을 하고 있소?」에르난데스가 물었다. 「그 여자한테 권총만 있었으면 완벽하게 마무리했을 텐데.」

「그리고 어제 연락해 줄 수도 있었잖아.」올즈가 엄격하게 말했다.

「아, 그건 그래.」내가 말했다. 「그랬으면 선배가 허둥지둥 달려왔을 테고, 그 여자는 아무것도 인정하지 않으면서 몇 가지 터무니없는 거짓말을 섞어 그럴싸한 얘기를 지어냈겠지. 그런데 오늘 아침에는 여자 유서를 보게 됐잖소. 아마 구체적인 자술서겠지. 나한테는 보여 주지 않았지만 시시한 연애편지였다면 지검장한테 연락하지도 않았을 테고. 지난번 레녹스 사건 때 제대로 수사했으면 누군가는 병무 기록을 찾아냈을 테고 레녹스가 어디서 다쳤는지 등등 아무튼 자초지종을 다 알아냈을 거요. 그러다 보면 웨이드 부부와 연관돼 있다는 점도 드러났겠지. 로저 웨이드는 폴 마스턴이 누구인지 알고 있었소. 내가 어쩌다 통화했던 어느 사설탐정도 그랬고.」

「그랬을지도 모르지.」에르난데스도 인정했다. 「하지만 경찰은 그런 식으로 수사하지 않소. 뚝딱 끝내 버린 사건을 붙잡고 마냥 빈둥거릴 수는 없단 말이오. 설령 사건을 종결하고 잊어버리라는 압력이 들어오지 않았더라도 마찬가지요. 나는 살인 사건만 수백 건을 수사했소. 어떤 사건은 깔끔하고 단정하고 가지런해서 앞뒤가 척척 들어맞지. 하지만 대개는 이 부분은 말이 되는데 저 부분은 또 말이 안 되거든. 그래서 간혹 범행 동기나 범행 도구가 분명하고 그럴 기회도 있었고 범인이 도주해서 자술서까지 남겨 놓고 자살해 버린 사건이라면 그대로 넘어가는 수밖에 없소. 온 세상 경찰서를 다 뒤져 봐도 그렇게 명백한 사건을 다시 들춰낼 만큼 인력이나 시간이 남아도는 곳은 없단 말이오. 레녹스가 살인범이 아니라고 믿는 사람은 단 한 명이었소. 레녹스는 착한 사람이라 그런 짓을 저질렀을 리가 없다면서 의심이 가는 용의자들이 수두룩하다고 했지. 하지만 다른 용의자들은 도망치지도 않고 자술서를 쓰지도 않고 자기 머리통을 날려 버리지도 않았소. 레녹스만 그랬지. 그리고 레녹스가 착했다는 얘기 말인데, 가스실이나 전기의자나 밧줄 끝에서 생을 마감하는 살인범들 중에서 60~70퍼센트 정도는 동네 사람들이 풀러 브러시 외판원처럼 얌전하다고 생각하던 놈들일 거요. 로저 웨이드 마누라처럼 얌전하고 조용하고 점잖은 사람 말이오.

여자가 자술서에 뭐라고 썼는지 보고 싶소? 그럼 읽어 보시오. 마침 내가 복도에 나가 볼 일이 생겼으니까.」

에르난데스는 자리에서 일어나 서랍을 열고 서류철을 꺼내 책상에 내려놓았다. 「지금 이 속에 복사본 다섯 부가 있소, 말로. 그렇다고 훔쳐보다가 나한테 들키면 재미없을 줄 아시오.」

그가 문 쪽으로 가다가 고개를 돌리고 올즈에게 말했다. 「페쇼렉한테 할 얘기가 있는데, 자네도 같이 가지?」

올즈가 고개를 끄덕이며 뒤따라 나갔다. 지서장실에 나만 남았을 때 서류철을 펼쳐 보니 검은색 바탕에 흰색 글자가 적힌 복사본들이 들어 있었다. 가장자리만 만져 가며 몇 부인지 세어 보았다. 모두 여섯 부였는데 한 부씩 클립을 꽂아 둔 상태였다. 그중 한 부를 꺼내고 둘둘 말아 주머니에 넣었다. 그러고 나서 밑에 있던 복사본을 읽어 보았다. 다 읽은 후 다시 자리에 앉아 기다렸다. 10분쯤 지났을 때 에르난데스가 혼자 돌아왔다. 그는 다시 자리에 앉아 서류철의 복사본들을 하나하나 헤아려 본 후 서류철을 서랍에 도로 넣었다.

그가 시선을 들고 아무 표정도 없이 나를 바라보았다. 「이제 됐소?」

「미리 복사해 두셨다는 사실을 로퍼드도 알아요?」

「나는 아무 말도 안 했소. 버니도 안 했고. 복사는 버니가 했지. 그건 왜 물으시오?」

「그게 흘러 나가면 어떻게 될까요?」

그는 불쾌하다는 표정으로 미소를 지었다. 「그럴 리가 없지. 혹시 흘러 나가더라도 보안서 사람은 아닐 거요. 복사기는 지검장실에도 있으니까.」

「지서장님은 스프링어 지검장을 별로 좋아하지 않으시죠?」

그는 좀 놀라는 듯했다. 「내가? 나는 누구든지, 심지어 선생까지 좋아하는 사람이오. 이제 나가 보시오. 할 일이 있으니까.」

나는 나가려고 일어났다. 그때 그가 불쑥 물었다. 「요즘 권총 갖고 다니시오?」

「가끔.」

「빅 윌리 머군은 두 자루나 갖고 다녔지. 그런데 왜 쏴버리지 않았는지 모르겠소.」

「다들 자기를 무서워한다고 생각했겠죠.」

「그럴지도 모르지.」 에르난데스가 무심하게 말했다. 고무밴드 한 개를 집더니 양쪽 엄지에 걸고 잡아당겼다. 점점 더 길게 늘였다. 마침내 고무 밴드가 뚝 끊어졌다. 그는 끊어진 고무줄 끄트머리에 얻어맞은 엄지를 문질렀다. 「누구나 지나치게 잡아당기면 끊어지기 마련이오. 아무리 강인해 보이는 사람도 마찬가지지. 또 만납시다.」

나는 문을 나섰고 빠른 걸음으로 건물을 빠져나왔다. 한 번 놀림감이 되면 영원히 놀림감이 된다.

45

나는 카후엥가 빌딩 6층에 있는 내 골방으로 돌아가 평소
처럼 아침 우편물로 더블 플레이를 했다. 우편물 투입구에서
책상으로, 책상에서 쓰레기통으로. 팅커가 에버스에게, 에버
스가 챈스에게.[119] 책상에 빈자리를 만들고 자술서 복사본을
펼쳐 놓았다. 일부러 둘둘 말았다가 폈기 때문에 접힌 자국
은 없었다.

자술서 내용을 다시 읽어 보았다. 마음이 열린 사람이라면
누구나 납득할 만큼 자세하고 논리적인 글이었다. 아일린 웨
이드는 질투심에 사로잡혀 이성을 잃었을 때 테리의 아내를
살해했고, 이 사실을 로저도 안다고 믿었으므로 나중에 기회
를 보아 로저마저 죽여 버렸다. 천장에 총을 쏘았던 그날 밤
의 일도 계획의 일부였다. 여전히 풀리지 않았고 앞으로도
영원히 풀리지 않을 의문은 로저 웨이드가 아내의 그런 흉계
를 수수방관한 이유다. 그는 결말을 미리 알았을 것이다. 그

119 메이저리그 시카고 컵스 팀에서 1902년부터 10년 넘게 맹활약한 내
야 수비진으로, 순서대로 각각 유격수, 2루수, 1루수였다.

래서 자포자기의 심정으로 제 목숨마저 아랑곳하지 않았을 것이다. 글쓰기가 직업이니 모든 일을 글로 표현할 수 있었지만 이런 상황만은 형언할 길이 없었으리라.

그녀는 이렇게 썼다. 〈지난번에 처방받은 데메롤이 마흔여섯 알 남았어요. 이제 곧 다 먹어 버리고 침대에 누울 거예요. 문은 잠가 놨어요. 머지않아 돌이킬 수 없는 순간이 오겠죠. 하워드, 하나만 기억해 주세요. 죽음을 앞두고 이 글을 씁니다. 한마디 한마디가 모두 진실이에요. 후회는 없어요. 둘이 함께 있을 때 한꺼번에 죽이지 못해 아쉬울 뿐. 당신이 테리 레녹스라는 이름으로 알았던 폴에 대해서도 후회하지 않아요. 그 사람은 내가 사랑하고 결혼했던 남자의 빈껍데기에 지나지 않으니까. 나에게는 아무 의미도 없는 사람이에요. 전쟁터에서 돌아온 그를 처음이자 마지막으로 만났던 그날 오후, 처음에는 알아보지도 못했어요. 그러다가 겨우 알아봤는데 그 사람은 나를 보자마자 알아봤어요. 그 사람은 차라리 젊은 시절 노르웨이 눈밭에서 죽는 편이 나았어요. 죽음의 신에게 빼앗긴 내 연인으로. 그런데 돌아왔고, 이제는 도박업자들의 친구, 돈 많은 창녀의 남편, 한없이 방탕하고 타락한 남자가 돼 있었어요. 한때는 본인도 범죄자였을 거예요. 시간은 모든 것을 천박하고 초라하고 꼴사납게 만들어요. 하워드, 인생의 비극은 아름다운 사람들이 젊은 나이에 죽는 일이 아니라 오히려 오래 살아서 늙고 추해지는 일이에요. 나는 그렇게 되기 싫어요. 안녕히 계세요, 하워드.〉

나는 복사본을 책상 서랍에 넣고 자물쇠를 잠갔다. 점심시간이지만 식욕이 없었다. 깊숙한 서랍 속에서 사무실에 챙겨 놓은 술병을 꺼내 한 잔 따른 후, 책상 옆의 고리에 걸어 놓은 전화번호부를 들고 『저널』지의 연락처를 확인했다. 다이얼을 돌리고 여직원에게 로니 모건 좀 바꿔 달라고 했다.

「모건 씨는 4시쯤에나 들어오실 거예요. 시청 기자실에 연락해 보세요.」

나는 그곳으로 전화를 걸었다. 모건과 연결되었다. 그는 나를 잘 기억하고 있었다. 「요즘 꽤 바쁘게 돌아다니셨다고 들었습니다.」

「원한다면 기삿거리 하나 주려고 연락했어요. 아마 안 쓰고 싶겠지만.」

「그래요? 뭔데요?」

「살인 사건 두 건에 대한 자술서 사본.」

「지금 어디 계시죠?」

나는 사무실이라고 말해 주었다. 그는 더 구체적인 정보를 달라고 했다. 나는 전화로 이야기할 수 없다고 했다. 그는 범죄 담당 기자가 아니라고 했다. 나는 그래도 당신은 분명 신문 기자이고 게다가 이 도시에서 유일하게 독립성을 유지하는 신문사에 몸담고 있지 않느냐고 했다. 그래도 그는 자꾸 꼬치꼬치 캐물었다.

「그게 뭐든 간에 어디서 구하셨죠? 시간 낭비에 불과할지 어떨지 내가 어떻게 알죠?」

「지검장실에 원본이 있어요. 그쪽에서는 공개하지 않을 겁니다. 자기들이 냉장고 뒤에 감춰 버렸던 몇 가지 사실이 탄로 날 테니까.」

「다시 연락할게요. 위에 물어봐야 되거든요.」

우리는 통화를 끝냈다. 나는 가게에 가서 치킨 샐러드 샌드위치를 먹고 커피를 마셨다. 커피는 끓인 지 오래됐고, 샌드위치 맛은 낡은 셔츠에서 잘라 낸 헝겊 쪼가리를 방불케 했다. 미국인들은 구운 빵 사이에 양상추를 끼워 넣고 — 약간 시들어야 제맛이다 — 이쑤시개로 고정한 음식이라면 무엇이든 가리지 않고 먹어 치우는 족속이다.

3시 30분쯤에 로니 모건이 불쑥 나타났다. 구치소에서 집까지 나를 데려다주던 그날 밤처럼 여전히 길고 깡마른 모습이었고, 무표정한 얼굴에는 여전히 지친 기색이 역력했다. 그는 시큰둥하게 악수를 나눈 후 구깃구깃한 담뱃갑을 뒤적거렸다.

「셔먼 씨가 — 우리 편집국장인데 — 직접 만나서 문건을 확인해 보라고 하더군요.」

「내가 요구하는 조건에 동의해야 기사화할 수 있어요.」 나는 서랍을 열고 복사본을 꺼내 그에게 건넸다. 그는 넉 장을 빠르게 읽고 이번에는 천천히 다시 읽었다. 몹시 흥분한 듯했는데…… 이를테면 싸구려 장례식을 본 장의사처럼 흥분했다고나 할까.

「전화기 좀 주세요.」

나는 책상 너머로 전화기를 밀어 주었다. 그가 다이얼을 돌리고 잠시 기다리다가 말했다. 「모건입니다. 셔먼 씨 좀 바꿔 줘요.」 그는 다시 기다렸고, 잠시 후 다른 여자가 받더니 상대방을 연결해 놓았다면서 다른 번호로 다시 걸라고 말했다.

그러나 그는 전화를 끊어 버린 후 전화기를 무릎에 올려놓고 집게손가락으로 단추를 지그시 누른 채 기다렸다. 이윽고 전화벨이 울리자 수화기를 귀에 댔다.

「읽어 드릴게요, 국장님.」

모건은 천천히 또박또박 읽었다. 끝까지 읽은 후 잠시 입을 다물고 상대방이 하는 말을 들었다. 이윽고 말했다. 「잠깐만요, 국장님.」 그는 수화기를 내리고 책상 너머로 나를 바라보았다. 「이걸 어떻게 구했느냐고 물으시네요.」

나는 책상 너머로 손을 내밀어 복사본을 빼앗았다. 「어떻게 구했는지는 몰라도 된다고 해요. 어디서 구했느냐가 중요하지. 뒷면에 관인이 찍혔어요.」

「국장님, 로스앤젤레스 보안서에서 나온 공문서로 보입니다. 진짜인지는 금방 확인할 수 있겠죠. 그리고 조건이 있답니다.」

그는 다시 귀를 기울이다가 이렇게 말했다. 「예, 국장님. 여기 계십니다.」 그는 전화기를 책상 너머로 밀어 주었다. 「국장님이 통화하고 싶대요.」

편집국장의 목소리는 무뚝뚝하고 고압적이었다. 「말로 씨, 조건이 뭡니까? 다만 로스앤젤레스에서 이런 문제를 건드릴 엄두라도 낼 만한 신문사는 우리 『저널』뿐이라는 사실을 명심하시오.」

「레녹스 사건은 자세히 다루지 않던데요, 셔먼 씨.」

「나도 알아요. 하지만 그때는 추문을 위한 추문에 불과했잖소. 누가 범인인지는 의문의 여지도 없었으니까. 그런데 그 문건이 진짜라면 이번에는 상황이 전혀 다르지. 조건이 뭐요?」

「사진으로 복제해서 전문을 실어 주세요. 안 그러면 절대 허락할 수 없어요.」

「진위부터 확인해야겠소. 이해하시겠지?」

「어려울 텐데요, 셔먼 씨. 지검장한테 문의하면 한사코 부인하거나 시내 모든 신문사에 좍 뿌려 버릴걸요. 그쪽 입장에서는 그럴 수밖에 없거든요. 그렇다고 보안서에 문의하면 지검장한테 물어보라고 하겠죠.」

「걱정 마시오, 말로 씨. 우리한테 방법이 있으니까. 이제 조건이 뭔지 말씀해 주시겠소?」

「방금 말씀 드렸는데요.」

「아하. 대가는 필요 없다는 뜻이오?」

「돈은 안 받아도 돼요.」

「뭐 어련히 알아서 하시겠지. 다시 모건 좀 바꿔 주시오.」

나는 전화기를 로니 모건에게 돌려주었다.

그는 짤막하게 통화하고 전화를 끊었다. 「국장도 동의했어요. 내가 복사본을 가져가면 국장이 확인하겠죠. 요구대로 하겠대요. 절반 크기로 축소하면 1면 절반쯤 차지하겠네요.」

나는 복사본을 그에게 돌려주었다. 그는 복사본을 받아들고 긴 코의 끄트머리를 잡아당겼다. 「너무 멍청한 짓을 했다고 말해 버리면 실례일까요?」

501

「동감이에요.」

「지금이라도 마음을 바꿀 수 있을 텐데요.」

「됐어요. 바스티유 감옥에서 집까지 나를 데려다주던 날 기억나죠? 친구한테 작별 인사나 하라고 했잖아요. 그런데 아직도 그 친구한테 제대로 작별 인사를 못했어요. 이 복사본이 신문에 실리면 작별 인사가 되겠죠. 참 오래도 걸렸네요. 너무 오래 걸렸어요.」

「알았어요.」 그가 일그러진 미소를 지었다. 「그래도 어리석은 짓을 했다고 생각해요. 이유까지 설명할 필요는 없겠죠?」

「어쨌든 말씀해 보세요.」

「보기보다 제가 말로 씨에 대해서 꽤 많이 알아요. 신문사 일이 실망스러울 때가 바로 그런 경우죠. 아는 건 많은데 써먹을 수 없으니까. 그래서 점점 더 냉소적으로 변해 가요. 이 자술서가 『저널』에 보도되면 화를 내는 사람이 많을 거예요. 지검장, 검시관, 보안서 패거리, 권력과 영향력을 한 손에 쥔 포터라는 인간, 그리고 깡패 메넨데스와 스타 등등. 당신은 병원에 입원하거나 다시 구치소에 갇히기 십상일걸요.」

「내 생각은 좀 달라요.」

「마음대로 생각해요. 나는 내 생각을 말해 주는 거니까. 지검장은 레녹스 사건을 자기가 덮어 버렸으니까 화를 내겠죠. 레녹스가 자살하면서 자술서까지 남겼으니 핑계는 충분하겠지만, 조목조목 따지는 사람도 많을 테니까. 죄 없는 레녹스가 어쩌다 자술서까지 쓰게 됐느냐, 왜 죽었느냐, 정말 자살이냐 아니면 누군가 거들었느냐, 왜 사건의 전말을 밝혀내지 않았느냐, 어째서 그렇게 빨리 묻혀 버렸느냐 등등. 게다가 이 복사본의 원본을 지검장이 갖고 있다면 보안서 사람들이 뒤통수를 때렸다고 생각하겠죠.」

「뒷면에 찍힌 관인은 안 실어도 되잖아요.」

「안 실을 거예요. 우리는 보안관하고도 친하거든요. 올곧은 사람이라고 생각하죠. 메넨데스 같은 놈들을 다스리지 못한다고 그 사람을 비난하진 않아요. 도박은 아무도 못 막으니까. 어떤 곳에 가면 모든 도박이 합법이고 일부 도박은 어디서나 합법이니 어쩔 수 없죠. 이 문서는 보안서에서 훔쳤잖아요. 어떻게 안 들키고 빼냈는지 모르겠네요. 말해 줄 수 있어요?」

「싫은데.」

「알았어요. 검시관은 웨이드 자살 사건을 자기가 망쳐 놨으니까 화를 내겠죠. 그때 지검장도 한몫 거들었고. 할런 포터는 권력을 동원해 애써 묻어 버린 사건이 다시 튀어나와 화를 내겠죠. 메넨데스와 스타도 화를 낼 텐데, 이유는 나도 모르겠지만 당신한테 손 떼라고 이미 경고했다는 사실은 알죠. 그런 놈들이 화를 내면 상대방은 다치기 마련이에요. 빅 윌리 머군과 똑같은 일을 당하기 십상이죠.」

「머군은 그런 일을 맡기에는 좀 둔해졌는지도 모르죠.」

「왜냐?」 모건이 느릿느릿 말을 이었다. 「그런 놈들은 한 번 내뱉은 말은 꼭 관철해야 체면이 서니까. 그놈들이 물러나라고 말할 때는 순순히 물러나야죠. 말을 안 듣는데도 그냥 내버려 두면 자기들이 약해 보이거든요. 그런 사업을 주무르는 깡패들, 즉 거물급이나 두목급한테 약해 빠진 아랫것들은 쓸모가 없어요. 오히려 위험하죠. 게다가 크리스 메이디도 있잖아요.」

「네바다주를 지배하다시피 한다고 듣긴 했죠.」

「제대로 들은 거예요. 메이디는 점잖은 사람이지만 네바다주에 뭐가 유익한지 잘 알아요. 리노나 라스베이거스에서 노는 돈 많은 깡패들은 메이디 씨의 성질을 돋우지 않으려고 굉장히 조심하죠. 잘못 건드리면 세금이 하늘 높이 치솟고 경찰의 협조를 얻는 일은 하늘의 별 따기일 테니까. 그렇게 되면 동부에 있는 거물들이 변화가 필요한 시점이라고 판단하겠죠. 크리스 메이디와 사이좋게 지내지 못하는 놈은 간부 노릇을 제대로 못하는 거니까. 그럼 그 자리에서 밀어내고 딴 놈을 앉혀야죠. 밀어낸다는 말은 그 세계에서 한 가지 의미밖에 없어요. 나무 상자에 담아서 내보낸다는 뜻이죠.」

「그런 거물들은 내가 누군지도 몰라요.」

모건은 눈살을 찌푸리며 한 팔을 들었다 내리는 무의미한 동작을 했다. 「몰라도 상관없어요. 네바다 쪽 타호 호숫가에 있는 메이디 저택이 할런 포터 저택 바로 옆집이거든요. 가끔 인사 정도는 하면서 살겠죠. 그렇다면 포터 밑에서 일하는 어떤 놈이 메이디 밑에서 일하는 어떤 놈한테 말로라는 개자식이 남의 일에 끼어들어 쓸데없이 소란을 피운다고 투덜거릴 수도 있겠죠. 그렇게 지나가는 말로 내뱉은 얘기가 차례차례 전해지다가 엘에이에 있는 어떤 아파트의 전화벨이 울리면, 어느 건장한 근육질 사나이가 말귀를 알아듣고 친구 두어 명 데리고 운동하러 나갈 수도 있겠죠. 누군가 당신을 없애 버리거나 좀 밟아 주려고 마음먹었다면, 그런 근육질 덩치들한테 이유를 설명해 줄 필요도 없어요. 그놈들한테는 일상이니까요. 너무 원망하지 마라. 팔 하나만 꺾을 테니까 얌전히 있어라. 그래도 취소하고 싶지 않아요?」

그가 복사본을 내밀었다.

「내가 원하는 게 뭔지 알잖아요.」 내가 대답했다.

모건은 천천히 일어나 복사본을 안주머니에 넣었다. 「내가 잘못 생각했는지도 모르겠네요.」 그가 말했다. 「이 문제에 대해서는 나보다 당신이 더 많이 아는지도 모르죠. 나야 할런 포터 같은 사람이 세상을 어떻게 보는지 짐작도 못하니까.」

「오만상을 찡그리면서 보더군요.」 내가 말했다. 「전에 만나 봤죠. 그래도 폭력배를 동원하진 않을 겁니다. 그 사람 인생관에 어긋나는 짓이니까.」

「내가 보기에는 전화 한 통화로 살인 사건 수사를 중단시키건 증인을 제거해서 중단시키건 다 거기서 거기예요.」 신랄한 어조였다. 「또 봅시다. 가능하다면.」

그는 바람결에 날리듯이 사무실을 빠져나갔다.

46

나는 차를 몰고 빅터 주점으로 향했다. 조간신문 저녁판이 배포될 때까지 김렛이나 마시며 기다릴 생각이었다. 그런데 바에 사람이 너무 많아 마음에 들지 않았다. 내가 아는 바텐더가 다가와 내 이름을 불렀다.

「비터스는 한 번만 뿌리는 걸 좋아하시죠?」

「평소에는 안 넣죠. 오늘 밤은 두 번 뿌려 줘요.」

「요즘 친구분이 통 안 보이네요. 에메랄드 달고 계시던 분.」

「나도 못 봤어요.」

그가 술을 가져왔다. 오래 맛보려고 찔끔찔끔 마셨다. 본격적으로 마실 기분은 아니었기 때문이다. 오늘 같은 날은 곤드레만드레 취해 버리거나 줄곧 정신이 말짱할 테니까. 얼마 후 같은 술을 한 잔 더 마셨다. 막 6시가 지났을 때 신문팔이 소년이 술집 안으로 들어왔다. 바텐더 한 명이 나가라고 소리쳤지만, 소년은 재빨리 손님들 사이를 한 바퀴 돌고 나서야 웨이터에게 붙잡혀 쫓겨났다. 나도 신문을 샀다. 『저널』지를 펼치고 1면을 훑어보았다. 신문사가 해냈다. 모든 내용을 고스란히 담았다. 자술서 사본은 명암을 반전시켜 흰색 바탕에 검은색 글자로 찍었고, 크기도 줄여 1면 상단 절반에 맞춰 배치했다. 다른 면에는 짧고 무뚝뚝한 사설을 실었다. 또 다른 면에는 로니 모건의 이름이 들어간 반 단짜리 기사도 있었다.

나는 술잔을 비우고 술집을 나와 다른 곳에 가서 저녁을 먹고 집으로 돌아갔다.

로니 모건은 레녹스 사건과 로저 웨이드의 〈자살〉에 대하여 그때까지 알려졌던 모든 사실과 사건을 바로잡아 정리해 놓았다. 아무것도 더하거나 빼거나 비난하지 않았다. 명료하고 간결하고 사무적인 기사였다. 사설은 전혀 달랐다. 이런 저런 질문을 던졌는데, 공무원들이 비리를 저질렀을 때 신문사에서 던질 만한 질문들이었다.

9시 반쯤에 전화벨이 울렸고 버니 올즈가 퇴근하는 길에 들르겠다고 말했다.

「『저널』 봤지?」 그가 머뭇거리며 묻더니 대답도 안 듣고 끊어 버렸다.

그는 도착하자마자 계단에 대해 투덜거리며 혹시 커피 있으면 한 잔 달라고 했다. 나는 새로 끓여 주겠다고 했다. 내가 커피를 끓이는 동안 그는 자기 집처럼 스스럼없이 이리저리 돌아다녔다.

「미움받을 짓만 골라서 하는 친구가 너무 호젓한 곳에 사는군. 뒷동산 너머에는 뭐가 있지?」

「뒷동네. 왜?」

「그냥 물어봤어. 나무 좀 다듬어야겠더라.」

나는 커피를 거실로 가져갔다. 그는 그곳에 앉아 커피를 마셨다. 내 담배를 한 개비 집어 불을 붙이더니 1~2분쯤 뻐끔거리다가 꺼버렸다. 「담배가 점점 싫어지는 것 같아. 텔레비전 광고 때문이겠지. 뭘 팔려고 떠들어 대는 광고를 볼 때마다 그 물건이 괜히 싫어지거든. 나 참, 세상 사람들을 다 얼간이로 생각하는지. 어떤 새끼가 하얀 가운 입고 목에는 청진기를 걸고 나와서 무슨 치약이나 담배나 맥주나 구강 청정제나 샴푸 같은 거, 아니면 뚱보 레슬러도 야생 라일락처럼 향기롭게 만들어 준다는 물건 따위를 보여 줄 때마다 저건 절대로 사지 말자고 다짐한다니까. 젠장, 마음에 들어도 안 산다. 『저널』 읽어 봤지?」

「친구가 귀띔해 줬소. 어느 기자가.」

「자네한테 친구가 다 있어?」 그가 놀랍다는 듯이 말했다. 「그런 자료를 어디서 구했는지 말해 주던가?」

「아니. 우리 주에서는 취재원을 안 밝혀도 되니까.」

「스프링어 지검장이 미친놈처럼 펄펄 뛰더라. 오늘 아침에 그 자술서를 가져간 차장 검사 로퍼드는 곧바로 지검장한테 가져다줬다고 하지만, 아무래도 의심스럽지. 『저널』에 실린 자술서는 원본을 직접 복사한 것 같으니까.」

나는 아무 말도 하지 않고 커피만 마셨다.

「쌤통이지 뭐.」 올즈가 말을 이었다. 「스프링어가 직접 챙겼어야지. 내 생각에 정보를 흘린 사람은 로퍼드가 아니야. 그 인간도 정치꾼과 다름없거든.」 그러면서 무표정한 얼굴로 나를 쳐다보았다.

「그런데 무슨 일로 왔소, 버니 선배? 나를 좋아하지도 않으면서. 전에는 우리도 꽤 친했지. 좀 빡빡한 경찰이지만 그만하면 친한 편이었으니까. 그런데 지금은 우정이 좀 변해 버렸다고 할까.」

그러자 그가 앞으로 몸을 숙이며 미소를 지었다. 조금 음흉한 미소였다. 「경찰이 할 일을 일반인이 몰래 하고 다니는데 좋아할 경찰이 어디 있겠나. 웨이드가 죽었을 때 자네가 웨이드와 레녹스 부인의 관계를 나한테 말해 줬으면, 나도 진상을 알아차렸을 거야. 자네가 웨이드 부인과 테리 레녹스의 관계를 말해 줬으면, 내가 그 여자를 잡았을 거라고. 산 채로. 자네가 처음부터 다 털어놨으면 웨이드도 안 죽었을 거야. 레녹스도 마찬가지고. 자네는 자기가 꽤 똑똑하다고 생각하지?」

「내가 뭐라고 대답하면 좋겠소?」

「그만둬. 벌써 늦었으니까. 똑똑한 체하는 놈은 남이 아니라 자신을 속일 뿐이라고 했잖아. 단도직입적으로 분명하게 말했어. 그랬는데도 귀담아듣지 않았고. 지금 당장은 시내에서 떠나는 게 현명할 거야. 아무도 자네를 좋아하지 않잖아. 마음에 안 드는 사람이 있으면 어떻게든 손봐 줘야 직성이 풀리는 놈들이 둘이나 있어. 내 정보원 한 놈이 그러더라고.」

「나는 그렇게 중요한 사람이 아니오, 버니 선배. 괜히 우리끼리 으르렁거리지 맙시다. 웨이드가 죽기 전에는 이 사건을 맡지도 않았잖소. 그 사람이 죽은 다음에는 어차피 선배든 검시관이든 지검장이든 누구에게도 별로 중요하지 않을 것 같았소. 물론 내가 잘못한 일도 더러 있겠지. 하지만 결국 진실이 밝혀졌잖소. 선배가 어제 오후에 그 여자를 잡았다면 무슨 죄목으로 체포했겠소?」

「자네가 우리한테 진작 말해 줘야 했던 바로 그 죄목으로.」

「내가? 경찰이 할 일을 몰래 하고 다니는 놈이?」

그러자 그가 벌떡 일어났다. 얼굴이 벌겠다. 「좋아, 잘난 친구. 그때는 그 여자를 살릴 수도 있었잖아. 혐의점만 있어도 연행할 수 있었다고. 그런데 너는 그 여자가 죽어 버리길 **바랐던** 거야, 이 나쁜 놈아, 너도 알잖아.」

「나는 그 여자가 조용히 자신을 되돌아보길 바랐을 뿐이오. 그러고 나서 어떻게 하든 자기가 알아서 할 일이지. 나는 죄 없는 친구가 뒤집어쓴 누명을 벗겨 주고 싶었소. 그럴 수만 있다면 과정 따위는 중요하지 않았고 지금도 마찬가지요. 그래서 나를 어떻게 해야겠다면 마음대로 하시오.」

「인마, 네놈은 깡패들이 알아서 처리할 거야. 내가 나설 필요도 없다고. 너는 별로 중요하지 않으니까 그놈들이 그냥 내버려 둘 거라고 생각하겠지. 그냥 사설탐정 말로라면 그 말도 맞아. 그런데 아니잖아. 너는 손 떼라는 말을 듣고도 신문에 다 까발려서 그놈들 얼굴에 공개적으로 똥물을 뿌린 놈이야. 상황이 전혀 다르다고. 그놈들 자존심을 건드렸으니까.」

「무시무시하군. 상상만 해도 선배 표현대로 무서워서 숨넘어가겠네.」

그는 걸어가서 문을 열고 삼나무 계단을 내려다보다가 건너편 언덕의 나무들과 골목 끄트머리에 있는 산비탈을 둘러보았다.

「조용해서 좋네.」그가 말했다. 「조용해서 딱 좋아.」

그러더니 계단을 내려가서 차를 타고 떠나 버렸다. 경찰은 좀처럼 작별 인사를 하지 않는다. 피의자 확인실에서 다시 만나게 되기를 은근히 기대하기 때문이다.

47

이튿날 잠시 동안은 상황이 급박하게 돌아가는 듯했다. 스프링어 지검장이 아침 일찍 기자 회견을 요청하고 성명을 발표했다. 그는 몸집이 크고 혈색 좋은 사람인데 눈썹은 까맣지만 나이에 비해 일찍 백발이 되어 정치권에서 성공하기에 유리한 외모를 갖추었다.

최근 스스로 목숨을 끊어 버린 그 가엾고 불운한 여성이 썼다는 이른바 자술서라는 문건을 저도 읽어 봤는데, 진짜인지 아닌지 모르겠지만 그게 진짜라고 해도 몹시 혼란스러운 상태에서 쓴 글이 분명합니다. 저로서는 『저널』이 나름대로 신념을 가지고 그 문건을 보도했으리라 믿지만 좀 터무니없고 모순된 내용이 너무 많은데, 굳이 일일이 지적해서 여러분을 지루하게 하지는 않겠습니다. 설령 아일린 웨이드가 썼더라도 ─ 물론 존경하는 피터슨 보안관 휘하 보안서와 우리 검찰청이 협력하여 곧 사실 여부를 밝혀내겠습니다만 ─ 결코 맑은 정신으로 쓴 글은 아니고 글씨도 별로 가지런하지 않다고 생각합니다. 이 불행한 여성은 불과 몇 주 전에 남편이 자기 손으로 쏟은 핏물 속에 쓰러져 있는 처참한 광경을 보았습니다. 그녀가 받은 충격을, 절망을, 그리고 그토록 쓰라린 비극에 으레 따라붙는 지독한 외로움을 상상해 보세요! 부인은 결국 남편을 따라 한 맺힌 죽음의 길로 떠나 버렸습니다. 이제 와서 망자의 시신을 괴롭힌들 무슨 소득이 있겠습니까? 발행 부수에 혈안이 된 신문사가 몇 부 더 팔긴 하겠지만, 그것 말고 또 달라지는 게 있을까요? 없습니다, 여러분, 아무것도 없어요. 이 사건은 이대로 묻어 줍시다. 저 위대한 윌리엄 셰익스피어의 걸작 희곡 「햄릿」에 등장하는 오필리어처럼 아일린 웨이드도 운향 꽃을 다른 의미로 간직했습니다.[120] 제 정적들은 그 차이점을 강조하겠지만, 여러분과 우리 유권자들은 속지 않을 것입니다. 우리 검찰청이 오래전부터 현명하고 신중한 법 집행을 추구했다는 사실을, 그리고 연민이 깃든 정의를 실현하기 위해, 굳건하고 한결같고 안정된 사회를 만들기 위해 노력했다는 사실을 잘 아실 테니까요. 『저널』이 무엇을 추구하는지는 저도 잘 모르겠고, 솔직히 무엇을 추구하든 큰 관심도 없습니다. 우리 현명한 시민들이 스스로 판단하실 일이겠지요.

120 「햄릿」 4막 5장에 나오는 오필리어의 대사에서 간접 인용. 「햄릿」 원문의 〈rue〉는 운향과의 여러해살이풀을 가리키는데, 이 말은 슬픔, 참회를 뜻하는 일반 명사이기도 해서 문학에서 종종 중의적 의미로 쓰인다. 미처 버린 오필리어의 이 대사는 자신의 슬픔을 표현하는 동시에 왕과 왕비에게 참회를 종용한다.

『저널』은 이 장광설을 곧바로 아침판에 게재했고(24시간 발행 체제였기 때문이다) 편집국장 헨리 셔먼이 기명 논평을 실어 스프링어의 주장을 반박했다.

　　오늘 아침 스프링어 지검장은 원기 왕성했다. 풍채 좋은 지검장의 굵은 바리톤 음성은 언제 들어도 참 근사하다. 그러나 그는 우리를 지루하게 만들지 않으려고 어떤 사실도 밝히지 않았다. 지검장이 해당 문건의 진위를 확인하고 싶어 한다면 본지는 언제든지 기꺼이 응할 용의가 있다. 우리는 지검장이 본인의 재가 또는 지시에 따라 이미 공식 종결된 사건들을 재수사하기 위한 조치를 취하리라 기대하지 않는다. 차라리 그가 시청 탑 꼭대기에서 물구나무서기를 하리라 기대하는 편이 나을 테니까. 지검장이 절묘하게 표현했듯이 이제 와서 망자의 시신을 괴롭힌들 무슨 소득이 있겠는가? 비록 그의 말처럼 세련된 표현은 아니겠지만, 본지는 질문을 이렇게 바꾸고 싶다. 피살자가 이미 사망한 마당에 살인범을 찾아낸들 무슨 소득이 있겠는가? 물론 아무것도 없겠지만 정의와 진실이 남을 것이다.

　　고인이 된 윌리엄 셰익스피어를 대신하여 본지는 지검장이 「햄릿」을 극찬한 점, 그리고 정확한 인용은 아니었지만 대체로 올바르게 오필리어를 언급해 준 점에 대하여 감사의 말을 전하고 싶다. 〈운향 꽃은 다른 의미로 간직하셔야 해요.〉 이 문장은 오필리어에게 하는 말이 아니라 오필리어 자신의 대사인데, 당시 사람들처럼 박식하지 못한 우리로서는 무슨 뜻인지 정확히 이해하기 어렵다. 어쨌든 그 문제는 이 정도로 넘어가자. 멋진 문장이지만 논점을 흐리는 데나 일조하기 때문이다. 이제 우리도 오늘 진가를 공인받은 희곡 「햄릿」에서 한 구절을 인용하고자 한다. 마침 악인의 대사라서 더욱 의미심장하다. 〈죄 지은 자에게는 철퇴를 내리쳐야지.〉[121]

정오쯤 로니 모건이 연락하여 기분이 어떠냐고 물었다. 나는 스프링어에게는 별 타격이 없을 듯싶다고 대답했다.

「똑똑한 사람들만 알아들었겠죠.」 로니 모건이 말했다. 「그런 사람들은 지검장 속셈을 일찌감치 간파했겠지만. 내 말은 당신이 괜찮으냐는 뜻이었어요.」

「나는 별일 없어요. 그냥 이렇게 앉아서 보들보들한 지폐가 내 뺨을 쓰다듬어 주길 기다리는 중이죠.」

「그런 뜻으로 물어 본 게 아니잖아요.」

「난 아직 무사해요. 자꾸 겁주려고 하지 마세요. 내가 원하던 대로 됐으니까. 레녹스가 아직 살아 있었다면 스프링어한테 가서 면상에 침을 뱉었겠지만.」

「당신이 대신 뱉어 줬잖아요. 그리고 이번에는 스프링어도 그 사실을 알아요. 검찰은 마음에 안 드는 사람을 옭아매는 방법을 백 가지도 넘게 알죠. 당신이 이번 일에 그렇게 공을 들이는 이유를 모르겠네요. 레녹스가 그렇게 대단한 사람도 아니었잖아요.」

121 「햄릿」 4막 5장에서 햄릿의 숙부 클로디어스 왕의 대사.

「그게 무슨 상관이죠?」

그는 잠시 침묵을 지켰다. 이윽고 이렇게 말했다. 「미안해요, 말로. 이제 입방정은 그만 떨게요. 몸조심해요.」

우리는 일상적인 작별 인사를 나누고 전화를 끊었다.

*

오후 2시쯤 린다 로링이 연락했다. 「이름은 빼고 얘기해요.」 그녀가 말했다. 「북쪽에 있는 큰 호수에서 비행기로 방금 도착했어요. 거기 계시는 분이 어젯밤 『저널』에 실린 기사를 보고 노발대발하셨어요. 곧 전남편이 될 사람이 이 신문에 미간을 정통으로 얻어맞았죠. 내가 나올 때 보니까 불쌍하게 징징 울더군요. 애써 비행기까지 타고 가서 보고했는데.」

「무슨 소리예요, 전남편이 될 사람이라니?」

「둔하시긴. 아버지가 겨우 허락하셨어요. 파리는 조용히 이혼하기 좋은 곳이에요. 그래서 곧 그리로 가요. 당신도 아직 판단력이 남아 있다면 일전에 보여 줬던 예쁜 판화를 쪼개서 멀리 떠나는 편이 나을 거예요.」

「내가 왜요?」

「또 멍청한 질문을 하시네. 그렇게 자신을 속이면 당신만 손해예요, 말로. 사람들이 호랑이를 어떻게 사냥하는지 알아요?」

「내가 어떻게 알겠어요?」

「염소 한 마리를 말뚝에 묶어 놓고 은신처에 숨어서 기다려요. 염소한테는 가혹한 일이죠. 나 당신 좋아해요. 이유는 나도 모르지만 좋아하는 것만은 분명해요. 당신이 염소 같은 꼴을 당하는 건 생각하기도 싫어요. 옳은 일을, 어쨌든 당신이 보기에는 옳은 일을 하겠다고 그토록 열심히 애썼는데.」

「착하기도 하셔라. 모가지를 내놨다가 뎅강 잘려도 어차피 내 모가진데.」

「영웅 흉내는 그만둬요, 바보 아저씨!」 그녀가 날카롭게 쏘아붙였다. 「우리가 아는 어떤 사람이 스스로 희생양이 됐다고 당신까지 따라할 필요는 없잖아요.」

「시간 여유가 있다면 술 한잔 사드리죠.」

「파리에 가서 사줘요. 파리는 가을이 아름답거든요.」

「나도 그러고 싶네요. 봄은 더 아름답다고 들었어요. 한 번도 못 가봐서 모르지만.」

「그렇게 살다간 평생 못 가요.」

「잘 가요, 린다. 원하는 걸 찾길 바랄게요.」

「잘 있어요.」 차가운 목소리였다. 「나는 원하는 건 반드시 찾아내요. 찾고 나면 원하지 않게 돼서 탈이지.」

그녀가 전화를 끊었다. 그후에는 아무 일도 없었다. 나는 저녁 식사를 하고 올즈모빌을 야간 정비소에 맡겨 브레이크 라이닝을 점검해 달라고 했다. 택시를 타고 집으로 돌아왔다. 우리 동네는 여느 때처럼 한산했다. 나무로 만든 우편함에 무료 비누 교환권 한 장이 들어 있었다. 나는 천천히 계단을 올라갔다. 대기가 안개를 조금 머금어 온화한 밤이었다. 언덕 위의 나무들은 거의 움직이지 않았다. 미풍도 없었다. 나는 현관문을 따고 조금 열다가 동작을 멈추었다. 문짝이 문틀에서 한 뼘쯤 열린 상태였다. 집 안은 캄캄하고 아무 소리도 없었다. 그러나 왠지 건너편 실내에 누군가 있는 듯했다. 어쩌면 어렴풋이 스프링이 삐걱거리는 소리를 듣거나 건너편에 도사리고 있는 흰색 상의를 얼핏 본 듯도 했다. 어쩌면 이토록 훈훈하고 고요한 밤공기에 비해 현관문 너머의 실내는 그리 훈훈하거나 고요하지 않았는지도 모른다. 어쩌면 공기 중에 사람 냄새가 감돌았는지도 모른다. 어쩌면 그저 신경이 곤두선 탓인지도 모른다.

나는 게걸음으로 베란다를 지나 마당으로 내려가서 수풀을 등지고 몸을 숙였다. 아무 일도 없었다. 집 안에 불이 켜지지도 않고 인기척이 들리지도 않았다. 내 왼쪽 허리춤에 달린 총집에는 손잡이가 앞쪽을 향하게 꽂아 놓은 권총이 있었다. 총신이 짧은 경찰용 38구경 권총이다. 재빨리 권총을 뽑았지만 아무 일도 일어나지 않았다. 여전히 적막했다. 결국 바보짓을 했다는 결론을 내렸다. 나는 허리를 펴고 현관문 쪽으로 돌아가려고 한 발을 들었다. 바로 그 순간 차 한 대가 모퉁이를 돌더니 빠른 속력으로 비탈길을 올라와 거의 소리도 없이 우리 집 계단 밑에 멈추었다. 검은색 대형 세단인데 윤곽선으로 보아 캐딜락이 분명했다. 그렇다면 린다 로링의 차일 수도 있겠지만 두 가지가 달랐다. 아무도 문을 열지 않았고, 내 쪽에서 보이는 창문이 모두 끝까지 닫혀 있었다. 나는 수풀을 등지고 웅크린 채 귀를 기울이며 기다려 보았지만 아무 소리도 들리지 않고 아무 일도 일어나지 않았다. 불을 다 꺼버린 차 한 대가 창문을 닫은 채 삼나무 계단 밑에서 움직이지 않을 뿐이었다. 엔진은 켜놓았는지도 모르지만 소리가 들리지는 않았다. 그때 대형 조사등이 번쩍 켜지고 붉은 불빛이 우리 집 모퉁이에서 6미터쯤 떨어진 곳을 비추었다. 이윽고 대형 세단이 아주 천천히 후진했고, 엔진 덮개 너머로 뻗어 나오는 조사등 불빛이 건물 정면을 훑으며 지나갔다.

경찰은 캐딜락을 타고 다니지 않는다. 빨간색 조사등이 달린 캐딜락을 타고 다니는 사람들은 거물급이다. 시장이나 경찰국장, 어쩌면 지검장까지. 그리고 깡패들.

조사등 불빛이 다가왔다. 땅바닥에 납작 엎드렸는데도 들키고 말았다. 불빛이 나를 비춘 채 움직이지 않았다. 그뿐이었다. 차 문은 여전히 열리지 않고 집 안은 여전히 조용하고 불빛도 전혀 없었다.

그러더니 낮은 음정의 사이렌 소리가 1~2초쯤 들리다가 뚝 끊어졌다. 마침내 집 안에서 불이 환하게 켜지고 흰색 야회복을 입은 남자가 나오더니 계단 꼭대기에 서서 고개를 돌리고 벽과 수풀 쪽을 바라보았다.

「안으로 들어와라, 잔챙이.」 메넨데스가 낄낄 웃으며 말했다. 「손님 오셨잖아.」

그때 쏘아 버렸으면 거뜬히 해치울 수 있었다. 그러나 놈이 곧 뒤로 물러나는 바람에 기회를 놓쳐 버렸다. 어차피 차마 쏘지도 못했겠지만. 그때 승용차 뒷좌석 창문이 스르르 내려가다가 마지막에 덜컥 멈추는 소리가 들렸다. 다음 순간 느닷없이 기관총 사격이 시작되었다. 짧막한 연발 사격이 나에게서 9미터쯤 떨어진 비탈진 축대를 마구 두드렸다.

「들어오라니까, 잔챙이.」 문간에서 메넨데스가 다시 말했다. 「빠져나갈 구멍은 없어.」

그래서 나는 일어나서 현관문 쪽으로 걸어갔고, 조사등 불빛도 정확히 따라붙었다. 나는 권총을 허리춤의 총집에 도로 꽂았다. 좁다란 삼나무 층계참에 올라섰다가 현관문으로 들어섰고 문 바로 안쪽에서 걸음을 멈추었다. 거실 건너편에 한 남자가 다리를 꼬고 앉았는데 허벅지에는 총 한 자루가 가로놓여 있었다. 팔다리가 길고 강인한 인상이었는데 햇볕이 강렬한 지방에 사는 사람처럼 피부가 몹시 건조해 보였다. 개버딘 같은 재질의 다갈색 바람막이 재킷을 입고 지퍼는 허리 부근까지 열어 놓은 상태였다. 남자는 나를 지켜보는 중이었고 눈동자도 총도 전혀 움직이지 않았다. 달빛에 물든 벽돌담처럼 침착한 사람이었다.

48

그 남자를 너무 오래 본 것이 실수였다. 내 옆에서 뭔가 움직이는가 싶더니 한쪽 어깨에서 무시무시한 통증이 느껴졌다. 어깨부터 손끝까지 팔 전체가 마비되었다. 돌아서 보니 덩치 크고 비열해 보이는 멕시코인이 서 있었다. 그는 웃음기 없는 눈으로 나를 물끄러미 바라보기만 했다. 갈색 손에 거머쥔 45구경 권총이 아래로 내려갔다. 그는 콧수염을 길렀고 기름기 흐르는 검은 머리를 밑에서 위로, 뒤로, 아래로 빗어 넘겨 정수리가 불룩했다. 지저분한 솜브레로를 뒤통수 쪽으로 기울여 썼는데 가죽 턱끈을 매지 않고 땀 냄새 풍기는 박음질 셔츠 위에 두 가닥으로 늘어뜨렸다. 사나운 멕시코인보다 더 사나운 사람도 없고, 상냥한 멕시코인보다 더 상냥한 사람도 없고, 솔직한 멕시코인보다 더 솔직한 사람도 없고, 특히 슬픈 멕시코인보다 더 슬픈 사람은 더욱더 없다. 그 남자는 잔인한 부류였다. 그런 멕시코인보다 더 잔인한 인간은 세상 어디서도 찾아볼 수 없다.

나는 팔을 문질러 보았다. 조금 저릿저릿했지만 고통도 여전하고 마비 상태도 여전했다. 권총을 뽑으려 했다면 아마 떨어뜨렸을 것이다.

메넨데스가 나를 때린 남자를 향해 손을 내밀었다. 남자가 그쪽을 보는 기색도 없이 총을 던져 주었지만 메넨데스는 거뜬히 받아 냈다. 그는 이제 내 앞에 서 있었는데 얼굴이 번들거렸다. 「어디가 좋겠냐, 잔챙이?」 검은 눈동자가 춤추듯이 움직였다.

나는 그를 물끄러미 바라보았다. 그런 질문에는 대답하기가 매우 곤란하니까.

「내가 묻잖아, 잔챙이.」

나는 입술을 축인 후 이렇게 반문했다. 「아고스티노는 안 데려왔나? 자네 총잡이는 그 녀석인 줄 알았는데.」

「칙은 좀 나약해졌거든.」 그가 조용히 대답했다.

「원래 나약했어. 두목을 닮아서.」

의자에 앉은 남자가 눈을 깜박거렸다. 미소가 떠오르는 듯하다가 사라졌다. 내 팔을 마비시킨 깡패 녀석은 움직이지도 않고 말하지도 않았다. 그래도 숨을 쉰다는 것만은 알 수 있었다. 입 냄새가 진동했으니까.

「그 팔은 어디다 들이박았냐, 잔챙이?」

「엔칠라다[122] 밟고 미끄러졌어.」

그는 나를 제대로 보지도 않고 총신으로 내 얼굴을 아무렇게나 후려갈겼다.

---

122 옥수수 빵에 육류와 채소를 넣고 각종 소스와 치즈 등을 뿌려 구운 멕시코 요리.

「내 앞에서 까불지 마라, 잔챙이. 그럴 때는 지났으니까. 좋은 말로 점잖게 경고했잖아. 내가 애써 찾아가서 손 떼라고 했으면 얌전히 손 떼야지. 안 그러면 나자빠져 다시는 못 일어나거든.」

목을 타고 흘러내리는 핏줄기가 느껴졌다. 얻어맞은 광대뼈에서는 강렬하고 얼얼한 고통이 느껴졌다. 고통은 머리 전체로 퍼져 나갔다. 별로 세게 때리지 않았는데도 흉기가 워낙 딱딱한 탓이었다. 그래도 말은 할 수 있었고 아무도 내 입을 막지 않았다.

「왜 네가 직접 나섰냐, 멘디? 이런 일은 빅 윌리 머군을 두들겨 팬 놈들 같은 아랫것들한테 맡기는 줄 알았는데.」

「이건 내 개인적인 일이니까.」 그가 조용히 말했다. 「직접 만나서 해야 할 얘기도 있고. 머군 일은 전적으로 사업이었지. 그 새끼가 나를 제멋대로 주물러도 된다고 생각했던 모양이야. 내가 옷도 사주고 차도 사주고 대여 금고에 돈 채워 주고 주택 담보 대출도 갚아 줬는데 말이야. 풍기 단속반 새끼들은 다 똑같은 놈들이야. 내가 머군 애새끼 등록금까지 내줬다고. 그만큼 해줬으면 아무리 개새끼라도 조금은 고마워해야 정상이잖아. 그런데 그 새끼가 무슨 짓을 했는지 알아? 내 사무실에 쳐들어와서 애들 보는 앞에서 귀싸대기를 몇 대나 후려갈기더라고.」

「그건 또 왜?」 그의 분노를 딴 사람에게 돌려 보려는 약간의 희망을 품고 던진 질문이었다.

「어느 쌍년이 우리 클럽에서 주사위로 사기를 친다고 주둥이를 놀렸거든. 그 새끼가 데리고 자는 년인가 보더라고. 내가 그년을 클럽에서 쫓아내긴 했지만, 그년이 가져온 돈은 한 푼도 빠짐없이 돌려줬는데 말이야.」

「화낼 만도 하네.」내가 말했다. 「도박업자는 사기도박을 안 한다는 것쯤은 머군도 알았어야지. 굳이 그런 짓을 할 필요가 없으니까. 그런데 나는 또 너한테 무슨 짓을 했다고 이러냐?」

그러자 그가 또 나를 때렸다. 이번에는 조심스럽게. 「너 때문에 내 꼴이 우스워졌잖아. 그런 장사를 하면서 같은 말을 두 번씩 하게 되면 곤란하다고. 아무리 억센 놈이라도 상관없어. 잽싸게 나가서 시키는 대로 하게 만들어야지. 그렇게 하지 못하면 통제가 안 되는 거야. 통제가 안 되면 장사 접어야지.」

「장사 접는 정도로 끝나면 다행이겠지.」내가 말했다. 「손수건 좀 꺼낼 테니까 봐줘.」

내가 손수건을 꺼내 얼굴에 묻은 피를 닦는 동안 권총이 나를 지켜보았다.

「별 볼일 없는 탐정 나부랭이가 멘디 메넨데스를 우롱해도 괜찮다고 생각하다니.」메넨데스가 천천히 말했다. 「웃음거리를 만들어도 된다고. 개망신을 줘도 된다고. 나한테, 이 메넨데스한테. 너 같은 놈한테는 칼을 써야겠다, 잔챙아. 얇게 포를 떠야겠어.」

「레녹스는 네 친구였잖아.」그러면서 그의 눈을 유심히 지켜보았다. 「그런데 죽어 버렸지. 이름도 없는 흙무덤에 개처럼 묻혀 버렸고. 그래서 그 친구 결백을 밝히려고 내가 좀 설치긴 했어. 그렇다고 네 꼴이 우스워졌단 말이지? 레녹스가 네 목숨을 구해 주고 자기 목숨을 잃었는데도 너는 아무렇지도 않은 모양이구나. 너한테는 두목 체면만 중요하니까. 너는 너 자신 말고는 아무도 신경 쓰지 않는 놈이야. 두목 자격도 없는 주제에 큰소리만 치는 양아치 새끼.」

멘디의 얼굴이 굳어졌다. 그가 세 번째로 나를 때리려고 팔을 뒤로 빼는데 이번에는 힘이 잔뜩 실렸다. 그러나 팔을 빼는 동작이 미처 끝나기도 전에 내가 반걸음 앞으로 다가서면서 그의 명치를 냅다 차버렸다.

미리 생각하지도 않고 계획하지도 않고 가능성을 계산하기는커녕 가능성이 있다는 생각조차 하지 못했다. 그저 그의 헛소리에 싫증이 났고 몸도 아프고 피도 흐르는 데다 그때쯤에는 얻어맞은 충격 때문에 좀 얼떨떨한 상태였는지도 모른다.

그가 허리를 푹 꺾고 캑캑거리며 권총을 떨어뜨렸다. 목구멍 깊은 곳에서 힘겹게 신음 소리를 뱉어 내면서 미친 듯이 권총을 더듬어 찾았다. 나는 그의 얼굴에 무릎을 냅다 꽂아 버렸다. 그가 비명을 질렀다.

의자에 앉은 남자가 폭소를 터뜨렸다. 나는 그 소리 때문에 주춤했다. 남자가 일어서자 손에 쥔 총도 함께 일어섰다.

「죽이지 마.」 남자가 상냥한 목소리로 말했다. 「미끼로 써야 하니까.」

그때 어두운 복도 쪽에서 뭔가 움직이더니 올즈가 들어왔다. 공허한 눈빛, 무표정한 얼굴, 침착하기 짝이 없는 태도. 그가 메넨데스를 내려다보았다. 메넨데스는 무릎을 꿇고 방 바닥에 머리를 처박은 상태였다.

「약해 빠졌어. 옥수수죽처럼 흐물흐물한 놈이야.」

「약해 빠진 놈은 아니지.」 내가 말했다. 「아파서 그래. 아프면 누구나 저러잖아. 빅 윌리 머군은 약해 빠져서 당했소?」

올즈가 나를 쳐다보았다. 다른 남자도 나를 쳐다보았다. 사나운 멕시코인은 문간에 서서 아무 소리도 내지 않았다.

「그 염병할 놈의 담배 좀 치워 버려!」 내가 올즈에게 딱딱거렸다. 「피우든지 건드리지도 말든지. 이젠 선배 얼굴만 봐도 지긋지긋해. 아니, 선배가 지긋지긋해. 경찰이라면 다 지긋지긋해.」

올즈는 좀 놀라는 듯했다. 그러나 곧 빙그레 웃었다.

「함정을 팠지.」 올즈가 명랑하게 말했다. 「아이구, 많이 아팠쩌요? 나쁜 아저씨들이 예쁜 얼굴을 막 때렸쩌요? 뭐, 내가 보기엔 자네가 맞을 짓을 했고 덕분에 쓸모가 많았어.」 그러더니 멘디를 내려다보았다. 멘디는 무릎을 꿇은 채 앉아 있었다. 우물 속에서 기어 나오듯 조금씩 몸을 일으켰다. 그러면서 헐떡헐떡 숨을 몰아쉬었다.

「말도 참 더럽게 많은 놈이야.」 올즈가 말했다. 「변호사가 세 명은 따라붙어야 입을 다물지.」

그가 메넨데스를 확 잡아당겨 일으켜 세웠다. 멘디의 코는 피투성이였다. 그는 흰색 야회복 재킷에서 더듬더듬 손수건을 꺼내 코에 댔다. 그러면서 아무 말도 하지 않았다.

「네놈은 배신 당했어.」올즈가 차근차근 말했다. 「머군 일은 별로 안타깝지도 않아. 당해도 싼 놈이니까. 그래도 경찰인데 너 같은 새끼들이 함부로 건들다니…… 절대로 안 되지.」

메넨데스가 손수건을 내리고 올즈를 바라보았다. 이어 나를 돌아보았다. 다음엔 의자에 앉았던 남자를 돌아보았다. 천천히 돌아서더니 문 앞에 서 있는 사나운 멕시코인을 바라보았다. 모두가 메넨데스를 바라보았다. 다들 얼굴에 아무 표정이 없었다. 바로 그 순간 어디선가 칼날이 불쑥 튀어나오더니 멘디가 올즈에게 달려들었다. 올즈는 옆으로 피하면서 한 손으로 멘디의 목을 움켜쥐고 대수롭지 않다는 듯 간단한 손놀림으로 칼을 쳐냈다. 올즈가 다리를 벌리고 허리를 곧게 펴더니 한 손으로 메넨데스의 목을 움켜쥔 채 무릎을 살짝 굽혔다가 펴면서 방바닥에서 번쩍 들어 올렸다. 그렇게 들어 올린 채 거실 너머로 걸어가서 벽면에 밀어붙였다. 그러고 나서 바닥에 내려 주었지만 목은 여전히 놓아주지 않았다.

「내 몸에 손가락 하나만 대도 죽여 버린다.」올즈가 말했다. 「손가락 하나만.」그러면서 비로소 손을 뗐다.

멘디가 그를 바라보며 경멸 어린 미소를 짓다가 손수건을 보더니 핏자국이 보이지 않도록 손수건을 접어 다시 코에 댔다. 그가 나를 후려갈겼던 권총을 내려다보았다. 의자에 앉았던 남자가 느긋하게 말했다. 「그 총 잡을 기회도 없겠지만 잡아 봤자 총알도 없어.」

「배신이라.」멘디가 올즈에게 말했다. 「처음에 말했을 때 알아들었소.」

「네가 폭력배 세 명을 주문했지.」올즈가 말했다. 「그런데 네바다에서는 보안관보 세 명을 보낸 거야. 라스베이거스에 있는 누군가가 네놈이 허락도 없이 일을 벌여 마음에 안 들 었거든. 그 사람이 너를 만나 얘기 좀 하고 싶다더라. 그러니 까 보안관보들을 따라가도 되겠지만, 나랑 같이 시내에 가서 수갑 차고 문짝에 대롱대롱 매달려도 돼. 그쪽에도 네놈을 가까이서 보고 싶어 하는 애들이 두어 명 있으니까.」

「하느님, 네바다를 지켜주소서.」멘디가 문 앞에 서 있는 사나운 멕시코인을 다시 돌아보며 조용히 말했다. 그러더니 재빨리 성호를 긋고 현관문을 나섰다. 사나운 멕시코인이 따 라갔다. 메마른 사막 같은 남자도 권총과 칼을 집어 들고 나 갔다. 그가 문을 닫았다. 올즈는 움직이지 않고 기다렸다. 차 문이 쿵쿵 닫히더니 차 한 대가 어둠 속으로 달려가는 소리 가 들렸다.

「저 깡패들이 정말 보안관보 맞소?」내가 올즈에게 물었다.

그는 내가 그 자리에 있다는 사실에 놀랐다는 듯이 돌아섰 다. 「배지를 달았던데.」그가 짤막하게 대꾸했다.

「대단한 솜씨였소, 버니. 정말 대단했어. 저 친구가 라스베 이거스까지 살아서 도착할 거라고 생각하시나, 이 피도 눈물 도 없는 인간아?」

나는 화장실에 가서 찬물을 틀고 수건을 적셔 욱신거리는 뺨에 댔다. 거울에 비친 내 모습을 살펴보았다. 한쪽 뺨이 퉁 퉁 붓고 푸르뎅뎅했다. 총신에 호되게 얻어맞은 광대뼈 부위에는 비뚤비뚤한 상처가 생겼다. 왼쪽 눈 밑에도 멍든 부분이 있었다. 아무래도 며칠 동안은 그리 보기 좋은 모습이 아닐 듯싶었다.

그때 내 뒤에 서 있는 올즈의 모습이 거울 속에 나타났다. 역시 불붙이지 않은 담배를 입에 물고 이리저리 굴렸는데, 마치 고양이가 초주검이 된 쥐를 가지고 놀면서 마지막으로 한 번만 더 도망쳐 보라고 부추기는 듯했다.

「다음부터는 경찰한테 잔꾀 부리지 마.」 그가 퉁명스럽게 말했다. 「우리가 장난삼아 복사본을 훔쳐 가게 내버려 둔 줄 알아? 멘디가 자네를 때려잡으러 올 거라는 예감 때문이었다고. 그래서 스타한테 상황을 귀띔했지. 우리가 그쪽 동네에서 도박을 금지시킬 수는 없지만 돈 벌기 힘들게 만들어 줄 수는 있다고 했어. 우리 구역에서 조폭이 경찰을 두들겨 패고 무사히 넘어가는 일은 절대로 용납할 수 없으니까, 아무리 경찰이 썩었다고 해도 말이야. 그랬더니 스타는 자기도 몰랐다면서 안 그래도 그 일 때문에 조직에서도 못마땅하게 생각하니까 조만간 메넨데스를 따끔하게 혼낼 거라더군. 그래서 멘디가 자네를 손보려고 외지 깡패들을 요청했을 때 스타는 자기가 아는 경찰 세 놈을 자기 차에 태워 자기 돈 들여 가며 보내 줬던 거야. 스타는 라스베이거스 경찰국장이나 다름없거든.」

나는 돌아서서 올즈를 마주 보았다. 「오늘 밤은 사막에 사는 코요테들이 포식하겠군. 참 잘하셨소. 경찰 일은 원래 아름답고 고상하고 이상적인 일이오, 버니. 문제가 있다면 바로 그 일을 하는 경찰들이지.」

「고생 많았어, 영웅 나리.」 그가 갑자기 차갑고 거칠게 말했다. 「자네가 자기 집 거실에 얻어터지러 들어올 때는 웃음을 참기 힘들더라. 그게 다 작전이었어. 더러운 일을 할 때는 더러운 방법을 써야 하니까. 그런 새끼들이 입을 열게 만들려면 우월감을 심어 줘야 되거든. 자네가 많이 다치지 않아서 다행이지만, 조금은 다치게 내버려 둘 수밖에 없었지.」

「미안하게 됐소. 그렇게 가슴 아프게 해서 미안하다고.」

그는 뻣뻣하게 굳은 얼굴을 내 눈 앞에 들이밀었다. 「나는 도박꾼들이 싫어!」 그가 험악한 목소리로 말했다. 「마약 장사꾼 못지않게 싫다고. 그 새끼들은 마약만큼이나 사람을 타락시키는 질병을 조장하니까. 리노나 라스베이거스에 있는 궁전 같은 도박장이 건전한 오락을 즐기는 곳이라고 생각해? 젠장, 그런 도박장은 서민들을 노리는 거야. 대박을 노리는 호구들, 주급 봉투를 안고 찾아와서 주말 동안 입에 풀칠할 식비를 홀라당 날려 버리는 풋내기들. 돈 많은 도박꾼들은 4만 달러를 잃어도 웃어넘기고 다시 덤벼들지. 하지만 부자들만 가지고는 큰 장사가 안 된다고. 큰돈을 벌려면 10센트, 25센트, 50센트, 가끔 1달러나 5달러, 그런 푼돈을 막 긁어모아야지. 그렇게 큰 장사를 하면 돈이 화장실 수도꼭지에서 물 나오듯 끊임없이 쏟아져 들어오거든. 언제라도 누가 도박업자를 해치워 준다면 나야 고맙지. 반가운 일이야. 그런데 주 정부가 세금이라는 명목으로 도박장에서 돈을 받아 내면 사실상 조폭이 하는 장사를 도와주는 셈이야. 이발사나 미용사가 경마 도박에 2달러씩 쓴다고 쳐봐. 그런 돈이 조직으로 흘러갈 때 정말 짭짤한 돈벌이가 되는 거라고. 누구나 깨끗한 경찰을 원하지? 왜 그럴까? 우대권 가진 놈들을 지켜 주라고? 우리 주만 해도 합법적인 경마장들이 1년 내내 성업 중이야. 정직하게 운영되고 주 정부도 한몫 챙기지만, 경마장에서 한 경기에 걸리는 돈이 1달러라면 마권업자들이 장외에서 움직이는 돈은 50달러야. 프로그램 한 장에 수록되는 경주가 여덟 번 아니면 아홉 번인데, 그중 절반, 특히 아무도 눈여겨보지 않는 시시한 경주는 누가 시키기만 하면 얼마든지 조작할 수 있어. 기수가 경주에서 이기는 방법은 하나뿐이지만 지는 방법은 스무 가지도 넘으니까. 말뚝 여덟 개마다 직원들이 한 명씩 늘어서서 감시해도 기수가 요령껏 속임수를 쓰면 도저히 막을 수 없단 말이야. 합법적인 도박도, 깨끗하고 정직한 사업도 그런 식이라고. 주 정부가 허가해 줬으면 괜찮지 않냐고? 내가 보기엔 다 개소리야. 왜냐하면 도박은 도박이고, 그래서 도박꾼들을 양산하고, 그렇게 따져 보면 모든 도박이 거기서 거기야. 다 나쁘다고.」

「이제 기분이 좀 나아졌소?」 상처 부위에 흰색 요오드를 바르면서 내가 물었다.

「늙고 지쳐 기진맥진한 경찰이잖아. 늘 기분 나쁠 수밖에 없지.」

나는 돌아서서 그를 똑바로 응시했다. 「버니 선배는 아주 좋은 경찰이지만 너무 순진해서 탈이야. 어떤 면에서는 모든 경찰이 똑같아. 다들 엉뚱한 것들만 탓한다니까. 누가 주사위 노름판에서 월급이 털리면 도박을 금지하라고 하지. 누가 곤드레만드레 취하면 술을 금지하라고 하고. 그럼 누가 교통 사고로 죽으면 자동차를 금지해야겠네. 누가 호텔방에서 여자랑 뒹굴다가 잡혀가면 성교를 금지해야겠네. 누가 계단에서 구르면 집도 짓지 말아야겠네.」

「거 입 좀 닥쳐!」

「그래, 입 닥쳐야지. 나야 평범한 시민이니까. 정신 차리쇼, 버니. 우리한테는 마피아도 범죄 조직도 깡패들도 따로 없소. 시청이나 의회만 가도 썩어 빠진 정치인 패거리가 수두룩하니까. 범죄는 질병이 아니라 증상이야. 경찰은 뇌종양 걸린 사람한테 아스피린이나 먹이는 의사와 다름없지. 물론 곤봉 들고 손수 치료하겠다고 설치는 경찰은 빼고. 우리는 인구 많고 난폭하고 부유하고 자유분방한 국민이고, 범죄는 우리가 치러야 하는 대가요. 조직범죄는 조직화의 대가라고 해야겠지. 앞으로도 오랫동안 감수할 수밖에 없소. 조직범죄는 돈의 더러운 일면일 뿐이니까.」

「깨끗한 일면도 있나?」

「난 아직 못 봤소. 할런 포터라면 알지도 모르지. 술이나 한잔합시다.」

「아까 저 문으로 들어올 때 자네 꽤 멋있었어.」

「멘디가 칼 들고 덤빌 때 선배가 더 멋있었소.」

「악수나 하세.」 그가 손을 내밀었다.

함께 술을 마신 후 그는 뒷문으로 나갔다. 그가 어젯밤 미리 살펴보려고 들렀을 때 쇠지레를 사용하여 억지로 열어 놓은 터였다. 뒷문이 바깥쪽으로 열린다면, 게다가 오래되어 나무가 바싹 마르고 수축되었다면 쉽게 열 수 있다. 경첩에 박힌 못만 빼내면 나머지는 간단하니까. 언덕을 넘어 자기 차를 세워 둔 뒷동네로 향하기 전에 올즈는 쇠지레에 찍혀 자국이 생긴 문틀을 보여 주었다. 앞문도 그리 어렵지 않게 열 수 있지만 그러려면 자물쇠를 망가뜨려야 했다. 그랬으면 쉽게 눈에 띄었을 것이다.

나는 그가 회중전등으로 앞길을 비추며 숲으로 들어갔다가 둔덕 너머로 사라질 때까지 지켜보았다. 이윽고 문을 잠근 후 순하게 술 한잔 타서 거실로 돌아가 앉았다. 손목시계를 확인했다. 여전히 이른 시각이었다. 집에 돌아온 후 기나긴 시간이 흐른 듯싶었지만 기분 탓이었다.

전화기 앞으로 가서 교환대에 연락한 후 로링 부부의 집 전화번호를 불러 주었다. 집사가 누구냐고 물어보더니 로링 부인이 집에 있는지 확인하러 갔다. 다행히 있었다.

「내가 그 염소였어요.」 내가 말했다. 「그래도 호랑이는 생포했죠. 나는 조금 멍들었고.」

「언젠가 다 얘기해 줘요.」 벌써 파리에 가 있는 사람처럼 목소리가 까마득히 멀었다.

「한잔하면서 얘기합시다. 시간 있으면.」

「오늘 밤? 아, 지금 짐 싸는 중인데요. 아무래도 어렵겠어요.」

「네, 그렇겠네요. 아무튼 궁금하겠다 싶어서 연락했어요. 귀띔해 줘서 고마워요. 당신 노친네와는 무관한 일이더군요.」

「정말이에요?」

「확실해요.」

「아하. 잠깐 기다려 봐요.」 그녀는 잠시 떠났다가 돌아오더니 한결 따뜻한 목소리로 말했다. 「한잔 정도는 할 수 있겠어요. 어디로 갈까요?」

「마음대로 정해요. 오늘 밤은 차가 없지만 택시 타면 되니까.」

「무슨 소리. 내가 데리러 갈게요. 하지만 한 시간 넘게 걸릴 거예요. 거기 주소가 어디쯤이죠?」

주소를 불러 주자 그녀는 전화를 끊었고, 나는 현관 전등을 켜고 열린 문 안쪽에 서서 밤공기를 들이마셨다. 어느새 훨씬 선선해졌다.

다시 들어가서 로니 모건에게 전화를 걸었지만 통화할 수 없었다. 그래서 장난삼아 라스베이거스의 테라핀 클럽에 전화를 걸어 랜디 스타 씨를 바꿔 달라고 했다. 안 받을지도 모른다고 생각했다. 그러나 받았다. 조용하면서도 실력 있고 다재다능할 듯한 목소리였다.

「통화하게 돼서 반갑네, 말로. 테리 친구는 내 친구니까. 무슨 일로 연락하셨나?」

「멘디가 떠났어.」

「어디로 떠났는데?」

「라스베이거스. 당신이 멘디를 잡아 오라고 내려 보낸 싸움꾼 세 명을 따라갔어. 빨간색 조사등에 사이렌까지 달린 검은색 대형 캐딜락을 타고. 당신 차 맞지?」

그러자 그가 웃었다. 「어느 신문 기자가 말했듯이 라스베이거스에서는 캐딜락을 이동 주택으로 쓰지. 무슨 일인데 그러시나?」

「멘디가 깡패 두 명 데리고 우리 집에 숨어들었더라고. 나를 두들겨 패려고 — 더 심한 짓을 하려고 했는지도 모르지만 — 단단히 벼른 모양이야. 어느 신문에 실린 기사를 내가 흘렸다고 생각하는 모양이더군.」

「자네가 그랬나?」

「나는 신문사 주인이 아니야, 스타 씨.」

「나도 캐딜락 타고 다니는 깡패들 주인은 아니야, 말로 씨.」

「어쩌면 보안관보들일 수도 있지.」

「나야 모르지. 할 얘기가 더 있나?」

「멘디가 권총으로 나를 때렸지. 나는 배때기를 걷어차고 무릎으로 코를 뭉개 버렸고. 불만이 많은 표정이더라. 그래도 살아서 라스베이거스에 무사히 도착하면 좋겠는데.」

「이쪽으로 오는 길이면 무사할 거야. 아쉽지만 이쯤에서 통화를 끝내야겠네.」

「잠깐 기다려, 스타. 오타토클란에서 벌어진 장난질에 당신도 가담했나, 아니면 멘디 혼자서 꾸민 일인가?」

「뭐라고?」

「잡아떼지 마, 스타. 멘디는 나한테 말했던 그런 이유로 화가 난 게 아니었어. 그만한 일로 우리 집에 숨어 있다가 빅 윌리 머군한테 해준 대접을 나한테까지 해주려고 덤빌 리가 없잖아. 동기가 부족하다고. 멘디는 나한테 쓸데없이 레녹스 사건을 파헤치지 말라고 경고했지. 그런데 내가 말을 안 들었어. 어쩌다 보니 일이 그렇게 흘러갔거든. 어쨌든 방금 말한 대로 멘디가 그런 짓을 했어. 그렇다면 더 좋은 이유가 있었다는 뜻이지.」

「알겠네.」 그가 여전히 상냥하고 조용한 목소리로 천천히 말했다. 「자네는 테리의 죽음이 어딘가 석연찮다고 생각하는 거지? 예를 들자면 자살이 아니라 타살인지도 모른다고?」

「구체적인 정황을 알면 좀 도움이 되겠지. 테리는 거짓 자술서를 쓴 거야. 그 전에 나한테 편지를 보냈거든. 호텔 웨이터인지 사환인지가 몰래 빠져나가 편지를 부쳐 주기로 했대. 테리는 호텔에 숨어 지내느라 나갈 수 없었으니까. 편지에 큰돈을 동봉했는데, 편지를 다 쓸 무렵에 노크 소리가 들렸다고 하더군. 그때 누가 그 방에 들어갔는지 알고 싶어.」

「그건 왜?」

「방에 들어간 사람이 사환이나 웨이터였다면 테리가 편지에 한 줄 더 써서 그렇게 말했을 테니까. 경찰이었다면 그 편지를 부쳐 줬을 리가 없고. 그럼 누구였을까…… 그리고 테리는 왜 그런 자술서를 썼을까?」

「모르겠네, 말로. 난 전혀 모르겠어.」

「귀찮게 해서 미안하네, 스타 씨.」

「귀찮기는, 오히려 반가웠는데. 멘디한테 혹시 아는 게 있는지 물어보겠네.」

「그래 — 그 친구를 다시 만난다면 — 산 채로 말이야. 혹시 못 만난다면…… 그래도 알아봐 주게. 안 그러면 딴 사람이 알아낼 테니까.」

「자네 말인가?」 이번에는 좀 딱딱하지만 여전히 조용한 목소리였다.

「아니지, 스타 씨. 나 말고. 굳이 심호흡을 하지 않아도 당신을 라스베이거스에서 날려 버릴 수 있는 사람. 내 말 믿어봐, 스타 씨. 그냥 믿으라고. 모두 꾸밈없는 사실이니까.」

「나는 멘디를 산 채로 만나게 될 거야. 그건 걱정 말게, 말로.」

「당신이라면 이번 일을 다 알 거라고 생각했지. 잘 자게나, 스타 씨.」

49

집 앞에 차가 멈추고 문이 열렸을 때 나는 밖으로 나가 계단 꼭대기에서 큰 소리로 부르려 했다. 그러나 벌써 중년의 흑인 운전사가 그녀를 위해 문을 열어 주고 있었다. 이윽고 그는 소형 여행 가방을 들고 그녀를 따라 계단을 올라왔다. 그래서 나는 그냥 기다렸다.

계단 꼭대기에 이르렀을 때 그녀가 운전사를 향해 돌아섰다. 「호텔까지는 말로 씨가 데려다줄 거예요, 에이머스. 여러 가지로 고마워요. 아침에 전화할게요.」

「알겠습니다. 로링 부인. 말로 씨께 하나만 여쭤 봐도 될까요?」

「그러세요, 에이머스.」

그가 여행 가방을 문지방 너머에 내려놓았고 그녀는 내 곁을 지나 집으로 들어갔다.

「〈늙어 간다…… 늙어 간다…… 바지 밑단을 접어 입어야겠다.〉 이게 무슨 뜻입니까, 말로 씨?」

「별 뜻 없어요. 듣기 좋은 소리일 뿐이죠.」

그가 미소를 지었다. 「〈J. 앨프리드 프루프록의 연가〉에 나오는 구절입니다. 또 있어요. 〈방 안에는 여자들이 오락가락하며 / 미켈란젤로에 대한 이야기를 한다.〉 혹시 떠오르는 게 없습니까?」

「있죠. 이 사람은 여자들을 잘 모른다는 생각이 드네요.」

「저도 그렇게 생각합니다. 그럼에도 불구하고 T. S. 엘리엇을 많이 좋아하죠.」

「〈그럼에도 불구하고〉라고 하셨어요?」

「네, 그랬죠. 말로 씨. 혹시 틀린 말입니까?」

「그건 아니지만 백만장자 앞에서는 그런 말 하지 마세요. 비꼰다고 생각할 테니까.」[123]

그는 씁쓸한 미소를 지었다. 「꿈도 꾸지 말아야겠네요. 무슨 사고라도 당하셨나요?」

「아닙니다. 다 계획했던 일이에요. 안녕히 가세요, 에이머스.」

「안녕히 주무세요.」

그는 계단을 내려가고 나는 집으로 들어갔다. 린다 로링은 거실 한복판에 서서 주위를 둘러보고 있었다.

「에이머스는 하워드 대학을 나왔어요.」 그녀가 말했다. 「별로 안전하지 않은 집에 사네요. 안 그래도 안전하지 않은 일을 하는 사람이.」

「안전한 집은 없어요.」

---

123 〈그럼에도 불구하고 *Nonetheless*〉를 〈한 푼도 적지 않게 *None/the/less*〉로 풀이하면 돈 욕심에 대한 조롱으로 들릴 수도 있기 때문이다.

「얼굴이 엉망이네요. 누가 그랬어요?」

「멘디 메넨데스.」

「그 사람한테 무슨 짓을 했는데요?」

「별짓 안 했어요. 한두 번 걸어찼을 뿐. 멘디는 제 발로 함정에 들어왔어요. 지금은 사나운 네바다 보안관보 서너 명한테 붙잡혀 네바다로 끌려가는 중이죠. 그러니까 잊어버려요.」

그녀가 대형 소파에 앉았다.

「뭘 마실래요?」 내가 물었다. 담배 상자를 가져와 그녀에게 내밀었다. 그녀는 피우고 싶지 않다고 했다. 술은 뭐든지 좋다고 했다.

「샴페인이 좋겠다고 생각했어요.」 내가 말했다. 「얼음통은 없지만 시원하게 해놨어요. 몇 년째 아껴 둔 술이죠. 두 병. 코르동 루주. 맛있을 거예요. 나야 잘 모르지만.」

「뭘 위해 아껴 뒀어요?」

「당신.」

그녀는 미소를 지으면서도 내 얼굴을 뚫어지게 쳐다보았다. 「상처투성이예요.」 그녀가 손을 들고 내 뺨을 가볍게 쓰다듬었다. 「나를 위해 아꼈다고요? 그럴 리가 없잖아요. 만난 지 두 달밖에 안 됐는데.」

「그럼 우리가 만난 다음부터 아꼈다고 칩시다. 가서 가져올게요.」 나는 린다의 여행 가방을 들고 걸음을 옮겼다.

「어디로 가져가요?」 그녀가 날카롭게 물었다.

「이건 여행 가방이잖아요?」

「내려놓고 이리 와봐요.」

540

나는 시키는 대로 했다. 그녀의 눈은 초롱초롱하면서도 졸린 듯했다.

「새로운 경험이네요.」 그녀가 천천히 말했다. 「정말 새로운 경험이에요.」

「뭐가요?」

「당신은 내 몸에 손가락 하나도 안 댔어요. 수작도 안 걸고, 음담패설도 안 하고, 주무르지도 않고, 아무 짓도 안 했죠. 빈정거리기 좋아하는 거칠고 비열하고 냉정한 사람인 줄 알았는데.」

「그럴걸요. 가끔은.」

「단도직입적으로 물어볼게요. 내가 여기까지 왔으니까 이제 샴페인만 적당히 마시고 나면 나를 붙잡아 침대 위로 던져 버릴 계획이겠네요. 안 그래요?」

「솔직히 말해서 마음 한구석에 그런 생각이 살짝 스쳐 가긴 했죠.」

「관심은 고맙지만 내가 싫다면 어쩔래요? 당신을 좋아하긴 해요. 많이 좋아하죠. 그렇다고 꼭 같이 자고 싶다는 뜻은 아니잖아요. 너무 성급하게 판단하는 거 아니에요? 어쩌다 내가 여행 가방을 가져왔다고?」

「내가 오해한 모양이네요.」 나는 그녀의 여행 가방을 가져와 현관문 옆에 도로 내려놓았다. 「샴페인 가져올게요.」

「기분 나쁘게 할 생각은 없었어요. 어쩌면 그 샴페인은 더 경사스러운 날을 위해 남겨 두는 편이 나을지도 모르겠어요.」

「겨우 두 병이잖아요. 정말 경사스러운 날이면 열두 병은 필요할 텐데.」

「아, 그랬군요!」 그녀가 갑자기 발끈했다. 「더 예쁘고 매력적인 여자가 나타날 때까지 나를 대타로 쓰겠다는 뜻이네요. 고맙기도 해라. 이번엔 내가 기분 나빠요. 그래도 아직은 내가 안전하다는 걸 알게 돼서 그나마 다행이에요. 미리 말해 두겠는데, 내가 샴페인 한 병 마신다고 문란한 여자로 돌변할 줄 알았다면 크나큰 착각이에요.」

「내가 오해했다고 말했잖아요.」

「당신한테 남편이랑 이혼한다고 말하긴 했지만, 그리고 여행 가방을 챙겨 에이머스한테 여기 내려 달라고 했지만, 나 그렇게 쉬운 여자 아니라고요.」 여전히 성난 목소리였다.

「여행 가방이 뭔데!」 내가 버럭 소리쳤다. 「그까짓 여행 가방! 그 말 한 번만 더 꺼내면 저 망할 놈의 가방을 계단 아래로 팽개치겠소. 나는 그냥 술 한잔 하자고 했어요. 지금 부엌에 가서 가져올게요. 그뿐이에요. 당신을 취하게 만들 생각은 털끝만큼도 없었어요. 당신은 나랑 자기 싫다는 거죠. 잘 알아들었어요. 꼭 그럴 필요는 없으니까. 그래도 샴페인 한두 잔 정도는 같이 마셔도 되잖아요? 누가 누구를 유혹한다느니, 언제 어디서 샴페인을 얼마나 마시느니, 그렇게 옥신각신할 일은 아니잖아요.」

「그렇게 노발대발할 일도 아니죠.」 그녀가 얼굴을 붉히며 말했다.

「그것도 다 작전이에요!」 내가 툴툴거렸다. 「그런 수법이라면 수십 개나 알지만 모조리 싫어하지. 모두 거짓이고 모두 속셈은 따로 있으니까.」

그녀가 일어나 가까이 다가오더니 여기저기 찢어지고 부은 얼굴을 손끝으로 살며시 어루만졌다. 「미안해요. 내가 좀 지치고 실망한 여자라서 그래요. 친절하게 대해 줘요. 난 누구에게도 쉽게 넘어가지 않아요.」

「이 세상에는 당신보다 더 지치고 더 실망한 사람이 대부분이에요. 모든 면에서 당신도 동생처럼 천박하고 버릇없고 음탕한 여자가 될 만한 상황이었지. 그런데 그렇게 되지 않았으니 기적 같은 일이에요. 당신은 집안 내력대로 솔직한 성격을 고스란히 물려받았고, 두둑한 배짱도 거의 다 물려받았어요. 그런 사람한테 남의 친절 따위가 왜 필요하겠습니까.」

나는 돌아서서 거실을 나섰고, 복도를 지나 부엌에 가서 냉장고에 넣어 둔 샴페인을 한 병 꺼내 코르크 마개를 뽑고 높이가 낮은 술잔 두 개에 술을 따른 후 한 잔을 벌컥벌컥 들이켰다. 톡 쏘는 술맛 때문에 눈물이 찔끔 났지만 술잔을 깨끗이 비워 버렸다. 그리고 다시 술을 따랐다. 그러고 나서 모두 쟁반에 담아 거실로 가져갔다.

그녀가 없다. 여행 가방도 없다. 나는 쟁반을 내려놓고 현관문을 열어 보았다. 문 여는 소리가 들리지도 않았고 그녀에게는 차도 없다. 아무 소리도 못 들었는데.

그때 등 뒤에서 그녀가 말했다. 「바보, 내가 도망친 줄 알았어요?」

나는 문을 닫고 돌아섰다. 그녀는 머리를 풀어 내리고 맨

발에 술 달린 슬리퍼를 신고 일본 판화의 저녁놀과 같은 빛깔의 실크 가운을 입고 있었다. 뜻밖에도 수줍은 듯한 미소를 지으며 그녀가 천천히 다가왔다. 나는 술잔 하나를 내밀었다. 그녀가 술잔을 받더니 샴페인을 몇 모금 마신 후 나에게 돌려주었다.

「정말 맛있네요.」그러더니 아주 조용히, 연기를 하거나 애써 꾸미는 기색도 없이 내 품에 안겨 입을 맞대고 입술과 이를 스르르 벌렸다. 그녀의 혀끝이 내 혀끝에 닿았다. 긴 시간이 흐른 후 그녀의 얼굴이 뒤로 물러났지만 두 팔은 여전히 내 목을 껴안고 있었다. 두 눈이 별처럼 반짝거렸다.

「처음부터 이러려고 했어요.」그녀가 말했다.「그냥 좀 까다로운 척한 거죠. 왜 그랬는지는 모르겠어요. 아마 긴장했나 봐요. 난 정말 헤픈 여자가 아니거든요. 안쓰럽지 않아요?」

「헤픈 여자라고 생각했으면 빅터 주점에서 처음 만났을 때 당장 수작을 걸었겠죠.」

그녀가 미소를 지으며 천천히 고개를 가로저었다.「안 그랬을걸요. 그래서 내가 여기까지 왔거든요.」

「어쩌면 그날 밤에는 안 그랬을지도 모르겠네요. 그날 밤에는 할 일이 따로 있었으니까.」

「어쩌면 당신은 원래 술집에서 여자를 유혹하지 않는 사람인지도 모르죠.」

「자주 그러지는 않죠. 조명이 너무 어두우니까.」

「유혹받고 싶어서 술집에 가는 여자도 많아요.」

「아침에 눈뜰 때부터 유혹할 생각만 하는 여자도 많아요.」

「술은 처음제잖아요. 어느 정도는.」

「의사들도 추천하죠.」

「의사 얘기는 왜 꺼내요? 난 샴페인이나 마실래요.」

나는 다시 그녀에게 입맞춤을 했다. 가볍고 편안한 키스였다.

「이 불쌍한 뺨에 입 맞추고 싶어요.」그녀가 그렇게 말하며 실천에 옮겼다. 「너무 뜨겁네요.」

「거기 말고는 다 차가워요.」

「아니던데요. 샴페인 좀 마실래요.」

「왜요?」

「안 마시면 김이 다 빠지잖아요. 샴페인 맛을 좋아하기도 하고.」

「알았어요.」

「나를 많이 사랑해요? 아니, 같이 자면 많이 사랑해 줄 거예요?」

「그럴지도 모르죠.」

「꼭 같이 잘 필요는 없어요. 같이 자자고 조르는 건 아니에요.」

「고마워요.」

「샴페인 좀 마시겠다니까요.」

「당신 재산은 얼마나 되죠?」

「다 합쳐서? 내가 그걸 어떻게 알아요? 대충 8백만 달러.」

「같이 자기로 결심했어요.」

「돈벌레.」

「샴페인은 내가 샀잖아요.」

「샴페인이고 뭐고 다 필요 없어요.」

50

한 시간 후 그녀가 맨살을 드러낸 팔을 뻗어 내 귀를 간질이며 말했다. 「나랑 결혼할래요?」

「반년도 못 갈걸요.」

「아니, 그럼 또 어때요? 그래도 해볼 만하잖아요? 인생에서 뭘 기대하죠? 모든 위험에 대비해서 종합 보험을 들어 놔야 해요?」

「나는 마흔두 살이에요. 혼자 살아서 버릇이 없죠. 당신은 돈 때문에 버릇이 없고. 심하진 않지만.」

「나는 서른여섯이에요. 돈이 많은 게 부끄러운 일은 아니고, 돈 많은 사람과 결혼하는 것도 부끄러운 일이 아니에요. 돈 많은 사람들 대부분은 그런 재산을 가질 자격도 없고 그걸로 어떻게 살아야 하는지도 몰라요. 하지만 이런 상황도 오래가지 않을 거예요. 다시 전쟁이 터질 테고, 그게 끝나면 부자는 아무도 안 남을 테니까. 도둑이나 사기꾼만 빼고. 나머지 사람들은 모두 빈털터리가 돼버리겠죠.」

나는 그녀의 머리카락을 어루만지며 손가락에 감았다. 「그럴지도 모르죠.」

「파리로 날아가서 즐겁게 지낼 수도 있어요.」그녀가 한쪽 팔꿈치를 짚고 몸을 일으키며 나를 내려다보았다. 반짝거리는 눈빛이 보였지만 표정은 읽을 수 없었다.「결혼을 싫어하는 이유라도 있어요?」

「1백 명 중 두 명한테는 결혼 생활이 행복할 수도 있겠죠. 나머지는 그저 행복해지려고 노력할 뿐이에요. 그렇게 20년쯤 지났을 때 남자한테 남는 거라고는 차고 안에 들여놓은 작업대 하나가 고작이거든. 미국 아가씨들이야 끝내주지. 그런데 미국 유부녀들은 너무 많은 걸 요구해서 탈이에요. 더군다나—」

「샴페인 마시고 싶어요.」

「더군다나 당신한테 결혼은 사소한 일일 거예요. 이혼하기가 힘든 경우는 처음 한 번뿐이니까. 두 번째부터는 돈이 걸린 골칫거리에 불과하겠지. 별로 어렵지 않을 거예요. 앞으로 10년만 지나면 길거리에서 마주쳐도 저 사람을 어디서 봤더라 하면서 지나갈걸. 내 얼굴을 보기라도 하면 그나마 다행이겠지.」

「당신은 참 오만하고 독선적이고 뻔뻔스럽고 어처구니없는 개자식이야. 샴페인 마시고 싶다니까요.」

「이렇게 해야 그나마 기억이라도 해주겠지.」

「우쭐거리기까지. 자만심 덩어리라니까. 방금 살짝 상처 받았어요. 내가 당신을 기억할 거라고 생각해요? 아무리 많은 남자와 결혼을 하고 잠을 자도 당신만은 꼭 기억할 거라

548

고 생각해요? 내가 왜?」

「미안해요. 말이 좀 지나쳤어요. 샴페인 가져올게요.」

「우리 참 다정하고 슬기롭지 않아요?」 그녀가 빈정거렸다.
「나는 돈 많은 여자예요. 나중에는 한없이 부유한 여자가 될
거예요. 사버릴 만하다고 생각하면 세계를 통째로 사줄 수도
있어요. 지금 당신이 가진 게 뭐죠? 아무도 기다리지 않는 집,
하다못해 개나 고양이도 없는 집, 그리고 날마다 틀어박혀
기다려야 하는 비좁고 답답한 사무실이 전부잖아요. 나중에
나랑 이혼하더라도 예전 생활로 돌아가게 하지는 않을 거
예요.」

「내가 돌아간다는데 어떻게 말리겠어요? 나는 테리 레녹
스가 아니에요.」

「제발. 그 사람 얘기는 더 이상 꺼내지 마세요. 황금 고드
름 같은 웨이드 여자 얘기도 빼요. 술에 취해 무너져 버린 불
쌍한 남편 얘기도 빼고. 나를 거절하는 유일한 남자가 되고
싶어요? 그건 또 무슨 자존심이죠? 나는 당신한테 내가 아는
최고의 찬사를 보낸 거예요. 결혼하자고 했잖아요.」

「그것보다 더 큰 찬사도 보내 줬잖아요.」

그녀가 울기 시작했다. 「바보, 당신은 정말 지독한 바보예
요!」 그녀의 뺨이 젖어 버렸다. 눈물의 감촉이 느껴졌다. 「우
리 결혼이 겨우 반년, 1년, 2년쯤 간다고 쳐요. 그래 봤자 당
신이 잃을 거라고는 사무실 책상에 쌓인 먼지, 블라인드에
낀 때, 그리고 공허한 인생의 외로움밖에 없잖아요?」

「아직도 샴페인 마시고 싶어요?」

「그래요.」

내가 그녀를 더 가까이 끌어당기자 그녀는 내 어깨에 얼굴을 파묻고 울었다. 그녀는 나를 사랑하지 않았고, 둘 다 그 사실을 알고 있었다. 그녀는 나 때문에 우는 것이 아니었다. 때마침 울고 싶었을 뿐이었다.

이윽고 그녀가 떨어져나간 후 나는 침대를 떠났고, 린다는 화장을 고치려고 화장실로 들어갔다. 나는 샴페인을 가져왔다. 그녀가 방으로 돌아와 웃음을 지었다.

「울어서 미안해요. 지금부터 반년만 지나면 당신 이름도 기억하지 못하겠죠. 거실로 가져다줘요. 불빛을 보고 싶어요.」

시키는 대로 했다. 그녀가 아까처럼 소파에 앉았다. 샴페인을 그녀 앞에 놓아 주었다. 그녀가 술잔을 내려다보았지만 손은 대지 않았다.

내가 말했다. 「그때는 내가 먼저 인사하면 되죠. 같이 술도 한잔 하고.」

「오늘 밤처럼?」

「이런 밤이 다시 오는 일은 없겠죠.」

그녀가 샴페인 잔을 들고 천천히 조금 마시더니, 소파에 앉은 채 몸을 돌리고 술잔에 남은 술을 고스란히 내 얼굴에 끼얹었다. 그러더니 다시 울기 시작했다. 나는 손수건을 꺼내 얼굴을 닦고 그녀의 얼굴도 닦아 주었다.

「내가 왜 그랬는지 모르겠어요.」 그녀가 말했다. 「제발 여자라서 그랬다고, 여자는 무슨 일이든 이유도 모른 채 저지른다고 말하지 말아요.」

나는 그녀의 술잔에 샴페인을 새로 따라 주고 웃어 주었다. 그녀가 천천히 술을 마시더니 몸을 돌리고 내 무릎에 쓰러졌다.

「피곤해요.」 그녀가 말했다. 「이번에는 안아서 데려다 줘요.」

잠시 후 그녀가 잠들었다.

아침에 내가 일어나 커피를 끓일 때도 그녀는 여전히 자고 있었다. 샤워를 하고 면도를 하고 옷을 입었다. 그때 비로소 그녀가 깨어났다. 우리는 함께 아침 식사를 했다. 나는 택시를 부르고 그녀의 여행 가방을 계단 밑으로 옮겼다.

우리는 작별 인사를 했다. 나는 택시가 안 보일 때까지 지켜보았다. 다시 계단을 올라갔고 침실에 들어가 침구를 걷어 내고 새것으로 갈았다. 베개 밑에 긴 갈색 머리카락 한 올이 남아 있었다. 가슴속에 납덩이가 쿵 떨어지는 듯했다.

프랑스인들이 그런 느낌을 잘 표현했다. 젠장, 그 인간들은 모든 상황을 절묘하게 표현하고 언제나 정곡을 찌른다.

이별을 할 때마다 조금씩 죽어 가네.

51

시웰 엔디컷은 밤늦게까지 일한다면서 저녁 7시 반쯤 찾아오라고 했다.

모퉁이에 있는 사무실에는 파란색 양탄자를 깔았고, 모서리마다 조각을 한 붉은색 마호가니 책상은 매우 오래되고 매우 값비싼 물건이 분명했고, 유리문이 달린 평범한 책장에는 노란 겨자색 법률 서적들을 꽂아 놓았고, 유명한 영국 판사들을 그린 스파이[124]의 만화도 여러 장 있었고, 남쪽 벽면에는 올리버 웬델 홈스 판사[125]의 대형 초상화 한 장만 걸어 놓았다. 의자에는 검은색 가죽을 씌웠다. 그의 곁에는 뚜껑이 달린 책상이 있었는데 안에는 온갖 서류가 가득했다. 실내 장식가가 손을 댄 흔적이 전혀 안 보이는 사무실이었다.

그는 셔츠 바람이었고 좀 피곤해 보였지만 원래 그렇게 생긴 인상이었다. 오늘도 그 맛없는 담배를 피우고 있었다. 느슨하게 풀어놓은 넥타이가 담뱃재투성이다. 흐느적거리는

124 영국 만화가 레슬리 워드Leslie Ward(1851~1922)의 필명.
125 Oliver Wendell Holmes(1841~1935). 미국 연방 대법원 판사.

검은 머리도 사방팔방 헝클어졌다.

내가 자리에 앉자 그는 말없이 나를 쳐다보았다. 이윽고 이렇게 말했다. 「선생처럼 고집 센 사람은 내 평생 처음 봤소. 아직도 그 난장판을 헤집고 다니는 거라면 아예 말도 꺼내지 마시오.」

「마음에 걸리는 일이 있어서요. 이젠 여쭤 봐도 될 듯싶은 데, 제가 큰집에 들어갔을 때 변호사님이 찾아오신 건 할런 포터 씨가 의뢰한 일이었죠?」

그가 고개를 끄덕였다. 나는 손끝으로 얼굴 옆을 살짝 만져 보았다. 상처는 잘 아물고 부기도 빠졌지만 신경을 좀 다친 모양이었다. 아직도 뺨 일부분에 감각이 없다. 자꾸 만져 보게 된다. 시간이 가면 괜찮아지겠지.

「그리고 오타토클란에 가셨을 때는 지검장실 임시 대리인 자격이었다고 봐도 되겠죠?」

「그건 그렇지만 그때 일은 자꾸 들먹이지 않았으면 좋겠소, 말로. 유익한 연줄이기는 했지. 내가 지나치게 중요시했는지도 모르지만.」

「아직도 유익할 텐데요.」

그러자 그가 고개를 가로저었다. 「아니오. 이젠 지난 일이오. 포터 씨는 법률 관계 업무를 샌프란시스코, 뉴욕, 워싱턴에 있는 법률 사무소에 맡기니까.」

「그분은 아마 저를 싫어하시겠죠. 제 생각을 하시는지 모르겠지만.」

엔디컷은 미소를 지었다. 「희한하게도 모든 잘못을 사위

로링 박사한테 돌리더군. 할런 포터 같은 사람은 늘 남 탓을 하지. 자기 잘못이라는 생각은 절대로 못하거든. 로링이 그 여자한테 위험한 약을 주지만 않았어도 그런 일은 없었을 거라고 생각하던데.」

「잘못 생각한 거죠. 오타토클란에 갔을 때 테리 레녹스의 시신을 보셨죠?」

「물론 봤소. 목공소에서. 그 동네는 제대로 된 장의사도 없더군. 가구장이가 관도 만들고. 시신은 얼음처럼 차디찼소. 관자놀이에 있는 총상을 봤소. 시신의 신원은 틀림없소. 혹시 그걸 의심하는 거라면.」

「아닙니다, 엔디컷 씨, 그런 생각은 안 했습니다. 레녹스의 경우에는 절대로 잘못 볼 리가 없으니까요. 하지만 혹시 좀 변장하지 않았던가요?」

「얼굴과 손을 가무잡잡하게 칠하고 머리도 검은색으로 염색했더군. 그래도 흉터는 모두 뚜렷하게 보였소. 물론 지문도 자기 집에서 만졌던 물건들을 가지고 간단히 확인했고.」

「그쪽 경찰 수준은 어떻습니까?」

「원시적이지. 경찰서장이 간신히 읽고 쓸 줄 아는 정도였소. 그래도 지문이 뭔지는 알더군. 아시겠지만 날씨가 더웠소. 굉장히 더웠지.」 그가 눈살을 찌푸리더니 입에 물었던 담배를 꺼내 검은색 현무암으로 보이는 거대한 재떨이 속에 아무렇게나 던져 버렸다. 그리고 덧붙였다. 「그래서 호텔에서 얼음을 가져와야 했소. 굉장히 많이.」 그러더니 다시 나를 쳐다보았다. 「거기는 시신을 보존하는 기술이 없소. 그래서 모든 일을 서둘러야 했지.」

「스페인어 할 줄 아십니까, 엔디컷 씨?」

「낱말 몇 개가 고작이오. 호텔 지배인이 통역을 해줬소.」
그가 미소를 지었다. 「잘 차려입은 점잖은 친구였지. 생김새
는 좀 사납지만 공손하고 잘 협조해 주었소. 덕분에 일이 금
방 끝났소.」

「제가 테리한테서 편지 한 통을 받았습니다. 포터 씨는 아
실 겁니다. 따님인 로링 부인한테 얘기했으니까요. 보여 주
기도 했죠. 편지 속에 매디슨 초상화가 들어 있었어요.」

「뭐가?」

「5천 달러짜리 지폐 말입니다.」

그가 눈썹을 치켜세웠다. 「저런. 하긴, 그럴 만한 여유는
있었겠지. 재혼할 때 부인이 25만 달러나 뚝 떼어 줬으니까.
이건 내 짐작이지만 그 사람은 멕시코에 가서 어떻게든 살
아 보려고 했을 거요. 지나간 일들은 묻어 버리고 멀리 떠나
서. 남은 돈은 어떻게 됐는지 모르겠군. 그 얘기는 못 들어서.」

「그 편지가 이겁니다. 엔디컷 씨, 보고 싶으면 보세요.」

나는 편지를 꺼내 그에게 건네주었다. 그는 변호사들이 모
든 글을 읽을 때 그러듯이 꼼꼼하게 편지를 읽었다. 이윽고
편지를 책상에 내려놓고 뒤로 기대며 멍하니 허공을 바라보
았다.

「조금 문학적이지 않소?」 그가 조용히 말했다. 「그 사람이
왜 그랬는지 모르겠군.」

「자살한 일, 자백한 일, 아니면 저한테 편지를 보낸 일?」

「물론 자백하고 자살한 일 말이오.」 엔디컷이 날카롭게 말했다. 「편지야 이해할 만하지. 적어도 적절한 보답을 한 셈이니까. 그때까지 선생이 해준 일, 그리고 그 후에 해준 일에 대해서.」

「우체통이 마음에 걸려요. 테리 말로는 자기 창문 아래 길가에 우체통이 있는데, 호텔 사환한테 부탁해서 편지를 부치기 전에 보여 달라고 한댔어요. 정말 부치는지 확인할 수 있도록.」

엔디컷의 눈빛이 조금 흐리멍덩해졌다. 「그게 어때서?」 그가 별 관심도 없다는 듯이 물었다. 그는 네모난 상자 속에서 필터 달린 담배 한 개비를 새로 꺼냈다. 나는 라이터에 불을 붙여 책상 너머로 내밀었다.

「오타토클란 같은 동네에는 우체통이 없을 테니까요.」 내가 말했다.

「계속하시오.」

「처음에는 생각도 못했어요. 그러다가 어떤 곳인지 찾아봤죠. 그냥 마을이라고 해야겠더군요. 인구가 1만 명에서 1만 2천 명. 포장도로는 하나뿐이고 그나마도 일부만 포장됐어요. 경찰서장 관용차는 모델 A 포드.[126] 우체국은 어느 〈찬체리아〉, 그러니까 정육점 모퉁이에 있어요. 호텔 하나, 술집 둘, 번듯한 길은 하나도 없고, 작은 비행장 하나. 거기 산속에 사냥터가 있는데…… 굉장히 넓대요. 그래서 비행장까지 있고. 거기까지 편하게 가는 방법은 그것뿐이니까.」

126 포드사에서 두 차례(1903~1904, 1927~1931) 생산했던 승용차.

「계속하시오. 사냥터 얘기는 나도 들었소.」

「그런데 길거리에 우체통이 있다는군요. 그럼 경마장, 경견장, 골프장, 하이알라이[127] 경기장도 있고 울긋불긋한 분수대에 야외 음악당까지 갖춘 공원도 있겠네요.」

「그 사람이 잘못 본 모양이지.」 엔디컷이 쌀쌀맞게 말했다. 「우체통 모양으로 생겨서…… 가령 쓰레기통처럼.」

나는 자리에서 일어났다. 편지를 집어 다시 접은 후 주머니에 넣었다.

「쓰레기통이라. 예, 그랬겠네요. 멕시코 국기처럼 녹색, 흰색, 빨간색으로 칠하고 크고 또렷한 글자로 표어도 찍어 놨겠죠. **우리 도시 깨끗하게.** 물론 스페인어로. 주위에는 지저분한 개들이 예닐곱 마리쯤 뒹굴뒹굴하고.」

「너무 우쭐거리지 마시오, 말로.」

「지나치게 똑똑한 티를 냈다면 죄송합니다. 랜디 스타에게도 말했지만, 사소한 문제 하나가 더 있어요. 테리가 쓴 편지가 어떻게 발송이 됐죠? 편지 내용을 보면 발송 방법을 미리 정해 놨어요. 그렇다면 누군가 테리한테 우체통에 대한 얘기를 했다는 거죠. 그 사람은 거짓말을 했고. 그래 놓고도 5천 달러가 들어 있는 편지를 그대로 부쳤어요. 신기하지 않습니까?」

그는 담배 연기를 뿜어내고 뭉게뭉게 날아가는 연기를 쳐다보았다.

---

127 스쿼시처럼 벽면에 공을 치며 겨루는 경기로 스페인에서 유래했으며 미국, 중남미 등지에서 성행한다.

「그래서 결론이 뭐요? 그리고 왜 스타한테 그런 얘기를 했소?」

「스타도 그렇고, 지금은 우리 곁에서 떠나 버린 메넨데스라는 개자식도 그렇고, 둘 다 영국군에서 테리와 함께 복무한 전우였어요. 어떤 면에서는 나쁜 놈들이지만 — 아니, 거의 모든 면에서 그렇다고 해야겠지만 — 그래도 인간적인 긍지 같은 것은 잃어버리지 않았더군요. 국내에서도 은폐 공작을 벌였고, 그렇게 한 이유는 명백합니다. 그리고 오타토클란에서도 은폐 공작이 있었는데, 이유는 전혀 다르죠.」

「결론이 뭐요?」 그가 다시 물었는데 이번에는 말투가 아까보다 훨씬 더 날카로웠다.

「변호사님 결론은 뭐죠?」

그는 대답하지 않았다. 그래서 시간 내주셔서 고맙다고 인사하며 그곳을 떠났다.

내가 문을 열 때 그는 눈살을 찌푸리고 있었다. 나는 엔디컷이 정말 어리둥절해한다고 생각했다. 혹은 호텔 바깥의 풍경을 떠올리며 우체통이 있었는지 상기하려 했는지도 모른다.

새로운 톱니바퀴가 돌기 시작했다. 그뿐이었다. 톱니바퀴가 꼬박 한 달 동안이나 회전한 후 비로소 새로운 일이 생겼다.

어느 금요일 아침, 낯선 사람이 내 사무실에서 나를 기다리고 있었다. 잘 차려입은 남자였는데 멕시코인이나 남미 사람으로 보였다. 그는 열린 창가에 앉아 냄새가 강한 갈색 담배를 피우고 있었다. 키가 크고 매우 호리호리하고 매우 세련된 모습이었는데, 검은 콧수염은 단정하게 다듬었고 검은 머리는 미국인들에 비해 길게 기른 편이고 올이 성긴 원단으로 만든 황갈색 양복을 입었다. 녹색 선글라스를 쓰고 있었다. 그가 점잖게 일어섰다.

「세뇨르 말로?」

「무슨 일로 오셨죠?」

그는 접힌 종이 한 장을 건넸다. 「*Un aviso de parte del señor Starr en Las Vegas, señor. Habla Usted Español*(라스베이거스에 계시는 스타 씨 전갈입니다. 스페인어 아십니까)?」

「알긴 알지만 천천히 해주세요. 영어가 더 편하니까.」

「그럼 영어로 하죠. 제겐 별 차이가 없으니까요.」

나는 쪽지를 받아 읽어 보았다. 〈내 친구 시스코 마이오라노스를 소개하겠네. 자네 궁금증을 풀어 줄 거야. S.〉

「안으로 들어갑시다, 세뇨르 마이오라노스.」 내가 말했다.

나는 그를 위해 문을 잡아 주었다. 그가 내 곁을 지나갈 때 향수 냄새가 물씬 풍겼다. 눈썹도 굉장히 고상해 보였다. 그러나 생김새처럼 고상한 사람은 아닐 터였다. 얼굴 양쪽에 칼자국이 있었으니까.

52

그는 고객용 의자에 앉아 무릎을 포갰다. 「세뇨르 레녹스에 대한 정보를 원하신다고 들었습니다.」

「마지막 순간만 알면 됩니다.」

「그때 저도 그곳에 있었습니다, 세뇨르. 호텔에서 일했거든요.」 그러면서 어깻짓을 했다. 「보잘것없는 일이었고 물론 임시직이었죠. 접수 담당이었습니다.」 완벽한 영어였지만 스페인어 리듬이 조금 섞여 있었다. 스페인어 — 그러니까 중남미 스페인어 — 에는 미국인이 듣기에는 의미와 무관해 보이는 뚜렷한 높낮이가 있다. 마치 바다에 파도가 치는 듯하다.

「그런 일을 하실 분 같지 않은데요.」 내가 말했다.

「누구에게나 어려운 시기는 있으니까요.」

「저한테 그 편지를 부쳐 준 사람이 누구죠?」

그가 담배 상자를 내밀었다. 「한 대 피워 보세요.」

나는 고개를 가로저었다. 「저한테는 너무 독하겠어요. 콜롬비아 담배라면 좋아하죠. 쿠바 담배는 죽을 것 같고.」

그는 희미한 미소를 지으며 담배 한 개비에 불을 붙이고 연기를 내뿜었다. 사내가 어찌나 우아한지 슬슬 짜증이 날 정도였다.

「그 편지에 대해서는 제가 잘 압니다, 세뇨르. 감시인이 붙은 다음부터 사환 녀석이 겁을 먹어서 세뇨르 레녹스 방에 올라가기 싫어했어요. 경찰이나 형사 말입니다. 그래서 제가 그 편지를 우체국에 가져갔죠. 세뇨르 레녹스가 권총을 쏜 다음에 말입니다.」

「봉투 속을 들여다보시지 않고. 큰돈이 들어 있었는데.」

「편지는 밀봉한 상태였습니다.」그가 냉랭하게 말했다.「*El honor no se mueve de lado como los congrejos.* 명예는 게걸음을 치지 않는다는 뜻입니다, 세뇨르.」

「죄송합니다. 계속 말씀하세요.」

「제가 그 방에 들어가서 형사가 보건 말건 문을 닫아 버렸을 때 세뇨르 레녹스는 왼손에 1백 페소짜리 지폐를 들고 계셨죠. 오른손에는 권총을 들고. 앞에 놓인 탁자에 그 편지가 있었어요. 종이가 한 장 더 있었지만 읽어 보진 않았습니다. 돈은 사양했죠.」

「참 많이도 줬네요.」내가 빈정거렸지만 그는 반응을 보이지 않았다.

「군이 받으라고 하시더군요. 결국 받긴 했지만 나중에 사환한테 줘버렸죠. 저는 그 전에 커피를 가져다드릴 때 썼던 쟁반에 편지를 놓고 냅킨으로 가렸어요. 나올 때 형사가 저를 매섭게 노려봤어요. 하지만 아무 말도 안 하더군요. 제가 계단을 반쯤 내려갔을 때 총소리가 들렸어요. 재빨리 편지를 감추고 위층으로 뛰어 올라갔죠. 형사가 문을 박차고 들어가려 하더라고요. 제가 가진 열쇠로 열어 줬죠. 세뇨르 레녹스는 이미 죽어 있었어요.」

그는 손끝으로 책상 모서리를 가볍게 훑으며 한숨을 푹 쉬었다. 「나머지는 말로 씨도 아시겠죠.」

「그때 호텔이 꽉 찼나요?」

「꽉 차진 않았죠. 손님이 대여섯 명밖에 없었어요.」

「미국인들?」

「북미 사람은 두 명 있었죠. 사냥꾼들.」

「진짜 미국인입니까, 아니면 미국으로 건너갔던 멕시코인들입니까?」

그는 무릎 부위의 황갈색 천을 한 손가락으로 천천히 문질렀다. 「그중 한 명은 아마 중남미 혈통이었을 겁니다. 그리고 변두리 스페인어를 쓰더군요. 몹시 촌스러운.」

「그 사람들이 레녹스 방에 접근한 적이 있습니까?」

그가 갑자기 고개를 들었지만 녹색 선글라스 때문에 눈빛을 볼 수 없었다. 「그럴 이유가 있겠습니까?」

나는 고개를 끄덕였다. 「아무튼 여기까지 와서 얘기해 주셔서 고맙습니다, 세뇨르 마이오라노스. 랜디한테 정말 고마워하더라고 전해 주시겠어요?」

「*No hay de que, señor*(별말씀을). 별일도 아닌데요.」

「그리고 나중에라도 혹시 시간이 생기면 뭘 좀 제대로 아는 사람을 보내라고 전해 주세요.」

「세뇨르?」 조용하지만 얼음처럼 차디찬 목소리였다. 「제 얘기를 안 믿으십니까?」

「당신들은 걸핏하면 명예를 들먹이지. 하지만 가끔은 명예가 도둑의 속임수일 때도 있죠. 화내지 마세요. 다시 설명할 테니까 조용히 들어 보시죠.」

그는 거만하게 뒤로 기댔다.

「우선 이 얘기는 다 추측입니다. 제 생각이 틀렸는지도 모르죠. 하지만 옳을지도 몰라요. 그 미국인 두 명은 어떤 목적이 있어서 그곳에 갔어요. 비행기를 탔겠지. 사냥꾼인 척하면서. 그중 한 명은 메넨데스라는 도박업자였어요. 숙박부에는 가명을 썼건 본명을 썼건. 나야 모르죠. 아무튼 레녹스는 그 사람들이 왔다는 사실을 알았어요. 거기 온 이유도 알고. 레녹스가 나한테 편지를 쓴 이유는 양심의 가책 때문이었죠. 나를 호구 취급하면서 우롱하긴 했지만 워낙 착한 친구라서 도저히 그냥 넘어갈 수 없었겠지. 그래서 지폐 한 장을 — 자그마치 5천 달러짜리를 — 편지에 동봉했어요. 자기는 돈이 많은데 나는 그렇지 않다는 사실을 아니까. 그러면서 알쏭달쏭한 힌트도 몇 개 덧붙였죠. 늘 옳은 일을 하고 싶어 하면서도 걸핏하면 엉뚱한 짓을 저지르는 친구니까. 아까 편지를 우체국으로 가져갔다고 하셨죠. 어째서 호텔 앞에 있는 통에 넣지 않으셨죠?」

「통이라니요, 세뇨르?」

「우체통 말입니다. 스페인어론 〈cajón cartero〉쯤 되려나.」

그러자 그가 미소를 지었다. 「오타토클란은 멕시코시티가 아닙니다, 세뇨르. 몹시 낙후된 동네예요. 오타토클란 길거리에 우체통이라고요? 그 동네 사람들은 우체통이 뭔지도 모를걸요. 편지를 수거해 가는 사람도 없을 거예요.」

「아하. 그럼 그냥 넘어가죠. 당신은 커피 쟁반을 들고 세뇨르 레녹스 방에 가지 않았어요, 세뇨르 마이오라노스. 형사 앞을 지나서 방 안으로 들어가지도 않았죠. 당신이 아니라 미국인 두 명이 들어갔어요. 물론 형사는 미리 매수했겠지. 다른 사람도 몇 명 더 매수했을 테고. 그리고 미국인 한 명이 등 뒤에서 레녹스를 한 대 후려갈겼어요. 그러고 나서 마우저 권총을 꺼내고 실탄 한 발을 분해해서 탄두를 제거하고 다시 장전했겠지. 그다음에는 총을 레녹스의 관자놀이에 대고 방아쇠를 당겼어요. 끔찍해 보이는 상처가 생겼지만 죽을 정도는 아니었죠. 그다음에는 레녹스를 들것에 싣고 안 보이게 잘 가려 호텔 밖으로 옮겼어요. 미국에서 변호사가 도착했을 때 레녹스는 약에 취한 채 얼음 속에 파묻혀 어둑어둑한 목공소 한구석에 누워 있었겠죠. 목수는 관을 짜는 중이었을 테고. 미국인 변호사가 도착했을 때 레녹스는 얼음처럼 차디차고 깊은 혼수상태에 빠진 데다 관자놀이에는 시꺼멓게 그을리고 피범벅이 된 상처까지 있었죠. 누가 봐도 시체가 분명했을 겁니다. 그리고 다음 날 관 속에 돌을 채워 묻어버렸겠죠. 미국인 변호사는 지문과 거짓말투성이 자술서를 챙겨 돌아왔을 테고. 제 얘기가 어떻습니까, 세뇨르 마이오라노스?」

그는 으쓱 어깻짓을 했다. 「가능한 일이겠네요. 돈과 영향력이 필요하긴 하겠지만. 혹시 세뇨르 메넨데스라는 분이 오타토클란 시장이나 호텔 주인 같은 유지들의 가까운 친척이라면 충분히 가능하겠죠.」

「그럴 수도 있겠군요. 훌륭한 추론입니다. 정말 그렇다면 굳이 오타토클란처럼 외진 마을을 고른 이유도 설명이 되겠네요.」

그는 잠깐 미소를 지었다. 「그럼 세뇨르 레녹스가 살아 있을지도 모른다는 말씀입니까?」

「물론이죠. 자살은 자술서를 뒷받침하기 위한 속임수였을 겁니다. 지검장까지 지낸 변호사도 속을 만큼 감쪽같은 솜씨였겠지만 혹시 실패하더라도 현직 지검장을 웃음거리로 만들 만한 일이죠. 메넨데스라는 놈이 본인 생각처럼 사납진 않았지만 내가 손을 떼지 않았다고 권총으로 후려갈기더군요. 그렇다면 그럴 만한 이유가 있었겠죠. 속임수가 들통 나면 국제적인 문제에 휘말릴 테니. 멕시코 사람들도 우리 못지않게 부패 경찰을 싫어하니까요.」

「모두 충분히 가능한 일이죠, 세뇨르, 이젠 저도 알겠네요. 그런데 아까 제가 거짓말을 한다고 하셨죠. 제가 세뇨르 레녹스가 계신 방에 들어가서 편지를 가지고 나온 게 아니라고 하셨어요.」

「그때는 이미 방 안에 있었잖아, 이 친구야, 편지 쓰면서.」

그러자 그가 손을 들어 선글라스를 벗었다. 사람의 눈동자 색깔은 아무도 바꿀 수 없다.

「김렛을 마시기엔 좀 이르겠군.」 그가 말했다.

53

멕시코시티의 성형외과 의사들은 놀라운 솜씨를 발휘했
는데 과연 신기한 일일까? 멕시코 의사, 기술자, 병원, 화가,
건축가 등은 미국인들 못지않게 훌륭하다. 때로는 오히려 더
뛰어나다. 화약 잔류물을 검출하는 파라핀 검사법[128]도 멕시
코 경찰관이 고안했다. 멕시코 의사들은 테리의 얼굴을 완벽
하게 고쳐 주지는 못했지만 대단한 성과를 거두었다. 심지어
코까지 바꿔 버렸는데, 뼈를 좀 깎아 내서 백인 티가 덜 나게
콧대를 낮춰 놓았다. 얼굴에서 흉터의 흔적을 깨끗이 지울
수 없어 오히려 반대쪽에 흉터 두 개를 새로 만들었다. 중남
미에서는 칼자국을 흔히 볼 수 있으니까.

「이쪽에는 신경 이식까지 해줬어.」얼굴이 엉망이었던 부
분을 만지면서 그가 말했다.

「내 추리가 얼마나 정확했지?」

「충분히 정확했어. 몇 군데 틀리긴 했지만 대수롭지 않은

---

128 총격 사건 용의자의 손에 파라핀 왁스를 바른 후 굳혀 화약의 흔적을
확인하는 방법.

것들이지. 서둘러 진행하느라 때로는 임기응변으로 대처했고, 나 자신도 어떤 일이 벌어질지 알 수 없었어. 이러저런 일을 하면서 뚜렷한 행적을 남겨 놓으라고 하더군. 자네한테 편지를 쓰겠다고 했을 때 멘디가 반대했지만 내가 고집을 부렸지. 그 친구는 자네를 좀 과소평가했어. 우체통 문제는 미처 생각도 못 했거든.」

「실비아를 누가 죽였는지 자네도 알지?」

그는 내 질문에 분명한 대답을 하지 않았다. 「여자를 살인죄로 경찰에 넘기는 건 몹시 괴로운 일이지. 별로 소중하게 여기지 않는 여자라도 괴로울 텐데.」

「괴로운 세상이잖아. 할런 포터도 다 알고 있나?」

그가 다시 미소를 지었다. 「알더라도 어디 누구한테 내색할 영감이던가? 아마 모를걸. 내가 죽었다고 생각하겠지. 안 죽었다고 말해 줄 사람이 아무도 없잖아? 자네만 입 다물면.」

「그 영감한테는 눈곱만큼도 말해 주지 않을 거야. 요즘 멘디는 어떻게 지내? 살아 있긴 해?」

「잘 지내지. 아카풀코에서. 랜디 덕분에 무사히 살아남았지. 그래도 경찰을 함부로 다루는 건 다들 좋아하지 않아. 멘디도 자네 생각처럼 그렇게 나쁜 친구는 아니야. 인정미가 있거든.」

「독사 같은 놈인데 인정미는 무슨.」

「아무튼 김렛이나 마시러 갈까?」

나는 대답하지 않고 일어나 금고 앞으로 갔다. 손잡이를 돌리고 매디슨 초상화가 든 봉투와 커피 냄새가 배어 버린

1백 달러 지폐 다섯 장을 꺼냈다. 모두 책상 위에 던져 놓고 1백 달러짜리 다섯 장은 도로 집었다.

「이건 내가 갖지. 자네 사건을 수사하느라 이런저런 경비가 거의 이만큼 들었거든. 매디슨 초상화는 실컷 가지고 놀았어. 이제 자네가 가져가.」

나는 지폐를 꺼내 책상 모서리 쪽으로 밀어 주었다. 그는 지폐를 내려다보기만 하고 건드리지 않았다.

「자네가 가져야지. 나는 돈 많아. 내 일은 그냥 내버려 둘 수도 있었을 텐데.」

「나도 알아. 그 여자가 자기 남편을 죽이고도 무사히 넘어갔다면 더 나은 인생을 살았을지도 모르지. 물론 여자한테는 남편도 정말 소중한 사람은 아니었겠지. 그래도 피와 생각과 감정이 있는 인간이었어. 남편도 무슨 일이 있었는지 알아차렸고, 그걸 알면서도 모르는 체하려고 꽤나 애썼지. 책 쓰는 사람이었어. 자네도 이름 정도는 들어 봤겠지.」

「이봐, 나도 어쩔 수 없어서 그랬을 뿐이야.」 그가 천천히 말했다. 「아무도 다치게 할 생각은 없었다고. 미국에서는 도저히 살아남을 가능성이 없었으니까. 사람이 모든 상황을 그렇게 빨리 파악할 수는 없잖아. 그래서 겁을 먹고 도망쳤어. 내가 뭘 어떻게 해야 했을까?」

「나도 몰라.」

「좀 미친 여자였어. 어차피 남편을 죽였을 거야.」

「그랬을지도 모르지.」

「그럼 기분 좀 풀어. 시원하고 조용한 데 가서 술이나 한잔

568

하자고.」

「지금은 그럴 시간이 없어, 세뇨르 마이오라노스.」

「한때는 꽤 친하게 지냈잖아.」 그가 쓸쓸한 목소리로 말했다.

「그랬나? 잊어버렸어. 그때는 자네도 나도 다른 사람이었던 것 같네. 자네는 멕시코에 아주 눌러살 생각인가?」

「아, 그래. 이번에도 합법적으로 입국한 게 아니야. 전에도 마찬가지였어. 일전에 내가 솔트레이크시티 태생이라고 했지. 사실은 몬트리올 태생이야. 이제 곧 멕시코 국적을 취득할 거야. 괜찮은 변호사만 구하면 간단하거든. 옛날부터 멕시코를 좋아했지. 지금 김렛 마시러 빅터 주점에 가도 별로 위험하진 않을 거야.」

「돈이나 집어, 세뇨르 마이오라노스. 그 돈은 피가 너무 많이 묻었어.」

「자네는 가난하잖아.」

「자네가 어떻게 알아?」

그는 가느다란 손가락으로 지폐를 잡고 팽팽히 당겼다가 안주머니에 아무렇게나 쑤셔 넣었다. 피부가 가무잡잡해서 유난히 눈에 띄는 새하얀 앞니로 입술을 깨물었다.

「자네가 나를 티후아나로 데려다주던 그날 아침에는 그 정도밖에 말해 줄 수 없었어. 대신 나를 경찰에 신고할 기회도 줬잖아.」

「자네한테 화를 내는 건 아니야. 원래 그런 사람이니까. 오랫동안 자네를 좀처럼 이해할 수 없었지. 마음씨도 착하고 장점도 많은데 뭔가 좀 이상했거든. 나름대로 기준을 세우고 그걸 지키며 살았지만 모두 개인적인 기준이었어. 윤리 의식이나 양심과는 무관했지. 자네가 착한 이유는 천성이 착하기 때문이었어. 그런데도 선량한 사람들뿐만 아니라 깡패나 범죄자들과도 잘 어울려 지냈지. 깡패들이 그럭저럭 괜찮은 영어를 쓰고 식사 예절도 그럭저럭 괜찮다면 말이야. 자네는 정신적 패배주의자야. 아마 전쟁 때문이거나 처음부터 그렇게 태어났겠지.」

「모르겠군.」 그가 말했다. 「정말 모르겠어. 자네한테 신세를 갚고 싶은데 한사코 거절하다니. 그때는 거기까지만 얘기할 수밖에 없었다니까. 다 털어놨으면 자네가 찬성하지 않았을 테니까.」

「그렇게 근사한 칭찬은 평생 처음 들어 보는군.」

「자네가 나를 조금이라도 좋아해 줘서 기뻤어. 그러다가 내가 심각한 곤경에 빠져 버렸지. 다행히 내 곁에는 그렇게 심각한 곤경에서 구해 줄 수 있는 친구들이 있었어. 오래전 전쟁 때 일어난 일 때문에 나한테 신세 진 친구들이지. 내 평생 그렇게 생쥐처럼 재빨리 옳은 일을 한 적은 또 없을 거야. 아무튼 도움이 필요할 때 그 친구들이 도와줬어. 그것도 다 공짜로. 이 세상에 가격표가 안 달린 인간은 말로 자네만이 아니라고.」

그는 책상 너머로 몸을 숙여 내 담배 한 개비를 낚아챘다. 짙은 구릿빛 얼굴이 울긋불긋 물들었다. 그래서 흉터가 더욱 두드러졌다. 나는 그가 주머니에서 값비싼 가스라이터를 꺼내 담뱃불을 붙이는 모습을 지켜보았다. 그의 향수 냄새가 코끝을 스쳐갔다.

「나도 테리 자네를 많이 좋아했어. 미소 때문에, 고갯짓 때문에, 손짓 때문에, 그리고 여기저기 조용한 술집에서 조용히 술 몇 잔 함께 마셨기 때문에. 그때는 즐거웠지. 잘 가게, 친구. 작별 인사는 생략하겠네. 가슴에 사무칠 때 벌써 해버렸으니까. 슬프고 쓸쓸하고 영원한 이별이었으니까.」

「내가 너무 늦게 돌아왔군.」 그가 말했다. 「성형 수술 때문에 오래 걸렸어.」

「내가 몰아붙이지 않았으면 끝내 안 돌아왔겠지.」

그 순간 그의 눈에 눈물이 핑 돌았다. 그는 재빨리 선글라스를 다시 썼다.

「확신이 안 섰어. 마음을 정할 수 없었다고. 그 친구들이 자네한테는 아무 말도 하지 말랬어. 그래서 마음을 정할 수 없었다니까.」

「그런 문제라면 걱정 마, 테리. 자네 대신 결정해 주는 친구들이 있잖아.」

「나도 특공대원이었어. 약해 빠진 놈들은 특공대에서 받아 주지도 않는다고. 그런데 중상을 입었고 나치 의사들한테 당한 일도 재미있진 않았어. 그 일 때문에 변해 버렸지.」

「나도 다 알아, 테리. 자네는 여러 모로 참 좋은 친구야. 난 자네를 비난하지 않아. 한 번도 비난하지 않았어. 다만 지금은 없는 사람이잖아. 오래전에 사라져 버렸다고. 지금은 멋진 옷에 향수까지 뿌리고 50달러짜리 창녀처럼 우아해졌지.」

「이건 다 연극이야.」그가 거의 필사적으로 말했다.

「그래도 즐기지 않나?」

그가 입을 벌리고 쓰디쓴 미소를 지었다. 활발하고 감정 표현이 풍부한 중남미식 어깻짓을 했다.

「물론이지. 이제 남은 건 연극뿐이니까. 그것 말고는 아무것도 없어. 이 속에……」라이터로 가슴을 툭툭 치면서, 「아무것도 안 남았다고. 전에는 뭔가 있었어, 말로. 오래전에는 있었지. 그럼…… 할 얘기는 다 한 듯싶군.」

그가 일어섰다. 나도 일어섰다. 그가 앙상한 손을 내밀었다. 나는 그 손을 잡았다.

「안녕히 가세요, 세뇨르 마이오라노스. 만나서 반가웠습니다. 잠깐 동안이었지만.」

「잘 있게나.」

그는 돌아서서 문밖으로 나갔다. 나는 문이 닫힐 때까지 지켜보았다. 인조 대리석 복도를 따라 걸어가는 발소리를 들었다. 잠시 후 발소리가 점점 희미해지다가 조용해졌다. 그래도 계속 귀를 기울였다. 왜 그랬을까? 그가 문득 발길을 돌리고 되돌아와 내 생각을 바꿔 주길 바랐을까? 어쨌든 그는 돌아오지 않았다. 내가 그를 만난 것은 그때가 마지막이었다.

나는 그들 중 누구도 두 번 다시 만날 수 없었다. 경찰만 예외였다. 경찰과 이별하는 방법은 아직 발명되지 않았으니까.

지친 탐정에게 보내는 연서

김용언(『미스테리아』편집장)

1953년작 『기나긴 이별*The Long Goodbye*』은 레이먼드 챈들러의 〈거의 마지막〉 장편소설이다. 『기나긴 이별』이후에 발표한 장편소설은 1958년에 출간된 『플레이백*Playback*』밖에 없고, 같은 해 집필하기 시작했던 〈필립 말로〉 시리즈의 여덟 번째 작품 『푸들 스프링스*Poodle Springs*』는 챈들러가 1959년 죽었기 때문에 완성하지 못했다(이는 이후에 로버트 B. 파커가 마무리 짓고 1989년에 출간되었다). 『플레이백』은 〈필립 말로〉 시리즈 전작들에 비해서는 평가가 그리 좋지 못했기 때문에, 보통 〈필립 말로〉 시리즈를 이야기할 때는 『빅 슬립*The Big Sleep*』(1939년)부터 『안녕 내 사랑*Farewell, My Lovely*』(1940년), 『하이 윈도*The High Window*』(1942년), 『호수의 여인*The Lady in the Lake*』(1943년), 『리틀 시스터*The Little Sister*』(1949년), 『기나긴 이별』까지를 주로 얘기하는 편이다. 사실 전작들에 비해 『기나긴 이별』에서 달라진 점이 꽤 많기 때문에 시리즈 중에서도 유독 두드러져 보이고, 필립 말로 이야기의 진짜 마지막 작품처럼 느껴지는 것도 무리는 아니다.

　도입부부터 독자는 약간 당황하게 된다. 말로는 어느 때보다 감정적이고 다소 수다스러울 정도다. 그는 〈댄서스〉라는 클럽 앞에 세워 둔 롤스로이스에 곤드레만드레 취한 채 앉아 있는 테리 레녹스라는 남자를 만나게 되고, 자신도 설명할 수 없는 이유로 호감을 느낀다. 같이 있던 여자에게 차갑게 버림받은 가련한 신세임에도 불구하고 기이할 정도로 정중하고 예의와 자존심을 지키는 레녹스의 태도 때문이었을까. 두 사람은 가끔 만나 단골 술집에서 함께 김렛을 마시며 대화를 나누는 정도의 우정을 쌓는다. 그런데 레녹스가 느닷없이 총을 들고 나타나 멕시코로 도망쳐야 한다며 도움을 청하고, 말로는 그가 모종의 곤란한 사건에 휘말렸음을 짐작한다. 하지만 전혀 주저 없이, 범죄 행위를 저질렀을지도 모르는 테리의 도주를 돕는다. 사설탐정으로서는 치명적일 수도 있는 선택이다. 이것이 본문 56쪽까지의 이야기다. 이어 테리 레녹스의 죽음이 전해지고, 말로는 그의 도주를 도운 일로 경찰에 끌려가 큰 고초를 겪는다. 여기까지가 130쪽까지의 이야기다. 이 다음 대목에서는 필립 말로가 출판업자 하워드 스펜서와 상류층 여성 아일린 웨이드를 만나 모종의 사건 의뢰를 받는다. 전체 572쪽의 이야기에서 테리 레녹스와 얽힌 사건, 즉 실제 사건 의뢰와 큰 상관이 없어 보이는 지극히 사적인 우정이 거의 4분의 1에 달하는 분량을 차지하고 있는 것이다.

　물론 레녹스가 아내 실비아를 살해했다는 의혹을 받았고

거기에 사설탐정 말로가 얽혀 있다는 소문은 여기저기 퍼졌다. 아일린이 남편 로저에 관련된 사건을 의뢰하는 것도 레녹스와 얽힌 사건 보도에서 큰 인상을 받았기 때문이라고 밝히기 때문에, 130쪽까지의 이야기는 고집스럽게 정면 돌파하는 필립 말로의 성격을 보여 주기 위한 장치라 할 수도 있을 것이다. 한데 그렇게만 넘어가기엔 아무래도 걸리는 게 많다.

남성성에 대한 집착

하드보일드의 아이콘으로 여겨지는 말로의 호모섹슈얼리티에 대해서는 수많은 평론가들이 지적한 바 있다(챈들러 본인은 이에 대해 강력하게 부인했다). 그는 표면적으로는 〈계집애 같은 남성〉을 대단히 경멸한다. 동성을 유별나게 좋아하는 남성 인물들은 대개 호들갑스럽고 유약하고 쉽게 변절할 수 있는 타입으로 그려진다. 예를 들어 『빅 슬립』에서 포르노 사진 유통업자 가이거는 〈깔끔하고 공들여 꾸민 여성스러운 방〉에 거주했다. 필립 말로는 가이거의 죽음 이후 그의 어리고 잘생긴 애인에게 〈그(가이거)는 카이사르처럼 여자들한테는 남편, 남자들한테는 아내 노릇을 하던 사람이었지. 내가 너희들 같은 부류를 못 알아볼 거라고 생각해?〉(17장)라고 윽박지른다. 하지만 〈동성애자가 아닌〉 남자들의 우정은, 굳이 오랜 시간의 친교를 거치지 않더라도 어떤 〈느낌〉만으로도 완벽하게 상호 이해할 수 있는 매우 강한 유대감이 발휘되는 관계로 묘사된다. 다시 말해 남성 간의 직접적인 성애 관계를 두고는 반발하지만, 〈정신적인〉 사랑은 숭상하는 것처럼 보인다고도 할 수 있겠다.

『빅 슬립』에서 사라진 사위 러스티 리건에 대한 장인 스턴우드 장군의 애틋한 기억 또한 예사롭지 않다. 〈그 친구는 나한테는 삶의 숨결과도 같았어요.〉(2장) 말로는 스턴우드 저택의 집사에게 〈이 리건이라는 작자가 장군님을 그렇게 사로잡은 이유는 뭘까요?〉(31장)라고 묻고, 〈젊음입니다. 그리고 군인의 눈이죠. (……) 이렇게 말씀드려도 좋을지 모르겠습니다만, 선생의 눈도 다르지 않군요〉(31장)라는 답을 듣는다. 『안녕 내 사랑』의 말로는 길거리에서 우연히 마주친 거구의 사내 무스 맬로이 사건에 휘말려 든다. 옛 연인을 찾아 헤매며 여기저기 사고를 치고 다니는 맬로이에 대해 말로는 거의 아는 게 없다. 심지어 맬로이는 우발적인 살인까지 저지른다. 하지만 말로는 그가 〈비열한 인간들과는 거리가 멀었다〉(41장)라든가 〈당신은 살인자가 아니오. 그 여자를 죽이려고 한 게 아니잖소〉(39장)라고 〈감싸 주는〉 발언을 서슴지 않는다. 그리고 레드라는 조력자를 처음 만났을 때에도 그가 〈그런 게 있다고는 말해지지만 실제로 발견할 수는 없는 종류의 눈. 거의 자주색에 가까운 보라색 눈, 여자의 눈, 그것도 예쁜 여자의 눈〉(35장)을 갖고 있다고 묘사하고, 그렇게 덩치 큰 남자의 부드러운 목소리를 들으니 〈내가 이상하게도 좋아했던, 부드러운 목소리의 소유자였던 또 한 명의 거구의 남자가 생각났다〉(35장)고 회상한다.

『기나긴 이별』에 나오는 테리 레녹스도 말로에게 그런 존재였다. 어떤 계산이나 조건을 내걸지 않은, 말로가 매번 맞닥뜨리는 이기적이고 냉혹하며 잔인한 범죄자와는 다른 존재라는 믿음을 고수하게 되는 사람. 말로는 자신의 믿음을 훼손하지 않기 위해 필사적으로 움직인다. 심지어 각계의 유력자들이 이 사건에서 손을 떼라고 지속적인 협박을 가해도 말로의 의지는 꺾이지 않는다. 그들의 협박에 굴복하는 순간, 레녹스가 비열한 범죄자일지도 모른다는 의혹을 조금이라도 품는 순간, 말로 자신의 가장 내밀한 부분이 상처를 입게 될 테니까. 레녹스뿐 아니라 말로가 그다지 좋아하지 않았던 소설가 로저 웨이드에 대한 의리를 지키는 것도, 적어도 두 남자 모두 유약한 〈정신적 패배주의자〉(53장)임에도 불구하고 내면을 깊숙이 들여다볼 줄 알고 자신의 약점을 비웃을 줄 아는, 말로의 연약한 버전 같은 존재이기 때문이다.[1]

〈그 여성〉(혹시 모를 스포일러를 방지하여 이름을 밝히지 않겠다)이 테리 레녹스에 대해 〈일생에 단 한 번 찾아오는 사랑, 그렇게 격렬하고 신비롭고 불가사의한 사랑〉(24장)이라는 아름다운 찬사를 바치지만, 결국 레녹스를 안전하게 표백된 신성화의 제단에 묻어 버린 다음 자신의 삶을 살아간 반면, 말로는 그런 정신적 배신조차 용납하지 않는다. 그는 레녹스를 안전한 제단에 내버려 두지 않고, 레녹스를 도망자로 내몬 끔찍한 추문을 적극적으로 파헤치고, 사람들이 끊임없

---

1 이에 상응하는 예는 『하이 윈도』에서 언제나 약간 멍하고 뭔가에 움츠러들어 있는 멀 데이비스에 대한 강렬한 연민 정도일 것이다. 말로는 손쉬운 희생양이 될 뻔했던 이 상처받은 소녀를 무사히 머나먼 집까지 데려다주는데, 그를 규정짓는 〈기사도적인 면〉과 함께 보수적인 가정의 가치를 지키는 고독한 카우보이의 면모가 두드러지는 대목이다.

이 레녹스의 이름을 언급하게 만들며, 기어이 레녹스의 명예를 회복시키고자 애쓴다. 이는 신실한 사랑에 가깝다.

이 같은 강렬한 유대감과 연대감은, 말로가 대부분의 여성을 상당히 공격적이고 비판적으로 대한다는 점에서도 두드러지게 대비된다. 〈작고 날카로운 이〉를 활짝 드러내 보이며 그를 유혹하는 여자(『빅 슬립』, 31장), 키스하면서 〈이빨 사이에서 뱀처럼 쏘아 대는〉 혀를 보이거나(『안녕 내 사랑』, 18장) 그 와중에 말로의 윗옷 주머니를 더듬어 재빨리 지갑을 빼앗는 여자(『리틀 시스터』), 총을 겨눈 채 〈양탄자를 가로질러 부드럽게〉 다가오는 여자(『호수의 여인』, 31장)……. 이에 대해 말로는 〈그녀의 작고 부패한 육체의 흔적이 여전히 남아 있는〉 시트를 갈기갈기 찢어 버리는, 급작스러울 정도로 강렬한 혐오를 드러내고(『빅 슬립』, 24장)[2] 여자의 죄상을 낱낱이 밝힌 다음 그녀의 자살을 〈방관〉하다시피 한다(『기나긴 이별』). 물론 레이먼드 챈들러의 소설 속 여성 인물들의 99퍼센트가 팜 파탈이라는 점을 떠올려 본다면, 이 아름답고 타락하고 냉혹한 여성들에게 무작정 덤벼드는 여타의 남자들과 달리 절대로 흔들리지 않는 말로의 태도는 고결한 남성성을 뒷받침하는 증거로도 사용된다.[3] 여자들은 〈앤

---

2 심지어 지나가는 단역에 불과한 여성에 대해서도, 말로는 이성의 관심을 즐기는 쾌락주의적인 여성에 대해 대단히 비판적으로 반응한다. 〈남자가 손을 내밀어 여자의 허벅지를 툭툭 두드렸다. 그러자 여자가 물동이처럼 입을 쩍 벌리며 웃음을 터뜨렸다. 그 모습을 보는 순간 관심이 싹 사라졌다. 웃음소리는 들리지 않았지만 동굴처럼 뻥 뚫린 입만 봐도 정나미가 떨어졌다.〉(『기나긴 이별』, 13장)

리오던을 제외한다면) 언제나 거짓말을 하거나, 죄를 지었거나, 자기 죄를 덮으려 한다. 말로는 여자들에게 매혹되긴 하지만, 그들을 사랑하지도 않고 신뢰하지도 않는다.

나는 늙어 간다······ 늙어 간다[4]

『기나긴 이별』에서 작가 로저 웨이드는 스콧 피츠제럴드를 찬양한다. 피츠제럴드가 1차 대전 이후의 방황하는 청춘들의 혼란을 가장 잘 담아낸 작가로 꼽힌다면, 레이먼드 챈들러의 『기나긴 이별』은 2차 대전 이후, 곧 또다시 세계대전이 터질지도 모른다는 불안과 허무에 휩싸여 그저 무사하기만을 바라고 자신들의 구역 안에서 전전긍긍하며 술과 섹스로 권태를 잊어버리려 하는 이들을 냉정하게 바라본다. 〈돈 많은 사람들 대부분은 그런 재산을 가질 자격도 없고 그걸로 어떻게 살아야 하는지도 몰라요. 하지만 이런 상황도 오래가지 않을 거예요. 다시 전쟁이 터질 테고, 그게 끝나면 부자는 아무도 안 남을 테니까. 도둑이나 사기꾼만 빼고. 나머지 사

3 유일한 예외가 『안녕 내 사랑』의 앤 리오던 정도이다. 앤 리오던은 그다지 〈숙녀의 방〉답지 않은 정갈한 장소(말로는 앤 리오던의 집을 가리켜 〈성역〉이라는 표현도 쓴다)에 거주하며 〈근엄하고 정직하고 자그마한 얼굴〉(13장)이라 묘사된다. 〈매혹적인 금발 여자란 흔하지만 이런 얼굴은 질리지 않는〉(13장)다. 어떤 의미에선 또 다른 하드보일드 작가 미키 스필레인의 〈마이크 해머〉 시리즈에서, 수많은 관능적인 팜 파탈과의 섹스를 즐기면서도 〈소년 같은 매력의 비서〉 벨다를 일종의 조강지처처럼 여기는 마이크 해머를 연상시키기도 한다. 여성과의 관계에서도 호모소셜적인 분위기에서 벗어나지 못하는 터프 가이의 한계라고 표현한다면 어떨까.
4 T. S. 엘리엇의 「J. 앨프리드 프루프록의 연가」 중 한 구절. 『기나긴 이별』에서 말로는 운전사 에이머스와 이 시에 대해 대화를 주고받는다.

람들은 모두 빈털터리가 돼버리겠죠.〉(50장) 당연히 그들의 노력은 허사로 끝난다.

　말로가 시리즈 전반에 걸쳐 가장 혐오하는 부류가 바로 이런 자들이다. 돈이 지나치게 많고(당연히 개인의 정직한 노동과 생산력만으로 벌어들일 수 있는 액수가 아니다), 돈에 필연적으로 따라붙는 권력을 오로지 자신의 안녕만을 위해 휘두르며, 자신의 쾌락만을 위해서 타인을 서슴없이 이용하고 가차 없이 내버리는 이들 말이다. 〈도시에서 멀리 떨어져 스모그도 없고 나지막한 산자락에 둘러싸여 바닷가의 습기도 침투하지 못한다. 시간이 갈수록 더워지긴 하겠지만 그나마도 편안하고 세련되고 고급스러운 더위일 것이다. 사막처럼 혹독한 더위도 아니고 도시처럼 끈끈하고 퀴퀴한 더위도 아니겠지. 아이들 밸리는 살기 좋은 곳이다. 완벽한 곳이다. 멋진 사람들, 멋진 집, 멋진 차, 멋진 말, 멋진 개, 어쩌면 멋진 아이들까지. 그러나 말로라는 남자가 바라는 것은 그곳을 벗어나는 일뿐이었다. 빨리.〉(30장) 그렇다고 해서 말로가 좌파적 관점을 견지하며 무산자의 편에 확실하게 선 인물도 아니다. 그는 비열한 부자들을 미워하듯이 쩨쩨한 가난뱅이들에게도 냉랭하다. 〈누구에게나 그런 날이 있다. 한결같이 나사 빠진 인간들만 찾아오는 날. 머리는 장식으로 달아 놓은 얼간이, 도토리를 찾아 헤매는 다람쥐 같은 좀팽이, 언제나 톱니바퀴 하나를 빠뜨리는 기계공 등등.〉(21장) 그는 권력자들의 손아귀에 들어가 있는 경찰을 비웃고(자신도 경찰이었는데 상사와 싸운 뒤 그만두고 탐정 일을 시작했다), 자신을 별 볼일 없는 탐정 취급하는 범죄자들을 비웃고, 사악한 부자와 어리석은 빈자를 모두 비웃는다.

말로는 『기나긴 이별』에서 나이를 먹었다. 나이를 먹으면 유연해지는 사람도 있지만, 말로는 그렇지 않다. 40대를 넘긴, 금욕적으로 외딴집에서 홀로 살아가는 중년 남자. 『빅 슬립』이나 『안녕 내 사랑』에서처럼 여자들의 유혹에 기꺼이 응할 정도의 에너지가 넘치던 냉소적인 젊은이가 아니다. 이제 냉소는 점점 더 심해져서 세상을 향한 쓰디쓴 무관심으로 바뀐다. 자신이 가끔 나약해진다는 걸 숨기지 못하던 예전의 모습을 이제는 썩 잘 감추며 타인의 순진한 호의마저도 차갑게 거절한다. 하지만 자신이 구축한 윤리와 믿음의 체계는 여전히 완강하게 고수한다. 때로는 지나쳐 보일 정도로, 일종의 〈소년성〉을 간직하고 있는 것이다. 나이가 들어 가면서도 소년성을 간직한다는 건 점점 고독해지는 일이다. 불의를 견디지 못하고 자신의 믿음을 무모할 정도로 밀어붙이는 이는 점점 몽상가나 모험가 취급을 당하고, 〈성숙한〉 사회 구성원들에게 약간의 놀라움을 안겨 줄지언정 치명타를 입히진 못한다.

하지만 세상과의 그런 불화야말로 말로의 탐정 업무를 대단히 어렵게 만들면서 동시에 수많은 독자를 사로잡는 힘이기도 하다. 현대에 이르러서는 기름을 바른 것처럼 매사에 매끄럽게 빠져나가고 적절하게 대처하는 〈괜찮은 나쁜 놈〉 캐릭터도 인기가 많지만, 80여 년 전 처음 등장했던 이 고독하고 우울한 단독자 캐릭터는 그 불화의 힘으로 여러 유혹과 타협을 이겨 내며 끝까지 정의와 진실을 추구한다. 대도시의 아주 작은 톱니바퀴로 살아가며 정신력의 마지막 한 방울까지 쥐어짜낸 결과 완전히 소진되었다고 느낄 때, 집으로 돌아가는 길 밤거리 어딘가에 도사리고 있다가 튀어나올 것 같은 위험에 불안해질 때, 갈수록 강도가 더해지는 약육강식의 세태에서 도태되고 잡아 먹힐 것 같은 공포에 짓눌릴 때, 나와 비슷한 처지에 놓인 사람이 어떤 위협에도 굴하지 않고 달콤한 거래에도 응하지 않으며 힘센 자들에 맞서 자신의 의지를 관철하고 정의를 부분적으로나마 실현한다. 그 영웅, 〈비열한 거리〉를 홀로 걸어가는 영웅에게 의지하고 싶은 마음은 하드보일드 독자들이라면 누구나 품게 되는 소망이다.

　게다가 『기나긴 이별』에서 육체적으로도 점점 쉽게 피로를 느끼는 중년 말로의 푸념은, 아마도 1939년 처음 등장했을 때부터 함께해 온 하드보일드 독자들에게 그야말로 함께 나이 들어가는 동료의 느낌을 주었을 것이다. 〈두 발로 일어서기만 하는 데도 오기가 필요했다. 의지력이 필요했다. 크나큰 노력이 필요한데 예전처럼 기운이 남아돌지 않았다. 고되고 가혹한 세월에 지쳐 버린 탓이다.〉(30장) 미국에서 발달한 하드보일드라는 장르 자체가 백인-노동자-남성을 주요 독자로 설정했고, 온갖 펄프 잡지에 미친 듯이 글을 발표하면서 원고료로 먹고사는 작가들은 독자들에게 〈나도 당신들과 같은 노동자〉라는 점을 대놓고 어필했다. 작가와 탐정, 독자의 삼위일체가 자아내는 동질감이야말로 하드보일드의 폭발적인 성장의 중요한 원동력이었던 것이다. 챈들러 역시 1931년 석유 회사 중역의 위치에까지 올랐다가 알코올 중독과 불성실로 인해 결국 쫓겨나, 쉰한 살에 『빅 슬립』을 발표하기까지 『블랙 마스크』를 위시한 펄프 잡지들에 쉼 없이 단편을 발표하며 작가로 입신하기 위해 필사적으로 노력했던 인물이다. 그가 말로를 통해 드러내는, 자긍심과 열패감이 기묘하게 뒤섞인 고독한 심경은, 사회에서 제대로 대우받고 있지 못하다는 불만을 품은 하드보일드 주요 독자층에게 크게 어필했을 것이다.

말로도 늙어 가고, 독자들도 나이를 먹어 간다. 그러나, 그럼에도 불구하고, 말로는 지나치게 많은 (수상쩍은) 돈을 변함없이 거절하고, 부자들의 허영과 기만을 부러워하지 않고, 어차피 더 강하고 높은 자들에게 굽실거릴 것이 분명한 권력자들의 허세 앞에서 기죽지 않고, 누군가와 가정을 꾸려서 뒤늦게라도 〈남들처럼〉 살아보겠다는 희망을 품지 않고, 혼자서, 천천히, 비열한 밤길을 걸어간다. 『기나긴 이별』은 이 강인하고 결벽증적인 남자의 뒷모습에 바치는 가슴 사무치는 연서다. 파괴와 소멸의 강력한 예감, 그럼에도 불구하고 쉽게 무너지지 않겠다는, 그러고 싶지 않다는 꿋꿋한 의지의 표상. 시리즈의 다른 작품들보다 『기나긴 이별』의 필립 말로는 가장 밉살스럽지만, 결국엔 이해할 수밖에 없고 연민하게 되는 인물이다. 이 작품에서 말로가 자발적으로 선택하는 이별이 하나씩 닥칠 때마다, 〈이별을 할 때마다 조금씩 죽어 가네〉(50장)라는 그의 읊조림을, 독자들 역시 사무치게 받아들이게 되는 것이다. (머지않아 다가올) 말로와의 이별 말이다.

역자 후기
비열한 거리에서 비열하지 않게

파릇파릇한 풋내기 시절, 스티븐 킹의 중편집 『사계』 중 겨울편 「호흡법」을 번역하다가 필립 말로를 처음 만났다. 등장인물이 『기나긴 이별』을 즐겨 읽으며 주인공 필립 말로를 〈유일한 애인〉처럼 여긴다는 대목이었다. 대체 얼마나 멋진 남자이기에, 얼마나 흥미진진한 소설이기에 3년마다 한 번씩 다시 읽을까? 내가 사랑하는 스티븐 킹이 작품 속에서도 이토록 높이 평가하다니, 레이먼드 챈들러는 또 어떤 작가일까?

그리고 20여 년이 흐른 지금, 바로 그 책을 우리말로 옮기며 말로의 매력에 더욱더 깊이 빠져 버렸다.

1944년에 발표한 수필 「간단한 살인 기술」에서 챈들러는 이상적인 추리 소설 주인공의 모습을 구체적으로 설명하며 다음과 같이 말했다.

〈이 비열한 거리에 한 남자가 걸어간다. 그는 비열하지도 않고 때가 묻지도 않고 두려워하지도 않는다.〉

마치 사설탐정 필립 말로를 요약한 듯하다. 그러나 그는 결코 완전무결한 사람이 아니다. 코뼈가 부러졌던 사연을 들어 보자.

〈미식축구 하다가 다쳤거든. 날아오는 공을 막으려다 계산이 살짝 빗나가는 바람에. 공 대신 그 자식 발을 얼굴로 막아 버렸는데…… 놈은 벌써 공을 걷어찬 다음이었지.〉

말로는 그렇게 〈살짝〉 엉성한 사람이다. 공권력이나 악인들뿐 아니라 믿었던 이들에게도 뒤통수를 얻어맞기 일쑤다. 그를 가리켜 정의로운 기사, 협객, 영웅이라고 말하는 이도 많지만 사실 그는 강한 자에게 강할 뿐, 약한 자에게는 한없이 약하다. 그래서 더욱 인간적이고 그래서 더욱 매력적이다.

이제 중년에 접어든 그는 남자에게도 여자에게도 별 기대를 하지 않는다. 평범하지 않은 삶을 살면서 너무 많은 환멸을 겪은 탓에 냉소적이기도 하다. 그러나 아직도 마음이 따뜻해서 도움이 필요한 이들에게 망설임 없이 손을 내민다. 배신을 예상하면서도.

주인공 말로의 얼굴에 문득 작가의 얼굴이 겹쳐진다. 레이먼드 챈들러의 삶도 평탄하지 않았기 때문이다. 어려서부터 가난과 싸우며 세상의 쓴맛을 보아야 했고, 스무 살 때 처음으로 시를 발표한 후 몇 년 동안 시와 수필을 쓰다가 기나긴 공백기를 겪었고, 불혹의 나이를 훌쩍 넘긴 후 궁여지책으로 단편소설을 쓰기 시작했고, 50세를 넘겨서야 비로소 첫 장편소설 『빅 슬립』을 출간했다. 그러나 겨우 장편 8편, 단편 25편으로 세계문학사에 뚜렷한 발자취를 남겼고, 오늘날 그는 시대 상황을 절묘하게 간파한 사실주의 소설가로 우뚝 섰다.

〈챈들러는 진정한 장인이었다. 그가 창조한 인물은 미국 신화의 일부가 되었다. 로스앤젤레스에 관한 이야기를 쓰면서 챈들러는 엄청난 아름다움과 추악한 부정부패가 공존하는 세계를, 즉 미국의 현실을 묘사했다. 그는 낱말들이 춤추게 만들었고 독자들은 여전히 그의 마법에 반응한다.〉(전기 작가 프랭크 맥셰인Frank MacShane)

번역의 원본으로는 랜덤하우스 출판사의 1992년 빈티지 북스판을 사용했다.

말로의 냉소와 독설을, 직설법과 반어법을 옮기는 일은 그리 간단하지 않았다. 그래서 더욱 즐거웠다.

2020년 6월
김진준

레이먼드 챈들러 연보

1888년 출생 7월 23일, 미국 일리노이주 시카고에서 출생. 아버지는 철도 토목 기사 모리스 챈들러Maurice Chandler, 어머니는 아일랜드 태생의 플로렌스 손턴 챈들러Florence Thornton Chandler.

1896년 8세 네브래스카주 플래츠머스를 거쳐 시카고로 이사.

1897년 9세 플래츠머스로 돌아갔다가 다시 시카고로 이사.

1900년 12세 어머니와 함께 다시 플래츠머스로 돌아가 이모 프랜시스 Francis, 이모부 어니스트 핏Ernest Fitt과 함께 생활. 술꾼이었던 아버지는 이미 가족을 버리고 떠난 뒤였음. 여름, 어머니와 함께 영국으로 이주하여 외삼촌의 도움으로 생활. 가을, 런던의 덜위치 칼리지 입학.

1904년 16세 덜위치 칼리지 졸업.

1905년 17세 4월, 파리에서 프랑스어 공부.

1906년 18세 독일로 건너가 언어 공부를 계속함.

1907년 19세 봄, 영국으로 돌아옴. 영국 국적 취득. 여름, 공무원 시험 합격 후 해군성 근무.

1908년 20세 가족의 반대를 무릅쓰고 6개월 만에 해군성 사직. 12월 19일, 『체임버스 저널*Chambers's Journal*』에 시 「미지의 사랑The Unknown

Love」 발표. 이후『웨스트민스터 가제트*Westminster Gazette*』,『아카데미
Academy』,『스펙테이터*Spectator*』등의 신문, 잡지에 시와 서평을 실음.

1909년 21세 잠시『데일리 익스프레스*Daily Express*』기자로 활동.

1912년 24세 여름, 삼촌에게 돈을 빌려 미국으로 돌아옴. 샌프란시스
코에 정착하여 허드렛일을 하며 야간학교에서 회계를 배움. 겨울, 어머
니 플로렌스도 합류.

1913년 25세 어머니와 함께 로스앤젤레스로 가서 로스앤젤레스 유제
품 회사의 경리로 취직.

1916년 28세 로스앤젤레스 유제품 회사의 샌터바버라 지사장으로 취임.

1917년 29세 미국이 제1차 세계 대전에 참전한 후 8월 캐나다 육군에
입대. 12월, 영국 리버풀 도착.

1918년 30세 3월, 프랑스에 파병되어 상병으로 복무. 6월부터 영국 공
군으로 전속하여 항공 훈련을 받던 중 11월 종전을 맞이함.

1919년 31세 2월 20일, 제대. 캐나다를 거쳐 미국으로 돌아옴. 샌프란
시스코의 영국계 은행에서 일하다가 로스앤젤레스 유제품 회사에 복직.
18세 연상의 기혼녀 펄 유지니 파스칼Pearl Eugenie Pascal(애칭 시시
Cissy)을 만남.

1920년 32세 시시 파스칼이 남편과 이혼했으나 챈들러의 어머니는 두
사람의 결합을 반대함.

1922년 34세 대브니 석유 회사의 경리로 취직.

1923년 35세 9월 26일, 어머니 플로렌스 손턴 챈들러 사망. 향년 58세.

1924년 36세 2월 6일, 시시와 결혼.

1930년 42세 2월 3일, 시시와 별거.

1931년 43세 대브니 석유 회사의 부사장으로 승진.

1932년 44세   음주벽을 이유로 석유 회사에서 해고된 후 시애틀로 건너 갔으나 시시의 건강이 악화되어 되돌아옴.

1933년 45세   12월, 펄프 잡지 『블랙 마스크Black Mask』에 첫 단편 「협박범은 쏘지 않는다Blackmailers Don't Shoot」 발표. 이후 20여 년에 걸쳐 『블랙 마스크』, 『다임 디텍티브Dime Detective』, 『어틀랜틱 먼슬리Atlantic Monthly』 등에 단편소설과 수필을 실음.

1936년 48세   1월 11일, 『블랙 마스크』의 만찬 자리에서 소설가 대실 해 밋Dashiell Hammett을 만남.

1938년 50세   봄, 첫 장편소설 『빅 슬립The Big Sleep』 집필 시작.

1939년 51세   『빅 슬립』 출간. 장편 『호수의 여인The Lady in the Lake』 집필 시작. 이후 장편 『안녕 내 사랑Farewell, My Lovely』도 집필을 시작하여 번갈아 작업.

1940년 52세   『안녕 내 사랑』 출간.

1942년 54세   장편 『하이 윈도The High Window』 출간.

1943년 55세   빌리 와일더Billy Wilder 감독과 함께 제임스 M. 케인 James M. Cain의 중편소설 「이중 배상Double Indemnity」을 각색. 『호수의 여인』 출간.

1944년 56세   단편집 『다섯 살인자Five Murderers』 출간.

1945년 57세   창작 시나리오 「푸른 달리아The Blue Dahlia」 집필. 단편집 『다섯 악인Five Sinister Characters』 출간.

1946년 58세   캘리포니아주 샌디에이고의 라호이아로 이사. 단편집 『붉은 바람Red Wind』, 『스페인 혈통Spanish Blood』 출간.

1947년 59세   창작 시나리오 「플레이백Playback」 집필. 단편집 『핑거 맨Finger Man, and Other Stories』 출간.

1949년 61세   장편『리틀 시스터*The Little Sister*』출간.

1950년 62세   단편과 에세이 모음인『간단한 살인 기술*The Simple Art of Murder*』,『말썽은 나의 본업*Trouble Is My Business*』출간. 퍼트리셔 하이스미스의 소설『열차 안의 낯선 자들*Strangers on a Train*』을 각색.

1952년 64세   단편집『눈 스트리트의 돈다발*Pick-up on Noon Street*』출간. 시시와 함께 영국을 여행한 후 라호이아로 돌아옴.

1953년 65세   장편『기나긴 이별*The Long Goodbye*』출간. 단편집『교만한 자의 죽음*Smart-Aleck Kill*』출간.

1954년 66세   12월 12일 아내 시시 챈들러 사망. 향년 84세.

1955년 67세   우울증으로 폭음 시작. 2월, 자살 미수 사건으로 입원. 3월, 라호이아 자택 매각. 4월, 영국으로 건너간 후 작가 스티븐 스펜더 Stephen Spender, 나타샤 스펜더Natasha Spender, 이언 플레밍Ian Fleming 등과 교유. 9월, 미국으로 돌아옴. 11월, 다시 영국으로 건너감. 12월, 마드리드, 탕헤르 등지를 여행.『기나긴 이별』로 미국 추리 작가 협회의 최우수 작품상인 에드거상 수상.

1956년 68세   5월, 라호이아로 돌아옴. 미국 국적 회복. 뉴욕에서 알코올 중독과 탈진 증상으로 입원. 6월, 라호이아로 돌아와 아파트 임대. 7월, 출라비스타 병원에 입원.

1958년 70세   동명 시나리오를 바탕으로 재구성한 마지막 장편『플레이백』출간. 단편집『진주는 골칫거리*Pearls Are a Nuisance*』출간.

1959년 타계   3월 미국 추리 작가 협회 회장이 됨. 3월 26일, 라호이아의 스크립스 메모리얼 병원에서 폐렴으로 사망. 샌디에이고의 마운트호프 공원묘지에 안장.

1989년   작가 로버트 B. 파커Robert B. Parker가 챈들러의 미완성 유작『푸들 스프링스*Poodle Springs*』를 마무리 지어 출간함.

열린책들 세계문학 252 기나긴 이별

옮긴이 김진준 연세대학교 사회학과 및 영문과를 거쳐 마이애미 대학원에서 영문학을 전공했으며, 제2회 유영 번역상을 수상했다. 옮긴 책으로는 『롤리타』, 『메뚜기의 날』, 『007 데블 메이 케어』, 『한밤의 아이들』, 『원수들, 사랑 이야기』 등이 있다.

지은이 레이먼드 챈들러 **옮긴이** 김진준 **발행인** 홍예빈
발행처 주식회사 열린책들 **주소** 경기도 파주시 문발로 253 파주출판도시
전화 031-955-4000 **팩스** 031-955-4004
홈페이지 www.openbooks.co.kr **이메일** literature@openbooks.co.kr
Copyright (C) 주식회사 열린책들, 2020, *Printed in Korea.*
ISBN 978-89-329-1252-3 04840 **ISBN** 978-89-329-1499-2 (세트)
발행일 2020년 6월 30일 세계문학판 1쇄 2024년 10월 10일 세계문학판 9쇄

이 도서의 국립중앙도서관 출판예정도서목록(CIP)은 서지정보유통지원시스템 홈페이지(http://seoji.nl.go.kr)와 국가자료공동목록시스템(http://www.nl.go.kr/kolisnet)에서 이용하실 수 있습니다.(CIP제어번호 : CIP2020023780)

열린책들 세계문학
Open Books World Literature